# L'arme ultime : Renaissance

## Tome 2

Sarah Lacote

# L'arme ultime : Renaissance

## Tome 2

Illustrations de Lionel Gonzalez

ISBN 978-2-9560251-0-8

# PROLOGUE

Il m'attend à l'entrée, le regard ancré dans le mien. Il n'a pas besoin de me dire ce qu'il ressent en cet instant, ses yeux parlent à sa place. Il doit le lire dans les miens aussi, car à peine suis-je entrée qu'il m'embrasse sans un mot et ferme la porte. Son baiser est brut et intense, comme s'il avait peur que je parte pour une quelconque raison, mais je ne veux aller nulle part, je suis bien avec lui.

Je l'entoure de mes bras et me presse tout contre son corps. Il ne porte qu'un simple jean et un débardeur qui laisse entrevoir sa belle musculature. Ses mains sont posées sur mon visage et me caressent les joues, le cou, les épaules et petit à petit, elles descendent en laissant derrière elles une traînée de frissons. Pour une fois, depuis longtemps, je sais ce que je veux. Lui !

Mes mains descendent elles aussi jusqu'à sa taille et s'emparent du bas de son débardeur.

— Tu sais, si tu ne veux pas, je comprendrai que…

— Chut… Ne vois-tu pas que c'est ce que je désire ?

— Si, je sais, mais c'est ta première fois et j'ai peur que tu le regrettes.

— Je le veux… Je TE veux ! Maintenant ! Ce soir.

— Tu es…

— Chut. Ne parlons plus et agissons.

Sans le voir venir, il me plaque contre le mur de son beau salon et m'embrasse avec une fougue ravageuse, pleine d'amour et de passion. Sa main droite glisse sous ma cuisse et remonte ma jambe le long de la sienne. Même à travers mon fin pantalon, ma peau brûle à son contact. J'enroule ma jambe sur lui et me colle encore plus contre son corps musclé. Mes mains s'emparent à nouveau de son t-shirt pour lui enlever mais je ne veux pas que nos lèvres se détachent. J'attrape donc le tissu, le déchire et le réduis en morceaux. Je balade mes doigts sur ses abdominaux et je sens en lui une envie folle de me rendre la pareille. De nouveau, ses mains se posent sous mes fesses et j'enroule mes deux jambes à sa taille. Il me lâche pour enlever mon débardeur et le jette sur la droite, pile sur la télé. Toujours les mains libres, il en profite pour les faire glisser sur mon ventre dénudé, autour de mon nombril. Je constate qu'il n'ose pas me toucher plus encore. Il sait que c'est ma première fois. Mais je veux qu'il continue, qu'il caresse chaque parcelle de mon corps.

Nos regards se croisent, il lit en moi et comprend. Je desserre mes jambes, lui attrape la main et le tire jusqu'à sa chambre, au bout du couloir. Je pousse la porte et sans un mot, me dirige vers son lit. Une fois devant, je m'allonge sur le dos.

Il monte et se maintient au-dessus de moi, les bras de chaque côté de ma tête. Ses cheveux tombent autour de son visage. Dans cette position, je contemple son corps parfait, si beau que je me crois dans un rêve. En cet instant, j'oublie tout. Je ne suis plus qu'une femme allongée sur un lit avec son apollon. Pas une hybride qui a soif de sang. Je dois tout de même garder le contrôle sur la bête qui sommeille en moi. Je sens le virus bouillir dans mes veines.

Il remarque mon regard et un sourire se dessine sur ses lèvres si craquantes que je me jette dessus sans attendre. Nos lèvres s'entrouvrent et nos langues se touchent. Comme à chaque fois, une multitude de sensations m'envahit et mon corps réagit. Mes doigts glissent jusqu'à sa ceinture et défont la boucle sans aucun mal. Le bouton saute.

J'essaie de faire glisser son pantalon, sans succès.

— Tu peux m'aider ou il faut que je lui fasse subir le même sort qu'à ton haut ?
— Pas besoin, me dit-il après un baiser.

Il se lève pour pouvoir l'enlever et j'en profite pour faire de même avec le mien. Je me retrouve en sous-vêtements noirs, devant lui. Quand je croise son regard, une vague de chaleur me parcourt tout le corps. Il m'observe avec tant d'amour et d'envie que j'en rougis. Je ne suis pas habituée à ce qu'on me regarde comme ça. Je ne me suis pas encore faite à ce corps parfait qui est le mien. Dans ma tête, je fais toujours quatre-vingt-dix kilos et non soixante. Il me regarde toujours de haut en bas et je fais de même. Je remonte sur le lit. Il me rejoint. Nous sommes tous les deux à genoux sur la couverture, à nous regarder dans les yeux.

— Tu es magnifique, me dit-il avant de m'embrasser.

# CHAPITRE 1

Un bruit derrière moi me fait revenir dans le présent. Malgré le vent qui me fouette le visage, je sens la présence d'Alex qui se rapproche lentement de moi, en veillant à ne pas tomber du toit du wagon. Je me souviens parfaitement de la première fois où je me suis laissée séduire par Matt, l'homme que j'aime. Ses mains si douces sur mon corps et ses lèvres contre les miennes, c'est comme si je sentais encore le passage de ses doigts sur ma peau. À cette pensée, tous les poils de mon corps se hérissent et le froid glacial du début de l'hiver n'y est pour rien.

— Tu ne vas quand même pas sauter, Lara ? me dit Alex tout en s'asseyant à côté de moi, à l'avant du train.

— Tu crois que j'aurais fait tout ce chemin si j'avais eu envie de me suicider, Alex ? Et puis, je ne sais même pas si me jeter sous un train me tuerait, lui répondis-je d'une voix rauque.

Il m'observe.

— Tu pleures.

Je n'avais pas remarqué que des larmes coulaient sur mon visage.

Tous ces souvenirs…

— Non, pas du tout, c'est le vent qui me fouette les yeux, c'est tout, mentis-je.

— Lara, tu n'es pas obligée de me faire croire que tout va bien, je sais à quel point tu es triste et je peux te comprendre. J'aimais Matt comme un frère.

— Tu le connaissais depuis combien de temps ? demandé-je pour détourner son attention.

— En fait, on s'est connus à l'école militaire de Querqueville, à Cherbourg.

— Oui, je connais bien, c'est là que j'ai fait mes classes moi aussi.

Il sourit légèrement en s'approchant encore un peu.

— Après l'obtention de nos diplômes, nous avions réussi à avoir la même affectation.

Un silence.

— Il me manque, finis-je par dire les larmes aux yeux.

— Je sais Lara, dit-il en me prenant dans ses bras.

C'est le premier contact que j'ai depuis la mort de Matt. Je suis restée plus d'une semaine toute seule avec ma chienne, Joyce et, à vrai dire, le contact humain m'a un peu manqué. Je ne reviens pas sur la promesse faite à Matt quand je suis partie du Château. J'essaierais de rester la même malgré le mal que l'on m'a fait, et je peux au moins faire un effort pour son meilleur ami. Et puis, il a été le seul à m'adresser la parole à mon arrivée, le seul qui n'a pas eu peur en ma présence, même si je l'intimidais. Les autres obéissaient seulement aux ordres de ma mère ou du commandant Charles en évitant de se retrouver seuls avec moi. Je ne peux pas leur en vouloir, mais cela m'a quand même blessée de sentir cette peur en eux, malgré tout ce que j'ai fait et perdu.

En fonction du résultat de cette mission suicide, soit je reste au Château, ne laissant rien ni personne me dicter ma conduite, soit je pars avec ma famille, loin de tout ce merdier.

Au bout de quelques longues secondes, Alex me lâche et me regarde dans les yeux.

— Je sais ce que tu as vécu et j'en suis désolé. Ça a dû être terrible de le perdre si vite et de le voir partir à cause de ce connard de second-maître.

Ma gorge se serre.

— Alex, ce n'est pas contre toi, mais je ne veux pas revenir dessus. J'essaie d'oublier ce qui s'est passé, alors s'il te plaît, ne m'en parle plus !

— Oui, oui, bien sûr, désolé Lara, dit-il en baissant les yeux. Je vais te laisser seule. Je te tiens au courant lorsque j'aurai des nouvelles de Toulon.

Il se lève avec précaution et se dirige vers l'échelle, à l'arrière du wagon pour aller rejoindre les autres à l'intérieur. Je n'ai pas voulu le contredire, mais il ne lui servira à rien de venir me prévenir, malgré le vent et le bruit du train, j'entends plus ou moins bien ce qui se passe en dessous de moi.

Cela fait seulement un mois, jour pour jour, que je me suis réveillée dans la cour de mon ancien lycée et que ma vie a totalement changé. Rien ni personne n'aurait pu me convaincre que je deviendrais une hybride zombie, dotée d'une force surhumaine et de sens sur-développés. Sans oublier cette envie folle de mordre tout être vivant sur mon passage et ce mal de tête avec lequel je cohabite depuis le début de ma transformation. Après trois morsures et une griffure de Master, je ne pensais pas m'en sortir aussi bien. Je suis quand même restée moi-même malgré tous ces événements. Je sens la noirceur du virus au plus profond de mon être, mais j'ai appris à le contrôler, sauf face au meurtrier de Matt. Je ne pouvais pas le laisser vivre après ce qu'il nous avait fait. J'ai été trop gentille avec ces criminels et aujourd'hui, je m'en mords les doigts.

Dans environ deux heures, nous allons arriver à la gare routière de Toulon et le soleil commence déjà sa descente vers l'ouest. Nous devrons rejoindre le groupe de rescapés en pleine nuit, non que cela me gêne, au contraire, mais l'obscurité risque de ralentir mon équipe.

La pluie commence à tomber fort et me fouette le visage, alors je décide de descendre avec les autres pour les dernières heures de trajet. Tous les yeux convergent vers moi quand je rentre dans le wagon, trempée comme une souche abandonnée. Je replace mes cheveux en arrière en les essorant. Personne n'ose dire quoi que ce soit, même ce fichu lieutenant Rosky ne prend pas la peine de me faire une remarque sarcastique.

Je m'installe dans un petit compartiment sur la gauche et je regarde les arbres et les maisons défiler à toute vitesse dans mon champ de vision. Le voyage n'aura duré que huit heures, le pilote préférant ne pas aller à la vitesse maximale au cas où un danger viendrait perturber notre trajet. Pour vous dire à quel point je me suis ennuyée, moi qui n'aime pas perdre mon temps !

Alors que je suis absorbée par ce paysage magnifique qu'est le Var, je sens Bruno s'approcher de moi et prendre place en face de mon siège.

— Nous arrivons dans cinq minutes, me dit simplement le maître-principal Henry.

— Savons-nous où se trouvent les rescapés ?

— Dans un centre commercial à Ollioules, tu connais ?

— Oui bien sûr, j'ai des connaissances sur Toulon et j'y allais avec elles, enfin, « avais » car je ne pense pas qu'elles soient encore en vie après tout ça !

— Ce n'est pas sûr, mais tu as peut-être raison, on ne sait pas.

C'est triste, mais jusqu'à maintenant, je n'y avais pas pensé. Le monde est tellement parti en vrille si rapidement !

— Tu sais combien ils sont ?

— Il y a douze civils et sept militaires.

— Est-ce qu'ils ont un lien entre eux ou se sont-ils retrouvés là par hasard ?

— Je ne sais pas, leur chef ne m'en a pas informé. Nous ne savons que l'essentiel pour l'instant : qu'il y a des survivants.

— Et nous partons tête baissée sans avoir de détails, dis-je perplexe.

— Oui, et non Lara. Nous savons que toute aide est la bienvenue et nous avons la possibilité de soulager nos hommes, ils n'en peuvent plus au Château. Nous ne sommes pas assez nombreux et ils commencent à fatiguer. Je te comprends très bien, nous faisons entrer des inconnus chez nous, mais ils ont tout autant besoin de notre aide que nous de la leur.

Un silence.

— J'espère seulement que tu as raison, Bruno.

Sans ajouter un mot, il se lève, mais je l'interromps.

— Merci, dis-je simplement.

— De quoi ? me demande Bruno.

— De ne pas me demander comment je vais.

Il me fait un clin d'œil et part sans ajouter un mot. C'est ce que j'aime chez son frère et lui, ils savent ce qu'il faut dire ou ne pas dire. Il ne me connaît que depuis quelques semaines, mais il m'a déjà cernée et c'est grâce aux jumeaux et à Alex que je ne me suis pas enfuie définitivement du Château. Malgré tout, il reste des gens bien. En sera-t-il de même pour ceux de Toulon ?

Petit à petit, le train ralentit dans un léger crissement et au bout d'une minute, il s'immobilise totalement devant les grandes portes intérieures de la gare centrale de Toulon. Depuis que nous sommes arrivés aux abords de la ville, mon petit radar personnel a repris ses fonctions. Quand je regarde mes sept compagnons de route, je sens en eux de la peur et une pointe d'excitation.

Sur le quai se trouve une vingtaine de contaminés bien crades. Toulon étant une ville plus grande et plus peuplée, la nourriture y a été servie à volonté sur un plateau d'argent. Je ne savais pas à quoi m'attendre en entrant dans cette ville, mais maintenant que ma tête est sur le point d'exploser, je sens que nous allons avoir du travail. Moi qui m'étais ennuyée pendant le trajet, je sens que je vais avoir de quoi faire !

— Heu, Lara, ce n'est pas que je ne veuille pas de toi, mais je préférerais que tu ailles en première, si ça ne te dérange pas, me demande mon grand et fort ami, Alex.

— Enfin quelqu'un se décide à me le demander ! dis-je en secouant la tête. Économisez les balles au maximum, mais couvrez-moi quand même, j'en ai marre de me faire mordre.

— Tu sens des Masters ? me demande Dany.

— Non pas pour l'instant, mais quand j'en sentirai un, je vous le ferai savoir bien assez vite. Alex et…

— Tom, c'est Tom, capitaine.

J'acquiesce de la tête en continuant.

— Allez sur le wagon et couvrez-moi. Les jumeaux, attendez que je dégage la voie et entrez à l'intérieur sécuriser les lieux avec vos lames, mais pas d'imprudence, d'accord ?

— Oui Lara, répondent-ils en chœur.

— Vous deux, vous restez ici le temps que j'en finisse avec les morts ambulants et quand je vous fais signe, sortez avec le lieutenant rejoindre Bruno et Dany, OK ?

— Oui capitaine, répondent les deux derniers du groupe, un second-maître et un maître dans la trentaine.

Pour une fois, Rosky n'a pas fait d'objection et j'en suis bien contente. Je n'ai pas envie de me prendre la tête avec lui pour le moment, j'en ai d'autres à couper dehors.

Je m'empare de mon beau tantō de la main droite et ouvre la porte de la main gauche. Déjà, deux contaminés m'attendent au bas du train. En un seul coup de lame, les deux têtes tombent en même temps sur le sol et viennent bousculer un troisième zombie, juste derrière. Sans attendre, je m'élance dans la foule et les coups partent dans tous les sens. Je me sers d'une femme assez grande pour me séparer d'un attroupement de cinq contaminés sur ma gauche, pendant que j'affronte un autre groupe de trois individus tous aussi hideux les uns que les autres, à l'aide de ma lame. Les corps tombent inertes à mes pieds, m'éclaboussant au passage de leur sang visqueux et malodorant. Heureusement que ma combinaison est hyper glissante et ne tâche pas. Vraiment pratique cette tenue !

À l'intérieur de la gare, je sens les jumeaux se défendre face à une demi-douzaine de contaminés avec assez de facilité. Ils sont plus âgés que beaucoup d'entre nous, mais ils savent très bien ce qu'ils font. Un grand mec dans la vingtaine avec des muscles énormes se dirige vers moi, le regard rivé dans mes yeux et du sang dégoulinant du reste de sa bouche, si je peux appeler ça une bouche. Je n'ai pas le temps de me débarrasser d'un autre petit groupe de contaminés avant qu'il n'arrive sur moi. Il m'attrape le bras avec sa grande main toute sale et me tire vers lui. Sa deuxième main m'attrape le cou. Il me soulève au-dessus de lui pour avoir plus facilement accès à mon estomac et par la même occasion, mes tripes et mes boyaux. Un festin pour lui. Même mort, cet enfoiré est doté d'une force énorme et je commence à vraiment à manquer d'air.

Du coin de l'œil, je vois Alex qui se positionne pour lui tirer dessus. Je lui fais signe de ne pas l'abattre. Sans attendre plus longtemps, je positionne mes pieds sur son torse pour m'aider à l'atteindre au cou et quand mes jambes réussissent à l'entourer, je tire fort dessus. La seconde suivante, un « crack » se fait entendre en même temps que nous tombons tous les deux au sol. Avant que nous touchions terre, je me relève en exécutant un salto arrière pour me remettre sur les pieds, prête à l'attaque.

D'autres approchent déjà, mais ils sont assez loin pour ne pas que je m'en préoccupe. Je fais signe à tout le monde de me suivre à l'intérieur et je ferme la porte derrière moi afin de garder l'endroit sûr pour notre retour de mission.

— Pas de bobo ? demandé-je.

— Non, me répond Bruno, aucun capitaine !

— Bien, ne tardons pas trop. Je sens qu'il y en a qui se rapprochent de plus en plus, mais pas de Masters, rajouté-je en sentant leur peur croître. Normalement, il y a des bus en sortant à gauche, il nous en faut au moins deux pour pouvoir récupérer tout le monde.

— Mon frère et moi allons en prendre un chacun, intervint Bruno. Il vaut mieux qu'on se sépare en deux groupes au cas où il adviendrait un problème.

— D'accord, acquiesce le lieutenant Rosky. Faisons ce que le maître-principal a dit et vite ! Je n'ai pas envie de me faire bouffer moi.

— Comme tout le monde, dis-je sans m'empêcher de lui lancer un regard noir.

Notre petit groupe se dirige déjà vers la sortie. Je les devance pour être sûre qu'il ne leur arrive rien. Dehors, c'est le carnage ! Entre les voitures, les motos et toutes sortes d'ordures, la route est quasiment impraticable et bien sûr, entre toutes ces carcasses, une centaine de contaminés rôdent sans but ni raison. Nous n'avons pas le temps de faire dix pas qu'ils nous sentent déjà et changent leur trajectoire pour venir vers nous. Je me mets à courir entre eux, sans les toucher. Ils sont beaucoup trop nombreux pour les affronter. Derrière moi, les jumeaux précédés d'Alex, du lieutenant et des quatre autres soldats, suivent sans dire un mot, de peur d'une mauvaise réaction des zombies.

# CHAPITRE 2

J'avais raison, il y a bien des bus dans le parking en face de nous. Six grands cars dernière génération sont correctement alignés, les uns à côté des autres, intacts. Quand je me rapproche d'eux, cela me rappelle le premier jour où je me suis réveillée dans la cour de mon ancien lycée et que nous cherchions un moyen de transport sûr et assez grand pour pouvoir récupérer des personnes non-affectées sur notre chemin. Cette fois, c'est du premier coup que le bus s'ouvre quand Dany actionne le bouton dissimulé sous les grilles de ventilations du moteur. J'attends que tout le monde soit monté avant d'y aller à mon tour.

Deuxième étape réussie. Nous n'avons pas eu beaucoup de mal à atteindre les véhicules en sachant que les contaminés sont assez lents, quoiqu'un peu plus rapides qu'il y a quelques semaines. Sur le trajet qui mène jusqu'au centre commercial Carrefour, je contemple les dégâts qu'a causés le virus sur la plus belle ville qu'il m'ait été permis de voir et d'y séjourner pendant mes permissions.

Toulon est encore plus dévasté que Castres. La population n'a pas eu le temps de s'enfuir quand tout a commencé et je peux imaginer qu'aucune ville au monde n'a pu s'y préparer. C'est un vrai désastre… Les bâtiments ne brûlent plus, mais nous pouvons voir que cela a été le cas, comme les palmiers et fleurs qui décoraient cette belle ville du sud. Des camions de police et de pompiers sont eux aussi dans un état lamentable. Ils ont dû vouloir intervenir pour aider les civils, mais ils ont fini en contaminés, comme tout le monde. Ça me fait mal au cœur de voir tout ça.

Confortablement assise à l'avant du bus, je profite de ce moment de calme pour admirer l'intérieur de l'habitacle. À part les secousses que subit le car quand Bruno pousse une voiture avec l'avant du véhicule, j'ai l'impression d'être à l'arrêt. Le moteur est totalement silencieux depuis que l'essence et le gasoil ont été interdits pour être remplacés par de l'eau et de l'énergie solaire combinées. Les sièges sont si moelleux et doux que je pourrais m'endormir dessus si je ne me préoccupais pas de ce qui se passait dehors. On se croirait dans le salon d'un grand hôtel avec ses sièges d'un beige presque blanc suffisamment grands pour s'y asseoir à deux sans difficulté. Je crois que Bruno a eu des goûts de luxe en choisissant celui-ci car si, en général, les bus sont confortables et chics, celui-là est de première classe.

J'étais tellement absorbée par l'intérieur de l'habitacle que je ne me suis pas rendu compte que nous étions déjà arrivés. En même temps, Carrefour n'est qu'à six kilomètres de la gare. Derrière nous, le bus, qui contient le lieutenant et le trio de soldats doit piler comme un dingue pour éviter le coup de frein de Bruno. J'ai juste le temps de me rattraper aux barrières devant moi pour éviter de faire un plongeon direct dans le pare-brise. Je suis sur le point de demander des explications à mon maître-principal préféré quand ma tête répond à sa place. Une douleur vive et intense me traverse le crâne en même temps que j'observe la situation, à trois cents mètres de nous : deux Masters sur le toit du magasin en train d'essayer d'entrer dans la bâtisse. Ce que me confirme l'oreillette d'Alex, qui reçoit une transmission de l'un des hommes à l'intérieur du centre commercial.

—… *Il faut vous dépêcher avant qu'ils n'entrent.*

— Nous sommes juste en face du centre commercial, mais il y a trop de contaminés à l'extérieur. Il nous faut un endroit où nous pouvons entrer avec les bus ou…

— *Nous avons accès à la réserve et au quai de déchargement de marchandises, là où les camions livrent.*

— C'est où ? demande mon ami à son interlocuteur.

— *À gauche du bâtiment. On vous y attend. Nous ouvrirons les portes quand vous serez devant, mais avant, il faut que vous nous débarrassiez de ces monstres, là dehors.*

— Je ne vois pas comment nous allons faire ! Ils doivent être dans les deux cents, voire plus. Je…

Je fais signe à Alex d'interrompre sa conversation, car une mauvaise idée vient de me traverser l'esprit.

— *Vous ne nous aviez pas dit que vous aviez une arme secrète, l'arme ultime, comme vous l'appelez ?* demande l'homme dans l'oreillette.

— Si, si bien sûr, mais attendez deux minutes, dit mon ami. Qu'est-ce qu'il y a Lara ? continue-t-il à mon attention.

—J'ai une idée farfelue, mais il faut que tu me fasses confiance.

— Dis !

— Pas le temps de discuter, Bruno, ouvre la porte, s'il te plaît, que je sorte. Une fois que je suis dehors et que vous voyez que les choses bougent, foncez vers les portes le plus vite possible. Je vous rejoindrai plus tard.

— Mais Lara, commence Alex, tu ne…

— Chut ! J'ai dit pas le temps. Allez, informe tes amis à l'intérieur de se tenir prêts, OK ?

— OK, mais fais attention Lara !

— Tiens, me dit Bruno, en me tendant son oreillette, tu en auras plus besoin que moi.

— Merci, comme ça, je pourrais vous tenir informés de mon avancée.

— Et surtout savoir si tu n'as rien, me dit Alex.

— Ne t'inquiète pas, je suis une dure à cuire, ne l'oublie pas.

Sans plus attendre, je me lève et m'élance dehors, oreillette en place en jetant un dernier coup d'œil vers mes amis dans le bus. Tout en courant, je m'empare de mon katana et de mon tantō en faisant le vide en moi, comme à chaque début de combat. J'exclus de mon esprit toute tendresse ou tout sentiment qui me ralentirait dans le massacre que je m'apprête à faire.

Je saute au-dessus de la bordure de l'autoroute et me laisse glisser jusqu'au bas du talus où je me retrouve en plein cauchemar. Avec la lame bleue de mon nouveau tantō, je m'entaille la paume et laisse couler le sang à mes pieds. En une fraction de seconde, tous les yeux bleu cyan sont sur moi. Un frisson de dégoût me traverse le corps, mais en même temps, je suis excitée comme une puce sur le dos d'un chien. Quand je sais que j'ai capté l'attention de tout le monde, y compris des deux gros Masters sur le toit, je me déplace doucement sur la droite pour attirer le petit troupeau affamé loin du quai de chargement.

Quand l'un d'entre eux se rapproche trop, je le décapite d'un seul coup de lame. J'aime les reflets qu'elle donne grâce au coucher du soleil. Son bleu se reflète sur les contaminés autour de moi comme si elle choisissait ses victimes.

Tout en reculant, je monte sur le talus qui mène à l'autoroute afin d'avoir une vue d'ensemble.

— Allez-y maintenant, dis-je en appuyant sur la minuscule oreillette.

— *OK*, me répond Alex et Tom. *Fais attention à toi*, me répète mon ami.

— Comme toujours Alex.

Sur ce, j'entends les bus partir à toute vitesse vers les portes du garage. Je perçois une conversation dans l'oreillette entre Alex et le même homme que tout à l'heure, mais je suis trop concentrée sur les deux Masters qui piétinent tout sur leur passage dans leur folle course pour venir me dévorer. Je reçois en même temps des dizaines d'images qui me demandent toujours la même chose : « Est-ce que tu es comme nous ? » « Dans quel camp es-tu ? »… Pour conclure par celle de ma tête dans leur gueule… Ce qui veut dire qu'ils ont bien compris que je ne comptais pas jouer à la dînette avec eux.

Pour plus de sécurité, je m'élance vers la station de lavage sur ma droite afin de me mettre en hauteur et d'avoir un léger avantage sur les deux Masters qui se jettent en même temps sur moi. En une fraction de seconde et dans un réflexe automatique, mon corps se met en position de défense en même temps que le virus brûle les moindres cellules de mon sang. C'est comme si mon corps et mon âme se mettaient tout seuls en mode combat et que le virus prenait le dessus sur le reste de mes cellules encore humaines. Alors je laisse cette rage m'envahir avec plaisir et c'est dans cet état que j'accueille mes deux amis hideux. Le premier mâle me saute directement à la gorge, alors que le deuxième, lui, m'attaque sur le flanc gauche. Sans attendre qu'ils me percutent, je saute au-dessus du premier, en lui assénant un coup de tantō à la base de la nuque et en laissant le deuxième percuter son congénère. Les deux Masters s'écroulent à mes pieds, l'un raide mort, sa tête pendant au bout de ses épaules et l'autre, sonné.

Grâce à l'oreillette, je sais que les deux bus ont réussi à atteindre les portes sans encombre. Des bribes de conversations me parviennent, mais je n'arrive pas bien à entendre ce qu'ils se disent tant le volume est fort et me perce les tympans.

—*... Fille seule dehors, mais vous êtes fou...*
— *Ne vous inquiétez pas... Elle va bien.*
—*... Ultime ?*
— *Oui... Elle...*
— *Mais ce n'est...*
— *Vous verrez de...*

Mais je n'ai pas le temps d'essayer de comprendre le reste car le dernier Master se relève déjà. Je me jette sur lui, mes deux armes devant moi et entame une danse folklorique avec mon adversaire. Celui-là est plus difficile à tuer que le premier, sans doute car il se pensait plus fort et plus rapide que moi. Erreur mon coco !

Pour ne pas être gênée par les zombies qui commencent à être nombreux, je remonte sur le lave-automatique d'un seul bond et me retourne aussitôt pour faire face à mon Master. Je garde en main mon tantō et range mon katana à sa place, dans mon dos, pour me laisser une main libre. Depuis ma griffure au dos, je suis une vraie grenouille. Je saute à des hauteurs impossible pour un humain.

Il ne se fait pas attendre et me rejoint en deux secondes, juste après avoir arraché la tête d'une contaminée qui s'était trop approchée de lui. Cette fois encore, je suis déjà en position quand il me rejoint d'un bond et juste au moment où il est sur moi, je me décale légèrement sur ma droite en lui attrapant le cou de ma main libre et le cloue sur place. Avant que je ne le transperce de ma lame, ce dernier se reprend et réussit à me balancer à vingt mètres de lui. En deux, trois mouvements, il est sur moi et m'écrase de son corps énorme et musclé.

— Merde !

J'arrive à lui bloquer la mâchoire avant qu'il ne me morde à l'épaule, mais dans ma chute, j'ai lâché mon arme. Je me retrouve démunie face à ce monstre. Autour de nous, les contaminés n'osent pas trop se rapprocher du combat. C'est étrange car ils ne sont pas censés éprouver quoi que ce soit à moins que ça ne soit qu'un simple instinct de survie... Et puis le Master balaie le sol de son énorme queue, ce qui coupe en deux ceux qui osent trop se rapprocher.

— *Lara ? Lara ?* entendis-je Alex m'appeler par l'intermédiaire de l'oreillette. *Lara réponds-moi ! Lara, tu m'entends ?*

Je suis dans l'incapacité de répondre dans la position dans laquelle je me trouve. En plus du bourdonnement incessant de la présence des zombies autour de moi, le bruit de mon oreillette m'insupporte au plus haut point. J'arrive par je ne sais quel miracle à dégager mon bras droit d'au-dessus du Master, ce qui me permet d'atteindre mon katana dans le dos, avec assez de difficultés. Pendant ce temps-là, je maintiens toujours la mâchoire de ce monstre à l'aide de mon bras droit, positionné juste au-dessus de sa pomme d'Adam. Une fois ma lame dégagée de mon dos, je lui enfonce son extrémité dans la gueule et la ressort par son crâne.

Toutes ses forces l'abandonnent et je me retrouve avec un poids mort allongé sur moi.

— *Lara, putain, réponds. Lara !* me crie toujours mon ami dans l'oreille.

— *Et vous, quelle idée de laisser seule une fille dehors alors qu'il y a des centaines de zombies et ces gros machins !* entendis-je dire le chef du groupe à l'intérieur du magasin par l'intermédiaire, toujours, de l'oreillette.

Quand je réussis enfin à me libérer de ce foutu Master, je m'enfuis le plus loin possible de tous ces contaminés qui ont commencé à se rapprocher maintenant que le combat mortel est enfin fini. Tout en courant, j'appuie sur l'oreillette.

— Mais putain de merde, hurlé-je, vous n'avez pas bientôt fini de me gueuler dans les oreilles là ?

— *Désolé Lara,* dit Alex gêné. *Je croyais qu'il t'était arrivé quelque chose, tu ne répondais pas.*

— En même temps je ne pouvais pas vraiment te répondre Alex, j'étais occupée par ce putain de Master.

— *Et ça va ?* me demande-t-il.

— Non, ça ne va pas ! Il a bien failli m'avoir celui-là !

— *Tu as tué les deux ?*

— Bien sûr, qu'est-ce que tu crois ? Je ne serais pas en train de te parler sinon !

— *La dernière fois que tu en as affronté deux, tu es morte Lara,* me rappelle Alex. *Tu es blessée ?*

— Ah ah, tu es bien marrant toi ! Mais la donne a changé depuis, tu le sais ! Sinon, je n'ai rien de grave, juste mon épaule qui me lance, et pour cause, j'ai fait un vol plané de vingt mètres. Il m'a bien eue cet enfoiré.

— *Mais comment… Je ne comprends plus rien là,* entendis-je de leur chef.

— Ils m'entendent ? demandé-je.

— *Oui, leur radio est sur haut-parleur. Tu es où là ?*

— Je suis toujours dans le parking, j'essaie de me frayer un passage sans trop de mal. Alex ? Tu ne leur as toujours pas dit ?

— *Non, ils le verront par eux-mêmes,* entendis-je rire mon ami.

— Si tu veux, mais fais-en sorte qu'ils ne me tirent pas dessus quand je serai là, OK ?

— *OK,* répond Alex.

— *Mais pourquoi lui tirerions-nous dessus ?* dit leur chef. *Vous allez me dire ce qu'il se passe enfin,* s'énerve-t-il.

— J'ai dit d'arrêter de me gueuler dans les oreilles, j'ai la tête qui va exploser à la fin, MERDE ! De toute façon, j'arrive.

— *Nous t'attendons aux portes,* entendis-je dire Bruno.

— Non pas les portes, ils sont devant. Ils ont senti vos odeurs et s'y sont pointés. Je vais passer par le toit, je suis là dans une minute, le temps que… Je… Me débarrasse… D'eux. Ah, c'est mieux comme ça, dis-je en privant quatre corps de leurs têtes.

— *Tu vas faire comment Lara ?* me demande bêtement mon ami.

— Alex, tu me déçois, vraiment.

Même à travers l'oreillette, je le sens sourire, ce qui déconcerte l'homme à ses côtés. Tout en écoutant ces hommes et ces femmes qui parlent de moi, sans vraiment comprendre ce qu'ils entendent, je saute sur un parterre de fleurs assez haut pour y prendre mon appui et me permettre de m'accrocher au grand lampadaire en face de moi. Une fois dessus, j'y grimpe tel un petit singe sur sa liane et une fois tout en haut, je prends le plus d'élan possible et me propulse sur le toit. Je rattrape de justesse le rebord et me hisse à la force de mes bras. Mon épaule gauche me lance un peu, mais je n'y fais pas trop longtemps attention car on recommence à parler dans l'oreillette.

— *Tu y es, Lara ?*

— Si tu me déranges toutes les trente secondes, ça ne va pas aller, Alex ! Et oui, j'y suis. Il faut juste que je trouve un endroit par où passer. La vache ! m'écrié-je.

— *Quoi Lara ?* me demande paniqué mon second-maître préféré.

— Ils ont fait un carnage en haut ces deux Masters. Ils étaient à deux doigts de passer. Heureusement que nous sommes arrivés à temps.

— *Oui, et nous vous en remercions,* intervient leur chef.

— Vous nous remercierez quand nous serons sortis sains et saufs d'ici.

Plus personne ne parle pendant une minute.

— *Lara, c'est toi ce bruit au-dessus de nous ?* demande Dany.

— Ah Dany, j'adore entendre ta voix, dis-je pour une fois qu'il parle. Et oui, c'est moi. Je ne peux pas passer par là, je vais casser une des vitres en plexiglas. Vous êtes où ? demandé-je pour ne pas qu'ils reçoivent les débris sur la tête.

— *Ça m'étonne de toi ça, Lara ! Tu ne sais pas où nous sommes ?* me taquine Alex.

— Mon très cher ami, je ne suis pas encore Superman malgré ce que tu peux en penser. Ça me serait utile de voir à travers les murs, mais ce n'est pas le cas. J'ai d'autres facultés pas très commodes, mais qui nous servent, alors, s'il… Te… Plaît, dis-je en donnant des coups de pied dans le plexiglas pour le casser, arrête de te foutre de moi, d'accord ?

Il n'a pas le temps de me répondre qu'ils me voient tous me laisser tomber du haut du toit et atterrir souplement sur mes deux pieds.

— Yeeeeeh, enfin à l'intérieur, j'en avais marre d'entendre ces râles et de sentir cette puanteur.

# CHAPITRE 3

Quand je relève la tête, je me trouve en plein dans le hall d'entrée, juste devant les caisses. Les étagères qui contenaient des articles divers et variés ont été poussées afin de faire de la place pour accueillir les rescapés au même endroit. Sinon, le reste n'a pas été touché, mais je ne suis pas allée explorer les environs. Bien sûr, à part toutes ces petites modifications, la chose que je remarque en premier sont les six militaires avec leurs armes braquées sur moi. Quand je fais attention aux rythmes de leur cœur, je sens qu'ils ont une trouille monstre et qu'ils sont sur le point de tirer.

— Je croyais t'avoir demandé de ne pas me faire tirer dessus, Alex ?

— Désolé Lara, en même temps, à quoi tu t'attendais ? Je leur ai dit, mais apparemment, ils n'ont pas compris.

Je les regarde tous sans faire le moindre geste… Au cas où !

— Bon, je vais être rapide et claire. Le premier qui tire, je lui fais avaler sa balle, est-ce bien compris ?

Malheureusement, aucun ne baisse son arme, mais au moins, personne n'a tiré.

— Lieutenant-colonel Rinck, s'il vous plaît, demandez à vos hommes de baisser leurs armes, intervient Bruno. Elle est inoffensive.

Bruno fait face à un cinquantenaire, grand et bien bâti avec les cheveux blancs coupés façon Marines. Malgré son physique plutôt attirant pour son âge, son regard aux yeux noisette est très strict et cruel. Ce qui gâche tout de cet homme.

— Parle pour toi, Bruno. Je n'irai pas jusqu'à dire que je le suis, mais je peux vous promettre que je ne vous ferais rien si vous nous laissez, mon équipe et moi, tranquilles.

Voyant qu'ils n'ont toujours pas bougé d'un pouce, je me lance encore une fois dans la longue et tragique histoire qu'est la mienne.

— Bon, puisque je sens que vous n'êtes pas prêts à baisser vos armes, je vais vous expliquer en vitesse car nous n'avons pas le temps. Alors, OUI, j'ai les yeux bleus comme les contaminés et Masters dehors, OUI, je me suis fait mordre par trois fois par ces monstres, OUI, je viens de sauter du toit sans avoir mal, rajouté-je en voyant l'un d'eux regarder d'où je suis arrivée, et NON, je ne suis pas totalement comme eux, comme vous pouvez le voir. Je suis une hybride, biologiquement créée par des scientifiques FOUS pour pouvoir nous défendre contre ce fléau.

Il y a un long silence pendant lequel ils ne me lâchent pas du regard.

— Vous voulez dire qu'après ce qui vient d'arriver, des scientifiques vous ont créée pour faire de vous une arme ? demande le lieutenant-colonel avec son accent américain que je n'avais pas remarqué jusqu'à présent.

— Non, je suis née comme ça. Ça fait des années que ces fous avaient prévu de détruire le monde grâce aux zombies et tous ces monstres. Bon, je ne vais pas vous faire un dessin, nous n'avons pas le temps, alors merci de baisser vos foutues armes, je ne suis pas patiente.

Petit à petit, les armes se baissent, mais je sens encore en eux beaucoup de craintes. Malheureusement, je ne peux pas leur en vouloir.

— Lara, tu saignes ? me demande Alex en s'approchant de moi.

— Non, ce n'est pas mon sang, mais celui des Masters.

— Et ton épaule ?

C'est vrai… Je sens une petite gêne.

— Je ne sais pas, aide-moi à enlever le haut, je n'y arrive pas seule.

Il se positionne derrière moi et fait glisser le haut de ma combinaison sur mes épaules en m'arrachant un petit cri de douleur.

— Attends Lara, tu as un morceau de ferraille enfoncé sous l'omoplate.

— Enlève-le !

Il arrache d'un coup sec le morceau de mon épaule pour le laisser tomber au sol dans un bruit sourd.

— Je vais chercher une compresse pour arrêter le saignement.

— Pas la peine Alex, tu le sais !

— Il ne faut pas que la plaie s'infecte Lara, alors laisse-moi m'occuper de toi, me dit-il sérieusement.

— Oui papa, dis-je en rigolant.

Pendant qu'il part chercher des pansements, j'enlève entièrement le haut de ma combinaison tachée de sang de Master pour la rincer à la fontaine un peu plus loin sur ma droite. Du coup, je me retrouve en petit débardeur qui ne laisse rien à imaginer. Une fois ma veste propre, je la suspends sur la tête du dauphin en bronze de la fontaine.

J'entends des pas derrière moi.

— Je suis content que tu n'aies rien. Je me suis fait un sang d'encre quand tu ne répondais pas à la radio, me dit Bruno.

— Je ne vois pas pourquoi tu t'inquiètes toujours autant pour mon compte ? Tu sais que je peux me débrouiller seule, non ?

— Si, si bien sûr, mais je n'ai pas envie de te perdre dans un combat sous le coup de la colère.

Il a peur pour moi… Je le sens.

— Je ne suis pas en colère, Bruno !

— Ne me mens pas Lara, depuis…

— Ah non, tu ne vas pas t'y mettre toi aussi, tu sais que je ne veux pas en parler, alors stop, OK ?

Il lève finalement les mains en l'air.

— Comme tu veux, capitaine.

— Capitaine ? nous interrompt le lieutenant-colonel.

— Oui, Lara est notre capitaine et notre chef sur toutes les missions.

— Vous faites confiance à un monstre ? s'écrie leur chef.

Alors là ! Je m'approche de lui, la mâchoire serrée.

— Premièrement, je ne suis pas un monstre… Deuxièmement, je vous interdis de me parler sur ce ton… Et troisièmement, ce ne sont pas vos affaires et encore moins celles de votre équipe, MAIS la mienne.

Il reste silencieux, non sans un regard de travers.

— Lara a été élue majoritairement par tous les membres du Château. Elle est respectée et écoutée par tout le monde, continue Dany, et sans elle, vous seriez tous morts à l'heure qu'il est, alors, nous vous demandons encore une fois d'avoir du respect pour cette jeune femme !

En écoutant Dany parler, j'ai les larmes qui me montent aux yeux. C'est très rare qu'il parle et en général, quand il le fait, ce n'est pas pour dire n'importe quoi.

— Merci Dany, je ne sais pas si j'ai droit à tant d'éloges, mais je ne demande pas le ciel, je me contenterais d'un peu de respect.

Tout le monde, civils comme militaires des deux unités différentes, a assisté à notre passionnante conversation. Au total, nous sommes vingt-sept personnes, mais je sens une autre présence pas totalement humaine dans le centre commercial, pas très loin de nous.

— Il n'y aurait pas quelque chose que vous auriez oublié de nous dire ? demandé-je au lieutenant-colonel.

— Comment ça ? C'est plutôt à vous que je devrais poser la question. Qu'est-ce que vous nous cachez encore ?

— Nous répondrons à toutes vos questions quand nous serons rentrés au Château, mais répondez à Lara, s'énerve le lieutenant Rosky.

J'en reste sans voix. Il me défend pour la première fois depuis que je le connais. Soit il a pris un coup sur la tête depuis que nous nous sommes quittés à la gare, soit il a peur et se fie à mon jugement en ce qui concerne la mission. Même Alex n'en revient pas, il nous regarde tour à tour pour comprendre ce qu'il se passe.

— Pourquoi nous cacher qu'un contaminé est enfermé dans la pièce juste là ? demandé-je en montrant une porte qui doit servir de placard.

— Comment vous pouvez le savoir ? me demande étonné le lieutenant-colonel.

— Je peux les sentir à près de six cents mètres, alors ce n'est pas dix mètres qui vont m'en empêcher. Qui est-ce ?

Voyant que son chef ne dirait rien, un grand Marines aux yeux bleus s'avance et répond à sa place.

— La personne qui se trouve dans ce débarras est en fait le major général Starls Henry, qui s'est fait mordre il y a environ six heures en voulant dégager l'allée pour que vous puissiez arriver sans danger… Mais il s'est fait prendre par surprise.

Sa voix est grave et son accent presque parfait.

— Comment une personne aussi gradée que votre chef a-t-il pu se mettre en danger, lieutenant-major ? demande notre lieutenant. Un amiral n'a pas à s'occuper de ça !

— Sauf votre respect, lieutenant, continue le grand lieutenant-major aux yeux bleus, notre chef fait ce qu'il veut et nous ne sommes pas là pour désobéir à ses ordres. Il a fait ce qu'il souhaitait, mais de toute façon, c'est fini, il n'y a plus rien à dire. Il est devenu l'un d'entre eux maintenant.

Regarder deux gradés se crêper le chignon est plutôt amusant. Surtout alors que le soldat américain défit Rosky. Mon regard passe ensuite rapidement sur les autres militaires présents. D'ailleurs, que font tous ces Américains aux côtés de marins français ? Un mélange assez étrange. Sans doute un exercice conjoint entre l'armée américaine et la Marine nationale… Enfin, je n'en savais rien, mais je ne vois que ça !

— Vous dites que cela fait six heures qu'il s'est fait mordre ? demandé-je au lieutenant-major en reprenant le fil de la conversation.

J'ai l'impression que quelque chose ne va pas chez cet homme, mais je n'arrive pas à comprendre quoi ! Il me regarde fixement dans les yeux alors que les autres fixent leurs pieds comme si la terre en dépendait. Je le sonde et je comprends… Il n'a pas peur ! Voilà ce qui cloche ! Son cœur bat à un rythme régulier et je sens en lui quelque chose de familier, mais encore une fois, je ne vois pas quoi. Tout dans sa gestuelle montre qu'il n'a pas peur de moi, de ce que je suis, comme s'il y était habitué… Mais il y a autre chose. S'il n'a peut-être pas peur, je ressens comme de la rancœur, de la tristesse ou du dégoût. Franchement ce gars me met mal à l'aise. Vraiment ! Je ne saurais l'expliquer, mais j'ai du mal à le cerner.

Ne supportant plus cette ambiance, je me dirige vers la porte et l'ouvre.

— Elle était fermée à clef, s'étonne un autre soldat, dans un français plus que correct.

— Oui, elle l'était, lui répondis-je avec un sourire. Ne rentrez sous aucun prétexte. Je reviens vite.

# CHAPITRE 4

Personne n'ose me retenir quand je referme la porte. J'entends déjà le lieutenant-colonel poser des questions à notre lieutenant. Je n'y prête pas attention, car déjà le major-général est sur moi. La pièce est totalement plongée dans le noir, alors je me fie à mon ouïe et à mon odorat. Il est là ! J'arrive tant bien que mal à retenir sa mâchoire tout en le poussant au fond de la pièce. Quand son dos atteint ce qui semble être une étagère, tout ce qu'elle contient tombe au sol dans un vacarme énorme qui me fait sursauter. Je ne l'ai jamais avoué, mais j'ai ce qu'on appelle la phobie du noir, pas la nuit calme et tranquille de la pleine lune ou même du croissant de lune, mais du noir total où je ne distingue rien ni personne. Ici, même avec mes facultés, je ne vois presque rien du tout.

Sans lui lâcher le cou de ma main droite, je lui fourre ma main gauche dans la gueule pour qu'il y morde à pleines dents. Ce qu'il fait, sans ménagement, en tirant dessus de toutes ses forces. Quand il a bu, je lui assène un petit coup sur la tête pour l'assommer et surtout pour qu'il ne m'arrache pas la chair de ma main. Je pense en avoir encore besoin !

Le zombie tombe à mes pieds, inerte, mais vivant, enfin, « zombiefiquement » vivant. Quand je rouvre la porte, cette fois, cinq hommes armés me font face. Dès qu'ils voient que je suis encore moi, ils baissent leur arme et me laissent passer.

— Lara, tu t'es fait mordre ? me demande Alex en venant vers moi.

— Oui, répondis-je simplement.

— Pourquoi tu es allée le voir ? intervient Bruno.

— J'ai voulu tester quelque chose, c'est tout !

— Et ça n'a pas marché ! en conclut Rosky.

— Je ne sais pas encore, il faut attendre un peu avant de savoir.

— Tu peux nous expliquer ? demande Alex intrigué.

— Non, je vous en parlerais quand je verrais le résultat. Bon, ce n'est pas tout, mais il faut commencer à rassembler le plus de choses possibles avant que l'on ne reparte.

— C'est déjà fait, capitaine, nous avons rassemblé des médicaments et du matériel médical dans la grosse mallette ici et de la nourriture dans celle-là, intervient Tom.

— Par contre, comment allons-nous faire pour repartir tous ensemble avec ce qu'il y a dehors ? demande le lieutenant-major.

Son regard est toujours aussi… Étrange, mais je n'y fais pas plus attention.

— Ne vous inquiétez pas pour ça, je m'en occuperai, en attendant j'ai faim.

— What ? me demande leur chef, les yeux ronds comme des billes.

— Je prendrais bien un bout de votre bras, il m'a l'air juteux, dis-je en me moquant de lui. Mais non, de nourriture pardi, quoiqu'un peu de chair humaine ça me calerait, dis-je pour enfoncer le clou.

— Viens Lara avant qu'il ne fasse un infarctus. Il y a du jambon encore dans les rayons au fond, me dit Alex en me tendant la main.

Je passe à côté de lui en lui lançant un clin d'œil, pour ne pas le vexer. Je me dirige vers le fond, seule et me dégote un magnifique morceau de jambon de Bayonne. Je m'installe tranquillement au-dessus des frigos, pour avoir une vue d'ensemble.

Tout en mangeant mon dîner, je me concentre sur ce qu'il se passe à l'extérieur du bâtiment et ses alentours. Sentant notre odeur, de plus en plus de contaminés se joignent à ceux déjà présents et trois nouveaux Masters sont en train de réduire la population de zombies sur le parking. Mais pourquoi font-ils ça ? Je me concentre et comprends assez rapidement. Ils sont surexcités par l'odeur de mon sang que j'ai laissé sur le sol et ne pouvant pas m'avoir, ils se vengent sur leurs petits congénères. Drôle de réaction. En même temps, les Masters de cette ville n'ont jamais senti l'odeur de mon sang, si attirant pour eux, contrairement à ceux de Castres, qui eux, se sont fait une raison, mais au début, je me souviens qu'ils avaient eu la même réaction : ils étaient devenus fous.

Quand je reprends ma petite exploration, je me rends compte que dans la partie est du centre commercial, là où se situe le SAV, les locaux ne sont pas fermés. Des contaminés errent à l'intérieur. Ça me donne une idée !

J'étais tellement absorbée par mon analyse de l'extérieur que je n'ai pas senti arriver le lieutenant-major, qui me regarde sans expression, au bas des frigos.

— Vous n'aimez pas être en bas ?

— Je préfère l'altitude, je me sens plus en sécurité et puis comme ça, je peux tout voir et tout surveiller.

— Mais vous ne m'avez pas vu venir !

— Comment vous…

— Votre réaction ! répond-il à ma question non finie.

— Bien observé ! Vous voulez vous aussi me voir morte ?

Il a un petit sourire.

— Non, je ne vous apportais que ceci, me dit-il en me tendant un bandage.

— Que voulez-vous que j'en fasse ? lui demandé-je.

— Votre main ! Vous saignez, me répond-il, comme si j'étais devenue folle.

Je la regarde alors qu'elle pend dans le vide, mon sang s'écoulant doucement sur le sol.

— C'est gentil de votre part, mais je n'en ai pas besoin, je cicatrise vite.

— D'accord, dit-il simplement avant de partir vers son groupe.

J'ai vraiment du mal à cerner ce soldat ! Je ne sais pas ce qui cloche chez lui, mais j'ai du mal à comprendre ses intentions ainsi que ce qu'il pense. Depuis ma contamination, j'arrive plus ou moins à ressentir assez facilement les humains et leurs pensées grâce à mes nouvelles facultés, mais là… Avec lui, je n'y arrive pas.

Je reste là, perchée sur mon frigo, encore un bon moment, loin de tout ce monde qui sent bon. Même si je viens de manger près d'un kilo de jambon de montagne, j'ai encore faim… En même temps, je suis entourée d'humains en pleine santé et avec la trouille. Un festin ! Je comprends pourquoi il y a autant de contaminés dehors et pourquoi ils deviennent fous, mais contrairement à eux, j'ai une âme et encore toute ma tête.

Au final, je commence à en avoir marre de cette odeur alléchante, et je décide d'aller me rendre utile et surtout, me dégourdir les jambes.

— Je vais faire un tour dehors, dis-je en passant devant mes hommes.

— Tu en es sûre ? me demande Alex.

— Je ne peux rester ici encore plus longtemps avec autant d'humains autour de moi. De plus, les Masters commencent à s'énerver dehors.

— Est-ce bien raisonnable ? me demande le chef des Américains.

— Vous ne me croyez pas capable de m'en sortir toute seule, lieutenant-colonel Rinck ?

— C'est que… Vous êtes une… Femme… Infectée, mais une jeune femme ! s'exclame-t-il avec gêne.

— Alors suivez-moi sur le toit et voyez par vous-même, Rinck !

— C'est lieutenant-colonel Rinck, capitaine ! s'énerve-t-il.

— Trop long à dire, dis-je en me retournant pour monter sur le toit.

Je l'entends ronchonner derrière moi, mais je n'y fais pas attention. Je prends les escaliers qui mènent sur le toit en compagnie d'Alex, Bruno, Rinck, le lieutenant-major et un autre américain que je ne connais pas.

— Soyez prêts au cas où je n'y arriverais pas toute seule contre les trois Masters.

— D'accord, mais fais attention, me dit mon ami.

— Comme d'hab. ! dis-je en ouvrant la porte du toit.

La nuit est déjà tombée, mais les projecteurs sur le toit et le parking ont été allumés pour nous permettre de bien y voir. Enfin, eux, car moi ça ne me gêne pas plus que ça. Je m'avance sur le bord de la bâtisse et sans même les voir, je sais aussitôt où sont mes trois amis monstrueux. Je m'empare de mon tantō et saute du bâtiment. J'atterris cinq mètres plus loin avec souplesse, entre une centaine de contaminés.

C'est alors que commence ma danse préférée. Les coups partent sans même que j'y réfléchisse et les têtes tombent. Quand je sens que je suis en mauvaise posture, je prends appui sur l'un d'entre eux pour me propulser un peu plus loin, afin de reprendre ma danse. En haut, sur le toit, des « oh » et des « ah » se font entendre en même temps que l'accélération des rythmes cardiaques, alors que les deux autres cœurs, que je connais assez bien, restent à un rythme normal. Alex et Bruno ont totalement confiance en moi et en mon jugement, et ils savent très bien que je ne me serais pas mise en danger pour rien. Ils savent surtout que j'ai souvent besoin de me défouler et me retrouver seule, loin de toute odeur humaine. En règle générale, une fois que je reviens de mon carnage, je me sens mieux et je peux affronter les hommes. Bizarre, mais efficace. Surtout après une morsure de contaminé, j'ai besoin de m'éloigner le plus possible d'eux, même si cette fois-ci, je reste éveillée, sans aucune douleur de transformation.

Une autre chose qui m'intrigue, c'est la réaction des trois Masters. Ils sont tranquillement en train de m'observer, comme s'ils me jaugeaient. Ils ont repéré mes camarades sur le toit, mais sont assez occupés à me regarder et à me lancer des questions télépathiques. Je ne sais pas combien j'en ai tué, il y a tellement de corps autour de moi que les zombies ont du mal à m'atteindre sans se retrouver par terre. J'en profite pour filer vers le Master de droite qui est assez isolé des deux autres. Celui-ci ne devait pas s'attendre à ce que je lui saute directement dessus car quand ma lame lui traverse le cou, il n'a toujours pas fait un geste. Moi qui croyais, en les voyant m'observer, qu'ils étaient plus intelligents ici… Je me suis trompée au final.

Ou peut-être pas ! Quand je me dirige vers le deuxième, celui-ci esquive ma lame et vient me sauter dessus. J'arrive à éviter son saut, seulement, le troisième arrive en même temps pour me projeter contre une voiture, dix mètres plus loin. Le choc est intense, mais cette fois, je n'ai pas lâché mon arme et je suis déjà prête quand il revient sur moi. Je le laisse venir à moi, sans bouger, dents et griffes sorties et quand il est à trente centimètres de moi, je lève mon tantō et lui embroche le crâne. Son corps monstrueux m'écrase contre la voiture. Là-haut, ils retiennent leur souffle. Quand je m'écarte de son cadavre, le tantō toujours dans son crâne pour m'attaquer au troisième et dernier Master, je les entends respirer bruyamment.

Cette fois encore, le Master me jauge. Il se demande si je suis encore capable de le tuer après ce que je viens de faire avec ses deux congénères. Je le sens hésiter. Je ne le lui laisse pas le temps de prendre une décision. Je cours vers lui et quand j'arrive à sa hauteur, j'effectue une roulade pour passer sous ses jambes ainsi que sa queue et le prendre par-derrière. J'empoigne sa nuque de ma main droite et le soulève tout en le jetant contre un poteau électrique. Le Master s'écrase au sol en emportant avec lui une dizaine de zombies au passage.

Comme il reste sonné, j'en profite pour lui monter dessus et grâce à la force de mes bras, je lui arrache la tête et la lance sur le toit, juste à côté du lieutenant-colonel Rinck. Ce dernier recule pour éviter cette offrande, écœuré.

Sans perdre de temps, je retourne chercher mon tantō dans le crâne de l'autre Master et je grimpe sur le toit en quelques secondes.

— Vous n'aimez pas mon cadeau ? lui dis-je en souriant.

Il me regarde de la tête aux pieds, d'un air choqué.

— D'accord, je me suis trompé, avoue-t-il. Vous êtes capable de faire bien plus de choses que nous tous réunis, mais je n'arrive toujours pas à comprendre comment vous pouvez abattre ces monstres aussi facilement.

— Facilement ? Non, je ne dirais pas ça. Quand on ne les connaît pas, oui c'est très dur de les affronter, mais moi je les comprends.

— Comment ça ? demande le lieutenant-major.

Je le regarde sans lui répondre. Son cœur est calme, même si je vois que quelque chose le dérange.

— Lara a la faculté de communiquer avec les Masters, intervient alors Alex.

— Ils m'envoient des messages sous forme d'images. C'est comme ça qu'ils nous parlent, en tout cas David et moi.

— Qui est David ? demande le lieutenant-major. Une autre personne comme vous ?

— Non, pas vraiment. Nous en reparlerons plus tard, pour l'instant, rentrons avant que d'autres n'arrivent, dit Rosky, pas très à l'aise sur le toit.

— Mon petit Rosky, vous savez que je le saurais s'il y en a qui viennent, le taquiné-je.

Vexé, il se retourne et descend les escaliers. Je fais signe aux autres de descendre, moi j'ai encore besoin de rester un peu seule.

# CHAPITRE 5

Je m'assoie sur le rebord du toit et lève la tête pour admirer les étoiles. Le temps est assez doux pour la fin décembre. Le ciel est entièrement dégagé, ce qui me permet d'admirer la Grande et la Petite Ourse, mes constellations préférées. Je finis par m'allonger sur le dos, face au ciel, les bras derrière la tête pour m'en servir comme d'oreiller. En bas, les contaminés sont excités comme des puces et ils n'arrêtent pas de grogner et de griffer le mur du centre commercial.

Je ferme un instant les yeux et quand je les rouvre, le lieutenant-major est penché au-dessus de moi. Merde…

— Désolé, je ne voulais pas vous réveiller !

— Me réveiller ?

— Oui, ça fait une heure que vous êtes là.

Je me relève d'un bond.

— Mince, je me suis endormie.

— Depuis quand vous n'avez pas dormi ?

— Je ne sais plus… Plusieurs jours.

— Vous n'êtes pas Superman, capitaine, il faut que vous vous reposiez !

— Ah ah, dis-je simplement avant de me relever. Vous êtes là depuis combien de temps à m'observer ?

— Pas longtemps, pourquoi ?

— Je ne sais pas, je ne vous ai pas senti arriver, c'est tout.

En fait, c'est la première fois que je ne sens pas un humain s'approcher de moi. Décidément, il y a vraiment quelque chose qui ne va pas chez lui. Je suis curieuse.

— Pourquoi êtes-vous monté me voir lieutenant-major ?

— Somer. Mon nom est Somer.

— Somer, vous venez d'où ?

— De Chicago, mais je suis basé à Jacksonville, en Caroline du nord, dans la *Marine Corps Base Camp Lejeune*, capitaine.

— Vous avez des parents ? Je veux dire une mère et un père, insisté-je sur le dernier.

— Pourquoi voulez-vous savoir ceci, capitaine ?

— Répondez à ma question ! S'il vous plaît, continué-je plus gentiment. J'ai besoin de savoir.

— Ma mère est morte en couche et mon père, je ne sais pas. Il est toujours aux États-Unis, mais je ne sais pas s'il est encore vivant !

— Vous avez connu votre père ?

— Oui, bien sûr !

— Êtes-vous sûr que c'était bien votre père biologique ?

— Mais pourquoi ces questions, capitaine ?

— Il me faut absolument savoir si vous en êtes sûr ! dis-je durement.

— Oui, j'en suis sûr. J'ai fait un test de paternité quand je suis entré dans les Marines, me répond-il un peu énervé avec son accent américain.

Alors je me suis trompée… Il n'est pas comme moi. Il a bien un père, mais alors pourquoi est-il si différent des autres ? Je ne comprends pas et ça m'énerve.

— Désolée, dis-je en me dirigeant vers les escaliers pour m'éloigner le plus possible de lui.

Avant même d'arriver en bas des escaliers, je sens la présence d'une nouvelle personne. Une personne qui n'en était plus une il y a une heure. Quand je m'approche du regroupement de soldat au centre du magasin, tout le monde s'écarte pour me laisser passer et m'approcher de l'ex-zombie qui m'a mordue à la main, enfin, que j'ai laissé me mordre.

Il est assis sur le rebord de la fontaine, la tête entre les mains et les jambes allongées devant lui. Le battement de son cœur est assez rapide, mais il a un rythme plus qu'encourageant vu l'état dans lequel il se trouvait à mon arrivée. Quand il relève la tête, je croise ses beaux yeux bleus, presque la même couleur que les miens, plus naturels. J'en reste sans voix.

Alors j'avais raison… Je n'avais pas halluciné la dernière fois, devant le 8è RPIMA. Cet homme est totalement différent du zombie que j'ai affronté tout à l'heure dans la petite pièce. Le contaminé dodu et maladroit est en fait un homme de taille moyenne avec un joli visage carré quoique joufflu et un corps tout en muscles. À croire que les Américains et surtout les Marines sont tous sortis du même moule, à part sa coupe : il est chauve !

— Comment tu as su qu'il allait redevenir humain ? me demande Alex.

— Lara ? intervient Bruno voyant que je ne réponds pas.

En fait, je suis incapable de détourner mes yeux des siens et lui des miens. Je ne sais pas si c'est le fait qu'il me croit être un zombie ou s'il me reconnaît. Je ne sens en lui aucune peur, au contraire, je sens comme… Comme de la reconnaissance.

— Merci, merci, infiniment capitaine, me dit le major-général Starls. Sans vous, je serais en train de manger de la cervelle !

— En fait, les zombies ne mangent pas vraiment la cervelle, mais bon, ce n'est qu'un détail. Je n'étais pas sûre qu'il redevienne humain, continué-je pour répondre à la question de mon ami.

— Mais comment en as-tu eu l'idée ? insiste Alex.

— Quand nous sommes retournés au 8e RPIMA, j'ai remarqué que le zombie qui m'avait mordue quelques jours plus tôt avait été totalement dévoré. Nous savons qu'ils ne se mangent pas entre eux, alors je me suis posée la question. Quand vous m'avez dit qu'il venait de se transformer, j'ai tout à coup eu une idée pour savoir si ma théorie farfelue était bonne ou pas. La suite vous la connaissez.

Ils sont tous choqués… Moi aussi ! Qui l'aurait cru ?

— Alors, nous pouvons guérir des morsures de ces monstres ! s'exclame Rosky.

— Non pas vraiment, le contredis-je. La première fois que je me suis fait mordre au cou, le contaminé qui m'a blessée n'est pas redevenu humain, car je l'ai recroisé quelques heures plus tard et il n'avait pas été mangé. Et pareil pour le troisième qui m'a eue à la jambe, ainsi que pour le Master.

— Vous avez été mordue par un Master, me demande l'amiral américain.

— Non, pas mordue, griffée, dis-je en me retournant et en soulevant mes cheveux pour qu'ils voient le début de mes griffures.

— Waouh, s'exclame l'amiral. Et vous êtes toujours en vie ?

— Comme vous le voyez ! Je suis morte par quatre fois maintenant et je suis toujours revenue, mais bon, ce n'est pas moi la bête de foire pour l'instant, si vous me permettez.

Je me rapproche de lui pour observer sa morsure au bras droit. Elle est totalement guérie et déjà cicatrisée comme la mienne, la première fois. Je palpe sa peau pour voir sa consistance et sa dureté. Elle est parfaitement normale pour un humain.

— Remarquez-vous une différence chez vous ? lui demandé-je.

— Non, rien du tout à part mes yeux qui ont changé de couleur !

— Ils étaient comment avant ?

— Verts.

Un silence.

— C'est une particularité des personnes contaminées. Ils ont tous les yeux bleus, dit Dany nous faisant sursauter.

— Pourquoi tu dis ça ? lui demande son frère.

— C'est logique non ? Regarde Lara et sa sœur !

— Jade a les yeux bleus, car ma mère les a aussi. Enfin, ils sont plus gris que bleu, c'est pareil.

— Alors comment expliques-tu que l'autre hybride les avait aussi ? me demande Dany.

— Quel autre hybride ? demande le lieutenant-colonel Rinck.

— Il y a quelques semaines, un hybride est venu dans notre Château et a voulu faire sa loi. Lara est arrivée et l'a tué, raconte Alex. Lui aussi avait les yeux bleus, contrairement à notre capitaine, il était méchant et surtout, fou.

— Alors, tu crois que ce n'est pas une coïncidence si ma sœur a les yeux bleus ?

— Je n'en suis pas sûr. Je parle beaucoup avec le Dr Antone. Je lui poserai la question, dit Dany.

— Votre sœur est comme vous ? demande le major-général.

— Non, elle n'a aucun pouvoir même si une petite de virus est dans son organisme.

Somer a une drôle de réaction quand j'annonce que j'ai une sœur. Surtout quand j'avoue qu'elle a le virus en elle. Pourquoi son cœur a-t-il fait un raté lorsque j'ai parlé d'elle ?

— À vrai dire, nous ne saurons pas vraiment clarifier les choses tant que nous n'aurons pas trouvé une autre famille comme celle de Lara, intervient Rosky.

Encore une fois, Somer a réagi à ce qu'a dit le lieutenant. Est-il impliqué dans tout ça ? Fait-il partie de cette organisation secrète qui a lâché le virus dans la nature ? Ou se pose-t-il simplement des questions sur ce qu'il se passe ? Je ne pense pas qu'il soit totalement innocent là-dedans. Il a de drôles de réactions et puis je n'arrive pas à le cerner. Ça commence vraiment à m'énerver tout ça !

Je suis sur le point de lui demander ce qui ne va pas chez lui quand je sens un Master approcher à toute vitesse du magasin.

— Bon, il faut que nous mettions les voiles et tout de suite, dis-je assez fort pour que tout le monde entende. Un Master vient et d'autres ne vont pas tarder à arriver.

— Comment pouvez-vous le savoir ? demande le major-général.

— Je peux sentir ce qu'ils se disent entre eux et là, il est en train d'inciter ses petits copains à se joindre à lui. Je ne pourrais pas tous les affronter en même temps.

En seulement trois minutes, tout le monde est déjà devant les portes du garage, valises en mains. J'ai récupéré ma veste et fais face à Bruno.

— D'abord, dis-je avant qu'ils ne me le demandent, je vais faire diversion, mais il me faut du C4.

# CHAPITRE 6

Dix minutes plus tard, je suis assise sur une grosse poutre qui traverse la grande salle du Service Après-Vente du centre commercial, juste sous le plafond. Attirés par mon sang qui s'échappe de ma main gauche, les contaminés commencent à se regrouper sous moi. Je positionne donc les charges de C4 de façon à faire s'effondrer le toit de cette partie de l'édifice sur eux. Par l'intermédiaire de mon oreillette, j'apprends que les deux bus se sont assez éloignés du centre commercial pour me permettre d'activer les charges. Au moment où je m'apprête à appuyer sur le bouton pour déclencher le minuteur, deux nouveaux Masters font leur entrée dans la grande pièce en écrasant plusieurs contaminés sur leur passage. Alex s'était occupé de celui qui était à l'extérieur tout à l'heure, mais ces deux-là sont vite arrivés.

Sans perdre de temps, je grimpe sur le toit et j'enclenche le minuteur avant qu'ils ne soient sur moi. J'ai seulement dix secondes avant de m'enfuir de là. Je me mets à courir le plus vite possible en direction des bus. Au moment où je m'élance dans le vide, le C4 explose en faisant vibrer tout le bâtiment avec lui. Malgré leur vitesse, les deux Masters n'ont pas eu le temps de s'enfuir et ils sont morts avec plus d'une centaine de contaminés. J'atterris avec souplesse sur le sol et je reprends aussitôt ma folle course vers mes amis en évitant tant bien que mal les zombies sur mon chemin.

Je ne suis plus qu'à une vingtaine de mètres des cars quand je sens la présence d'un être vivant près de moi. Je préviens Alex que je les rejoindrai plus tard et sous ses protestations, je me dirige vers cette vie qui m'attire comme un aimant. Marre de l'entendre me hurler dans les oreilles, je jette ma minuscule oreillette par terre et le calme revient aussitôt. Lorsque j'arrive à proximité de cette personne, je suis dans le parking du bâtiment Decathlon. Je me focalise sur la présence et m'arrête devant une Audy A21 rouge dont toutes les portes, sauf le coffre, sont totalement arrachées. Plus je me rapproche de la voiture, plus mon cœur s'accélère ainsi que toutes les cellules de mon corps. Mais pourquoi est-ce que je réagis comme ça ? Ce n'est pas la première fois que je suis en contact avec les humains, alors pourquoi tout mon corps et mon être sont-ils surexcités ?

Autour de moi, il n'y a qu'une petite dizaine de contaminés, assez loin pour que je prenne le temps d'analyser ce que je vais trouver dans ce coffre de voiture. Prenant une grande inspiration, je l'ouvre en forçant pour casser la serrure. À l'intérieur, une magnifique petite fillette est recroquevillée sur elle-même au fond du coffre, entourée de couvertures. Quand elle sent l'air affluer dans l'habitacle, elle lève ses yeux étranges, mais éblouissants vers moi. Lorsque nos regards se croisent, une sensation de bien-être m'envahit de la tête aux pieds. Un petit sourire se dessine sur ses lèvres rouges et je la sens tout de suite se détendre. Moi aussi par la même occasion. Je ne m'étais pas rendu compte à quel point j'étais stressée et tendue depuis le moment où je l'avais sentie. Décidément, depuis que je suis arrivée ici, je n'arrive plus à contrôler mes émotions ni à cerner les gens autour de moi.

— Bonsoir ! me dit-elle de sa petite voix fluette.

Mon Dieu… Elle est magnifique.

— Bonsoir fillette, comment tu t'appelles ?

— Kiara.

— C'est très joli, Kiara. Dis-moi, qu'est-ce que tu fais dans ce coffre ?

— Ma maman et mon papa m'y ont mis.

— Et pourquoi ?

— Maman et papa se sont fait mordre et on sait ce qu'il se passe quand ces monstres nous mordent.

La pauvre…

— Alors ils t'ont mise là pour te protéger ! en conclué-je.

— Oui, papa m'a donnée de quoi manger et boire pendant un petit moment, mais je commence à ne plus rien avoir.

— Depuis combien de temps tu es là-dedans ?

Je la vois réfléchir.

— Je ne sais plus. Je pense que ça fait plusieurs jours ! Maman a dit qu'il allait y avoir des secours bientôt… Ils ne sont pas venus, dit-elle les larmes aux yeux.

— Si, regarde, je suis là maintenant !

Son visage s'éclaircie.

— C'est vrai ? Vous allez rester avec moi ?

— Mais bien sûr, Kiara, je ne te quitterai jamais.

Je ne sais pas vraiment ce qu'il se passe, mais en prononçant cette promesse, je sais que je ne la trahirai pas.

— Quel âge as-tu ?

— J'ai trois ans, bientôt quatre, me dit-elle, en me montrant trois doigts.

— Tu parles bien pour ton âge, Kiara !

— Oui mes parents disent que je suis une petite douée ! Je sais presque déjà lire tous les mots du dictionnaire, me dit-elle en souriant.

— Et bien, tu es une grande alors. Tu viens ? Les contaminés commencent à trop se rapprocher.

— C'est quoi les contaminés ?

— Ce sont ces monstres-là, dehors. Je vais t'emmener à un endroit où tu seras en sécurité.

— C'est vrai ? me demande-t-elle les yeux brillants.

— Oui, je te le promets, allez viens, lui dis-je en lui tendant les bras.

Sans aucune hésitation, elle se lève, prend son petit sac rose et vient se blottir dans mon cou. À son contact, des milliers de frissons me parcourent tout le corps. Quand je la tiens dans mes bras, j'ai l'impression qu'elle fait partie de moi. Je ne sais pas du tout pour quelle raison !

— Et toi, c'est quoi ton prénom ? me demande-t-elle en me regardant dans les yeux.

— Lara, Lara Bel.

— Oh, j'aime bien aussi.

Je comprends pourquoi j'avais trouvé ses yeux étranges tout à l'heure. Maintenant qu'elle me regarde bien en face, alors qu'elle n'est qu'à trente centimètres de moi, je remarque qu'elle a une tache violette dans chaque œil.

— Dis-moi, tu as des yeux magnifiques, Kiara !

— Merci, ma maman dit que j'ai les yeux les plus beaux au monde.

— Ils sont comme les siens ou ceux de ton père peut-être ?

— Non, ma maman a les yeux noirs et mon papa a les yeux marron, mais ma mamie dit… Attention, le gros monstre va arriver, me crie-t-elle.

— Quel gros monstre, Kiara ? lui demandé-je en sentant moi-même un Master approcher.

— Oui, un gros zombie, plus méchant et plus grand, comme ma maman !

Je n'ai pas le temps de lui demander de quoi elle parle car le Master est juste derrière Decathlon et commence à se rapprocher très dangereusement de nous. Je cours vers ce qu'il reste d'un motard au sol et lui prends ses clefs avant de monter sur la moto. Je fais passer la petite devant moi, de manière à ce qu'elle m'entoure la taille de ses jambes, pour ne pas qu'elle tombe à la moindre secousse. J'enclenche la clef dans la serrure et la tourne. Le moteur démarre au quart de tour et sans plus attendre, je file le plus vite vers la gare. Le Master nous suit à toute vitesse. Je n'ose pas prendre mon tantō, de peur de perdre le contrôle de la moto. Je ne connais même pas le modèle ni la marque, mais en tout cas, elle se conduit super bien et très facilement.

— Vite, elle est juste derrière nous, me crie Kiara sans me lâcher.

Comment sait-elle que c'est une femelle ? Et comment a-t-elle su qu'il y en avait un qui se rapprochait ? Elle est peut-être comme moi ! Pourtant je n'ai vu aucune morsure et puis elle n'a pas l'âge pour faire partie des douze enfants tests ! Mais ça expliquerait ses yeux ! Encore une fois, je suis perdue. Il va falloir que j'aie une grande discussion avec le Dr Antone en rentrant.

Quand j'arrive à la gare, Bruno et Alex sont sur le toit. J'ai à peine arrêté la moto que j'entends un coup de feu au-dessus de moi. En y descendant, je vois que le Master est mort d'une balle dans la tête à seulement cinq mètres de nous.

— Maman, dit Kiara en pleurant.

— Quoi ? C'était ta mère ? lui demandé-je en me dirigeant vers l'intérieur de la gare.

Tous les contaminés qu'il y avait tout à l'heure ont totalement déserté la place. À croire qu'ils se sont tous dirigés vers Carrefour en nous suivant.

— Oui, c'est ma maman, je t'ai dit qu'elle s'était fait mordre par un zombie tout à l'heure et papa aussi.

— Pourquoi s'est-elle transformée en Master et non en contaminée ? me demandé-je à voix haute.

— Mamie a toujours dit que maman était spéciale.

Nous sommes à l'intérieur et je me dirige déjà vers le train sans prendre la peine de m'expliquer aux autres. Tout le monde est arrivé sain et sauf alors pas besoin de parler. Je pense que la raison est sous leurs yeux.

— Tu sais, maman est un peu comme toi en fait, me dit Kiara alors que nous montons dans le train.

— Qu'est-ce que tu veux dire par là ?

— Je ne sais pas trop… J'ai la même sensation avec toi qu'avec ma maman. Tu sens comme elle.

Je m'installe au même endroit qu'au départ en m'appuyant contre la vitre pour pouvoir allonger la petite sur moi. Elle cale sa tête contre mon épaule et le siège en entourant mon bras droit dans les siens.

— Kiara ! Dis-moi comment tu as su que le Master venait vers nous ?

— Je ne sais pas comment l'expliquer. J'ai mal à la tête quand les petits zombies sont près de moi et plus mal encore quand les gros zombies sont là !

Non… Je ne peux pas le croire ! Elle ressent la même chose que moi ! Mais comment ça se fait ? Elle est trop jeune ! À moins que…

— Quand ta grand-mère disait que ta mère était spéciale, tu sais pourquoi ?

— Oui, bien sûr. Ma maman me racontait tout. Elle ne me cachait rien. En fait ma mamie ne pouvait pas avoir de bébé alors elle est allée voir des messieurs en blancs et grâce à eux, elle a pu en avoir un.

Non ! Alors, je n'avais pas totalement tort. Elle n'est pas comme moi, mais Kiara est la fille d'un enfant test comme moi. Je comprends pourquoi je me sens attirée par elle d'une façon assez étrange. Et ses yeux… Tout s'explique.

— Qu'est-ce qu'il y a Lara ? Tu n'as pas l'air contente, me demande la petite.

— Comment tu peux le savoir, tu ne me vois pas ?

Sa tête est toujours enfouie contre moi.

— Je n'ai pas besoin de te voir, je sens ce que tu ressens en toi. C'est pareil avec ma maman. Toi aussi tu es spéciale, m'affirme-t-elle.

— Oui Kiara, en fait pour ne pas te mentir, je suis comme ta maman. Je suis spéciale comme elle. Ma maman non plus ne pouvait pas avoir de bébé alors elle est allée voir des médecins et c'est comme ça qu'elle m'a eue.

— Merci.

— Pourquoi ?

— De me dire la vérité. Ma maman est comme ça aussi. Elle m'a toujours dit la vérité.

— Et elle avait raison. Il faut toujours dire la vérité à son enfant.

— Oui, elle est bien ma maman. Tu peux être ma deuxième maman maintenant ? me dit-elle, me prenant au dépourvu.

— Pourquoi tu dis ça ?

— Lara, tu sais je suis grande maintenant et je sais que ma maman n'est plus là et qu'elle ne reviendra jamais. Elle est devenue un gros zombie parce qu'elle était spéciale, comme toi… Mais tu n'es pas devenue comme elle, pourquoi ?

Wouah ! Cette fillette est si intelligente ! Elle parle parfaitement bien et alors qu'une enfant de son âge devrait pleurer la mort de ses parents… Elle l'a déjà accepté.

— C'est une longue histoire, ma chérie. En gros, je ne suis pas devenue comme elle car les médecins que ma maman est allée voir ont bien fait leur travail avec moi et pas avec ta maman.

— Ça te fait mal ? me demande-t-elle en touchant la morsure à mon avant-bras gauche.

— Non, plus maintenant.

— Et les autres ?

— Comment tu le sais ?

— J'ai vu celle de ton cou et de ta main droite, il y en a d'autres ?

— Oui, à la jambe, à la main et j'ai la griffure dans le dos aussi.

— Tu en as plein ! C'est pour ça que tu as presque les mêmes yeux que ces monstres ?

— Oui, c'est pour ça. Tu n'as pas eu peur en me voyant ?

— Non ! Pas du tout. Je savais que tu étais gentille et je savais aussi, car tu as presque la même odeur que ma maman.

— Elle te manque ta maman ?

— Oui et mon papa aussi. Je sais que je ne pourrais jamais plus les revoir alors ça ne sert à rien que je pleure.

— Tu sais, ça fait du bien de pleurer des fois, lui dis-je. Tu es une petite fille très courageuse et très forte.

— Merci. Toi aussi, tu as perdu quelqu'un ?

— J'ai toujours ma maman et je n'ai jamais eu de papa comme ta grand-mère, mais j'ai bien perdu un ami, il y a quelques jours.

— Il s'est fait tuer par un monstre ?

— Pas le même genre de monstre que les zombies, mais c'est un humain qui l'a tué, dis-je les larmes aux yeux.

C'est la première fois que j'en parle depuis que c'est arrivé. Je ne peux pas m'empêcher de dire la vérité à cette petite et ça me fait un bien fou de me confier à quelqu'un, même si elle n'a que trois ans. Sans que je ne le prévoie, elle se retourne et me serre dans ses petits bras. Ses bouclettes noires me chatouillent le visage. C'est une vraie petite princesse que je tiens dans mes bras et le plus étrange, c'est que je n'ai aucunement envie de la mordre, alors qu'elle est humaine. Enfin, en partie. Au contraire, elle sent très bon, pas comme un dîner, plutôt comme un bon parfum, bien fruité.

— Je suis triste pour toi, je pense que tu l'aimais beaucoup.

— Oui, énormément, dis-je en versant une larme.

Elle se décale de moi et s'assied sur mes jambes.

— Alors, tu n'as pas répondu à ma question ?

Je ris doucement.

— Tu es une petite futée toi !

— Oui, je le sais, me dit-elle en souriant, ce qui me fait sourire à mon tour.

— D'accord, je veux bien être ta deuxième maman. S'il m'arrive quoi que ce soit, tu pourras rester avec ma sœur, elle est un peu plus jeune que moi et elle est très gentille, tu verras.

— Ah oui, alors d'accord, mais tu n'as pas intérêt à me laisser seule, me dit-elle en mettant son doigt devant moi.

Elle est vraiment à croquer cette petite et je n'arrive pas à la contredire. C'est comme si elle faisait partie de moi et en même temps, je sais que c'est le cas, puisqu'elle a en elle le virus.

— Dis-moi comment était ta maman ?

Je suis curieuse de savoir comment peut être une autre enfant test.

— Ma maman s'appelait Marie. Elle avait les cheveux marron coupés très court comme un garçon et elle avait les yeux noirs. Ma maman était magnifique, dit-elle, les larmes aux yeux. Elle était petite et toute fine et ça lui allait bien. Mon papa était comme elle, les cheveux comme maman, mais il était un peu plus grand.

— Je suis vraiment désolée, Kiara, lui dis-je en l'embrassant sur le front. Tu es trop jeune pour perdre tes deux parents en même temps !

— Ce n'est pas de ta faute, Lara, c'est à cause de ces messieurs en blanc.

Je suis surprise. Cette petite en sait tellement !

— Comment tu le sais ?

— Ma mamie et ma maman ont découvert que c'était à cause d'eux quand son docteur est venu la voir juste après que les monstres sont apparus. Il est venu à la maison et il a pris du sang à maman et à moi et il nous a dit de faire attention. Deux autres messieurs étaient là aussi, habillés comme tes amis, mais quand ils ont voulu sortir, les monstres sont entrés dans la maison et c'est là que maman et papa se sont fait mordre. Après on a pris la voiture pour aller au bateau de mon papa. Il s'est transformé avant d'arriver et du coup maman s'est arrêtée sur le parking et m'a mise dans le coffre, après tu connais la suite, me raconte-t-elle, d'une traite.

Je n'arrive plus à parler et je ne sais même pas quoi dire. Cette fillette a vécu tellement de choses que j'en ai le cœur brisé. Je la prends dans mes bras et je la serre tout contre mon cœur pour lui montrer que je serais là maintenant. Je ne peux pas expliquer pourquoi je me sens concernée et coupable pour cette petite, mais jamais, jamais je ne lui ferais du mal. C'est peut-être le fait qu'elle soit un peu comme moi, je pense. Si j'étais arrivée quelques jours plus tôt, peut-être que j'aurais pu connaître sa mère et enfin parler avec quelqu'un comme moi. Avec David, ce n'est pas pareil, il est un Master et je ne peux pas vraiment avoir une conversation avec lui sans qu'il ne me taquine ou sans rigoler. C'est un boute-en-train ! Kiara n'a que trois ans, mais elle est si intelligente et mature que j'ai l'impression de parler à une fille de dix ans. C'est peut-être grâce au virus qu'elle a dans les veines. Je demanderai à Roger en rentrant.

Au final, ce voyage m'aura fait redécouvrir quelque chose en moi : l'amour. Je ne pensais pas pouvoir retrouver ce sentiment. En quelque sorte, mon cœur réagit quand je la regarde, quand j'entends sa voix et pourtant, cela ne fait qu'une heure que je l'ai rencontrée. J'ai l'impression de toujours l'avoir connue. Et puis, comment ne pas tomber sous le charme de cette magnifique fillette avec ces longs cheveux noirs qui descendent en petites bouclettes sur son dos, de ses yeux bleus avec cette tache violette dans chaque œil et ses petites fossettes, si craquantes ? Si un jour j'avais voulu avoir une fille, je ne l'aurais pas imaginé autrement.

# CHAPITRE 7

Au bout d'un moment, j'entends sa respiration ralentir et un petit ronflement sort de sa bouche. Je reste un moment à écouter ce petit son si doux en ne pensant à rien d'autre. Je ne sais pas depuis combien de temps je suis là à l'écouter, mais quand je reprends mes esprits, Somer est devant moi à me regarder fixement.

— Ils veulent vous parler, me dit-il sans bouger.

— OK, j'arrive.

Sans un mot, il s'en va et me laisse seule. Je me décale légèrement pour pouvoir allonger Kiara sur les sièges afin qu'elle puisse continuer à dormir, mais elle s'accroche à moi, comme une sangsue.

— Ne me laisse pas, Lara, me dit-elle en se frottant les yeux.

— Je dois aller voir mes amis, ma chérie, je reviens vite, je te le promets.

— D'accord, dit-elle avant de se rendormir.

Je me lève en jetant un dernier regard dans sa direction. Je vais rejoindre mes hommes. Quand j'arrive dans le compartiment avant, je les retrouve, avec le major-général Rinck et le lieutenant-major Somer, en train de discuter du virus.

— … Et voilà le résultat, dit Bruno en me regardant.

— Et oui, la bête de foire, dis-je en lui souriant.

— Je ne dirais pas ça, capitaine, intervient Starls. Tu es peut-être notre seule chance de survie par les temps qui courent. Notre arme ultime !

— Oui, le petit nom que m'a donné Alex, mais je ne suis plus votre dernière chance, dis-je en pensant à Kiara.

— Comment ça ? demande Dany.

— Kiara, la petite que j'ai ramenée, elle est comme moi !

Des dizaines de questions fusent de la bouche de toutes les personnes qui se trouvent face à moi. J'attends qu'ils arrêtent ce brouhaha en croisant les bras sur ma poitrine et en penchant la tête sur le côté pour qu'ils remarquent bien que je les attends.

— Ça y est ? Vous avez fini ? Je peux parler ?

— Désolé Lara, mais nous ne comprenons pas vraiment ? dit Bruno.

— Quand je suis partie juste après l'explosion, sur le chemin, j'ai senti une présence humaine, enfin je le croyais jusqu'à ce que je la voie. Je n'ai pas compris tout de suite pourquoi j'étais attirée par elle, mais elle m'a raconté la petite histoire de sa vie tout à l'heure. Sa grand-mère ne pouvait pas avoir d'enfants comme ma mère et elle a fait appel à des médecins qui s'avèrent être les mêmes que ceux de la mienne. Sa grand-mère a eu une fille, Marie, la maman de Kiara.

Un silence pendant que tout le monde digère ce qu'ils viennent d'apprendre.

— C'est incroyable, s'écrie Rosky. Kiara est la troisième personne que nous croisons comme toi, Lara.

— Comment ça, la troisième ? demande le major général.

— Oui, il y a eu l'hybride rebelle, Florant, David, le Master gentil et maintenant Kiara, la fille d'une enfant test, dis-je pour qu'il comprenne. Mais en même temps, ça n'est pas incroyable en soi, car il y a eu douze tests chez les mères porteuses et il reste cinq enfants encore en vie qui peuvent être comme moi.

— Oui, mais pour l'instant, il n'y a que toi dont le virus a totalement intégré l'organisme correctement. L'autre hybride était fou et quant à David, c'est un Master, dit notre lieutenant.

C'est bien la première fois que je l'entends parler autant pour ne pas dire de conneries, enfin presque.

— David est comme moi. Lui n'a pas eu cette chance, si je puis dire, de se faire mordre par un zombie, mais sinon, nous sommes semblables, il parle comme nous.

— Comment peut-il parler, les Masters le peuvent ? demande Somer.

— Non, ils ne le peuvent pas, mais nous communiquons tous les deux par télépathie.

— C'est pour cela que nous lui avons créé un appareil qui permet à tout le monde de l'entendre, ce qui n'est pas pour plaire à certains ! se moque Alex.

— Pourquoi ? demande encore une fois Somer.

— C'est un vrai gamin ce Master, continue-t-il. Il n'arrête pas de faire des blagues douteuses, mais quand ça sort de la bouche d'un Master, ça fait bizarre. Nous ne nous sommes pas encore habitués à sa présence, non que nous ne le tolérions pas, au contraire, il est sympa et très utile, mais c'est un vrai gamin.

— En même temps, il n'a que dix-neuf ans ! Au début, j'étais la seule à l'entendre, alors maintenant je suis contente qu'il puisse embêter d'autres personnes, dis-je en rigolant.

— Vous avez quel âge, Lara ? me demande Rinck, sans gêne.

— J'ai vingt ans… Mais l'âge ne compte pas. Si cela m'était arrivé dans dix ans, ça aurait été la même chose.

— Lara est très mature pour son âge, intervient Dany.

— La vie a fait que je le sois, c'est tout. J'étais moins sérieuse avant que tout ça ne commence.

Quand je repense à mon moi d'avant…

— Tu l'es beaucoup moins depuis l'incident avec Matthew, dit le lieutenant Rosky.

Je n'arrive pas à croire qu'il ait osé parler de Matt devant moi, comme ça ! Il sait très bien ce que cela me fait quand on me parle de lui et ce bâtard ne se gêne pas pour le faire. Je commençais à l'apprécier un peu, mais là, je crois qu'il ne peut pas faire pire.

Un grognement m'échappe.

— Je t'interdis de parler de lui, surtout pour me critiquer, dis-je les dents serrées.

— Et toi, je t'interdis de me menacer, Lara, réplique-t-il.

— Tu te fous de ma gueule ou quoi ? continué-je folle de rage. Je te l'ai déjà dit, si tu n'es pas content de me voir, DÉGAGE !

— Lara, calme-toi, s'il te plaît, intervient Bruno. Tu sais que quand tu t'énerves, tu…

— Quoi ! le coupé-je. Je ne l'ai fait qu'une fois et vous savez pourquoi je l'ai tué ! Et j'aurais peut-être dû le faire avant, ça m'aurait causé moins de tort !

— Lara, je ne…

Je ne lui laisse pas le temps de répondre et m'enfuis de nouveau sur le toit du train, loin de tous ces reproches. Je suis folle de rage et je n'arrive pas à me ressaisir. Ce putain de Rosky ne vaut pas la peine que je me mette dans tous mes états, mais je n'ai pas réussi à me contrôler et un grognement est sorti de ma gorge. Ils le savent tous ! Je ne veux pas que l'on me parle de Lui, mais il a fallu qu'il le fasse et en plus, devant des étrangers. Devant Somer ! Je ne sais pas pourquoi ça me gêne plus. Il réagit toujours bizarrement en ma présence. Je crois que je ne vais pas pouvoir les supporter tous bien longtemps.

Je bous sur place quand j'entends que l'on m'appelle en dessous de moi. À regret, je descends de mon perchoir et je vais la rejoindre.

— Tu étais partie, je ne savais pas où tu étais Lara, me dit Kiara en montant dans mes bras.

Dès l'instant où je la tiens, ma colère diminue légèrement et mon cœur ralentit aussi. Cette petite me fait un bien fou, elle a un effet magique sur moi.

— J'avais besoin de prendre l'air, dis-je simplement.

— Oui, j'ai senti que tu étais énervée et ça m'a réveillée. Pourquoi tu es en colère ? me demande-t-elle.

— Parce que quelqu'un a parlé de quelque chose dont je ne veux rien entendre, c'est tout.

— C'est compliqué ! rigole la petite.

— Oui, tu l'as dit, dis-je en lui souriant à mon tour. Tu devrais te rendormir Kiara, nous ne serons pas arrivés avant six heures maintenant. Allez, rendors-toi !

— Tu vas où ? me demande-t-elle.

— J'ai besoin d'être seule, ma chérie, c'est tout. Je serai sur le toit, pas loin de toi, ne t'inquiète pas.

— Tu n'as pas peur là-haut ?

— Non, je n'ai pas peur.

— Tu n'as peur de rien alors.

— Non, ce n'est pas vrai, j'ai peur de beaucoup de choses. Je ne le montre pas sinon qui va faire tout ce que je fais ?

— Tu as dit que j'étais forte, mais toi, tu l'es encore plus Lara et je t'aime bien pour ça.

— Moi aussi je t'aime bien, choupinette !

Un silence.

— C'est comme ça que m'appelait maman.

— Tu ne veux plus que je t'appelle comme ça ?

— Non, continue, j'aime bien.

— Allez, dors. Je reviens plus tard.

Je l'embrasse sur le front et je retourne sur le toit. Une fois bien installée, je me concentre sur ce qui se dit en dessous de moi. Les civils sont dans le deuxième wagon et ils papotent de tout et de rien, mais surtout du virus et les conséquences de celui-ci sur le pays. Ils se demandent si nous retrouverons un jour un semblant de vie normale, avec un gouvernement et tout le tralala… Mais pour ça, il faut que notre présidente ou son second soient encore en vie ainsi que tous les ministres. Je ne m'y connais vraiment pas en politique et à vrai dire, je n'aime pas la regarder à la télévision ou en entendre parler, ça m'énerve plus qu'autre chose. Toutes ces personnes qui se crêpent le chignon pour un oui ou pour un non, c'est exaspérant au final. D'autres se demandent si j'arriverais à tuer tous les zombies et Masters avant qu'ils ne meurent. En fait, c'est toujours la même chose que j'entends. Je ne peux pas leur en vouloir, c'est normal de penser à soi avant tout. C'est humain !

Dans le wagon de tête, le major-général demande plus d'informations sur le Château ainsi que sur David et moi. Bruno leur raconte tout depuis le début, sans omettre aucun détail. Il leur parle de la création du virus, des tests sur des femmes stériles, de Vladin Corp qui a lâché le virus dans la nature, du laboratoire sous l'immeuble de ma grand-mère et des autres qui ont été détruits depuis plus d'un mois maintenant. Et bien sûr, du rôle que j'ai joué depuis que je suis arrivée à Lameilhé. Ce que j'ai fait, ce qu'il m'est arrivé, le nombre de morsures que j'ai reçues et mes réactions à celles-ci. Il leur raconte vraiment tout sans se soucier de ce que je peux en penser ou pas. C'est de ma vie qu'on parle là, non ? J'ai mon mot à dire aussi, mais non, il révèle tout sans se préoccuper de ma vie privée !

# CHAPITRE 8

Je suis sur le point de descendre lui en toucher deux mots quand le train freine brusquement. Ne l'ayant pas senti venir, je n'ai pas le temps de me retenir et je fais un vol plané pour atterrir sur les rails d'à côté. Je roule sur plusieurs mètres en m'écorchant les bras et le visage sur le sol rocailleux. Je n'ai pas ma veste du coup, la combinaison ne me protège pas le haut du corps. Quand ma folle course se termine, le train est déjà arrêté dix mètres derrière moi. Alex est sur le toit avec le lieutenant-major Somer, armés de fusil sniper. C'est à ce moment que je sens la présence d'un Master, à une cinquantaine de mètres de nous. Alex me demande si je vais bien et je lui réponds d'un signe de tête que oui, même si je pisse le sang à certains endroits à cause des cailloux et des rails. Somer me fixe toujours de ses yeux bleus, mais il change de regard quand il aperçoit que je ne vais pas si bien que ça. J'essaie de me relever, mais ma jambe droite me fait trop mal. Je retombe sur le sol. J'ai dû me la briser au moment du choc et je ne m'en rends compte que maintenant.

— Lara, rentre avant qu'il n'arrive, me crie Alex.

— Je ne peux pas marcher, dis-je dans une grimace.

En fait, ça me fait affreusement mal. Je reste assise sur un rail en essayant de ne pas trop bouger ma jambe, mais il va bien falloir que je rentre, car le Master a senti l'odeur de mon sang et ça le rend fou. Je reçois déjà des images à en faire des cauchemars en même temps que je l'entends courir vers le train, et comme si cela ne suffisait pas, deux autres Masters arrivent derrière lui, à trois cents mètres de nous. Le premier est un mâle assez imposant et les deux suivants sont des femelles, moins grosses. Quand Alex tire sur le mâle, celui-ci esquive la balle comme si elle arrivait vers lui au ralenti. Je sais que c'est un peu le cas, car moi aussi quand je suis en mode « tueuse », je vois les choses au ralenti. Je comprends très bien qu'il puisse l'éviter aussi facilement puisqu'il voit mon ami sur le toit. Le Master se dirige vers moi à une vitesse telle que les deux tireurs sur le toit du train n'arrivent pas à l'atteindre. Avant que ce monstre ne me percute, je me saisis de mon tantō et j'attends qu'il saute sur moi.

Je me concentre un maximum pour envisager le pire. Comment l'éviter ? Je ne peux pas me mettre sur ma jambe droite, mais je peux quand même me lever sur la gauche, même si cela me demande un petit effort à cause de la douleur. Au moment où il est sur moi, je me cambre et j'abats ma lame sur son cou, en un éclair. Il n'est pas le seul à voir au ralenti, si je puis dire. J'ai juste le temps de me décaler sur ma gauche avant que son corps sans tête ne me percute de plein fouet. Je n'ai pas le temps de souffler que les deux femelles sont déjà sur moi. Je sens la frustration de mon ami ainsi que de Somer quand elles sautent vers moi en même temps. Malgré leurs armes super sophistiquées, ils n'ont pas réussi à les atteindre à la tête, même si une balle ou deux ont réussi à toucher une partie de leurs corps monstrueux.

Démunie, je ne sais pas quoi faire contre les deux Masters excitées par mon sang, seule, blessée, armée de seulement deux lames. En temps normal, j'aurais sauté dans tous les sens pour me permettre de les avoir une par une sans trop de difficultés, mais là, clouée au sol à cause de ma jambe, je n'ai pas d'autre choix que d'attendre qu'elles viennent à moi et de croiser les doigts pour que je m'en sorte vivante.

Je réussis tant bien que mal à bloquer leurs mâchoires avant qu'elles n'atteignent ma tête, l'une en lui serrant le cou de ma main droite et l'autre, en fourrant ma main dans sa gueule, seule solution que j'ai trouvée pour réussir à repousser sa tête déjà bien trop proche de la mienne. Cette dernière prend un malin plaisir à mordre dedans. À quoi je m'attendais ? Pendant qu'elle se régale de ma main, qui me fait affreusement mal, j'essaie de me débarrasser de la deuxième en serrant le plus possible pour la priver d'oxygène. Ça prend trop de temps et j'ai bien peur de perdre mon membre. Je dois faire appel à toute la force en moi pour pouvoir les maintenir sur place.

Sans que je le voie venir, le Master que j'étais en train d'essayer d'étrangler disparaît de sous mes yeux. Je ne comprends pas ce qu'il se passe, mais je ne perds pas plus de temps. J'attrape mon katana de derrière mon dos et tranche la tête de la femelle qui grignote toujours ma main. Un cri s'échappe de ma bouche quand j'essaie d'enlever les dents plantées dans ma chair, totalement détruite, mais encore accrochée à mon poignet. Je n'arrive pas à voir si j'ai encore tous mes doigts à cause du sang qui n'arrête pas de couler. Je ne m'en préoccupe pas longtemps, car je vois enfin pourquoi la dernière femelle avait disparu de ma vue. Somer est en train de se défendre face à ce monstre, avec difficulté, mais il ne s'en sort pas trop mal pour un humain.

Je n'arrive pas à croire ce que je vois ! Il a entre ses mains une grande barre de métal et repousse la Master avec, en lui assénant de grands coups. Elle doit faire une fois et demie sa taille, mais il arrive à la tenir à distance assez de temps pour permettre à Alex de lui mettre une balle entre les deux yeux. Elle s'effondre sans demander son reste et s'étale au sol de tout son long, aux pieds de Somer.

À ce moment, les jumeaux et le major-général sortent du train et courent dans ma direction. Je suis toujours sous le choc quand ils arrivent face à moi, les yeux ronds comme des billes.

— Lara, ça va ? demande Bruno. Lara ?

— Oui, oui ça va, répondis-je en regardant toujours Somer qui nous rejoint. Comment avez-vous fait ça ? lui demandé-je.

— Je n'ai pas fait grand-chose, capitaine, me répond-il en me fixant.

— Elle a disparu de ma vision d'un seul coup sans aucune résistance, Somer !

— Ça n'a pas grande importance pour l'instant, capitaine, il faut vous ramener à l'intérieur vous soigner. Vous perdez beaucoup de sang.

— Comment vous avez fait ? insisté-je.

— Lara, pas maintenant, m'avertit Dany. Il faut te soigner.

Je n'insiste pas plus longtemps, car je commence vraiment à avoir trop mal à la main et me laisse porter par Alex qui me ramène à l'intérieur. Avec tout le remue-ménage de tout à l'heure, je n'ai pas remarqué que tous les civils étaient collés contre les vitres du train et aient assisté à toute la scène. Je retiens un gémissement quand il me pose sur un grand canapé de la première classe pour m'y faire asseoir dans son long.

— Lara, prends ça et entoure-le sur ta main avant que tu ne perdes trop de sang, me dit Bruno.

Je prends le foulard qu'il a trouvé je ne sais où et commence à le passer autour de ma main. Merde ! J'ai perdu une phalange de mon petit doigt ainsi que deux de mon annulaire.

— La vache ! m'exclamé-je.

— Qu'est-ce qu'il t'a pris de mettre ta main dans sa gueule ? me demande Bruno.

— C'était soit ça, soit ma tête et je préfère perdre quelques doigts. J'en ai plein d'autres.

Il secoue la tête.

— Tu plaisantes toujours quand tu as peur Lara, c'est bien toi, dit Alex.

— J'n'ai pas peur, enfin, plus maintenant, mais j'ai mal !

— Ta jambe est cassée. Je ne vois pas où exactement. Il faut que tu enlèves ta combinaison pour que je puisse voir et intervenir si je le peux, me dit Dany le plus naturellement possible.

— Tu rigoles là ? Je ne vais pas me mettre à poil devant tout le monde !

— Il le faut Lara, tu ne peux pas attendre d'arriver à Castres, tu pourrais avoir des séquelles et tu sais qu'il faut te la remettre en place assez rapidement. Je vais devoir te la recasser Lara et ça sera encore plus douloureux.

— Au point où j'en suis, ça m'est égal.

— Lara ! Tu es bornée, tu le sais ? me dit Alex. La première fois que nous t'avons vue, tu étais en mini-short, alors en culotte ça ne changera pas grand-chose et

Bruno a raison, il faut te la remettre en place et vite.

— Ha ha, c'est toi le marrant, dis-je. Bon, vite alors, je sens que le virus fait déjà son travail.

— Comment ça ? demande leur chef.

— Le virus peut guérir toutes mes blessures, même les fractures, et comme nous le disions, recasser ma jambe pour la remettre en place risque d'être très douloureux. Il faut agir avant que le virus ne fasse effet. Je croyais que tu leur avais tout raconté, Bruno ?

— Tu m'as entendu ?

— Bien sûr, tu sais que j'entends tout et tu aurais pu me demander avant d'étaler ma vie à tout le mooooonde, finis-je par crier lorsqu'ils me soulèvent pour m'enlever ma combinaison.

En deux temps trois mouvements, je me retrouve en débardeur et petite culotte noire. C'est assez gênant, mais je constate que seulement Bruno, Dany et Alex me regardent alors que les autres ont le visage tourné, par politesse. Au moins, ils ont l'amabilité de faire ça.

À cause de mon cri, Kiara apparaît dans la pièce et vient se mettre à côté de moi sur le canapé. Tout le monde la regarde, intrigués par sa petite personne.

— Tu as mal, Lara ? me demande-t-elle les larmes aux yeux.

— Ne pleure pas, ma choupinette, je vais bien, je n'ai rien de grave. Ne t'inquiète pas.

— Mais tu as mal, très mal même, je le sens en toi.

— Oui, ce n'est rien Kiara, je vais guérir rapidement, ne pleure pas ma belle, continué-je en voyant une larme couler sur sa joue.

— Tu ne vas pas me quitter, hein ? Tu m'as dit que tu resterais avec moi !

— Non, je ne vais pas te quitter, ne t'inquiète pas, Kiara, mais c'est le risque du métier, dis-je avec un large sourire.

— Mais le gros monstre t'a mordue, tu vas devenir comme maman.

— Mais non Kiara, je me suis déjà fait griffer par ces monstres et je suis restée la même, enfin presque, je peux sauter de toit en toit sans avoir mal maintenant. Je te jure que je ne deviendrai pas comme eux, je te le promets, lui dis-je en la prenant dans les bras.

Un silence.

— Lara, tu sens un changement en toi ou pas, me demande Bruno.

— Non, rien de particulier. En tout cas, je ne vais pas changer. Je le sens. Par contre, je commence à avoir très faim… Et chaud.

J'ai à peine fini ma phrase, qu'il soulève ma jambe en me tenant le haut de la cuisse ainsi que le genou et en une torsion vive et rapide, me remet l'os en place. J'étouffe un cri dans ma gorge et ferme les yeux pour empêcher mes larmes de couler. J'ai le réflexe de serrer mes poings, mais j'avais oublié que j'ai une main invalide alors j'étouffe un deuxième cri. Cette fois, les larmes coulent toutes seules sans que je puisse les retenir.

— Ça va, Lara ? demande Alex.

— Tu es sérieux ? demandé-je. Il me manque des bouts de doigts et j'ai la jambe cassée, je meurs de faim alors qu'autour de moi, j'ai six humains à ma portée qui dégagent une odeur exquise. Je suis en colère, car j'ai fait un vol plané de vingt mètres et j'ai atterri sur le bitume et regarde-moi maintenant ! Je suis en piteux état et si nous subissons une nouvelle attaque, je ne pourrais rien faire. J'ai ma main gauche qui est inutilisable maintenant et je ne peux pas faire un mètre sans que cela m'arrache une immense douleur… Alors, non, ça ne va pas bien !

— Je suis désolé pour le train, je ne savais pas où vous étiez et quand j'ai vu ce monstre, j'ai paniqué, s'excuse le conducteur.

— Ce n'est plus important maintenant, mais ce que j'aimerais savoir, c'est comment vous avez fait avec la Master ? demandé-je à Somer.

L'intéressé me regarde fixement et je le sens réfléchir. Quand il ouvre la bouche pour me répondre, je n'entends plus rien. Je vois ses lèvres bouger, mais je n'entends aucun son sortir de sa bouche. J'essaie moi aussi de parler… Rebelote, je ne perçois aucun son. Par contre je vois bien Alex et Bruno faire une drôle de tête. Pourquoi ? Je n'en sais rien du tout. À part le fait de ne pas entendre, je me sens seulement un peu fatiguée et vraiment affamée. Aucun autre changement. J'essaie de bouger pour changer de position sur le canapé, mais le moindre de mes mouvements m'arrache un cri que je n'entends pas. Kiara me serre plus fort dans ses petits bras, comme pour me réconforter.

Alex passe derrière moi et me fait allonger doucement sur le canapé. Il pose une couverture sur moi alors que je meurs de chaud. Si c'est comme la dernière fois, je ne vais pas tarder à avoir très froid. Ça m'étonne qu'il se souvienne de ça. Une fois que je suis bien allongée et couverte, je ferme les yeux en espérant m'endormir car la douleur à ma main ne veut pas passer contrairement à celle de ma jambe qui commence déjà à disparaître. Enfin une bonne chose !

Malheureusement, je mets un temps fou avant de m'endormir. Avant que je n'y réussisse, je remarque que le train a repris sa course et qu'il ne reste plus qu'Alex dans la cabine avec Kiara, toujours dans mes bras. Je la presse contre mon cœur avec mon bras droit et laisse le gauche pendre en dehors du canapé pour ne pas l'imbiber de sang. Des gouttes tombent par intervalle régulier sur la belle moquette gris taupe en agrandissant petit à petit la mare de sang. La dernière image que je vois avant de fermer les yeux est celle de mon ami qui me regarde toujours d'un air grave.

# CHAPITRE 9

Quand je me réveille, Kiara est toujours dans mes bras et dort à poings fermés. Alex n'est plus dans le compartiment, mais Somer est assis à sa place. Comme toujours, il me regarde fixement avec son air inquisiteur. Je me concentre sur ce qu'il y a autour de moi pour savoir où sont mes amis et je les sens à l'extérieur du train, à cinquante mètres devant celui-ci. Les civils sont toujours à l'intérieur et les chefs sont à la tête du train avec le conducteur. Seul Alex, les jumeaux et un Marine que je ne connais pas sont dehors. Je constate par la même occasion que j'ai retrouvé mon ouïe et que la douleur de ma jambe a totalement disparu. Par contre, celle de la main n'a que légèrement diminué.

— Ils sont en train de dégager la voie, car une voiture est sur les rails, me dit Somer avant que je ne pose la question.

— Qui êtes-vous ? demandé-je directement.

— Vous le savez déjà, capitaine !

— Je connais comment vous vous appelez et d'où vous venez, mais vous savez très bien de quoi je parle.

— Non, au contraire, je ne vois pas, se défend-il l'air de me provoquer.

— Arrêtez votre baratin, Somer, je n'aime pas qu'on se foute de moi !

— Apparemment vous vous êtes complètement remise, c'est rapide !

— Vous n'allez rien me dire, c'est ça ? dis-je les dents serrées.

— Non, vous savez ce que vous devez savoir, c'est tout.

45

— Vous vous foutez de moi ou quoi ? dis-je entre les dents pour ne pas réveiller la petite. Vous connaissez tout de moi et vous ne voulez pas dire pourquoi vous êtes si bizarre ?

— Bizarre ? répète-t-il. Que voulez-vous dire par là ?

— J'y crois pas ! criai-je cette fois en faisant sursauter Kiara. Vous jouez avec moi ?

— Je ne me le permettrais pas, capitaine ! dit-il le sourire aux lèvres.

Je me relève avec assez de facilité sans ressentir la moindre douleur à la jambe et pose la petite à côté de moi pour me lever. J'ai la tête qui tourne un peu, rien de bien gênant et je n'y prête pas plus attention tant je suis en colère.

— Qu'est-ce qui vous fait sourire ? dis-je en me contrôlant pour ne pas me jeter dessus.

— Rien du tout, capitaine. Je ne vous dois aucune explication me concernant, c'est tout.

Il se fout de moi ?

— Vous ne me devez peut-être aucune explication, mais si vous voulez que les choses fonctionnent dans notre groupe, il va bien falloir que vous parliez.

— Les choses sont très bien comme elles sont pour le moment et rien ne va perturber son équilibre.

— Vous parlez d'équilibre ?

— Oui, c'est bien ça. Votre groupe est venu nous secourir et nous vous en remercions, mais ce n'est pas pour autant que nous devons obéir à tous vos ordres sans broncher. Si je n'ai pas envie de répondre à votre question, j'en ai le droit, me dit-il dans son accent parfait.

Je sens le sang bouillir en moi et je dois me contrôler pour ne pas lui sauter dessus tellement j'ai faim. Depuis que je me suis fait mordre, j'ai généralement du mal à me retenir quand je suis énervée… Mais maintenant que je suis affamée et que j'ai perdu beaucoup de sang, me contenir est encore plus difficile.

— Vous avez de la chance que je sache me contrôler ! dis-je pour l'avertir.

— Vous ne me ferez rien ! dit-il sûr de lui.

Je m'avance vers lui pour lui faire comprendre d'arrêter tout de suite son petit jeu avec moi avant que les choses ne dérapent, mais je suis arrêtée dans mon élan par une petite main qui vient dans la mienne. Kiara est accrochée à ma main droite et elle lève les yeux vers moi.

— Lara, non, s'il te plaît, me dit-elle. Ne fais pas ça. Tu n'es pas comme ça.

Encore une fois, elle a senti en moi ce que je voulais faire et elle est venue m'en empêcher. Cette petite me surprend de plus en plus. Avec un dernier regard vers cet homme, je me rassois sur le canapé et elle monte sur mes genoux.

— Tu n'as plus mal à la jambe ? me demande-t-elle.

— Non, plus du tout. Le virus l'a guérie vite, comme d'habitude ! Ça fait combien de temps que je me suis endormie ? lui demandé-je.

— Quatre heures. Nous arrivons bientôt.

— Comment tu le sais ?

— Ton ami Alex me l'a dit quand il est descendu avec les autres enlever la voiture sur le chemin.

La voiture ? Mais elle n'y était pas à l'aller. Comment a-t-elle pu se retrouver là ? Avant que je ne réagisse, je sens Kiara se crisper sur mes genoux alors que je sens la présence d'un Master. En seulement dix secondes, je suis dehors, combinaison remise et tantō dans ma main valide. Le Master est déjà à la voiture accidentée que notre petit groupe essaie de dégager. Sans m'arrêter, je saute sur la voiture d'un seul bond et avant que ma lame ne tranche les deux gros bras du Master qui sont accrochés à ceux de Dany, son hurlement de douleur me transperce les tympans et se répercute dans tout mon être. La scène s'est tellement passée vite que le reste du groupe n'a pas eu le temps de comprendre ce qu'il se passait. L'odeur du sang envahit l'air à m'en rendre folle. Malgré l'horreur qui se déroule sous mes yeux, je ne me laisse pas distraire et je termine ce que je viens de commencer. J'attrape la queue du Master et l'éloigne le plus possible de Dany. Le monstre résiste, mais sans ses bras, il ne peut pas faire grand-chose alors il tente une dernière fois de me sauter à la gorge sans que je ne lui en laisse le temps.

Je suis tellement en colère à cause de Somer et de ce qu'il vient de faire à mon ami que je n'y vais pas de main morte. En faisant appel à toute ma force, je reproduis presque exactement ma scène préférée du film *Avengers*, quand *Hulk* corrige *Löcky* dans le gratte-ciel. J'écrase à plusieurs reprises le Master au sol et au quatrième coup, il ne reste presque plus rien du monstre. Je relâche sa queue et cours vers mon ami qui a perdu son bras gauche.

— Pourquoi personne n'était en train de surveiller les alentours, putain ? m'énervé-je contre mes amis.
— Nous ne pensions pas que…, commence à dire Alex.
— La ferme ! Regarde ce qu'il vient de se passer à cause de vous ! dis-je hors de moi. Vous n'êtes que des idiots.

À cause de leur imbécillité, Dany se retrouve avec un bras en moins. Il se vide de son sang, mais le plus terrible, c'est que je sens avec horreur le virus faire déjà son effet en lui. Le pauvre se tord de douleur sur le sol et retient avec difficulté les cris qui veulent sortir de sa bouche. Son frère est déjà en train de lui faire un garrot au niveau de l'aisselle pour ne pas qu'il se vide de son sang.
— Ça ne sert à rien ce que tu fais là, Bruno !
— Je ne veux pas qu'il se vide de son sang, Lara, dit-il les larmes aux yeux.
— Bruno, il se transforme déjà. Sa blessure est trop grave et le virus prend le relais.

Il détourne son regard de son frère pour le poser sur moi, douloureux.
— Tu peux faire quelque chose, Lara ?

Poussant son frère son ménagement, je prends Dany sur mes genoux et enlève le foulard autour de ma main gauche. Les autres me regardent faire sans trop capter. Quand ils me voient faire couler du sang dans sa bouche, ils devinent assez vite. Je ne sais pas vraiment si ça va faire effet, mais qui ne tente rien n'a rien, non ? Vu que les plaies de ma main ne sont pas encore cicatrisées (ce qui est bizarre), le sang coule presque à flot dans sa bouche.
— Avale, dis-je à mon ami.

Celui-ci s'exécute sans montrer le moindre dégoût. D'un signe de tête, je fais comprendre qu'il faut le ramener au train rapidement, car des contaminés se rapprochent trop de nous. Je les suis en fermant la marche pour m'assurer que rien ne leur arrive encore une fois. Il y a eu assez de blessés comme ça. Dany prend ma place sur le canapé et comme moi, il gémit quand ils le posent dessus.

— Tu crois que ça va marcher ? me demande Bruno le regard fou.

— Je ne sais pas, dis-je simplement.

Mais je sens que quelque chose se passe dans ses veines. Je ne saurais l'expliquer. J'ai comme l'impression que le virus dans mon sang est en train de combattre celui du Master. Comment je le sais ? Les odeurs ! Mon sang a une odeur particulière et propre à elle alors que celui du Master a la même odeur que tous les autres monstres de son espèce, comme les zombies ont la leur. Quand je me concentre sur mon odorat, je sens l'odeur de mon virus (c'est assez étrange, je l'avoue) prendre le dessus. Je ne suis pas une experte dans tout ça, mais je peux me fier aux sensations que le virus me procure.

— Le temps nous le dira, dis-je en brisant le silence.

Au bout d'une demi-heure, Dany s'endort, vivant. Bruno reste à son chevet, assis par terre. Alex et le reste de notre groupe sont derrière lui, quant aux autres Marines, ils ont eu la gentillesse de nous laisser seuls avec notre ami blessé. À part le major-général, le lieutenant-colonel et le lieutenant-major, qui sont avec le conducteur, les autres sont retournés avec les civils. Moi je suis avec Kiara au fond du compartiment, m'éloignant de l'odeur du sang de Dany, mais pas trop, au cas où il y aurait un changement.

La seule chose qui me permet de ne pas me jeter sur lui pour rassasier ma faim est la présence de la petite fille sur mes genoux. Encore une fois, elle me fait un bien fou alors que je ne la connais que depuis quelques heures. À croire qu'elle est la chair de ma chair.

— Tu as bien fait, me dit-elle, me coupant de ma rêverie.

— Je ne sais pas !

— Sens-le ! Il n'a presque plus l'odeur du Master.

— Tu arrives à le sentir ?

— Oui, mais ce n'est pas facile. Il faut que je me concentre énormément sur lui pour le sentir.

— Comment tu fais pour savoir tout ça ?

— Je ne sais pas, ça me vient tout seul en fait ! Mais je n'aime pas ressentir tout ça, Lara.

— Je suis désolée, ma choupinette. Bientôt, tu n'y seras plus obligée. Tu seras dans un endroit où il y aura plus d'humains que de contaminés. Je te le promets.

Kiara n'est pas entièrement comme moi, et au Château, ils seront trop loin pour qu'elle ne puisse le sentir.

— Il n'y a plus de monstre là où tu vis ?

— Si, il y en a, mais l'endroit où ma famille et mes amis vivent est sécurisé. Des grandes barrières électrifiées sont tout autour de notre petit Château comme je l'appelle.

— Tu les ressens toujours les monstres quand tu y es ?

— Oui toujours, c'est parce que j'ai le virus dans mes veines, je sens et j'entends beaucoup de choses, mais à force, je n'y fais plus attention et toi non plus, tu verras.

— D'accord, me répond-elle, simplement, visiblement soulagée. Tu as encore mal ? me demande Kiara en désignant ma main blessée.

— Oui, ce n'est rien.

Alex m'avait donné un morceau de tissus en montant dans le train tout à l'heure pour empêcher mon sang de couler encore plus, mais déjà, il en est imbibé. Je ne comprends pas pourquoi je ne cicatrise pas. En même temps, mes blessures sont assez graves. J'aimerais au moins que le sang arrête de couler. Je sens que je ne vais pas tarder à tomber dans les vapes. J'ai la tête qui tourne et j'ai un peu froid, ce qui ne m'arrive que quand je ne suis vraiment pas bien.

# CHAPITRE 10

Un peu plus d'une heure plus tard, nous arrivons à Castres sans autre incident. Quand Alex passe à côté de moi pour descendre du train, je remarque que quelque chose ne va pas.

— Alex, que se passe-t-il ?

Son pouls s'accélère.

— Je ne voulais pas t'inquiéter, mais depuis notre départ de Toulon, nous n'avons pas eu de nouvelle du Château, me dit-il la peur au ventre.

— Quoi ? crié-je. Et ce n'est que maintenant que tu me le dis ? Mais putain de merde, vous le faites exprès ou quoi ?

— Je ne voulais pas que tu t'inquiètes pour ça Lara, tu avais autre chose à penser !

— Je ne veux pas que vous me cachiez des choses, putain ! Surtout ça, merde, dis-je excédée. Je suis votre chef même si je suis aussi votre amie, mais bordel de merde... Qu'est-ce qu'il se passe, à la fin ?

Tout en nous dirigeant vers les

Jeeps et le bus de la gare de Castres, bizarrement désert à cette heure de la nuit, Alex m'explique qu'il a essayé de contacter le Château, deux heures après notre départ de Toulon, comme il était convenu, mais qu'il n'avait reçu aucune réponse de leur part.

Kiara, dans mes bras, ne me quitte pas des yeux. Elle a ressenti la peur et la colère qui bout en moi.

— Kiara, je vais devoir te laisser juste un petit moment.

— Tu vas où ?

— Je vais courir jusqu'au Château, j'irai plus vite qu'en voiture en coupant tout droit, mais je ne peux pas te garder avec moi, tu comprends ?

— Oui je ne veux pas te laisser, mais je te comprends, me dit-elle les yeux rivés dans les miens.

— Alex, je te la confie. Je te fais confiance, je ne veux pas qu'il lui arrive quoi que ce soit. Compris ?

— Oui, Lara, ne t'inquiète pas, je vais veiller sur elle.

Embrassant une dernière fois Kiara sur le front, je la fais glisser dans ses bras et je pars en courant le plus rapidement possible vers ma mère et le reste de ma famille. Pour aller plus vite, je grimpe sur les toits en sautant parfois des distances impressionnantes. Tout autour de moi, à mes pieds, je sens encore des centaines et des centaines de contaminés. Soit dans les bâtiments, soit dans la rue et même dans les égouts. Si je veux que ma famille et mes amis soient en sécurité, il va falloir que je continue ce que j'avais commencé avant de partir pour Toulon. Je prendrai Joyce avec moi, elle a été d'une très bonne compagnie et très utile aussi.

Au fur et à mesure que je me rapproche de ma maison, je sens la présence d'humains, en grande quantité, mais aussi du sang, beaucoup de sang et à ma grande surprise, pas humain. Bien sûr, je le sens. L'odeur qui submerge le plus mon nez est celui d'un Master, avec quelque chose de différent. Je me fais peur des fois quand je réalise que je suis capable de sentir certaines choses à près d'un kilomètre de distance.

Quand j'arrive au niveau du pont, tout m'a l'air en ordre. Les fonctionnaires sont en place sur le toit et les barrières électrifiées fonctionnent aussi. Bien sûr, devant ces dernières, des dizaines de contaminés font la queue comme s'ils allaient avoir leur nourriture servie sur un plateau. Plus je m'approche, plus l'odeur est forte. Comme d'habitude, je ne m'arrête pas quand j'arrive devant le pont et je saute directement derrière la deuxième grille. Une des militaires en faction devant cette grille me reconnaît et m'ouvre avec un sourire de soulagement.

Je lui fais un signe de tête et me dirige directement vers la place centrale, là où je sens la présence de ma mère et de David. Presque toutes les personnes que je connais sont réunies devant une chose que je n'arrive pas bien à voir de là où je suis. Quand ma mère m'aperçoit, elle se sépare du groupe et vient me serrer dans ses bras. Je la serre à mon tour en faisant attention à ma main gauche. Son odeur et sa présence m'avaient manqué. Je me décale d'elle, car tout le monde nous regarde et elle en profite pour me détailler de la tête aux pieds.

— Lara ! s'écrie-t-elle. Qu'est-ce qu'il t'est arrivé ? Tu es dans un sale état. Oh mon Dieu ! Ta main.

— C'est trop long à expliquer, mais je vais mieux. J'aimerais savoir ce qu'il se passe enfin ici ? Alex m'a dit qu'il n'arrivait plus à vous joindre par radio, pourquoi ?

— Ça aussi, c'est une longue histoire. En gros, c'est à cause de lui, me dit ma mère en se décalant pour que je puisse voir la fameuse chose que j'ai sentie de loin.

Je m'en approche lentement, ne comprenant pas ce que j'ai sous les yeux. La majeure partie de son corps est essentiellement constituée de chair, mais le reste, comment dire… Est bionique ! Il a également changé de couleur et tire plus vers le gris. On dirait qu'un monstre a été pris comme cobaye pour une nouvelle expérience par ces scientifiques de l'horreur. Il est à moitié Master et à moitié robot. Ses jambes et son bras droit ne sont pas faits de chair et de sang, mais de titane parfaitement moulu. Je ne m'y connais pas vraiment, mais c'est la seule chose qui me vient en tête, c'est un Master Terminator. Quand je regarde de plus près, je remarque que son œil droit est aussi bionique et ses dents sont remplacées par des crocs métalliques, en titane je pense aussi. À quelques endroits, sur son corps, je vois des plaques de titanes qui remplacent sa peau naturellement cuivrée et foncée.

Je vais pour demander comment il est mort quand je remarque que sa colonne vertébrale n'est plus à sa place, bien posée à côté du monstre bionique ainsi qu'un gros trou dans sa poitrine. Je n'ai jamais rien vu de si étrange de toute ma vie et j'en ai vu des choses étranges depuis un mois maintenant.

— C'est toi David qui l'a tué ?

— Oui, avec beaucoup de difficultés et pas sans dommage, me dit-il par le biais de son transmetteur.

C'est la première fois que je l'entends parler avec cette technologie et j'avoue que c'est étrange. Sa voix n'est pas exactement comme celle que j'entendais dans ma tête.

— Qui est mort ? demandé-je en sentant toujours le sang humain qui imbibe le sol.

— Trois soldats, un second-maître et deux maîtres. Tu ne les connais pas personnellement, me répond Enora. Cette chose est arrivée il y a sept heures avec trois autres Masters. David s'est occupé de ce bionique et grâce aux armes que tu as ramenées avec nos hommes, nous nous sommes occupés des trois autres, mais nous avons subi beaucoup de dégâts matériels et surtout humains. Ils se sont défendus comme des guerriers jusqu'à la fin, termine ma mère, le regard noir.

Merde… Je ne les connaissais peut-être pas, mais ils étaient des nôtres…

— En parlant de blessés, Dany l'est gravement, il faut préparer une équipe médicale au plus vite, ils sont à sept cents mètres de nous, ils arrivent.

— Qu'est-ce qu'il s'est passé ? me demande le commandant Charles.

— Nous nous sommes fait attaquer par un Master pendant qu'ils étaient en train de dégager une voiture sur les rails. Je ne suis pas arrivée à temps et ce monstre lui a arraché le bras avec ses dents.

— Quoi ? s'écrie ma mère. Il ne s'est pas transformé ?

— Non, j'ai découvert que je pouvais empêcher la transformation quand la morsure est récente.

— Comment ? demande le docteur Antone.

— Mon sang, tout simplement. Je vous raconterai plus tard, pour l'instant, allez voir Dany. Vite, rajouté-je quand je le vois qui ne bouge toujours pas, l'air émerveillé.

Mais ma mère ne bouge pas.

— Lara, ta main ? dit-elle le regard grave.

Je regarde machinalement ma main, dont la quantité de sang sur le morceau de tissus l'enveloppant laisse présager l'état de celle-ci. Tout en me dirigeant vers l'infirmerie, je lui raconte, en détail comment j'ai perdu mes doigts. Ma mère écarte les yeux quand je lui dis qu'il me manque trois phalanges.

— Je suis vraiment désolée, ma fille, vraiment. Tu ne devrais pas subir tout ça. C'est de ma faute. Je n'aurais pas dû aller voir ces toubibs. Tu ne serais pas obligée…

— Maman, ça ne sert à rien d'avoir des remords maintenant, les choses sont faites et je suis là. Si ça n'avait pas été toi, c'est une autre fille ou un autre garçon qui serait à ma place et pour tout te dire, je préfère être comme ça, une hybride, avec des super-forces, alors que le monde tombe en mille morceaux. Au moins, je suis utile à quelque chose et puis ce n'est pas deux doigts en moins qui vont m'empêcher de faire ce que je fais, OK ?

Elle ne dit rien pendant un moment, le regard triste.

— Tu es forte Lara, plus que je ne le suis.

— Non, maman, tu te trompes, je ne le suis pas, ce n'est qu'une apparence que je me donne.

— Tu as mal ? me demande-t-elle.

— Plus à la jambe, elle est en place et guérie, mais ma main ne veut pas s'arrêter de saigner ! Je commence vraiment à en avoir marre. Je vois des étoiles devant les yeux et heureusement que le virus me tient debout, car je ne vais pas tarder à tomber si ça continue.

— Viens à l'intérieur, Lara. Une des infirmières va regarder ta main et…

— Lara, Lara, Lara, entendis-je crier Kiara.

Je la vois sortir de derrière les préfabriqués, courant vers moi, le sourire aux lèvres. Elle ne s'arrête pas et saute directement dans mes bras. Je la serre fort dans les miens en enfouissant mon nez dans ses cheveux. Elle a vraiment une très bonne odeur, de celles qui nous enivrent et qui nous calment en même temps.

Je lève les yeux et je vois le regard interrogateur de ma mère.

— Maman, je te présente Kiara, Kiara, voici ma mère, Enora. J'ai trouvé cette petite dans le coffre d'une voiture, seule… Ses parents se sont transformés.

Kiara se décolle un peu de moi pour faire face à ma mère et quand celle-ci remarque ses yeux, Enora ouvre grand la bouche.

— Avant que tu me le demandes, Kiara est la fille d'une enfant cobaye. En gros, c'est comme si moi j'avais eu une fille.

Elle est surprise, mais sourit.

— Alors, elle a le virus en elle ?

— Oui et elle a certaines de mes capacités. Elle détecte les Masters et les contaminés quand ils approchent. Kiara arrive très bien à lire les gens, en tout cas, elle sait très bien me cerner !

Nono se rapproche d'elle, le sourire toujours aux lèvres.

— Tu as des yeux magnifiques, petite, dit ma mère en souriant.

— Merci Madame, répond-elle.

— Tu peux m'appeler Enora, tu sais. Tu as quel âge ?

— Trois ans ! dit-elle en levant trois de ses doigts.

En semble surprise.

— Dis-moi, tu es bien grande pour ton âge.

— Oui elle l'est et elle est aussi très intelligente et futée. C'est une vraie petite chipie, dis-je en la chatouillant de ma main valide.

Notre discussion est vite interrompue. J'entends à l'intérieur Dany hurler de douleur. Je fonce à l'infirmerie avec la petite toujours dans les bras et ma mère sur les talons. Un médecin et deux infirmières sont autour de mon ami et essayent de le maintenir sur le lit pour qu'il ne bouge pas. Sans succès ! Je pose Kiara par terre et passe derrière la tête de lit de Dany. Avec prudence, je pose mes deux mains sur ses épaules et le maintien sur place. Je retiens une grimace quand celui-ci bouge. Pendant que je le tiens, le service médical s'affaire pour soigner sa blessure.

Dans la grande pièce où je me trouve, il y a déjà deux soldats avec des blessures légères. Ils regardent leur premier-maître se faire soigner. Ma mère ainsi que le commandant Charles sont au fond de la pièce et parlent entre eux en observant leur ami. Bruno et Alex sont au pied du lit à maintenir ses jambes, le regard grave.

# CHAPITRE 11

Vingt minutes plus tard, Dany s'endort après avoir été bourré de calmants. Pendant que tout le monde parle de la gravité de ses blessures, moi je suis assise sur le lit d'à côté avec Kiara, en train de sonder l'état de notre ami. Je sais qu'il ne se transformera pas en Master et je suis sûre qu'il survivra. Les battements de son cœur me le prouvent, il est juste fatigué et assommé par la douleur, mais il va s'en remettre. Je m'en veux terriblement de ce qu'il lui est arrivé. C'est à cause de moi s'il est comme ça. J'aurais dû aller les rejoindre quand je me suis réveillée au lieu de m'engueuler avec Somer. En parlant de lui, où est-il ?

Je fais une rapide analyse autour de moi et je le repère, lui et tous ses hommes, en salle de débriefing, là où je suis arrivée le premier jour. Ils ne sont pas seuls, il y a le capitaine Snow et le lieutenant Rosky avec eux. Je suppose qu'ils sont en train de leur expliquer le fonctionnement du Château ainsi que les règles à suivre. Quant aux civils, eux, sont dans le magasin et doivent aussi être briefés par le personnel permanent des lieux.

Quand mon esprit revient dans la pièce, Roger et ma mère sont en face de moi et me regardent fixement.

— Montre-moi ta main Lara, me dit-il.

Je m'exécute sans rien dire et retire le tissu. Le sang a légèrement séché dessus et m'arrache un cri quand je l'enlève entièrement.

— Mon Dieu Lara, pourquoi tu ne me l'as pas montré avant ! Depuis combien de temps ta main est dans cet état ?

— Je ne sais pas trop… Sept heures, peut-être plus.

— Et le virus n'a toujours pas agi dessus ! s'exclame mon médecin préféré.

— Ça n'arrête pas de saigner depuis et je commence à fatiguer à force. J'ai du mal à rester éveillée.

— Ça se comprend en même temps, tu as dû perdre énormément de sang et ça m'étonne que tu ne sois pas déjà dans les pommes.

— Oh je l'ai été, juste après. Ma jambe ainsi que mes autres blessures ont totalement disparu. Celle-ci, non !

Le Doc me prend la main dans les siennes et regarde plus minutieusement.

— Oh là ! s'écrie Roger. Ce n'est pas joli à voir et ça s'est infecté. Bizarre… Comment as-tu perdu tes doigts ?

— Quand je suis tombée du train, je me suis cassée la jambe et du coup, j'ai dû affronter trois Masters seule, sans pouvoir bouger. Si le mâle a été facile à tuer, les deux femelles m'ont attaquée ensemble et je n'ai pas eu d'autre choix pour protéger ma tête, que de mettre ma main dans la gueule de l'une d'entre elles. Bien sûr, elle ne s'est pas gênée pour me grignoter quelques doigts.

Je le vois réfléchir.

— Je ne comprends vraiment pas pourquoi tu ne guéris pas ? s'interroge Roger. D'habitude, tu cicatrises, comme avec ta griffure dans le dos ou tes autres morsures, mais là, je ne sais pas.

— Alors nous sommes deux ! dis-je.

— Je vais te désinfecter, te bander la main et nous verrons par la suite… Mais dis donc ! Qui est cette magnifique petite fille qui ne te lâche pas ? demande Roger en parlant de Kiara, allongée avec la tête sur mes jambes.

— Je m'appelle Kiara, répond-elle avant moi.

— Mais tu as de magnifiques yeux, ma belle !

— Oui, je sais, dit-elle, lasse, à force que l'on lui dise. C'est parce que j'ai les virus dans mes veines.

Le Dr Antone s'étrangle avec sa salive et tousse à plusieurs reprises.

— Quoi ? demande-t-il perdu.

Alors encore une fois, je raconte la petite histoire de ma petite Kiara et pendant tout le récit, il s'arrête plusieurs fois dans mes soins pour la fixer, le regard émerveillé. Mon histoire et mon bandage terminés, je l'emmène chez ma mère pour qu'elle puisse se reposer un peu, en toute tranquillité. Je reste avec elle le temps qu'elle s'endorme et je descends dans le salon rejoindre mes amis, Audrey et Gabriel, qui sont arrivés pendant que j'étais avec la petite.

— Lara ! s'exclame ma meilleure amie. Tu m'as manqué, me dit-elle en me prenant dans ses bras.

Gabriel se joint à elle et nous restons comme ça un petit moment, sans bouger. Leurs odeurs m'emplissent les narines et réveillent en moi la faim intenable d'il y a quelques heures.

— Les amis, si vous ne me lâchez pas, je vais mordre dans ce que je trouve en premier.

Mais ils ne me lâchent pas et ça me fait sourire. Quoi que je leur dise, même si c'est la vérité, je n'arriverai jamais à les faire fuir. Quand ils me lâchent enfin, c'est Joyce qui prend leur place. Elle me saute dessus et me fait tomber sur le canapé derrière moi. Avec sa grosse langue toute baveuse, elle me lave la figure sans ménagement. Entre le sang et la terre que j'ai sur moi, je ne sais pas comment elle fait pour me lécher encore. Je sens qu'elle est contente de me revoir saine et sauve.

— Elle était avec toi la semaine dernière ? demande Audrey.

— Oui, pendant dix jours. Ben en fait, depuis que je suis partie, dis-je.

Un silence.

— Lara ? commence mon amie. Tu veux bien qu'on en parle ?

— Non, Audrey, je ne veux pas. Il s'est passé ce qu'il s'est passé, un point c'est tout.

— Mais, tu ne peux pas garder ça pour toi, intervient Gabriel. Il faut que tu te soulages.

— Je ne veux pas en parler, commencé-je énervée. Je suis désolée, mais je ne supporte pas qu'on aborde ce qui lui est arrivé. L'homme que j'aimais le plus au monde, qui me soutenait, qui me comprenait est mort à cause de ce que je suis et à cause d'un pauvre connard d'humain. Et oui ! dis-je, en voyant la réaction de Gabriel. Je ne suis plus humaine et je fais maintenant la différence. Je les ai tous toujours soutenus, j'ai été là à chaque fois qu'on avait besoin de moi et comment ils m'ont remerciée ? Quand je leur ai laissé la vie sauve alors qu'ils avaient attaqué notre demeure, j'ai fait preuve de bon sens, mais maintenant c'est fini. À la moindre remarque mal placée ou quoi que ce soit, je ne laisserai plus passer les choses aussi facilement.

— Mais Lara…, commence Audrey.

— Non Audrey, c'est fini. Ils se sont assez servis de moi et s'il n'y avait pas vous et ma famille, ça fait longtemps que je serais partie d'ici. Loin de tout ce merdier.

— Je ne peux pas imaginer une seule seconde ce que tu as vécu, mais je te comprends, toi, dit Gabriel. Je te connais et ce n'est pas cette saleté de virus dans tes veines qui changera quoi que ce soit en toi, Lara. Tu es ma plus vieille amie et tu le resteras, quoi que tu dises.

— Oui, c'est vrai, dit Audrey. Je n'ai pas à te contredire sur quelque chose que je ne peux pas une seule seconde imaginer. Tu sais que je serais avec toi, quoi qu'il arrive, tu le sais ?

— Oui, ne vous inquiétez pas mes amis. Je suis toujours la même, en plus chiante et énervée !

— Tu as faim ? me demande Audrey, comme si elle avait lu en moi.

— Énormément !

Je regarde mon amie s'affairer dans la cuisine à me préparer deux bons gros steaks avec des pâtes. Nous passons le reste de la nuit à papoter de ce que j'ai fait pendant la semaine où je suis partie seule, du fait que j'ai nettoyé quelques maisons et immeubles de la ville pour nous débarrasser le plus possible de ces zombies. Et bien sûr, de mon voyage à Toulon et de ma trouvaille. Ils n'en reviennent pas qu'une enfant test ait eu un enfant elle-même.

— Alors, ça veut dire que toi aussi tu peux avoir un enfant et en sachant que le virus a complètement intégré ton organisme, ton enfant sera encore plus exceptionnel que Kiara ! s'écrie Audrey, folle de joie.

— Holà... Minute papillon ! Déjà, d'une, tu n'en sais rien ! Si ça se trouve, je ne peux pas avoir d'enfant à cause du virus qui est en moi ! De deux, je ne veux même pas retomber amoureuse et fonder une famille, qui le voudrait par les temps qui courent ?

— Tu as bien Kiara pourtant ? dit Gabriel.

— Oui... Et je ne sais pas comment l'expliquer, mais je suis attachée à elle et je ne devrais pas.

— Mais pourquoi ? demande mon amie.

— Je risque ma vie tous les jours et je ne veux pas que cette enfant se retrouve de nouveau seule, même si je sais qu'elle pourra compter sur vous ou sur ma sœur. Dès que je l'ai vue, je suis tombée sous son charme. Elle m'attire.

— En même temps, elle est presque comme toi, Lara, c'est un peu normal je pense. Elle a le virus dans ses veines même si c'est en petite quantité. Le Dr Antone nous en dira plus quand il aura les résultats de sa prise de sang.

— Je ne sais pas si j'ai fait le bon choix en le laissant lui prendre du sang. Et s'il découvrait quelque chose qui l'oblige à... Je ne sais pas... Qu'on découvre qu'elle va se transformer ou qu'elle va devenir dangereuse avec le temps ?

— Tu as simplement peur qu'il te l'enlève, c'est tout et ça n'arrivera pas, Lara ! Maintenant tout le monde sait qu'elle compte pour toi.

— Oui et c'est ça le problème. Regarde ce qu'ils ont fait à Matt... Je ne veux pas que la même chose arrive à Kiara, je ne sais pas si j'arriverais à me retenir. Si on lui faisait du mal, je péterais un câble.

— Tu es vraiment attachée à cette petite ! remarque Gabriel.

— Oui, énormément... Et ne me demande pas pourquoi car je ne le sais pas moi-même.

# CHAPITRE 12

Le soleil se lève déjà quand mes amis s'endorment sur les canapés. Après une douche bouillante et réconfortante, je mets un pantalon en lin taupe avec un débardeur blanc et je descends voir ma mère en salle de débriefing. Ça fait du bien de ne porter que des habits simples et non une tenue de combat. J'ai l'impression d'être une fille normale, sans super-pouvoirs. Sur le chemin, je croise plusieurs de mes hommes qui me saluent à mon passage. Malgré ce que j'ai fait il y a plus d'une semaine à cet humain, je ne sens en eux aucune peur ou aucun dégoût envers moi. Au contraire, ils sont contents de me revoir et de me savoir en forme. Enfin en forme, pas vraiment ! Ma main me fait encore mal et je saigne toujours malgré les soins de Roger.

Avant même que je ne rentre dans la salle, je sens la présence de Somer et déjà mon humeur s'assombrit. Tous les généraux sont là, français comme américains, c'est-à-dire, Starls, Rinck, Charles et Snow. Rosky et Bruno sont absents. Je sais que ce dernier doit être avec son frère, quant à Rosky, j'ignore où il peut être. Tous me regardent de la tête aux pieds, comme si j'étais une extraterrestre.

— Quoi ? Je n'ai pas le droit de m'habiller normalement ?

— Si bien sûr, Lara, mais c'est juste que ça fait longtemps que nous ne t'avons pas vu comme ça. En fait, depuis… Matt, ajoute ma mère doucement.

— J'en avais marre de cette combinaison qui me moule de partout et puis elle est crade, dis-je en ne relevant pas l'insinuation sur Matt.

— En tout cas, ça fait plaisir de te revoir, Lara, dit Charles. Et encore merci d'être partie avec le reste du groupe pour cette mission.

— Je n'allais pas les laisser se faire tuer pour rien ! Quand je les ai entendus parler de la mission dans les Jeeps, je suis partie sur le champ.

— Alex nous a expliqué ce que tu as fait pendant ces dix jours en ville. Merci d'avoir fait le ménage.

— Ça m'a occupée l'esprit, pas besoin de me remercier, c'est la seule chose que je suis censée faire ici, non ?

— Tu sais bien que non, Lara, me dit Enora.

— Si tu le dis. Bon, sinon, comment va Dany ?

— Il va s'en remettre, grâce à toi ! me dit ma mère. Comment tu as su pour ton sang ?

Je leur explique la fois où j'ai revu le zombie gothique qui m'avait mordue devant la caserne, ma théorie puis le test que j'ai effectué sur le major-général Starls. Ce dernier me fait un sourire comme pour me remercier encore une fois de l'avoir soigné.

— J'ai fait ce qui était en mon pouvoir, c'est tout. Je n'ai rien pu pour Dany, dis-je la tête baissée. Je m'en veux terriblement et à vous aussi, terminé-je en regardant Somer. Si vous m'aviez répondu dès le début, je serais sortie plus tôt du train et Dany n'aurait pas perdu son bras.

Ce dernier ne dit rien et me regarde simplement. Il m'énerve !

— Que veux-tu dire par là ? demande ma mère.

— Quand j'ai été attaquée par les deux femelles Masters, je n'arrivais pas à m'en sortir toute seule et comme par magie, l'une d'entre elle a disparu de ma vue, en une seconde, et quand je me suis débarrassée de la mienne, figurez-vous que Somer s'attaquait à elle. Comment un simple humain peut m'arracher un Master, se battre avec et être encore en vie qui plus est ?

Le commandant Charles et ma mère le regardent de travers. Tout comme ses chefs qui semblent attendre une réponse.

— Je n'ai pas à me justifier, capitaine, répond l'accusé. Je vous ai sauvée la vie et c'est la seule chose qui compte, vous devriez me remercier au lieu de me persécuter avec vos questions.

— Je m'en serais sortie toute seule au bout d'un temps. Je vous demande pour la dernière fois Somer : qu'est-ce que vous êtes ? Vous n'êtes pas comme moi car je le saurais. Vous n'avez pas de morsures et vous n'avez pas la même force, alors quoi ? crié-je énervée en m'approchant de lui.

— Et si je ne vous le dis pas, qu'est-ce que vous allez faire de moi ? me demande-t-il, comme si nous n'étions que nous deux dans la pièce.

— La dernière personne à m'avoir demandé cela est morte, la nuque brisée, dis-je entre les dents, un léger grognement au fond de la gorge.

— Lara, calme-toi, nous allons en parler calmement et les choses…

— Non, maman, les choses ne vont pas revenir à la normale, plus maintenant ! Je ne vais plus me faire marcher sur les pieds par de pauvres humains. J'en ai ras le bol !

Personne ne m'interrompt.

— Regarde ce qu'il s'est passé alors que je faisais ma « gentille » ! J'ai perdu Matt et il ne reviendra pas…, dis-je les larmes aux yeux. Il ne me serrera plus jamais dans ses bras et plus jamais je ne sentirai son odeur le matin, au réveil, près de moi. Je demande juste qu'on réponde à mes putains de questions et il s'y refuse ! J'ai protégé tout le monde ici, j'ai risqué ma vie tous les jours depuis que je suis là et nous accueillons des personnes qui n'en ont rien à faire de savoir ce que je peux ressentir. Encore une fois, je fais tout ce qui est en mon pouvoir et toi, dis-je, en regardant Somer, tu ne veux pas me dire la vérité ! Si Monsieur se croit plus intelligent que moi et bien, qu'il en soit ainsi, mais ne m'appelez plus. Comme une pauvre idiote, j'ai voulu rendre service en allant les chercher à Toulon et voilà comment on me remercie. J'aurais dû m'abstenir.

— Où tu vas Lara ? me demande ma mère en me voyant sortir de la pièce.

— Je sors prendre l'air, j'ai le droit ?

Une fois dehors, je me dirige vers les grilles électrifiées, suivie par tout le monde. Au moment où je saute les barrières, ma mère me crie de rester pour parler, mais je ne l'écoute pas et je file déjà en direction de la Mairie, mon endroit à moi. David court derrière moi et je le laisse faire. Cinq minutes plus tard, je suis assise sur le toit, le visage rempli de larmes. Le soleil matinal me réchauffe et m'apaise légèrement. David est à côté de moi. Il n'a pas dit un mot jusqu'à maintenant et je l'en remercie. J'ai besoin de calme pour réfléchir et comprendre ce qui ne va pas chez cet homme.

— Tu sens quelque chose d'étrange chez Somer ?

— Je ne sais pas comment te dire. J'ai du mal à le cerner en fait, me dit-il par le biais de son transmetteur.

— Ah… Toi aussi alors ! Je ne suis pas la seule, m'écrié-je.

— Il est bizarre et vu ce que j'ai entendu tout à l'heure, je ne comprends pas moi non plus comment il a fait. Il est différent de nous deux. Tu n'as pas ressenti la même chose avec quelqu'un d'autre ?

— Non, jamais. Ce n'est pas pareil qu'avec Kiara et toi. C'est comme quand j'essaie de comprendre ma sœur qui est tellement bizarre elle-même que je n'y arrive pas. Je ne parviens pas à lire en lui et il a aussi une odeur différente. Ni comme un humain, ni comme nous. Rah… Ça m'énerve !

— Calme-toi Lara, zen.

— Ne fais pas comme les autres, OK ? Je suis énervée si je le veux, j'en ai besoin.

— Je le sais, je le sens en toi. Tu vas avoir un infarctus si tu continues. Tu ne me dis pas tout Lara ! rajoute-t-il en m'observant.

— Comment ça ? Je ne te dis pas tout ?

— Je sens que tu es frustrée.

— Frustrée, moi ? Tu t'imagines des choses. Ce n'est pas bien, David.

— Lara ! Je suis le seul de mon espèce à être comme ça, je m'ennuie moi alors j'espionne les gens et j'écoute aux portes, surtout à la tienne.

— Tu nous as espionnés quand je parlais avec mes amis ?

— Je suis ton ami aussi, non ?

— Oui, mais tu aurais pu venir directement chez ma mère au lieu d'espionner, dis-je en rigolant.

Un silence, puis David reprend.

— Ta chienne ne m'aime pas !

— Non, tu as peur de Joyce ? Mon gros Master a peur d'une petite chienne, j'aurais tout vu.

— Je n'ai pas peur d'elle, dit-il en me poussant. Ne change pas de sujet Lara ! J'ai remarqué qu'à chaque fois que tu parlais de lui, ton cœur réagissait.

— Et comment mon cœur réagit maintenant ? lui demandé-je prête à lui sauter dessus.

— Là, tu es en rogne, me dit-il en se levant.

Il n'a pas le temps de s'enfuir que je l'attrape déjà et le lance grâce à sa queue dans la rivière. D'un seul bon, je le rejoins et l'eau de cet hiver me paralyse sur place. Pour ne pas m'engourdir les membres, je nage le plus vite possible vers mon ami qui s'éloigne le plus de moi. Il arrive en premier sur la même berge que la dernière fois. Une fois dehors, il m'attend et se jette sur moi. Je ne l'esquive pas et un combat amusant commence. Il m'attrape par les cheveux et me colle contre son torse cuivré et dur comme l'acier. Avec ma main valide, je lui attrape sa mâchoire et je serre le plus possible, sans lui faire mal. C'est vraiment bizarre de m'amuser avec un Master alors que la plupart du temps, ces derniers ne veulent que ma mort. Il libère mes cheveux, mais pose ses grosses pattes sur mes hanches et me soulève au-dessus de lui. Il se met à courir et me jette dans la rivière. Quand j'émerge de l'eau, il est au bord et me regarde.

— Tu es ravissante toute mouillée, Lara !

— Ah ah ! dis-je simplement.

— En plus ton haut est transparent, dit-il en rigolant.

— Alors déjà, j'ai un soutien-gorge et en plus, même à travers le transmetteur, c'est toujours bizarre de t'entendre rigoler.

— Je n'y peux rien et tu le sais, dit-il en s'asseyant par terre, penaud.

— Ho, David, ne fais pas la tête !

— Je n'en peux plus d'être comme ça ! Je t'envie trop, Lara. Tu ne peux pas me faire boire ton sang ?

— Je ne pense pas que ça marchera, ça fait longtemps que tu es ainsi !

— Oui, je sais. Je peux toujours espérer.

Nous restons assis sur la berge pendant un petit moment avant que je ne commence à avoir faim. David part de son côté, chercher une ou deux vaches à se faire cuire sur le feu et moi, je repars au Château. Sur le chemin, quelques zombies suicidaires s'attaquent à moi. J'arrive bientôt quand je sens un Master courir vers moi et je remarque que c'est David.

— J'ai oublié mon bidule pour allumer du feu, me dit-il en s'arrêtant à côté de moi.

— Et en plus, tu es fainéant !

— Quoi ? Je n'aime pas manger la viande crue, je la préfère cuite, mais pas trop non plus.

Nous passons ensemble les barrières de sécurité en rigolant encore à l'une de ses allusions sur sa condition. De l'autre côté nous attend déjà le comité de tout à l'heure.

— Ne me dites pas que vous nous avez attendus ?

— Nous venons de finir notre réunion et je t'ai vue arriver. Pourquoi es-tu trempée, Lara ?

— Je me suis pris un bon bain avec un ami, hein David ?

— Oui, l'eau était un peu froide, mais avec toi Lara, c'est toujours aussi bon.

— Tu n'as pas fini de te foutre de ma gueule, ouais ? dis-je en rigolant.

Ça me fait toujours du bien d'être avec David. Il ne perd pas une occasion de se payer ma tête et c'est ce que j'aime chez lui. Je sais qu'avec lui, c'est de l'humour simple et je le comprends très bien même si je ne suis pas totalement comme lui. C'est une façon pour lui d'agir en humain malgré sa différence. Heureusement qu'il est avec moi en ce moment, car je ne sais pas comment j'aurais réagi si j'avais été seule avec Somer.

— Je vais manger un morceau ou je vais commettre un meurtre et David a besoin de son allume-feu, dis-je en partant vers la maison.

# CHAPITRE 13

Je mange deux autres steaks bien juteux, Gabriel est avec moi, pendant que sa sœur dort encore sur le canapé. Je crois qu'elle s'est fait un sang d'encre depuis que je suis partie et elle n'a pas dû beaucoup dormir. Mon assiette finie, je monte à l'étage reprendre une douche, mais cette fois, je remets ma combinaison, toute propre, en jetant les autres dans le bac à linge sale. Je fais un saut dans la chambre de Kiara et dès que je passe la tête par la porte, elle se lève du lit et vient à ma rencontre.

— Tu es revenue !

— Mais bien sûr, ma choupinette, tu t'es reposée ?

— Oui, très bien. Ça faisait longtemps que je n'avais pas aussi bien dormi.

— C'est normal, dans une voiture, ce n'est pas facile, surtout entourée par des contaminés.

— Ici, je sens que je suis en sécurité avec tout le monde.

— Oui, tu l'es.

Elle se blottis encore plus contre moi, comme si elle avait peur que je ne reparte déjà.

— Tu vas faire quoi aujourd'hui ?

— Je ne sais pas.

— Pourquoi tu as remis ta combinaison ?

— C'est au cas où il se passerait quelque chose. Cette tenue m'évite certaines blessures inutiles.

— Et ta main ?

— Elle saigne toujours, j'ai dû changer trois fois de pansement.

— Elle te fait mal, me dit-elle.

— Oui, mais j'essaie de l'oublier, c'est le mieux à faire.

— Ils ne savent pas pourquoi elle ne guérit pas ?

— Non. C'est peut-être parce que le virus ne peut pas soigner une aussi grosse blessure. Il referme les plaies et les petites coupures. Je ne pense pas qu'il puisse reconstruire des os.

— Alors tu vas devoir guérir comme une humaine

64

normale.

Pas bête l'enfant !

— Oui, c'est ce que je me suis dit aussi. Tu es vraiment très intelligente toi, hein ?

— Toujours, rigole-t-elle.

— Petite chipie ! Tu as faim ? rajouté-je.

— Comme un loup.

Je descends avec Kiara dans les bras et je lui prépare un petit-déjeuner digne de ce nom. Dans le salon, Audrey et Gabriel ne sont plus là, mais je les sens dans leur maison, de l'autre côté de la rue. Ils n'ont pas dû vouloir me déranger avec la petite et me laissent un peu seule avec elle. Après ce que je leur ai dit, ils ont compris qu'il y avait un certain lien entre nous deux.

— Humm, elles sont bonnes ces céréales !

— Ce sont mes préférées aussi, bois ton jus d'orange, ça va te faire du bien, tu as besoin de…

— Lara ! crie Jade en entrant dans la pièce. Enfin tu es revenue, me dit-elle en me sautant dans les bras.

— Oui, je suis là, sœurette ! Tu peux me lâcher tu sais, je ne vais pas m'envoler !

— On ne sait jamais avec toi. Comment va ta main ? Maman m'a raconté ce qu'il s'est passé pendant votre voyage.

— Je vais bien et ma main… Ben, elle est toujours pareille. Je ne crois pas que le virus me serve à quelque chose cette fois.

— Alors, tu ne vas pas récupérer tes doigts ?

— Non, je ne pense pas, mais ça fait rien, j'en ai d'autres ! lui dis-je en souriant.

Ma sœur me regarde encore un peu avant de s'intéresser à la petite.

— Tu dois être Kiara ! dit-elle en la regardant qui mange toujours ses céréales.

— Gagné, c'est bien moi, lui répond la petite fille.

— On ne m'avait pas menti sur la beauté de tes yeux et pas que d'eux d'ailleurs, tu es magnifique Kiara.

— Merci, toi aussi tu es belle.

— Oh ça, il ne faut pas mentir.

— Tu sais Jade, dis-je, la vérité sort de la bouche des enfants.

— Mouais, fait-elle en baissant les yeux.

— Toi, tu as quelque chose sur le cœur. Dis-moi ce qu'il ne va pas, p'tite sœur.

— Rien… Bon de toute façon tu vas le savoir dans tous les cas alors… Steeve m'a plaquée !

— Qui c'est Steeve ? demandé-je.

— Mon père… Mais non, mon copain, enfin, mon ex maintenant. Qui veux-tu que ce soit d'autre ?

— Quoi ! Il t'aimait tant et je le sais, je pouvais le sentir ! Pourquoi a-t-il fait ça ?

Jade met du temps avant de répondre. Il se passe quoi ?

— Pour rien, il m'a dit que je ne lui plaisais plus et qu'on ne pouvait plus continuer ensemble. C'est un pauvre crétin ce gars !

— Qu'est-ce qui te fait dire ça ? demande Kiara, qui suit parfaitement la conversation, comme une grande.

— Parce que je sais que ce n'est pas pour cette raison, dit ma sœur, la tête baissée, l'air gêné.

— Laquelle alors ? demandé-je ne comprenant rien.

— Non, ce n'est rien… Je… Tu ne… Ce n'est pas important, bégaie-t-elle.

J'essaie de lire en elle, mais j'ai comme l'impression qu'elle me bloque. Elle ne veut pas que je le sache, pourquoi ?

— Non ! m'écrié-je. Ne me dis pas que c'est à cause de moi ? Ne me dis pas qu'il a rompu avec toi parce que je suis une hybride ?

— Non, pas vraiment ! dit timidement Jade.

Cette fois, je comprends vite. Cet enfoiré l'a plaquée, car j'ai tué cette ordure d'humain de sang-froid.

— Il l'a bien mérité, Lara, j'aurais fait la même chose à ta place. Je t'en supplie, ne t'en veux pas, ce n'est pas de ta faute, ce n'est qu'une ordure, un enfoiré, une merde ! s'époumone ma sœur voyant que je ne réagis toujours pas.

— Je vais le tuer, dis-je simplement.

Je ne supporte pas que ce mec, qui se croit tout permis, fasse souffrir ma sœur. Il n'a pas le droit de la plaquer à cause de moi, c'est injuste. Je me sens coupable de sa tristesse. Je sentais comment ils s'aimaient et apparemment, ça n'avait pas suffisamment d'importance pour lui pour la laisser comme une vieille chaussette.

— Lara, non, il n'en vaut pas la peine, s'il te plaît, laisse-le et puis je m'en fous de lui maintenant, ce ne sont pas les mecs qui manquent ici, je trouverai quelqu'un de beaucoup mieux.

Elle me supplie du regard et je capitule.

— Mais cette fois, j'irai lui parler pour m'assurer qu'il ne te fasse pas de mal.

— Oui, bien sûr, je te le présenterai et je te laisserai le sonder pour être sûre cette fois, me dit Jade, soulagée.

C'est bien la première fois qu'elle ne cherche pas à me contredire ou même à me gueuler dessus, car je l'étouffe trop. C'est pour dire à quel point elle a peur que j'aille vraiment voir son ex pour le tuer, bien que je veuille juste lui faire un peu peur.

— Alors, comme ça, tu trouves qu'il y a des beaux mecs dans les nouveaux ?

— Tu rigoles j'espère ? s'écrie ma sœur. Ne me dis pas que tu n'as pas remarqué les canons qui étaient avec toi pendant plusieurs heures ?

— Jade ! dis-je, exaspérée.

— Non Lara, tu viens de me dire que je ne devais pas m'en faire pour Steeve alors toi non plus. Je sais que ce n'est pas vraiment pareil, mais il faut que tu refasses ta vie, tu ne peux pas t'arrêter à Matt. Je sais, tu l'aimais et il t'aimait, la vie continue Lara. Tu es belle et forte, tu trouveras facilement.

La mâchoire serrée, je respire un bon coup pour ne pas m'énerver.

— Tu as de la chance d'être ma sœur tu sais ? Et non, je ne suis pas comme toi, à toujours regarder l'anatomie des hommes qui croisent mon chemin.

— Moi ? fait-elle, faussement offusquée. Je ne le fais jamais ! Et je suis contente d'être ta sœur, comme tu le dis, au moins, je suis la seule à pouvoir te dire les choses en face, sans risquer ma tête.

— Ce n'est pas du tout marrant, Jade, dis-je le ton menaçant.

— Ha ha, tu crois me faire peur, dit-elle, en plaçant ses poings devant elle, en signe de combat.

— Tu vas perdre, Jade.

— Avec ta main en moins ! Pas du tout. Je suis sûre que je vais te battre.

Sans lui laisser le temps de rigoler, je l'attrape par les hanches et la jette sur le canapé. Elle y retombe en criant de joie et se laisse retomber au sol. Je la rejoins en deux pas et la soulève par le col.

— Alors, tu fais moins ta maligne, hein ?

— D'accord, tu as gagné, mais ce n'est pas du jeu, je n'ai pas le virus, MOI !

— Si tu l'as ! dit Kiara en nous interrompant.

— Oui, mais pas assez pour être aussi forte que Lara, dit ma sœur qui se rassoie à côté d'elle.

— Peut-être pas aussi forte que Lara, mais tu peux l'être comme Somer, continue-t-elle.

On la regarde toutes les deux, surprises.

— Comment ça, comme Somer ? Qui est Somer ? demande ma sœur.

— Oui, qu'est-ce que tu veux dire par là, Kiara, lui demandé-je moi aussi.

— Tu ne l'as pas senti, Lara ? me dit-elle. Quand j'ai vu le lieutenant-major hier dans le train, je l'ai senti tout de suite. Il est comme ta sœur, ils ont la même odeur. Somer a un peu de virus dans son sang, comme Jade, je te l'assure, continue-t-elle en voyant que je ne la crois pas.

— Mais non Kiara, je l'aurais senti moi aussi. Je n'ai rien remarqué…

Je ne termine pas ma phrase, je n'arrive pas à comprendre. Je me lève de mon siège et je me dirige vers la sortie.

— Tu vas où Lara ? demande ma sœur.

— Je dois aller vérifier quelque chose, garde Kiara, je reviens vite, dis-je en fermant la porte.

David n'est toujours pas revenu, je ne peux pas lui demander son avis d'expert en odeur de virus et ma mère est encore en réunion avec les généraux, Somer mis à part. Je le sens sur le toit de l'immeuble de ma grand-mère et quand je lève les yeux, je l'aperçois en train d'observer les environs. Devant les portes de l'immeuble, le soldat en faction me laisse entrer sans un mot et je l'en remercie d'un signe de tête. Je n'ai pas encore eu le temps d'aller tous les voir lors d'un rassemblement dans la cour principale, mais je pense le faire assez rapidement.

Dans l'ascenseur et le couloir, il n'y a aucun soldat en faction. Je constate que ma mère m'a écoutée et qu'elle a enlevé les factionnaires inutiles. Une fois sortie de la cabine, j'emprunte l'escalier étroit qui mène jusqu'au toit et je tombe nez à nez avec le caporal-chef Jérémy Moret, un garçon avec qui je suis déjà partie en mission.

— Capitaine, comment allez-vous ?

— Bien merci et toi Jérémy ? Tu sais, tu peux m'appeler Lara, nous nous connaissons maintenant.

— Oui bien sûr, Lara.

— Je suis désolée. Je n'ai pas le temps de parler avec toi pour l'instant, je pourrais rester seule sur le toit ?

— Il y a un des nouveaux venus là-haut et…

— Je sais, dis-je simplement.

Il doit comprendre, car il descend. Comme je m'y attendais, Somer se retourne avant que je ne l'atteigne et me fixe droit dans les yeux. La colère qui m'habitait tout à l'heure est toujours présente en force quatre !

— Espèce d'enfoiré ! Vous avez risqué la vie de tout le monde pour cacher votre secret, qui n'en est plus un, d'ailleurs, mentis-je un peu pour lui faire avouer, en espérant que Kiara ait raison.

— Alors vous le savez maintenant ! me dit-il simplement. Et je n'ai risqué la vie de quiconque.

Donc, il y a bien quelque chose !

— Vous vous foutez de ma gueule ou quoi ?

— Je ne me permettrais pas, capitaine, me dit-il le sourire aux lèvres pour me provoquer. C'est vous qui vous entêtez à savoir qui je suis. Ce n'est pas de ma faute.

— Arrêtez tout de suite ! l'avertis-je les dents serrées.

— Je ne fais rien, vous n'avez pas à vous énerver contre moi.

— Vous m'avez toujours soutenu qu'il n'y avait rien d'anormal chez vous, mais vous mentez ! Kiara avait raison… Maintenant que je suis avec vous, je peux le sentir.

Je ne sais pas pour quelles raisons obscures je n'ai jamais senti la présence, même infime, du virus en lui. Je ne comprends toujours pas pourquoi je me sens bizarre en sa présence.

— Sentir quoi ?

— Ne faites pas l'innocent ! dis-je doucement.

Un silence pendant que Somer regarde vers ma maison et là d'où je viens.

— Il a fallu que Kiara rencontre Jade pour faire le rapprochement. Ça m'étonne que vous ne l'ayez pas fait par vous-même.

— Comment vous…

— Je savais que Kiara était chez votre mère et j'ai vu votre sœur y aller tout à l'heure alors je savais que tôt ou tard, vous viendriez me demander des explications.

— C'est pour ça que vous aviez réagi bizarrement quand je parlais de ma sœur. Car en fait, vous êtes vous-même le frère d'un enfant test ! dis-je en le réalisant en même temps. Où est votre sœur ou votre frère ?

— Ça ne vous regarde pas !

— Ah NON, crié-je à bout de nerfs. Ne recommencez pas !

— Ma sœur est morte, se résigne-t-il à me dire, me voyant sur le point de lui sauter dessus.

Merde, je ne m'attendais pas à ça. Je ne sais pas pourquoi, mais j'espérais au fond de moi que je rencontrerais une autre personne comme moi, un enfant né par le biais de ce virus qui a détruit le monde. Je suis toujours en colère contre Somer, mais je sais ce que fait la perte de quelqu'un qu'on aime.

— Je suis désolée, dis-je.

— Merci, mais vous n'y êtes pour rien, ça fait longtemps, j'ai fait mon deuil.

— Longtemps ? répété-je.

— Cassandra est morte bien longtemps avant le début de la contamination. Elle est partie soudainement, sans que personne ne le sache, se confit-il tout à coup.

Je l'écoute raconter l'histoire de la mort de sa grande sœur et je le redécouvre soudainement. Les traits de son visage se détendent et ses yeux se radoucissent. Il est très beau comme ça et je comprends qu'il porte en permanence un masque pour cacher sa tristesse, mais ça ne change pas grand-chose, je me sens toujours bizarre en sa présence et je sais qu'il va redevenir cet homme provocateur et insolent.

— Quand est-ce arrivé ? lui demandé-je en espérant qu'il continue à se confier.

— Je ne veux pas en parler, dit-il.

— J'aimerais en savoir plus sur vous ? insisté-je, constatant que son livre personnel s'était refermé.

— Et si moi aussi, je voulais en savoir plus sur vous, me parleriez-vous ?

— Non, dis-je avec certitude.

— Alors notre conversation est terminée !

— Pourquoi êtes-vous aussi dur avec moi ?

Un silence avant qu'il ne reprenne en criant.

— Parce que vous vivez ! crie-t-il en se retournant vers le bord de l'immeuble, dos à moi.

Je comprends un peu plus maintenant. Il m'en veut, car sa sœur est morte alors que moi je suis encore en vie. Que lui est-il arrivé ? Si elle était comme moi et qu'elle s'est transformée en zombie alors ça veut dire que Cassandra n'a pas assimilé entièrement le virus dans son organisme. Combien d'enfants parmi tous ceux qui ont survécu sont comme moi et l'ont intégré totalement ? Je ne peux pas être la seule à avoir eu la chance de ne pas me transformer en zombie ou en Master ? Mis à part l'autre hybride que j'ai tué ! Si ?

— Comme vous l'avez dit tout à l'heure, ce n'est pas de ma faute si votre sœur est morte. Si vous voulez en vouloir à quelqu'un pour sa mort, acharnez-vous sur ces scientifiques qui ont créé ce virus, OK ? Je n'en peux plus de supporter le malheur et les petits tracas de tout le monde. Moi aussi je suis une victime, moi aussi j'ai perdu des gens que j'aimais, moi aussi j'en peux plus, crié-je à bout de nerfs. J'en peux plus de ce putain de monde qui s'écroule sous nos pieds et j'en peux plus de fermer ma gueule quand on me dit que je tue ces monstres comme si j'écrasais des fourmis. J'en ai marre qu'on me prenne seulement pour une arme. Moi aussi j'aimerais vivre ma vie à ma façon, mais on m'a retiré ce droit en m'enlevant celui que j'aimais. Alors, OUI, je vis, mais réalisez-vous seulement à quel prix ? terminé-je les larmes aux yeux.

Somer me regarde, stupéfié par mon monologue. Les gens ne comprennent pas que je subis les mêmes épreuves qu'eux, mais que je dois cacher mes souffrances, car je suis la seule à pouvoir les sauver. En peu de temps, j'ai vécu énormément de choses qui m'ont fait mal et personne ne peut comprendre ce que je ressens. Le virus en moi décuple tous mes sentiments et mes ressentis.

— Alors, je suis désolée de vivre, mais des personnes comptent sur moi. Si vous n'êtes pas content, la porte est grande ouverte, dis-je avant de me rapprocher du bord du toit et de me laisser tomber.

J'entends la surprise de Somer quand je suis dans les airs, mais je n'ai pas le temps de m'en préoccuper car le sol se rapproche vite de moi. Je dois me concentrer sur ce que je fais si je ne veux pas me casser quelque chose. J'atterris avec souplesse sur le sol et je me dirige déjà vers l'infirmerie pour aller refaire mon pansement, déjà trop imbibé de mon sang. Encore une fois !

# CHAPITRE 14

Le reste de la matinée se passe sans cris ni bagarre. Le Dr Antone a eu le même raisonnement que moi concernant ma blessure à la main et en a conclu que je vais devoir guérir de manière humaine. Au final, il n'est pas si formidable leur virus ! Pendant ce temps, il m'a interdit de faire trop d'effort avec ma main gauche pour permettre à celle-ci de bien se remettre. Lorsque je rouspète, car je ne peux pas laisser les contaminés et les Masters envahir le Château et notre ville, Roger m'assure que David est assez fort pour le faire à ma place et il insiste pour que j'aie un peu de repos. Pourtant la seule chose que je veux faire, c'est aller dehors et me débarrasser le plus possible de ces monstres. Je ne supporte pas de rester là, à ne rien faire dans mon coin.

Je ne raconte pas à Roger ce que j'ai appris à propos de Somer, je préfère qu'il le fasse de lui-même. Je n'ai pas envie de repartir dans des explications longues et compliquées. Je lui laisse le loisir de le faire quand il en sera capable. Du coup, après mes soins, je retourne voir Jade et Kiara chez ma mère et je décide d'aller dans le petit parc, derrière la maison, pour faire profiter du soleil de ce matin d'hiver à la petite et à Joyce, qui prend un malin plaisir à faire tourner la tête à tout le monde. Ma chienne aussi a senti la présence du virus dans ses veines et Kiara arrive bien à comprendre ses pensées. D'après ce que ma protégée me décrit, elle n'a pas la même perception de l'esprit de Joyce que moi. Quand cette dernière me parle, je la comprends presque comme je comprends David sans les mots, bien sûr, alors que Kiara ne perçoit que des images que lui envoie Joyce. Un peu comme les Masters le font avec moi. Quand je lui demande si elle arrive à communiquer avec les Masters, elle me dit qu'elle n'arrive qu'à savoir quand ils arrivent et dans quelle humeur ils sont.

Après une journée entière à apprendre sur ses facultés, je réalise qu'elle est loin de ce que je peux faire, mais que c'est déjà beaucoup. À part sentir la présence des contaminés et des Masters, elle peut aussi décrypter ce que les gens ressentent. Lire en eux en quelque sorte. Ce qui explique qu'à chaque fois, elle me piège quand je la vois, car elle sait tout de mes sentiments. Vers midi, ma mère passe nous voir au parc pour nous amener un pique-nique ainsi que des couvertures pour Kiara et Jade. Même s'il fait grand soleil pour un 24 décembre, il ne doit pas faire plus de cinq degrés. Ce qui est plus un problème pour les filles que pour moi.

De la poche arrière de sa tenue de militaire, ma mère sort une petite bague, toute simple, d'un violet lumineux et la tend à Kiara.

— Tiens ma chérie, c'est une bague qui est magique ! dit Enora toute joyeuse. Quand tu la mets à ton doigt, elle change de couleur suivant ton humeur.

— Merci Enora, c'est gentil, dit Kiara en la mettant à son pouce droit. Oh ! Elle devient bleue, ça veut dire quoi cette couleur ?

Ma mère lui tend un petit carton plastifié avec le descriptif des couleurs inscrit dessus. La couleur bleue signifie « détendu », le violet « romantique », le vert « actif », l'orange « troublé », le gris « stressé », le rouge « nerveux » et le bleu nuit « amoureux ».

— Tu es détendue Kiara, dit ma sœur.

— C'est vraiment gentil, Enora. Pourquoi tu me fais un cadeau ?

— Parce que c'est Noël ce soir. Je préférais te la donner maintenant, car je suis de garde pour le réveillon.

— Encore ! dis-je étonnée. Tu n'arrêtes jamais ces derniers jours… Semaines, même. Tu vas tomber à force.

— Mais non ! C'est moi qui fais les tours de garde et il faut bien combler les trous !

— Et avec les nouveaux arrivants, tu ne peux pas alléger ton travail ? demandé-je.

— Pas encore, ils ne connaissent pas toutes nos règles et je les ai mis en binôme le temps qu'ils s'habituent à leur rôle.

— Ça n'empêche pas le fait que tu tournes trop, insisté-je. Tu es fatiguée, maman !

— Mais non, je vais très bien !

— Non, Lara a raison, je le sens aussi que tu es fatiguée, rajoute Kiara.

— Une Lara, c'est déjà beaucoup, rigole ma mère, alors une deuxième petite Lara, je dis non !

— Tu ne pourras plus nous mentir, dis-je à ma mère en prenant Kiara dans mes bras.

— Vous êtes deux petites chipies. Je suis contente que tu aies retrouvé le sourire

Lara, ajoute ma mère.

— C'est grâce à cette petite.

Je la serre encore plus contre moi.

— Je n'oublie pas pour autant Matt.

— Je sais que tu ne veux rien entendre, mais tu as besoin d'en parler, ça te soulagerait !

— Je n'ai rien à dire, c'est du passé, les choses sont faites maintenant et ni toi, ni moi, ni même personne ne peut changer ce qu'il s'est passé, maman. Matt est mort par la faute de cet enfoiré et je l'ai tué. Point à la ligne.

Un silence.

— Je sais que rien ne pourra le faire revenir ou même changer ce que tu as fait, mais je voudrais vraiment qu'on se voie toutes les deux, un jour, pour parler ensemble. Pas que de ce qu'il s'est passé la semaine dernière, mais depuis le début Lara.

— Ce que j'ai fait est inexcusable, mais je ne pouvais pas ne pas le faire ! dis-je les larmes aux yeux. Il a tué le seul homme que je n'aie jamais aimé et de sang-froid. Il l'a fait pour me faire mal, pour m'atteindre et il y est arrivé. C'est à cause de moi si Matt est mort ! dis-je sans pouvoir retenir mes larmes.

— Ne dis pas ça, ma chérie, cet homme n'était qu'un enfoiré comme tu le dis et je ne t'en veux pas pour ce que tu lui as fait. Si tu n'avais pas agi, beaucoup de personnes l'auraient fait à ta place, moi la première. Je suis vraiment désolée pour tout ça, me dit me mère en m'embrassant le front.

— Elle a raison, continue Jade. Personne ne t'en veut, Lara. Tu fais tout pour nous ici et il t'enlève un être irremplaçable ! La seule chose que je regrette, c'est qu'il n'ait pas souffert autant que Matt ou toi.

Encore un silence.

— Je suis là maintenant ! intervient Kiara. Je peux prendre la place de ton amour pour lui, comme ça, tu n'auras plus mal.

— Tu as raison, choupinette, mais tu y es depuis le début dans mon cœur, depuis que je t'ai vue dans le coffre de cette voiture et ne me demande pas pourquoi, car je ne le sais pas moi-même.

— Roger dit qu'il y a un lien psychique entre vous deux du fait du virus qu'il y a dans vos veines. Dans celles de Kiara, il est légèrement présent, mais elle est née comme ça et toi aussi, alors toutes les personnes que tu vas croiser qui seront nées avec le virus, te procureront la même sensation.

Je ricane.

— Je ne pense pas, dis-je en pensant à Somer.

— C'est Roger qui me l'a dit alors je pense que tu devrais le croire.

Est-ce que je dois le lui dire ? Je ne veux pas parler à la place de Somer, en même temps, je pourrais en savoir plus sur le virus et surtout, comment il arrive à faire ça ! Comment peut-il se défendre au corps à corps avec un Master ?

— En fait, je ne t'ai pas tout dit, commencé-je, pas sûre de moi. Je ne suis pas attirée de la même façon envers toutes les personnes qui ont le virus en eux.

— Comment peux-tu en être si sûre, Lara ? Tu ne connais que Kiara, David et ta sœur, qui sont nés comme toi.

— Non, pas vraiment. Je ne t'ai rien dit, car je ne sais pas si je peux parler à sa place, mais une autre personne est porteuse.

Tout le monde me regarde avec de gros yeux, sauf Kiara, qui sait déjà.

— Maintenant que tu nous dis ça, tu ne peux pas le garder pour toi ! dit ma sœur, tout à coup surexcitée par l'annonce que je vais faire.

— Somer, dis-je simplement.

— Le lieutenant-major Somer ? C'est pour ça que vous vous engueulez tout le temps quand vous vous voyez ? me demande ma mère.

— Oui et non. Je n'arrive pas à comprendre pourquoi, mais je n'arrive pas à le cerner. Il m'insupporte au plus haut point. Quand je suis en sa présence, je me sens bizarre.

— C'est pour ça que tu dis ne pas ressentir la même chose envers les personnes comme toi ! comprend ma mère.

— Oui, mais avec Jade, c'est pareil. J'aime ma sœur, mais différemment que Kiara.

— C'est gentil, me dit Jade en rigolant. C'est bien de l'entendre de vive voix, me taquine-t-elle.

— Tu sais que je t'aime. Tu es la pire peste que je connaisse, dis-je pour me venger.

— Je m'en fiche, c'est un compliment pour moi ! rigole ma sœur.

— Moi aussi je vous aime, dit Kiara en nous regardant toutes les trois, tour à tour.

Nous éclatons de rire toutes en même temps et nos larmes de joie coulent sur tous nos visages. Je crois que cela nous fait du bien de parler de tout le stress que nous avons sur le cœur depuis ce dernier mois.

************

À quatorze heures, j'assiste au comptage des effectifs des militaires et des civils sur la place principale. Après la mort des trois soldats lors de l'attaque de ce Master bionique, hier au Château, il ne reste plus que trente soldats et cinquante-quatre civils, américains et français réunis. Je me demande toujours pour quelle raison les Américains sont venus se perdre à Toulon, alors qu'il y a la même merde chez eux… Je devrais leur poser la question tôt ou tard.

Le soir venu, je suis sur le toit de l'immeuble de ma grand-mère, sage et parfaitement inutile comme me l'a demandé le Dr Antone. Mes pieds se balancent dans le vide au même rythme que les battements de mon cœur. Je m'ennuie à mourir. Pour la première fois, je m'oblige à obéir au médecin afin de guérir correctement. Comme me l'a dit ma mère, elle est de garde dans la pièce qui sert de centre de contrôle de notre petit Château. Je peux la sentir en dessous de moi. Enora se trouve avec notre commandant, notre capitaine et tous les chefs des Marines. Somer parle de son histoire à ma mère. Si je suis trop loin pour bien comprendre ce qu'ils se disent, je remarque néanmoins qu'il a plus de facilité à en parler avec les généraux qu'avec moi. Est-ce vraiment à cause du fait que je sois en vie et sa sœur non ? Mais je ne sais pas ce qui est arrivé à sa sœur, bordel ! Je sens que je commence vraiment à m'énerver alors je me force à oublier ce qu'il se passe à mes pieds et je me concentre sur le reste du Château.

Kiara dort paisiblement dans mon lit avec Jade, qui est devenue sa meilleure amie. Ce qui est normal, puisqu'elles sont tellement semblables. Mes amis, Audrey et Gabriel, sont chez eux à regarder des films. Alex et ses potes militaires sont en train de bavarder de tout et de rien, surtout de filles. Bruno et Dany sont dans l'appartement qu'ils partagent dans le même immeuble que ma grand-mère. En seulement une journée, l'état de Dany s'est très bien amélioré, il va mieux grâce aux médicaments que Roger lui a donnés et au sang que je lui ai fait boire. Je suis contente pour lui, mais je me sens encore fautive pour la perte de son bras. En fait, non, ce n'est pas ma faute, c'est celle de Somer. Et me voilà encore en train de penser à lui, merde à la fin ! Je reporte mon attention sur le reste du Château et je constate que tout va bien, personne n'est en danger immédiat, tous ou presque tous sont en compagnie de leur être aimé et ils sont heureux, comme on peut l'être dans ce monde. Malgré tous les efforts que je fais pour les sentir, je n'arrive pas à détecter les scientifiques qui vivent au sous-sol de cet immeuble et encore moins, les entendre. Ils ont bien fait leur travail pour se cacher du reste du monde.

Quand je repense à la manière dont j'ai été conçue et surtout pour quelle raison, ça me donne la nausée. Savoir qu'ils avaient tout prévu depuis des dizaines d'années déjà, ça me rend encore plus en colère contre eux. Comment ont-ils pu faire ça ? C'est juste un exercice pour savoir qui est le plus fort ? Un jeu pour égos surdimensionnés ? Et au final, voilà le résultat ! Ce n'est pas ce que je dirais une réussite.

Je reprends mon petit scan et réalise que David n'est toujours pas revenu de son déjeuner depuis ce matin. Je pousse plus loin mes recherches, mais je ne le détecte pas. Ni à la Mairie, ni à la rivière, ses endroits favoris. Où a-t-il bien pu aller ? Des vaches, on en trouve pas loin ! Et puis, il n'a jamais mis autant de temps à revenir ! Depuis que je suis arrivée ici, pas une seule journée ne s'est passée sans que nous subissions une attaque de Masters, alors pourquoi aujourd'hui a été aussi calme ? Je suis sur le point d'aller voir ma mère pour savoir si elle n'a pas eu de nouvelles de lui par l'intermédiaire de son transmetteur quand elle et le reste du groupe, sortent de l'ancienne banque, l'air effrayés et… Surpris !

— Lara ! Tu peux descendre s'il te plaît, je dois te parler, me crie ma mère au pied de l'immeuble.

Je me laisse tomber et atterris avec souplesse, comme d'habitude. Ça devient de plus en plus facile pour moi d'effectuer ces acrobaties. Plus je m'exerce et plus c'est simple pour moi de sauter des immeubles. Je ne dis pas que c'est sans douleur, je ressens cette petite décharge le long de mes jambes et dans mon dos, comme un humain « normal » qui sauterait de trois mètres de haut. C'est tellement plus pratique et plus rapide.

— Oui ? Pourquoi avez-vous l'air d'avoir peur ? demandé-je au groupe, une fois face à eux.

— Ça m'impressionnera et ça me fera toujours aussi peur de te voir faire ça, me dit ma mère.

— Moi aussi ça me fait bizarre quand j'y repense. C'est grâce à la griffure de Master !

— En tout cas, ça doit vous être pratique de sauter d'immeuble en immeuble ! dit Starls.

— Vous n'imaginez même pas, major-général !

— Appelez-moi Henry, capitaine.

— Alors, ça sera Lara aussi. Maman, comment as-tu su que j'étais là-haut ? demandé-je à ma mère.

— Par Ian, me répond-elle.

— Qui c'est Ian ?

— Moi, répond Somer.

Il m'observe, un sourcil levé, sans aucune gêne. Je me détourne rapidement de lui, sentant ma mauvaise humeur revenir.

— Ah, OK. Bon, vous allez me dire ce qu'il se passe à la fin ! Vous allez faire une crise cardiaque si vous continuez à stresser autant.

— Viens, suis-nous à l'intérieur, dit Enora. Il faut que tu voies quelque chose.

— Attends, je voulais te voir aussi, car je ne sais pas où est David et je n'arrive pas à le sentir. Il n'est pas revenu depuis son déjeuner de ce matin, ce n'est pas normal ! Tu ne sais pas où il est ?

— Non, je ne sais pas, me répond-elle le regard baissé.

— Maman arrête de t'inquiéter ! Qu'est-ce qu'il y a de si horrible ?

Alors qu'elle me montre un petit cercle plat, je lui demande ce que s'est.

— C'est un projecteur holographique portatif, un petit joujou de technologie que nos ingénieurs nous ont concocté. Un PHP pour aller plus vie, me dit le commandant Charles.

— Et à quoi ça sert ? demandé-je hésitante.

— Ça a les mêmes fonctions qu'un ordinateur, en plus perfectionnées. En gros, continue mon commandant quand il voit que je ne comprends toujours pas, nous avons reçu il y a cinq minutes un message qui comporte une vidéo holographique et nous l'avons visionné.

— C'est pour ça que vous avez autant la trouille ?

— Oui, mais regarde, me dit Enora.

Quand elle passe sa main au-dessus du cercle, des faisceaux bleu très clair forment une silhouette humaine sans néanmoins que l'on puisse en distinguer le visage.

— *Vous ne savez pas qui je suis, mais moi je sais parfaitement qui vous êtes*, annonce l'homme avant de reprendre.

— *Je suis le créateur du virus Zh, l'original. Au cas où vous vous demanderiez si je bluffe, j'ai avec moi un de vos amis.*

L'image se brouille et quand elle redevient nette, l'hologramme de David apparaît. Mon ami est attaché sur une table de torture avec tous les accessoires et outils nécessaires. L'hologramme ne permet pas de voir les couleurs, mais je comprends très bien que les taches sombres, un peu partout sur le corps de David, sont du sang. Il a l'air dans un mauvais état, très mauvais état même. Il est inconscient, la bouche entrouverte. Ses poignets et ses chevilles sont maintenus par des attaches en métal qui ont l'air de bien lui entailler la chair. Je ne vois pas où il se situe, mais il a l'air d'être dans une pièce très éclairée et neutre. Bordel de merde !

La voix de l'homme reprend en même temps que l'image de mon ami disparaît.

— *Nous n'avons pas pu entrer en contact avec lui car il refuse de parler, mais je sais comment y parvenir. Il a besoin d'un peu de motivation et pour ça, j'ai besoin de quelqu'un de proche de lui et de parfaitement conçu : Lara !*

Quoi ? Moi ? Que veut-il à la fin ? Il a créé le virus et il est dans la nature alors qu'est-ce qu'il cherche encore ?

— *Je veux que vous me la livriez dans les prochaines 24H, sinon votre ami mourra. Et ça ne sera pas le dernier de la liste : si vous ne le faites pas, j'enverrai d'autres de mes petits monstres que vous appelez Masters mais avec une légère modification.*

Alors c'est lui qui a créé ces Masters bioniques ! Qui est-il au juste ?

— *Si Lara n'est pas là dans les 24H, j'enverrai mes Mécas tuer cinq d'entre vous. Sans David et au vu de la forme qu'elle a, vous n'aurez aucune chance !*

Soit il nous surveille, soit il a un complice dans notre équipe, sinon, je ne vois pas comment il peut savoir tout ça.

— *Demain, avant que la lune ne soit à son zénith, je veux qu'elle soit au stade Pierre-Antoine, là où jouait le C.O., je crois que vous savez où cela se trouve. J'ai hâte de te rencontrer Lara !*

Sur ces dernières paroles, l'hologramme disparaît et nous laisse tous dans un silence de mort. Je n'arrive pas à y croire ! Nous vivons dans un monde de merde et en plus, il faut que ce fou furieux en remette une couche. Comme si je m'ennuyais !

Je regarde le petit groupe autour de moi et je comprends qu'ils attendent que je parle. Je sais ce que je vais faire et plusieurs d'entre eux ne vont pas aimer ça.

— Je sais ce que vous allez dire, mais je ne peux pas refuser. Non, maman ! l'interrompis-je voyant qu'elle veut me contredire. Je ne peux pas laisser David se faire torturer et laisser venir ces Mécas ici ! J'y vais un point c'est tout.

— Je sais très bien que je… Que nous ne pourrions pas t'empêcher d'y aller, mais nous aimerions préparer ta mission pour que nous puissions te suivre sans qu'il ne le sache. Grâce à nos ingénieurs et scientifiques, nous avons en notre possession des outils qui te seront utiles à toi et à nous en même temps.

# CHAPITRE 15

— Apparemment vous avez déjà tout planifié ! dis-je en voyant tout le matériel aligné sur le bureau, à l'intérieur de l'ancienne banque. Vous êtes sûrs que ça ne fait que cinq minutes que vous avez la vidéo ?

— Heu, non un peu plus longtemps à vrai dire. Nous voulions en discuter avant de t'en parler, m'explique mon commandant.

— Et je savais très bien que tu ne serais pas restée à rien faire alors nous avons préféré préparer un plan avant, continue ma mère.

— Je vois que vous commencez à me connaître, c'est bien !

Nous passons le reste de la nuit à préparer ma mission presque suicide. Lorsque je partirai, je serai munie d'une micro-caméra quasi invisible qui, à l'annonce d'un code, se déploiera en cinq parties, couvrant tous les angles possibles. Un de nos ingénieurs qui a conçu ce petit joujou, nous a rejoint à la surface, en fin de nuit, pour m'expliquer son fonctionnement. Le code ne devra être dit que quand je me trouverai dans une pièce fermée, pendant un laps de temps assez long pour que les ingénieurs et généraux puissent récolter un maximum de renseignements. Enora n'arrête pas de me fixer depuis que nous avons regardé la vidéo. Elle me répète sans cesse à quel point elle a peur de tout ce qui peut m'arriver là-bas, mais je suis obligée d'y aller, pour la survie du Château.

Au petit matin, après des heures et des heures de préparation, une réunion générale des militaires est organisée en place centrale pour informer tout le monde de la situation. D'un côté, il y a les généraux français et américains et moi, le reste de notre force militaire occupant l'autre côté. Les civils n'ont pas été conviés, mais cet appel a fait tant de bruit qu'ils se sont silencieusement rassemblés d'eux-mêmes devant le magasin. Même mes amis sont là, ainsi que Kiara dans les bras de Jade. Le stress que je ressens en chacun d'eux commence à m'atteindre. Tout le monde est enfin réuni en face de nous et nous attendons que le commandant Charles parle.

Surprise par son silence, je me retourne vers lui et il me fait signe de prendre la parole, avant de me chuchoter, en aparté :

— Il est temps que tu te fasses respecter. Capitaine, je vous laisse la parole.

Sur ce, il se recule et me laisse seule devant tous ces soldats. Une boule se forme au creux de mon estomac. Je n'y fais pas attention et je prends la parole.

— Merci à tous d'être venus le plus vite possible à cette réunion de crise. Je ne vais pas passer par quatre chemins alors écoutez et merci de ne pas m'interrompre pour le moment. Je répondrai à vos questions tout à l'heure.

Je prends une grande inspiration et je me lance.

— Hier soir, vers onze heure, nous avons reçu un message d'une personne prétendant être le créateur de ce virus qui a transformé notre planète en chaos. Dans ce message, il y avait une vidéo montrant David fait prisonnier, attaché et torturé par cette organisation que nous détestons tous.

Des « Oh » et des « Mon Dieu » s'élèvent de toute part. Malgré son physique assez effrayant, David a réussi à se faire apprécier de tout le monde, un peu comme moi en fait.

— Ce n'est pas tout. Nous avons appris que le Master bionique que David a tué est l'œuvre de cet homme et il nous menace d'en envoyer d'autres si nous n'obéissons pas à ses ordres. Il veut que je le rejoigne ce soir, avant que la lune ne soit à son zénith.

Cette fois, mes soldats réagissent tous en même temps.

— Vous ne pouvez pas y aller, capitaine, il va vous tuer ou pire, crie l'un d'eux.

— C'est de la folie, qu'ils viennent ces monstres, nous les attendrons de pied ferme, hurle un suivant.

— Tu ne peux pas y aller, Lara, crie cette fois mon ami Alex. Il va te torturer ou je ne sais quoi d'autre. N'y vas pas !

D'autres s'insurgent, et je les écoute, sans rien dire.

— S'il vous plaît ! Je vous en prie, restez calmes, crie le commandant Charles. Votre capitaine a raison, reprend-il, une fois le calme revenu.

Tout à coup, je sens que quelque chose m'agrippe la jambe et je réalise que Kiara s'est faufilée pour venir me rejoindre. Je la prends dans mes bras et la serre fort.

— Je ne veux pas que tu y ailles, me dit-elle froidement.

— Il le faut, ma chérie, j'y suis obligée et tu le sais, tu le sens en moi.

— Oui, mais je n'ai pas envie de te perdre.

— Tu ne me perdras pas Kiara, je vais revenir. Je vais revenir, dis-je plus fort pour que tout le monde m'entende. Je ne compte pas me laisser tuer par cet enfoiré qui a foutu toutes nos vies en l'air ! Il est hors de question que David ou moi mourrions pour son plaisir ! Oui je vais m'y rendre, je tiens à chaque personne qui vit ici et je compte bien revenir.

— Mais comment pouvez-vous en être si sûre, demande l'un des militaires.

— Parce-que, si David et moi ne revenons pas, personne ne pourra vous protéger contre ces Mécas qu'il veut nous envoyer… Et je ne le tolérerai pas.

La foule reprend ses discussions et j'attends qu'ils aient fini avant de reprendre la parole.

— Je vous remercie de vous inquiéter pour moi, mais je dois le faire. Par contre, quand je serai partie, tout militaire sera prié de se munir d'une arme lourde et de se positionner sur les barrières de défense. Je ne fais pas confiance à cet homme et je pense qu'il ne respectera pas son contrat, alors je vous demande de prendre les armes et de surveiller le Château à toute heure du jour comme de la nuit. Je sais que je vous en demande beaucoup et que vous êtes fatigués, mais c'est la survie de notre population qui en découle. Je vous promets de faire vite. Je ne sais pas ce qui m'attend là-bas, alors je ne peux pas vous dire dans combien de temps je reviendrai.

*************

Deux heures plus tard, je suis de nouveau dans l'ancienne banque pour encore et encore préparer mon départ. Juste après la réunion, tous les militaires non en fonction sont allés prendre des armes et se sont positionnés un peu partout sur les immeubles autour des barrières de protection, avec des bazookas, des lance-grenades, des fusils à pompe… Toutes les plus grosses armes qu'ils ont trouvées. Audrey et Gabriel, présents lors de la réunion, sont venus me voir pour me souhaiter bon courage et nous nous sommes quittés sur des larmes et des au revoir déchirants. Franchement, je ne sais pas du tout ce qu'il va m'arriver, j'espère de tout cœur pouvoir sauver David et revenir avec lui, mais je sais que je me fourvoie. Comment vais-je pouvoir m'en sortir contre cette personne déjantée ?

Dans les heures qui suivent, ma mère m'équipe de la tête aux pieds. En plus de ma combinaison toute neuve, elle me rajoute la mini caméra dans mon décolleté, entre mon soutien-gorge et mon sein, un endroit où j'espère, il n'ira pas y mettre son nez et deux sortes de petites grenades paralysantes. Quand je lui demande quel effet ça va avoir, elle me dit que je verrais bien quand je l'utiliserais, mais qu'en revanche, il faudra que je me protège les yeux. J'acquiesce et elle les met dans mes deux bottes, de sorte que ça ne me gêne pas.

Quand le soleil commence à se coucher, je suis enfin prête à partir. J'ai besoin d'être seule pendant un moment alors je monte m'asseoir sur le toit de l'ancienne banque. Je pense à David qui a subi des tortures à cause de cet homme monstrueux. Je sens en moi le virus envahir la moindre parcelle de mon corps et de mes veines. Je me laisse envahir par cette rage pure et meurtrière qui me fait un bien fou en cet instant. Depuis que j'ai appris que David avait été enlevé, je n'ai pas voulu laisser ma peine se voir, mais au fond de moi, mon cœur s'est brisé en deux. Il est l'une des personnes les plus gentilles que je connaisse même s'il est un Master. Dès le jour où je l'ai vu, il n'a pas arrêté de me draguer ouvertement et ça me faisait sourire, car il savait tout aussi bien que moi que rien n'était possible entre nous deux, au moins, il s'amusait et je plaisantais avec lui.

Il me manque… Beaucoup ! Sans que je le veuille, une puis deux larmes coulent sur mon visage en même temps que ma colère afflue de plus en plus en moi. Je commence à voir rouge et ce n'est pas une métaphore. J'essaie de me calmer et de garder ma rage pour ce monstre. Je n'y arrive pas. En plus de ça, je vais devoir aller voir ma mère pour lui dire au revoir, mais je ne peux pas. J'en suis incapable. La fois où je suis partie après la mort de Matt, je savais que j'allais revenir alors j'étais partie sans rien dire, mais là, pour être franche, je ne sais pas si je survivrais.

Alors je prends la décision de ne pas y aller et de partir sans prévenir, maintenant que je suis totalement équipée pour la bataille. Je me lève et je commence à marcher sur le toit pour pouvoir sauter au-dessus des barrières de sécurité, mais Somer m'en empêche.

— Vous alliez partir sans dire un mot à votre mère ?

— Ça ne vous regarde pas, Somer ! Et puis comment vous le savez ?

— J'ai suivi toutes vos émotions d'en bas et quand j'ai compris que vous alliez partir, je suis monté vous en dissuader.

— Et pourquoi je vous écouterais ?

— Votre mère a besoin d'un au revoir.

— Vous ne la connaissez pas et vous n'avez pas le droit de me dire quoi faire avec ma mère ! Je ne veux pas aller la voir pour lui dire Adieu.

Un silence pendant qu'il m'étudie longuement.

— Je croyais que vous deviez revenir ?

— Parce que vous y croyez, vous ? Franchement, j'ai plus de chance de finir en cobaye que d'en ressortir vivante. Vous serez content comme ça ! Enfin débarrassé de Lara… Ce monstre qui a survécu à la place de sa sœur ! Non ? Ce n'est pas ce que vous pensez ?

Il secoue la tête.

— Vous ne comprenez pas, Lara !

— Je vous interdis de m'appeler par mon prénom. C'est capitaine pour vous ! Et si, je comprends très bien. Votre sœur est morte et vous m'en voulez car, moi, je suis encore en vie et que j'ai ma sœur et ma mère pour me soutenir.

— Ce n'est pas ce que vous croyez !

— Oui, en fait, c'est vrai, je n'en sais rien. Comment voulez-vous que je devine, face à votre silence ? De toute façon, cela ne sert à rien de se disputer encore une fois. Je vais partir et je ne reviendrai s'en doute pas, alors vous pourrez être le nouveau héros !

— Lara ! m'appelle Somer quand je me détourne pour m'en aller.

— Je vous…

— Rien à foutre de ce que vous dites, s'énerve-t-il pour la première fois. Vous ne pouvez pas partir comme ça, sans dire au revoir. Votre mère et votre sœur…

— La ferme ! crié-je. Elles savent que je les aime. Il n'y a rien d'autre à dire.

Sur ce, je cours et saute la clôture pour me retrouver dix mètres plus bas. Sans attendre et en évitant les contaminés à l'aide de mon tantō, je me dirige à vive allure vers le stade Pierre-Antoine, sans me retourner quand j'entends ma mère m'appeler. Les larmes coulent sur mon visage et me brouillent la vue, mais je ne m'arrête pas pour autant et continue à courir vers le lieu du rendez-vous.

Quand j'arrive au stade, ce dernier est vide et froid. Aucune lumière n'est allumée et la seule chose qui me permet de bien y voir est la lune, presque pleine, au-dessus de ma tête. Je m'avance jusqu'au centre et attends. J'essuie par la même occasion les larmes qui n'ont pas séché pendant ma course. Je me concentre alors sur ce qu'il y a autour de moi et je remarque assez vite l'approche de Masters, à très grande vitesse, dans ma direction. D'un coup, les grandes lumières du stade s'allument et m'éblouissent pendant quelques secondes. Quand j'arrive de nouveau à distinguer ce qui se trouve en face de moi, je suis choquée de voir ces cinq Mécas qui m'entourent.

# CHAPITRE 16

Les cinq Masters transformés en robot se ressemblent comme deux gouttes d'eaux. Ils ont subi les mêmes modifications que celui qui a attaqué le Château il y a quelques jours. Ce dernier étant mort quand je l'ai vu, je n'avais pas eu l'occasion de les regarder droit dans les yeux et à vrai dire, ce n'est pas la chose que je préfère chez eux. Leur regard cruel est fixé sur moi, et même s'ils ne me connaissent pas, je sens toute la haine qu'ils me portent. Je pense comprendre pourquoi quand je sens un humain s'approcher.

Un homme dans la cinquantaine, blond, grand et mince, habillé d'une blouse blanche, comme le Dr Antone, se positionne entre les Mécas et me regarde fixement, sans parler. Je m'introduis dans sa tête et je constate qu'il est émerveillé ! Heureux… Quelle horreur ! Il est encore plus déjanté que je ne le pensais. Malgré l'abondance de lumière, je vois un sourire se dessiner sur ses lèvres. Il s'avance d'un pas entre les Mécas qui ne bougent pas d'un cil.

— Tu… Es… Magnifique, me dit-il en appuyant ces mots. Je ne pensais pas qu'il était capable de créer une aussi belle créature. Je me suis trompé apparemment. Ma chère Lara, tu es la perfection même !

— Arrêtez votre charabia de merde, ce n'est pas un compliment que vous me faites là, vous savez ? À cause de vous, la planète se meurt et vous avez fait de moi un monstre ! Je ne serais pas si joyeux à votre place.

— Je n'ai pourtant jamais été aussi heureux de toute mon existence, Lara. Depuis ces dernières semaines, je vis l'absolution, le monde parfait.

— Vous vous foutez de moi ? Vous êtes vraiment dérangé !

— Oh non, ma très belle Lara ! Je suis complètement lucide et en pleine fonction de mon cerveau. Regarde ce monde parfait que j'ai créé !

Je ris, stupéfaite par sa stupidité.

— Un monde parfait ? répété-je.

— Oui, Lara. Les plus faibles meurent et les plus forts survivent ! C'est la loi de la nature, ma belle.

— Vous êtes complètement taré !

— Non, au contraire, je suis la solution à cette planète. Le monde que vous avez connu n'existe plus et le mien commence. Cette génération devenait nulle et inutile. Toujours à compter sur la technologie et sur les Cyborgs. Vous vous laissiez vivre alors que là, vous devez vous battre pour survivre et c'est ça la vie, Lara.

— Vous êtes fou, complètement fou !!

— Je ne pense pas que j'arriverais à te faire voir le monde tel que je le vois maintenant. Quand je te ramènerai chez moi, je ferai en sorte que tu le comprennes.

— Et comment ?

— Comme je l'ai fait avec mes amis ici présents, dit-il en montrant ses Mécas. Ils m'obéissent au doigt et à l'œil, Lara, comme tu le feras bientôt.

Il est vraiment fou !

— Vous pouvez toujours rêver, mon vieux. Jamais vous n'y arriverez.

— Et pourtant, tu es là, avec moi et mes bébés.

— Parce que vous nous avez menacés, sinon, jamais je ne serais venue.

— Mais si, tu es une fille intelligente, et tu serais venue tôt ou tard. En fait, c'est bien ce que je disais, tu es la perfection même. Belle, forte et intelligente.

— Forte, je le suis, alors ne me provoquez pas trop, le menacé-je à bout de nerfs.

— Tu ne peux rien me faire, Lara ! Si tu bouges le petit doigt, mes amis t'en empêcheront.

— Vous n'êtes rien sans vos monstres !

— Oui, mais contrairement à toi, je suis encore humain, moi !

— Si vous croyez me blesser en me disant ça, vous vous fourrez le doigt dans l'œil. Je suis bien contente de n'être plus totalement humaine dans ce monde de fous, et dans des moments comme celui-ci, ma condition me donne un avantage.

— Si j'étais toi, je n'essaierais pas de me défendre, tu vas avoir mal, me prévient-il, avant de leur donner l'ordre de m'encercler.

— Vous croyez vraiment que je vais me laisser faire ?

— Si tu te défends, ils vont te faire souffrir !

— Vous me voulez vivante, je pense pouvoir m'en sortir, j'ai vécu pire.

— Je ne pense pas Lara, ce ne sont pas ces petits Masters, comme vous les appelez. Mes nouvelles recrues sont encore plus vicieuses que vous ne le croyez. Et puis, si tu tentes quoi que ce soit, je vais envoyer l'un de mes bébés faire la rencontre de vos amis.

— Ne me prenez pas pour une idiote, salopard, que je vienne ou pas, vous alliez envoyer quand même vos monstres.

Il sourit… Quel enfoiré !

— C'est vrai, tu n'es pas une idiote. Je suis comme ça, j'aime voir mes bébés se battre. Alors oui, j'allais quand même en envoyer quelques-uns, mais je sais que tu as pris tes précautions alors je préfère attendre un peu le temps que tes hommes se relâchent.

— Comment le savez-vous ? demandé-je.

— J'ai des yeux et des oreilles partout.

— Je le savais, vous avez une taupe chez nous ! Qui est-ce ?

— Tu n'as pas à le savoir, mais si tu es sage, je te le dirai une fois que tu seras chez moi.

— Une fois que vous serez sûr que je ne pourrais pas m'enfuir.

— Oui et non. Non, tu ne pourras pas t'enfuir, mais également non car de toute façon, tu seras morte.

Sur ce, il donne l'ordre de me maintenir sur place pour ne pas que je bouge. Je suis prête à les recevoir quand je me rends vraiment compte que cela ne sert à rien et que si je veux m'enfuir avec David, il me faudra toutes mes forces. Alors, je les laisse, avec dégoût, me prendre les bras et me les maintenir éloignés de mon corps, en croix. De là, je vois l'humain sortir de la poche de sa blouse une sorte de pistolet en plastique qui contient une seringue, longue de quinze centimètres au moins. Sans attendre, la fléchette part du pistolet et vient se loger en plein dans mon cou. Je sens déjà le produit s'insinuer dans mon sang en même temps que mes paupières deviennent lourdes. Juste avant que je ne m'effondre, je réalise que la soirée ne s'est pas déroulée comme je l'avais imaginée la veille.

Aujourd'hui, nous sommes le 25 décembre 2042 et je comptais passer ma soirée avec mes amis et ma famille, au pied d'un sapin que j'aurais décoré avec ma petite Kiara. Elle aurait ouvert ses cadeaux que je serais allée chercher dans un magasin de jouets et nous aurions rigolé toute la nuit en regardant Kiara s'amuser… Mais au lieu de ça, je suis dans un stade de rugby avec cinq affreux Mécas et un humain fou à lier qui veulent me transformer en un monstre encore pire que celui que je suis déjà. Je pense que j'aurais pu me passer de ce cadeau là !

*************

Je ne sais pas du tout où je suis, ni depuis combien de temps je suis là. J'ai la tête dans un sale état. J'ai l'impression que l'on a fait de la soupe avec ma cervelle en la remuant dans tous les sens pour que les saveurs se dispersent dans la marmite.

Je regarde autour de moi et la seule chose que je vois sont des murs blanc immaculé et une grande vitre teintée en face de moi. Le plafond, le sol et les murs sont impeccablement blancs et éblouissants. Comme au stade, un peu plus tôt, je mets du temps à m'habituer à cette clarté. Je ne sais pas combien de temps je reste là, seule, à observer le plafond avant que j'entende sa voix.

— Je suis content que tu te sois réveillée Lara, je ne savais pas quelle dose t'administrer alors j'y ai mis le paquet. Je ne voulais pas que tu te réveilles avant que nous soyons arrivés.

— Où suis-je ? demandé-je la bouche pâteuse.

— Chez moi bien sûr ! Si tu te sens bizarre, c'est que j'ai mal calculé la dose, tu risques d'avoir le crâne douloureux et la bouche pâteuse.

— Ha ha, merci de m'avoir prévenue, je ne le savais pas !

— Tu fais de l'humour ? Ça veut dire que tout va bien et que nous pouvons commencer !

— Commencer quoi ? demandé-je la peur au ventre.

Je me rends compte que je suis totalement nue sur cette table de torture. Enfin pas vraiment. Il me reste ma culotte et mon soutien-gorge. Ça veut dire qu'il a dû trouver les deux grenades dans mes bottes, mais je ne sais pas pour la mini caméra. Il faut absolument que je dise le mot magique avant que ma mère fasse une crise cardiaque à force d'attendre. Comment vais-je faire pour placer ce mot dans notre conversation ? Ah oui, j'ai une idée.

— Vous allez me faire faire un tour de magie et sortir un LAPIN de votre chapeau ?

En fait, ça n'a pas été si difficile que ça de placer le mot « lapin » dans cette circonstance. Dès que je l'ai prononcé, je sens quelque chose bouger de l'intérieur de mon soutif et me faire des chatouilles par la même occasion. Tellement minuscule, je la vois à peine s'envoler au-dessus de moi et se diviser en cinq parties pour se répartir un peu partout dans la pièce. À partir de ce moment-là, je ne les vois plus, mais je sais que ma mère et tous ceux qui se trouvent de l'autre côté de l'écran, me voient presque nue, sur cette table. Imaginez sa tête en cet instant ! Je suis gênée pour elle. En même temps, il n'y a que des hommes à part Enora et j'espère que Somer n'y est pas, mais je me fourvoie.

— Décidément, tu es marrante, Lara ! Non, je ne vais pas sortir un lapin de mon chapeau. Je vais d'abord faire connaissance avec ma future petite femme.

— Quoi ? m'écrié-je pas sûre d'avoir entendu correctement.

— Comme je vais te réinitialiser, il faut bien que je me récompense quand même.

Il ne va pas faire ça quand même ? Il a l'âge d'être mon père et… Non ! Ça ne se fait pas…

— Vous êtes un pervers ! Complètement fou.

— Tu n'arrêtes pas de me le dire Lara, j'ai compris. Je ne suis pas si vieux que ça quand même ?

— Je vous assure que si ! Je vous ai vu et je vous assure que vous êtes vieux, beaucoup trop vieux pour moi.

— Je n'ai que cinquante-deux ans Lara et puis de toute façon, tu ne t'en rendras pas compte.

— C'est ce que vous croyez !

— Bon ! Arrêtons de parler de ça et commençons. Je sais que par le passé tu as subi de fortes décharges électriques, mais c'était avant que tu ne te fasses griffer par un Master et que tes forces se décuplent encore plus, alors comment vas-tu y résister maintenant ?

Il sait vraiment beaucoup de choses sur moi et ce qu'il a pu m'arriver par le passé. Il y a bien une taupe chez nous… Merde !

— Non, sérieux ? Vous allez me torturer ? Et pourquoi ?

— Pour voir jusqu'où le virus est capable d'aller. J'ai déjà effectué plusieurs de ces tests à d'autres personnes. Les humains et les zombies n'ont malheureusement pas tenu le choc bien longtemps. Un Master a quand même réussi à tenir six heures ! Ensuite, est venu le tour de ton ami, David. Depuis presque deux jours maintenant, il résiste. Il commence vraiment à faiblir et je ne veux pas qu'il meure, j'ai autre chose en tête pour lui. Alors maintenant je vais voir comment toi, tu réagis, en sachant que tu es la perfection.

Bordel comme j'ai peur ! Je ne le montre pas, mais je ne suis pas bien.

— Vous n'avez pas fini de me dire ça, merde ! Je suis loin d'être parfaite, au contraire. Et puis, je ne suis pas la seule, David et l'autre con que vous avez envoyé sont comme moi.

— Ah, tu parles de Florent. Il est devenu complètement fou le pauvre. Je pense que j'ai trop souvent abusé des bistouris sur lui. Je corrige ça et il sera complément remis bientôt.

Silence. De quoi il parle ? J'ai tué Florant !

— Il est mort, dis-je surprise qu'il parle de lui au présent.

— Non, ma très belle Lara, tu lui as mis la raclée de sa vie, mais il ne l'est pas. Après que tout le monde soit parti, mon petit complice s'est chargé du reste de son corps. Tu as abîmé le seul spécimen que j'avais alors il m'en fallait d'autre et c'est pour ça que tu es là avec David.

Je n'en reviens pas, Florent n'est pas mort après tout ce que je lui ai fait subir. Et puis, il a brûlé dans l'énorme brasier de la banque ! Même moi, je ne pense pas que je m'en serais sortie.

— Vous êtes encore plus monstru…

Je ne finis pas ma phrase car une énorme décharge me traverse le corps de la tête aux pieds. Mon dos s'arque et je ne tiens plus que sur la tête et les talons. Mon souffle se coupe et mes dents s'entrechoquent. Quand le courant s'arrête enfin, mon dos retombe sur la table et j'essaie tant bien que mal de reprendre ma respiration. Comparé à ce que m'a fait le second-maître, ce n'était rien.

— Alors Lara, c'était comment ?

— Espèce d'enfoiré, réussis-je à dire. C'est comme ça que tu prends ton pied ? Je te jure, quand je sortirai de là, je vais te la faire…

Et une deuxième décharge. Cette fois, je reste collée à la table et je serre les dents sans faire sortir un seul son, mais au bout de la quinzième décharge, je ne peux retenir un cri. Jamais, au grand jamais, je n'ai ressenti une aussi grande douleur. Même la perte de mes doigts, ce n'est rien à côté. Je préférerais perdre mes doigts, un à un, plutôt que subir ça encore une fois. Je n'arrive plus à compter le nombre de fois où il m'envoie des décharges car, pour moins ressentir la douleur, je suis le moindre de ses mouvements. Je veux me souvenir de la moindre parcelle de son corps afin de le reconnaître de suite lorsque je le recroiserai… Enfin, si j'arrive à en sortir vivante.

# CHAPITRE 17

Je me focalise sur sa respiration et je constate qu'il est fou de joie de me faire subir ses tortures. À part lui, de l'autre côté de la vitre, se trouvent deux hommes et une femme. Des scientifiques, je suppose. Comment peuvent-ils me regarder en train de souffrir le martyr ? Ils sont vraiment sans cœur. Je sais, en les sondant, qu'ils ne ressentent aucune honte.

Je ne sais pas à combien de décharges j'en suis, mais quand je m'attends à une autre, celle-ci ne vient pas.

— Fan-tas-ti-que, dit-il, en séparant chaque syllabe. Je savais que je ne m'étais pas trompé sur ton compte. Je te félicite, Lara, je suis heureux de t'annoncer que tu es la première à ne pas t'être évanouie. Même David a tourné de l'œil au bout de la trentième décharge, je te remercie, Lara.

— De rien, réussis-je à dire, ironiquement.

— Je vais te laisser un peu te reposer… Je reviens très vite, ma belle. À tout à l'heure.

Après ça, je reste seule dans cette pièce trop éclairée. Cet humain et ses trois zozos s'en vont, je-ne-sais-où ! Je ferme les yeux et j'essaie de reprendre mes forces tant bien que mal. J'ai tout le corps engourdi et j'arrive à peine à tourner la tête. Je n'ai même plus la force de scanner les alentours pour savoir où je suis et combien d'entre eux sont dans ce complexe ?

Je pense que j'ai dû m'endormir.

Quand j'ouvre les yeux, David est en face de moi, debout et l'air absent. Depuis combien de temps suis-je dans les vapes ? En tout cas, je suis capable de bouger et ma tête ne me fait plus mal. J'ai dû dormir pendant un moment. J'essaie de parler avec David mentalement, mais celui-ci ne réagit même pas. Il est debout, sur ma gauche, au garde à vous, les bras le long de son corps grand et musclé. Aucune expression n'est visible ni sur son visage, ni même dans son esprit. C'est comme s'il avait subi une lobotomie et lorsque je le regarde de plus près, je remarque un petit boîtier au niveau de son cœur, comme implanté dans sa chair. Les enfoirés ! Ils ont commencé à faire des modifications sur mon ami. C'est de cela dont il parlait. Je vais le tuer ce gars, je vais le tuer. Ne pouvant plus contenir ma rage, je force sur les liens en métal qui me tiennent les poignets et les chevilles, de toutes mes forces. Je n'arrive qu'à m'entailler la peau jusqu'au sang.

— Espèce d'enfoiré ! Vous n'êtes qu'un monstre, vous ne valez pas mieux que ceux qui sont dehors et encore ! J'ai plus de respect pour eux que pour vous. Vous m'entendez, hurlé-je de tous mes poumons. Détachez-moi et nous verrons qui est le plus fort !

Un silence, puis sa voix retentit.

— Doucement Lara, doucement, ton heure va bientôt arriver ! Je te réserve plein de surprises, ma belle.

— Vous allez tout de suite arrêter ce que vous faites ! C'est inhumain… Et vous, là, dernière cette vitre, vous vous croyez intelligents en faisant ça ? crié-je aux scientifiques.

— Hum, je vois que tu es capable de distinguer ceux qui se trouvent derrière notre vitre. Fort, très fort !

— Vous vous foutez encore de moi ? J'arrive à savoir s'il y a quelqu'un à près d'un kilomètre alors ce n'est pas une vitre qui va m'empêcher de savoir ça !

— Oui, ça je le sais, mais cette vitre est totalement différente de ce que tu as pu voir ailleurs. Elle porte ma signature et personne avant toi n'a réussi à la traverser, même pas ton ami David.

— Qu'est-ce que vous avez fait de lui ? dis-je les dents serrées.

— Une petite modification, mais rien de grave. En gros, il obéit à mes ordres.

— Et à quoi cela va vous servir ?

— À observer le combat du siècle !

— Quoi ?

— J'ai demandé à David de venir dans cette pièce pour assister à sa mise à mort.

— De quoi parlez-vous ? demandé-je, ne comprenant rien du tout.

D'un seul coup, mes liens s'ouvrent et je me lève d'un bond, le plus loin possible de cette table. Mes jambes cèdent et je me retrouve par terre, sans aucune force.

— Il va te falloir un petit moment avant de retrouver l'usage de tes jambes Lara, mais comme ça, ça mettra un peu de piment dans le combat.

Comment ça ? Il compte vraiment que nous nous battions dans cette pièce ? Mais il rêve là ! S'il croit que je vais faire du mal à mon ami, il est fou.

— Jamais je ne ferais de mal à David ! Vous avez perdu la tête ou quoi ?

— Pourtant, il va bien falloir que tu le fasses, sinon, c'est toi qui vas la perdre !

Non… Il n'irait pas jusqu'à là ?

— Vous ne le permettrez pas, vous avez besoin de moi !

— Oui, j'ai besoin de toi vivante. Je peux toujours te ressusciter après. Comment crois-tu que j'aie fait avec Florent ?

— Je ne pense pas que vous pourrez me recoudre une tête ! dis-je, toujours au sol.

— Non, certes. Je ne lui ai pas dit de t'arracher la tête, simplement te tuer sans endommager ce magnifique corps.

Sur ce, je l'entends prononcer des ordres en… Allemand ? Russe ? Et d'un seul coup, David s'anime et se jette sur moi. Je suis complètement démunie face à mon ami robotisé. Il m'attrape par le cou et me lance contre la table en acier. Je n'ai rien sur le dos et quand je touche le métal, je ressens sa morsure contre ma peau. Mon ami revient à la charge en me prenant de nouveau par le cou et en me plaquant contre cette même table, le dos plié en deux par le rebord. Ça fait mal… De sa main griffue, il serre et serre encore ma gorge. Je commence à voir des étoiles.

Je ne veux pas faire de mal à David, il ne sait pas ce qu'il fait. Si je ne fais rien, c'est moi qui vais mourir et je ne me réveillerai pas libre de mes choix. Alors je lui donne un grand coup de pied dans les parties, mais il ne bouge pas d'un centimètre. Malgré ma main blessée, j'agrippe des deux mains son bras qui me serre toujours la gorge et je le broie de toutes mes forces.

— C'est tout ce que tu peux faire, Lara, dit l'humain derrière la vitre.

J'entends un crack et le bras de David se brise en deux. Ce dernier me lâche et j'en profite pour m'écarter de lui le plus possible, à quatre pattes, incapable de me remettre sur mes pieds. Malheureusement, il est de nouveau sur moi et me soulève par les cheveux pour que je lui fasse face. J'ai l'impression qu'il est en train de me les arracher tellement ça me fait mal. De là, il me jette sur le mur, à sa droite et je m'y écrase comme une crêpe. Ma tête vient cogner la première et une fois encore, des étoiles dansent devant mes yeux. Je n'ai pas le temps de me remettre de ce choc qu'il revient à la charge et me donne un énorme coup de pied dans l'estomac qui me coupe tout de suite la respiration. Je suis pliée en deux sur le sol froid de la pièce en essayant de reprendre mon souffle et en crachant du sang, mais il n'arrête pas de me donner des coups de pieds. Je sens que je ne vais pas tarder à perdre connaissance. Ce n'est pas du tout bon pour moi.

Alors, je fais la seule chose que je sais faire depuis ma première morsure à mon ancien lycée et dont je suis habituée. Je me laisse happer par le virus. En règle générale, je ne le laisse pas envahir entièrement mon organisme, mais là, j'en ai besoin, j'ai besoin d'être en colère et non avoir pitié de mon ami qui est en train de me tuer à petit feu sans le savoir. Je sens le virus prendre possession de la moindre de mes cellules et une colère noire me submerge et me fait voir rouge. David me donne un énième coup de pied, mais cette fois, je le retiens en me relevant comme je peux et l'éjecte contre la vitre teintée, de l'autre côté de la pièce. Mon ami s'écrase contre cette dernière qui se brise en mille morceaux. C'est alors que j'aperçois mon bourreau et ses trois acolytes, stupéfaits par ce qu'il vient de se passer.

Je reste sur place, chancelante, à les regarder droit dans les yeux. Je vois toujours aussi rouge et j'ai du mal à contenir la colère en moi ainsi que les images folles qui me traversent l'esprit. Je vois leur chef appuyer sur quelque chose et la seconde suivante, une alarme retentit. Ils partent alors en courant. David se relève et me donne un énorme revers dans la tempe alors que je m'apprêtais à les suivre. Je fais un vol plané contre l'autre mur et cette fois aussi, il cède contre mon impact. Je me retrouve dans une autre pièce. Je n'ai pas le temps de voir où je suis que mon ami est encore sur moi. Cette fois, il m'écrase la gorge avec son énorme pied griffu. Je sais qu'en une seule seconde, il peut me briser la nuque, mais il attend et me regarde sans rien ressentir. Je suis incapable de bouger. Mes mains cherchent quelque chose qui me permettrait de me défendre.

Du bout du doigt, je sens une petite barre de fer. Je m'en empare difficilement à cause du manque d'air, et une fois bien en main, je la lui plante en plein dans le tibia. Je réussis à avoir l'effet escompté. Je roule sur moi-même en m'écorchant la peau à cause des débris sur le sol. Voyant déjà qu'il revient, je saute sur mes pieds et regarde le plus vite possible autour de moi pour me trouver une arme. Malheureusement, je me trouve dans une sorte d'avant pièce avec simplement deux fauteuils en cuir noir, assez chers, enfin je pense. Je m'en empare et lui lance dessus, en sachant très bien que ça ne lui fera rien, mais ça me laisse le temps de retourner dans l'autre pièce et d'enjamber la vitre cassée pour entrer dans leur salle de contrôle remplie d'ordinateurs. Encore une fois, je n'ai pas le temps d'inspecter les lieux, David arrive déjà sur moi, dents et crocs sortis. J'attrape ce que j'ai sous la main, à savoir une machine à café et lui lance dessus. À cette allure, je vais en avoir pour dix ans, mais je ne me résous pas à faire plus de mal à mon ami. Lui aussi doit en avoir marre que je lui envoie toute sorte de choses dans la tête, car je le vois se retourner et arracher un des terminaux sur les consoles et me le lancer à son tour. À cause des câbles arrachés, un feu se déclenche et commence à s'étendre rapidement. Il faut vraiment que je lui fasse reprendre esprit. Comment faire ?

— David, réveille-toi, David, c'est moi, Lara, arrête ! Je t'en supplie. David !

Je hurle quand il m'attrape et me lance à travers le feu qui me mange la peau. De nouveau, je m'écrase contre la table et cette fois, je sens que je me brise quelques côtes. Je reste au sol, pliée de douleur et je sais que c'est une grave erreur. Je n'arrive pas à me remettre debout. Il en profite pour me redonner un énorme coup de pied dans l'estomac qui m'envoie de l'autre côté de la pièce, encore plus meurtrie. Quand je lève les yeux vers lui, il me lance un terminal d'une tonne qu'il tient au-dessus de sa tête. J'ai l'impression d'être percutée par dix trains et je perds connaissance alors que le terminal explose. Quand je rouvre les yeux, David me tiens au-dessus de sa tête et cherche à m'empaler sur un tuyau. Je parviens in extremis à me défaire de son emprise. Retombée derrière lui, je saisis sa longue queue et le lance dans la pièce où se trouvaient les scientifiques peu de temps avant.

Autour de moi, un énorme trou me laisse voir plus de cinq autres pièces. Au lieu du blanc immaculé de tout à l'heure, tout est noir, sale et cramé, comme moi en fait. Je crois que les caméras sont mortes dans l'explosion et j'espère juste que mes amis ne pensent pas qu'il en est de même pour moi. En fait, je me demande moi aussi comment je peux être toujours en vie avec les chocs que j'ai subis. J'ai le corps en sang à cause des entailles ou autres blessures que David m'afflige et des brûlures au troisième degré. Une Lara grillée, qui veut une Lara grillée ?

Mes côtes me font encore affreusement mal et ma tête n'est plus qu'un amas de bosses et coupures en tous genres. Une copie « Carries », en plus moche. Je sens que ça ne va pas aller en s'arrangeant. David est déjà de retour, furieux. Il court vers moi et me percute de plein fouet. Nous traversons trois murs ensemble et nous atterrissons dans un vestiaire. Je commence à en avoir vraiment marre de me prendre la raclée du siècle. Il faut vraiment que je le fasse revenir.

— David, c'est moi Lara, ton amie ! DAVID, non, crié-je à plein poumons.

Mais il ne me reconnaît pas à cause de ce foutu boîtier implanté dans sa poitrine. Je dois lui enlever… Comment ? Je cherche à l'assommer quand mes yeux tombent sur un banc en fer forgé. Pile ce qu'il me faut. J'esquive un de ses poings, cours vers le banc et fais un tour complet sur moi-même en le tenant par une extrémité. Réceptionnant mon arme improvisée en pleine tête, David s'écrase contre les armoires, six mètres plus loin. Apparemment, c'est assez efficace ce machin. Je me rapproche de lui en douceur et m'assure qu'il soit bien dans les vapes. Je me place à califourchon sur lui et examine ce boîtier de plus près. J'ai le cœur qui bat à dix-mille à l'heure et ma respiration se fait sifflante. Ça me fait du bien de me poser deux minutes.

# CHAPITRE 18

Le boîtier est complètement incrusté dans sa peau et si je veux le lui retirer, il va falloir que je creuse autour pour en libérer les côtés. Le problème, c'est que je n'ai rien et j'ai beau tirer dessus de toute mes forces, ça ne bouge pas d'un pouce. Alors, une idée me vient en tête même si je sens que je vais le regretter assez vite. M'armant de tout mon courage, j'approche ma bouche de sa poitrine et je commence à déchirer sa peau avec mes dents.

Comment ai-je eu cette idée ? Vous vous posez la question, hein ? Et ben, les zombies y arrivent tellement bien eux. En étant en partie une des leurs, j'ai espéré en être aussi capable, et je vous avoue que ce n'est pas si dégueulasse. En fait, mon estomac complètement vide depuis des heures en redemande. Je n'arrive pas à y croire. Je suis mi-humaine, mi-zombie, je ne devrais pas être étonnée. Ce qui n'empêche pas mon cœur et mon âme d'être dégoûtés. Malgré mes sentiments partagés, ça marche plutôt bien.

Malheureusement, il se réveille avant que je ne puisse lui arracher. Il se relève et me balance contre le mur en carrelage des douches. Il est rapidement sur moi et m'attrape une nouvelle fois par le cou et me soulève au-dessus de lui. Je suffoque sous ses doigts.

— David, non, réussis-je à dire, malgré le manque d'air. Da… David.

Toujours rien. Ce que j'ai fait n'a pas changé grand-chose. Il faut que je lui retire en entier, alors, dans un dernier espoir avant de perdre connaissance, je tire de toutes mes forces sur le boîtier et puis, plus rien. Le noir complet. Je tombe dans le néant et ça fait tellement de bien après ce qui vient de se passer, que j'y plonge volontairement.

************

Je sens une chaleur bienfaisante sur moi, chaude et réconfortante. Je ne pensais pas ressentir quoi que ce soit après ce que ce scientifique fou m'a fait. Au contraire, je me sens bien malgré la douleur parcourant mon corps tout entier. Je sens même une petite brise sur mon visage, froide comme ce petit vent qu'il y a quand il a neigé pas loin. Je sens aussi que l'on me porte dans des bras durs et musclés. J'entends une respiration et un cœur battre rapidement, mais un bon cœur. Je suis dans le bras de qui ?

— *Lara, princesse, réveille-toi, je suis désolé, Lara ?*

Princesse ? Je reconnais cette voix dans ma tête.

— David ? dis-je la voix enrouée.

— *Oui, c'est moi Lara, c'est bien moi.*

— Oh mon Dieu ! dis-je en pleurant.

— *Chut Lara, chut, je vais bien, je suis désolé.*

Il s'arrête de marcher et me pose sur de la paille. Nous sommes à présent dans une grange, à l'abri du soleil. J'ai le corps tout engourdi et j'ai du mal à respirer.

— Mon Dieu, David, tu es de nouveau toi ?

— *Oui et grâce à toi Lara, je suis désolé, vraiment.*

— Pourquoi tu n'arrêtes pas de me dire ça ?

— *Je me souviens parfaitement de ce que je t'ai fait.*

— Ah bon ?

— *Oui, je savais exactement ce que je faisais, mais je ne pouvais pas m'en empêcher. Il m'a donné des ordres et je devais lui obéir. Je t'ai fait tellement de mal Lara, pardonne-moi !*

— Je n'ai rien à te pardonner David, tu étais sous son contrôle et moi aussi je t'ai blessé, je m'en excuse.

— *Au contraire, ça me faisait du bien que tu me fasses mal, je ressentais quelque… Chose en… Moi*, dit-il avec difficulté.

— On va dire qu'on est tous les deux désolés comme ça on n'en reparle plus. Ça n'a pas été une partie de plaisir pour nous deux et surtout pour toi.

Je le regarde, soulagée.

— Tu as commencé à guérir !

— *Oui, mais je me sens encore bizarre.*

— Nous allons mettre du temps avant de nous sentir mieux. Je vois que tu m'as habillée, dis-je, en remarquant que je porte une blouse blanche qui m'arrive à mi-cuisse.

— *Oui, tu n'étais pas vraiment décente et je savais que tu n'allais pas aimer si tu te réveillais presque à poil, quoi que moi, j'ai apprécié*, dit-il en rigolant.

Je souris, les larmes aux yeux.

— Je te retrouve là, mon ami. Tu m'as fait peur tout à l'heure. Et au fait, comment tu as fait pour sortir ?

— *J'ai suivi les indications de sortie de secours*, rigole-t-il. *Il n'y avait plus personne alors c'était simple.*

— Oui j'avais senti qu'ils étaient tous partis, mais où ? Ils nous ont échappé !

— *Nous les arrêterons la prochaine fois, Lara, je te le promets, cette fois nous serons prêts.*

— Tu as raison, maintenant, il faut juste que nous rentrions et que nous dormions pendant une semaine !

— *Oui, tu... As... Raison*, dit mon ami avec difficulté.

— Qu'est-ce que tu as ? demandé-je en voyant mon ami se tordre en deux.

— *Je ne sais... Pas, j'ai mal, très mal.*

— Où ça ?

— *Partout !* Aïïïïeeeeee *!* crie-t-il en s'effondrant au sol.

Je m'agenouille rapidement à ses côtés, surprise.

— David, dis-je. David, qui a-t-il ?

— *J'ai l'impression... De me déchirer de... L'intérieur.*

David pousse un effroyable cri de douleur et il s'évanouit. Je peux sentir sa souffrance à travers son esprit encore en veille, bien qu'il soit dans les pommes. Je ne comprends pas ce qu'il lui arrive ! Après vérification, il n'a pas de blessures graves, ni d'hémorragie interne puisque je ne sens pas de sang couler à l'intérieur de lui. Par contre, je sens un changement bizarrement familier. Je n'arrive pas à mettre le doigt dessus. C'est comme si son organisme tout entier, muscles et os, changeait. Je me concentre plus pour enfin comprendre ce qu'il se passe et la première chose que j'arrive à constater est son changement d'odeur. Ses habituelles effluves de Master, un mélange de sel et de sucre, si je puis dire, se transforme en... Mienne ? Dans ses veines, je sens le virus changer son sang, ses muscles et ses os. De temps en temps, j'entends un os se briser et son corps bouge tout seul sous la souffrance.

Je le tire un peu plus loin dans la grange, juste derrière des monticules de paille pour que nous soyons à l'abri au cas où. Avec horreur, je remarque que la longue et forte queue de David est tombée. Comment cela se fait-il ? Pourquoi ? Mais mes questions trouvent leurs réponses toutes seules. Quand je vois ses membres rétrécir à vue d'œil et reprendre une forme humaine, je réalise... Mes morsures !! Voilà la raison pour laquelle David se retransforme. Elles ont le même effet que celles d'un zombie sur un humain, à cela près que, sachant que mon ami est comme moi, il devient un hybride ! Je n'en crois pas mes yeux et surtout mon odorat ! Il sent presque comme moi en cet instant. Il va enfin voir son souhait le plus cher se réaliser. Il va reprendre forme humaine. En tout cas, j'espère que j'ai raison et qu'il ne va pas tout simplement juste devenir un zombie.

Je reste auprès de lui pendant plusieurs heures à le regarder se métamorphoser sous mes yeux. Je lui parle de temps en temps pour le rassurer. Je sais très bien qu'il peut entendre à certains moments pour l'avoir vécue moi-même. Il doit également tout ressentir et je sais à quel point il doit souffrir à cet instant, alors je le touche et le caresse doucement.

Le soleil se couche à peine quand mon ami est totalement et entièrement redevenu humain même si sa peau est encore à vif. Je lui soulève une paupière pour voir la couleur de son iris et je constate qu'il est exactement de la même couleur que moi. J'hallucine ! Il est humain, enfin, physiquement humain... Heu... Et très bien foutu ! Je détourne un peu le regard, tout à coup gênée.

Je suis tellement heureuse en imaginant sa joie, au réveil. Quand je vois qu'il n'y a plus aucun changement, je me lève avec difficulté, le corps toujours meurtri et je pars à la recherche d'un véhicule pour pouvoir rentrer. Malgré les heures qui sont passés, mon corps ne s'est toujours pas régénéré. En même temps, je suis tellement crevée que le virus doit s'acharner pour me maintenir éveillée. Il ne prend pas la peine de guérir les petites coupures et brûlures que j'ai un peu partout sur le corps.

Rapidement, je trouve une voiture, un 4X4 rouge, assez ancien, des années vingt, deux milles vingt je parle, vu la peinture défraîchie de la carrosserie. Je mets tout autant de temps pour trouver les clefs et après avoir pris une chemise et un short dans une des chambres de la petite maison attenante à la grange, je m'empresse de les lui enfiler pour cacher sa nudité. Avec le peu de force qu'il me reste, je soulève le corps de mon ami et le transporte jusqu'au 4X4. Je l'installe à l'arrière, sur la banquette, allongé et je prends place derrière le volant. Moi qui n'ai jamais conduit, je sens que je vais rigoler. Ça ne doit pas être si compliqué ! Tout le monde le fait, alors pourquoi je n'y arriverais pas ?

En fait, non ! C'est quoi ce bordel ? J'ai à peine fait trente mètres que je cale pour la troisième fois. La première vitesse passe nickel, mais quand je veux passer la deuxième, le boîtier crie et je perds tous mes moyens. Au moins, j'ai trouvé la manette pour allumer les phares et celle du chauffage, car il commence à faire vraiment froid, preuve que je ne suis pas en forme.

Pour la quatrième fois, je rallume le moteur, passe la première, lâche doucement l'embrayage et la voiture part doucement sur le chemin de terre. Je prie le ciel pour réussir à passer cette foutue seconde sans caler. J'appuie avec le pied gauche sur la pédale d'embrayage, relâche celle de la vitesse et passe la deuxième vitesse sans que la voiture cale. Alléluia ! J'y suis arrivée, mais il va falloir que je passe à la troisième. Oh et puis merde, elle attendra celle-là. Je suis bien en deuxième, non ? Bon d'accord, je ne vais pas bien vite, mais au moins j'avance et je suis au chaud. À l'arrière, David dort paisiblement. Sa respiration est lente et son cœur a un rythme normal. Il a juste besoin de repos et moi aussi.

À plusieurs reprises, je pique du nez et le 4X4 dévie de la route, et me réveille juste à temps pour ne pas avoir d'accident. Bien quatre heures après notre départ, toujours à quarante kilomètres à l'heure, je commence à reconnaître certains noms de ville, comme Rodez ou Carmaux. Un des panneaux annonce Albi à vingt-cinq kilomètres. En fait, je ne suis pas si loin de la maison, mais ce n'est pas grâce à l'allure à laquelle je roule que je vais y arriver rapidement ! De plus, je sens un Master à moins de sept cents mètres de la voiture qui a bien sûr senti notre approche. Je ne suis pas en état de le combattre. Pour couronner le tout, je n'ai aucune arme. Mes pauvres lames sont toujours là-bas. Il va falloir que je m'en débarrasse sans sortir de la voiture.

Le Master est en face de moi, en plein sur la route. Je prends mon courage à deux mains et je passe la troisième en retenant ma respiration. Celle-ci passe avec seulement un petit cri et la voiture part au quart de tour en direction du monstre. Je le percute de plein fouet. Le choc secoue la voiture, mais elle continue quand même à rouler à près de soixante kilomètres à l'heure. Hourra !

# CHAPITRE 19

À part quelques zombies que j'écrase, la route est plutôt calme. Par contre quand le deuxième Master passe sous la voiture, la pauvre se meurt petit à petit et au bout de cinq kilomètres, elle s'arrête complètement, fumante de toute part. Je me retrouve donc à porter David sur mon épaule, tant bien que mal alors que je ne suis plus si loin de Castres. Il doit tout au plus nous rester cinquante kilomètres avant d'arriver au Château.

Mon ami dort toujours. Il n'est pas épais, mais il me pèse énormément sur mon dos. En même temps, je suis crevée ! J'en peux plus de marcher. J'ai mal partout et mes blessures ne veulent pas s'arrêter de saigner, ce qui attire de plus en plus de zombies. Au début, j'arrivais à les distancer, mais je commence à perdre du terrain et je suis vraiment HS.

Un peu plus loin sur la route de campagne, j'aperçois une maison. Je m'y dirige sur le champ pour ne pas me retrouver coincée par les contaminés. Après tout ce que nous avons fait pour nous en sortir, je ne veux pas finir en pâté de viande pour morts-vivants.

La porte est fermée à clef alors je casse une fenêtre et fais passer David par celle-ci. Je le suis et je referme les volets derrière pour ne pas laisser une voie d'entrée à ces monstres. Dans un dernier effort, je fais le tour de la maison de campagne pour sécuriser les accès, avant de revenir voir David et le tirer derrière un canapé, contre le mur au fond de la maison. Malgré le soleil qui commence à se lever, la maison est plongée dans le noir. Je ne m'attarde pas sur la décoration très moderne des pièces et je pars à la recherche d'une radio qui me permettrait de contacter ma mère. Traînant les pieds sur le carrelage frais, je fouille la maison, encore une fois. Rien ! Ni à l'étage, ni au rez-de-chaussée. Je passe par la cuisine et découvre une porte que je n'ai pas encore ouverte. Derrière celle-ci se trouvent des escaliers qui doivent mener au sous-sol. Malgré ma fatigue, je sens qu'il n'y a personne en bas alors je descends sans faire attention et je me prends les pieds dans une pile de vieux journaux. Je dévale les escaliers et je m'étale en bas les bras en croix, en riant de ma maladresse. Comme si je n'avais pas assez mal comme ça !

Je prends une minute pour souffler et me remets debout, comme une vieille mamie. Je cherche dans le noir cette fameuse radio et par miracle, je trouve des talkies walkies. Le bon Dieu est avec moi, ENFIN ! Mais maintenant, il ne reste plus qu'à savoir comment s'en servir. Heureusement pour moi, je connais un peu le fonctionnement de ce modèle que j'utilisais dans l'armée. C'était peut-être un militaire, la personne qui habitait cette maison, ce qui expliquerait la présente de sept talkies walkies sur cette table en bois.

J'en prends un et je tourne le bouton sur le dessus pour l'allumer. Un petit voyant rouge clignote, preuve qu'il fonctionne. Pour une fois que j'arrive à trouver quelque chose qui marche du premier coup, c'est un vrai miracle. Je tourne le second bouton sur le dessus pour trouver la première station et à chacune d'elle, je lance un SOS, au hasard.

Arrivée à la dernière, je n'ai reçu aucune réponse, alors, je recommence depuis le début et je continue comme ça pendant près d'une heure. À bout de force, je remonte à l'étage et m'assoie sur le canapé de cuir blanc, derrière lequel David se repose, sur un magnifique tapis couleur crème. Enfin, plus vraiment très crème à cause de son sang et de toute la saleté qu'il a sur lui.

Dehors, une vingtaine de contaminés tapent sur les murs extérieurs de la maison sans relâche. Dans une autre pièce, j'entends une vitre se briser. Je sais qu'ils ne pourront pas entrer tant que les volets tiendront. Je continue sans relâche à parler dans le talkie-walkie quand enfin j'entends une réponse. Enfin, c'est vite dit. J'entends une voix, sans arriver à la comprendre.

— Allô ! Je ne vous entends pas bien, allô ?

— *Jkjgb bfebfhpoempjsbd ibfobe ebfefbimqsmdojz.*

— Je ne comprends rien du tout à ce que vous dites !

— *Crrrrr... Tu... Où...*

La voix m'est familière et ce n'est pas là même qu'au départ.

— Maman ?

— *Crrrrrrrr ... Oui.... Attends.*

J'entends un peu mieux, mais il y a toujours des interférences. Après des dizaines de sons différents, j'entends enfin correctement la voix de ma mère.

— *Lara, c'est toi ?*

— Oui, c'est moi ! dis-je soulagée d'enfin comprendre.

— *Oh mon Dieu, tu es en vie ! s'écrie-t-elle.*

Décidément, notre bon Dieu est beaucoup cité ces dernières heures.

— *Je n'y crois pas ! continue ma mère. Nous te croyions morte.*

— Non, je ne le suis pas encore, mais ça ne va pas tarder, dis-je en sentant l'arrivé d'un Master.

— *Pourquoi cela ?*

— Je me suis enfermée dans une maison avec David, mais nous ne sommes pas en état de nous défendre maman et un Master est dehors, j'ai bien peur qu'il n'arrive à rentrer.

— *David est avec toi ? Oh mon Dieu ! Vous êtes en vie tous les deux.*

— Oui, maman. Il faut que tu nous envoies de l'aide au plus vite. Comme je te l'ai dit, je ne suis pas en état de me battre et David est inconscient. Je n'ai aucune arme avec moi.

— *Vous êtes gravement blessés ?* me demande-t-elle, inquiète.

— Non pas vraiment, juste très fatigués, je n'arrive plus à tenir debout.

Un silence.

— *Où êtes-vous ?*

— La dernière fois que j'ai vu un panneau j'étais à une quarantaine de kilomètres de Castres, je suis juste entre Réalmont et Albi.

— *Une équipe est déjà en train de se préparer, nous serons bientôt là.*

— Dépêchez-vous, je ne sais combien de temps il nous reste.

— *Nous faisons le plus vite possible, ma chérie, je suis contente de t'entendre.*

— Moi aussi, maman, ça fait du bien.

Après ça, la liaison se coupe et je me retrouve de nouveau seule avec mon ami qui est totalement inconscient. Au moins, il est tranquille, lui, il se repose pendant que moi, je me ronge les ongles à cause du stress et de la fatigue. Le Master est toujours à l'extérieur et cherche un moyen de rentrer dans la maison. Heureusement pour moi, elle est solide et assez neuve pour résister un petit moment contre ce monstre. Je l'entends monter sur le toit et gratter avec ses griffes les tuiles de la toiture.

Cinq minutes passent, puis dix, quinze et vingt, mais toujours personne. Je sens que le Master commence vraiment par en avoir marre de ne pas trouver une porte d'entrée. Il a essayé toutes les fenêtres et portes de la maison, le toit et même la petite fenêtre du sous-sol. Pour se venger, il s'acharne sur les contaminés à l'extérieur, mais ce n'est pas le festin qu'il préfère. Au bout de trente-cinq minutes, je sens la présence de quatre Jeeps qui arrivent à vive allure et écrasent tout sur leur passage. En dix secondes, elles sont devant la porte. J'entends un missile de roquette partir en vitesse et la seconde suivante, puis une explosion au niveau du toit. Je ne sens plus la présence du Master.

Pour ne pas me recevoir une balle perdue, je renverse le canapé sur David et moi. À ce moment, des rafales de balles partent dans tous les sens et rapidement je ne sens plus que la présence des humains et d'un demi-hybride, Somer. Il a fallu qu'il vienne ! Je sens plus que je n'entends ma mère courir vers la maison et défoncer la porte d'entrée, criblée d'impacts de balles. Je repousse le canapé et je me lève avec difficulté pour l'accueillir.

— Lara !

Elle me serre dans ses bras à m'en couper le souffle et je m'abandonne à son étreinte. Je suis soulagée qu'elle soit arrivée à temps. Derrière elle, ma petite équipe au complet rentre dans ce qui reste de la maison. D'abord, c'est

Alex qui passe, puis Bruno, Jérémy, le major-général Starls, Somer et sept autres soldats que je connais seulement de vue, qui attendent à l'extérieur.

Enora m'écarte d'elle et me contemple à la lumière des phares des Jeeps.

— Mon Dieu Lara, tu es dans un état ! Tu fais peur à voir, mais qu'est-ce que je suis contente de te savoir en vie.

— Tu croyais que j'étais morte ?

— Oui, tout le monde le croyait ! Quand les caméras ont cessé de fonctionner, David t'avait jeté le panneau de contrôle entier sur toi et tout a explosé après. Nous avons cru que tu étais morte.

— Non, je ne le suis pas… J'ai failli, à plusieurs reprises. Alors les caméras ont fonctionné !

— Oui, même trop bien, dit ma mère, l'air grave en sachant ce qu'elle y a vu.

Elle a les larmes aux yeux.

— Nous parlerons de tout ça après, il faut rentrer vite, dis-je en me dirigeant vers le canapé.

— Mais où est David ? demande Alex.

— Ici, viens m'aider à le porter, je n'ai plus assez de force.

— Comment veux-tu porter un Master Lara, il est trop…, commence mon ami avant de s'arrêter en voyant le jeune homme blond allongé sur le sol.

— Mais Lara, qui est-ce ? demande cette fois ma mère.

Je souris.

— C'est David bien sûr ! C'est une longue histoire. En gros, il est redevenu humain, enfin, physiquement humain. Je vous expliquerai plus tard, pour l'instant, il faut le mettre dans une Jeep et partir au plus vite, d'autres contaminés et deux Masters s'approchent trop rapidement.

Mon ami s'exécute sans rien rajouter. Je sens qu'ils se posent tous des questions, mais ils attendront que nous soyons en sécurité. Somer vient l'aider à porter David et ils le transportent jusqu'à une Jeep. Je monte dans la même avec l'aide de ma mère, je ne tiens plus debout. Cette dernière monte derrière le volant, Alex à côté de moi et Somer à l'avant. Je ne supporte toujours pas sa présence, mais je suis trop fatiguée pour me prendre la tête avec lui.

Je me cale contre la portière de la voiture et place la tête de mon ami sur mes cuisses pour qu'il soit à l'aise.

— Depuis combien de temps il est dans cet état ? me demande ma mère.

— Je ne sais plus trop, depuis que nous avons quitté la grange, c'est-à-dire… Vers midi, hier.

— Comment vous avez fait pour vous en sortir ? demande cette fois Alex.

— Le mieux, c'est que tu nous racontes tout depuis le début, dit ma mère.

— Ça va être long, dis-je en baillant.

Elle m'observe par le rétroviseur intérieur avant de reprendre.

— Non, tu devrais dormir, tu dois être crevée.

— Oh oui, je suis crevée, mais au moins, je n'aurai plus à le raconter.

Ma mère et Alex rigolent en même temps et je vois même Somer sourire à travers le rétroviseur.

— Quand j'ai rejoint ce fou furieux au stade, il m'attendait avec cinq de ses Mécas. Ils ne m'ont rien fait, nous avons juste parlé un moment avant qu'il ne m'endorme avec une fléchette dans une arme en plastique. Je me suis réveillée, je ne sais combien de temps après dans une pièce totalement blanche et sur une table de torture. Complètement nue, enfin presque.

— En fait, tu as activé les caméras huit heures après ton départ, dit ma mère.

— Pourtant, je les ai activées dès que j'ai repris conscience. Ce taré m'a dit que j'avais mis du temps à me réveiller.

— Oui, nous avons entendu ce qu'il t'a dit après. D'après ce que nous savons, c'est un Russe.

— Ah, je le savais, j'hésitais entre un Allemand et un Russe. Donc après, vous savez ce qu'il s'est passé. Il m'a torturée avec ses putains de chocs électriques pendant plusieurs heures avant que je ne m'endorme et après David est arrivé.

Un lourd silence.

— Heu, non Lara, tu oublies des trucs là, intervient Alex. Tu oublies les fois où ils t'ont cassé encore et encore des os et où ils t'ont brûlée et mutilée.

J'ouvre en grand les yeux, perdue.

— Qu'est-ce que tu racontes, Alex ? Ils ne m'ont rien fait, personne n'est rentré dans la pièce où j'étais.

— Si, Lara, confirme ma mère. Tu as dû oublier ces deux jours je crois.

— Quoi ! Non, je n'ai pas pu oublier ça !

— Lara, ça fait cinq jours que tu es partie, nous sommes le 30 décembre, me dit Enora.

J'en reste sans voix. Je ne me souviens pas de ces moments-là et encore moins du fait que j'y sois restée près de cinq jours. Mon cerveau a dû effacer les moments les plus affreux, mais je veux me souvenir ! Je veux pouvoir lui faire subir tout ce qu'il m'a fait le jour où je le retrouverai ! Ça me déconcerte.

— OK, je vous crois. Je ne réalise pas en fait. Donc j'en reviens à mon histoire. Quand les caméras se sont détruites, j'étais dans les pommes. Lorsque j'ai repris connaissance, il était sur le point de m'empaler. Nous avons passé plus d'une heure à nous battre. Je ne voulais pas lui faire de mal, il n'était plus lui-même.

— Oui, mais lui ne faisait pas semblant, Lara, dit ma mère. Il n'y est pas allé de main morte. Tu t'es regardée ? Tu es couverte de sang, de brûlures et de bleus.

— Je sais maman, je ne pouvais pas, c'est tout. Et je sais parfaitement comment je suis même si je ne me suis pas vue dans une glace. J'ai mal partout, mais bon ce n'est pas le sujet. Je commençais à en avoir marre de m'en prendre plein la gueule alors j'ai assommé David pour lui enlever ce putain de boîtier qu'il avait dans la poitrine. Je n'avais aucune arme sur moi alors je l'ai mordu. Mes dents ont été d'une aide très efficace même si s'était dégueulasse, mentis-je. Je lui ai déchiré la peau tout autour de ce machin, mais je n'ai pas eu le temps de le lui enlever qu'il se réveillait déjà. J'ai réussi à lui arracher le boîtier juste avant que je ne perde connaissance.

— C'est horrible ce qu'il t'est arrivée, ma chérie, je suis tellement désolée, s'excuse ma mère.

— Tu n'y es pour rien, maman. Ce n'est pas ta faute ni celle de David. C'est à cause de ce russe. Oui, j'en ai bavé, mais je suis en vie et mon ami aussi, alors tout va bien. La seule chose que je regrette, c'est de ne pas avoir pu rattraper ce monstre.

— Tu n'étais pas en état et je ne pense pas que tu le sois avant longtemps.

— Tu as l'œil, Alex ! Je veux rentrer et dormir pendant une semaine.

— Bien sûr. Tu rentres et tu ne fais plus rien avant longtemps, je te promets, ma chérie.

Il y a un long silence pendant que je regarde à l'extérieur de la voiture.

— Qu'est-ce qu'il s'est passé après que vous vous soyez évanouie ? demande Somer pour la première fois.

Je ne réponds pas de suite.

— Je me suis réveillée dans les bras de David. Il était encore Master. Au bout d'un moment, il ne s'est pas senti bien et il a perdu connaissance. Je ne comprenais pas pourquoi il avait si mal alors qu'il n'avait plus aucune blessure. C'est à ce moment que sa transformation a commencé et que j'ai compris ce qui se passait. Je suis restée avec lui pendant près de cinq heures, en attendant que cela s'achève. Ensuite, j'ai pris la route et je suis tombée en panne à vingt kilomètres de la maison où nous étions.

— Vous avez fait comment avec David ?

— Je l'ai porté sur mes épaules tout le chemin, mais je n'avais plus de force et les contaminés se rapprochaient trop alors, j'ai préféré m'arrêter et prendre contact avec vous.

— Eh bien, je ne pensais pas que tu étais aussi courageuse, Lara, me taquine mon ami.

— Oui, moi non plus. Tu sais, on peut faire beaucoup de choses pour les gens qu'on aime, dis-je en baillant.

— Tu devrais dormir, ma chérie.

— Je ne veux pas laisser David, redis-je en baillant encore.

— Lara, me sermonne ma mère.

— Bon d'accord. S'il se réveille…

— Oui, nous te réveillerons.

Elle n'a pas à me le redire deux fois que je ferme déjà les yeux. Dix secondes après, je m'assoupis et m'enfonce dans mon sommeil.

# CHAPITRE 20

Je suis de nouveau dans les bras de quelqu'un. Cette fois, c'est un humain, enfin non, un demi-hybride… Somer ! J'ouvre les yeux d'un coup et le regarde en lui lançant des éclairs.

— Posez-moi tout de suite, Somer.

— Ne soyez pas si désagréable, capitaine. Vous vous êtes endormie dans la Jeep et nous sommes arrivés. Je vous porte à l'infirmerie, c'est tout.

— Posez-moi quand même par terre, répété-je, ne supportant plus sa proximité.

— Comme vous voulez, me dit-il en me posant au sol.

Mauvaise idée ! À peine mes jambes touchent-elles le sol qu'elles se dérobent sous moi. Somer me rattrape et me tient par les épaules, par-dessus la blouse. Un courant électrique passe entre nous et nous fait sursauter. Quand j'y pense, c'est la première fois qu'il me touche. Je le repousse, ne supportant plus sa proximité. Je titube sur mes jambes et encore une fois je manque de me retrouver par terre. Alex me rattrape. Après mon accord, il me soulève dans ses bras et il me dépose sur un lit d'hôpital, à côté de David, toujours endormi.

— Pourquoi tu ne veux pas qu'il te donne un coup de main Somer ?

— Je ne supporte pas sa présence, tu dois être au courant !

— Oui, j'ai été mis au parfum, mais tout le monde ne le sait pas encore. Je ne comprends toujours pas !

— Je ne sais pas moi non plus. Quand je suis avec lui, son odeur et même sa présence me perturbent, me dérangent.

— Pourtant, il est comme ta sœur et tu adores ta sœur !

— Oui, mais Jade, je la connais depuis toujours.

— Il faudra que tu demandes à ta mère si tu étais pareil avec Jade à sa naissance.

Pourquoi ? Mais je n'insiste pas.

— OK, dis-je simplement avant que ma mère, Roger, une infirmière et le major-général Starls ne rentrent.

— Je suis vraiment content que vous soyez sains et saufs tous les deux, me dit Henry.

— Merci, vous ne savez pas à quel point je suis contente moi aussi.

L'infirmière et Roger se rapprochent de moi et ce dernier me demande d'enlever ma blouse pour pouvoir m'ausculter.

— Si je devais être payée pour le nombre de fois où je me suis retrouvée à poil devant vous, je serais riche !

Toutes les personnes dans la pièce se mettent à rigoler, mais ils se taisent tous quand j'enlève ma blouse.

— Non d'une pipe ! s'exclame Roger. Tu arrives à tenir debout avec tout ça ?

— En fait, non, je ne tiens plus, c'est le problème.

— Décris-moi où tu as mal.

— Ça va être rapide, j'ai mal partout.

— Plus précisément Lara.

— La tête me lance, mes côtes, je m'en suis cassée quelques-unes pendant le combat. Le dos et je ne sens plus beaucoup mes jambes.

— D'accord, mets-toi sur le ventre, il faut que je voie ta colonne vertébrale.

Je m'exécute et m'allonge sur le ventre. Je l'entends retenir sa respiration quand il découvre mon dos, mais ne dit rien. Je sens que ma mère et mes amis ont la même réaction que Roger. Je ne dois pas être jolie à regarder.

— Verdict ?

— À première vue, tu as une vertèbre cervicale cassée et une thoracique. Ce qui peut expliquer que tu ne puisses pas trop rester sur tes jambes, me dit-il en me palpant le dos. Par contre, tu es recouverte de bleus et d'hématomes assez sérieux Lara ainsi que des brûlures aux troisièmes degrés.

— Vu les vols que je me suis pris, c'est un peu normal.

— C'est extraordinaire que tu sois encore en vie après ça, s'étonne mon médecin préféré.

— C'était soit ça, soit me réveiller lobotomisée. Il fallait que je tienne.

Au moment où je me retourne pour me remettre sur le dos, Somer entre dans l'infirmerie et se place à côté de son chef. Je ne fais pas d'histoires, mais je demande quand même que l'on m'apporte quelque chose pour me couvrir. Ma mère a remarqué mon malaise et me tend un drap blanc.

— Je ne peux rien faire pour te soulager à part te donner un calmant pour la douleur. Le virus va se charger de réparer tes vertèbres et le reste. Ça m'étonne qu'il ne l'ait pas déjà fait.

— Moi j'ai une théorie. À vrai dire, j'ai eu le temps d'y penser. Le truc s'est que je suis tellement crevée que le virus a fait en sorte de me maintenir éveillée au lieu de me soigner.

— Ça fait plus d'une semaine que tu n'as pas dormi Lara, m'informe Alex.

— Non, c'est faux ! Je me suis endormie après les innombrables électrocutions.

— Ce n'est pas la même chose, ma chérie, il t'a torturée pendant des jours, tu ne peux pas rattraper tout ça en si peu de temps, dit ma mère, la voix rauque.

— Ne t'en fait pas, maman, je vais bien, enfin, j'irais mieux, une fois que j'aurais dormi. L'essentiel c'est que nous soyons en vie, dis-je en regardant mon ami, à côté de moi.

— Tu es vraiment courageuse, ajoute-t-elle.

— Non, je ne pense pas. Je me suis effondrée et j'ai versé beaucoup de larmes. Tu ne m'as pas vue, c'est tout.

Elle me prend la main et me la serre dans les siennes.

— Je suis désolée, ma fille, vraiment.

— Tu n'as pas à l'être et David n'a pas arrêté de me le dire aussi, ce n'est pas votre faute. C'est celle du russe. Je lui réserve une bonne surprise quand je retrouverai cet enfoiré, et puis, je suis comme ça maintenant !

— Tu n'as pas à tout porter sur tes épaules, me dit Alex.

— Si, mais il y a David aussi, nous serons deux maintenant.

— Trois, vous voulez dire, intervint Somer.

Je le foudroies du regard.

— Sauf votre respect, je ne pense pas que vous ayez les mêmes capacités que nous.

— Somer ne peut peut-être pas faire autant que vous deux, commence ma mère, mais il nous a été d'un grand secours pendant ton absence, Lara.

Je fixe ma mère, mécontente.

— Je ne demande qu'à te croire, maman.

— Pourquoi ne me faites-vous pas confiance ?

— Parce que depuis le début, vous me menez à la baguette et je n'aime pas ça. Je ne vous aime pas tout court, dis-je subitement.

— Lara, ma chérie, calme-toi, tu ne devrais pas t'énerver comme ça. Je vois bien qu'il y a un problème entre vous deux, mais s'il n'avait pas été là, nous ne vous aurions jamais retrouvés. Il a senti ta présence dans cette maison à près de cinq cents mètres.

Je le toise froidement.

— Ce sont des remerciements que vous êtes venu chercher ? lui demandé-je en le fixant.

— Non, pas du tout !

— Alors, qu'est-ce que vous faites ici ?

Je l'ai vexé ! Il se retourne et prend la porte. Tout à coup, je me sens mieux, et je me détends à nouveau.

— Qu'est-ce qu'il se passe entre vous deux ? demande Roger.

— Lara ne le supporte pas, c'est physique et psychique, intervient Alex.

— Vraiment ? me demande encore Roger.

— Oui, je ne le supporte pas, c'est tout.

Il y a un silence avant que ma mère reprenne la parole, un sourire aux lèvres.

— Ça me rappelle quand tu étais petite, Lara. Quand Jade est née, tu ne pouvais pas être dans la même pièce qu'elle et ça a duré pendant des mois, explique ma mère en voyant que je ne comprenais pas.

Je la fixe, les sourcils froncés.

— À bon ? Mais pourtant je l'aime comme une folle.

— Oui, à force de t'obliger à rester avec elle, tu as commencé à l'aimer. Ça a été surtout à partir du moment où elle a failli se noyer dans la piscine que tu n'as plus voulue la quitter.

Quoi… Mais je ne m'en souviens pas.

— Jade s'est noyée ? demandé-je horrifiée.

— Oui, mais tu l'as sortie de l'eau tout de suite et en un éclair, tu lui as fait un massage cardiaque pour la réanimer.

— Mais j'avais quel âge ?

— Cinq ans. À cette époque, je t'avais déjà tout appris et c'est comme ça que tu l'as sauvée. Pourquoi crois-tu que tu aies eu autant envie d'aller chez les Marins-pompiers ? Tu es née pour sauver des gens, ma chérie.

— Waouh ! Je ne m'en souviens pas.

— Et pourtant, c'est la vérité. Pour en revenir à Somer, je comprends pourquoi tu ne le supportes pas. Il est comme ta sœur, c'est un deuxième enfant d'une mère porteuse comme moi.

— Tu crois ?

Un silence.

— Je pense que votre mère a raison, Lara, me dit Roger. C'est totalement plausible. Pourquoi je n'y ai pas pensé plus tôt. Les mères porteuses ne sont pas censées avoir un deuxième enfant alors le virus dans vos veines ne réagit pas bien en présence d'un être humain doté d'un peu de ce même virus. Comme deux aimants qui se repoussent. Voilà une explication correcte !

— Et Kiara ? demandé-je.

— Pour Kiara, c'est comme si elle venait de vous. Vous êtes exactement comme sa mère ce qui est pareil pour tous les autres enfants de mères porteuses.

Je comprends un peu mieux mes réactions envers Kiara et Somer. Ça n'empêche pas que je ne veuille toujours pas être en sa présence.

— Il faut que tu ailles dormir, Lara. Tu dois récupérer. Je vais t'accompagner jusqu'à la maison.

— Non, je préfère rester ici avec David, au cas où il se réveillerait.

— Je te préviendrais si c'est le cas. Je pense qu'il en a encore pour quelques heures après ce qu'il a subi. Tu as le temps d'aller à la maison prendre une douche et te reposer, ma chérie.

— Non, vraiment, je préfère rester ici maman, je ne veux pas le quitter.

— Tu le sens comment ? me demande Alex.

— Il rêve et il n'arrête pas de repasser ce qu'il m'a fait pendant notre combat. Il culpabilise même dans ses rêves. Il n'est pas croyable !

— Tu sais s'il va se réveiller bientôt ?

— Non, je ne pense pas. Il est trop profondément endormi. Nous avons le temps… Je sais où tu veux en venir Alex, mais je ne veux pas le quitter.

— Je te comprends, Lara, mais tu dois te reposer et surtout prendre une douche. Toi aussi tu vas dormir un petit moment alors rentre chez toi et je resterai avec lui pour le surveiller si tu veux.

— Tu n'es pas obligé de faire ça.

— Si, je te le dois. Tu fais tant pour nous. Si je peux te soulager de ça, je le ferais volontiers.

— Ce n'est pas une corvée.

— Je sais, mais là, tu vas rentrer chez toi et faire un gros dodo.

— Oui papa, dis-je en rigolant.

Il est bien le seul à pouvoir me parler sur ce ton sans que je ne m'énerve. Je pense que c'est parce que nous avons tous les deux perdu un être cher et le même, qui plus est. Il est tellement gentil, comment puis-je résister ?

— En revanche, j'aimerais que vous me réveilliez avant demain soir. Je sais que ça peut paraître idiot, mais je n'ai pas pu passer Noël avec ma famille alors j'aimerais au moins passer le nouvel an avec vous, pleinement consciente.

— Ce n'est pas ridicule Lara, au contraire, je suis contente que tu en parles. Je vais préparer ça avec Jade et Kiara.

— Comment vont-elles au fait ?

— Bien, maintenant qu'elles savent que tu es en vie, elles vont mieux, surtout Kiara. C'est énorme l'amour qu'elle a pour toi.

— Le lien, mère, le lien, rigolé-je avant de me lever en titubant.

# CHAPITRE 21

Ma mère et Alex m'aident à sortir de l'infirmerie pour m'emmener à la maison. Sur le chemin, je croise plusieurs de mes hommes qui me sourient et qui me souhaitent la bienvenue. Je sens en eux qu'ils sont vraiment contents que je sois rentrée. Ça me touche énormément. Apparemment, les généraux n'ont pas montré la vidéo à tout le monde, car je sens la stupéfaction de plusieurs d'entre eux quand ils aperçoivent mon état. Je suis toujours en blouse blanche maculée de sang et trouée de partout. Je dois faire peur à voir. Je m'en fiche… Je ne pense qu'à mon lit bien douillet et à la bonne douche que je prendrai après. Je ne veux pas donner le plaisir à Alex de m'aider à me doucher même si je sais qu'il adorerait. Ce dernier me porte dans les escaliers, incapable de le faire moi-même et me dépose sur mon lit, après que ma mère ait retiré la couverture.

— Maintenant tu dors et tu ne te relèves pas avant demain soir, dis ma mère, en fermant les volets de la chambre.

— J'aimerais voir Kiara, Jade et mes amis.

— Ils te verront demain. Allez, dodo fille… Et c'est un ordre, capitaine.

— Je suis plus gradée que toi, c'est moi qui donne les ordres ici, rigolé-je en m'allongeant complètement sur le lit.

— Ahah, tu es marrante, tu le sais ?

— Oui, merci, on n'arrête pas de me le dire.

— DODO, s'écrie ma mère.

— Oui, chef, dis-je avant de m'endormir comme un bébé.

***********

111

Je suis dans une grande pièce blanche, vide, sans portes ni fenêtres et j'ai froid. Très froid ! Je touche les murs pour chercher une sortie, mais il n'y a rien d'autre que des cloisons, un plafond et un sol blancs. En marchant, je me rends compte que je laisse des empreintes de sang. Je cherche à voir d'où il vient, sans succès. Affolée, je cours en rond, avant de trébucher sur un obstacle et de tomber. Me retournant, je constate avec effroi qu'il s'agit d'un tas de corps en sang qui se trouve à mes pieds alors qu'il n'y avait rien tout à l'heure ! Je recule sur les fesses, le plus loin de cette horreur, mais j'ai quand même eu le temps de voir leurs visages, ceux de ma famille et de mes amis. Tout le monde y est, même David en humain et… Matt !

Recroquevillée dans un coin de la pièce, la tête dans les genoux, je me balance d'avant en arrière, l'image des corps des gens que j'aime gravée dans mon esprit. Je savais que ça allait arriver, je le savais. Ils vont tous mourir à cause de moi sans que je puisse rien y faire. Même avec la force démentielle qui est la mienne, comment puis-je lutter contre ce monde ? Contre le destin ? Je resterais peut-être la seule survivante sur cette planète. Ce serait ma punition pour tous les crimes que j'ai commis… Même sur des personnes déjà mortes…

Je sens quelque chose me chatouiller les orteils. Je lève lentement la tête pour apercevoir le sang des gens que j'aime coulait vers moi. Je me lève d'un bond et hurle de toute mes forces en essayant d'échapper à cette marée d'hémoglobine qui converge vers moi. La pièce se remplit petit à petit et je suis incapable de sortir de là. Je vais finir par me noyer dans leur propre sang comme si on me punissait de leur mort. J'essaie de nager, mais il ne me reste plus que quelques centimètres avant que la pièce entière ne soit remplie. Au lieu de garder mes poumons pleins, je hurle encore et encore ma désolation. Au moment où le sang s'insinue dans ma gorge, je me réveille, le cœur au bord des lèvres.

Je me relève du lit, la tête dans les genoux et j'essaie de reprendre mon souffle. Des bras viennent me frotter le dos et je sursaute. Je n'avais senti personne à côté de moi. Je lève les yeux, affolée à l'idée de me retrouver dans mon cauchemar… Mais, au lieu d'un tas de corps sanguinolents, je vois David, assis au bord de mon lit, son bras autour de mes épaules. Je n'y crois pas, il est réveillé et en pleine forme ! Il sent bon, il a pris une douche et il a mis des vêtements à sa taille. Un jean bleu et un tee-shirt noir, ses cheveux blond sont en bataille et encore mouillés. Son regard bleu cyan est rivé sur le mien et un énorme sourire apparaît sur ses lèvres rouges. Sans crier gare, il me saute dessus et me fait un énorme câlin. Je suis tellement surprise de le voir en humain et réveillé que je mets du temps avant de le prendre lui aussi dans les bras et le serrer fort.

— Ah, ma Lara ! Merci, merci, merci, merci, répète-t-il sans cesse.

Il m'embrasse sur la joue et se relève en m'emportant avec lui. Je me retrouve debout, face à lui.

— En fait, tu es grand.

— C'est la seule chose que tu trouves à dire !

— Arrête de lire dans mon esprit, ce n'est pas marrant. Eh oui, c'est la seule chose que j'ai trouvée. J'ai du mal à réaliser encore.

— Et moi donc ! Tu te rends compte que grâce à toi, je suis de nouveau physiquement humain, sans rien avoir perdu de ma force ! Je ne t'en remercierais jamais assez Lara, jamais !

Je le regarde de la tête aux pieds, encore choquée.

— De rien, mais tu sais, je ne savais pas que tu allais redevenir comme ça ! Je voulais juste t'enlever ce putain de boîtier.

— Je sais, ta mère m'a tout raconté depuis que je suis réveillé.

— Ça fait combien de temps que tu es debout ?

— Depuis… Hier soir.

— Quoi ? Autant ! J'avais demandé que l'on me réveille !

— Ne te fâche pas, mais c'est moi qui ai demandé qu'on te laisse dormir.

— Et pourquoi ?

— D'une part, car je voulais savoir si j'étais de nouveau moi et d'autre part, pour ça, me dit-il en me donnant mes lames.

— Mais comment tu les as récupérées ? Je les ai laissées là-bas et… Non !

— Si, dit-il simplement en lisant mes pensées.

— Quand ?

— Lorsque je me suis réveillé, ta mère et Alex m'ont tout raconté, ce que tu as fait après que je me sois évanoui et la maison. J'ai réalisé que tu n'avais pas tes armes et je sais à quel point tu les aimes et qu'elles sont importantes pour toi. D'après le chemin que tu as décrit à ta mère et en suivant ton odeur, j'ai retrouvé le laboratoire du russe… Et tes armes.

Il est taré !

— Vous avez trouvé autre chose là-bas ?

— Non, rien du tout. Tout a brûlé et il n'y avait plus personne. Le feu s'est propagé rapidement après notre départ. Nous avons quand même pu rapporter quelques trucs, mais je ne sais pas si ça va nous aider à les retrouver.

— Merci David, vraiment.

— On ne va pas arrêter de se remercier, rigole mon ami.

— Non. En tout cas, je suis heureuse que tu sois redevenu comme avant… Avec tes forces, enfin, ta petite force, le taquiné-je.

Je n'aurais pas dû ! Il me soulève et me porte sur son épaule en me faisant tourner dans tous les sens. Je cris de surprise, heureuse. Il s'arrête et me redépose, debout, sur mon lit et me regarde de haut en bas.

— Va prendre une douche, Lara, tu es crade.

— Tu es marrant toi ! On se demande à cause de qui, hein ? Non, ne t'excuse pas, dis-je en sentant qu'il allait le faire. Encore une fois, ce n'était pas de ta faute et je vais bien. Nous allons tous bien, même au Château ! Tout va pour le mieux dans le meilleur des mondes !

— Tu as raison, mais tu dois vraiment aller prendre une douche, tu… Sens Lara.

— Waouh ! Je suis choquée, dis-je avant de lui sauter dessus et de me diriger vers la salle de bain.

Je l'entends encore rigoler quand je rentre sous l'eau. Je crois que je n'ai jamais pris une douche aussi vite de toute ma vie, même quand j'étais dans l'armée. Du shampoing, de l'après-shampoing et un peu, enfin, beaucoup de gel douche. L'eau coule noire dans le siphon. Je me rince vite fait, bien fait et je sors de sous l'eau bouillante. Après avoir essuyé le miroir, je me contemple et je remarque que j'ai encore des hématomes, mais mes plaies se sont toutes refermées. Un jour et demi de sommeil ne m'a pas suffi pour guérir entièrement. Je drape une grande serviette autour de mon corps et une petite dans mes cheveux et je sors de la salle de bain. David est toujours sur mon lit et me reluque, comme le font les jeunes hommes quand ils voient des jeunes filles passer à la plage.

— Tu aimes le spectacle ?

— J'adore !

— Je vois que tu n'as pas changé.

— Je te l'ai dit, Lara, j'étais comme ça avant ma transformation alors maintenant que j'ai retrouvé ce corps d'apollon, je ne vais pas me gêner !

— Parce-que tu crois que toutes les filles vont tomber à tes pieds ?

— Oh que oui, ma très chère Lara. Je suis l'homme du jour et personne ne me résiste, dit-il en rigolant.

— Allez l'apollon, dégage de mon lit, je dois me changer.

— Ah bon ? Je ne peux pas rester ? Je t'ai déjà vu en sous-vêtements !

— Oui et c'est déjà beaucoup David, allez, zou, dehors, lui dis-je en lui lançant ma petite serviette.

# CHAPITRE 22

Il sort en rigolant. Je l'entends descendre les escaliers. En bas, je n'avais pas remarqué qu'il y avait toute ma famille et mes amis. C'est vrai que nous sommes le soir du nouvel an ! Je n'ai pas eu besoin que l'on me réveille, le cauchemar s'en est chargé tout seul. Quand je repense à quel point il était affreux… En tout cas, je ferai tout ce qui est en mon pouvoir pour qu'il ne se réalise pas.

Je m'habille en vitesse. Je me passe un coup de brosse dans les cheveux et me lave les dents puis je descends au rez-de-chaussée, pieds nus et de bonne humeur.

Autour d'un feu de cheminée, toutes les personnes que j'aime sont réunies pour fêter le nouvel an. Les canapés ont été poussés vers le fond de la pièce, d'où trône un magnifique sapin, joliment décoré. Des énormes poufs sont posés au sol, de toutes les couleurs et servent de siège pour tout le monde. Ma mère, ma grand-mère, Jade et Kiara sont face au feu, Audrey, Gabriel, Alex et Jérémy sont à gauche et David et Joyce à droite. J'ai à peine fait deux pas dans la pièce que Kiara me saute dans les bras et m'inonde de bisous. Je lui rends la pareille et je m'installe à côté de mon ami « ex-Master ».

Pendant la première heure, nous parlons de cette dernière semaine et de ce qu'il s'est passé avec David. Ma mère n'en revient pas de l'évolution de mon état, elle est vraiment heureuse que je sois en vie. Même si au fond de moi, je n'oublierais jamais Matt, je dois continuer à vivre malgré mon cœur déchiré à jamais. Kiara et David s'en rendent compte et les deux m'enlacent pour me réconforter. J'oublie ma peine pour la soirée grâce à la présence de toutes les personnes qui me sont chères.

Vu que nous n'avions pas pu passer Noël ensemble, nous le faisons ce soir. Ma mère a tout prévu. Ce matin, pendant que je dormais, elle est partie avec David et Alex à *Géant* chercher des cadeaux pour tout le monde. Jade se retrouve avec un ours en peluche grandeur nature, Audrey et Gabriel, un ordinateur dernière génération ultra plat et toutes options, qui leur servira pour leur nouveau travail au sein du Château. Kiara, une grosse peluche, représentant un ange bleu, Alex a choisi le sien tout seul : un magnifique blouson en cuir très cher, ça ne m'étonne pas de lui, quant à David, il s'est refait une nouvelle garde-robe dans sa nouvelle maison, juste à côté de la nôtre. Comme d'habitude, ma mère et ma grand-mère ne se sont rien pris, mais je leur prépare un petit cadeau commun qu'elles seront obligées d'accepter. Et bien sûr, vient mon tour.

— Nous t'avons fait fabriquer une bonne demi-douzaine de tes combinaisons préférées, au rythme où tu les déchires… Nous avons également dévalisé le magasin de tous ses jambons de montagne et d'autres viandes. Mais, tout cela ne faisait pas vraiment « cadeau » alors, je t'ai pris ça, dit Enora en me tendant un pendentif en or et argent, incrusté de petit diamants et représentant le signe de l'infini.

Je n'ai jamais vu un bijou aussi beau de toute ma vie. Je le prends dans mes mains et constate qu'il est assez lourd pour un bijou aussi petit.

— Ça représente mon amour infini pour toi et celui de tout le monde aussi. Comme je te l'ai déjà dit à maintes reprises, tu fais tant pour nous tous, alors ce bijou te représente très bien. L'infini, c'est toi ma fille.

Je ne peux retenir mes larmes. Je suis rouge de gêne. J'affronte tous les jours des monstres et je risque ma vie sans cesse et je pleure lorsque ma mère me dit qu'elle m'aime. Des fois, je me mettrais des claques toute seule.

— C'est super joli et je vous en remercie. Je suis heureuse d'être avec les gens que j'aime ce soir et je suis fière de vous tous. Vous n'avez pas la force physique de David ou moi, mais vous avez une force mentale énorme. Je ne sais pas comment vous faites par les temps qui courent.

— Mais nous sommes heureux car vous êtes là, dit Jade, en nous regardant David et moi, tour à tour. Nous sommes en sécurité à chaque minute qui passe, car vous veillez sur nous. J'espère pouvoir faire de même bientôt.

— Tu comptes te mettre au combat rapproché ? lui demandé-je.

— C'est déjà fait, je m'entraîne quatre heures tous les jours maintenant, et je commence à bien me battre.

— Avec qui tu t'entraînes ? Avec maman ?

— Heu… Non, avec… Ian, dit-elle, en baissant les yeux. Je pense que j'aurais dû t'en parler.

— Somer !

— Lara, nous n'allons pas revenir là-dessus, c'est un gars bien, d'accord, un peu dur et réservé, mais il est bien. Je sais que tu ne l'aimes pas, mais il apprend à ta sœur à se servir du virus en elle pour se défendre.

Je les regarde à tour de rôle, outrée.

— Mais je ne veux pas qu'elle l'utilise ! Et si cette merde l'affectait ? Si elle réagissait mal en faisant ça ?

— Tout se passe bien, Lara, je te l'assure, s'empresse de dire Jade. Je me sens bien si c'est ça qui te fait peur, très bien même. Je me sens utile en faisant ça. Je veux pouvoir t'aider et te soulager, sœurette.

— Non. Je ne veux pas que tu risques ta vie pour quelque chose que je fais déjà.

— Mais je veux t'aider et puis tu n'es pas tous les jours-là, Lara. Il faut que je puisse nous défendre seule, les autres et moi.

— C'est non ! Un point c'est tout, Jade. Je ne veux pas avoir à m'inquiéter pour toi, déjà que je me fais du souci pour vous tous les jours alors te savoir dehors avec ces monstres, jamais.

— Lara, c'est moi la mère ici, je dis oui… Et puis je n'ai pas dit qu'elle allait tout de suite aller dehors ! Ian lui apprend à se défendre, tant mieux.

Je ne réponds pas. Je sens que je commence à m'énerver et que je vais dire des choses que je risque de regretter. J'irai dire quelques mots à ce Somer ! Depuis quand passe-t-il du temps avec ma sœur… Sans m'en demander la permission ? D'accord je ne suis pas sa mère, mais merde ! Je suis bien placée pour savoir combien il est difficile de se battre contre un contaminé, virus ou pas dans les veines.

— Houlà ! s'exclame David. Lara est furieuse !

— La ferme toi ! dis-je en lui tirant la langue. Arrête de lire dans mes pensées, je te l'ai déjà dit.

— C'n'est pas de ma faute, je t'entends crier à l'intérieur.

Tout le monde explose de rire une nouvelle fois. Malgré ma colère, je rigole avec eux.

— Tu es pire en humain qu'en Master.

— Il est surtout plus mignon, rajoute ma sœur.

— Attention toi, l'avertie ma mère.

— Quoi, c'est vrai non ? Il est mieux comme ça qu'avant.

— Écoutez tous Jade, merci, rajoute-t-il à son attention. Toi non plus tu n'es pas si mal, dit-il, en lui faisant un clin d'œil, auquel elle répond.

— Attention, dis-je à mon tour.

Nous passons le reste de la soirée à jouer. David et moi brillons au Poker, grâce à notre faculté à lire dans les pensées, ce qui nous attire les foudres de Jade. Kiara s'endort sur mes genoux et je monte la mettre au lit. Vers quatre heures, tout le monde part se coucher. Il ne reste plus que Jérémy, David et Alex et nous décidons d'aller dehors nous promener. Malgré le petit coma de mon ami hybride, ce dernier est mort de fatigue et il décide de rentrer chez lui avec Alex, son nouveau colocataire. Depuis que Matt n'est plus là, il a déménagé et s'est trouvé un nouvel ami. Je suis contente qu'il se sente mieux après ce qu'il s'est passé et qu'il ait retrouvé un pote à qui parler. Même s'il a beaucoup de collègues militaires, la plupart sont assez réservés et il ne passe pas beaucoup de temps avec eux.

Ne voulant pas trop se retrouver seul avec moi, Jérémy rentre à son tour après m'avoir fait la bise. Il est sympa et il essaie de faire son possible pour être bien en ma présence, mais il a encore un peu de mal. Je fais cet effet-là aux hommes maintenant. Du coup, je me retrouve seule dehors et je décide de monter sur le toit de l'immeuble de ma grand-mère pour observer les alentours. Je ne cesse de repenser à ce qu'il s'est passé au laboratoire et je n'arrive toujours pas à comprendre les intentions de ce russe. Quand j'y repense, c'est un vrai taré, une merde ambulante.

Je reste là, à rêvasser. Le soleil se lève quand j'aperçois Somer sortir de la salle de repos, en face du QG. Tiens ! Quelle surprise, je vais en profiter pour lui parler. Je sais qu'il a senti que j'étais en haut, mais il passe quand même par le petit passage qui traverse le bâtiment, juste en-dessous de moi. Du coup, je me laisse tomber et j'atterris pile en face de lui.

— Vous vous en êtes remise rapidement à ce que je vois !

— Alors comme ça, vous passez du temps avec ma sœur ? demandé-je sans tenir compte de ce qu'il vient de dire.

— Oui, votre mère est au courant.

— Je sais, mais moi, je l'ignorais !

— Pourquoi devrais-je vous informer de ce que je fais avec Jade ?

— Parce que c'est ma petite sœur et que je ne vous aime pas !

Il sourit sans une seule fois me quitter du regard.

— Ça, je le sais. Votre mère m'a informé de la raison.

— Je ne suis pas totalement d'accord avec elle. Si vous m'aviez parlé dès le début, jamais je n'aurais eu ce genre de réaction, ce n'est pas mon genre !

— J'ai entendu parler de vos disputes avec Mike et deux ou trois autres personnes… Je suis certain que c'est votre genre !

— Il ne faut pas toujours écouter ce que disent les autres, vous savez ? Et puis je ne m'énerve que pour de bonnes raisons, Somer.

— Je ne suis pas une bonne raison ! J'ai mes secrets comme vous avez les vôtres, capitaine.

Je ris en haussant les épaules.

— Je n'ai de secrets pour personne, lieutenant-major ! Je suis transparente et tout le monde sait qui je suis et ce que j'ai fait.

— Par contre quand moi je vous pose des questions, vous ne voulez pas y répondre !

— Vous plaisantez j'espère ? Vous savez déjà tout !

— Non, je sais ce que l'on m'a raconté sur vous, je ne vous connais pas personnellement !

Je n'y crois pas !

— Parce que vous voulez me connaître ? Moi ? Le monstre ?

— Vous dites n'importe quoi !

— Alors vous n'avez pas tout écouté de ce que les gens disent de moi ici. Je ne suis pas blanche comme un linge au contraire, je peux être très méchante ! le menacé-je.

— Je le sais aussi. Vous n'y êtes pour rien.

— Pourquoi vous dites ça ? demandé-je en ne comprenant pas ses intentions.

— Je suis au courant de l'incident, ce n'est pas de votre faute, c'est tout !

— Vous ne savez rien, Somer ! Vous n'étiez pas là et je savais exactement ce que je faisais alors ne parlez pas pour rien. J'assume mes actes.

— Non, vous n'assumez pas, sinon, vous ne réagiriez pas ainsi.

— Encore une fois, vous ne me connaissez pas. Mais tout ça n'a pas d'importance, je voulais vous dire d'arrêter d'entraîner ma sœur, sinon…

— Sinon quoi ? me coupe-t-il. Vous me menacez ?

Il est sérieux ?

— Vous n'imaginez pas ce dont je suis capable de faire pour les gens que j'aime.

— Si, au contraire, j'ai eu un aperçu il y a quelques jours quand vous vous êtes jetée dans la gueule du loup.

— Je n'allais tout de même pas laisser mon ami se faire torturer !

— Mais au final, c'est vous qui en avez subi les conséquences. J'étais là quand les caméras se sont mises en route et j'ai tout vu ! m'engueule-t-il.

Mais pourquoi réagit-il comme ça ? Ça ne le regarde pas si je me fais défoncer le crâne, je ne lui ai rien demandé !

— Et j'étais là quand nous sommes venus vous chercher dans cette maison, vous n'étiez plus capable de tenir debout !

— En quoi ça vous regarde ? Je n'ai pas de comptes à vous rendre !

— Vous ne pouvez pas continuer comme ça ! Vous allez vous faire tuer.

— Mais merde à la fin ! Qu'est-ce que ça peut vous faire si je meurs ?

— Vous avez la vie devant vous. Vous ne pouvez pas vous sentir obligée d'agir quand quelqu'un va mal.

— Ça suffit, dis-je exténuée. Je ne vous comprends plus du tout. Un jour vous me détestez, un autre jour, vous vous foutez de moi et maintenant, vous vous inquiétez pour ma vie ! Mais qu'est-ce que vous avez à la fin ?

Un silence.

— Rien, dit-il simplement.

Mais je sens que quelque chose le gêne. Je ne comprends plus rien.

— Alors, stop ! Vous vous mêlez de vos affaires maintenant ! Ne nous croisons plus et tout le monde sera content.

— Je suis désolé, mais je continuerai à entraîner votre sœur.

Un grognement m'échappe. Je suis sur le point de lui refaire le portrait quand David s'interpose entre nous deux en me faisant face.

— Tu n'avais pas un cadeau à faire pour ta mère ?

Il est à vingt centimètres de moi. Son regard est sérieux.

— David, que fais-tu là ? Tu ne vois pas que je suis en train de parler ?

— Tu n'es pas en train de parler, mais plutôt sur le point de lui sauter dessus. J'ai senti ta colère de chez moi, Lara, alors calme-toi et viens avec moi, nous sortons.
— Je n'ai pas…
— Lara !

# CHAPITRE 23

Je n'insiste pas et je me laisse emporter par mon ami plus que chiant. Je jette un regard noir à Somer avant de tourner au coin du bâtiment.

— Tu es devenue folle ou quoi ? Tu voulais vraiment lui arracher la tête ?

— Bien sûr que non, je n'aurais pas fait ça… Juste un peu détachée. Je ne le supporte pas, David ! Il m'insupporte. Un coup il est affreux avec moi et un coup il fait son gentil. Je n'arrive pas à le comprendre.

— Tu n'es vraiment pas croyable, tu sais ?

Je lui réponds par une tape derrière la tête et nous rigolons ensemble jusqu'à ma maison. Pendant deux heures, je prépare mon cadeau de Noël à ma mère avec toute la petite famille et les amis. Après ça, je pars avec David au centre commercial de *Géant* pour finir ma surprise.

— Aaaaah, souffle mon ami en levant la tête au ciel. N'est-ce pas un jour merveilleux ?

— Tous les jours sont merveilleux depuis que tu es redevenu comme avant !

— Oui et bien, moi au

moins, j'apprécie la vie comme elle vient depuis toujours.

— Oui j'avoue, tu n'as pas changé depuis ta re-transformation, tu es juste un peu plus casse-pieds.

— Quoi ? Je suis offensé ! dit-il en marchant à reculons face à moi.

— Mais non, je sais que tu es parfait, dis-je en rigolant.

Pendant tout le chemin, David me taquine comme il le faisait quand il était sous la forme de Master, mais là, ça devient plus réel. Je sens en lui cette envie d'être avec moi, de me toucher, mais j'essaie de ne pas y penser. Comment pourrais-je l'envisager alors que ça ne fait même pas un mois que Matt est mort ? Pourtant, le virus dans mes veines réagi à cela. Il m'attire vers lui sans que je puisse le contrôler et puis, je ne vais pas me mentir… David est vraiment canon ! Mais ça, je ne le lui dirais jamais.

************

La machine qui sert à développer les photos se met en marche et commence à enregistrer les cent vingt-trois photos que j'ai prises ce matin de ma famille et mes amis. Je ne savais pas quoi offrir à ma mère alors j'ai décidé de faire des pêle-mêles de notre petite tribu ainsi que de ses amis à elle. C'était mission commando tout à l'heure pour prendre ses collègues en photo, mais j'ai passé un très bon moment avec eux et ça m'a aidée à oublier Somer et notre discussion.

Je souris malgré moi en repensant à David. Il avait passé une bonne partie de la matinée dans mes jambes, trouvant toujours une excuse pour venir m'aider, porter quelque chose ou regarder les photos par-dessus mon épaule. Avec lui, tout semblait simple. Naturel ! On riait pour un rien, on se lançait des piques sans arrêt et, pendant quelques heures, j'avais presque réussi à oublier tout le reste.

Je rigole encore intérieurement à la course folle contre David. Après m'avoir défiée, il a perdu et je suis arrivée avant lui sur le toit du magasin. Il s'était pris les pieds dans un contaminé et j'avais pu prendre de l'avance. Je revois encore son regard outré quand je l'ai dépassé et son sourire lorsqu'il m'a rejointe quelques minutes plus tard. À chaque fois que nos yeux se croisaient, quelque chose passait entre nous. Une étincelle discrète. Une attirance que ni lui ni moi ne semblions vraiment ignorer… Et c'était justement le problème, parce que malgré tous les moments passés ensemble, malgré la facilité avec laquelle il me faisait rire, malgré cette envie que j'avais parfois de rester simplement assise à côté de lui sans rien dire… Je me l'interdisais. Cela ne faisait même pas un mois que j'avais perdu mon petit ami. Même penser à quelqu'un d'autre me donnait l'impression de le trahir. Alors je gardais mes distances quand je sentais les choses devenir trop évidentes. Pourtant, aujourd'hui, je me suis vraiment amusée. Peut-être plus que je ne l'avais fait depuis longtemps, et une partie de moi détestait à quel point David y était pour quelque chose.

En attendant que les photos s'impriment, je décide d'aller m'asseoir à la fontaine, mais quand je me retourne, je surprends David, torse nu, la tête dans l'eau. Il se relève d'un coup et l'eau dégouline sur son corps parfaitement dessiné. Comment peut-il être aussi beau alors qu'il y a quelques jours, il était encore un Master ?

Mon regard s'attarde une seconde de trop. Peut-être deux. David relève la tête et me surprend en train de le fixer. Son sourire apparaît immédiatement, amusé. Je rougis aussitôt… Mince ! Parce qu'il sait. Il lit mes pensées, et celles qui traversent mon esprit en cet instant ne sont pas exactement innocentes.

Son sourire s'agrandit encore.

— N'en profite pas.

— Je n'ai rien dit.

— Pas besoin.

Je détourne les yeux en secouant la tête, incapable d'empêcher un sourire de naître au coin de mes lèvres. Depuis plusieurs heures, alors qu'il est redevenu physiquement humain, c'est devenu comme ça entre nous. Des regards, des plaisanteries… Une proximité que je fais semblant d'ignorer alors que je la ressens à chaque instant.

Malgré le manque de Matt, l'attraction que je ressens pour David est comme magnétique. Elle me dérange autant qu'elle m'attire. J'ai l'impression de trahir quelque chose chaque fois que mon regard se pose sur lui un peu trop longtemps. Matt me manque encore terriblement. Son absence me déchire toujours. Pourtant, lorsque David est près de moi, mon cœur réagit malgré moi, comme s'il refusait d'écouter ma raison.

Le virus qui coule dans mes veines me brûle. Ou peut-être que ce n'est pas le virus. Peut-être que c'est simplement lui. David finit par sortir de la fontaine et passe une main dans ses cheveux trempés. Pendant une fraction de seconde, nos regards se croisent à nouveau. Cette fois, aucun de nous ne détourne les yeux immédiatement. Puis je baisse la tête la première, parce qu'il est beaucoup plus simple d'affronter des contaminés que ce qui est en train de naître entre nous.

— Oh, et puis merde ! dis-je, en m'avançant vers lui.

Une fois devant lui, il sait très bien ce que j'ai en tête, mais il me le demande quand même.

— Tu veux quoi ? me demande-t-il un large sourire sur les lèvres.

— La ferme avant que je ne le regrette.

Sur ce, il ne perd pas de temps et m'enlace la taille, me colle contre son torse mouillé et m'embrasse d'abord lentement puis farouchement. Sa langue passe sur mes lèvres pour me faire comprendre de lui laisser le passage. J'ouvre ma bouche pour qu'il me goûte. Lorsque nos langues se touchent, mon corps s'emballe et je m'accroche à son dos, en y enfonçant mes doigts pour ne plus le quitter. Je ne sais pas comment décrire ce que mon corps ressent, mais c'est comme si le virus en moi avait enfin trouvé sa moitié, car en cet instant, c'est bien lui qui me guide et me pousse à continuer.

— Tu sens ça ? me demande David, entre deux baisers.

— Oui !

— Tu vois, je te l'avais dit.

— La ferme, dis-je en le poussant contre le mur de derrière.

Nos langues se cherchent, poussées par la brûlure qui coule dans nos veines… Elle m'incite à le goûter et j'en savoure chaque instant. David me porte jusqu'à une boutique de vente de tissus et m'allonge sur un tas de soie sans quitter mes lèvres une seconde. Il monte à son tour sur le tas de tissus et s'allonge sur moi. Je sens tout son corps parfait contre le mien. Doucement, je le sens glisser sa main sous mon débardeur et il remonte jusqu'à mon soutien-gorge.

— Hum, tu es douce !

— Tais-toi, dis-je sans pouvoir me retenir.

Il rigole. Je ne veux pas qu'il parle, juste me faire l'amour. Je n'en reviens pas de ce à quoi je viens de penser. MOI, j'ai dit ça ?

— Toujours aussi vulgaire !

Je le pousse et le fais basculer en-dessous de moi pour me mettre à califourchon sur lui. Je le fixe dans ses yeux identiques aux miens et enlève mon débardeur. Je me contorsionne et je fais de même avec mon legging et mes baskets. Je me retrouve en sous-vêtements sur lui, pendant que ce dernier me reluque de haut en bas.

— Arrête de me regarder comme ça, tu m'as déjà vue ainsi !

— Oui, mais j'étais en train d'essayer de te tuer alors que là, je prends plaisir à te regarder.

— La ferme et déshabille-toi.

— Directe en plus, j'aime.

Il me soulève à bout de bras et m'allonge de nouveau sur la soie en rigolant. Je le regarde enlever son jean et je comprends que mon envie de lui est créée par le virus qui coule dans mes veines. J'espère juste que je ne vais pas le regretter.

David remonte sur moi et nous reprenons là où nous en étions. Sa bouche et sa langue ont un goût tellement délicieux que je l'aspire dans la mienne pour la savourer. C'est fou, mais c'est la première fois que je ressens ça. Si j'ai aimé faire l'amour avec Matt, je sens qu'à ce moment, c'est plus un sentiment primaire qui m'anime.

Je fais balader mes doigts sur ses abdos et ses hanches tellement douces. Mon ami fait de même sur mon ventre et jusqu'à ma culotte. Il passe un doigt puis deux dessous et l'arrache d'un coup, sans douceur alors je fais de même avec son boxer. Nos deux sexes se touchent et je sens son érection contre mon bas ventre.

— Pas trop déçue de ta défaite ? me taquine-t-il.

— Ferme-la ou j'arrête !

Il m'embrasse sans rien dire, puis ses lèvres se séparent des miennes pour aller derrière mon oreille et descendre petit à petit, à la base de mon cou et au-dessus de mes seins qu'il embrasse par-dessus la fine dentelle noire.

— Tu sens bon.

— La ferme.

Je ne sais pas pourquoi, je n'ai que ce mot là en bouche, mais ça ne le perturbe pas. Il continue à descendre et atteint mon nombril. Il y fourre sa langue. Mon dos se soulève. J'avais oublié le bien que ça faisait. Je ne sais pour quelle raison, mais je ne veux pas qu'il aille jusqu'à mon bas ventre alors je lui attrape sa tête et le remonte jusqu'à mes lèvres, que j'embrasse sauvagement.

Toujours sur moi, il m'écarte légèrement les jambes et me fixe les yeux.

— Ça ne signifie rien, dis-je pour que l'on soit d'accord.

— Rien, me répond-il avant de rentrer en moi.

J'émets un petit son aigu quand son sexe atteint le fond de mes entrailles. Un va et vient commence, accompagné par des sensations extrêmes que je ne pensais jamais ressentir. Je n'arrive pas à m'arrêter de penser à Matt et à ce que je ressentais avec lui pendant nos moments intimes. Je me rends compte à quel point la symbiose avec David est différente et parfaite. Nos deux corps savent d'instinct ce qu'ils veulent grâce au lien qui nous unit. Des milliers de frissons me parcourent le corps entier et un grognement de plaisir sort de ma gorge. Contre toute attente, je ne veux pas que ça se termine alors je me soulève et m'assoie au-dessus de lui, en le stoppant. Nous nous fixons quelques secondes dans les yeux avant que les siens ne descendent plus bas.

— Tu es magnifique.

— La ferme, dis-je en lui donnant un coup de reins.

Il s'immobilise sous la surprise et me sourit. Je bouge sur lui et dans cette position, je le sens encore plus m'envahir. Je le fais ainsi taire, car je refuse qu'il utilise les mêmes mots que Matt. Il ne s'agit, avec David, que de deux amis qui cèdent à une pulsion et je ne veux pas qu'il s'imagine autre chose et souffrir par la suite.

Pendant que je suis sur lui, il me caresse le corps avec ses doigts fins et longs. Il les passe sur mon ventre, mes hanches et mon dos, en laissant une traînée de brûlures sur leurs passages. Tout mon corps tremble à cause de la sensation qu'il me procure et je sens que c'est la même chose pour lui. Depuis le début, il ne me quitte pas des yeux et j'y plonge aussi. Ça fait bizarre de voir le même regard sur son visage, de voir les mêmes sensations, j'ai l'impression de me regarder dans un miroir.

Nous jouissons enfin ensemble, dans une explosion de sensations parfaites et harmonieuses. Nous nous écroulons en même temps sur le sol, en emportant avec nous quelques tissus. Je m'en sers pour me recouvrir, tout à coup pudique.

# CHAPITRE 24

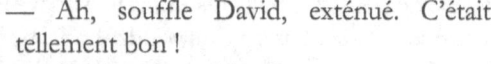

— Ah, souffle David, exténué. C'était tellement bon !

— Ravie que ça t'ait plu.

— Pas toi ?

— Si bien sûr, au contraire.

— Mais…

— Il n'y a pas de « mais ».

— Si Lara, j'ai suivi tes pensées.

— Je suis désolée. Je n'ai pas pu m'en empêcher. C'était plus fort que moi.

— Tu faisais la comparaison !

— Oui, dis-je honteuse.

— Je comprends Lara, mais avoue que c'était bon !

— Cela n'a rien de comparable. Même si ça me fait mal de le dire, je n'ai jamais ressenti ça avec Matt. C'était différent.

— Je sais, Lara. Et je suis heureux d'avoir vécu ça avec toi. Ce qui s'est passé entre nous deux était magique !

— Oh oui. C'est à cause du virus.

— À cause ? Tu rigoles, tu veux dire grâce au virus. C'était…

— Oui je sais, merveilleux.

— Exactement, on recommence quand ? rigole-t-il.

— Ahah, tu es marrant. N'oublie pas que ça ne veut rien dire !

— Oh oui, je le sais et je ne te mens pas, tu peux le lire en moi. Nous nous aimons, pas d'amour, seulement d'amitié.

— Oui, c'est aussi simple.

Sur ce, je me lève et me dirige vers ce qu'il me reste de ma culotte.

— Heureusement qu'il y a ma boutique préférée de sous-vêtements à côté.

— Moi, ça ne me dérange pas. Balade-toi comme ça devant moi, dit-il en se levant en tenue d'Adam.

— Habille-toi, tu vas attraper froid !

Je l'entends encore rire alors que je suis à dix mètres de lui. David a toujours été taquin, même sous sa forme de Master et maintenant qu'il est hybride, il l'est encore plus. Il est heureux et je le suis également alors qu'il ne cesse jamais de sourire. Mon ami me fait du bien, moi, qui ronchonne tout le temps.

Je me trouve un joli ensemble et enlève mon soutif pour mettre le nouveau avec sa copine culotte. Quand je retourne à la boutique de tissus, il a remis son jean, mais son tee-shirt est tellement sale qu'il ne peut pas le remettre.

— Arrête de faire ton frimeur et va mettre un haut.

— C'est toi qui parles alors que tu es devant moi en petite tenue, soi-dit en passant, très sexy.

— La ferme, lui dis-je en rigolant.

— Soyons sérieux un peu, j'ai remarqué que tu avais encore des hématomes pas vraiment jolis.

— Bien observé ! Oui, je sais, ça met du temps à guérir, tout comme mes doigts.

Un silence.

— Tu sais, je m'en veux vraiment de t'avoir fait ça, Lara.

— Ne t'inquiète pas, David, ce n'est rien, demain, je n'aurai plus rien.

— Je ne sais pas comment tu fais pour supporter tout ça à ton âge.

— David, tu étais un Master et tu es redevenu un hybride, la personne qui a subi le plus de traumatismes ici, c'est toi. Je ne me suis pas transformée en gros monstre, alors arrête avec tes excuses, je sais que tu t'en veux, mais ce n'est pas la peine.

David se rapproche de moi, m'attrape les reins et m'embrasse. Je lui rends son baiser sans rechigner et l'enlace à mon tour. Il se sépare de moi et me fixe sans me lâcher les hanches.

— Un dernier pour la route !

— Un dernier pour la route, dis-je à mon tour.

De là, nous nous séparons et je retourne voir où en est le tirage de mes photos, après m'être rhabillée. L'heure sur le cadran de la machine affiche 16 : 53 alors que nous sommes arrivés vers 11 heures. Je n'en crois pas mes yeux. Ce n'est pas possible ! Nous n'avons pas pu passer plus de cinq heures à faire l'amour !

— Tu as vu quelle heure il est ? lui demandé-je quand je le rejoins à la fontaine.

— Oui, j'ai regardé quand j'ai senti ton cœur faire un bon, rigole-t-il. Le temps passe vite quand on s'amuse bien.

— Arrête de lire en moi, c'est chiant.

— Tu n'as pas dit ça tout à l'heure.

— Ahah, toi non plus. Bon, assez discuté, rentrons, ils vont se demander ce qu'il se passe.

Nous retournons dans le studio photo pour prendre énormément de cadres de toutes tailles pour y mettre nos photos. David se dirige déjà vers un caddie qui se trouve au niveau des caisses, à l'entrée du grand centre commercial.

— C'est beaucoup mieux qu'à bout de bras, je ne risque pas de me faire manger, ma très chère Lara.

— Ce n'est pas ma faute, je ne pensais pas avoir pris autant de photos et puis comme ça, elle aura des souvenirs. Nous avons tout laissé chez nous en Bretagne, je sais que ma mère et ma grand-mère seront contentes.

— Tu la vois souvent ta grand-mère ? me demande David.

— Non, pas vraiment, elle passe énormément de temps sous terre et elle n'est montée que pour passer le nouvel an avec nous. Je ne sais pas ce qu'elle y fait, mais ça lui prend tout son temps.

— En même temps, elle n'a pas grand-chose à faire à la surface, autant qu'elle donne de son savoir aux nouveaux pour qu'on puisse trouver un remède assez rapidement.

— Tu crois vraiment qu'un antidote existe ?

— Oui, ton sang, tu l'as déjà démontré, mais te faire mordre à chaque fois ça n'est pas vraiment pratique.

— Tu l'as dit, rigolé-je.

Un silence.

— Tu as remarqué comment nous sommes bien après ce que l'on vient de faire ?

— Oui, je me sens complètement détendue, en fait. Toute ma colère de tout à l'heure a disparu.

— C'est ce que je remarque aussi.

— Comment fais-tu pour être aussi zen ?

— Je ne m'énerve pas facilement et puis je suis un homme, moi, je n'ai pas de sautes d'humeur.

Je ne réponds pas, mais lui donne une claque sur l'arrière du crâne quand il passe devant moi avec le caddie rempli.

— Comment nous allons faire avec eux dehors ? me dit-il, en arrivant devant les grandes portes de chargement de marchandises.

— Comme pour Toulon, je vais faire diversion pendant que toi et les cadeaux vous partirez de l'autre côté de la route.

— Bonne idée Lara, je t'y attends.

Sur ce, je grimpe sur le toit et je me positionne à l'opposé exact de David pour attirer tous les contaminés. Je m'assois sur le rebord et m'entaille légèrement la paume pour faire couler le sang, goutte à goutte, sur le sol. Au bout de seulement cinq minutes, montre en main, je sens, plus que je ne vois David partir en courant, traînant le caddie avec lui dans un énorme fracas. Bonjour la discrétion ! Malgré le boucan que fait mon ami, les contaminés ne s'y intéressent pas le moins du monde. Ils sont tous en-dessous de moi, griffant et poussant des cris monstrueux. Cette fois, je vois David sur la route, à ma droite, bien à l'écart de tout ce petit monde. Je me relève et cours tout le long du centre commercial. Arrivée au bout, je ne m'arrête pas et saute du toit en atterrissant souplement sur le sol. Je ne m'y ferais jamais. Je rejoins David en trois secondes et nous avançons rapidement sur la route. J'ouvre la marche en éliminant les quelques contaminés qui nous gênent sur notre chemin.

— Arrête ! dis-je en entendant ses pensées. Tu ne vas pas arrêter de penser à ça !

— Non, c'était tellement bon ! dit-il en posant son menton sur les poignées du caddie.

— Si tu continues, je vais te le faire regretter, mon vieux.

— Ah bon ? Et qu'est-ce que tu vas faire de moi au juste ? dit-il l'œil brillant.

— Tu n'es vraiment pas sortable toi ! Pousse le caddie et ferme-là.

— C'est tellement simple de te faire partir au quart de tour, rigole mon ami. Et puis, c'est ton caddie, alors c'est à toi de le pousser.

Il veut la jouer comme ça ! Quand il est à ma hauteur, je monte dans le caddie et m'y assois tant bien que mal. À partir de ce moment-là, nous n'arrêtons pas de plaisanter pendant tout le chemin du retour. J'ai l'impression de m'amuser comme une vraie gamine, dans la cour de récréation. En fait, ça me fait du bien de rigoler à gorge déployée et de ne penser à rien à part à essayer de ne pas tomber du caddie pendant une descente ou lorsqu'il prend des virages très serrés. Le chemin du retour a été plus long, mais je ne me suis pas amusée comme ça depuis bien longtemps. C'est le visage rouge à force de rigoler que nous arrivons à la grande porte du Château.

Je sens ma mère à l'infirmerie alors nous en profitons pour partir le plus vite possible chez moi pour y déposer les cadeaux. Nous les planquons sous le lit de ma chambre et nous repartons dehors, comme si de rien n'était même si, au passage, plusieurs collègues se sont posés des questions sur notre drôle d'équipage. Je crois que je n'oublierais jamais leurs têtes quand ils nous ont vus, moi dans le caddie. J'en rigole encore.

Au moment où nous atteignons la place centrale, ma mère vient me voir.

— Vous étiez passés où, nom d'une pipe ?

— On se promenait, c'est tout, répondis-je morte de honte.

— Vous m'avez fait peur, ne refaites pas ça, sinon prenez avec vous une oreillette pour que je puisse vous contacter. Nous ne sommes pas tous capables de lire dans les pensées ou même détecter les gens !

Je l'observe, les poings sur les hanches.

— Pourquoi tu réagis comme ça, maman ? Nous n'étions pas loin et s'il y avait eu quelque chose, nous l'aurions senti. Qu'est-ce qui te préoccupe comme ça ?

— C'est juste cette histoire de traître qui me gonfle et me stresse. Nous n'arrivons pas à savoir qui c'est.

— Merde, je l'avais oublié celui-là ! Bon, je suis là alors allons-y !

— Maintenant ? demande ma mère.

— Bien sûr ! Je ne pense pas que ça soit ni un militaire et ni un civil. Je penche plus pour un scientifique alors descendons et allons voir qui est cet enfoiré.

— Tu es de bien bonne humeur, ma chère fille ! s'étonne ma mère. Où est passé ma fille ronchonne ?

— Tu me préfères quand je gueule tout le temps ?

— Non, non mais ça m'étonne. Qu'est-ce que tu lui as fait David pour qu'elle soit si... Calme.

— MOI !! Rien, lui répond-il en rigolant intérieurement.

Je lui tape encore le derrière de la tête et je me dirige avec ma mère vers l'immeuble de ma grand-mère pour aller démasquer le coupable. Enora demande à David de rester en surface au cas où on aurait besoin de lui, surtout en cas de fuite de notre taupe. Connaissant assez bien ce dont ce russe est capable, nous préférons prendre des précautions et j'ai une petite idée en tête pour cela.

Ma mère et moi saluons le soldat en faction devant les portes de l'immeuble avant de prendre l'ascenseur sans dire un mot. Ce dernier s'arrête au niveau -3, l'étage des laboratoires. Le premier scientifique passe devant moi et alors, mon travail commence. J'inspecte une à une les personnes que je croise pour savoir lequel d'entre eux se sent nerveux ou anormal en ma présence. À chaque fois que je suis sûre que la personne n'est pas la taupe, ma mère leur ordonne de remonter à la surface en toute discrétion, sans faire de vague. Ces derniers obéissent sans poser de questions et se rendent à l'extérieur par les escaliers de secours dont j'ignorais l'existence. Au total, dans ces laboratoires, il y a près de trente-deux scientifiques et ingénieurs qui travaillent à trouver des solutions aux virus ou pour nous faciliter la vie dans ce monde apocalyptique. J'évolue assez rapidement et nous avons déjà renvoyé seize personnes à la surface. J'apprends par la même occasion qu'une réunion est en train de se dérouler dans la grande pièce des essais biologiques. Je commence à avoir un doute sur l'identité du traître.

Je rentre dans la pièce sans espoir, mais quand je fais irruption en plein milieu de la réunion, je le trouve de suite.

# CHAPITRE 25

Le pire, c'est que je le connais, il était là quand j'ai été piquée par cette puce microscopique qui m'a rendue folle. C'est lui qui m'a fait visiter le complexe et qui m'a expliqué les bienfaits de cet endroit. Le salopard ! Comment ai-je fait pour ne pas sentir la trahison à ce moment-là ? S'il ne se sentait pas en danger, il a pu passer inaperçu.

Ce qui n'est pas le cas, maintenant qu'il nous sait au courant.

Il s'empare d'une télécommande et nous menace avec avant que je n'aie pu m'avancer vers lui

— Si tu fais un seul pas Lara, je fais tout exploser.

— Cyril, commence ma mère, que fais-tu ?

— Je savais que Lara allait me démasquer, mais je ne pensais pas qu'elle y parviendrait si vite.

— Si vite ? Pourquoi ? Tu as prévu de faire quelque chose ? demande ma mère.

Un silence.

— À vrai dire, je n'ai pas fini de placer mes charges sous l'immeuble… Je vais faire avec ce que j'ai.

— Qu'as-tu fait ? lui demandé-je calmement.

— Je me suis protégé. J'ai posé des explosifs sous l'immeuble de sorte qu'il s'écrase sur lui-même quand j'appuierai sur ce bouton, dit-il en montrant le petit bouton rouge sur le dessus du boîtier.

Merde !!

— Tu comptes vraiment faire exploser cet immeuble avec tout le monde à l'intérieur ? demandé-je.

— *David ?* dis-je dans ma tête pour que seulement David m'entende. *David ?*

Mince, j'avais oublié que je ne pouvais pas le contacter à cause de leur protection. Encore merde !

— Sauf si tu me laisses passer sans me faire de mal.

— Tu penses vraiment que je vais te croire ? Tu es comme ton patron, tu ne tiendras pas ta promesse et dès que tu seras sorti d'ici, tu actionneras quand même les charges explosives.

Il sourit.

— Je vois que tu es intelligente et ce n'est pas en ta faveur, Lara.

— Pourquoi ? De toute façon, quoi que je fasse, tu vas tous nous tuer.

— Pas tous, non. Si tu es bien sage avec moi, j'autorise ta mère à sortir de là vivante !

— Tu mens, dit ma mère.

— Non, Enora. Je t'ai tout le temps aimée et tu es la seule personne que je ne veux pas voir mourir aujourd'hui, tu es tellement forte.

— Tu plaisantes ? dis-je morte de rire. C'est comme ça que tu montres ton soi-disant amour envers ma mère ! En tuant des dizaines de personnes et sa fille en prime.

— Mais tu ne vas pas mourir, Lara, tu es comme ta mère, solide et courageuse, je sais que tu t'en sortiras. Et mon boss me tuerait si je venais à te tuer.

— En fait, tu es exactement comme ton cher russe. Comment ai-je fait pour te trouver sympathique, dis-je dégoûtée.

— Ne veux-tu pas que ta mère vive ?

Je n'y crois pas, il me fait du chantage. Bien sûr, je la préférerais en sécurité, mais si je suis experte en contaminés, je ne peux pas faire grand-chose contre les humains tarés.

— D'accord…

— Non, m'interrompt ma mère. Je ne veux pas te laisser.

— Maman, tu as entendu ce qu'il a dit, il ne veut pas ma mort, mais celle de tous les autres et même si malheureusement je ne peux pas faire grand-chose pour eux, je ne veux pas une seconde imaginer passer ma vie sans toi ! Alors tu vas monter et prendre les choses en mains là-haut, dis-je en espérant qu'elle comprenne mon sous-entendu.

Elle ne bouge pas avant un moment, puis me serre dans ses bras et, en jetant un dernier coup d'œil à son ancien ami, part en direction des ascenseurs. Je la suis mentalement jusqu'à ce que je ne puisse plus la ressentir. Elle a atteint la surface. Je me reconcentre sur ce qui est en face de moi. Nous sommes neuf dans cette grande pièce, en comptant Cyril et moi. Les sept autres scientifiques se sont regroupés dans un coin et nous regardent tour à tour comme à un match de tennis.

— Tu sais toujours quoi dire à ta mère pour qu'elle t'écoute. Tu as cet effet sur tout le monde ou presque. Tu as une telle emprise sur les personnes qui t'entourent que malgré le fait que tu sois une hybride, les gens t'aiment et t'écoutent.

— Tu te fous de ma gueule ou je deviens folle ? Quand je suis arrivée, j'étais rejetée par presque tout le monde et on m'a même torturée comme l'a fait ton chef. J'ai mis du temps avant que l'on m'apprécie pour ce que je suis et même encore aujourd'hui, certains ont peur de moi.

— Mais ils t'aiment bien et c'est normal d'avoir peur de toi Lara, tu es unique en ton genre.

— Je ne suis pas la seule comme ça, David et votre hybride sont comme moi.

— Oui, mais tu es la seule fille, la seule reproductrice viable.

J'en crois pas mes oreilles.

— Je vois que tu crois comme le russe que je vais me laisser engrosser par lui et lui donner un enfant…. Tu rêves là mon gros.

— Non, non, tu n'y es plus, ma chère Lara, maintenant qu'il sait que David est redevenu physiquement humain, il veut la perfection. Un enfant né de deux parents entièrement et totalement hybrides. Comme je dis, la perfection même.

— Tu crois vraiment que je vais vous laisser faire ?

J'essaie de le faire parler le plus longtemps possible pour laisser le temps à ma mère de trouver un plan pour nous sortir de là, quand je sens une personne arriver derrière moi, je doute que son idée soit bonne.

— Somer, ah, voilà un autre spécimen digne de ce nom, s'écrie le traître. Que nous vaut ta venue ?

— Je viens voir comment se passe cette négociation, dit-il le plus calmement possible.

Je réalise que ma bonne humeur a totalement disparue quand Somer est entré dans la pièce. Même la menace de faire exploser l'immeuble ne l'avait pas amoindrie. Ma petite partie de jambes en l'air n'a pas fait effet bien longtemps.

— Quelles négociations ? Il n'y en aura pas.

— Tu n'es pas obligé de faire tout sauter, dis-je à Cyril, je peux venir avec toi, ainsi, ton patron sera content et tu auras une promotion.

— Je ne tomberais pas dans ton manège, Lara, je sais pertinemment que dès que j'aurais mis un pied dehors, tu me tueras. Je ne te connais que trop bien.

— Pas si bien que ça, au contraire.

— Tu as brisé la nuque d'un prisonnier parce qu'il avait tué ton amant, alors si, je sais de quoi tu es capable.

Un silence. Je me retiens pour ne pas lui sauter dessus.

— Oui, tu as raison, je l'ai tué et je ne le regrette pas une seconde. Il m'a enlevée Matt et m'a sous-estimée. Ne fais pas comme lui, Cyril.

Je sens toujours Somer à mes côtés et j'en ai presque la chair de poule tant il m'insupporte.

— De toute façon, je vais mourir ici avec tous ceux qui sont dans la pièce et je serais gagnant dans tous les cas.

— Non, tu seras mort ! dis-je à cours d'idées.

— Au moins, j'emporterai du monde avec moi et là, mon boss sera content.

Je sens qu'il est prêt à appuyer sur la détente alors je cours vers lui à toute vitesse pour l'en empêcher, mais je n'arrive pas à temps. Au-dessus de nos têtes, une grande explosion se fait entendre en même temps que tous les murs de la pièce tremblent. La secousse ne s'arrête pas et le plafond commence à s'écrouler sur nos têtes. Juste avant qu'un gros bloc de ciment me tombe dessus, je sens que l'on me tire en arrière.

Une explosion dans la pièce à côté déchire les murs et souffle tout sur son passage. Somer me tire sur le côté et nous fait rentrer dans une cuve en acier juste avant de recevoir des débris. Nous sommes secoués à l'intérieur de toute part. Au bout de trente secondes, la cuve se stabilise et j'ouvre les yeux. La partie ouverte est bouchée par un gros obstacle, peut-être un mur qui tient encore debout ou un morceau du plafond. Somer est à moitié allongé sur moi. Il m'a évitée de me faire écraser comme une crêpe.

— Vous pourriez essayer de ne pas m'étouffer, s'il vous plaît ? lui demandé-je les dents serrées.

Déjà que je ne supporte pas sa présence dans une pièce, c'est encore pire dans un endroit exigu et je dois prendre sur moi pour ne pas le tuer sur place.

— Désolé, dit-il simplement avant de se reculer tout contre la paroi.

Il secoue la tête.

— Quoi ?

— Un simple merci aurait suffi !

— Quoi ? répété-je hors de moi.

— Je vous ai évité de vous faire écraser.

J'hallucine… Quel culot ! Je prends une grande inspiration pour me calmer, mais c'est tout l'effet inverse qui se passe. Son odeur est très proche, trop proche de moi et je n'arrive à rien sentir d'autre.

— MERCI, dis-je en appuyant le mot. Ça y est, vous êtes satisfait ?

— Oui, beaucoup, dit-il le sourire aux lèvres.

Malgré la pénombre, un faisceau de lumière nous permet de bien y voir. Mais d'où vient cette lumière ? Nous sommes dans une cuve étanche dont le sommet est bloqué par un morceau de mur ou de plafond. Je veux me retourner pour voir d'où elle provient, mais un cri de douleur sort de ma bouche. Je regarde de plus près et remarque une barre métallique traversé la cuve ET mon corps. Je passe ma main dans mon dos pour toucher l'endroit où elle est entrée et je la ressors en sang. Somer me regarde avec des yeux ronds quand il s'aperçoit que la barre n'est pas ressortie, mais qu'elle est juste sous ma peau. Je n'avais pas remarqué cette petite bosse juste sous mon sein droit. Je soulève mon débardeur et passe la main dessus et encore une fois, j'essaie immédiatement de faire taire mon cri.

— La barre n'a pas totalement fini de vous traverser le corps, dit Somer.

— Ah bon ? Je n'avais pas remarqué ! dis-je folle de rage et de douleur.

Il m'étudie en silence.

— Vous ne changez pas, quelles que soient les circonstances.

— Vous vous foutez de moi ? Comme si je n'avais pas remarqué qu'un truc m'embrochait ! Je le sens assez.

— Vous n'êtes pas croyable !

— La ferme, dis-je en serrant les dents de douleurs.

— *Lara ? Lara ?* entendis-je David m'appeler par télépathie.

— David ? Comment ça se fait que je t'entende ? demandé-je à haute voix.

— *Les structures du complexe ont été endommagées. Je n'y crois pas,* continue mon ami, *tu es encore en vie !*

— Oui, tu devrais t'y faire à force, mais bon pas pour longtemps je crois… Encore une fois.

— *Pourquoi ?* me demande-t-il, inquiet. *Je sens que tu as mal, c'est grave ?*

— C'est assez sérieux je pense. Une barre de fer me traverse le corps et je ne peux pas l'enlever. Je suis coincée dans une cuve avec Somer.

Je le sens rigoler et se moquer de moi. Il n'est pas croyable ce mec !

— Ne te fous pas de ma gueule, David, ce n'est pas marrant.

— Pourquoi il rigole ? me demande Somer.

— Il est con, c'est tout, lui répondis-je en réalisant que la situation est risible finalement. Arrête tes conneries, je me fais mal en rigolant aussi.

— *Soyons sérieux, car ta mère commence à péter un câble, combien êtes-vous encore en vie là-dessous ?*

— Trois, sans nous compter, dis-je après m'être concentrée. Les autres sont morts sur le coup. Et vous ? C'est quoi les dégâts ?

# CHAPITRE 26

Je le sens hésiter, mais il se reprend vite.

— *Je ne peux pas les voir. Je sens dix-neuf morts*, dit-il penaud.

— Quoi ? m'écrié-je, me faisant mal. Mais…

— Combien ? demande Somer impatient.

— *Nous n'avons pas eu le temps d'évacuer tout le monde et l'immeuble a fait d'énormes dégâts. Le bâtiment est tombé sur celui d'à côté, il a fait une brèche dans les clôtures et des contaminés sont en train de rentrer dans le Château. Nos ingénieurs sont sur le coup pour remettre tout en fonction et en attendant, nous sommes tous dans l'Intermarché. J'attends que les clôtures se remettent en fonction, pour aller nettoyer la zone,* relate mon ami dans un souffle.

— Ma famille ?

— *Elle est en sécurité, ne t'inquiète pas Lara. Ah ! La clôture est de nouveau en fonction. Je sors faire un petit carnage et je reviens,* dit-il alors que je le sens sortir par le toit.

Je le suis pendant son combat solo avant que Somer ne m'interrompe.

— Alors ? Dites-moi !

Je le fixe, pas sûre de vouloir lui répondre.

— David sent dix-neuf morts. L'immeuble est tombé sur celui de droite et a endommagé la clôture qui s'est éteinte, mais elle vient de revenir, lui raconté-je finalement. Ils n'ont pas eu le temps de sortir tout le monde. Pour l'instant, les survivants sont dans le magasin, en sécurité et David est en train de s'occuper des zombies qui sont entrés dans le Château avant que la clôture ne soit remise en marche. Putain ! m'écrié-je. S'il ne meurt pas, c'est moi qui le tue.

— De qui parlez-vous ?

— De Cyril bien sûr ! Cet enfoiré est encore vivant alors que ses collègues sont morts. Je vous jure que si je sors d'ici et qu'il est encore en vie, je l'assassine.

— Il faut d'abord que je vous sorte de là en vous gardant en vie.

— Vous ne me tuerez pas, Somer. Ce n'est pas la première fois qu'un objet me traverse le corps.

Il me fixe en levant un sourcil, visiblement surpris.

— Vous en parlez comme si ça ne vous touchait pas !

— Si je devais m'inquiéter à chaque fois que je suis blessée, je passerais mon temps à me plaindre.

— Ce n'est pas anodin, Lara. Vous perdez beaucoup de sang.

Je fronce les sourcils.

— Lara ?

— On ne peut pas s'appeler par nos prénoms ? Ça commence à m'énerver.

— Vous énerver ?

— Je n'ai pas l'habitude de vouvoyer les personnes plus jeunes que moi.

— Parce que vous êtes beaucoup plus vieux, peut-être !

Je ris… Avant de grimacer de douleur.

— Arrêtez votre char. Vous n'êtes quand même pas un vieil homme.

— En tout cas, je n'ai pas vingt ans.

— Quoi ? Ça vous dérange que je sois aussi jeune ?

— Je n'ai pas dit ça.

— Alors quel âge avez-vous ? Et ne me dites pas que c'est personnel, vous…

— Vingt-huit ans.

Il m'a coupée avant même que je termine ma phrase.

— Vous pourriez profiter qu'on soit bloqués ensemble pour m'en apprendre un peu plus sur vous, dis-je en profitant qu'il ait répondu une première fois.

Je le sens hésiter, puis quelque chose change en lui. Son regard se voile légèrement et je comprends qu'il va enfin me laisser entrer derrière ses défenses. Après un moment, il reprend :

— Je vous ai déjà dit que ma sœur était morte. Ça fait vingt ans maintenant. Un anévrisme au cerveau. Ma mère a fait comme la vôtre pour avoir un enfant et elle est venue en France parce que ça n'existait pas encore chez nous, aux États-Unis.

Il marque une pause.

— Quand j'avais huit ans, j'ai retrouvé ma sœur transformée en l'un de ces monstres. Nous étions seuls à la maison. Ma mère était partie faire des courses. On jouait à cache-cache, c'était l'un des jeux préférés de Cassandra. Je l'ai trouvée dans l'armoire de la chambre de ma mère, un endroit où nous n'avions pas le droit d'aller. Quand j'ai ouvert la porte, elle m'a sauté dessus et a essayé de me mordre.

Sa voix se fait plus basse.

— Je suis tombé en arrière. J'essayais de maintenir sa tête loin de moi, mais je n'y arrivais pas… Et son visage… Ses yeux étaient comme les vôtres. Elle grognait, exactement comme vous.

Je reste suspendue à chacune de ses paroles. Son histoire est si terrible que ses yeux commencent à briller de larmes. Il se confie enfin, alors je l'écoute sans l'interrompre.

— Je ne sais toujours pas comment j'ai réussi à la repousser. Je me suis relevé tant bien que mal. Elle avançait vers moi avec ce regard horrible et du sang lui coulait de la bouche. Je ne comprenais pas ce qui se passait. J'étais sous le choc.

Il serre la mâchoire.

— Cassandra m'a plaqué contre le mur et a encore essayé de me mordre. J'avais beau l'appeler, elle ne me répondait pas. Le pire… C'est qu'elle ne m'avait jamais vraiment aimé. Contrairement à moi ! On ne pouvait pas rester dans la même pièce sans qu'elle me fasse une remarque ou qu'elle me frappe.

Ses yeux restent fixés devant lui.

— J'étais un gamin. Je croyais qu'elle était devenue folle et qu'elle voulait vraiment me tuer. J'ai même failli la laisser me mordre. Je me suis dit que je le méritais peut-être, puisqu'elle ne m'avait jamais aimé, mais je ne voulais pas abandonner ma mère. Elle avait tout sacrifié pour nous avoir.

Sa voix se brise.

— Alors je l'ai repoussée une dernière fois. J'ai attrapé la lampe de chevet et je lui ai écrasé le crâne. Encore, et encore, sans parvenir à m'arrêter.

Un silence pesant s'installe.

— Quand ma mère est rentrée avec deux scientifiques et trois soldats, ils ont dû s'y mettre à trois pour me maîtriser.

Il s'interrompt et tente de ravaler ses larmes. Pour la première fois depuis que je le connais, je sens toute sa souffrance. J'ai toujours été incapable de le lire, comme s'il avait érigé un mur entre lui et le reste du monde, mais là… son âme s'ouvre enfin devant moi.

— Je suis désolée.

— Depuis ce jour, reprend-il sans relever, nous n'avons plus connu une seule journée de paix. Nous avons été emmenés dans leur base secrète. Jour après jour, ils m'ont entraîné à me battre, à utiliser le virus qui coulait dans mes veines, même si je n'en possédais qu'une faible quantité.

Il baisse les yeux.

— Ma mère a sombré dans une profonde dépression. Deux ans plus tard, elle est morte de chagrin. À cause de Cassandra… Et parce qu'on l'avait tenue éloignée de moi pendant trop longtemps.

Il inspire lentement.

— À l'époque, je ne savais pas ce qu'elle était devenue. Maintenant que je connais toute l'histoire, je sais qu'elle s'est transformée, elle aussi, comme ma sœur… Et qu'on a dû lui mettre une balle dans la tête.

Je sens sa colère derrière chaque mot.

— Ceux qui m'entraînaient n'étaient pas mécontents de sa mort. Comme ça, je pouvais me consacrer entièrement à leurs exercices. Plus de distractions. Plus de famille.

Sa mâchoire se contracte.

— À seize ans, j'en ai eu assez. Je suis parti m'engager dans une unité reconnue et surtout légale. Je savais très bien que là où j'étais, personne ne viendrait me chercher ni ne s'inquiéterait pour moi.

Il laisse échapper un rire sans joie.

— Depuis, je sers mon pays sans relâche. J'ai passé ma vie à combattre pour finalement atterrir ici... Et me faire sauver par une autre enfant test.

Bordel...

— C'est pour ça que vous m'en voulez ? lui demandé-je en avalant ma salive.

— Au début, quand je vous ai vue, j'ai repensé à ma sœur et à tout ce qui m'est arrivé depuis. Quand j'ai appris que vous aviez encore votre famille, je me suis tout de suite fermé.

— Pour vous protéger ! dis-je en comprenant ce qu'il a pu ressentir.

— Oui, mais j'ai été curieux de savoir comment j'allais réagir en votre présence.

— Parce-que vous aimiez très fort votre grande-sœur et que je suis comme elle, du coup...

— Oui, j'ai été irrémédiablement attiré par vous. Je me suis interdit de ressentir quelque chose alors que je ne vous connaissais pas, mais je me suis braqué, et puis...

— Ça vous faisait mal, ai-je terminé à sa place.

— Je vous en voulais alors que vous n'y étiez pour rien et quand je vous ai vue faire toutes ces choses, j'étais de plus en plus attiré par vous. Vous étiez si... Juste, si aimante, que ça me faisait mal.

— Parce que votre sœur ne l'était pas avec vous ! Ma mère m'a racontée récemment que j'étais pareil avec Jade quand elle est venue au monde et que j'avais commencé à l'aimer à partir du moment où je l'ai perdue.

— Oui, elle m'en a parlé et elle m'a dit que c'était pour ça aussi que vous aviez du mal avec moi.

Wouah ! J'ai du mal à réaliser ce qu'il vient de m'apprendre.

— Je n'arrive pas à rester en place quand je suis avec vous dans une même pièce. Une colère monstre s'empare de moi et je n'ai qu'une envie, c'est de vous mordre. Je ne savais pas vraiment pourquoi j'avais cette réaction avec vous, mais je n'arrivais pas à vous cerner jusqu'à présent. Je n'arrivais pas à lire en vous, vous n'arrêtiez pas de me surprendre alors que je sens en général les gens arriver. Ça m'énervait encore plus et puis vous... M'intriguiez. J'étais aussi curieuse de savoir pourquoi et vous n'arrêtiez pas de m'envoyer chier et ça me mettait hors de moi.

Il sourit.

— Vous arrivez à lire en moi maintenant, car je vous ai ouvert mon âme, si je puis dire. Pendant mes années d'entraînement, toutes les personnes qui m'ont aidé à me contrôler, m'ont appris par la même occasion à me fermer aux gens de votre espèce.

— Vous voulez dire qu'ils gardaient des zombies en cage pour vous entraîner ?

— Oui, et une enfant test orpheline comme vous.

Non ! Je n'en reviens pas.

— Une enfant dont le virus a totalement intégré son organisme, mais à force de faire des expériences sur elle, Cara est morte d'épuisement au bout de cinq ans. Elle était très forte, mais ils la shootaient sans arrêt et elle ne savait plus qui elle était, ni où elle était. Cara était devenue un légume et du coup, mes entraînements psychologiques se sont arrêtés avec elle.

— Qui sont ces gens qui vous ont enlevés à votre mère et qui vous ont entraîné pendant des années ?

— Je ne sais pas, je n'avais pas le droit de demander et quand je suis parti, ils m'ont laissé faire et je ne les ai jamais revus. Eux, je pense qu'ils me surveillaient, mais je n'en avais rien à faire et puis, je partais tout le temps en mer.

OK… Ça explique beaucoup de choses, mais pas tout.

— Pourquoi êtes-vous venu en France, à Toulon ?

— Notre navire a eu un problème alors nous nous sommes arrêtés à la base navale, à côté de l'épave du Charles de Gaulle, mais quand nous avons mis pied à terre, la contamination avait déjà commencé.

— Vous ne le saviez pas ?

— Non, nous étions en silence radio et quand nous avons voulu prendre contact avec la base, nous n'avons rien reçu. Nous étions cent quinze à bord de notre navire et vous avez vu les seuls survivants.

Un silence.

— Je suis désolée.

— Je n'arrête pas de me dire que si j'en avais parlé avant au gouvernement, les choses auraient pu être différentes.

— Vous n'y êtes pour rien. L'organisation russe qui a créé ce virus est totalement secrète et vous seriez passé pour un cinglé si vous en aviez parlé.

— Je ne sais pas et quand je vois qu'au final, une chose de bien est sortie de ce virus, je me dis que nous avons encore une chance.

Son regard sur moi est si… Intense que je détourne le mien.

— Vous croyez que David et moi sommes la solution ?

— Oui, j'en suis sûr. Vous êtes bons et honnêtes.

— Je n'ai pas toujours été comme ça ! L'armée a fait de moi une partie de celle que je suis aujourd'hui et le virus a terminé le reste.

— C'est ce que je disais, il a un côté positif au final.

— Je ne pense pas, Somer, vous savez, je vis avec, mais ce n'est pas facile tous les jours. Je dois me contrôler à tout moment et ces dernières heures avec vous dans cette cuve sont très difficiles.

— Mais vous y êtes arrivée, la preuve.

— Si vous ne m'aviez pas dit la vérité, je ne pense pas que j'aurais pu me retenir.

Il me sourit.

— Alors, j'ai bien fait de vous parler.

— Oui, enfin ! rigolé-je, mais je le regrette assez vite.

La douleur est telle que je me mets à cracher du sang, sans pouvoir m'arrêter. Somer déchire un morceau de son tee-shirt pour que je m'essuie la bouche et les mains.

— Vous devez avoir une hémorragie interne. Il faut que je vous enlève cette barre de votre corps.

— Comment ? Nous sommes coincés et je n'ai pas assez de force pour nous libérer.

— Vous, peut-être que non, mais moi oui. Je ne voulais pas bouger pour ne pas vous faire de mal, mais si je ne fais rien, votre état ne va pas s'arranger.

Je le regarde un moment, une question en tête.

— Vous avez dit tout à l'heure que vous « m'aimiez », est-ce toujours pareil ? demandé-je pour oublier la douleur.

Je le sens hésiter et réfléchir à ma question, Il n'y répond pas. Au lieu de ça, il se place au-dessus de moi, pose ses mains sur chacune de mes épaules et pousse de toute ses forces pour faire ressortir la barre de métal par l'autre côté de mon corps. Je pousse un cri effroyable tellement la douleur est insupportable. Grâce à la force de poussée de Somer et le fait que la barre n'empêche plus la cuve de se remettre sur ses pieds, cette dernière se remet en place et nous libère par la même occasion.

Des étoiles de toutes les couleurs dansent devant mes yeux quand Somer me soulève de la cuve pour me porter un peu plus loin, et m'allonger sur le sol. Maintenant que la barre métallique n'est plus en moi, je saigne des deux côtés. Je sens Somer fouiller les alentours, incapable de le faire moi-même et il revient avec un rouleau de bande de tissu. Avec son aide, je m'assoie contre le mur, derrière moi et soulève mon débardeur afin qu'il puisse bander mes blessures. Une fois celle-ci bien mise, il me recouche sur le sol, mais je commence à perdre pied.

— Je sens que je vais bientôt tourner de l'œil.

— Fermez les yeux et reposez-vous, je veille sur vous.

Un silence.

— Vous n'avez pas répondu à ma question, dis-je en espérant avoir une réponse.

Il m'étudie en silence, puis finis par répondre.

— Au début, j'avais transformé mon étrange et inattendue attirance envers vous par de la haine. Petit à petit, j'ai appris à vous connaître et… Maintenant, j'ai laissé… Mon cœur parler.

Je n'entends plus grand-chose, mais je veux savoir avant de m'endormir.

— Et ?

Il hésite, mais je l'ai déjà compris.

— Je vous aime, oui.

C'est la dernière chose que j'entends avant de fermer les yeux. Je m'endors dans un long et profond sommeil réparateur.

# CHAPITRE 27

Je refais surface en me souvenant petit à petit de tout ce qui s'est passé. De la découverte du traître à notre libération de la cuve… Mais, surtout, des derniers mots de Somer avant que je ne m'endorme : « je vous aime ». Ai-je bien entendu, où est-ce le simple fait de mon imagination ? Peut-il vraiment m'aimer ? Et moi ? Pourrais-je l'aimer ? Non… Je ne pense pas. Maintenant qu'il m'a fait ces révélations, je le connais mieux et surtout, je comprends bien mieux ses réactions envers moi. S'il me l'avait dit plus tôt, les choses auraient été différentes et je… Je… En fait, je ne sais pas si quoi que ce soit aurait pu changer, car cette haine est toujours en moi.

Quand j'ouvre les yeux, je suis devant les cages

d'ascenseurs, bien allongée avec comme

oreiller, une pile de chemises blanches. Je veux me redresser, mais mon souffle se coupe avant même que je fasse un geste. Somer est en face de moi, assis contre le mur, les bras croisés sur son torse. Il m'observe comme toujours, sans rien dire. La première personne à me parler est l'un des scientifiques qui a survécu à l'explosion.

— Comment vous sentez-vous, Lara ?

— J'ai connu des jours meilleurs. Ce n'est pas pourtant pas mon pire.

— J'ai changé votre pansement, car il était plein, j'espère que ça ne vous dérange pas ! dit-il la peur au ventre.

— Quand arrêterez-vous d'avoir peur de moi à la fin ? Je ne mords pas, enfin que volontairement. Et oui, merci de vous être occupé de moi.

— Vous les impressionnez, c'est tout, intervient Somer.

— En quoi je les impressionne ? C'est eux qui m'ont créée, ce n'est pas moi le génie, si je puis dire. Je ne suis que leur résultat.

— Un très bon résultat, dit un autre scientifique.

— Vous voyez ? se moque Somer.

— Vous, ne commencez pas, OK ? Combien de temps je me suis endormie ?

— Six heures, répond Somer.

— Six heures ! Waouh ! J'ai fait la grasse mat', dis-je en rigolant.

— Vous pouvez prendre contact avec David en surface pour voir ce qu'il se passe ? demande Somer.

— Oui, patron ! J'allume mon radar !

Je rigole encore une fois en sachant très bien que je vais le regretter. Il me prend pour un talkie-walkie ou quoi ?

— *David ? Tu m'entends ?* dis-je dans ma tête.

— *Ah Lara ! Il était temps ! Ça fait des heures que j'essaie de te joindre, que fais-tu en bas ?*

— *D'abord, je suis contente de t'entendre et puis, je faisais un petit coma pour me remettre de ma blessure, mais tout va bien,* dis-je avec ironie.

— *Désolé, c'est tellement la pagaille ici que je ne sais plus me contenir, j'aurais besoin d'une autre partie de jambe en l'air,* dit-il en rigolant.

— Non, mais tu rêves, dis-je à voix haute, outrée. Tu n'as pas honte ?

— *Encore désolé,* dit-il en rigolant quand même.

— *Dis-moi ce qu'il se passe là-haut.*

— *Les barrières électrifiées sont remises depuis un moment maintenant, mais il y a toujours notre brèche qui est ouverte au niveau de l'immeuble, les zombies essaient de rentrer par là. Nous avons réussi à les contenir grâce aux débris.*

— *Comment vous allez faire pour déblayer tout ça ?*

— *Gabriel nous a donné un coup de main grâce à ses connaissances en architecture. Il connaît un moyen très rapide et très efficace pour enlever tous les blocs de béton en vitesse et sans risquer la vie d'autres personnes. C'est un procédé assez nouveau alors…*

— *Abrège,* le coupé-je.

— *Nous sommes allés à Toulouse récupérer ce truc et là, nous sommes en train de l'installer.*

Toulouse ?

— *Et tu penses que ça mettra combien de temps ? Car nous commençons à manquer d'air ici.*

— *Ah bon ?* s'étonne mon ami.

— *Oui, je ne ressens pas le manque, mais je commence à sentir les cœurs des humains ralentir légèrement. Ils ne s'en rendent pas encore compte… Ça ne va pas tarder.*

Un silence.

— *Je viens de demander à ta mère et à Gabriel et ils pensent qu'il faudra au moins cinq heures minimum pour enlever le plus gros et atteindre l'ascenseur principal.*

— *J'espère que tu dis vrai.*

— *Sinon, tu n'as pas tué Somer encore ?*

— *Non, au contraire, ça va mieux entre nous, en même temps, nous sommes restés plus d'une heure enfermés ensemble dans un endroit très serré.*

— *Ça crée des liens,* rigole mon merdeux d'ami.

— *Tu as de la chance d'être loin de moi, je te jure. J'ai juste appris à le connaître, c'est tout. Et puis, je ne peux rien faire d'autre.*

— *J'espère que tu vas vite t'en remettre.*

— *J'ai cinq heures devant moi pour récupérer donc ça va, j'ai le temps. Je te laisse, car je sens que Somer a des questions à me poser, bye.*

C'est marrant, j'ai l'impression de couper une communication téléphonique.

— Alors ? s'impatiente Somer.

— En gros, ils sont en train de déblayer les blocs de l'immeuble et ils en ont pour cinq heures.

— Si long ?

— En même temps, il n'y a qu'un immeuble entier avec tout ce qu'il y avait dedans à dégager, mais c'est tout.

— Vous ne prenez jamais rien au sérieux ?

— Si, mais à quoi ça sert de se prendre la tête. On attend et puis c'est tout. Nous ne pouvons pas faire grand-chose de là où nous sommes et puis, je ne suis pas en état pour grimper dans la cage d'escalier et déblayer toute seule, je ne suis pas Superman, une fois de plus.

— Je sais, j'en ai juste marre de rester enfermé et puis, l'air va commencer à manquer.

— Ça, ça a déjà commencé ! dis-je.

Je souris.

— Jusqu'où s'arrêtent vos facultés ?

— Je ne sais pas encore, j'en apprends tous les jours, mais ce n'est pas grand-chose.

Un silence.

— Vous vous sentez toujours pareil en ma présence ? change-t-il de sujet tout à coup.

Je le regarde droit dans les yeux et le jauge.

— Oui et non, je ne sais pas trop. Je peux supporter votre présence, mais je ne sais pas jusqu'où je pourrais aller, dis-je, sachant très bien de quoi je veux parler.

— Alors vous avez entendu ! affirme-t-il.

Pendant un moment, on se regarde, sans rien dire. Bordel… Son regard est si… Déstabilisant !

— Pourquoi passez-vous du temps avec ma sœur, demandé-je pour éviter le sujet.

Il a un petit ricanement et se reprend assez vite.

— Je veux que votre sœur ne se retrouve pas démunie face à ces monstres, pas comme je l'ai été.

— Jade est comme vous. Vous savez ce qu'elle peut ressentir, comme moi je comprends David. Mais je vous avertis, si vous la touchez ou lui faites du mal, vous aurez affaire à moi !

— Vous l'aimez votre sœur !

— Plus que tout au monde. Je ne me souviens pas de la période où je la détestais et ça me semble impensable.

— Vous pensez que ça pourrait changer entre nous ?

— Pourquoi tout à coup, vous m'avouez tout et sans réserve ?

— Je vous l'ai déjà dit, Lara ! Depuis la première fois que je vous ai vue…

— Vous avez eu le coup de foudre… Je ne crois pas au coup de foudre.

— Vous n'y croyez plus. Plus après Matt.

— Je…

— Vous pouvez au moins me raconter, Lara, je vous ai parlé de ma sœur et de ce qu'il s'était passé après, me coupe Somer sentant que je partais au quart de tour.

— Je n'aime pas parler de lui.

— Ça vous fait mal !

— Trop, ça ne fait pas longtemps qu'il est parti, j'ai du mal encore.

— Je comprends, mais il faut en parler, ça vous fera du bien.

Son regard s'attarde un peu trop sur moi, puis finalement, je craque.

— Vous voulez être mon thérapeute ? De toute façon, il n'y a pas grand-chose à dire. Matt était mon ami et mon collègue, nous partions souvent avec Alex en mission et nous nous entendions très bien. Ils ont été les deux premières personnes à me parler quand je suis arrivée et les deux premiers à m'accepter comme je suis. Petit à petit, Matt s'est rapproché de moi sans que je m'en aperçoive en fait. J'étais tellement sûre que je n'aurais jamais de relation intime avec un humain que je ne le voyais pas. Un jour, il me l'a fait comprendre et je n'y croyais pas alors je me suis encore plus refermée, mais il y a eu l'attaque de l'hybride Florent. J'ai été infectée par cette bestiole et j'ai pété un câble. Ça m'a rendue encore plus méchante et distante, mais j'ai réalisé par la suite que la vie était courte et je me suis lancée. À partir de ce moment-là, je suis devenue accro à lui et je ne pensais plus qu'à Matt. J'étais bien avec lui, plus souriante, plus joyeuse…

— Plus aimée, dit à ma place Somer.

— Oui, exactement… Mais ça n'a pas duré longtemps. Pour m'atteindre, un prisonnier l'a tué de plusieurs balles dans le corps, sous mes yeux. Il est mort dans mes bras… À cause de moi.

— Ce n'est pas votre faute, Lara !

— Si ! Il savait pertinemment que s'il me tirait dessus, je pourrais guérir rapidement, à l'inverse de Matt. Il l'a fait exprès pour m'atteindre et puis, je n'ai pas pu me retenir. Il n'arrêtait pas d'en rire et même si j'avais promis à Matt que je ne changerais pas et que je ne lui ferais pas de mal. Je n'ai pas pu. Impossible avec ces rires incessants. Alors, j'ai séché mes larmes, je me suis levée et je lui ai brisé la nuque.

Un silence. Je le sonde, mais je ne ressens aucun dégoût envers moi.

— C'est le premier humain que vous avez tué ?

— Oui et je crois que ce ne sera pas le dernier, dis-je en regardant Cyril, attaché et bâillonné à un poteau qui tient encore debout.

— Vous le regrettez ?

— Non, répondis-je sûre de moi. La planète n'a pas besoin d'hommes comme lui, surtout maintenant. J'aurais dû le tuer avant. J'étais persuadée que je ne devais pas m'attaquer aux humains… Mais si j'avais été moins conne, Matt serait encore en vie.

— Mais vous ne seriez pas avec David du coup.

Quoi ? Comment le sait-il ? Je n'ai rien dit et lui non plus ! Et puis, il reprend la parole avec un sourire sur le visage.

— Je l'ai senti sur vous, tout à l'heure et je pense savoir la raison pour laquelle vous êtes moins ronchonne.

— Ne recommencez pas ! l'avertis-je. Et puis je ne suis pas avec lui.

— Je ne fais que dire la vérité, Lara.

— On ne vous a pas appris la politesse dans votre camp ?

— Non, pas vraiment, mais je l'ai apprise tout seul !

— Je ne pense pas Somer, sinon vous…

Je suis interrompue par une énorme secousse qui fait trembler tous les murs encore debout. Ça s'arrête au bout de quinze secondes avant de reprendre encore pour quinze secondes.

— *Que se passe-t-il là-haut ?* demandé-je à David.

— *Nous venons de tester le truc de Gabriel et ça fonctionne bien. Vous n'avez rien en bas ?*

— *Non, mais je ne pense pas que les structures tiennent encore longtemps si vous continuez comme ça.*

— *Je vais leur dire de faire plus doucement.*

— *OK, merci.*

Je raconte ce que David vient de me dire et après ça, le silence s'installe. Encore une fois, il me déconcerte à être au courant des choses qu'il n'est pas supposé savoir. Il n'a qu'une infime quantité de virus dans ses veines et pourtant il y arrive. Heureusement que ma sœur n'a pas subi le même entraînement que lui. Je voyais mal Jade avec des pouvoirs, mais cela arrivera plus vite que je ne le pense avec Mr Le Professeur à ses côtés. Au moins elle ne pense plus à son ex et elle s'occupe, mais la savoir avec Somer, me fout la chair de poule.

Quand je repense à sa révélation, je ne la prends pas au sérieux. Dans notre situation, il a peut-être dit ça en pensant que c'était la fin. Comment cela peut être possible après toutes nos engueulades ? Je dois admettre qu'il est mignon… Très mignon même… Son corps… Et ses yeux bleus… Putain, quel regard ! Avec ses cheveux noirs, ils ressortent encore plus. Si intense quand il m'observe, comme maintenant, qu'il ferait craquer n'importe qui…

Merde ! Il a senti mon changement d'humeur. J'espère qu'il ne pense pas que je le séduis… Mais je crois qu'il a bien compris ce que j'étais en train de penser.

— Ce n'est pas ce que vous croyez ! dis-je pour qu'il arrête de me regarder comme ça.

— Ah bon ? Vous en êtes sûre ? me demande-t-il en plissant légèrement ses yeux.

— Oui et arrêtez de me regarder comme ça, c'est… Gênant.

— Vraiment ? Je ne pense pas.

— Stop ! Il est hors de question. Vous me déboussolez ! Un jour vous êtes fermé et un autre, vous êtes totalement ouvert. Faut savoir !

— Je…

— La ferme !

Je ne veux plus en parler et surtout, je ne sais pas si je peux en parler. C'est vrai que je sens ses drôles de sentiments envers moi, mais je ne comprends vraiment plus, je suis perdue. Je ne sais plus quoi penser. Entre David et Somer, j'en ai la tête qui tourne.

# CHAPITRE 28

Je regarde ailleurs pour ne plus penser à lui. Je pose les yeux sur Cyril et mon humeur change complètement. Étant bâillonné, notre petit traître n'a pas dit un mot depuis que je suis réveillée. Je l'observe sans lâcher son regard pour lire plus facilement en lui. Il a mal au crâne et à ses poignets, que les liens serrent trop et bien sûr, il en veut au monde entier de sa situation.

Mais tout à coup, son humeur change et je l'entends glousser.

— Il n'y a rien de marrant dans ce que tu viens de faire, espèce d'enfoiré ! Tu viens de tuer vingt-quatre personnes et ça te fait rire ? Là, je ne suis pas en état, mais quand je le serai, je vais prendre un malin plaisir à te faire souffrir. Tu ne me crois pas ? dis-je, sentant qu'il se fout encore plus de ma gueule. Je vais d'abord t'abîmer un peu ta sale face de traître, puis je vais te donner à manger aux zombies, à l'extérieur, avant de te regarder avec bonheur te transformer en l'un de ces monstres. Tu ne me crois pas ? Tu crois que mes supérieurs te veulent en entier et vivant ? Alors oui, tu as raison, mais tu es au courant que je peux faire revenir quelqu'un qui vient de se transformer à la vie ! Bien, tu comprends enfin, dis-je, le sentant avoir peur. Je ferai ça jusqu'à ce que tu nous avoues tout, dans les moindres détails. Tu sais, leur chef, l'américain que j'ai ramené à la vie ! Il se souvient de toute sa transformation, de chaque moment de douleur par laquelle il est passé et je peux te dire que si c'est comme moi, ce dont je me doute, ça fait très mal, alors, combien de transformations vas-tu tenir ?

Là, il ne fait plus son malin et c'est ce que je recherchais. Je n'irais sans doute pas jusqu'à le torturer au final, mais j'aimerais tellement !

— J'espère que tu mourras le même nombre de fois que des gens que tu as tués. Vingt-quatre ! Ça va être long et douloureux.

Un silence.

— Je ne vous savais pas comme ça ! dit doucement Somer pour que seule moi entende.

— Je ne suis pas comme ça normalement, au contraire, mais là, je ne peux pas le laisser s'en tirer aussi facilement.

— Je vous comprends et je ferais la même chose si j'étais à votre place.

— Vraiment ?

— Oui, certainement.

— *Lara ? Lara ?* entendis-je David m'appeler.

— Quoi ? répondis-je à haute voix.

— *Vous avez senti cette fois ?*

— Non, rien !

— *Ouf, ça marche alors. Nous avons de nouveau déblayé les blocs, mais il en reste encore beaucoup.*

— Vous avez retrouvé tous les corps ?

— *Non pas encore. Certains ne sont pas jolis à voir malheureusement.*

— Où sont les survivants ?

— *Toujours dans l'Intermarché, nous leur avons apporté des couvertures et des oreillers pour qu'ils puissent se reposer. Ils sont très choqués.*

— Oui, j'imagine. Les contaminés ne passent plus ?

— *Non, nous arrivons assez bien à les contenir maintenant que nous renforçons la clôture avec des blocs.*

— Les Masters ?

— *Quatre depuis le début. Tes soldats s'en chargent très bien. Ils ne passeront plus jamais maintenant avec cette arme.*

Un silence.

— Quelle arme ? demandé-je à David.

— Nous avons créé une sorte de projection d'énergie qui parasite toutes les connexions nerveuses dans le cerveau et qui du coup, tue d'un seul coup les Masters, m'explique un des scientifiques.

— *Je ne sais pas,* dit David, sans entendre la réponse du scientifique.

— T'inquiète, je viens d'avoir la réponse.

— *OK,* dit-il simplement. *Je vais aider les autres…*

— Attends deux minutes David, je te reprends. Mais cette arme, dis-je en demandant au scientifique, elle est dangereuse pour n'importe quelle personne ?

— Oui, c'est pour ça que nous avons effectué une petite mise au point avec ceux qui la contrôlent afin d'éviter tout accident.

— J'espère juste qu'ils savent s'en servir.

— Oui, bien sûr, me répond-il absolument certain de lui.

— David ? Dis-moi pourquoi je ne peux pas entendre ma mère ou n'importe quelle autre personne à la surface alors que je peux t'entendre toi ?

— *Je ne sais pas encore, demande à tes scientifiques. C'est bon, je peux y aller ?*

— Oui, va, dis-je en rigolant.

Je regarde celui qui a réponse à tout et il s'empresse de répondre à ma question.

— Les structures sont peut-être endommagées, mais le système de camouflage fonctionne encore, ce qui explique que vous ne pouvez communiquer qu'avec lui.

Quatre heures passent et toujours aucun signe de l'extérieur. L'air diminue très rapidement, et nos chers humains sont déjà endormis à cause du manque d'oxygène. Il ne reste plus que Somer et moi, seuls dans le noir presque total. Ma blessure est complètement fermée maintenant, mais je sens quand même une petite gêne à l'intérieur de moi. Malgré ma condition, je commence moi aussi à ressentir le manque d'oxygène et Somer s'endort petit à petit. Je n'ai plus la force mentale de communiquer avec David même si j'entends des bribes de conversation de sa part. J'essaie de lui répondre, mais je ne sais pas s'il m'entend alors je lui fais comprendre que nous manquons d'air et que s'il ne ramène pas ses fesses au plus vite, le nombre de morts va augmenter rapidement.

À présent, je suis la seule à être éveillée... Pas pour bien longtemps. L'état des cœurs autour de moi commence vraiment à être alarmant, surtout ceux des deux scientifiques et du traître. Celui de Somer tient le coup, mais pour peu de temps encore.

Dans un dernier effort, je me lève et me dirige vers la porte de l'ascenseur pour essayer de l'ouvrir. En temps normal, je l'aurais ouverte facilement, mais pas dans cet état ! J'essaie quand même. Je positionne mes doigts dans l'ouverture et j'écarte le plus possible, sans succès. J'abandonne et me laisse glisser au sol, dos aux portes.

Je vais pour fermer les yeux quand je sens que je tombe en arrière. Je n'ai plus assez de force pour avoir le réflexe de me retenir et des bras me rattrapent et me déposent au sol.

— Je t'ai sauvé la vie, encore une fois, rigole David au-dessus de moi.

— Ne fais pas le malin, dis-je dans un souffle.

— Holà, tu n'es pas en forme toi ! Je vais te remonter là-haut.

— Non, pas moi, pas encore, eux, ils ne vont pas tenir.

— Tu es sûre ?

Je n'ai pas besoin de lui répondre, car il le voit à ma tête et il se dirige donc vers les deux scientifiques qu'il accroche au câble. Deux minutes plus tard, il redescend pour prendre le traître et Somer et il remonte rapidement à la surface. Je me sens déjà mieux grâce à l'air qui passe dans la cage d'ascenseur. Je n'attends pas qu'il me rejoigne et je commence à escalader les parois sans trop de difficultés. David n'a pas le temps de redescendre que je suis déjà arrivée à la surface. Quand je pose mes mains sur le rebord pour me relever, d'autres m'aident à me mettre debout. Je reconnais Alex et Bruno, tout en sueur et sales de la tête aux pieds.

— Vous n'êtes pas beaux à voir mes amis !

— Et toi ! Tu t'es vue ? Tu es pleine de sang séché et de poussière, dit mon ami Alex. Ah, je suis content de te voir, me dit-il en me prenant dans les bras.

— Moi aussi, je suis contente de tous vous voir.

Quand je pose enfin mes yeux sur ce qui se trouve autour de moi, c'est l'horreur. À la place du grand immeuble, se trouve un grand vide avec seulement quelque débris un peu partout. Le plus gros a été déplacé dans le trou de l'immeuble d'à côté et dans le terrain en face du pont. Un peu plus loin, au niveau de la place centrale, des corps sont allongés sur le sol avec un drap blanc qui les recouvrent. J'en compte vingt et deux puisque ceux des scientifiques n'y sont pas encore. Je m'en approche et je reste muette face à tant de morts inutiles. Ma colère revient à la charge. Je la contrôle pour ne pas faire un scandale pour l'instant.

Ma mère me rejoint et me prend dans ses bras. Nous nous dirigeons ensuite vers la salle du QG pour faire le point sur ce qu'il y a à faire et bien sûr, organiser les obsèques. En entrant dans la pièce, je retrouve tout le monde et même Somer, qui est à nouveau réveillé. Au final, un blessé a succombé à ses blessures peu de temps après l'explosion, ce qui fait vingt-trois civils décédés et deux militaires. Vingt-cinq personnes mortes à cause de cet enfoiré de traître.

# CHAPITRE 29

Une fois la petite réunion terminée, il est déjà dix heures du matin et le soleil est caché par d'énormes nuages qui menacent de nous tomber sur la tête. La fin d'année n'a pas été facile. En ce deuxième jour de l'année 2043, je crois qu'on ne peut pas faire pire. Je n'arrive pas à lâcher des yeux l'emplacement maintenant vide de l'immeuble de ma grand-mère. Les civils et les militaires qui ne sont pas blessés ou très légèrement sont en train de déblayer les derniers gravats pour dégager la place et éviter tout incident. Lors de la réunion, le commandant Charles nous a expliqué le fonctionnement de l'appareil utilisé pour évacuer les gravats. Il s'agit de milliers de petites boules qui forment une sorte de grande bâche en métal souple, commandée à distance, qui se glissent sous les décombres. Quand les aimants placés à ses extrémités sont activés, elle peut se soulever pour déplacer les gravats. De la lévitation… Révolutionnaire ! Mais quand je réalise pourquoi ces engins ont été créés, ça n'est plus si incroyable que ça.

Le vent agite mes cheveux dans le dos. Ils ont poussé et m'arrivent en bas du dos maintenant. Tant de choses ont changé ces derniers temps et ça me fait peur. Où va-t-on comme cela ?

Je suis toujours immobile quand David et Somer me rejoignent.

— Viens Lara, commence David, il faut

te faire soigner et refaire le pansement de ta main, il ne ressemble plus à rien.

— Tu ne crois pas qu'il y a plus important que ma propre personne ? dis-je sans quitter des yeux les corps devant moi.

— Lara, tu ne peux rien faire de plus pour le moment. Va te faire soigner et prendre une douche, m'ordonne mon ami.

— Je vais leur donner un coup de main en attendant que vous soyez prête, capitaine, ne vous inquiétez pas, me dit Somer, voyant que je ne bouge toujours pas.

Ils me fixent tout deux pour appuyer leurs paroles. Je sens bien que David ne lâchera pas l'affaire alors je me dirige sans un mot vers l'infirmerie. Bien que je ne sois d'aucune utilité à cet instant précis, la culpabilité me ronge. Vingt-cinq victimes et je n'ai rien pu faire pour l'empêcher. Et, encore une fois, ce n'est pas un monstre qui en est à l'origine, mais bien un humain. Depuis notre retour à Castres, ils ont fait bien plus de dégâts que les contaminés. Je ne sais pas encore par quel moyen, mais il faut vraiment que j'arrête ça !

Quand je rentre dans l'infirmerie, une demi-douzaine de personnes sont déjà sur les lits. Je reste à l'entrée, ne sachant où aller. L'odeur du sang me donne envie de leur sauter dessus. Leurs blessures sont bien plus importantes que les miennes. Certains ont perdu un membre…

Je cache mes yeux avec ma main quand le Dr Antone fait son apparition.

— Vous êtes dans un sale état Lara, venez par ici, me dit-il, en me montrant un lit disponible pour que je m'y assoie.

— Je viens juste changer mon bandage, dis-je simplement en évitant de trop respirer.

— J'ai appris que vous aviez été transpercée par une barre en fer ! Comment ça va ?

Je soulève mon débardeur et lui montre la totale absence de plaies.

— Encore une fois, je m'en fais pour rien, dit-il en déroulant mon bandage. Sinon, pas d'autres blessures ?

— Non.

— Qu'est-ce que vous… Ah, mais quel idiot ! s'écrie-t-il. Vous voulez que je vous mette dans une salle toute seule pour éviter l'odeur du sang ?

— Ne vous inquiétez pas Doc, je peux me contrôler. Il faut pour cela que j'évite de trop parler et respirer.

— OK, plus de questions.

Sur ce, Antone me désinfecte les plaies de mes deux doigts qui ne se sont toujours pas cicatrisées, mais qui ne saignent plus. Les soins terminés, je me lève du lit et je m'apprête à sortir quand IL rentre dans l'infirmerie. Un Cyril tout souriant et fier de lui se fait escorter jusqu'à un lit pour se faire soigner. La colère que j'avais retenue tout à l'heure refait surface en un claquement de doigt. Cette fois, je ne peux la retenir. Je me dirige vers lui et en un seul regard, les soldats se reculent et me laissent m'approcher de ce traître. Sans un mot, je le prends par le col de sa chemise et le traîne jusqu'à l'extérieur. Une fois dehors, je le jette sans ménagement contre le bitume. Du monde se rassemble déjà autour de nous.

— Tu as le culot de sourire et d'être fier de ce que tu as fait ! Ferme-la ! dis-je, voyant qu'il allait me répondre. Je ne veux pas t'entendre, tu n'es qu'un enfoiré de première. Tu veux que l'on soigne tes petits bobos ? Tu ne le mérites pas Cyril.

Ce dernier se relève et avance pas à pas vers moi, comme si je ne l'avais pas vu.

— Tu veux faire quoi ? Hein ?

— Tu ne me feras rien Lara, tu me connais, je t'ai aidée quand tu t'es fait piquer par cette puce. Je sais que tu ne me feras pas de mal.

— Tu crois ça ? Tu n'es plus rien pour moi et ce n'est pas parce que tu m'as soignée à ce moment-là que tu es devenu mon meilleur pote, sale con ! Et si tu crois que je vais t'épargner, tu rêves.

Il est maintenant à moins de deux mètres de moi. Je ne sais pas ce qu'il cherche à faire, mais il va me trouver. Quand je sonde son esprit, je comprends qu'il a quelque chose en tête. Quoi ? Et avant que je ne lui pose la question, il sort une seringue de l'une de ses poches et tente de me la planter. Je lui attrape son bras gauche avec facilité et avec ma main droite valide, je le frappe au visage. Cet enfoiré fait un vol plané pour retomber dix mètres plus loin, comme une crêpe. Je ne perds pas de temps et quand je suis à sa hauteur, je lui donne un coup de pied dans l'estomac, ce qui le propulse contre la fontaine, au centre de la place. Lorsque je le rejoins de nouveau, Somer se met devant moi et me bloque le passage.

— Capitaine, stop ! Vous allez le tuer.

— C'est mon but.

— Vous ne pouvez pas faire ça, dit-il en me tenant les épaules.

— Vous le défendez ? crié-je en me dégageant.

— Non, mais je sais que vous regretterez votre geste.

— Moi ? Me faire du mouron pour lui ? Jamais de la vie.

Je vois Cyril qui se relève derrière Somer. Je pousse ce dernier sans ménagements, mais de suite, David prend sa place.

— Lara ! m'avertit mon ami. Non.

— Mais ! réussis-je seulement à dire, sentant la détermination de mon ami hybride. C'est un meurtrier, il a tué vingt-cinq personnes innocentes ! Il mérite de mourir.

— Oui, tu as raison Lara, intervient ma mère, accompagnée des généraux. C'est un assassin. Néanmoins, nous ne pouvons pas le tuer comme ça. Nous ne sommes pas des barbares.

— Tu rigoles maman ? dis-je, en allant vers elle. La dernière fois que j'ai laissé un criminel en vie, il a tué Matt de sang-froid et sans regrets ! Je ne referais plus cette erreur, plus jamais. Je ne veux pas qu'il y ait plus de morts alors que nous nous défonçons tous pour maintenir un semblant de vie dans le Château. Nous avons subi des attaques de Masters, de Mécas, de zombies, sans interruptions depuis que cet endroit a été créé et jamais, au grand jamais, nous n'avons subi autant de morts. À chaque fois ou presque, que nous avons perdu quelqu'un, c'était à cause d'un humain ! crié-je, encore plus hors de moi. Je ne sais pas ce qu'en pense la population, mais nous ne pouvons pas continuer comme ça !

Nous devons instaurer des lois strictes concernant les meurtriers, les traîtres et toutes sortes d'ordures. Si je dois faire le sale boulot à votre place, qu'il en soit ainsi ! Je suis déjà un monstre de toute façon, autant en profiter. Alors oui, maman ! Je veux qu'il meure et si quelqu'un n'est pas content qu'il me le fasse savoir.

Personne ne se manifeste. En scrutant chaque être vivant autour de moi, je constate que tous ou presque sont d'accord avec moi. Je dois punir ce traître, pour l'exemple, pour éviter que d'autres tuent, encore. Cela ne m'enchante guère, mais il semble que ce soit à moi de m'y coller…

Sans un mot, je me retourne voir Cyril. Encore une fois, David se met en travers de mon chemin.

— David, je ne veux pas me battre avec toi.

— Je ne suis pas d'accord avec toi, Lara ! Nous ne sommes pas des monstres… Et tu n'es pas la seule à pouvoir ôter la vie à cet enfoiré !

— Qu'est-ce que vous lui avez promis déjà quand nous étions sous terre ? me demande Somer, alors qu'il le sait très bien.

— Le jeter aux contaminés, non ? répond à ma place David.

— Ah oui, je m'en souviens maintenant, merci David, je n'aurais voulu rater ça pour rien au monde.

Sur ce, David et Somer s'emparent de Cyril et le traînent jusqu'aux portes principales. Ils sont amis maintenant tous les deux ? J'entends ses supplications alors qu'ils passent les différents sas de sécurité. Le laissant à terre, ils reviennent se mettre à l'abri, près de moi, attendant de voir ma réaction, mais je suis perdue… Alors que j'attendais sa mort avec délices, me voilà paniquée quand cet instant est si proche.

— *Ne t'en fais pas princesse, tout le monde est pour, même s'ils sont effrayés*, me dit David, par télépathie. *C'est un enfoiré et il ne mérite que ça.*

Encore « princesse » … Drôle de surnom, mais j'aime bien, surtout venant de mon ami.

— *Je sais, mais j'ai peur !*

— *De quoi princesse ?*

— *Je ne sais pas, je suis perdue.*

— *Ça, je l'avais senti.*

Sans voir la scène qui se déroule à l'extérieur, j'imagine très bien Cyril essayant de se défendre contre les contaminés qui ont senti sa présence. Nous sommes tous toujours au centre de la place à écouter les hurlements du traître, sans bouger. Ma mère et les militaires m'observent alors que les civils encouragent les monstres depuis les barrières. C'est alors que les cris de Cyril se font entendre :

— Lara, je t'en supplie, sors-moi de là. Je te jure que je te dirai tout sur Vladimir !

— Qui est ce Vladimir ? demandé-je en me rapprochant des barrières de sécurité pour le voir.

— C'est le russe, celui qui vous a torturés, David et toi !

Alors voilà comment s'appelle le créateur du virus ! Dois-je le croire quand il dit vouloir me parler de lui ? Puis-je lui faire confiance ? Il n'y a qu'une façon de le savoir. Je m'élance au-dessus des barrières et atterris entre les zombies. N'ayant pas mes lames avec moi, je me dépêche de le rejoindre tout en évitant les coups de dents de ces monstres.

— Tu disais ? dis-je en l'emportant avec moi à l'écart des contaminés.

— Je te parlerai de Vladimir. Qui il est, où il vit, tout ! Mais je t'en supplie, donne-moi de ton sang, je ne veux pas devenir comme eux.

— Tu étais prêt à mourir enseveli et là, tu me supplies de te sortir de là ?

— Ce n'est pas pareil ! crie-t-il en les voyant se rapprocher dangereusement de lui.

— Quoi ? Ça fait mal, c'est ça ? dis-je en rigolant. Trouillard ! Tu n'es même pas un homme, même Kiara est plus forte que toi et elle n'a que trois ans ! Comment puis-je te faire confiance après ce que tu nous as fait ?

— Tu peux sentir en moi si je dis la vérité.

— Oh oui et je sens aussi que tu as la pétoche, mais qui me dit que tu ne vas pas revenir sur tes paroles ?

Je le vois réfléchir sans quitter des yeux les contaminés qui approchent de nous.

— Je te dirai tout ce que je sais avant que tu me donnes de ton sang. Je ne veux pas mourir comme ça, pas en zombie ! finit-il par dire en pleurs.

— Pfff, mauviette ! dis-je en faisant signe à David de me rejoindre.

Mon ami saute la clôture et vient à notre rencontre. Il le prend sur ses épaules sans ménagement et repasse les barrières. Je le suis de près et nous nous dirigeons ensemble jusqu'aux nouvelles cellules qui se trouvent face au QG. Je ne fais pas attention aux personnes qui nous suivent et je demande que l'on m'ouvre la porte de la cellule collective, là où se trouve le groupe qui accompagnait l'hybride rebelle. Quand ces derniers remarquent que leur nouveau codétenu est contaminé, ils prennent peur et reculent jusqu'au fond.

— Vous ne pouvez pas le laisser là ! s'écrie l'un d'eux.

— Il va se transformer ! dit son collègue.

— Rien à foutre, vous n'aviez qu'à pas venir nous faire chier. Réfléchissez bien à ce que vous pourriez nous dire de convainquant pour que je le sorte de là. Je me suis renseignée, et depuis que vous êtes là, vous n'avez rien dit qui puisse nous être utile. À vous maintenant de faire en sorte que l'on vous aide si vous ne voulez pas vous faire mordre. Vous avez six heures, enfin cinq pour vous décider. En même temps, vous faites partie de la même équipe, vu que vous travaillez pour la même personne. Bonne chance, dis-je en sortant de la pièce.

# CHAPITRE 30

Une fois dehors, je prends un grand bol d'air et j'essaie de me calmer. J'ai le cœur qui bat à dix-mille à l'heure tant je suis sur les nerfs. Je sens une paire de bras me prendre par les épaules et je reconnais mon ami hybride. Je le laisse m'enlacer et j'appuie ma tête contre son épaule, exténuée. Derrière moi, je devine la présence de ma mère, des généraux et de Somer. Toujours les mêmes !

Je me recule et leur fais face.

— Quoi ? dis-je sur la défensive.

— Non, rien, commence le commandant Charles. Je vois que tu as les choses en mains, je peux prendre des vacances ! rigole-t-il.

— Je ne veux pas prendre votre place, commandant. Je ne remets pas en cause votre pouvoir, dis-je en parlant à tous les généraux qui se trouvent en face de moi. Je perçois les choses différemment de vous et comme vous le savez, si rien n'est fait strictement, les choses partent en couille.

— Nous te comprenons, Lara et nous savons que tu fais tout pour que le Château soit en sécurité, mais tu portes trop sur tes petites épaules, dit le capitaine Snow.

— Nous craignons que tu prennes des décisions un peu trop hâtives, termine le major-général Starls.

Je les regarde tous, les uns après les autres.

— Je ne prends jamais de décision à la va-vite ! J'analyse les situations plus vite que vous et même si mes choix peuvent vous effrayer, ils sont essentiels ! Il est indispensable d'agir pour éviter l'anarchie dans ce chaos.

— Tu as tellement grandi, ma chérie, dit ma mère les larmes aux yeux.

— Maman, s'il te plaît, ne pleure pas. Je vais m'y mettre moi aussi ! Je suis à bout de nerfs aujourd'hui et je suis crevée. Sachez tous que je sais ce que je fais ! Et je ne suis pas seule, vous savez que je communique par télépathie avec David.

— Elle me demande souvent conseil et je la soutiens dans tout ce qu'elle fait, dit-il en me prenant par la taille.

— Pas tout le temps, dis-je en rigolant, n'exagère pas trop, mon vieux.

— Je suis plus jeune et plus sage que toi ! me taquine-t-il.

— Toi ! Un sage ? Je ne pense pas.

On se chamaille encore un peu avant que ma mère nous interrompe en rigolant.

— Bon, les deux amoureux là, c'est fini !

— Mais on n'est pas...

— Ça ne sert à rien de le nier, nous avoue le commandant Charles, gêné. Cyril a fait allusion à...

Mon cœur s'arrête...

— Non ! Je vais le tuer, dis-je énervée.

— Lara, zen, me retient David. On s'en fout de ce que les gens disent. Nous, on sait ce qu'on a fait et ce que ça signifie, alors pas besoin d'en faire tout un plat.

— Toi, ça ne te fait rien qu'il ait crié sur tous les toits que nous avons couchés ensemble ?

Je sens de la stupeur autour de moi.

— En fait, nous étions les seuls à savoir, mais maintenant, je crois que plus de monde est au courant, dit le commandant Charles en montrant son oreillette activée.

— Merde, dis-je en partant, direction le placard.

Je ne fais pas gaffe à ce qu'on me dit et me dirige presque en courant chez moi, le plus loin possible de tout le monde. Qu'est-ce que je suis bête quand je m'y mets ! Pas une seconde je n'ai pensé que nous étions écoutés par tout le QG, qui par la suite, va le raconter à tout le monde. J'avais oublié que l'oreillette du commandant était allumée en permanence au cas où il se passerait quelque chose. Qu'est-ce que je suis conne, MERDE.

Je ne m'arrête pas au salon, où mes amis et Kiara m'attendent et je monte de suite dans ma chambre et ferme à clef. Je me mets directement sous la douche et j'ouvre le robinet d'eau chaude. Malgré la douceur de l'eau, je n'arrive pas à me décontracter. Au bout de dix minutes, mes muscles commencent à se détendre et je me laisse tomber au sol et craque. Des larmes chaudes s'échappent de mes yeux en même temps qu'un râle sort de ma bouche.

Depuis que je suis rentrée de Toulon, les embrouilles n'ont pas arrêté. Un Méca a attaqué le Château, David s'est fait enlever et torturer, après ça a été moi. Cet enfoiré de Cyril a fait exploser l'immeuble de ma grand-mère, qui a fait vingt-cinq morts, et maintenant Ça ! D'accord, ce n'est pas grand-chose. Ils savent que j'ai couché avec David, mais c'est la goutte d'eau qui a fait déborder le vase ! Et puis, maintenant ils doivent penser que j'ai trompé Matt, même s'il n'est plus là. Je ne devrais pas m'en faire de ce qu'ils pensent, seulement, je suis à fleur de peau et j'en peux plus, alors, je laisse mes larmes et mon chagrin sortir.

J'entends qu'on tape à la porte de ma chambre. Je ne réponds pas, je n'en ai pas envie. Je sais que c'est David, mais je ne veux pas le voir. J'ai besoin de mettre la faute sur quelqu'un d'autre que sur moi pour une fois, même si ce n'est pas juste.

— *Je te comprends Lara, mais il n'y a rien de mal à ce qu'on a fait,* me dit David en lisant mes pensées.

— *Sors de ma tête, David,* lui crié-je.

Il ne me répond pas. J'entends qu'il force ma porte. Du coup, je me relève, prend une serviette et me la passe autour de moi.

— Sors de ma chambre, David.

— Pourquoi m'en veux-tu ?

— Je suis d'abord en colère contre moi ! J'ai fait une bourde monumentale et j'ai honte ! Mais je t'en veux aussi de m'avoir poussée dans tes bras.

Il me couve du regard… Merde, je l'ai touché.

— Tu le regrettes ?

— Non, mais je m'en veux, dis-je en pensant à Matt.

— Lara, combien de fois il va falloir que je te le dise. Matt n'est plus là, il est mort, c'est triste, je sais, mais tu ne l'as pas trompé !

Un grognement m'échappe.

— Fais attention à ce que tu dis, David !

— Quoi ? Si tu n'aimes pas entendre la vérité, ce n'est pas de ma faute ! Tu ne vas pas rester seule toute ta vie.

— Tu avais dit que ça ne comptait pas ! dis-je en sentant son attirance envers moi.

Il se met à rire.

— Tu es idiote ou tu le fais exprès ? Lara, ne te fâche pas, mais tu es en serviette de bain en face de moi et toute mouillée. Ce n'est pas pour dire, mais elle est un peu petite ta serviette ! dit-il avec une moue sur ses lèvres.

Malgré ma colère, je rigole, c'est plus fort que moi. Il se rapproche et voyant que je ne le repousse pas, il me prend dans ses bras et on s'assoit tous les deux sur le lit.

— N'en profite pas ! dis-je la gorge serrée par un nouveau sanglot.

— Lâche-toi Lara, ne te retiens pas.

À partir de ce moment-là, j'inonde le tee-shirt de mon ami, sans pouvoir m'arrêter. Je crois que j'en avais besoin. Au bout de je ne sais combien de minutes, j'entends la porte qui s'ouvre et les petits pas de Kiara qui s'avance vers moi. Je me rassois correctement sur le lit et je la prends dans mes bras, tout contre mon cœur. Je sens sa tristesse en elle, je sens à quel point elle m'aime. Malgré le peu de temps depuis lequel nous nous connaissons, je sais que je ne pourrais plus me passer d'elle. Nous restons un petit moment, enlacées sur mon lit, jusqu'à ce que ma mère arrive. J'enfile un jean et un débardeur noir avant de la rejoindre.

Je descends les escaliers avec Kiara dans mes bras et David qui me suit. Je passe dans le salon et je m'assois à côté de mes amis qui n'ont toujours pas bougé depuis que je les ai vus en entrant. Je leur fais un sourire pour les rassurer et j'attends que ma mère vienne s'asseoir en face de moi pour parler.

— Ça y est ? Tu es calmée Lara ? demande ma mère, toujours dans la cuisine.

— Non ! répondis-je, sentant son hilarité. Ce n'est pas marrant maman ! m'énervé-je encore une fois.

— Si, et tu ne devrais pas réagir comme ça. Tout le monde couche avec qui il veut ici et si tu écoutais un peu, tu te rendrais compte que tu n'es ni la première et ni la dernière à le faire.

Je suis choquée !

— Maman ! Ce n'est pas pareil, ils ne viennent sans doute pas de perdre leur amour et puis ils ne sont pas MOI, la bête de foire dont tout le monde parle. Ça va faire le tour du Château !

— Est-ce que tu le regrettes ? demande ma mère.

— Non, mais ce n'est pas là le problème. Je ne veux juste pas que tout le monde le sache, c'est tout. Ce qu'il s'est passé avec David, c'est entre lui et moi !

— Qu'est-ce qu'il s'est passé entre vous ? s'excite ma sœur en rentrant dans la pièce. NON ! s'écrie-t-elle, en voyant ma tête déconfite. Je n'y crois pas… Tu m'as enfin écoutée. Je suis trop forte !

— Doucement Jade, je ne veux pas te décevoir, mais il n'y a rien entre nous.

— Quand même ! s'exclame David. Je ne dirais pas qu'il ne s'est rien passé !

Je le fusille du regard.

— C'est pour ça que vous êtes partis longtemps avant-hier à *Géant*. Purée !

— Nous n'avons pas fait que Ça ! m'écrié-je voyant que ma sœur et mes amis deviennent rouges. Nous y sommes allés pour t'offrir ton cadeau de Noël à toi et à mamie.

Sans que je ne lui demande, David part en courant à l'étage et redescend une minute plus tard, les bras chargés des cadres photos. Je l'aide à les étaler un peu partout dans la pièce afin que ma mère puisse bien les voir et je l'observe. Au début, elle ne comprend pas trop ce mélange de couleur, mais quand elle réalise ce qu'ils représentent, des larmes envahissent ses yeux. Enora s'arrête sur chaque photo et explose de rire quand elle voit ses collègues et amis sur les photos. Après les heures que nous venons de passer, cela fait du bien à tout le monde de rigoler et de penser à autre chose.

Les quatre prochaines heures, nous les passons à accrocher les cadres un peu partout dans la maison, mais surtout dans le salon et la salle à manger pour qu'on puisse tous les voir. Malheureusement, la vraie et dure vie revient très vite quand l'on vient taper à la porte.

— Capitaine, major, s'excuse un second-maître que je croise souvent. Le prisonnier contaminé est prêt pour l'interrogatoire.

— Merci chef, disons-nous en même temps.

Sur ce, il nous salue et part en direction de la prison. Ma mère et moi nous regardons et après un petit bisou à mes amis et un énorme à ma Kiara, je me dirige vers les cellules, accompagnée de David et ma mère, qui souhaite assister à l'interrogatoire.

# CHAPITRE 31

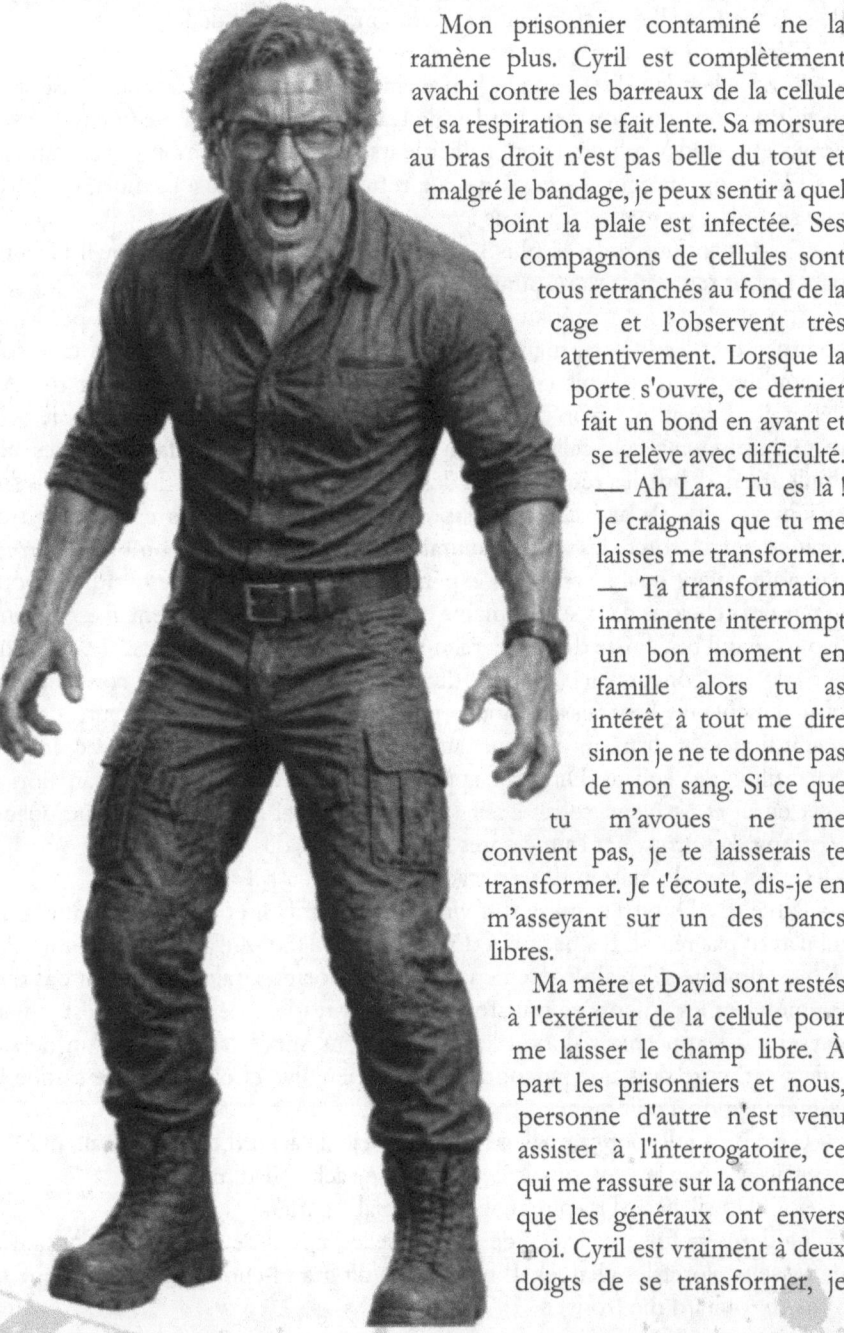

Mon prisonnier contaminé ne la ramène plus. Cyril est complètement avachi contre les barreaux de la cellule et sa respiration se fait lente. Sa morsure au bras droit n'est pas belle du tout et malgré le bandage, je peux sentir à quel point la plaie est infectée. Ses compagnons de cellules sont tous retranchés au fond de la cage et l'observent très attentivement. Lorsque la porte s'ouvre, ce dernier fait un bond en avant et se relève avec difficulté.

— Ah Lara. Tu es là ! Je craignais que tu me laisses me transformer.

— Ta transformation imminente interrompt un bon moment en famille alors tu as intérêt à tout me dire sinon je ne te donne pas de mon sang. Si ce que tu m'avoues ne me convient pas, je te laisserais te transformer. Je t'écoute, dis-je en m'asseyant sur un des bancs libres.

Ma mère et David sont restés à l'extérieur de la cellule pour me laisser le champ libre. À part les prisonniers et nous, personne d'autre n'est venu assister à l'interrogatoire, ce qui me rassure sur la confiance que les généraux ont envers moi. Cyril est vraiment à deux doigts de se transformer, je peux le sentir.

— Que veux-tu savoir sur Vladimir ? me demande-t-il le souffle court.

— Tout.

— Je ne connais pas grand-chose sur lui. Il a cinquante-deux ans, il n'a ni femme ni enfant. Depuis qu'il a eu son diplôme de l'Université d'État de Saint-Pétersbourg, en 2005, à l'âge de quinze ans, il est parti travailler dans l'entreprise de son père, car il était trop jeune et personne ne voulait de lui.

— C'était quoi son entreprise ?

— Il travaillait dans l'armement. Je n'ai jamais su son nom. La seule chose qu'il m'ait dite, c'est que son père perdait de l'argent à cause de la médiocrité de ses armes et quand Vladimir a voulu allier leurs savoirs pour remonter l'entreprise, ses idées ont fait peur à son père qui a refusé. Ce n'est qu'à sa mort, en 2010, que son fils a pu mettre ses plans à exécution.

— Vas-y, continue, tu n'as plus beaucoup de temps, dis-je alors qu'il fait une pause pour reprendre sa respiration.

— Il a amélioré les matériaux des armes de son père pour ne pas perdre le commerce et les locaux, mais en-dessous du bâtiment principal, il a créé son laboratoire pour pouvoir confectionner les armes ultimes, David et toi. Au début, il ne savait pas trop ce qu'il voulait. Quand la guerre entre la Russie et le reste du monde a failli éclater, il a eu l'idée de créer des soldats insensibles à la douleur. Au début, il a réussi à avoir des prototypes parfaits, enfin le temps qu'ils étaient vivants. Ils arrivaient à supporter certaines blessures et à guérir très rapidement. À force, les sujets mouraient et devenaient des zombies. Ce n'est pas pour autant qu'il a arrêté ses expériences, au contraire. Il les a utilisés pour gravir des échelons dans son domaine et en deux années seulement, il est devenu le plus grand biologiste du siècle. Rien ni personne ne pouvait l'arrêter. Dès que l'un de ses concurrents essayait de se mettre en travers de son chemin, bizarrement il disparaissait, mais malheureusement pour lui, un de ses scientifiques a disparu du jour au lendemain en emportant avec lui un échantillon de ce virus. Dimitri n'approuvait pas ce que son chef faisait alors il s'est enfui et est venu se réfugier à Paris. Ça, je l'ai appris par la suite quand Vladimir l'a retrouvé et l'a tué après l'avoir torturé, dit-il en rigolant.

— Ça n'a rien de marrant ! m'énervé-je. Pourquoi a-t-il fait ça ?

— Parce que Dimitri a utilisé son virus pour s'enrichir et surtout, aboutir là où lui n'avait pas réussi. Il a permis à douze femmes stériles d'avoir des enfants. Au début et même s'il avait légèrement modifié la forme virale, il ne savait pas que les mères et les enfants se transformeraient après leur décès. Et il n'est jamais parvenu à l'empêcher. Alors il les a mises sous surveillance, mais l'un de ses sujets est mort sans que personne ne s'en aperçoive et c'est comme ça que la contamination a commencé.

— C'est bien joli tout ça, mais je le savais déjà. D'accord, pas en détail, mais je le savais. Ce que je veux savoir là, c'est où se cache Vladimir ?

Un silence. Il respire mal et a du mal à parler.

— La dernière fois que j'ai eu de ses nouvelles, c'était deux heures avant que je ne fasse exploser les charges. Il ne m'a pas dit grand-chose, car il savait que tu allais tôt ou tard me trouver.

— En fait, tu ne me sers à rien.

— Si si, Lara, il ne m'a rien dit, mais je pense savoir où il est, ajoute-t-il en vitesse. Le connaissant, il n'a pas pu aller bien loin, car il ne veut pas te perdre et maintenant qu'il sait que David est comme toi, il ne s'éloignera pas trop.

— Où ? le pressé-je, sentant qu'il n'en a que pour quelques minutes.

— Après avoir tué Dimitri, au début de la contamination, il a détruit tous ses laboratoires pour qu'il n'y ait plus aucune trace de ses travaux, mais il en a gardé un, au cas où il se retrouverait dans cette situation.

— Mais nous l'avons détruit quand David et moi nous nous sommes échappés !

— Non, celui-là n'était qu'un ancien qu'il avait fait construire quand son entreprise à Moscou fleurissait. Vladimir avait plusieurs points d'ancrage dans le monde entier. Celui-là était l'un des premiers, c'est pour ça qu'il t'y a emmenée. Il pouvait faire ses expériences sans que son laboratoire tout dernier cri soit détruit en cas d'échec.

— Alors ?

— Son laboratoire est à…

— Ah non, tu ne vas pas me faire ce coup-là ! m'écrié-je alors qu'il s'étrangle dans son propre sang.

— Toulouse, dit-il, après avoir craché du sang.

— Toulouse est une grande ville, alors où exactement ?

— Ça, je… Je ne sais pas.

— Ton information ne nous sert à rien, Cyril, intervient David en rentrant. Tu sais très bien que Vladimir utilise le même procédé qu'ici pour protéger ses laboratoires. Ni Lara ni moi ne pourrions les détecter sous terre.

— Tu as omis de me le dire ! À quoi ça va me servir si je ne peux pas les trouver ?

— Je t'ai dit tout ce que je savais ! dit-il dans un souffle. Donne-moi de ton sang, je t'en supplie, j'ai mal.

— Je t'avais dit que je le ferais si j'avais de bonnes informations et à part m'avoir racontée une histoire que je connaissais à moitié, je n'ai pas eu grand-chose !

Cyril tousse et crache du sang sans pouvoir s'arrêter. Il s'affale sur le sol en perdant connaissance et quelques secondes plus tard, son cœur s'arrête de battre. Je sens le regard de ma mère, qui vient de rentrer suite aux cris du prisonnier, et en un seul coup d'œil, elle comprend qu'il est mort. Les autres prisonniers me regardent avec des yeux suppliants.

— Sortez-le d'ici !

— Vous avez quelque chose à rajouter sur ce qu'il a dit ?

— Nous ne le connaissions pas comme lui. Il nous a juste ramassé sur la route et nous a offert un toit en échange de nos services. Nous faisions ce qu'il nous demandait et en échange, nous pouvions manger et dormir en toute sécurité.

— Et puis, ça nous amusait de faire ça, rajoute un autre. Mais on sait maintenant que nous aurions pu faire autrement. On regrette, vraiment.

Je sais qu'ils s'en veulent et je me souviens aussi de l'excitation qu'ils avaient lors de la prise d'otages du Château. En même temps, quand on se retrouve en cellule avec un contaminé, on est prêt à tout faire pour se sortir de là. Alors, que dois-je faire ?

— *Fais leur peur*, me dit David par télépathie.

Je le regarde en souriant à son idée. Pas bête l'hybride ! Du coup, je me lève de mon banc et sors de la cellule en refermant la grille derrière moi. À ce moment, les protestations des prisonniers fusent. Je sens notre traître qui se « réveille ». Zombie Cyril ouvre les yeux en grands et tourne la tête pour voir où il est. Quand il nous voit, il se lève et se jette sur les barreaux en sortant ses bras pour nous atteindre. Il pousse des cris affreux et du sang dégouline de sa bouche grande ouverte par la faim. Je sais que notre odeur est très attirante pour les contaminés et les Masters, mais au bout de plusieurs minutes à vouloir nous atteindre, il abandonne et se retourne vers les autres occupants de la cellule. J'aimerais le laisser les mordre, mais mon sang est précieux alors autant ne pas le gâcher.

Avant que zombie Cyril ne se jette sur ses compagnons de cellule, je le rattrape par le derrière de sa chemise pour le maintenir contre les barreaux. Je sens un léger soulagement parmi les occupants de la cellule, mais leurs cœurs battent toujours aussi rapidement.

— Vous avez de la chance que je n'ai pas un mauvais fond, je vous le dis. J'espère que vous ne nous causerez aucun problème !

— Non, non aucun, c'est promis.

— On vous le jure.

— Nous serons sage comme des images.

— Ne vous foutez pas de ma gueule non plus ! Tiens, David ! Voyons si ton sang a les mêmes particularités que le mien.

— Avec plaisir, princesse.

Sur ce, il s'avance vers la cellule, se coupe l'intérieur de la main à l'aide de son couteau qu'il garde à sa ceinture et lui verse du sang dans la bouche pendant que je lui tiens la tête en arrière. Je ne sais pas si c'est parce que j'ai faim ou parce que je suis fatiguée, mais j'ai l'impression que les nouveaux contaminés sont de plus en plus forts. Ils ont plus d'énergie et sont plus rapides. Il faudra que je pose la question à mon médecin préféré.

Après avoir fait boire le sang de mon ami au zombie Cyril, je l'assomme contre les barreaux et le lâche sans ménagement.

— S'il se réveille toujours contaminé, hurlez !

Un silence.

— Quoi ? Vous allez partir comme ça ? En le laissant ici ?

— Vous n'êtes pas sûre qu'il redevienne humain ?

— Je n'ai jamais fait boire mon sang à un zombie, vous verrez bien ! dit mon ami en sortant de la prison.

Ma mère et moi le suivons à l'extérieur, sous la pluie battante de janvier. Après les avoir embrassés, je pars de mon côté. En règle générale, David me suit partout, mais là, il sent que j'ai besoin d'être seule pour me retrouver. Normalement, je monte sur l'immeuble de ma grand-mère, malheureusement cette fois, je me rabats sur celui d'à côté. Je ne peux pas passer par l'escalier de la bâtisse puisque je ne l'ai pas encore désinfecté alors je grimpe sur la paroi du bâtiment sans trop de difficulté. J'arrive sur le toit en moins d'une minute. Il va falloir que je fasse du ménage à l'intérieur si je veux pouvoir utiliser les appartements un jour. Pour l'instant, je m'assois sur le bord, face au pont et j'observe les alentours sous la pluie battante. Contrairement à moi, les contaminés ne sont nullement gênés par la pluie. Ils sont toujours au niveau des barrières électrifiées, à se faire électrocuter sans cesse, preuve qu'ils ne sont pas du tout intelligents.

Trente-cinq civils et vingt-huit soldats… Voilà combien nous sommes aujourd'hui ! Je n'arrive pas à réaliser qu'il y a eu autant de morts en si peu de temps. Ma mère et moi étions descendues pour démasquer le traître et nous étions loin d'imaginer ce qu'il allait se passer par la suite. Maintenant, nous avons perdu des personnes aimées, mais aussi un laboratoire où tout était fabriqué pour que nous puissions avoir l'avantage sur ce qui venait de dehors. Il faut que je retourne à l'intérieur pour dégager le passage aux chercheurs et essayer de sauver ce qui peut l'être.

Sans attendre, je saute du toit et je continue ce que les humains étaient en train de faire. Pour dégager les décombres, ils ont utilisé l'appareil de déblayage. Ne sachant pas comment il fonctionne, je m'empare d'une grosse pierre et je l'envoie au loin rejoindre les autres à cinquante mètres. Une par une, je dégage le sol au niveau des ascenseurs et des escaliers de secours qui mènent au laboratoire. Quand le soleil disparaît derrière les montagnes, je sens Somer arriver sur ma droite.

# CHAPITRE 32

— Depuis combien de temps vous êtes sous la pluie ?

— Je ne sais pas trop, dis-je tout en continuant à envoyer les morceaux de ciment avec les autres, les cheveux dans les yeux.

— Un petit moment à ce que je vois, dit-il en me montrant mes vêtements souillés.

— Vous m'aidez ou vous me faites encore des remarques ?

Il ne prend pas la peine de me répondre et s'empare d'une énorme brique et la lance dans le tas.

— Ils vous ont bien entraîné dans ce camp, dis-je.

— Oui, mais je suis loin d'être comme David et vous.

— Mais au moins, vous pouvez vous défendre en étant encore humain, alors que moi je n'ai pas été fichue de me protéger.

Un silence.

— Vous n'étiez pas du tout préparés alors que moi, oui. Je me suis battu toute ma vie, pas vous. En même temps, si vous ne vous étiez pas faite mordre, nous ne serions pas là à en discuter. Vous n'auriez pas sauvé toutes ces personnes ainsi que votre famille.

— Ça, rien n'est sûr ! De toute façon, c'était mon destin de devenir comme ça.

Ses yeux s'attardent sur moi. J'essaie de ne pas trop y faire attention, mais c'est impossible... Pas maintenant que je sais ce qu'il ressent pour moi.

— Vous croyez au destin ?

— Oui, bien sûr ! Tout événement a sa raison même si parfois ça peut faire mal.

— Alors ces morts et ces épreuves sont des choses qui devaient arriver.

— Je n'ai pas dit que c'était logique et rationnel. J'aurais préféré que certaines personnes ne meurent pas, mais c'est comme ça, dis-je en pensant particulièrement à Matt.

— Vous avez accepté sa mort ?

Je m'arrête et le fixe.

— Non, et je ne l'accepterais jamais, je pense. Je n'y peux rien malheureusement. Je ne peux pas le ramener.

— Je te comprends !

Cette fois, je ris.

— Ah ! Vous me tutoyez encore ?

— Ne devrions-nous pas arrêter ça entre nous ?

— Quoi donc ? dis-je mine de rien.

— Tu peux supporter ma présence et me parler sans me gueuler dessus. Pourquoi continuer à nous vouvoyer alors que nous sommes presque pareils ?

— Tu parles de l'âge ou de notre condition ?

— Lara ! Arrête de faire la gamine, tu sais de quoi je parle.

*Calme... Zen...* Je suis une adulte qui parle à un autre...

— Certes, tu as raison. Oui, je te supporte plus maintenant, mais tu sais que je ne ressens pas la même chose que toi. Je ne sais pas si un jour nous serons amis, mais comme tu dis, c'est déjà un début que je te parle normalement.

Je sens des humains approcher.

— Oh, vous êtes au même endroit et ça ne gueule pas ? s'étonne Dany qui sort du QG en compagnie de son frère.

— Non, comme tu peux le voir ! Comment tu vas ? lui demandé-je.

Je regarde son bras.

— Beaucoup mieux, je ne sens plus rien et je n'ai pas mal. Ça me fait bizarre de ne plus avoir mon bras gauche.

— Je suis vraiment désolée, Dany, j'aurais dû venir avec vous plus tôt et non...

— Lara, me coupe mon vieil ami. Arrête de culpabiliser, ce n'est pas de ta faute et puis toi aussi tu étais dans un mauvais état ! En parlant de ça, comment va ta main ?

— Ça peut aller, je ne sens presque plus rien. Comme tu peux le voir, mes doigts ne repoussent pas, rigolé-je. Je vais devoir guérir comme une simple humaine et ne me demande pas pourquoi le virus ne guérit pas ces blessures, je n'en sais rien. Même Antone n'a aucune idée.

— Le principal, c'est que vous n'ayez plus mal tous les deux, dit Bruno. Sinon, un coup de main ?

— Oh, pas besoin, ne vous fatiguez pas à faire ça avec nous, on y arrive bien à deux. Une hybride et un demi-hybride suffisent ! dis-je de bonne humeur tout à coup.

— Sûre ? insiste Dany.

— Oui, quand nous aurons fini, demain nous descendrons pour voir les dégâts. J'aimerais pouvoir remettre en état le laboratoire pour que les scientifiques continuent leur travail et nous concoctent de nouvelles armes.

— On sort tout juste d'une réunion avec eux et les généraux et ils en ont parlé. Ils aimeraient continuer ce qu'ils faisaient et on a parlé aussi de faire un bras bionique à Dany pour qu'il puisse continuer à tirer.

— Ah oui, c'est une bonne idée ça. OK ! Rentrez chez vous et nous on continue.

— Ne force pas trop, Lara, tu restes quand même humaine, tu as besoin de repos et de manger surtout, dit Bruno.

— Oui papa ! me moqué-je. Ne t'inquiète pas pour moi.

Sur ce, les frères partent et nous reprenons là où nous en étions, sans un mot. Quand la lune est au-dessus de nous, je jette la dernière petite pierre dans les décombres. Il ne manque plus qu'un bon coup de balai et tout sera propre. Somer et moi sommes au centre d'une grande place maintenant, où se situait l'immeuble, tout transpirants et épuisés par l'effort. Malgré tout, c'est épuisant de se baisser, se relever et jeter des pierres de toutes tailles.

Au niveau de l'ascenseur et des escaliers de secours, se trouve un gros trou. À cause de l'explosion, les câbles de la cabine d'ascenseur ont lâché et elle s'est écrasée vingt mètres plus bas, dans les caves du laboratoire. Par contre, les escaliers, eux, sont totalement bouchés à cause des débris. Pour l'instant, ce n'est pas le plus important. Nous pourrons passer par la cage d'ascenseur à l'aide d'un treuil. Pour cette nuit, nous allons en rester là.

— Tu vas faire quoi maintenant ? me demande Somer.

— Je vais prendre une bonne douche, encore et me coucher. Ce soir, c'est David qui fait la garde.

— Vous vous êtes entendus sur les tours de garde ?

— Pas vraiment, mais quand l'un sent que l'autre est plus fatigué, il prend son tour.

— Tu lui parles souvent par télépathie ?

— Oui, assez, ça nous permet de rester en contact instantané même si nous sommes éloignés.

— Ça ne te gêne pas qu'il lise en toi comme dans un livre ouvert ?

— Quand il le fait oui, mais en règle générale, on fait en sorte de se bloquer, grâce à une barrière que nous fabriquons mentalement et qui nous protège, un peu comme tu as fait sur moi au début. Il arrive juste que parfois, nous oubliions de dresser notre « barrière », et là, oui, c'est effectivement gênant.

— En ce moment, tu l'as !

— Oui.

— Pourquoi ? Tu ne veux pas qu'il sache ce que tu ressens ou tu ne veux pas que MOI, je le sache ?

Un silence.

— Les deux en fait.

— Je croyais que tu ne ressentais rien pour moi ?

Je m'arrête et le fixe.

— Ne commence pas, Somer ! C'est assez compliqué comme ça et oui, je commence tout juste à pouvoir être en ta présence alors ne force pas trop.

On reprend la marche.

— Et ta sœur ? Elle lit en toi ou pas ? dit-il pour que je ne m'énerve pas plus.

— Jade l'a toujours pu, plus ou moins et jusqu'à il n'y a pas longtemps, je croyais que c'était juste de l'intuition qu'elle avait. Maintenant, je sais pourquoi. Moi non plus je ne savais pas qui j'étais alors je ne me bloquais pas et puisque tu l'entraînes, il va falloir que je fasse gaffe quand je serais avec elle.

Mon cœur manque un battement… Merde !

— Qu'est-ce qu'il y a ? me demande-t-il en me voyant faire une grimace.

— Masters, dis-je simplement en me retournant vers les clôtures.

— Où est David ?

— Sur l'immeuble, là, dis-je, en montrant le dernier et long bâtiment en face du QG. Il les a sentis.

— Les ? Il y en a combien ?

— Seulement deux, un mâle et une femelle. Ils courent par ici et ils ont très faim.

— Il va pouvoir les affronter seul ?

— Pas besoin, il n'aura pas à bouger, il a l'une des nouvelles armes à ondes neuronales. Rapide et sans effort.

À peine ai-je terminé ma phrase qu'une décharge bleue vient toucher le mâle, qui percute violemment la femelle en tombant. Celle-ci, projetée par le choc, écrase au passage plusieurs contaminés. Le temps que David recharge son arme, la femelle est déjà au niveau des barrières. Les soldats en faction sont sur leurs gardes et ne bougent pas d'un poil. D'un signe de la main, je fais comprendre au chef de secteur que je m'en charge. L'arme de David pourrait blesser du monde et faire des dégâts inutiles.

La Master ne perd pas de temps et saute les barrières de sécurité. Elle atterrit sur les pavés, devant le QG, à trente mètres de nous. Derrière elle, il y a cinq soldats avec leurs armes braquées dans sa direction et devant, il y a Somer et moi. La femelle ne réfléchit pas bien longtemps avant de se jeter sur la merveilleuse odeur d'hybrides devant elle. J'ai deux solutions : me battre à mains nues avec elle, sachant que je n'ai aucune arme et que je suis crevée, ou attendre bien sagement que mon ami l'ait dans son viseur.

— *Tu l'as ?*

— *Prête ?*

Je hoche simplement de la tête et la seconde d'après, la Master s'écrase par terre et glisse jusqu'à mes pieds.

— Bien visé ! crié-je à David.

— T'as vu le timing de ouf ! s'excite mon ami.

— J'ai cru que j'allais faire une crise cardiaque, dit Somer derrière moi.

— Pourquoi ?

— Tu n'as pas fait un geste, Lara ! Tu es restée bien droite et tu as attendu. J'ai juste senti un courant passer entre vous. Je ne savais pas ce que vous alliez faire.

— C'est ça un travail d'équipe d'hybrides, rigolé-je. Pas besoin de parler, on se comprend direct. Et puis, je ne vois pas pourquoi tu as eu peur, Somer ! Tu sais très bien qu'un seul Master ne peut rien me faire si je l'ai vu.

— Peut-être, mais c'est toujours aussi impressionnant de vous voir à l'œuvre.

— Tu t'y habitueras à force.

Laissant le cadavre sur place, je fais signe aux soldats et à mon ami David que je vais me reposer et je quitte la place pour rejoindre ma maison. Je sais que ce dernier va s'en charger, après tout, c'est son tour de garde, pas le mien. Je n'ai pas fait dix mètres que Somer me rattrape et m'accompagne jusqu'à chez moi.

— Tu es obligé de me suivre, Somer ?

— Pourquoi est-ce que tu m'appelles Somer ? C'est mon nom de famille, pas mon prénom !

— Tu n'aimes pas ton nom ?

— Tu aimerais que je t'appelle Bel, moi ?

— Ça m'est égal. En même temps, ça ferait vraiment bizarre.

J'arrive devant ma porte et je me retourne vers lui. Son regard est rivé dans le mien et ses magnifiques yeux bleus me scrutent. Il n'est vraiment pas si mal. Je me reprends avant qu'il ne comprenne.

— Nos chemins se séparent ici, bonne nuit !

Il sourit sans me lâcher du regard. A-t-il compris ?

— Bonne nuit, Lara.

— Bonne nuit, Somer, dis-je un sourire aux lèvres.

# CHAPITRE 33

Le lendemain matin, après une bonne nuit dans un lit moelleux et une douche brûlante, j'espère passer une journée normale quand je me rappelle que c'est aujourd'hui que nous devons enterrer nos morts. Je reste sans voix quand je vois ma mère, ma sœur et ma petite Kiara, habillées tout en noir. Enora porte son costume de cérémonie, Jade, un joli tailleur pantalon/veste, et ma Kiara porte une belle robe noire avec un nœud rouge à pois blancs.

— Vous êtes magnifiques, les filles !

— Toi, tu as oublié ! me dit ma mère.

— Oui, désolée. Je remonte et je me trouve quelque chose à mettre. Allez-y, ils sont déjà en place, dis-je en sentant que tout le monde est déjà dehors.

Je pose à peine le pied sur la première marche que Kiara me rejoint en courant.

— Je reste avec toi !

Je lance un regard à ma mère qui acquiesce de la tête. Je monte à l'étage avec ma choupinette dans les bras.

— Tu es vraiment une très belle petite fille, dis-je en l'asseyant sur mon lit.

— Enora et Jade n'ont pas arrêté de me le dire ! dit-elle en secouant la tête.

— Pourquoi tu fais ça Kiara ? Tu sais, tout le monde t'aime ici, on ne va pas arrêter de te le dire ! Mais surtout parce que c'est la vérité.

— Je sais et je ne m'en plains pas, mais c'est gênant à force.

Je rigole de la moue qu'elle fait tout en cherchant une tenue dans mon placard. Je ne trouve rien du tout alors je vais dans celui de ma sœur, suivie de près par ma chérie.

— Tu pouvais rester assise Kiara, j'allais revenir.

— Oui, je sais. Je ne veux plus te quitter, je ne te vois plus vraiment beaucoup ces derniers jours.

— Tu sais que j'ai beaucoup de choses à faire, je te l'avais dit.

— Oui et je fais ce que tu m'as dit aussi, je reste avec ta sœur tout le temps. On s'amuse bien toutes les deux. En fait, elle n'est pas trop comme toi.

— Ah bon ! Pourquoi ?

— Comment te dire ? Elle est moins stressée que toi, plus joyeuse, fait-elle avec une petite moue.

— Mais tu as quel âge !? Tu parles et tu te comportes comme une adulte alors que tu n'as que trois ans, c'est fou ! dis-je étonnée de sa facilité à communiquer.

— Mes parents me faisaient souvent cette réflexion, dit-elle gênée.

— Ne sois pas gênée, Kiara, au contraire, tu dois en être fière. Ah ! J'ai trouvé !

Je sors un cintre du dressing de ma sœur et le montre à Kiara. Une robe noire cintrée qui s'arrête à mi-cuisse et un col en V. Comme toute réponse, elle me fait un clin d'œil. Sans perdre de temps, je m'habille. Heureusement que je ne suis pas frileuse, cette tenue étant un peu légère. Je me trouve une jolie paire d'escarpins noirs à talons dans le placard de ma mère, passe dans la salle de bain pour me faire aussi présentable que possible et je me presse de sortir de la maison, aussi vite que je le peux avec des talons de dix centimètres.

Aujourd'hui, le beau temps est de retour et après la pluie d'hier, le chemin est encore mouillé. Je fais attention à ne pas me casser la figure avec Kiara. Je n'aimerais pas me retrouver les quatre fers en l'air. Quand nous arrivons au niveau de la pharmacie, au Nord-Ouest du Château, le seul endroit où il y a une étendue d'herbe assez grande pour y improviser un cimetière, mon cœur s'accélère. Tout le Château est réuni autour des vingt-cinq trous, tous bien habillés et silencieux. Je sens Kiara me serrer la main au fur et à mesure que nous approchons du groupe. Tous les civils sont réunis au même endroit, face aux tombes, dos à moi, quant aux généraux, ils se trouvent en face des civils, un peu sur le côté. Au centre, se trouve un prêtre vêtu simplement d'une grande croix autour de son cou et d'un costume noir. En observant tout ce petit monde, je ne m'étais pas aperçue qu'ils me dévisageaient tous. Ils ne sont juste pas habitués à me voir habillée de la sorte. Gênée, je prends Kiara dans mes bras et je me dirige vers ma mère. À mon approche, elle me fait un sourire et pose sa main sur mon épaule pour m'encourager. Je salue de la tête les personnes autour de moi et je m'arrête sur Somer. Dans son costume noir bien taillé, il est d'une élégance. Il dégage une telle force que… Houlà Lara ! Reviens sur terre, tu t'égares.

Je reporte mon attention sur le reste du groupe et j'essaie de ne plus le regarder. Je ne me comprends plus du tout à la longue. Hier encore, je le supportais à peine et maintenant, je le trouve beau même s'il y a toujours quelque chose qui me gêne chez lui. Le virus, encore une fois.

Le prêtre se racle la gorge pour s'annoncer et commence son discours.

— Au nom du Père et du Fils et du Saint Esprit. Amen. Paix à vous. Nous sommes ici, en ce jour, pour honorer la mémoire de ces vingt-cinq âmes qui nous ont quittés trop tôt et dans des circonstances terribles. Face à la mort humaine, la nôtre et celle de nos proches, chacun de nous se tient d'un cœur bouleversé, l'intelligence étonnée et l'œil triste, mais Dieu a le droit de rappeler à Lui, dans la patrie éternelle, qui Il veut, quand Il le veut, d'où Il veut et de la manière qu'Il veut. Il ne consulte personne au sujet de notre mort ni n'amnistie aucun de nous de la mort. Il est le créateur de notre cœur et de notre âme, le maître absolu du temps et de l'éternité, de ces espaces matériels et des sphères spirituelles et c'est pourquoi nous nous tenons devant Dieu dans une attitude d'humilité et de foi. Devant l'appel de Dieu se taisent toutes remarques et …

Notre prêtre s'arrête net de parler et nous regarde tous, tour à tour. Je sens en lui un moment de doute et je regarde David pour avoir son opinion. Lui aussi pense la même chose que moi.

— Je suis désolé, mes enfants. Je ne peux continuer à déblatérer toutes ces conneries sur Notre Créateur.

Je suis surprise du ton qu'il emploie, mais je le comprends. Ça fait belle lurette que je n'y crois pas. En fait, depuis le début de la contamination. S'il y avait bien un Dieu au-dessus de nous, pourquoi aurait-il permis tout ça ?

— Je suis ici aujourd'hui pour honorer la mémoire de nos femmes et de nos hommes qui sont partis, mais je ne peux continuer comme cela. Ces âmes nous ont quittés trop vite et trop brutalement pour que ce soit l'œuvre de Dieu. Ces gens dehors qui ne veulent que nous dévorer, ne sont pas l'œuvre de Dieu, mais de Satan. Dieu a créé l'Homme et Satan a créé les démons. Malgré les horreurs qui se déroulent en dehors de nos murs comme à l'intérieur, une chose positive en ressort. Au début, j'ai eu peur, j'avais du mal à accepter qu'une telle créature puisse exister, mais j'ai appris à la connaître même si je n'ai jamais eu affaire à elle directement. J'ai vu tout ce qu'elle faisait pour nous tous ici réunis et j'ai vu comment elle réagissait malgré tout ce qu'il lui arrivait.

À ce moment-là, je sais qu'il parle de moi et j'en deviens rouge de honte. Je tiens toujours Kiara dans mes bras et j'en profite pour me cacher derrière elle. Je n'aime pas qu'on parle de moi devant tant de personnes, surtout dans un moment pareil.

— Si ce n'est pas Dieu, mais des scientifiques qui vous ont créés, David et vous, vous êtes à l'encontre de l'arme du Mal qu'ils désiraient. Bien au contraire, sans vous, nous n'aurions jamais pu survivre à toutes ces attaques et…

Je ne l'écoute plus pour me concentrer sur les gens autour de nous. S'ils savent au fond d'eux que le prêtre a raison, ils n'oublient pas que nous sommes des hybrides et que nous représentons donc les monstres qui sont là dehors. Même s'ils sont heureux de notre présence, je sais de fait qu'ils ne nous accepteront jamais complètement, car nous sommes en partie la raison de leur malheur. Mon cœur se serre dans ma poitrine quand je me rends compte de cela… Une fois que tout sera fini, qu'adviendra-t-il de nous ? Est-ce que la population qui sera encore en vie, nous acceptera ? Car nous leur rappellerons toujours les contaminés à cause de nos yeux bleu cyan et nos marques. Nous ne serions pas à notre place dans un monde sans zombies. Que ferions-nous ?

Une larme coule sur ma joue puis une autre. Kiara s'en aperçoit et me serre plus fort contre elle. David comprend pourquoi je suis dans cet état, mais Somer, en face de moi, se pose la question. Il m'interroge du regard, mais je n'y fais pas longtemps attention, car notre prêtre s'est arrêté de parler et tous les yeux ont convergé vers moi. Je n'ai pas entendu ce que le prêtre a dit et je ne comprends pas pourquoi tout le monde me regarde MOI !

— Tout va bien Lara ? me demande notre prêtre.

De ma main libre, je m'essuie le visage et je m'éclaircis la voix avant de parler.

— Oui, ça va ! Je suis désolée. Je n'ai pas écouté la fin de votre discours, j'étais perdue dans mes pensées.

— Il n'y a pas de problème, Lara, tu as tant de choses à penser. Je disais juste que si tu voulais prendre la parole, tu pouvais.

Moi ! Parler devant tout le monde ? Et pour dire quoi ? Je m'apprête à refuser poliment sa proposition quand j'aperçois le second maître Lionel, celui qui m'a torturée à mon arrivée au Château. Ce dernier est encadré par deux hommes bien armés, au fond du groupe des militaires. Je n'y crois pas ! Il participe à la cérémonie, mais pourquoi ? Il est censé être en prison après ce qu'il m'a fait. Ça fait longtemps que je n'avais pas entendu parler de lui et à vrai dire, je l'ai un peu oublié. Je ne pensais pas que l'on allait lui permettre de sortir.

— Oui, je vais prendre la parole.

Je m'avance au niveau du prêtre, au centre de tout le monde, avec Kiara toujours dans mes bras. Elle me permet de me contrôler s'il devait advenir quelque chose qui me déplairait. Mes talons s'enfoncent un peu dans la terre encore humide, mais j'arrive à garder l'équilibre sans trop de mal.

— Je n'ai pas entendu la fin de l'éloge de notre Père, par contre, j'ai bien écouté le début et je ne vais pas vous mentir, je ne suis pas totalement d'accord avec lui. Avant que tout ça ne commence, je ne dirais pas que je croyais en Dieu ou à une quelconque divinité supérieure. Ça m'était égal en fait. Dieu a peut-être créé l'Homme, mais Satan n'a pas créé les zombies, les Masters ou même nous, dis-je en désignant David. Ceux qui nous ont créés, ce sont des hommes et des femmes, pas Dieu, ni Satan, mon Père. C'est la stupidité de l'Homme qui nous a fait plonger dans le chaos. C'est sa soif de pouvoir ! Nous en avons la preuve sous les yeux. J'en suis la preuve et David aussi.

J'inspire longuement et je reprends.

— Si j'avais le pouvoir de retourner en arrière afin d'empêcher ce Vladimir de créer ce virus, je partirais tout de suite.

— Mais vous ne seriez pas là vous ! dit un civil dans la foule.

— Oui, peut-être et je ne parle que de moi en disant ça. Je préférerais n'être jamais venue au monde plutôt que de vivre dans celui où nous vivons aujourd'hui. Avant même d'apprendre qui j'étais en croisant la route du Dr Antone, quand je me suis réveillée dans la cour de mon ancien lycée, avec ces yeux horribles, j'ai regretté d'être en vie. Si là, tout de suite, ma mort pouvait permettre d'éradiquer tous ces zombies et Masters, je me suiciderais sur le champ, mais nous savons, vous et moi que ce n'est pas possible. Nous ne pouvons pas retourner dans le passé, ça serait trop simple ! Alors d'accord... La vie nous met à l'épreuve en nous envoyant ces monstres, là, dehors. Nous n'y pouvons rien. Nous pouvons faire en sorte de nous aider mutuellement sans nous mettre des bâtons dans les roues. Nous avons perdu des êtres chers à nous tous, des amis, de la famille... Mais gardons la tête haute et avançons ! Ras le bol de pleurer, ras le bol de se cacher, ras le bol d'avoir peur ! Ce russe pense que virus est la solution à son pouvoir tout puissant, mais nous pouvons l'utiliser contre lui. L'avantage que nous avons sur lui, c'est nous, dis-je en parlant de David et moi. J'ai le virus dans mes veines et nous allons l'utiliser. Lors d'une de nos nombreuses réunions, nos scientifiques nous ont fait part de leur avancée sur le virus et l'utilité que nous pourrions en faire. Vous savez déjà qu'en tant qu'hybride, nous pouvons faire revenir les jeunes contaminés à la vie ou empêcher quelqu'un de se transformer après une morsure. Alors grâce à cela, nos petites têtes pensantes ont inventé une sorte de grenade contenant de notre sang, à David et à moi, qui, nous l'espérons, pourra tuer les zombies qui seront dans le rayonnement de l'explosion. Pour cela, nous devons la tester, mais si cela fonctionne, c'est une très bonne nouvelle, car nos chercheurs pourront en fabriquer dans un plus grand format.

Un silence.

— Tout ça pour vous dire que nous ne sommes pas perdus ! Nous pouvons nous en sortir si nous nous aidons mutuellement. David et moi savons très bien nous battre face à ces monstres et pouvons encaisser, mais nos actions ne sont rien si derrière nous, les humains se font la guerre.

J'ai de nouveau besoin de reprendre ma respiration, n'ayant jamais eu l'occasion de faire un discours aussi long. Pour une fois que j'ai l'attention de tout le monde, j'en profite et continue.

— Si un jour j'apprends que l'un d'entre vous est une taupe, comme notre cher scientifique Cyril, si vous comptez nous trahir pour une quelconque raison, je vous jure sur la tête de ce que j'ai de plus cher que je vous le ferai regretter ! Et je n'aurai aucune pitié. Nos cellules sont déjà bien remplies de criminels et je ne compte pas qu'il y en ait plus. Je pense que vous avez bien compris. Si l'un d'entre vous ou une personne de l'extérieur fait du mal à un des habitants du Château, je le tue sur place et sans jugement ! Rien à foutre de passer pour un monstre, de toute façon, j'en suis à moitié un. Je ne veux plus que nous perdions qui que ce soit, je ne veux plus que nous soyons ici, dans ce cimetière improvisé, à faire de grands discours alors que nous pourrions nous battre pour nous permettre de retrouver un monde correct. Je m'excuse si je vous ai choqués, je voulais mettre les choses au point.

Je me recule.

— Merci mon Père de m'avoir laissé la parole.

# CHAPITRE 34

Sur ce, je retourne à ma place et j'écoute attentivement ce que le prêtre dit. Il honore une dernière fois la mémoire de tous nos morts en citant leurs noms, un à un, en faisant une pause entre chacun d'eux. Une fois ce discours terminé, les familles des victimes se mettent à côté des tombes de leurs proches et une fois que les cercueils, qui ont été récupérés par nos soldats ce matin tôt, sont au fond des trous, la famille lance un peu de terre et leur dit un dernier au revoir. Pendant tout ce temps, je reste sans bouger, à les regarder verser des larmes, en pensant au jour où moi aussi j'ai perdu un être cher. Je ne me suis jamais demandé ce qu'ils avaient fait de son corps et je ne veux pas le savoir. Je ne veux pas l'imaginer dans un sac mortuaire ou même calciné par manque de place. Quand je pense à lui, je le vois tout souriant dans mes bras le matin au réveil. Je sens encore son odeur sur moi et même des fois, sur son oreiller.

— Ne sois pas triste, Lara, me dit Kiara dans mes bras. Je suis là maintenant et David aussi et Somer même si tu ne l'aimes pas beaucoup. Tu sais qu'il t'aime bien lui ?

Je baisse mon regard sur Kiara, dans mes bras.

— Je sais que vous êtes là pour moi. Je ne peux pas m'empêcher de penser à lui et oui, je sais qu'il m'aime bien !

— Tu as fait un très beau discours tout à l'heure, me dit ma mère en venant vers moi.

— C'est sorti tout seul, je n'y ai même pas réfléchi. D'un côté, il fallait que les gens sachent et j'en ai profité, même si ce n'était pas le moment.

— Tu as bien fait et j'en ai discuté avec quelques-uns d'entre eux, ils ont aimé ce que tu as dit même si c'était un peu agressif par moments.

— Oui, je sais, je me suis laissée emporter par mes émotions.

— Qu'est-ce qui t'as décidée à prendre la parole, me demande Jade.

— Lionel ! Je l'ai vu, au fond et ça m'a énervée. Pourquoi est-il dehors celui-là ?

— Son ami est mort dans l'explosion. On lui a autorisé une petite sortie, répond ma mère.

Presque tous les civils ont déserté le cimetière à l'exception de ce dernier et de deux ou trois autres familles. Quand je le regarde, tous les souvenirs de ce qu'il m'a fait me reviennent en tête et je ne peux m'empêcher d'aller le voir.

— Tu pleures la mort d'un ami, tu as bien de la chance que les généraux t'aient permis de sortir, moi je n'aurais rien fait. Tu ne le mérites pas.

— Et pourquoi donc ? Parce que je t'ai fait du mal ? C'était justifié et ça l'est encore. Comme tu l'as dit toi-même, si tu n'existais pas, on n'en serait pas là.

— Parce que tu crois que j'ai choisi de naître comme ça ? Tu crois que j'ai demandé à être une hybride ? Tu es débile ou tu le fais exprès ? Tu n'as rien écouté de ce que j'ai dit. Tu ne changeras jamais.

— Tu peux parler toi, la demi-monstre qui se prend pour Dieu ! Tu crois que tu peux faire la loi ici ? Mais tu rêves, tu n'es pas capable de faire ce que tu promets alors diriger le Château, je n'y crois pas.

— Au fait Lara ? interrompt ma sœur. Si je me souviens bien, nous devions aller nous amuser à l'extérieur avec un certain second-maître Lionel, ce n'est pas lui ?

Je la regarde en souriant.

— Si si, tu as raison p'tite sœur, j'avais un peu oublié avec ce qui s'est passé ces derniers temps. Maman, il n'y a rien à faire d'important ce matin ?

— Non, pas grand-chose. Une équipe va partir à Toulouse, au LAAS-CNRS, un centre de recherche et développement de nouvelles technologies pour aller chercher du matériel.

— Qui y va ?

— Une petite équipe de cinq soldats et Somer pour être tranquille. Ils prennent avec eux deux des nouvelles armes et beaucoup de munitions. Ne t'inquiète pas pour eux, ça ira.

— J'espère que tu dis vrai, dis-je inquiète.

Je n'aime pas trop quand des soldats partent sans moi ou David pour les couvrir. J'ai toujours peur qu'il leur arrive quelque chose, mais je sais que je ne pourrais pas être là pour eux tout le temps. C'est plus fort que moi.

— Bon, alors c'est parfait. Soldat ? dis-je en m'adressant au quartier-maître qui escorte le prisonnier. Préparez le prisonnier pour sa petite balade à l'extérieur.

— Que dois-je lui donner comme moyen de défense ? me demande-t-il.

— Un simple couteau ! Tu as vu, je suis gentille quand même. Préparez-nous un 4X4 et installez-le derrière, bien menotté, j'arrive.

— À vos ordres, capitaine.

Je le suis du regard jusqu'à ce qu'il ne soit plus dans mon champ de vision et je me retourne vers ma sœur.

— Allez, GO, va te préparer toi aussi, sois prête dans cinq minutes.

— Non ! Vraiment ? Tu vas me prendre avec toi à l'extérieur ? s'excite ma sœur.

— Oui, bien sûr ! Je te l'avais promis, non ?

— Si, si ! Oh super merci Lara, je suis trop contente, je pars sur le champ me changer et j'arrive, crie Jade en partant en courant.

— Ça ne te dérange pas, maman ?

— Non, pas du tout, je sais qu'avec toi elle sera en sécurité et puis ça te fera passer un moment avec elle, tu lui manques, tu sais ?

— Je m'en suis un peu doutée, mais voilà, je n'ai pas trop le temps en ce moment.

— Et moi ? dit Kiara.

— Je ne peux pas te surveiller en même temps que je surveille Jade. Tu ne peux pas venir, mais je te promets que je reviens vite pour passer la journée avec toi.

— Tu resteras avec moi en attendant, dit ma mère en la prenant dans ses bras. Tu vas voir, on va faire plein de choses toutes les deux.

— Ah bon, quoi ?

— On va aller voir au centre de contrôle pour savoir s'il y a encore des survivants en France, faire le tour des habitations pour voir si tout le monde va bien et après nous irons manger une bonne et grosse glace !

— Ouais ! s'écrie ma petite. D'accord, mais tu ne pars pas sans me faire un bisou avant.

Je rigole tant elle est surprenante. Je m'approche d'elle et lui fais un énorme bisou sur la joue et puis sur le front aussi. Elle m'en fait un sur le nez. Je me sépare d'elles avec un petit regret tant je me sens bien en leur présence.

— Au fait, maman !

Elle s'arrête et se retourne vers moi.

— Oui ?

— Cyril… Il est redevenu humain ?

— Oui. Il est à l'infirmerie maintenant. Sous bonne garde.

Donc le sang de David agit comme le mien… Tant mieux !

— Très bien, merci maman.

Elle me sourit et s'en va de son côté. Avant d'aller me changer, je passe par le hangar improvisé à l'entrée principale qui sert à la préparation des départs en mission. Il y a les véhicules en tout genre et le matériel militaire nécessaire, mais en cet instant, ce que je cherche se trouve devant mes yeux, en train de se changer. Quand il m'aperçoit, il est torse nu avec seulement son pantalon de combat et rien d'autre. J'ai du mal à le regarder dans les yeux…

— Tu tombes au bon moment, Lara ! rigole Somer. Que viens-tu faire ici ?

— Te remercier de partir avec eux pour cette mission à Toulouse. Je ne suis pas rassurée de voir mes hommes partir comme ça et le fait de savoir que tu y vas avec eux, ça me rassure un peu.

— Je suis content de savoir que tu me fais confiance pour la vie de tes hommes. Je vais faire de mon mieux pour que tout aille bien.

— Fais gaffe quand même. J'aimerais que vous rentriez en entier si possible. Pas d'imprudence ! dis-je en partant.

— Lara ?

Je m'arrête et me retourne.

— Oui ?

— Tu es très belle dans cette tenue ! Ça te change, tu es plus… Féminine comme ça.

Wouah ! Je ne sais pas comment réagir et surtout, je n'arrive plus à le regarder.

— Merci, Somer.

Sur ce, je pars en direction de ma maison en faisant claquer mes talons sur le bitume. Ça me fait sourire à l'intérieur quand je sens les regards de tous ces hommes sur moi. Je ne m'y habituerai jamais.

En deux, trois mouvements, je suis en tenue de combat dernière génération, spécial hybrides. Je me regarde dans la glace de ma chambre et je me surprends à me trouver élégante. Cette combinaison me moule aux endroits qu'il faut et fait ressortir mes courbes généreuses et bien proportionnées. Les traits bleus sur les côtés de mon pantalon et ceux de ma veste font encore plus ressortir le bleu de mes yeux, si familier maintenant.

Je vérifie une dernière fois que mes armes sont bien en place. Je ne veux pas prendre le risque de perdre ma sœur pour un oubli. En plus de mon katana et de mon tantō, il va m'en falloir une autre au cas où. Avant que je ne rejoigne ma sœur, qui doit déjà m'attendre, je passe par l'armurerie et je me choisis un joli Magnum avec son holster d'épaule. Je remercie l'armurier et je vais rejoindre ma sœur.

— Enfin, te voilà ! Ça fait dix minutes que je t'attends.

— C'est bon, je suis là maintenant, on y va ?

— Avec plaisir ! s'écrie ma sœur. C'est nouveau ça ? dit Jade en remarquant mon arme à feu.

— Au cas où ! On ne sait jamais.

À peine dans le véhicule, je démarre et roule vers les portes. Le temps que les premières s'ouvrent, David passe devant le 4X4 et toque à la fenêtre du conducteur.

— Faites attention les filles ! Pas d'imprudence.

— Oui papa, rigole Jade. On est grande et puis je suis avec Lara !

— Ça je sais, mais je parle surtout de l'autre zozo derrière.

— Oh, lui ! Pas de soucis à se faire, on gère.

— Vous êtes folles de faire ça, dit le prisonnier. Vous allez le regretter.

— Nous ? Jamais. Allez, pousse-toi David, on doit y aller et toi, garde le fort.

Je l'entends encore rigoler à mon allusion lorsque les dernières portes se referment derrière nous. Dehors déjà, les contaminés s'approchent du 4X4 et je ne perds pas de temps à les éviter. Je les bouscule et leur passe dessus sans ménagement. Jade et le prisonnier sont secoués dans tous les sens, mais ce dernier, n'ayant pas les mains libres pour se retenir, se cogne contre la vitre à plusieurs reprises, ce qui fait rire ma sœur. Ça me fait plaisir de la voir rigoler, même dans ces conditions. C'est vrai que ces derniers temps, je ne passe pas beaucoup de temps avec ma famille et mes amis, mais je n'y peux rien. Je fais mon possible pour qu'ils vivent le plus correctement possible. Ça me prend du temps, surtout quand un immeuble me tombe sur la tête, sans mauvais jeu de mots.

À l'arrière, Lionel n'arrête pas de gueuler sur nous, que nous faisons une erreur en faisant ça, que nous allons le regretter, etc. Il me soûle, mais heureusement, nous sommes enfin arrivés. J'arrête le véhicule au niveau du jardin de la mairie et me retourne sur mon siège pour faire face au second-maître.

— Soit tu la fermes tout de suite, soit je te jette dehors attaché et sans arme !

— Tues-moi dès maintenant, tu sais très bien que je ne ferais jamais le poids tout seul face à ces monstres.

— Ça serait trop gentil de la part de ma grande sœur que de t'éviter ça, dit Jade. Et puis nous, on ne va pas s'amuser sinon !

Je sens que les contaminés commencent à se rapprocher. Je descends du 4X4 et je fais sortir Lionel sans ménagement. Avec son couteau, Jade coupe ses liens et lui donne le sien.

— Tu es libre, dégage maintenant, lui dis-je en nous écartant de lui.

— Sérieux ? s'écrie-t-il. Vous allez vraiment me laisser là ?

— Oui, tu croyais quoi ? rigole ma sœur.

— Vous n'êtes pas des sœurs pour rien vous deux, des vraies folles. Vous ne pouvez pas faire ça !

Sans un mot et avec un seul regard, Jade et moi remontons dans le véhicule. Je démarre.

# CHAPITRE 35

— Bon courage, si j'étais toi, je me trouverais un endroit sûr, ils arrivent !

Sur ce, je pars en lui faisant signe de la main par la fenêtre pour le narguer.

— Tu veux qu'on se mette où pour le surveiller ?

— Je vais garer la voiture dans la cour de la mairie et nous le suivrons à pied.

— Tu sais ce qu'il fait là ?

— Je sais juste qu'il a la trouille. J'ai l'impression qu'il ne bouge pas.

Une fois le 4X4 garé, nous partons en courant pour rejoindre assez vite Lionel. Nous restons bien cachées derrière les buissons du jardin et nous l'observons.

— Mais qu'est-ce qu'il fait ? se demande Jade. Il ne bouge pas.

— Il réfléchit. Il croit que je vais revenir le chercher, que je ne peux pas le laisser là.

— Je crois qu'il ne sait pas du tout ce dont tu es capable !

— Non, je ne pense pas non plus.

Pendant près de cinq minutes, notre cher prisonnier ne bouge pas d'un poil. Il a le regard tourné vers là d'où nous sommes parties et il attend. Autour de lui, les contaminés commencent à arriver et s'approcher dangereusement de lui. Quand le premier arrive à sa hauteur, Lionel se décide enfin à bouger, en lâchant un juron. Il se met à courir en direction du théâtre, en face de la mairie, et rentre prestement à l'intérieur.

— Mais il est fou ou quoi ? s'exclame ma sœur. Il n'a pas vérifié s'il y avait des contaminés à l'intérieur. Il y en a ?

— Et pas qu'un peu !

Jade et moi nous regardons et nous lançons en même temps vers le théâtre. Je sens ma sœur toute excitée par notre petite escapade à l'extérieur même si je sens qu'elle est un peu stressée par la situation. En passant la grande porte d'entrée, je serre sa main pour la rassurer et lui redonner du courage. C'est la première fois qu'elle se retrouve dehors.

Sans un bruit, nous montons à l'étage pour suivre notre ami prisonnier qui descend lui les marches qui mènent à la scène. Sur son passage, il évite le plus possible les contaminés, mais ils se font beaucoup trop nombreux et il se trouve coincé au bout de trois minutes. Lionel essaie tant bien que mal de les repousser, mais il se fait mordre la main par une grande femme en robe d'époque, sûrement une comédienne. Il hurle de douleur et s'acharne de plus en plus contre ses adversaires, sans vraiment grand résultat.

— Tu ne vas pas l'aider ?

— Non, pas maintenant. Je veux qu'il comprenne ce que c'est que de se retrouver seul, dehors, avec ces créatures.

— Il va se faire dévorer à force ! s'inquiète ma sœur.

— Ne t'inquiète pas, Jade ! J'ai la situation sous contrôle. Regarde, il se débrouille plutôt bien.

Lionel est à présent sur la scène et tourne en rond, l'air désemparé.

— Je sais que tu es là, Lara ! crie Lionel. Tu te marres bien, hein ? C'est bon, tu as gagné, tu peux revenir, j'ai compris la leçon. Lara ! hurle-t-il voyant que je ne lui réponds pas.

— Il sait que nous l'observons ? demande Jade.

— Il n'est pas sûr à cent pour cent, mais il s'en doute. Il ne nous a pas encore vues.

— Il espère juste alors.

— C'est ça !

— Lara ! continue de crier Lionel.

Je ne lui réponds toujours pas et je continue à l'observer avec ma sœur. D'autres contaminés arrivent derrière lui et l'obligent à partir. Pendant près de vingt minutes, nous le suivons en silence tout en le surveillant. À plusieurs reprises, nous pouffons en silence des réactions de notre prisonnier face aux zombies. À chaque fois qu'il en voit un, il pousse des petits cris très féminins et détale à l'opposé.

De notre côté, nous en croisons une petite dizaine. Je laisse ma sœur s'en charger. Les entraînements de Somer ont porté leurs fruits. Je me rends compte que je n'aurais pas dû réagir comme ça quand je l'ai appris. Même si je reste derrière elle au cas où, je sais qu'elle pourra s'en sortir seule face à un petit nombre de ces monstres. Si elle n'a pas beaucoup de virus dans ses veines, Jade a une force supérieure à celle d'un humain normal, enfin, maintenant qu'elle a eu l'entraînement pour.

Je me souviens quand nous nous battions pour nous amuser et que nous avions à peu près la même force. Les choses ont bien changé depuis ce temps-là ! Je regrette ces moments d'amusement avec ma famille, les moments de chamailleries, l'innocence quoi.

Je suis vite ramenée à la réalité quand je sens la présence d'un Master, juste au-dessus de nous. Je fais signe à ma sœur de rester bien derrière moi et vois qu'elle a bien compris ce qu'il se passait. Lionel est toujours en fuite et cherche un endroit sûr. Je sens qu'il commence à perdre patience et il se décide enfin à quitter les lieux, après avoir fait trois fois le tour du théâtre.

— Il est où le Master ? me demande Jade.

— Juste sur le toit.

— Mais il sort là !

— Je sais.

Cette fois, Lionel sort par la porte de derrière qui donne dans une petite rue que traverse la ville de Castres, là où se trouve toutes les boutiques marchandes. À peine avons-nous les pieds dehors que le Master se jette sur Lionel et le projette contre l'une des vitrines, qui explose en mille morceaux. Sans un mot, je m'élance à sa rencontre avant qu'il ne fasse plus de mal à notre prisonnier. Ma sœur, elle, reste bien à l'écart, comme je le lui ai appris.

Quand le monstre sent ma présence, il s'arrête dans sa lancée et se retourne vers moi. De nouveau, des images me viennent pour me demander dans quel camp je suis et ce que je vais faire. Je m'empare de mon tantō et m'élance vers lui.

************

Une heure plus tard, nous sommes de retour au Château sans aucun dommage corporel, mais avec de bons souvenirs entre sœurs. Jade et moi rigolons encore quand Lionel se réveille, à l'infirmerie, de sa spectaculaire cascade dans la vitrine du magasin. À part deux côtes cassées, une plaie au crâne, la morsure et une grosse bosse, il n'a rien de grave, juste une belle frayeur.

— Tu as bien rigolé ! me dit Lionel en m'apercevant au fond de la pièce.

— La ferme si tu ne veux pas retourner dehors ! Et oui, nous en avons bien profité. Maintenant, tu sais ce que c'est que de se retrouver seul avec eux.

— Tu vas faire quoi de moi maintenant ?

— Je ne sais pas trop. J'ai fait ma part de boulot, les supérieurs te trouveront bien quelque chose à faire !

— Je ne vais pas retourner en cellule ? demande-t-il une once d'espoir dans sa voix.

— Peut-être ou peut-être pas… Pour ma part, je ne veux ni entendre parler de toi ni te voir ! Tchüss.

Sur ce, je sors de l'infirmerie avec ma sœur et à peine ai-je les pieds dehors que ma mère, le commandant Charles et le major-général Starls nous rejoignent.

— Qu'est-ce que vous avez à rire comme ça les filles ? nous demande notre mère.

— Rien, on a passé un bon moment dehors, c'est tout maman, lui répond Jade.

— Pas d'incident ? demande le commandant Charles.

— Non, rien d'insurmontable pour Jade ! Elle s'est débrouillée comme un chef. Elle se défend bien et fait toujours attention à ce qu'elle fait.

— C'est grâce à Ian et à toi aussi, Lara. Sans vous deux, j'aurais été incapable de me défendre en cas de besoin et cette sortie m'a fait du bien. Ça fait tellement longtemps que je n'étais pas allée dehors, enfin, à l'extérieur des clôtures. Tu sais maman, j'ai même utilisé le Magnum de Lara sur le retour, car elle portait Lionel et n'avait pas les mains libres, rajoute ma sœur toute excitée.

— En revanche, il va falloir que tu apprennes à viser juste ! Tu as vidé le chargeur en quelques secondes, rigolé-je.

— Elle va s'améliorer, ne t'inquiète pas Lara, je vais la prendre sous mon aile, intervient le major-général Starls.

Avec lui, je n'ai rien à craindre. Depuis que je l'ai fait revenir à la vie, je sens tout et je sais qu'il n'est pas un danger… Au contraire, il me voue une loyauté incroyable. Le virus…

— C'est gentil de votre part Henry, je souhaite qu'elle puisse se débrouiller toute seule. Merci. Et toi, tu fais exactement ce qu'il te dit et ne joue pas à la folle, c'est dangereux une arme ! OK ?

— Oui, Lara, je sais.

— Ta sœur a raison, dit ma mère, l'air grave. En temps normal, il aurait été hors de question mais là, c'est… On va dire, un peu obligatoire, mais attention !

— OUI ! s'exclame Jade. Je ne suis plus une gamine, je ferai attention, je vous le promets.

— Bien, sinon rien d'exceptionnel ? demande le commandant Charles.

— Non. Nous avons fait une petite balade bien instructive et rencontré un Master qui a mis la pâtée au prisonnier. Rien de bien grave. Il y pensera à deux fois avant de recommencer. Maintenant, c'est à vous de faire ce que vous voulez de lui, moi, j'ai fait ma part du marché.

— Il va retourner encore un peu de temps en cellule et pendant ce temps, nous allons réfléchir à son sort. Nous ne voulons pas que les événements du passé se répètent, dit ma mère. Bon, en attendant, moi j'ai faim et vous les filles ?

— Je meurs de faim, dis-je en m'éloignant vers la maison. À plus !

# CHAPITRE 36

À table, toute la famille est réunie sauf ma grand-mère, comme d'habitude. Elle doit encore être avec les scientifiques à faire des « choses » de scientifique. Mais bon, qu'est-ce que je peux y faire ? Rien !

Pendant près d'une heure, nous discutons du futur proche et de ce que nous allons devenir maintenant qu'un humain fou est contre nous. Nous avons déjà du mal à gérer les contaminés et les Masters, je ne sais pas comment on va s'en sortir avec en plus ce taré et ses Mécas. Je n'ai pas eu l'occasion de me battre au corps à corps contre ces monstres bioniques, mais je sens que ça ne va pas être facile. J'en ai eu un aperçu quand David était contrôlé par Vladimir, même si je n'utilisais pas toute ma force. Je redoute le moment où je vais devoir les affronter. Reste plus qu'à attendre.

Deux bons gros steaks et une grosse assiette de pâtes plus tard, je suis repue et je décide d'aller faire un tour avec Kiara. Elle m'a manquée ces dernières heures et j'ai l'impression de la délaisser. J'informe ma mère et je la prends dans mes bras pour sortir de la maison.

— On va où Lara ?

— Se promener, c'est tout ! J'avais envie de passer du temps avec toi, je ne te vois plus beaucoup ces derniers jours, ma choupinette.

— C'est normal, tu es beaucoup occupée et tu as des responsabilités aussi.

— Je n'arriverai jamais à m'y faire… Tu es tellement intelligente pour ton âge.

— C'est grâce au virus de ma maman.

— Je ne pense pas que ça ne soit que ça ! Moi j'en ai la totalité dans mes veines, ce n'était pas pour autant que j'étais aussi dégourdie à ton âge ou plus tard. Tu es tout simplement une petite fille très en avance.

Nous marchons sur la grande place de rassemblement où tout le monde commence à se réunir pour le comptage. C'est le premier depuis l'attentat et la place est presque vide. Au départ, nous étions quatre-vingt-quatre personnes dans le Château. Maintenant, nous ne sommes plus que cinquante-neuf. Ne voulant pas déranger, je m'éloigne avec Kiara en direction de l'ancien emplacement de l'immeuble de ma grand-mère. C'est fou comme la place est grande maintenant qu'il n'y a plus le bâtiment. Quand je l'ai quitté cette nuit, nous avions tout déblayé et plus une seule pierre ne juchait le sol. Aujourd'hui, un groupe de volontaires a commencé à dégager l'entrée vers les sous-sols pour pouvoir permettre aux scientifiques de réinvestir les lieux dès que tout sera aux normes. Malgré tout, ils nous sont très utiles même si certains ont contribué à la création du virus.

— Ils vont faire quoi maintenant de cette grande place ?

— Je ne sais pas trop. Je pense qu'ils vont d'abord reconstruire ce qui a été détruit à l'intérieur et peut-être bâtir un autre bâtiment sur le dessus. Enfin, c'est ce que je ferais.

— Un grand comme avant ?

— Non, un petit, juste pour fermer l'entrée du laboratoire et contrôler les allées et venues. Je demanderai aux supérieurs.

— D'accord. Lara ?

— Oui ?

— Il faut aller au rassemblement, c'est l'heure.

— Tu as raison.

De là où je suis, je sens déjà bien la douleur psychologique de la population du Château due au drame d'il y a deux jours. Je ne peux expliquer la peine que cela me procure. Kiara doit comprendre ce que je ressens, car elle me serre plus fort dans ses bras et pose sa tête dans mon cou.

— On peut rester à l'écart si tu veux ! Le temps qu'ils voient qu'on est là, c'est pareil.

Elle a raison, si je m'approche plus, je ne sais pas comment je vais réagir. Je ne sais pas comment l'expliquer mais… Ils sentent meilleurs, une odeur plus alléchante que d'habitude et ça me perturbe. C'est la partie du virus que je n'ai pas encore réussi à ignorer et c'est la plus dure à accepter, car elle fait partie de moi et je ne peux rien y faire. Même si j'ai réussi à ignorer la plupart du temps l'odeur attrayante des humains, il y a des moments comme celui-ci où ma vraie nature refait surface et me fait peur. J'ai accepté celle que je suis devenue aujourd'hui. Seulement, j'ai encore du mal avec certaines de mes facettes.

En prenant mon élan, je saute sur le toit du magasin, bien à la vue de tout le monde, le vent face à moi. Je m'assois sur le rebord en gardant Kiara dans mes bras, et nous écoutons le commandant Charles faire l'appel. À part ceux qui sont de garde, tout le monde est sur la place malgré les températures glaciales. Je ne ressens pas le froid ni la chaleur et Kiara dans mes bras est bien protégée, mais les pauvres humains en-dessous de moi n'ont qu'une hâte, c'est de rentrer chez eux, dans leur cocon et de ne plus en ressortir.

Notre chef parle des jours à venir et des tâches qu'il va falloir faire pour améliorer la vie de tout le monde ainsi que la reconstruction du laboratoire. Je n'écoute pas vraiment son discours, car je remarque qu'il manque une personne dans l'assemblée. J'attends qu'il ait fini de parler et que ma mère prenne la parole pour descendre du toit et le rejoindre le plus discrètement possible.

— Où est Somer ? demandé-je à mon chef, doucement pour qu'il n'y ait que nous qui entendions.

— Pas maintenant, après le rassemblement Lara.

— C'est grave ? demandé-je en sentant la gravité dans sa voix.

— Je ne sais pas.

Sur ce, il se tait et écoute ce que Enora dit.

— Nous avons encore des vivres pour plusieurs mois, mais nous allons bientôt faire le tour des autres villes pour récupérer ce qu'il reste et voir s'il y a encore des survivants. L'hiver va être long et froid alors économisez le plus possible. J'espère que ceux qui ont perdu leur logement sont bien installés dans leur nouveau chez eux et s'il manque quoi que ce soit, faites-nous le remonter et on s'arrangera pour que tout le monde soit bien. Je sais que nous avons vécu une terrible épreuve, mais nous allons nous en remettre, je vous le promets.

— Mais sommes-nous en sécurité maintenant ? intervient un civil dans la foule.

Sa question n'est pas bête. Je vois ma mère qui réfléchit. Je ne lui laisse pas le temps et je m'avance au centre pour répondre à sa place, me sentant directement visée.

— Oui, vous l'êtes ! Et je vous en fais la promesse. Comme ma mère vient de le dire, nous allons nous en remettre, tous ensemble. Je ne vais pas vous promettre que nous n'allons pas subir de nouvelles attaques ou que nous n'allons plus avoir de morts dans nos rangs. Je ferais tout pour l'éviter. Nous allons tout faire pour l'éviter ! La dernière fois, nous avons été pris par surprise. Maintenant nous savons ce qui nous menace et je vous fais la promesse que je ferais tout mon possible pour le retrouver et le tuer. Oui, c'est un humain, mais de la pire espèce et je sais que parmi vous, certains ne sont pas d'accord avec mes méthodes… Au moins, elles sont radicales. Tout ça nous est tombé sur la tête et il faut bien faire quelque chose pour nous en sortir. Alors oui, nous allons y arriver et je donnerai ma vie pour vous, j'espère que vous le savez ! Vous avez réussi à faire la part des choses concernant le virus en moi et celle que je suis et vous avez fait de même pour David. Maintenant, nous ne sommes plus seuls ! Nous savons exactement qui nous sommes et ce dont nous sommes capables. Alors, ne vous en faites pas, laissez-nous vous protéger et si vous nous mettez pas des bâtons dans les roues, nous allons y arriver.

Une fois mon petit discours d'encouragement terminé, Kiara pose un baiser sur ma joue pour me soutenir et se tourne vers la foule, la tête haute.

— Et ce qu'elle dit est vrai, je le lis en elle, dit ma merveilleuse Kiara avec sa petite moue.

Dans l'assemblée, tout le monde rigole de sa petite frimousse, ce qui détend un peu l'atmosphère. Peu de temps après, tout le monde se disperse et rentre chez soi ou à sa tâche journalière. Au centre de la place, tous les généraux se rassemblent autour de moi et gardent le silence en me regardant.

— Quoi ? J'ai fait une bêtise en prenant la parole ?

— Non, non, pas du tout, dit le commandant Charles. Il faut qu'on te parle Lara.

— Houlà… C'est du sérieux ça ! Ça concerne Somer ? Où est-il ? Je ne l'ai pas vu.

— Kiara tu devrais rentrer à la maison, chérie, intervient ma mère. Nous devons avoir une conversation d'adulte.

— Mais… Je veux rester avec Lara, moi !

Je plonge mes yeux dans ceux de la petite pour capter son attention.

— Chérie, je sais que tu es grande, mais je dois parler avec eux, je reviens te voir quand j'ai fini.

— D'accord. Tu me le promets, car en général quand c'est sérieux comme ça, tu pars sans me dire au revoir.

— Je te le promets, ma chérie, je viendrai. Maintenant, va !

Elle fait la moue, mais m'embrasse quand même avant de se diriger seule vers la maison familiale. Je la regarde jusqu'à que je ne puisse plus la voir et sans un mot je me retourne vers les autres. J'attends qu'ils me parlent enfin de ce qu'il arrive en les fixant. Décidément, il ne va pas se passer un jour sans qu'il advienne quelque chose. Quand est-ce que je vais pouvoir faire ce que je voulais tranquillement ?

— Ce matin quand tu es partie avec ta sœur, une équipe est partie à Toulouse chercher du matériel très important pour le laboratoire, commence le commandant Charles.

— Oui, je sais, et ?

— Nous n'avons plus de nouvelles d'eux depuis plus de quatre heures, termine ma mère.

Un silence.

— Qui est partis là-bas, à part Somer ?

— Jérémy, Bruno et deux Marines.

— C'est tout ?! Cinq ! Toulouse est une ville beaucoup plus grande que Castres. Qui sait ce qu'il peut y avoir là-bas.

— Ian est avec eux et ils ont pris deux des nouvelles armes à onde avec beaucoup de munitions, dit le lieutenant Rosky.

— Bref ! Tous les combiens de temps doivent-ils vous contacter ?

— Toutes les heures. La dernière fois que nous avons eu de leurs nouvelles, ils étaient entrés dans le bâtiment de leur destination sans aucun problème, juste deux Masters qu'ils ont eu facilement et quelques contaminés. Rien d'insurmontable. Lara, tu ne peux pas savoir grâce au virus si Ian va bien ?

— Maman ! Sérieux ? Je ne suis pas un radar non plus.

— Même moi je ne peux pas, aucun hybride ne le peut à cette distance, répond David qui arrive derrière moi.

— Bon, j'ai compris, je pars dans une heure pour aller les rejoindre. Préparez ce qu'il me faut pour y aller, je reviens tout de suite, j'ai quelqu'un à aller voir.

Sans perdre de temps, je vais rejoindre Kiara. Quand je rentre dans le salon, je la vois sur le canapé en compagnie de Jade et de Joyce.

— Tu vois, je suis revenue !

— Oui, pas pour longtemps, en conclue rapidement Kiara.

Elle est vraiment trop forte.

— Une équipe ne donne plus de nouvelles depuis plusieurs heures, il faut que j'aille voir ce qu'il se passe.

— Tu y vas seule ? demande ma sœur.

— Je dirais oui, mais je sais que maman ne me laissera pas partir comme ça.

— Prends David avec toi ! me dit Kiara.

— Non, je ne peux pas, je ne veux pas vous laisser sans défense au Château. Je verrais bien qui viendra avec moi quand j'irai au QG. Je vais prendre une douche et j'y vais. Je te dis au revoir maintenant, car je n'ai pas trop le temps, il faut que je me dépêche.

— Fais attention à toi, Lara, me dit-elle en me prenant dans ses bras.

Je sens une seconde paire de bras autour de moi et nous restons comme ça un petit moment.

— Je ne pars pas au bout du monde. Juste à Toulouse, c'est juste à côté.

— Oui, mais tu ne sais pas ce qu'il t'attend là-bas ! se plaint ma sœur. Il peut t'arriver n'importe quoi.

— Ne te fais pas de souci pour moi, Jade, ça va aller. Ce n'est pas la première fois que je pars comme ça. Allez, j'y vais mes belles. Je vous adore.

Je les embrasse une dernière fois et je monte à l'étage prendre une bonne douche et enfiler une combinaison toute propre. Quand je me regarde dans la glace, j'ai encore du mal à me reconnaître tellement j'ai minci. J'attache mes cheveux en queue de cheval haute, place mon tantō à la cuisse, mon katana derrière mon dos, un poignard dans ma botte et je suis prête pour cette nouvelle aventure. Je ferais un super personnage de jeu vidéo dans cette tenue.

Pour ne pas croiser le regard inquiet de Jade et de Kiara, je passe par la fenêtre et fonce directement sans me retourner vers le QG.

# CHAPITRE 37

Une fois sur place, je retrouve les mêmes personnes que tout à l'heure. Cette fois, quatre soldats se sont rajoutés au groupe.

— J'espère que vous n'allez pas venir ? dis-je sans grand espoir.

— Si et tu n'as pas le choix. Nous venons avec toi, un point c'est tout !

Je vois les autres retenir leur souffle à cause du ton utilisé par Alex.

— Tu as de la chance que je t'aime bien toi ! le menacé-je gentiment. Pourquoi autant de soldats avec moi, maman ? Je ne veux pas risquer d'autres vies alors que je peux faire la mission toute seule.

— Ne discute pas les ordres, Lara. Il est hors de question que tu partes sans eux. Aucun homme ne part en mission seul, tu le sais !

— Je ne suis pas un homme et encore moins une humaine… C'est comme tu veux, ils viennent !

— On ne sera pas des boulets pour vous, capitaine, intervient un Marines de ma nouvelle équipe.

— Je sais que vous ne le serez pas. Je ne veux pas risquer votre vie. Je m'en voudrais s'il…

— Il n'arrivera rien Lara, me coupe Alex. Tu es notre chef, alors tout ira bien.

— Mouais, si tu le dis, dis-je dubitative. Bon, trêve de bavardages ! Quelles sont les instructions ?

— Le laboratoire se trouve au boulevard des Récollets, c'était un ancien centre biologique médical qui a été amélioré au fil des années. Je vous ai enregistré le lieu dans cette montre GPS. Vous devrez prendre contact avec le QG toutes les demi-heures et nous faire un rapport. Pour ça, j'ai affecté le caporal Clark, me dit le commandant Charles en me montrant un Marines de taille moyenne, aux cheveux noirs avec des yeux de la même couleur. Il saura vous guider dans les rues de Toulouse. Les sergents Lopez et Cox sont d'excellents tireurs, ils vous seront utiles.

Ces derniers sont très grands et ils portent tous les deux une barbe énorme et épaisse qui les vieillit de dix ans.

— Vous avez pour mission de nous ramener nos hommes en vie et de régler les problèmes, s'il y a, rajoute le lieutenant Rosky.

— Non ! Vraiment ? ironisé-je. Je croyais qu'on allait là-bas pour manger du cassoulet ! Rho, je suis déçue. Arrête de nous dire ce qu'on a à faire, ces remarques sont inutiles et nous font perdre du temps.

— Mais…, commence-t-il à s'énerver quand le commandant Charles le coupe.

— Nos ingénieurs ont amélioré l'oreillette que nous portons pour toi. Nous savons que tu ne la supportes pas. Maintenant, tu devrais pouvoir la mettre sans soucis.

Il me tend le minuscule objet et sans attendre, je m'en empare et la mets.

— C'est bon, c'est beaucoup mieux. Va falloir parler doucement quand même, c'est encore un peu fort, dis-je après un essai radio.

— Ah bon ? s'étonne le Dr Antone au fond de la pièce. Pourtant nous avons vraiment réduit le son au minimum. C'est bizarre !

— Non, juste que mon ouïe est très développée. Je suis capable d'entendre une conversation à plusieurs dizaines de mètres alors, directement dans l'oreille, c'est normal.

— Tu devais vraiment souffrir lors de la mission à Toulon, s'exclame Henry dans son bel accent.

— Tu n'imagines même pas ! Sinon, quoi d'autre ?

— Nous n'avons pas la possibilité de vous donner l'arme sonique, car il n'en reste plus que deux ici et…

— Vous en avez plus besoin que nous, de toute façon, c'est inutile, nous avons nos armes et j'éviterai au maximum les contaminés.

— Sinon, rien d'autre ! termine ma mère. Juste merde, revenez-nous en vie et si possible avec le matériel, c'est très important.

— C'est quoi ce matériel ? demandé-je intriguée.

— C'est assez long à expliquer, commence le Dr Antone, mais c'est extrêmement important pour la suite, vital même.

— En deux mots ?

— La décontamination !

Un silence pendant que tout le monde se regarde.

— Quoi ? s'écrie Alex qui ne devait pas être au courant lui aussi.

— Personne n'est au courant à part les généraux et je ne veux pas que la nouvelle se répande avant que nous soyions sûrs de ce que le Dr Antone et ses scientifiques avancent. Il est possible qu'ils aient trouvé un remède grâce à une combinaison de ton sang et celui de David. C'est bien ça Roger ? demande le commandant Charles à notre médecin.

— C'est beaucoup plus compliqué que ça. En gros oui et je ne peux pas vérifier ma théorie sans le matériel que l'équipe de Ian est allée chercher. Je vous expliquerai les détails plus tard, pour l'instant, il est vital pour la population de la planète de ramener ce matériel au plus vite.

— Et nos hommes aussi ! rajoute le capitaine Snow.

— Oui bien sûr, s'excuse le médecin.

— Bon, alors ne perdons pas de temps aux bavardages et partons tout de suite.

Sur le chemin des garages, les dernières instructions sont données à mon groupe. Je monte à l'arrière de la Jeep afin de pouvoir intervenir en cas de besoin et Alex m'y rejoint. Les trois autres montent à l'avant et une fois tout le monde à bord, le conducteur démarre et nous voilà déjà devant le portail de l'entrée principale. Le temps que David attire les contaminés de l'autre côté de la route, j'aperçois mes deux meilleurs amis au loin qui me font signe de la main et je leur réponds de même. À leur côté se trouvent ma sœur, Kiara et Joyce qui aboie. Je sais qu'elle a compris la conversation que j'ai eue tout à l'heure, dans le salon. Elle se fait du souci pour moi et ça me fait toujours aussi bizarre de comprendre ma chienne.

Le portail s'ouvre et nous voilà partis pour une nouvelle mission, totalement à l'aveugle.

— Alors, tu deviens quoi toi ? demandé-je à Alex. Ça fait longtemps que je ne t'ai pas vu.

— Longtemps ? Ça ne fait que deux jours… Bon trois max ! Tu ne peux plus te passer de moi, c'est ça !?

— Ah ah ! Tu es marrant toi, tu le sais ? Qu'est-ce que tu as fait pendant ces trois jours ?

— Je suis descendu dans le laboratoire avec plusieurs des volontaires pour réparer ce qu'il y avait à réparer et puis j'étais au PC SECU. Je n'aime pas rester à rien faire, je préfère m'occuper.

— Je te comprends ! Mais il faut que tu te reposes aussi de temps en temps, tu ne vas pas tenir.

— Dit-elle ! Regarde-toi dans une glace et après on en reparlera.

— Quoi ?

— Depuis combien de temps tu n'as pas dormi ?

— Si, j'ai dormi la dernière fois, quand j'ai débarrassé la place de l'ancien immeuble.

— Je te parle d'une nuit entière, pas de quelques heures.

— Alex ! Tu sais très bien que je ne peux pas dormir aussi longtemps.

— Tu n'es plus seule maintenant, Lara. Il faut que tu penses un peu à toi.

— Je pense à moi et puis de toute façon, je n'ai pas besoin de dormir autant.

— Heureusement que le virus est là pour te maintenir éveillée.

— Je me sens bien !

— Je vais te croire peut-être.

— Ben oui ! Arrête de te préoccuper de moi, je suis une grande fille, je sais prendre soin de moi-même, alors stop !

— Je m'inquiète juste pour mon amie, c'est tout. Maintenant que Matt n'est plus là, il faut bien que quelqu'un le fasse pour lui.

— Alex !

— Quoi ?

— Ne fais pas l'innocent ! Et puis, des gens s'occupent de moi.

— Qui donc ? David ? J'ai appris ça.

Je croise les bras.

— Et alors ? Tout le monde n'arrête pas de me dire de refaire ma vie et quand j'essaie de la refaire, on me critique.

— On ne te critique pas, Lara, on te le fait juste remarquer et puis moi, je n'ai jamais dit ça ! Je suis content que tu prennes du bon temps.

— C'était juste pour une fois. Ça ne va pas se reproduire ! On est amis, c'est tout.

— Tu n'es pas obligée de te justifier Lara, tu es grande, tu fais ce que tu veux.

Je souris.

— Oui, je sais, mais même moi, je m'en suis voulue !

— Pourquoi donc ?

— Ben Matt !

— Lara ! Il est mort, tu ne le trompes pas. C'était mon ami depuis des années et je sais qu'il ne t'en voudrait pas et puis, il te l'a dit avant de…

— Stop ! Je sais tout ça, pas besoin de me le rappeler. Changeons de sujet. Toi ? Tu n'as personne en vue ?

Un silence alors qu'il détourne le regard.

— Non.

— C'est tout ? Non !

— Qu'est-ce que je peux te dire ? Je ne vois personne et je ne pense pas avoir le temps.

— Vraiment ! Pourtant, il y a de jolies filles au Château. Aucune qui te plaise ?

— Non… Enfin, si mais… Non !

— Qui ?

Encore un silence.

— Personne.

— Allez !

— Non, personne.

— Alex, le menacé-je en montrant les dents.

— Vas-y, mords-moi, je m'en fiche et comme ça, je ne pourrais plus être contaminé.

— Tu n'en sais rien.

— Ton sang ramène les jeunes contaminés à la vie et tue les autres.

— Ça ne veut rien dire, on n'a pas fait le test encore, enfin, je crois.

— On en saura plus quand nous reviendrons de cette mission suicide.

— Pourquoi tu dis ça ?

— On ne sait pas ce qu'il nous attend là-bas. Et si c'était Vladimir ?

— Je ne pense pas et à ce que j'ai vu de lui, il l'aurait revendiqué, il s'en serait vanté. C'est peut-être tout simplement une panne radio.

— Tu as l'air sûre de toi.

— Je le suis ! Sinon, tu as quoi comme autre explication ? Avec les armes qu'ils ont, ce n'est pas possible qu'ils soient morts, à moins qu'ils soient vraiment tombés dans un nid de Masters, mais c'est peu probable.

— Si tu le dis, j'espère que tu as raison.

— Moi aussi.

Le reste du trajet, nous le passons dans le calme le plus total. Une heure et vingt minutes plus tard, nous arrivons dans une Toulouse totalement saccagée sans que nous n'ayons été attaqués par des Masters. Les seuls zombies que nous avons croisés ne valaient pas la peine de gâcher des munitions. Je n'ai même pas eu besoin de descendre du véhicule et je commence à en ressentir les effets. Je suis toute engourdie et j'ai une envie folle de tuer. Ça fait trop longtemps que je reste sans rien faire et j'ai besoin de me défouler.

Au fur et à mesure que nous avançons dans la ville rose, nous rencontrons de plus en plus de cadavres et des morts-vivants, un peu éparpillés dans tous les coins. La Jeep progresse assez facilement entre tous ces corps au sol même si parfois, nous sommes obligés de rebrousser chemin, car la rue est impraticable. Lors de notre troisième rapport, nous ne sommes toujours pas arrivés à destination, tellement les routes sont mauvaises. Le soleil commence à disparaître derrière les immeubles, ce qui m'arrange moi, contrairement à mes hommes qui vont bientôt ne plus rien y voir. Heureusement qu'ils sont équipés de lunettes infrarouges dernier cri, ce qui va leur permettre de se déplacer en toute sécurité dans les rues sombres et étroites de la ville.

# CHAPITRE 38

Dix minutes après le dernier rapport, nous arrivons enfin devant le centre biologique médical, dans la rue des Récollets. Notre lieu de rendez-vous ne déroge pas au reste de la ville. Des cadavres et des contaminés rôdent dans la rue, sans but ni raison, comme en veille. À notre arrivée, ils se « réveillent » et se d irigent vers nous, en grognant et claquant des dents. Sans plus attendre, je fais signe à mes hommes de rester dans la Jeep et je descends pour leur ouvrir la voie. Je m'entaille la main et attends qu'ils soient à moins d'un mètre de moi avant de sortir mon katana et de trancher des têtes. Avec le soleil dans mon dos, je n'arrive pas à voir les traits des visages des contaminés que je tue et j'en suis bien heureuse. Je déteste les imaginer comme ils étaient avant ça. Je préfère me dire qu'ils n'étaient personne, même si je sais très bien que je me voile la face. La seule chose positive là-dedans, c'est que je me défoule enfin après ce court et très calme voyage. Mes muscles se relâchent enfin et je peux libérer le surplus du virus dans mes veines. Je le laisse guider mon corps, sans qu'il prenne le dessus sur moi.

Une fois la rue totalement vidée de ces monstres, je fais signe à mes hommes de venir me rejoindre sur les marches du bâtiment. Le caporal Clark prend garde à bien refermer la Jeep une fois tout le monde descendu et je les observe se diriger vers moi. C'est fou comme ça peut être sexy des militaires en uniforme, armes aux poings... Et dire que ce sont mes hommes ! Je crois que mes hormones sont en train de parler à ma place là. *Lara, calme-toi !*

— Alex ! Fais un nouveau rapport au QG s'te plaît !

Je ne fais pas trop attention à ce que mon ami est en train de dire, mais je comprends très bien qu'il explique que nous sommes bien arrivés à destination et qu'il n'y a aucune trace de nos camarades pour l'instant. Pendant ce temps, j'inspecte les lieux pour trouver un indice nous permettant d'avoir une piste sur nos amis. À part quelques corps de contaminés fraîchement abattus et quelques marques de sang sur le sol, pas de traces de Somer et ses hommes.

— Capitaine ? m'interpelle le sergent Cox. Vous sentez la présence de nos camarades ?

— Non, ils ne sont pas là et je ne peux pas vous dire s'ils sont passés à cet endroit même.

— Et ces contaminés là, ce n'est pas vous qui les avez tués, continue son ami, le sergent Lopez.

— Bien vu ! Ils ont été abattus il n'y a pas trop longtemps, cinq heures maximum et ça, dis-je en montrant les traces de sang, c'est du sang humain.

— Il y a des traces de combats par ici, intervient Alex. Et des impacts de balles par ici aussi. Il y a eu une fusillade.

— Ce qui expliquerait le sang alors, en conclut le caporal Clark. Ici ! Ce sont des marques de pneus, et elles ne viennent pas de chez nous.

— Tu peux les suivre ou pas ? lui demandé-je.

— Non. Il y a plusieurs marques différentes. Ils sont partis en trombe.

— Combien de véhicules ? demandé-je.

Un silence. Je le vois regarder minutieusement avant de me répondre.

— Trois, d'après ce que je vois. Ils sont allés dans cette direction, me dit-il, me montrant le nord, mais je ne vois plus de trace après, je suis désolé.

— Tu n'y peux rien, c'est déjà une piste. Sergent ! dis-je aux deux marines. Inspectez le bâtiment et voyez ce qu'il s'est passé à l'intérieur. Faites attention, il y en a quelques-uns. N'utilisez que les armes blanches, je ne veux pas alerter les environs. Soyons les plus discrets possible.

— Oui, capitaine, répondent-ils ensemble avec leur fort accent américain.

— Alex et Clark ! Restez là et surveillez le périmètre, moi je vais faire un tour par là pour vérifier quelque chose.

Je me dirige vers le nord en suivant les traces de pneus tant qu'elles sont visibles. Au bout de trente mètres, elles disparaissent. On voit encore des traces de sang sur le sol même si elles sont très légères. Des gouttes perlent sur la route et leur espacement prouve qu'il y a parmi eux un blessé assez grave. Je retourne sur mes pas et rejoins mes hommes qui m'attendent sur les escaliers, devant l'immeuble.

— Le matériel n'est plus à l'intérieur, mais rien n'est cassé, me dit le sergent Cox.

— C'est dehors que nos camarades ont dû avoir des soucis, continue Alex.

— Je le crois aussi, dis-je. J'ai suivi les traces de pneus, mais elles s'arrêtent un peu plus loin. Il y a des traces de sang assez régulières. Il doit y avoir un blessé parmi eux, en espérant que ça ne soit pas l'un des nôtres.

— Mais alors, où est passé notre Jeep ? demande le caporal Clark.

— Je n'en sais rien. Si nous suivons ces traces, nous aurons peut-être la réponse. Pour l'instant, je ne sens aucune présence humaine autour de nous, mais beaucoup de contaminés. Ne restons pas sur place. Vous deux, dis-je aux sergents. Prenez la Jeep. Faites-le moins de bruit possible avec. Alex et Clark, restez avec moi et surveillez les alentours. N'utilisez pas de balles, OK ?

— Oui, capitaine ! disent-ils tous ensemble.

Je remarque aussi la grimace que mon ami Alex me lance suite à mes ordres. J'ai l'impression de le faire de plus en plus naturellement comme si j'en avais donné toute ma vie. Le métier rentre dans la peau ! Je lui rends sa grimace en lui faisant un doigt d'honneur. Il fait sa tête de choqué, mais je sens très bien qu'il ne l'a pas mal pris. Heureusement qu'il est là avec moi pour cette mission. Je ne me serais pas bien sentie avec des étrangers et puis, Alex est toujours là pour détendre l'atmosphère.

Je prends la tête du petit convoi en prenant garde de ne pas perdre de vue les traces de sang au sol en éliminant les contaminés sur le passage. Depuis que nous sommes partis de Castres, nous n'avons croisé aucun Master, ce qui est étrange pour une aussi grande ville.

Les traces de sang se dirigent vers la Garonne, le fleuve qui traverse la ville de Nord au Sud et empreinte les rues piétonnes. À plusieurs reprises, le caporal Cox doit s'y reprendre plusieurs fois avant de réussir à passer dans les petites rues sans alerter tout le quartier. Ça doit faire bien quarante minutes que nous marchons en silence quand je ressens tout à coup la présence d'humains en grande quantité. Je stoppe le convoi et j'examine les lieux grâce à mon petit radar personnel. Mes hommes ne bougent plus d'un poil et me regardent avec attention.

Je ne saurais dire combien il y en a exactement, mais ça fait un paquet de survivants rassemblés en un seul endroit. Je me concentre davantage. Je pense les situer à environ neuf cents mètres de notre groupe. Sans prendre la peine d'avertir mes hommes et sachant très bien qu'ils vont entendre ma conversation, j'appuie sur la petite oreillette à mon oreille droite et entre en communication avec ma mère, au QG.

— Maman, je viens de repérer un groupe important d'humains à une distance de neuf cents ou mille mètres, je ne sais pas trop.

— *Combien sont-ils ?* me demande-t-elle.

— Je n'en sais rien, mais ils sont très nombreux, encore plus que nous, au Château !

Un silence.

— Quoi ! s'étonne Alex à côté de moi.

— *Tu crois qu'ils ont un rapport avec la disparition de notre équipe ?*

— Oui, je pense… J'en suis même sûre. Nous suivons une piste de sang qui a démarré au bâtiment biologique. Il y a un blessé grave. Je ne peux pas déterminer de qui vient ce sang. Le matériel a disparu et il n'y a aucune trace du véhicule du groupe de Somer et des impacts de balles prouvent qu'il y a eu confrontation. Nous allons aller sur place et voir ce qu'il se passe là-bas.

— *Faites attention à vous et inspectez les lieux avant de prendre une quelconque décision. Faites-vous discrets le plus possible et tenez-nous au courant assez souvent.*

— Oui, maman, ne t'inquiète pas, nous savons ce que nous avons à faire. Par contre, nous restons en stand-by pour les communications, c'est nous qui prendrons contact avec le QG et pas l'inverse, OK ? Je préfère ne pas nous faire prendre par les petites lumières que dégagent les oreillettes.

— *OK, nous attendons vos rapports, mais Lara ! Ne fais rien d'irréfléchi, OK ?*

— Ce n'est pas mon genre, rigolé-je.

— *Soldats ?* s'adresse le commandant Charles au reste de mon groupe. *Je vous veux en un morceau à votre retour, est-ce bien compris ?*

— Oui, commandant ! répondent-ils.

— *Lara ? C'est pareil pour toi ! Ne fais pas la dure à cuire, on sait très bien ce qu'il en est. Ramène tout le monde à la maison,* ajoute-t-il plus doucement.

— Bien reçu. Silence radio pour le moment.

Après ça, j'ordonne à mes hommes d'éteindre leur oreillette et nous nous remettons à marcher en direction des humains sans la Jeep, que nous avons bien cachée au cas où. Je me fie entièrement à mes sens et nous avançons rapidement vers ce qu'il me semble être le stade Toulousain Ernest Wallon, qui borde l'autoroute d'un côté et la Garonne de l'autre côté un peu plus loin. Plus je m'en rapproche, plus je sens mon estomac se resserrer. C'est la première fois que je sens autant d'humains au même endroit, à part au Château, où je me suis habituée à leur odeur. Je fais arrêter notre groupe juste derrière une petite bâtisse qui nous couvrira s'ils ont posté des sentinelles sur le toit du stade.

— Je vais aller inspecter les lieux toute seule pour l'instant et je reviendrai vous faire un rapport, allez à l'intérieur de ce bâtiment désert et attendez.

— OK, mais tu reviens vite. Ne prend pas de risque toute seule, me dit Alex.

— Tu me connais ! plaisanté-je.

Je donne mon sac à mon ami et je pars sans attendre vers le stade. Je marche à pas de loup vers ce dernier en inspectant les moindres recoins de l'édifice. Je remarque la présence d'hommes un peu partout au centre du terrain. À croire qu'ils sont tous réunis au même endroit, les uns sur les autres. Je me faufile entre les bus et voitures qui ont été abandonnés sur les divers parkings sans me faire repérer par les sentinelles.

Ça fait bizarre de jouer à cache-cache avec des humains. Je n'ai jamais eu l'occasion de rencontrer un autre groupe de gens inconnus. À Toulon c'était différent, le QG avait déjà pris contact avec eux et les connaissait quand même un peu alors que là, nous ne savons pas qui ils sont et comment est leur mode de vie. J'ai tellement vu de séries télévisées qui montraient très bien les différentes réactions de personnes dans des situations comme celle que nous vivons tous aujourd'hui que je me méfie avant d'aller toquer à leur porte. Je compte bien rentrer avec tout le monde et en un seul morceau, enfin, je vais essayer.

Arrivée au pied de l'immense grillage, aucun trou ou ouverture ne me permet de rentrer. Très efficace vu le nombre de contaminés qui se sont amassés devant le grillage du stade. Parmi eux, se trouvent des dizaines de cadavres en décomposition et l'odeur en devient insupportable. J'arrive tant bien que mal à me frayer un passage entre les anciens et nouveaux cadavres que je laisse en les éliminant sur ma route. Je marche sur plusieurs mètres sans trouver de failles dans l'immense clôture alors je décide de jouer à tarzan et de grimper par un grand lampadaire pour ensuite me propulser sur la façade d'un des bâtiments adjacents du stade. J'arrive avec un peu de difficultés à grimper sur le toit de l'immeuble à temps. Un homme trapu, court sur pâte, dans la quarantaine passe juste au-dessus de moi, bien à l'abri derrière une Kalachnikov. Je me cache dans l'ombre des ventilations du toit et je l'observe. Il est posté sur l'un des quatre grands bras de lumières qui surplombent le stade, à moitié endormi, d'après ce que je vois. Je profite de sa petite sieste pour grimper sur le toit ouvert en me plaquant dessus pour ne pas me faire voir des autres sentinelles. Le soleil vient à peine de se coucher, ce qui est à mon avantage et j'en profite sans attendre. Je rampe en silence jusqu'à atteindre le bord intérieur du toit et ce que je vois me coupe le souffle. Des dizaines et des dizaines de tentes, caravanes, camping-car et autres se massent les uns sur les autres, au centre du stade en laissant une bonne quinzaine de mètres entre les tribunes et les premières habitations de fortunes. Pour quoi faire ?

Quand je regarde de plus près, je vois plusieurs personnes qui marchent tranquillement entre les multiples tentes, en s'échangeant quelques mots de temps en temps ou d'autres qui jouent à des jeux de cartes. Il y a des femmes et des enfants qui jouent au Nord-Ouest, dans une sorte de parc de jeux spécialement fait pour eux. Je reste là, à les observer pendant un moment sans remarquer quoi que ce soit de dangereux chez eux, à part bien sûr les sentinelles sur les bras de lumières ou les autres hommes armés que j'ai repérés un peu partout dans les tribunes. En même temps, c'est normal de trouver des gens armés jusqu'aux dents de nos jours. Nous aussi, au Château, nous le sommes énormément.

Ce groupe étant le seul des alentours, ça ne peut être qu'eux qui ont enlevé nos amis. De plus, les traces de sang mènent jusqu'ici. Il n'y a pas de doute. Le seul hic, c'est que je ne sens pas la présence de Somer ou de Jérémy que je connais bien. Je regarde une dernière fois les alentours avant de faire demi-tour et de rejoindre mon équipe.

— Alors ? me demande Alex.

— C'est énorme ce qu'ils ont fait là-dedans. Il doit y avoir au moins une centaine de personnes, voire plus. Il y a des femmes et des enfants qui jouent. Il y a des sentinelles un peu partout et ça sera impossible de s'infiltrer sans se faire voir je crois.

— Alors nous allons nous y faire inviter ! intervient le caporal Clark.

— D'accord, est-ce que tu as senti la présence de nos camarades ? demande mon ami.

— Non, mais ça ne veut rien dire. Ils peuvent les avoir enfermés ailleurs ou je ne sais pas, mais les traces mènent ici, ça ne peut être qu'eux.

— Nous allons nous infiltrer comme l'a suggéré Clark, dit Alex.

— Comment veux-tu faire ça ? Tu nous as vus ?

— Grâce à ça ! me répond-il en sortant de son sac des vêtements de civils. Ta mère pense à tout et elle a eu la même conclusion que toi, alors elle a préparé tout ça pendant que tu prenais ta douche.

Ma mère me surprendra tout le temps. Elle pense vraiment à tout, sauf…

— Et mes yeux ?

Alex ne me répond pas et pour toute réponse, il sort de mon sac un petit étui avec ce que je pense être des lentilles de contacts. À l'intérieur de la boite, deux petits cercles de couleur marrons me font de l'œil. Je m'empare de la première lentille et je place celle-ci sur mon œil droit. À son contact, je cligne plusieurs fois des yeux avant que cette dernière ne me dérange plus. Je mets la deuxième plus facilement que la première. De nouveau, je cligne des yeux à plusieurs reprises et je finis par regarder Alex. Ça réaction ne se fait pas attendre.

— Waouh ! Putain, ça te change trop. Je ne t'avais jamais vue avec d'autres yeux que les tiens.

— Mais ce ne sont pas mes vrais yeux normalement. Ils étaient couleur caramel avant que je ne me fasse mordre la première fois.

— Je sais, mais c'est différent de le savoir et de le voir ! Ça ne te gêne pas ?

— Oh si ! J'ai l'impression d'avoir un voile épais devant les yeux.

— Tu y vois bien quand même ?

— Ça va. Je ne pourrais pas les garder indéfiniment non plus.

— Alors dépêchons-nous !

# CHAPITRE 39

Il me lance mon sac et je commence à sortir ce qu'il y a à l'intérieur. Il y a vraiment toute la panoplie du civil en escapade dans un monde de chaos. Sans attendre, j'enlève ma combinaison dans une pièce adjacente à celle de mes hommes pour plus d'intimité. J'enfile un épais legging noir, un débardeur blanc avec par-dessus un gros pull blanc sale à col roulé pour cacher ma morsure au cou et encore par-dessus une veste en cuir marron que je ne ferme pas. Je mets un gros bonnet en laine noir, en laissant mes cheveux libres. Une paire d'énormes chaussettes montantes marron se rajoute sur mon legging et je termine avec une vieille paire de rangers marron, montantes elles aussi. Me voilà prête pour conquérir le Far West !

— Vous comptez me faire bouillir sur place avec tout ce que j'ai sur le dos, dis-je en retournant dans l'autre pièce.

Ils sont bêtement en train de me regarder, la bouche grande ouverte, comme s'ils avaient vu quelque chose d'étonnant.

— Hou hou !

— Heu, désolé, se reprend Alex. C'est juste que t'as l'air vraiment humaine comme ça. Une super humaine même !

— Qu'est-ce que tu veux dire par là ?

— En gros, vous êtes canon comme ça capitaine, répond Clark à la place de mon ami.

— Ah ! D'accord. Bon, on y va ?

— Oui, bien sûr… GO !

Avant que nous sortions, nous planquons le reste de nos affaires dans une des pièces au rez-de-chaussée ainsi que mes deux lames. Je garde avec moi mon couteau de chasse et mes hommes font de même. Je n'aime pas laisser mes armes derrière moi. Seulement, elles sont trop spéciales pour passer inaperçues. Alex prend contact une dernière fois avec le QG pour les informer de ce que j'ai découvert et de ce que nous allons faire.

Dehors, il fait nuit noire et mes hommes doivent me coller pour ne pas se cogner. À plusieurs reprises, des contaminés viennent se jeter sur nous. Rien de bien difficile pour notre équipe surentraînée. Une fois sur l'autoroute, à bien un kilomètre du stade, nous échafaudons un scénario sur plusieurs semaines afin d'être sûrs de raconter la même histoire si l'on vient à être séparés. Alex prend la tête en tant que chef de notre petit groupe de rescapés, suivi par Cox et Lopez, les deux sergents, Clark, le caporal, et moi. Comme nous sommes censés marcher depuis trois semaines, moment où nous avons quitté notre Fac, je me salie avec de la terre.

— Tu crois qu'ils vont croire à notre histoire ? demande Alex.

— J'espère bien. De toute façon, on ne va pas rester longtemps, juste assez pour en savoir plus sur nos camarades et après on se casse.

— Et s'il découvre qui tu es en réalité ?

— Ça sera d'autant plus simple et rapide !

Mon ami rigole en imaginant la scène que cela pourrait causer, mais il se ravise rapidement. Je sens un petit groupe d'humains se rapprocher de nous. Depuis que nous sommes sur l'autoroute, nos lampes sont allumées et nous jouons nos rôles respectifs. Quand Alex voit le premier homme, il fait arrêter notre groupe et nous fait signe de nous baisser derrière une voiture. Il joue bien le rôle du chef pour l'instant, je sens déjà que les hommes d'en face nous ont tous remarqués.

— Ne bougez plus et montrez-moi vos mains ! entendis-je l'un des hommes à la voix grave crier à Alex.

— Nous ne faisons que passer, nous ne voulons pas d'ennuis, commence mon ami.

— Nous non plus. Je veux être sûr que vous ne représentez aucun danger, continue l'homme à la voix grave. Combien êtes-vous ?

Alex prend du temps avant de répondre et je le sens réfléchir. Ça fait bizarre de le laisser faire alors qu'en règle générale, je m'occupe de tout.

— Cinq avec moi.

— Où allez-vous comme ça en pleine nuit ?

— Nous cherchons un endroit où dormir, nous marchons depuis deux jours sans trouver d'endroit sécurisé.

— Depuis deux jours, c'est tout ? s'étonne l'homme.

Quand je me concentre sur le nombre de battements différents de cœur, je réalise qu'ils sont seulement quatre et je constate aussi que la personne qui parle est totalement calme alors que ses hommes sont plutôt anxieux.

— Non, ça fait plus de trois semaines que nous sommes sur la route, mais deux jours que nous n'avons pas dormi.

— D'accord ! C'est quoi votre nom ?

— Alex, répond simplement mon ami.

— Et vos amis qui se cachent ! demande la voix grave.

À ce moment-là, Clark et Lopez se lèvent et viennent se placer juste derrière Alex et se présentent à leur tour.

— Moi, c'est Rémy, je suis le chef de notre groupe et voici Didier, Éric et Victor… Par contre, vous n'êtes pas tous là.

À ce moment-là, je sais qu'il faut que je me lève avec Clark et je ne sais pas pour quelle raison, mais j'ai le cœur qui bat à dix-mille à l'heure. Clark se lève et me tend la main pour que je la lui prenne en gentille jeune fille que je suis. C'est main dans la main, moi derrière lui, en train de me cacher que nous avançons vers les autres. Les hommes en face de nous ont la même réaction que les miens un peu plus tôt. À croire qu'ils n'ont jamais vu une femme !

— Moi, c'est Clark et voici Lara.

— Enchanté, dit-il. Êtes-vous armés ?

— Oui, de simples couteaux, dit Alex. Nous avions un revolver, mais plus de balles.

— Discutons à l'intérieur, des rôdeurs approchent, dit-il quand l'un de ses hommes tire avec une arme silencieuse sur un contaminé.

— Vous avez un campement ? demande Clark innocemment.

— Bien mieux même !

Sans dire un mot, il se retourne et se dirige vers le stade en laissant ses hommes nous entourer sans nous toucher. Nous nous dirigeons en silence et pendant ce temps, j'examine nos chers hôtes plus profondément. Je ressens un fort courage en chacun d'eux, plus prononcé chez leur chef. Je ne les connais pas assez pour en savoir plus. Au moins, je sais qu'ils seront prêts à tout pour rester en vie. Si ça venait à s'envenimer, je crois que ça ne va pas être facile pour nous, surtout sans nos armes. Je serais capable de bien nous défendre, mais je ne suis pas insensible aux balles.

En peu de temps, nous voilà dans une sorte d'avant pièce, avec une table au centre et des casiers contre les murs.

— Déposez vos armes sur la table, nous ordonne Rémy.

— Nous gardons nos armes, le contredit Alex. Nous ne vous connaissons pas et ce sont les seules que nous possédons. Je ne veux pas mettre mon groupe en danger.

Alex m'étonne. Il prend son rôle à cœur et joue bien le chef prêt à tout pour ses amis.

— Ne vous inquiétez pas mon ami, c'est juste une précaution. Nous ne sommes pas seuls dans notre campement, nous avons des femmes et des enfants et moi aussi, je veux assurer leur sécurité. Vous les récupérerez une fois que nous serons sûrs de ce que vous avez.

Alex nous regarde et pose sa propre arme sur la table pour nous inciter à faire de même. Je sens en même temps qu'il m'interroge du regard et pour lui répondre sur son inquiétude, je pose mon couteau sur la table. Clark, Lopez et Cox font de même en montrant leur désaccord tout de même.

— Vous n'avez que ça ? demande septique leur chef.

— Comme je vous l'ai dit, nous en avions une autre, mais plus de balles.

— Ça vous dérange que je demande à mes hommes de vous fouiller ?

— Vous ne nous faites pas confiance ? demande Clark.

— Je ne fais confiance qu'à mes hommes. Alors ?

— Vous pouvez nous fouiller, mais vous laissez Lara tranquille, dit durement Alex.

— Pourquoi ? s'étonne Rémy. Nous n'allons pas la peloter ! Nous sommes plus civilisés.

— Parlez pour vous, s'énerve Clark toujours dans son rôle. Vous ne savez pas ce que c'est que d'être dehors, sur la route ! Et surtout pour une jeune femme.

Pour accentuer ses dires, je me cache derrière Clark et je joue mon rôle moi aussi. La pauvre petite jeune femme qui s'est fait agressée par un groupe d'hommes lors de l'épidémie.

— Je comprends très bien Clark, je ne vais rien vous faire, jeune fille, s'adresse-t-il directement à moi.

— Je n'ai pas d'autre arme sur moi, dis-je.

— Je voudrais te faire confiance, mais dessous ton gros pull, tu pourrais cacher de nombreuses choses.

Je sens qu'il commence à perdre patience et je ne veux pas nous les mettre à dos alors je me sépare de Clark et m'avance de nouveau vers la table. Clark fait mine de vouloir me retenir, mais je lui fais comprendre de me laisser faire. Pour ne pas qu'ils voient ma morsure au cou et au bras, je soulève seulement mon pull, en laissant mon débardeur blanc dans mon leggings pour cacher la griffure de Master. Avec mes quatre morsures de contaminés, ma griffure de Master et mes deux doigts partiellement arrachés, on peut dire que je suis une jeune fille malchanceuse.

— C'est bon, je vous crois. Qu'est-il arrivée à votre main ?

— Je me suis arrachée deux doigts pendant que nous fuyions et ça a du mal à guérir.

Voilà une chose de presque vraie.

— Ça doit vous faire mal !

Je secoue la tête et je reprends place derrière Clark. Chacun leur tour, mes hommes prouvent qu'ils n'ont pas d'autres armes sur eux et leur chef autorise que nous reprenions nos lames, mais dans leur étui. Il nous met en garde que si nous les utilisons, il y aurait des conséquences fâcheuses.

— Je suppose que vous ne voulez pas être séparés. Dans ce cas, vous allez être un peu serrés, car nous avons du monde.

Et ce qui se trouve sous mes yeux le prouve. Nous sommes à présent sur la pelouse du stade, dans la zone que j'avais observé du haut du toit. Maintenant que je m'y trouve, c'est vraiment impressionnant ce qu'ils ont réussi à faire de cet endroit. Mes hommes n'en reviennent pas non plus du nombre de tente et autres modes d'habitations. Sous nos pieds, la pelouse est sèche, mais bien entretenue. Quinze mètres plus loin se trouvent les habitations en tout genre. Une odeur de barbecue flotte jusqu'à nous et je commence même par avoir faim.

— Voilà notre petit village ! s'exclame leur chef. Tout comme vous, certains d'entre nous sont armés, mais ne craignez rien, c'est au cas où l'un de ces monstres arrivent à passer notre sécurité.

— Votre sécurité ? demande Alex. Vous êtes-vous déjà fait attaquer ?

— Oui et nous avons subi beaucoup de dommages. Nous y avons remédié depuis peu grâce aux armes que nous avons trouvées il y a deux semaines. Nous avons réussi à atteindre une armurerie au centre CSN et nous y avons fait nos courses, depuis, nous sommes tranquilles pour plusieurs mois.

— Tant mieux pour vous, dit Alex.

— Vous pourriez nous en donner une ou deux quand nous repartirons demain ? demandé-je toujours dans mon rôle.

— Lara ! me crie dessus Alex en jouant l'offusqué. Tu…

— Non, non, elle a eu raison de demander. Nous en avons plus qu'assez et puis ce n'est pas une ou deux armes en moins qui va nous faire tuer, n'est-ce pas !

Ses hommes rigolent d'une blague qui m'a échappée. Il ne nous dit pas tout et j'espère le découvrir bientôt. Quand il nous fait faire le tour des habitations, je me concentre plus sur ce que je ressens que ce qu'ils sont en train de dire. Je laisse Alex et les autres se charger de la discussion pendant que j'essaie de sentir la présence de Somer ou d'un des membres de son équipe… Mais rien ! Pourtant, j'ai la certitude qu'ils sont là, mais je ne les vois ni ne les sens. Je scrute les regards de chaque personne que nous croisons et j'essaie de lire en eux. Comme je ne les connais pas du tout, j'ai un peu de mal à les cerner.

# CHAPITRE 40

Les gens de ce camp ont l'air plutôt bien. Ils ont le sourire sur le visage même s'ils restent assez craintifs à notre passage. Je n'ai pas remarqué que le groupe s'est arrêté, du coup, je me cogne contre Rémy et ce dernier me regarde tendrement.

— Je suis désolée, je ne regardais pas où je mettais les pieds.

— Ne sois pas désolée, je comprends que tout ça soit nouveau pour toi. Tu dois être fatiguée de votre long voyage.

— Oui, assez, dis-je en baissant les yeux, toujours peur que mes lentilles ne cachent pas la couleur de mes yeux.

— Je disais à tes amis que vous pouviez utiliser cette grande tente car ses anciens propriétaires sont morts lors de la dernière attaque et que personne n'a voulu s'y installer. C'est une chance pour vous cinq.

— Merci beaucoup de nous accueillir comme ça, dis-je d'une petite voix.

— Mais c'est normal, ma petite. Si vous avez besoin de quoi que ce soit, je me trouve dans la caravane au bout, sous les cages. Bonne nuit et à demain.

— Bonne nuit, dit Alex.

Sur ces derniers mots, nous rentrons dans la grande tente et nous la refermons derrière nous. À cinq, nous y sommes un peu à l'étroit, mais ça fera l'affaire. Je prends place sur un petit tabouret et mes amis s'assoient sur des sacs de couchage à même le sol.

— Tu as senti quelque chose, Lara ? me demande mon ami en chuchotant.

— Non, rien, mais c'est bizarre. J'ai

l'impression qu'ils sont là alors que je ne les sens pas. Enfin, surtout Somer, les autres, je ne sais pas.

— C'est peut-être grâce au lien que tu as avec Ian que tu arrives à le ressentir et pas les autres.

Un silence.

— Je ne sais pas vraiment, je ne le ressens pas en fait, mais j'ai comme une sensation bizarre. Comme si quelque chose interférait entre lui et moi.

— C'est peut-être le cas ! intervient Cox. Ils sont peut-être dans une pièce où tu es incapable de les sentir. Ça t'est déjà arrivé par le passé ?

— Non, jamais, je ne pense pas. En général, quand je suis au Château, je peux sentir la présence de n'importe qui. Là, je n'y arrive pas.

— Tu as quand même l'impression que Ian est là ? demande Alex.

— Oui, dis-je après réflexion.

Je ne saurais expliquer. Je sens malgré tout sa présence même si ce n'est que psychologique. Par contre, pour les autres, je n'en sais rien du tout.

— Tu crois que l'on va nous surveiller ? demande Clark.

— Je pense. Pour l'instant, il n'y a personne qui soit assez proche de nous pour entendre ce que nous disons, surtout si nous continuons à parler aussi bas. Il se fait tard, reposez-vous et on reprendra les recherches demain.

— Mais…, commence Alex.

— Non, si on bouge dès maintenant, nous allons paraître suspect, c'est trop tôt.

— OK, se résigne mon ami.

— Ne t'inquiète pas, je vais continuer les recherches mentalement, je ne vais pas les laisser à leur sort.

Sur ce, je me remets à arpenter les lieux grâce à mon « radar ». Au bout de plusieurs dizaines de minutes, je n'ai toujours rien senti. Mes hommes devaient être déjà bien fatigués avant de partir en mission, car ils se sont déjà tous endormis, même Alex. En même temps, ces derniers jours au Château, n'ont pas été de tout repos et le fait de pouvoir se reposer sans craindre pour ses habitants facilite le sommeil. J'en profite et je sors de la tente sans faire de bruit.

J'arpente les chemins entre les tentes et les caravanes. Presque tout le monde dort sauf quelques insomniaques qui arpentent eux aussi les passages creusés naturellement à force des allées et venues des hommes. J'ai beau me concentrer, je ne ressens toujours rien et ça me frustre. Je décide de monter dans les tribunes en espérant ne pas trop éveiller l'attention des sentinelles. Je n'ai pas fait cinq pas que Rémy est déjà à mes côtés.

— Vous n'arrivez pas à dormir ?

— Non, dis-je simplement.

— Pourtant vous êtes en sécurité ici, vous n'avez rien à craindre.

— Je sais, c'est plus fort que moi.

Il m'invite à m'asseoir sur l'un des sièges et il fait de même en mettant deux sièges entre nous.

— Vous devez en avoir bavé pendant l'épidémie !

— Pourquoi dites-vous ça ?

— Votre regard ! Il est dur et profond. Ça se voit au fond de vos yeux, qui sont très beaux au passage.

S'il savait...

— Merci, dis-je en m'empourprant, comme gênée.

Un silence. Je le sens me détailler du regard.

— Vous êtes une jolie femme.

— Vous êtes un peu trop indiscret !

— Je suis désolé, ce n'est pas l'impression que je voulais donner et puis, vous êtes avec Clark, non ?

— Non, c'est juste un bon ami.

Bordel... Mais il ne me lâche pas un instant du regard ! Je n'ai même pas besoin de jouer tellement il me met mal à l'aise.

— Racontez-moi votre histoire, Lara. Enfin si vous voulez bien ?

Je prends un peu de temps pour moi afin de me remémorer notre histoire commune et aussi pour la réserve, si je puis dire.

— J'étais étudiante en troisième année de littérature à Bordeaux quand ça a commencé. J'étais en cours et je m'en suis sortie de justesse. Quand je me suis enfuie, j'ai croisé mon ami Alex et Clark, qui venait faire ses études en France. C'est injuste pour Clark car il venait à peine d'arriver à Bordeaux et du coup, il n'a pas pu être avec sa famille.

— C'est un moindre mal au contraire. Au moins, il ne les a pas vu mourir.

Un silence.

— Oui, vous avez peut-être raison.

— Comment vous avez rencontré les deux autres américains ?

— Des amis de Clark, aussi venus faire leurs études en France. Ils ont eu la chance de pouvoir se contacter pour se donner rendez-vous à l'extérieur de la ville, pour plus de sécurité. Malheureusement pour eux, un de leur ami français est mort lors de leur voyage. Ça n'a pas été facile après. Nous avions toujours peur que l'un d'entre nous y reste, surtout qu'au début, nous n'avions aucune arme. C'est au quatrième jour que nous en avons volé une sur un cadavre de flic et heureusement pour nous.

Je marque une pause théâtrale pour accentuer mon histoire et jouer la tristesse.

— Mais vous vous en êtes sortis au final, c'est l'essentiel.

— Oui, c'est sûr. Je raconte ma petite aventure, mais vous, ça a dû être encore plus dur non ?

— Chacun a sa propre histoire malheureuse. C'est vrai que la mienne n'est pas facile aussi. Je n'ai pas toujours été ici, entouré par des hommes armés ou ces grands murs.

— Vous aviez une famille ?

— Oui, mais je l'ai perdue, dit-il tristement.

Je suis étonnée qu'il me parle aussi facilement de sa vie alors que je le connais à peine. C'est peut-être le fait que je paraisse faible ou que je sois une femme. En tout cas, je sens qu'il me dit la vérité.

— J'ai perdu ma femme le premier jour de l'épidémie et mon fils le deuxième.

— Oh ! Je suis sincèrement désolée, dis-je vraiment triste pour lui.

— Nous avons tous perdu quelqu'un de proche ce dernier mois.

— Oui, dis-je en pensant à Matt. Comment sont-ils morts si ce n'est pas indiscret ?

— Ma femme dans un accident de voiture. Elle n'a pas souffert et notre fils est parti le lendemain de ses blessures.

C'est terrible…

— Il avait quel âge ?

— Dix ans, mais je peux m'estimer heureux, car d'autres personnes ont vu leur famille se faire mordre et se transformer. C'est la pire façon de perdre un membre proche.

— C'est ce qui vous a poussé à venir ici et à rassembler du monde ?

— Oui en quelque sorte. Je cherchais un endroit où me réfugier et je suis tombé sur des personnes qui sont devenues des amis pour moi aujourd'hui. Sans eux, je n'aurais jamais pu construire ça.

— Vous n'aviez pas trouvé un autre endroit plus sécurisé qu'un stade ? C'est quand même à ciel ouvert et les Masters peuvent rentrer comme ils veulent.

— Les Masters ?

Merde ! J'espère qu'il ne fera pas le rapprochement.

— Oui, je les appelle comme ça. Ils sont tellement grands et gros que ça fait peur.

— C'est un bon nom pour les décrire et puis, ce n'est pas moi qui fais des études de littérature ! rigole-t-il.

Ouf !

— C'est vrai, je suis assez inventive.

— Sinon, pour répondre à ta question, au début oui, mais le stade m'a paru une bonne idée vue que nous pouvons les voir venir de loin grâce à ces bras au-dessus de nos têtes. Et puis, maintenant, avec les armes que nous avons, c'est du gâteau.

— Vos balles arrivent à traverser la peau des Masters ?

— C'est assez difficile et on gaspille énormément de munitions à cause de ça. Nous avons du stock et maintenant que nous avons cette nouvelle arme, nous pouvons dormir sur nos deux oreilles.

Ah ! Est-ce bien ce que je crois ?

— Quelle nouvelle arme ?

— Nous avons trouvé une arme assez complexe, qui tue au premier coup ces monstres et les hordes de rôdeurs.

— Ah bon ?! C'est fabuleux, vous en avez de la chance en fait.

Je ne parle plus, pensive.

— Pourquoi ne pas rester ici avec nous ?

Ah ah ! Monsieur craquerait-il pour moi ?

— Je suis avec mes amis.

— Ils pourraient rester avec nous aussi.

— Nous avions un objectif, un endroit où aller !

— Où ça ? Il n'y a aucun endroit qui ne soit plus protégé qu'ici.

— Vous croyez ? Nous avons entendu un message radio parlant d'un endroit sécurisé dans la ville de Castres. Vous ne l'avez pas entendu ?

— Si si… Nous sommes bien ici, non ?

Depuis quelques jours, le QG lance un message automatique par radio pour informer les survivants qu'il existe un endroit sécurisé. Je ne l'ai appris qu'hier, et j'avais trouvé cela bien. Certains n'ont pas la chance de vivre avec des militaires et peut-être qu'ils aimeraient être plus en sécurité.

Je sens en lui de la méfiance maintenant que j'ai cité Castres. Je n'ai pas assez de détails sur l'arme dont il me parle pour être sûre que c'est la nôtre. Il faut que je creuse plus sans me faire démasquer.

— Oui, bien sûr. Cette ouverture ne me plaît pas trop en fait et d'après le message radio, il y a l'armée, des clôtures et des vivres en abondance.

— Et l'arme ultime aussi ! rajoute-t-il.

Alors il est au courant ! Il a bien entendu le message et d'après son ton, il n'a pas l'air très impressionné. S'il savait que l'arme ultime était en face de lui en train de lui parler…

— Vous l'avez vue ?

— Non, mais d'après son message, ça serait la solution au virus. Pfff ! Des bobards.

— Vraiment ?

— Oui, ils veulent juste plus de monde pour les aider à s'en sortir et puis, je n'ai confiance qu'en mes amis et moi. Imaginez, nous déménageons pour les rejoindre et au final, c'est pire qu'ici ! Non, je ne préfère pas.

— Mais ça vous ne le saurez pas tant que personne n'y sera allé.

J'essaie de l'emmener là où je veux et d'après ce que je vois, j'y arrive assez facilement.

— Je ne veux pas tenter le diable, je préfère garder mes hommes en sécurité ici.

— Mais nous vous avons rencontrés dehors.

— Vous n'étiez pas loin du stade et nos sentinelles vous ont repérés assez rapidement avec vos lampes et le boucan que vous faisiez. Ça m'étonne même que vous soyez encore en vie avec le bruit que vous faisiez, rigole-t-il.

— En vie, peut-être, souvent attaqués et souvent en fuite. À part vous, nous n'avons croisé personne d'autre. Et vous ? Vous avez souvent des nouveaux ?

— Plus maintenant. Ça fait plusieurs jours que nous n'avons pas vu âme qui vive.

Rho le menteur ! Je peux sentir en lui un changement d'humeur. Il me cache quelque chose. Je pense savoir quoi, mais je ne peux pas continuer ma petite enquête, car je sens Alex arriver.

— Votre ami vous cherche apparemment.

— Oui, je suis partie sans le lui dire et il ne va pas être content.

— Si vous avez besoin de parler ou de vous confier, je suis là pour vous écouter, d'accord ?

— Oui, merci, je me sens mieux maintenant.

— C'était un plaisir, Lara. Dormez bien, dit-il avant de se lever et de me laisser passer afin que je descende rejoindre Alex.

Je sens qu'il veut rajouter quelque chose, mais il se ravise. Je descends les escaliers sans attendre. Alex, en bas des marches, fait semblant d'être fâché et ça me fait rire intérieurement. Nous rejoignions notre tente à pas rapides avec la main d'Alex sur mon bras pour accentuer son mécontentement, ce qui me fait encore plus sourire.

# CHAPITRE 41

Une fois à l'intérieur, tous mes hommes sont réveillés et me regardent avec insistance.

— Pourquoi tu es partie sans nous avertir Lara, s'énerve vraiment Alex.

Je le regarde, le sourcil levé.

— Non, sérieux ? Tu es vraiment en colère ?

— Et comment ! Quand j'ai ouvert les yeux tu n'étais plus là, je me suis fait un sang d'encre.

— Qu'est-ce que tu veux qu'il m'arrive, Alex ? Je sais ce que je fais, ne t'inquiète pas et puis, ça m'a permis d'en apprendre plus.

— Il peut toujours t'arriver quelque chose, tu n'es pas invincible contrairement à ce que tu crois. S'ils apprennent qui tu es, tu ne sais pas comment ils vont réagir.

— Rah Alex, lâche-moi un peu, OK ! m'énervé-je à mon tour. Je comprends très bien que tu te fasses du souci pour moi, mais je suis une grande fille, d'accord ? Ils ne savent pas qui je suis, mais ils connaissent l'arme ultime. Ils l'ont entendu à la radio.

— Oui, j'ai enregistré un message de ta mère qui en parle, ainsi que du Château, mais elle ne donne pas de précisions. Enora ne dit pas que c'est toi ou même que c'est « humain ». Le message passe en boucle sur plusieurs stations pour plus d'efficacité.

— Tu vois, ça aussi j'aurais aimé être au courant. Je l'ai su que parce-que j'en ai entendu parler. Si je ne sais pas les choses, c'est ça qui peut me mettre en danger.

— OK, d'accord, j'ai compris. Sinon, tu as appris quoi ?

— Il me ment sur certaines choses. Il m'a parlé d'une arme très sophistiquée qu'ils ont trouvée, et qui allait changer leur vie.

— La nôtre ! s'exclame Clark.

— Oui et j'en suis presque sûre, seulement, tu m'as interrompue avant que je n'en sache plus. Il a menti sur le fait qu'il n'avait croisé personne depuis plusieurs jours, je l'ai senti réagir quand je parlais du Château et de nos militaires.

— C'est lui qui a dû les enlever… Il ne doit pas les garder ici, en conclut Alex.

— Je ne sais pas. Comme je t'ai dit, je sens quelque chose, mais je ne sais pas comment l'interpréter.

— Il faut que nous fouillions les alentours, les sous-sols, etc. Ils doivent bien être quelque part, s'exclame Cox.

— Oui, demain ! dis-je.

— Demain, pas dans une heure ou deux. Tu restes là et tu dors.

— Alex, je ne dors pas toutes les nuits, je n'en ai pas besoin… Je vais rester ici pour te faire plaisir et surtout, jouer mon rôle.

— Bien !

Sur ce, notre groupe se rendort rapidement et je les écoute respirer paisiblement. Je me cale sur leur respiration pour ajuster la mienne qui est rapide par rapport à eux. En quelques secondes, je suis calée sur elles. Je peux enfin me calmer et penser à quelque chose d'autre que l'enlèvement de Somer, de son équipe et de tout ce qui se trouve autour. Je m'imagine sur du sable fin, sur une île paradisiaque, seule avec l'homme de ma vie, dans une meilleure vie que celle de maintenant.

Mon rêve n'a duré que quelques instants et j'ai passé le reste de la nuit à inspecter chaque personne présente dans le camp. Comme si j'avais un radar à la place de mon esprit et qu'il ait gardé en mémoire les moindres passages dans le stade.

J'attends que mes hommes se réveillent avant de faire quoi que ce soit et je profite du calme de l'aube pour faire un rapide rapport au QG. Une fois fini, je croise le regard de mes soldats qui m'observent attentivement.

— Tu n'as pas dormi, dit Alex.

— Non et je me porte quand même bien. J'en ai profité pour faire un rapport au QG et leur dire que tout allait bien pour l'instant.

— De nouvelles trouvailles cette nuit ?

— Non, rien de neuf.

— Merci de nous avoir laisser dormir, ça nous a fait du bien, me dit Cox.

— De rien, vous en aviez bien besoin.

— Alors quel est le programme aujourd'hui ? demande Alex.

— Nous allons faire semblant de partir et nous allons voir comment ils vont réagir.

Comme prévu, Rémy nous offre très gentiment de nous reposer encore une nuit. J'insiste auprès d'Alex pour rester, qui râle alors que notre hôte semble plus heureux. Si j'arrive à le faire encore parler, j'apprendrais peut-être quelque chose d'utile. La journée passe tranquillement. Mes hommes apprennent le fonctionnement du stade avec plusieurs habitants et quant à moi, je passe la journée avec Rémy, qui m'a gentiment invitée à sa table. Je garde un œil, si je puis dire, sur mes camarades au cas où ils viendraient à avoir un problème, mais le soir venu, je n'ai toujours rien appris de nouveau et je commence à perdre patience.

Alors que nous passions à table, des hommes de Rémy arrivent en courant, les bras chargés de nos affaires. Merde !

— Chef ! Il y a des traces de pneus récentes par ici et nous avons découvert ça aux abords du Stade.

— Et vous n'avez pas trouvé à qui appartiennent ces affaires ?

— Non, chef ! Que ça.

Ce dernier se lève et regarde tout le campement rassemblé devant lui. On croirait voir un roi se lever et parler à ses sujets.

— Nous avons des intrus dans notre campement. Je veux que l'on me les trouve et qu'on me les amène sur le champ, crie-t-il à l'assemblée.

Je ne comprends pas ! Il n'a pas fait le rapport entre ces cinq sacs et nous ? Surtout qu'il y a quatre sacs d'hommes et un de femme… Soit il fait semblant soit il est idiot. Rémy fait signe à l'un de ses hommes qui détale tout de suite en direction d'une des sorties, vers les vestiaires du stade. Pendant ce temps, lui et trois de ses hommes fouillent les affaires et étalent tout sur le sol. Il garde mes lames sur la table, bien à l'écart du reste. Tant mieux pour moi, si quelque chose venait à déraper, je pourrais m'en emparer plus rapidement, mais je sens que les choses vont vite s'envenimer, car quand l'homme revient, il traîne derrière lui Jérémy, qui n'arrive plus à tenir debout.

Mon cœur se serre à la vue de l'état de mon ami et de tout ce sang qui coule de sa bouche et de son nez. Je regarde vite fait en direction de mon groupe et je vois qu'ils ont la même réaction que moi. Ils sont bien là ! Comment ça se fait que je n'ai pas réussi à les sentir ?

Son homme de main jette Jérémy sur le sol, face à Rémy et moi, qui sommes toujours sur l'estrade. Mon ami reste allongé tellement il est mal. Je sens en lui qu'il n'en peut plus. Il souffre. Sans pouvoir me contrôler, une colère noire monte en moi et je vois rouge. Je ne supporte pas que l'on touche à mes proches, mais pour ne pas nous faire repérer, je prends sur moi et j'essaie de me calmer, en vain.

— Regarde-moi, lui dit calmement Rémy. Tout de suite !

Deux de ses sbires soulèvent Jérémy pour qu'il puisse le regarder dans les yeux. Son regard croise le mien et il reprend rapidement confiance, ce qui me réchauffe le cœur.

— Toi et tes amis, vous nous aviez juré qu'il n'y avait personne d'autre avec vous ! Alors qu'est-ce que c'est que ça ? dit-il en montrant nos sacs.

Jérémy ne dit rien ce qui lui vaut un coup de poing dans l'estomac par une troisième personne.

— Mais qu'est-ce que vous faites là ? demandé-je exaspérée.

— Ça ne vous regarde pas, Lara !

— Peut-être que si au final ! J'avais décidé de rester ici, mais apparemment vous ne réservez pas le même sort à tout le monde.

— Lui et son groupe sont rentrés sur notre territoire sans notre accord.

— Nous aussi.

Je le sens s'énerver. Je reste impassible.

— Lara. S'il vous plaît. Fermez-la !

Oh ! OK…

— Si c'est comme ça, nous allons partir sur le champ, continué-je afin de détourner leur attention de mon ami mal en point.

— Restez ici, on en reparlera plus tard.

Je n'ai pas le temps de lui répondre, car mes autres hommes arrivent dans le même état que Jérémy. Une fois devant, Bruno me reconnaît tout de suite, mais les deux autres Marines, non. Somer n'est pas là et je n'arrive toujours pas à le sentir.

— Peut-être que l'un d'entre vous va me dire à qui appartiennent ces affaires ! continue Rémy toujours aussi énervé. Personne !?

Je regarde Bruno afin de lire en lui et de comprendre ce qu'il se passe et celui-ci me fait des petits gestes que j'interprète à moitié. Il est vraiment en mauvais état ! Son œil gauche est complètement fermé et violet, comme ses lèvres. Il doit avoir quelques côtes cassées, car je le sens respirer avec difficulté. Jérémy et les deux Marines sont dans le même état et mon cœur se serre en pensant à ce qu'ils ont subi à cause de Rémy et de sa foutue envie de pouvoir. Je ne l'avais pas compris et je l'avais mal jugé au début, mais je vois sa vraie personnalité maintenant. Je m'en veux de n'avoir rien fait avant.

Un silence de plomb tombe dans l'assemblée et tout le monde regarde ce qu'il est en train de se passer, sans réagir. Je n'aime pas ce silence, ça n'augure rien de bon. Alors que je m'apprête à agir, Rémy me retient et donne un ordre à ses hommes que je ne comprends pas. Une femme s'avance devant Jérémy, sort rapidement une arme et tire une balle dans sa tête. Le son du coup de feu se répercute dans tout le Stade. Clouée sur place, je n'entends même pas le corps de mon ami toucher mollement le sol, ni Alex se ruer sur cette femme. Comme dans une brume cotonneuse, je ne réalise pas ce qui est en train de se passer… Choquée.

C'est alors que je vois la femme viser Alex, qui se débat entre les deux hommes. Mon sang ne fait qu'un tour et je me réveille d'un coup. Je me dégage de l'emprise ridicule de Rémy, saute de l'estrade et cours vers la meurtrière, que je propulse contre une caravane, à dix mètres de là. Elle s'y écrase et son corps touche le sol, la nuque brisée et sans vie. Je ne m'arrête pas là et je fais de même avec les deux hommes qui entourent Alex. Je sens la stupéfaction des personnes autour de moi, mais je n'en ai rien à faire. Ils ont fait du mal à mes amis et je ne supporte pas ça. Clark, Lopez, Cox et Alex se rassemblent aux côtés de Bruno et des deux Marines sans pouvoir les libérer, car ils sont toujours tenus en joue par les hommes de Rémy. L'un d'eux pointe tout à coup son arme sur moi, mais j'arrive à sa hauteur avant qu'il ne tire, je lui brise le bras et lui prend son arme. Alors que cinq hommes s'avancent vers moi, je les interromps.

— Si vous faites un pas de plus, je vous promets que vous allez rejoindre vos amis au pied de la caravane.

Un silence. Leur chef me toise froidement.

— Qui es-tu Lara ? demande Rémy stupéfié.

— Tu vas l'apprendre très rapidement, ne t'inquiètes pas et si tu ne veux pas rejoindre ton personnel, tu vas libérer mes soldats sur le champ.

— Tes hommes ? Tu n'es qu'une gamine !

— Une gamine qui vient de tuer trois des tiens et d'en blesser un en quelques secondes. Fais ce que je te dis, sinon, il y aura trop de morts pour les compter.

Il me jauge avant de reprendre la parole.

— Tu ne peux rien faire contre nous tous. Nous sommes armés et toi, tu n'as qu'un flingue. Tes hommes ne sont pas vraiment en état de t'aider.

— Lara n'a pas besoin de nous pour s'en sortir, dit Bruno. Elle est plus forte que vous tous réunis.

Rémy commence à rire et ses hommes le suivent comme des petits chiens. Pitoyable ! Alors je fais de même et sans un mot, j'enlève mes lentilles et m'approche de l'estrade. Quand je relève les yeux sur Rémy, celui-ci s'arrête aussitôt de rigoler, stupéfié.

— Tu crois toujours que je serais incapable de vous vaincre ?

— Qui es-tu ?

— Tu le sais déjà, mais tu ne m'avais jamais vue avant.

— L'arme ultime ! s'étrangle-t-il.

— C'est comme ça que mes hommes m'appellent, dis-je en grognant.

Pour me faire voir de tout le monde et leur faire comprendre que ça ne sert à rien de faire quoi que ce soit, je monte sur l'estrade et je leur fais face. Un « oh » de surprise et de peur s'élèvent dans l'assemblée en même temps que des armes. J'entends siffler une balle et je ressens la douleur peu de temps après. L'un des snipers, sur les bras au-dessus de nous, vient de me tirer dans l'estomac. La douleur est vive et intense, mais je me contrôle pour ne pas perdre la surprise et leur prouver que je ne crains rien même si je sais que c'est totalement faux. Je prends sur moi et je relève les yeux.

# CHAPITRE 42

— Les balles ne me font rien, mentis-je en serrant les dents. Il y a peut-être du sang, mais je ne ressens pas la douleur. Comme vous le voyez, j'ai les mêmes yeux que les zombies à l'extérieur avec la force d'un Master, les gros monstres qui vous terrorisent. Je n'en ai pas peur et j'en ai tué un bon nombre. Ce ne sont pas de simples humains qui vont me faire peur. Je ne vais pas me répéter dix fois, libérez mes hommes tout de suite.

Cette fois, Rémy leur en donne l'ordre et une fois libre, Alex et le reste de mon groupe aident Bruno et les deux Marines, bien amochés. Ils récupèrent nos sacs et viennent se placer au pied de l'estrade, à côté de moi. Pour ma part, je récupère mes lames que je mets dans mon sac, en gardant mon tantō avec moi.

— Où est Somer, demandé-je à Bruno.

Ce dernier n'ayant plus la force de parler, je me tourne vers Rémy en attendant sa réponse.

— Il est en bas, dans une pièce capitonnée, car il nous a causé quelques petits problèmes.

— Oui, ça j'en suis sûre, mais est-il encore en vie ?

— Normalement oui, ça fait un moment que nous ne sommes pas aller le voir.

— Pourquoi avoir fait ça ? Ils étaient ici pour récupérer du matériel médical et biologique, ils ne vous ont rien fait.

— Ils sont rentrés dans notre territoire.

— Quoi ? Tu te fous de moi ? Il n'y a pas de territoire qui tienne, nous sommes en guerre contre ces monstres dehors et non contre notre propre espèce, merde. À cause de toi et de ton foutu ego, tu as failli compromettre la décontamination de la planète.

Un silence.

— Comment ça ? demande une femme dans l'assemblée.

— Je vous parlerai une fois mes hommes en sécurité. Alex, rejoins la Jeep et ramène les blessés, je vous rejoins plus tard.

— Il n'y aura pas assez de place, dit mon ami.

— Où sont les Jeep de mes hommes, demandé-je à Rémy. Pas la peine de négocier, nous n'avons pas le temps, dis-je en retenant un râle.

Il me scrute avec intérêt.

— Steeve, donne-leur les clefs et montre-leur la sortie, lui ordonne-t-il.

— Lara, tu ne peux pas rester seule, réussit à dire Bruno.

— Tu t'inquiètes toujours pour moi, Bruno ! Ne t'en fais pas, tu sais que je peux me défendre et puis, tu dois être soigné et tes collègues aussi. Le matériel, rajouté-je à l'intention de Rémy, il me le faut.

Leur chef donne l'ordre de nous rendre aussi le matériel et ils partent sur le champ. Après un dernier coup d'œil à mes amis, j'appuie sur mon oreillette.

— Maman ?

— *Non, c'est le commandant Charles, tout va bien Lara ?*

— Non, pas vraiment commandant. Nous avons retrouvé notre groupe et le matériel, mais ils sont en très mauvais état. Ils rentrent avec mon groupe.

— *Et toi, Lara ?*

— Je dois rester sur place pour régler quelques affaires et aller chercher Somer. Jérémy est mort, rajouté-je la gorge serrée.

Un silence.

— *Oh mon Dieu… Je suis désolé. Comment ça s'est passé ?*

— Je n'ai pas le temps de vous répondre, je vous contactais pour vous prévenir que mes hommes rentraient et que j'allais arriver après, Alex vous fera un rapport dès qu'il rentrera.

— *OK, Lara ! Rentre vite.*

— Où est ma mère ?

— *Elle s'occupe d'un autre truc, ne t'inquiète pas, elle va bien.*

— Je reprendrai contact dans une heure, si je ne l'ai pas fait, envoyez David et une équipe armée jusqu'aux dents au stade de Toulouse et tuez-les tous, OK ?

— *Lara ?* s'étonne Charles.

— Alex vous racontera.

— *D'accord.*

— Je coupe la communication, terminé.

Pendant ce temps, Rémy ne m'a pas lâchée des yeux. Ils sont tous surpris. Je ne dis rien et je reste concentrée sur l'avancée de mes hommes. Cinq minutes plus tard, je les sens s'éloigner du stade, sans être suivis par quiconque alors, je me retourne vers l'assemblée et je prends la parole.

— Je ne sais pas si vous êtes tous dans le coup et si vous étiez au courant de ce que votre chef faisait à mes hommes, mais sachez que si parmi vous, il y en a qui souhaitent partir d'ici, ils peuvent venir avec moi. Nous avons de meilleures conditions, à manger, à boire et un vrai toit avec des lits, des douches, des maisons quoi ! Sachez aussi une chose, je suis capable de savoir si l'on me ment ou pas et si vous êtes un danger pour moi et mes hommes. Comme vous m'avez entendue parler, nous sommes bien organisés et armés. Si dans une heure, je ne reprends pas contact avec le QG de chez moi, ils enverront des hommes avec un ami qui est comme moi. Nous sommes deux à être dotés de forces surhumaines et votre chef en garde un troisième enfermé.

Je regarde Rémy et je le fixe dans les yeux. Il faut que je fasse le plus vite possible, je ne me sens vraiment pas bien. Il faut que j'enlève la balle, ma peau commence à se refermer et ça risque d'être beaucoup plus douloureux par la suite.

— Que vas-tu faire maintenant que tu es seule contre nous tous ? dit Rémy en reprenant confiance en lui. Nous pouvons te garder en otage et empêcher tes hommes de tous nous éliminer.

C'est pour ça qu'il a été si obéissant ! S'il croit me faire peur…

— Je leur ai donné l'ordre de tous vous tuer si je ne faisais pas de rapport dans moins d'une heure maintenant et ils le feront même si je suis toujours là.

— Tu n'es pas leur chef supérieur, tu as un commandant.

— Oui, mais il m'écoute et fait tout ce que je lui demande. C'est un commandant, mais tous les généraux m'écoutent quand il s'agit de la survie de notre communauté. Rémy, rajouté-je, ne cherche pas à faire ta loi, tu vas perdre, tu ne peux rien contre nous.

— Peut-être pas, mais nous avons tes armes à ultrasons, ils n'en ressortiront pas indemnes.

Je souris.

— Tu crois que nous n'en avons pas nous aussi ? Et tu crois que nos scientifiques auraient créé une arme aussi puissante sans s'assurer qu'elles ne se retournent pas contre ? Elles sont équipées d'un système qui les désactive grâce à une télécommande, alors quand mes hommes reviendront, vous serez sans armes contre nous, mentis-je encore une fois.

Je le sens réfléchir et hésiter sur la fiabilité de mes dires. Il regarde ses hommes et je les sens capituler les uns après les autres.

— Après ce que nous avons fait à vos hommes, jamais vous ne nous accepterez chez vous, crie l'un de ses hommes.

— Tu n'as pas tort. Je suis capable de reconnaître ceux qui sont innocents et eux seuls pourront me suivre.

— Et les autres ? Vous allez nous tuer ?

— Non. Seule celle qui a assassiné mon ami le méritait. Pour vous, j'ai une autre solution

— Et c'est quoi ? demande Rémy.

— Vous priver de toutes armes et nourriture et vous lâcher dehors. C'est la punition que j'applique lors de crimes de ce genre, l'exil.

— Ça revient à nous tuer ! s'écrie un coupable.

— Tu as peur pour ta peau, car tu sais, et je sais que tu as torturé mes amis, je peux sentir ces choses-là !

— Sinon, je peux donner l'ordre de te tuer là, sur le champ et partir ! me menace Rémy.

— Vas-y, essaie ! grogné-je. Personne n'a réussi jusque-là. Je t'en prie, dis-je pas vraiment rassurée quand même.

Il me lance un regard noir, mais je ne détourne pas mon attention de ce connard.

— Bon, j'en ai marre de discuter, m'énervé-je à cause de la douleur et surtout, la vue de Jérémy mort à mes pieds. Conduis-moi jusqu'à mon ami et rendez-moi mes armes. Je parle des armes à ultrasons.

— Mais…

À bout de nerfs, j'attrape le cou de Rémy et le soulève de terre. Ses pieds pendent dans le vide et je sens déjà qu'il suffoque sous mes doigts.

— Si tu ne veux pas mourir devant tes hommes, conduis-moi tout de suite à Somer et dis à tes hommes de me rendre ce qui m'appartient. Est-ce bien compris ?

Il cligne des yeux pour me répondre. Je le lâche sans ménagement sur l'estrade. Il tousse pour reprendre son air et se relève avec difficulté. Dix minutes plus tard, mes deux armes à ultrasons sont dans un sac de sport à mon épaule.

— Les personnes qui souhaitent venir me rejoindre, mettez-vous dans les tribunes. Je reviens dans trente minutes et celles qui ne veulent pas, tant pis pour vous. Quant à vous, dis-je en regardant ceux qui ont torturés mes amis, n'essayez pas de vous enfuir, je vous retrouverai par tous les moyens et maintenant que j'ai senti votre odeur, je peux vous suivre n'importe où !

J'en rigolerais presque de les voir devenir blancs de peur, mais je ne me sens pas assez bien pour me le permettre. Sans attendre, je me dirige vers l'entrée des vestiaires, par là où sont partis mes amis, suivis par Rémy et trois de ses hommes.

— Conduis-moi jusqu'à lui ! ordonné-je à Rémy.

— Tu jouais la comédie ces deux derniers jours ?

— Oui et je n'aurais pas dû. Je vous ai observés du toit avant que l'on se montre et j'aurais dû tous vous tuer quand j'en avais l'avantage. J'ai voulu faire confiance à des humains et encore une fois, je m'en mords les doigts. J'aurais pu tous vous avoir dans votre sommeil, mais j'ai voulu paraître humaine et voilà où ça me mène ! Vous avez tué mon ami de sang-froid alors qu'il était déjà à terre et blessé.

— Je sais que je n'aurais pas dû donner l'ordre de le tuer. Je ne savais pas qui tu étais, dit-il la peur au ventre.

— Rien à foutre de savoir qui j'étais ou pas ! Tu as abattu un gamin de sang-froid et sans aucune pitié. Que je sois une hybride ou une humaine, rien ne change, tu es un meurtrier et un sadique. Mes hommes ne t'avaient rien fait et tu les as torturés sans aucune raison valable.

Il a peur, mais il ne montre rien.

— Alors tu vas me tuer ? demande-t-il.

— Pas tout de suite, il faut que je réfléchisse. Tu sais, contrairement à ce que tu crois, tu n'es pas le centre du monde, il y a plus important que toi et nos chercheurs ont pris du retard.

— Vos chercheurs ? demande l'un de ses hommes.

— Et oui ! Nous sommes nombreux et nous avons toute une structure. Si votre chef n'avait pas pensé qu'à lui, vous auriez pu vivre dans un meilleur endroit et surtout l'anti-virus serait déjà créé à cette heure-ci !

— Comment ça, vous avez trouvé un remède ? demande Rémy.

— Oui, mon sang, mais c'est assez compliqué. J'ai déjà ramené un contaminé à la vie et mon sang tue les contaminés qui le boivent.

Un silence pendant que les hommes de Rémy deviennent fous.

— Et toi, tu voulais l'assassiner ! s'énerve l'un de ses hommes contre Rémy. Depuis tout ce temps, tu nous disais que c'était que de la merde ce nouveau camp. En fait, ce n'était que par soif de pouvoir que tu nous gardais. Tu es un enfoiré, Rémy.

— Tu n'as pas à me reprocher quoi que ce soit, Steeve ! Je vous ai tous protégés.

— Tu nous as enfermés ici alors qu'il y avait mieux ailleurs et si nous étions partis avant, ma femme serait encore en vie ! Elle aurait pu la ramener, dit-il en parlant de moi.

J'écoute attentivement et m'interpose quand ça en vient aux mains en les séparant avec facilité.

— Ce n'est pas le moment de faire ça, je veux récupérer mon ami et tout de suite.

— Il est derrière cette porte, me dit Rémy.

# CHAPITRE 43

Nous sommes dans une pièce qui ressemble à une salle de coffres de prestige avec à des murs couverts de belles peintures et représentations en tout genre. On ne se croirait pas sous la pelouse d'un stade de Rugby, mais dans un grand palais d'un riche milliardaire. La pièce de trente mètres carrés contient un ensemble de canapés en cuir beige et une table basse de la même couleur. En fait, tout est très clair ici même si elle est éclairée par des halogènes de fortune. Au fond, se trouve une imposante porte qui m'a l'air bien lourde et épaisse.

— C'est un coffre-fort qui permettait de garder en sécurité les trophées et l'espèce des gagnants. Votre ami est à l'intérieur, rajoute-t-il, voyant que je m'impatiente.

Effectivement, je peux sentir sa présence maintenant, même si je me demande pourquoi je n'avais pas pu auparavant.

— Il y a une autre pièce que celle-ci ?

— Oui, de l'autre côté, c'est là que nous avions mis vos amis.

Je n'attends pas plus longtemps et ouvre la porte sans trop de difficulté. Je retrouve enfin Somer, attaché à un poteau en acier, au centre de la petite pièce. Mon cœur réagit à sa vue. Il est dans le même état que les autres. Je rentre sans réfléchir.

Somer est conscient et écarte les yeux une fois qu'il s'est habitué à la lumière. Comme il ne peut ni bouger ni parler, je le libère de ses liens, en commençant par son bâillon.

— Tu es enfin là… Je me demandais quand est-ce que tu allais arriver.

— Moi aussi je suis contente de te voir.

— Tu sais que je suis content de te voir, je te charrie.

— Dans l'état dans lequel tu es, tu arrives à plaisanter ?

— Toujours. Et puis, tu es là maintenant, alors tout va bien.

— Non, pas tout, dis-je la gorge serrée.

Un silence alors qu'il me fixe.

— Qui est mort ? me demande-t-il en lisant en moi.

— Arrête de faire ça, tu sais que je n'aime pas, tu es comme David !

— Tu as laissé ton esprit ouvert alors j'ai vite compris. Qui ?

— Jérémy, dis-je en lâchant une larme.

Je l'ai à peine libéré qu'il se lève et se jette sur Rémy. Il le prend au cou et le plaque contre le mur. Comme moi, juste avant. Il le soulève du sol, et même affaiblis, il a de la force… Il m'impressionne. Je me lève avec un peu de difficulté à cause de ma blessure et je le rejoins.

— Ne le tue pas maintenant, j'ai encore besoin de lui.

— Pourquoi ?

— Il y a plus d'une centaine de personnes dehors et ils l'écoutent, je ne veux pas que ça soit l'anarchie.

— Qu'ils se tuent entre eux, je n'en ai rien à foutre. Pourquoi tu as encore autant de respect envers les humains après ce qu'ils t'ont fait ?

Mon regard s'attarde sur lui, car au fond, il a raison.

— Ce n'est pas ce que tu crois.

— Ah bon ?

— Jérémy est encore là-bas ! Je veux récupérer son corps, Ian. Je veux l'enterrer.

Il réagit à ma phrase et le lâche. Somer se retourne vers moi et sa colère se change en tristesse. Je pleure à chaudes larmes, mais sans bruit. J'avais réussi à me retenir jusque-là. Le fait de le dire à haute voix me fait réaliser que mon ami est parti. Un de plus… Un de trop…

Sans se préoccuper des autres autour de nous, il vient vers moi et me prend dans ses bras. Je le serre à mon tour, triste pour Jérémy, mais heureuse d'avoir retrouvé mes hommes… Et lui. C'est étrange ! Jusqu'à il y a peu, je tolérais tout juste sa présence. Lui parler me demandait déjà un effort. À cause du virus qui vit en moi, quelque chose me poussait constamment à le rejeter, à garder mes distances sans vraiment comprendre pourquoi. Pourtant, au fil du temps, j'ai appris à le connaître, à voir l'homme derrière le soldat. Et maintenant… Maintenant que ses bras se referment autour de moi, je ne ressens plus ce rejet. Au contraire… Pour la première fois, j'accepte volontairement son contact. Mieux encore… Ça me fait du bien. Une sensation apaisante, rassurante, dont j'ignorais avoir besoin. Je suis bien dans ses bras. Je ne veux plus le lâcher, mais mes jambes cèdent sous mes pieds et Somer me dépose sur un des canapés.

— Tu es blessée ? Comment s'est arrivé ?

— Un de mes collègues lui a tiré dessus avec son sniper, répond à ma place l'un des hommes.

— Montre-moi ça, Lara.

Je me lève avec son aide et je retire mon gros pull qui me tient trop chaud, toujours avec son aide et soulève mon débardeur blanc taché de mon sang. Je sens de la surprise dans la pièce et je réalise qu'habillée ainsi, ils peuvent voir toutes mes cicatrices.

— Vous en avez vécu des choses, dit l'un d'entre eux.

— Plus que vous ne l'imaginez, répond Somer. Ça a déjà commencé à se refermer, il faut que j'aille la chercher, ça va faire mal.

— Vas-y, ne t'inquiète pas, j'y suis habituée.

Il prend le couteau à ma botte et l'enfonce dans la plaie sans avertissement. Il me connaît et je n'aime pas que ça traîne. Je retiens un cri, mais je n'arrive pas à cacher la douleur sur mon visage. En quelques secondes, il réussit à faire sortir la balle de mon abdomen et me fait un bandage de fortune avec le tissu de mon pull.

— Tu sais que ça ne sert à rien, ça va se refermer dans quelques minutes.

— Je sais. Si je peux t'éviter de te vider de ton sang à mes pieds…

— Ah ah !

Rémy s'avance, le regard noir.

— Je croyais que vous ne ressentiez rien ?

— J'ai menti, oups ! Je ressens la douleur, mais je guéris vite. Je me suis déjà pris plus de huit balles dont une dans la tête et je suis toujours là.

Somer me dévisage, surpris.

— Tu ne me l'avais pas dit ça.

— En même temps, ce n'est pas le genre de conversation qu'on avait ensemble.

Je vois les hommes de la pièce rougir en pensant que nous sommes amants.

— Heu, non ce n'est pas ce que vous pensez, loin de là. Nous nous détestions.

— Ah bon ? s'étonne Somer. Ce n'est plus le cas ?

— Arrête-toi, tu le sais, tu le sens, non ?

Et c'est vrai, quelque chose a changé entre lui et moi. Je ne peux pas l'expliquer, mais je ne ressens plus autant de colère contre lui, au contraire. Je crois que le fait d'avoir eu peur de le perdre a fait la même chose qu'avec ma sœur lors de sa noyade.

— Oui, me dit-il avec un sourire.

— Heu Lara, ça va faire une heure, dit Rémy qui a repris ses esprits.

— Tu ne veux plus te battre ?

— Non, tu as gagné !

— Je n'ai pas gagné, j'ai fait en sorte de m'en sortir contre tes menaces. Tu as tué notre ami.

— Toi aussi !

De nouveau, je le rejoins en deux enjambées et je le plaque contre le mur, folle de rage.

— Je me suis vengée en tuant la personne qui lui a mis une balle dans la tête alors qu'il était désarmé et vulnérable. Tu n'as rien à dire, enfoiré ! Tu as torturé sans aucune pitié mes amis et un gamin… Tu sais quel âge il avait ?

Aucune réponse.

— Dix-neuf ans ! C'était un jeune homme courageux qui avait réussi à s'en sortir face à ces monstres dehors et à des situations bien pires que tout ce que tu peux imaginer et toi tu l'as tué alors qu'il n'était pas en état de se défendre. Putain ! grogné-je, hors de moi. Un humain ! Il est mort à cause d'un humain… Tu mérites de crever, là, sur le champ, mais ça serait trop facile pour toi. Je veux te voir souffrir dehors, sans défense, comme mon ami.

Je sens que je suis à deux doigts de lui arracher la tête alors je le jette par terre, aux pieds de Somer, pour qu'il y garde un œil. Je ramasse mes affaires et remonte à la surface, suivie par les autres. Quand j'arrive sur la pelouse, une bonne soixantaine de personnes sont assises sur les sièges et le reste de l'assemblée est juste en face. Ceux qui sont restés sur la pelouse sont ceux qui ont torturés mes hommes. J'appuie sur mon oreillette et j'entends le commandant Charles.

— *Lara ? Ça va ? Tout va bien ?* dit-il inquiet.

— Alex vous a raconté ?

— *Oui, ils sont arrivés il y a cinq minutes, il est avec moi là.*

— Tu n'as pas perdu de temps à rentrer.

— *J'ai mis la gomme, ils n'étaient pas bien, ils avaient besoin de soins. Et toi Lara, comment ça se passe ?*

— On va dire que ça va, dis-je en regardant le corps de mon ami au sol.

Quelqu'un l'a recouvert d'un drap blanc, mais on voit trop bien la tâche de sang sur sa tête.

— Il va falloir faire de la place dans les immeubles autours, je ramène une soixantaine de personnes avec moi, des innocents qui ne savaient pas ce qu'il se passait ici.

— *Tu en es sûre, Lara ?* me demande le commandant Charles.

— Pas à cent pour cent. D'après ce que je peux en ressentir de là où je suis, oui, ils sont presque clean. Le temps que nous arrivions, je m'en assurerai, ne vous inquiétez pas, je ne vais pas ramener des meurtriers à la maison.

— *Je te fais confiance, Lara. Et pour les autres ?*

— Ils resteront là.

— *C'est tout ?* s'étonne Alex.

— Ne t'inquiète pas pour ça, je vais les punir à ma manière et je n'aurais pas de scrupules, rajouté-je pour qu'ils m'entendent bien.

— *Tu crois qu'ils vont te laisser faire ?* demande mon ami.

— Ils ont intérêt. Je leur ai repris nos armes soniques et je vais leur confisquer les leurs.

— Quoi ? s'étonne un homme de Rémy.

— Je vous avais prévenus, non ? Vous serez seuls dehors et vous allez vous démerdez, c'est tout ce que vous méritez.

— *Que se passe-t-il Lara ?* s'inquiète mon commandant.

— Rien de bien grave, ils ne sont pas d'accord avec ma punition.

— Tu crois que tu vas nous obliger à te donner nos armes ! continue-t-il. Tu es seule et ton ami est mal en point. Tu ne peux rien contre nous, nous sommes armés et nous pouvons te descendre tout de suite.

— Pose ton arme, Éric, c'est un ordre ! dit Rémy.

— Chef ! Tu ne vas pas céder aussi facilement. C'est une gamine et même si c'est une demi-zombie, elle ne peut pas nous vaincre tous aussi facilement, elle n'est pas si forte.

— Détrompe-toi mec, me défend Somer. Je pensais ça d'elle au début aussi, mais si tu l'avais vu arracher la tête un Master à mains nues, crois-moi, tu ne ferais pas le malin.

Un silence.

— Peut-être, mais nous, on a des armes à feu et pas des dents ou des griffes. Peut-être qu'une balle ne te fait rien, mais des dizaines, oui.

— Tu crois ça ? dis-je. C'est vraiment ce que tu veux ?

— *Lara ? Lara ? Que se passe-t-il ?* s'inquiète le commandant Charles.

— Rien, commandant, je m'en occupe. Un rebelle refuse de poser ses armes. Et vous, derrière, vous êtes avec lui ou pas ?

Ils se regardent entre eux et je sens qu'ils sont à deux doigts de tirer. C'est ce moment que choisissent mes « amis » Masters pour faire leur apparition. L'un d'eux s'écrase sur le toit de la caravane du chef et l'autre, juste aux pieds de Rémy. Je les avais sentis et j'attendais.

Sans attendre, deux femelles atterrissent juste entre les rebelles et moi. Elles ont senti mon sang et sont surexcitées. Des cris de peur s'élèvent dans les tribunes et tout le monde commence à reculer. Quant à moi, je ne bouge pas et j'attends.

# CHAPITRE 44

Comme d'habitude, je reçois des images de tout genre et je les laisse prendre leur propre décision. Leurs regards passent de moi à Somer et à l'assemblé e derrière moi. Elles reviennent rapidement sur moi et mon sang qui est beaucoup plus appétissant que les autres.

— Bonjour, mes belles ! Que nous vaut l'honneur de votre visite ?

— Mais t'es folle, s'écrie Rémy. Tue-les !

— Quoi ? Tu as la trouille ? Vas-y toi, tu as une arme, non ?

Sentant que je n'ai pas peur, l'une des Masters se retourne vers Rémy et avance à quatre pattes en balançant sa queue de droite à gauche, comme si elle voulait jouer avec lui.

— Je crois que tu aurais dû te taire, mon cher, maintenant elle veut s'amuser avec toi !

— Comment…

— Ah oui, je communique avec elle, on s'échange des petits mots de temps en temps, même si on n'est pas copines.

— T'es sérieuse là ? Tu ne vas rien faire ?

— Elles ne m'ont pas attaquée encore alors non, débrouille-toi avec elle.

J'ai à peine terminé ma phrase qu'une rafale de balles volent en direction de la Master sans lui causer de graves blessures, tant leur peau est dure. La femelle s'énerve et saute sur les hommes de mains de Rémy qui sont plus proches et en dévore certains avant d'en balancer d'autres un peu partout dans le stade. Pendant ce temps-là, la Master, en face de moi, ne m'a toujours pas quittée des yeux et se demande toujours s'il est raisonnable de s'attaquer à moi ou pas. Après un moment, elle décide de s'en prendre aux personnes dans les tribunes. Je l'attrape au dernier moment par la queue et l'écrase au sol derrière moi. Je lui monte dessus, lui prend la tête à deux mains et la lui arrache.

Je la jette sur la dernière femelle pour l'attirer. Elle relâche la jambe qu'elle avait dans la gueule et se dirige vers moi en courant. Sa mâchoire et ses dents sont couvertes de sang et de chair. Dégueulasse ! À ma hauteur, elle me donne un coup de patte que j'arrête avec mon bras gauche. Je la frappe et traverse son thorax avec une telle force que je parviens à arracher son cœur, que je laisse retomber à ses pieds. C'est la première fois que j'arrache le cœur d'un Master à mains nues. J'ai tellement de colère en moi que je me suis défoulée contre elles sans m'en apercevoir.

Lorsque je regarde autour de moi, c'est le carnage. Il ne reste presque plus de rebelles en vie et ceux qui le sont, sont dans un très mauvais état. Seul Rémy est sain et sauf, planqué derrière une voiture pendant que ses hommes se faisaient tuer. Bravo Chef !

— Félicitations Rémy ! dis-je. Je vois que vous êtes un super chef et que vous faites tout pour vos hommes. Alors, on ne dit plus rien ?

Il me regarde simplement, terrifié.

— Lara ? m'appelle Somer. Il faut en finir avec les blessés. Ils ont été contaminés.

— Je sais Somer, je sais.

Je me retourne vers les anciens hommes de mains de Remy qui se sont rendus et qui n'étaient pas au courant de ce qu'il faisait à mes hommes.

— Je sais que parmi eux, il y avait vos amis ou votre famille. Maintenant, ils sont contaminés et il faut les tuer pour abréger leurs souffrances, avant qu'ils ne deviennent des Masters.

— Vous avez subi la même chose aussi ? demande l'un d'eux en regardant mes morsures.

— Oui. À chacune de mes morsures, j'ai souffert le martyr.

— Et la griffure au dos ?

— Ça n'a pas été la plus douloureuse. Ce n'est pas la griffure qui m'a fait le plus mal, mais les blessures que j'avais à côté. Je m'en suis toujours remise.

— Tu pourrais les soigner, dit Rémy. Tu nous l'as dit tout à l'heure. Ton sang est la solution.

— Oui, peut-être, mais ils ne le méritent pas. Je ne vais pas le gâcher pour eux.

Tous sont choqués. C'est mon quotidien maintenant, même si j'aimerais que ça ne le soit plus. Ils me regardent un dernier moment avant d'aller abréger les souffrances de leurs amis. Une quinzaine de coup de feu retentit et puis le silence revient. Maintenant, il ne reste plus que cinq rebelles, y compris Rémy.

— *Lara, tout va bien ?* demande Alex.

— Oui, ça va. Nous serons là dans deux heures. Terminé.

Je coupe la communication exténuée plus psychologiquement que physiquement. Je me retourne encore une fois vers l'assemblée et je les scrute un à un.

— Nous partons dans dix minutes. Rassemblez vos affaires les plus nécessaires et abandonnez le reste. Avant que nous partions, je souhaite vous préciser une chose. Ma famille et moi, nous vous accueillons volontiers, mais sachez qu'à la première erreur de votre part, vous serez punis sur le champ et sans jugement. Pas de démocratie qui tienne quand on touche à mes proches. Je peux lire en vous et à la seconde où je sens quelque chose de mauvais, je vous vire sur le champ. Est-ce bien compris ? S'il y a quelqu'un qui n'est pas d'accord avec ça, qu'il parte de son côté, j'en ai rien à faire.

Tout le monde étant d'accord, nous commençons l'évacuation. Deux bus sont nécessaires pour transporter tout le monde, quant aux cinq rebelles, ils sont restés dans le stade, sans armes ou presque. Je leur ai laissé des couteaux et une arme à feu. Je ne suis pas un monstre quand même, enfin presque. Le temps que j'aille chercher la Jeep, ils m'attendent tous dans les bus avec Somer qui garde un œil sur eux. Malgré ses blessures, il tient bon et ne montre pas la moindre faiblesse. Il est fort.

Grâce au lien que nous avons, je sais que tout se passe bien dans les deux bus, même si nos passagers sont stressés. Ils quittent un endroit qui était, pour eux, sécurisé, pour aller à un autre qu'ils ne connaissent pas du tout et avec des inconnus. Du boulot m'attend en rentrant et je sens que je ne vais pas me reposer avant plusieurs jours. Soixante-six personnes au total nous ont rejoint et nous allons manquer de place maintenant qu'il n'y a plus l'immeuble. Il va falloir que je décontamine les bâtiments et que nous agrandissions les limites du Château afin d'accueillir tout ce monde.

Comme à l'aller, nous n'avons aucun problème, ce qui m'arrange bien car je n'ai pas envie de me battre pour l'instant. Je suis lessivée de tout ça et je veux pouvoir revoir ma famille rapidement. À plusieurs reprises, je manque de peu l'accident. Je ne suis pas concentrée à cause du corps de mon ami qui se trouve à l'arrière de ma Jeep. Somer m'a aidée à le transporter jusqu'à la voiture et à l'installer correctement à l'arrière pour ne pas qu'il bouge trop. J'ai failli à ma mission et surtout, je n'ai pas réussi à sauver mon ami d'une mort certaine. Je m'en veux de n'être pas intervenue plus tôt et d'avoir voulu connaître ces hommes au lieu d'attaquer tout de suite. De nouveau, des larmes se mettent à couler sur mon visage sans que je puisse y remédier. C'est dans cet état que j'arrive au Château.

Les grilles se referment derrière les deux bus qui se dirigent vers le parking de la pharmacie, là où se trouve une rangée de grandes tentes blanches avec le personnel médical. Pour ma part, je me dirige vers l'infirmerie et je m'y gare juste à côté. J'ai à peine le temps de sortir de la Jeep que Kiara me saute dans les bras. Je suis tellement heureuse de l'avoir contre moi et de sentir sa bonne odeur que mes larmes se remettent à couler. Elle me serre encore plus fort que d'habitude avec ses petits bras et ses jambes autour de ma taille pour me réconforter. Derrière elle, viennent Alex et le commandant Charles, mais ma mère n'est toujours pas avec eux.

— Lara, ça va ? me demande Alex voyant que je pleure.

— Moi ça va… J'ai failli à ma mission, commandant. Je n'ai pas pu tous les ramener en vie.

— Ce n'est pas de ta faute et tu le sais.

— Si, j'aurais pu l'en empêcher. J'aurais dû les attaquer tout de suite quand j'en avais l'occasion. Encore une fois, j'ai voulu croire en l'Homme et je me suis trompée.

— Regarde ! me dit mon commandant. Tu n'aurais pas pu tous les ramener ici si tu les avais attaqués. Tu as sauvé beaucoup d'humains et ils te seront reconnaissants.

— Jusqu'à quand ? Qui nous dit que certains d'entre eux ne vont pas nous causer des problèmes, hein ? Ai-je bien fait ? Où est-ce que je nous ai mis encore une fois en danger ?

— Ne dis pas de bêtises, Lara, me réprimande le commandant Charles. Tu ne nous mets pas en danger. Nous sommes nous aussi capables de veiller à notre sécurité, même si nous sommes moins fiables que toi.

Un silence.

— Je m'en veux, dis-je en me dirigeant à l'arrière de la Jeep.

Je dépose Kiara dans les bras d'Alex et je monte sur la benne pour récupérer le corps de mon ami. Devant les visages tristes des collègues et amis de Jérémy, je le porte jusqu'à l'infirmerie où je le dépose délicatement sur un lit, dans la pièce réservée aux morts. Le silence règne malgré le monde qui s'y trouve. Lorsque j'ai annoncé la perte de Jérémy par l'oreillette, tous ses amis et collègues ont attendu son retour pour le voir une dernière fois. Je sais que ça ne fait que quelques semaines que je le connais, mais je me suis rapprochée de lui rapidement.

Au bout de cinq minutes, je ne peux plus supporter de rester dans cette pièce. Avant que je ne le pense, je suis déjà dehors, à respirer l'air frais du début de soirée. Somer me rejoint sans dire un mot et attend que je me sois remise avant de me parler.

— Tu as besoin de faire une pause, Lara ! Tu ne peux pas continuer comme ça.

Je me retourne vers lui, fatiguée.

— Et qui le fera à ma place ? Ces gens ont besoin de moi, dis-je en regardant le nouveau groupe de rescapés faire la queue devant l'entrée de la tente.

— Nous sommes là aussi, David et moi. Prends-toi un ou deux jours, tranquille avec ta famille. Kiara a besoin de toi, tu lui manques.

Comme si elle avait entendu, Alex et Kiara arrivent derrière Somer. Aussitôt, elle quitte les bras de mon ami et vient dans les miens. C'est fou le bien qu'elle me fait. Dès que je la tiens, mon cœur et mon âme se calment et j'arrive de nouveau à respirer correctement. Elle essuie les larmes sur mes joues et dépose un bisou sur mon front.

— Tu sais que c'est à moi de faire ça !

— Oui, mais là, tu en as plus besoin que moi. Tu m'as manqué, Lara.

— À moi aussi. Beaucoup.

— Tu vas rester là maintenant ?

— Oui, je ne partirais pas loin, mais j'ai des choses à faire ici, tu le sais. Nous avons du monde qui vient d'arriver et il faut que nous les logions.

— Mais il n'y a plus de place ! s'étonne Kiara.

— Si, il y en a, là, derrière les clôtures. Il faut juste que j'y fasse le ménage, c'est tout.

— Ce n'est pas dangereux ? demande Kiara.

— Pour moi ? Non, tu sais que je ne crains rien, les morsures ne me font plus rien.

— Tu en es sûre ? me demande Alex.

— Oui. La dernière que j'ai eue ne m'a rien fait. Je n'ai eu aucune réaction.

— Peut-être, mais il ne vaut mieux pas tenter le diable non plus, intervient Bruno.

— Bruno ! Comment tu vas ? demandé-je inquiète à la vue de mon ami bien amoché.

— Je vais bien mieux maintenant et ne t'inquiète pas, je n'ai plus mal grâce aux cachetons que le Dr Antone m'a donnés. J'ai l'impression de planer.

Je ris en voyant sa tête.

— Autant !

— Oui et ce n'est pas plus mal comme ça. Je ne sais pas si j'aurais tenu plus longtemps.

— Je suis désolée d'avoir mis autant de temps.

— Ne t'inquiète pas pour lui, intervient son frère. Il est costaud, il peut encaisser.

— Et toi Dany, comment tu vas ? C'est nouveau ça ? demandé-je en voyant un bras mécanique qui remplace son bras gauche perdu.

— Oui, très bien. Je n'ai plus de sensations, mais au moins, je peux me servir des deux bras maintenant. Les chercheurs n'ont pas pu m'en faire un mieux pour l'instant à cause de l'explosion. Quand tout sera revenu à la normale, ils y remédieront.

— Super alors ! S'ils pouvaient faire de même avec mes doigts, ça serait bien.

— Ça ne guérit toujours pas ? demande Somer.

— La plaie s'est arrêtée de saigner, mais ça fait quand même mal. Je ne me vide plus de mon sang au moins. Je n'ai pas à me plaindre, comment vont les autres ?

— Un des Américains est mal en point et les médecins ne savent pas s'il va s'en remettre, me dit Bruno. Il fait une sévère hémorragie interne qu'ils n'arrivent pas à arrêter.

— Et avec le matériel que nous avons ramené, ils ne peuvent rien faire ?

— Non. Il faut attendre pour voir son évolution, pour le moment, dit Bruno.

Je ne sais plus quoi dire tellement je me sens coupable. Si je n'étais pas partie avec ma sœur le matin même, j'y serais allée à leur place et j'aurais pu éviter la mort de Jérémy et peut-être celle de l'américain… Mais au lieu de ça, je me suis amusée avec Jade et j'ai laissé mes hommes partir sans plus de protection pour une mission très importante. Je n'étais pas au courant, mais ce sont quand même mes hommes, j'en ai la responsabilité !

Mon regard se perd sur la foule d'humains qui attend de se faire examiner et enregistrer afin de les compter dans nos registres. Ça va en faire des bouches à nourrir en plus et à loger. Je ne sais toujours pas si j'ai pris la bonne décision en les ramenant tous ici. J'aurais peut-être dû les laisser là-bas avec un bon avertissement et une arme sonique pour qu'ils puissent se protéger. Encore une fois, je réfléchis beaucoup trop et je ne prends pas toujours les bonnes décisions.

Heureusement, David n'est pas là, sinon il arriverait à lire en moi et m'engueulerait… Mais en parlant de lui, où est-il ?

— Où est David ? demandé-je ne le sentant pas.

— Il est parti chercher des couvertures et des lits de camps en attendant. Il faut faire dormir tout ce monde et nous n'avons pas ce qu'il faut, me répond le commandant Charles.

— Tout seul ?

— Oui, mais il est grand Lara.

— Peut-être, mais il ne peut pas récupérer tout ce matériel. Je vais le rejoindre.

— Et toi, tu ne peux pas nous laisser sans protection non plus ! intervient Bruno.

— Vous n'êtes pas sans protection puisque vous avez les armes soniques et puis je n'en ai pas pour longtemps. Kiara, chérie, va rejoindre Jade à la maison, je ne veux pas que tu restes seule dehors avec toutes ces personnes.

— OK, dit-elle avant de partir en courant vers la maison.

Je la suis mentalement et quand la porte de la maison se referme derrière elle, je regarde le commandant Charles et mes hommes autour de moi. Ma mère n'est toujours pas là, mais je peux la sentir au QG. Elle doit avoir quelque chose de très important pour ne pas être venue me voir.

# CHAPITRE 45

Je n'ai toujours rien dit depuis que Kiara est partie et ils me regardent tous avec des yeux ronds comme des billes. Mais pourquoi ?

— Vous avez quoi à me regarder comme ça ?

— Tu as une tête à faire peur Lara, me répond Alex. Tu es habillée en civil et ton tee-shirt est rouge de sang. Tu vas bien ?

— Je me suis reçue une balle par un sniper que Somer m'a retirée… Tout va bien, ça s'est refermé, dis-je en montrant la plaie déjà cicatrisée.

— Tu guéris tellement vite, c'est fou !

— Peut-être, mais ça fait quand même très mal.

— Pourtant tu n'as pas cillé d'un poil quand il t'a tiré dessus, dit Alex.

— Je me suis retenue pour leur faire comprendre que ça ne servait à rien de riposter. J'ai joué le zombie !

— En tout cas, tu joues bien la comédie, Lara. Si je ne te connaissais pas, je n'aurais jamais imaginé une seule seconde que tu sois l'arme ultime, s'exclame mon ami. Avec la panoplie de la parfaite jeune femme, tu étais bien camouflée, surtout avec les lentilles. Ça te change trop.

— Et pourtant, le marron est ma vraie couleur d'iris. Je ne suis pas née avec ces yeux-là ! Bon assez discuté, je vais rejoindre David avant qu'il ne lui arrive quelque…

Je n'ai pas le temps de terminer ma phrase qu'un gros véhicule militaire arrive aux portails avec à son volant, mon ami David. Il passe les barrières sans s'arrêter à côté de nous et se dirige directement vers les tentes blanches. À peine le moteur éteint, il court dans ma direction et me prend dans ses bras pour me faire virevolter autour de lui, comme un enfant.

— David, arrête ! Je ne suis pas une gamine.

— Peut-être, mais tu es légère comme une plume.

— Tout est léger comme une plume pour nous. Allez, dépose moi David.

— Je suis juste content de te revoir en un seul morceau, me dit-il en me déposant sur le sol. Avec toi, on ne sait jamais si tu vas revenir entière, mais à ce que je vois, je ne me suis pas trompé !

— Ce n'est rien, juste une balle de rien du tout, j'ai plus rien.

— Mouais !

— Vous avez réussi à tout trouver ? demande notre commandant.

— Oui, tout est dans le camion. Ça a été un jeu d'enfant. Tout était là où vous me l'aviez dit, je n'ai eu qu'à tout charger et hop ! Le tour était joué.

— Pas de complications ?

— Non, juste quelques zombies, rien d'insurmontable.

— Super, nous pourrons les faire dormir sous les tentes en attendant que nous fassions de la place dans les autres immeubles.

— Qui ça, on ? Il est hors de questions que des humains aillent fourrer leur nez dans les immeubles, dis-je. Non ! C'est beaucoup trop dangereux. Je vais y aller moi, pas d'humains, commandant. Nous avons perdu assez d'hommes ces derniers temps.

Il me sourit.

— Tu aurais fait un bon commandant dans l'armée Lara, seulement, il faut que tu penses un peu à toi, repose-toi.

— Non, ça va aller, commandant et merci de vous préoccuper de moi, mais je vais bien et puis, j'ai besoin de me défouler.

— Trop d'humains, me dit Somer.

— Oui et nous ne pouvons pas les laisser dormir trop longtemps sous les tentes, c'est trop dangereux et surtout, inconfortable. Il fait froid et même avec les chauffages à l'intérieur, ce n'est pas possible. Dites à ma mère que je ne rentrerai pas dormir cette nuit, j'y vais dès maintenant.

— Comme ça ? demande Alex en regardant ma tenue.

— Elle est tâchée alors autant en finir avec elle. Je ne vais pas bousiller une de mes combinaisons pour faire ce sale travail, tant que j'ai mon tantō avec moi, tout va bien.

— Alors je viens avec toi, dit David en me suivant déjà.

Je le stoppe.

— Non David, ils ont besoin de toi ici au cas où. Je n'aurai pas le temps de revenir sur la place si nous sommes attaqués. Je vais devoir me concentrer sur ce que je vais faire si je ne veux pas me faire mordre ou pire encore.

— Il y en a beaucoup ? demande Bruno. Tu peux les sentir de là ?

— Oui, il y en a un sacré nombre et partout, à tous les étages.

— Quels bâtiments vas-tu décontaminer ? demande le commandant Charles.

— Celui-là, même s'il a été partiellement détruit, une bonne partie est encore intacte. Et ceux à côté qui forment un L. Il faudra construire un mur pour les protéger des contaminés. Le Château va s'agrandir !

— Oui pas de soucis pour ça, dit notre commandant. Occupe-toi de nous débarrasser de ces monstres et fais attention Lara.

— Ne vous inquiétez pas commandant, je suis solide !

— Gabriel, c'est Gabriel, Lara. C'est dépassé les « commandant ».

— Ah, encore un Gabriel, dis-je. Très bien alors. Je viendrai vous voir quand j'en aurai fini. En avant toute, dis-je en me dirigeant à pas rapides vers le futur massacre de zombies.

************

Je suis à présent au pied du premier immeuble que je dois nettoyer et je suis déjà fatiguée avant d'avoir commencé. Normalement, l'entrée du bâtiment se trouve de l'autre côté de l'immeuble, mais il y a trop de contaminés pour que je m'y aventure pour le moment. Je vais devoir passer par l'une des fenêtres du haut. Je préfère commencer par le dernier étage et descendre petit à petit. Je prends une grande inspiration et c'est parti !

Je grimpe sur les gravats de l'ancien immeuble de ma grand-mère pour rejoindre les premières fenêtres et j'escalade la façade comme un petit singe. Malgré le soleil couché, j'y vois parfaitement. Je passe presque inaperçue. J'atteins rapidement le dernier étage et casse la fenêtre d'un appartement pour rentrer.

J'arrive directement dans la cuisine avec un premier invité qui me saute dessus sans attendre. Il n'a pas le temps de planter ses dents dans mon bras que je lui transperce déjà le crâne avec ma lame. Son corps retombe lourdement sur le carrelage noir et blanc de la pièce, ce qui attire les autres occupants de l'appartement que j'arrive aisément à retenir. Je repousse une vieille femme contre le mur du couloir pendant que je m'occupe d'un homme en lui transperçant le crâne de mon tantō. Quant à la dame, je lui brise la nuque et je continue mon chemin sans me retourner. Il va falloir que j'arrête de penser à eux comme étant des humains. Ils ne le sont plus et n'ont plus aucune âme, rien. Ce ne sont plus des personnes, juste une coquille vide avec un démon à l'intérieur. Il y a leur instinct premier qui fonctionne chez eux et rien d'autre. Pourtant, au tout début de leur transformation, il devait bien y avoir quelqu'un à l'intérieur vu que j'ai réussi à faire revenir Henry et qu'il est totalement humain maintenant. L'âme doit s'éteindre au fur à mesure du temps, ce qui explique peut-être sa résurrection.

En dix minutes, le premier appartement est vide de contaminés. Je sors de celui-ci et je referme derrière moi pour ne pas y redécouvrir un nouvel habitant. Avant que je ne ferme la porte dans le couloir, je fais la rencontre de six zombies amaigris et complètement desséchés. Ils ne sont jamais sortis de cet immeuble et n'ont pas pu avoir de repas digne. Ils n'ont plus que la peau sur les os. Contrairement à tout à l'heure, dans le couloir, il n'y a pas une seule lumière qui me permette de bien voir. Je me concentre sur mon ouïe et mon odorat pour les affronter. Je dois m'y reprendre à trois fois avant de couper correctement la tête du premier et à deux fois pour le suivant.

J'ai une trouille grave du noir. J'en ai toujours eu peur depuis petite et maintenant que je suis dans ce long couloir, totalement sombre avec ces monstres qui surgissent de n'importe où, je suis à deux doigts de faire dans ma culotte. Si mes hommes se rendaient comptent à quel point j'ai la trouille, je ne serais plus crédible à leurs yeux.

Le couloir étant enfin débarrassé, je retourne au deuxième appartement et ouvre la porte en lui donnant un coup de pied. À l'intérieur, j'en ressens un seul et je me dirige tranquillement vers lui.

Une fois le premier étage entièrement décontaminé, je réunis tous les cadavres et les jette dans la cage d'escalier pour pouvoir les sortir plus facilement et les brûler. Le bruit des corps qui s'écrasent me donne la gerbe, mais c'est surtout l'odeur qu'ils dégagent.

À plusieurs reprises, je me surprends à pousser des cris de peur quand l'un d'eux m'attrape par derrière sans que je ne le sente avant. Au troisième étage, j'en pousse un qui doit être entendu par tout le monde à l'extérieur à cause d'un zombie qui déboule juste devant moi en poussant lui aussi un grognement digne d'un film d'horreur. Je ne vais pas fermer les yeux de sitôt moi.

— *Lara, tout va bien ?* me demande mon ami par télépathie.

— *Oui, ils me foutent juste la trouille, c'est tout. Il y en a partout et je ne les vois pas ces cons.*

— *Tu ne veux pas que je vienne t'aider ? Je sens à quel point tu as peur et je peux te comprendre.*

— *C'est nouveau ! Tu ne te fous pas de ma gueule ?*

— *Lara, je sais faire la part des choses et je sais très bien que tu en baves là-dedans. Je n'aimerais pas être à ta place.*

— *Alors, ne viens pas. Je n'ai rien, je m'en sors.*

— *Si tu le dis, je te laisse te concentrer.*

— *Oui, merci, je vais finir en charpie sinon.*

Il ne me répond pas, mais je le sens rigoler. Je suppose qu'ils doivent bien se marrer tous maintenant qu'ils savent pourquoi je crie. Il va falloir que je me retienne, mais à peine je pense ça, qu'un contaminé sort d'un appartement ouvert et me lacère la joue droite jusqu'au sang. Sans attendre, je lui éclate le crâne contre le mur jusqu'à ce qu'il ne reste plus rien.

Quand je remonte sur le toit de l'immeuble, la lune est à son zénith et je suis en sueur. Je ne sens plus la moindre présence de zombies sous moi, mais une trentaine d'entre eux m'attendent dans le prochain, en face.

Au Château, tout le monde dort déjà, même les nouveaux arrivants, sauf bien sûr, ceux qui sont de garde. Je reste quelques minutes encore sur le toit pour reprendre mon souffle et réfléchir. Même s'il n'y a plus de contaminés à l'intérieur des bâtiments, ils ne seront pas utilisables tout de suite. J'ai ouvert toutes les fenêtres pour aérer, malgré ça, il va falloir y donner un bon coup de nettoyage avant de permettre aux gens de s'y installer.

Dans le deuxième immeuble, j'ai de nouveau une crise cardiaque lorsqu'un groupe de douze zombies sort de la cage d'escalier en même temps. Je venais de « nettoyer » le dernier étage et j'allais jeter les corps par les escaliers quand ils ont débarqué de derrière la porte. Je les avais sentis et je pensais qu'ils étaient à l'étage d'en-dessous. Ayant déjà un cadavre dans les bras, je n'ai pas le temps de m'échapper et je tombe en arrière, sur le sol, avec le corps de cette femme. Malchance, mais pour eux, c'est la fête. Ils se jettent tous sur moi. Certains d'entre eux n'arrivent pas à m'atteindre à cause du cadavre et la mordent comme des sauvages en pensant m'atteindre. J'essaie de me dégager, mais leur poids m'en empêche. Si j'ai réussi jusqu'à là à ne pas me faire mordre, je crois que je perds l'avantage. À coup de pieds, j'en éjecte quelques-uns dans les escaliers et le temps que je me débarrasse des autres, ils reviennent déjà, affamés par l'odeur de mon sang. De nouveau, je fais mon possible pour les faire partir, mais je commence à ne plus avoir de force. Je vais bientôt me faire dévorer.

Je suis tellement concentrée sur ces monstres que je ne le sens pas tout de suite. Je vois les corps voler autour de moi. C'est une fois qu'il me tend la main que je réalise qui c'est.

— Tu as besoin d'aide ? me dit Somer le sourire aux lèvres.

Je pose ma tête sur le sol, épuisée et rassurée.

— Comment tu as su ? Et comment t'as fait pour venir aussi rapidement ?

— Ça fait un petit moment que je voulais te rejoindre, mais j'avais des choses à régler avant. À ce que je vois, je suis arrivé au bon moment.

— Tu ne crois pas si bien dire. Je n'arrivais pas à les dégager tous de là.

Somer me regarde des pieds à la tête, les bras croisés.

— Tu ne devrais pas être seule, Lara, tu as failli y rester !

— Mais non, tu vois bien, je suis entière.

— Avec la joue complètement lacérée, dit-il en y portant sa main.

Son contact me brûle la peau et pendant un instant, je ne bouge pas, mon regard fixé dans le sien.

— Ce n'est rien, ça va guérir.

— Peut-être. En attendant, tu as mal et ça attire encore plus les zombies.

— Je ne veux pas mettre plus de personnes en danger.

— Et tu crois que si on te perd, ça ne fera pas de mal à ta famille et tes amis ? Tu comptes pour beaucoup de personnes ici et ne fais pas ta têtue, tu le sais très bien. Tu n'es pas Superman, Lara ! Demande de l'aide.

— Tu es là, non ?

— Lara ! Tu m'exaspères. Je suis là parce que je l'ai voulu, ce n'est pas toi qui me l'as demandé.

— D'accord, j'aurais dû demander de l'aide. Maintenant que tu es là, n'en parlons plus. Ils reviennent et il y a du boulot encore. Reste derrière moi, avec ta lampe, j'y verrais mieux.

— Tu n'as pas penser à en prendre une ? Tu ne dois rien y voir !

— Ce qui explique les cris que tu as dû entendre. Dans les appartements, j'y vois, mais dans les couloirs ou dans les escaliers, je suis très souvent surprise par eux, dis-je en décapitant deux contaminés en même temps.

— Tu es incroyable, Lara. Deux comme toi, ça n'existe pas.

— Heureusement ! Vous ne sauriez pas où donner de la tête.

# CHAPITRE 46

En seulement deux heures, nous en terminons avec cet immeuble, cadavres en bas et fenêtres ouvertes. De nouveau, je remonte sur le toit et je saute sur le premier pour pouvoir atteindre le troisième et dernier immeuble. Pas des plus petits. Il est trois fois plus grand que le premier. Je m'apprête à sauter sur le bâtiment quand je sens que Somer sourit.

— Je crois qu'il y a un problème, Lara ! Je ne suis pas totalement comme toi et donc, incapable de sauter aussi loin. Il va falloir que je passe par les escaliers.

— Cette zone n'est pas protégée et il y en a plein en bas. Attends un peu, je reviens.

Un peu plus tôt dans la soirée, j'avais vu des câbles d'alimentation sur le toit du premier immeuble qui devaient servir à rénover les anciens. Je rejoins le bord du bâtiment avec le plus long et l'attache autour d'une des cheminées les plus proches du bord. Je jette l'autre partie en direction de Somer. Il l'attrape sans mal et l'attache aussi sur l'une des cheminées de son immeuble.

— Il ne te reste plus qu'à faire le singe.

— Je préfère Tarzan, il est moins poilu.

— C'est juste une question de point de vue ! le taquiné-je.

— Vraiment ? Tu crois ça ? C'est que tu ne m'as pas bien regardé alors.

Les bras croisés, je l'observe, le sourire aux lèvres.

— Qu'est ce qui te dit que j'ai envie de bien regarder ?

— Ne te mens pas à toi-même, Lara.

— Arrête de lire en moi.

— Alors protège toi !

— Je suis trop fatiguée et occupée pour y arriver alors je te prie de ne plus le faire, Somer.

— C'est Ian mon prénom et pas Somer.

— Je t'appelle comme je veux.

— Alors ça ne te dérange pas si je t'appelle Bel !

Il recommence !

— C'est ma mère, pas moi. Tais-toi et grimpe. J'aurais déjà fini un étage si tu te taisais.

— Mais bien sûr ! Tu serais dans l'estomac de ces monstres si je n'étais pas intervenu.

— Tu veux que je te décerne une médaille pour ça ? Je m'en serais sortie toute seule… J'aurais pris plus de temps.

— Si tu le dis !

— Bon, tu te magnes ouais ? J'aimerais en avoir fini avant le lever du jour.

— Oui, chef ! On n'est pas tous aussi forts que toi !

— Mais tu n'es pas totalement dépourvu de force par rapport aux humains. Alors bouge-toi les fesses.

Lorsqu'il arrive enfin à hauteur du rebord, Ian tend une main vers moi.

— Alors ? Tu attends quoi ?

— Que tu te débrouilles tout seul.

— Très drôle.

Je lève les yeux au ciel avant d'attraper son avant-bras. Malgré sa force, la traversée l'a davantage ralenti qu'il ne voudra probablement jamais l'admettre. En même temps, il revient de loin et au lieu de se reposer et reprendre des forces, il est ici, en enfer avec moi…

Une fois sur le toit, il reprend son souffle quelques secondes avant de se redresser.

— Merci.

Je hausse simplement les épaules.

— Tu allais y arriver tout seul, dis-je finalement.

— Peut-être.

Je remarque le léger sourire qui accompagne sa réponse. Le silence retombe entre nous tandis qu'il vérifie son équipement. Pendant quelques instants, je l'observe sans vraiment m'en rendre compte. La lune éclaire une partie de son visage et souligne les traits fatigués de ses expressions.

Depuis le stade, quelque chose a changé… Je le sens et ça me fait bizarre. Je ne ressens plus de la colère envers lui. Non, au contraire. Il… M'attire et cette pensée me dérange aussitôt. Pourtant, alors que son regard croise le mien, je détourne les yeux la première.

— Quoi ? demande-t-il doucement.

— Rien.

— D'accord.

Il n'insiste pas et étrangement, c'est presque pire. Je pousse un soupir et me relève.

— Bon. On y va ?

— Après toi.

Je récupère le câble sans répondre et entre dans l'immeuble, sans vraiment comprendre pourquoi, je sens son regard me suivre quelques secondes. Aussitôt, nous recommençons la même manipulation pour qu'il monte sur le dernier bâtiment. Cette fois, nous ne parlons pas et il y arrive bien plus vite que la première fois. Je commence par le dernier étage, mais cette fois, Somer me suit de très près avec sa lampe. Il assure mes arrières et moi, je les élimine les uns après les autres, sans me poser de question.

Ce bâtiment est beaucoup plus moderne que les deux autres, plus de ma génération que de celle de ma mère. Je suis née en 2022 et c'est dans les années 20 que la technologie a fait un énorme bond en avant. Pour ma part, je crois que toutes les nouvelles technologies, comme les batteries ultra-résistantes ou encore les connexions wifi longues distances et toutes ces choses-là, existaient depuis bien longtemps, mais que le gouvernement les gardait pour lui. De même pour les armes et la médecine.

Tout ça pour en revenir à cet immeuble dernier cri, avec de larges et grands couloirs clairs comme dans les plus beaux hôtels, ces portes anti-effractions et ces appartements tout informatisés. La lumière était commandée vocalement, ainsi que le micro-onde, le lave-vaisselle, la machine à laver, la télé et tous les autres appareils électriques de l'appartement, mais maintenant que l'immeuble n'est plus alimenté par l'électricité, plus rien ne fonctionne. Les contaminés à l'intérieur s'en fichent totalement de cette technologie et ça ne les empêchent pas de nous sauter dessus dans tous les coins.

Au cinquième étage, nous tombons sur une horde entière de zombies bien énervés. Tous ces gens ont dû se réunir ici lors du début de la contamination et ils n'en sont jamais sortis. On dirait une salle de jeux en plein milieu de l'immeuble, des consoles trônent sur le sol, écrasées par les piétinements de ces monstres, les télévisions tiennent encore par miracle contre les murs, mais pour ce qui est des baby-foot et billards, ils sont bons pour la poubelle. Je n'ai pas le temps d'en voir plus, car ils se jettent déjà sur nous sans ménagement. Les coups partent dans tous les sens. Je commence à me retrouver prise au piège contre un des murs de la grande pièce, acculée par une dizaine de zombies affamés. Quant à Somer, grâce à son silencieux, il les réduit à néant plus vite que je ne le fais moi-même avec ma lame. Il s'en sort assez bien pour l'instant comparé à moi.

Je me sers du grand canapé en cuir noir pour me séparer d'eux et malgré les apparences, ils ne sont pas tous bêtes. Deux d'entre eux y grimpent et m'attrapent les bras avec une telle force que je lâche ma lame. Je réussis à briser la nuque de l'un d'eux, mais le second en profite pour me sauter à la gorge. J'arrive à me protéger de ma main gauche juste à temps pour qu'il la morde et grâce au bandage, il ne me touche pas la chair. Un cri de douleur sort tout de même de ma bouche tant il s'acharne. Coincée contre le mur et le canapé, je ne peux pas me défendre. C'est sans compter sur les autres qui grimpent à leur tour. J'essaie tant bien que mal de me protéger d'eux avec le corps de celui qui s'acharne sur moi, mais je ne vais pas tenir longtemps. Je suis épuisée…

— Ian ! crié-je désespérée.

Je ne sais pas ce qu'il fait, mais il ne me répond pas. Je le sens toujours en vie, quoi qu'exténué lui aussi par le combat alors, je rassemble les dernières forces en moi et je pousse le plus possible tout ce beau monde. Je bascule en avant et je passe sur le canapé, sans pouvoir m'arrêter. Je roule sur les cadavres de contaminés fraîchement abattus et sur certains encore bien en vie, si je puis dire et je m'étale sur le sol, les bras et les jambes en croix, à bout de force. C'est bien la première fois que je me retrouve sans énergie. En même temps, je n'ai pas arrêté ces derniers jours et surtout ces dernières heures. J'ai tellement faim que je pourrais manger une vache entière, rien que pour moi ! Malheureusement, je n'ai pas le temps de trop y penser, car les voilà qui reviennent, toutes dents et crocs sortis. Je n'ai pas mon arme avec moi et quand je m'apprête à me lever pour les affronter tant bien que mal, les corps tombent comme des mouches. Je reste là, à les regarder s'entasser autour de moi, incapable de bouger.

Le silence tombe et je n'entends plus que ma respiration rapide et celle de Ian, juste à mes pieds. Il me regarde avec ses beaux yeux bleus perçants et sa bouche légèrement entrouverte, ce qui le rend très sexy malgré tout ce sang sur son visage et ses habits. Malgré le fait qu'il lise en moi, je ne peux me retenir de le détailler des yeux.

Sans relever mes pensées, comme il le fait d'habitude, il me tend la main pour m'aider à me lever. Je l'accepte avec joie, tellement je suis crevée. Il me soulève rapidement, ce qui me fait atterrir directement contre son torse et nos visages sont à peine séparés l'un de l'autre. Je sens son souffle contre ma gorge alors qu'il est plus grand que moi. Je ne l'en empêche pas et puis de toute façon, j'en suis incapable.

— Tu es blessée ? chuchote-t-il toujours dans mon cou.

— Non.

Mon cœur bat rapidement dans ma poitrine alors que le sien est normal, calme.

— Tu vas bien alors ?

— Oui.

— Alors pourquoi tu trembles ?

Il dit vrai, je ne m'en étais pas rendu compte.

— Toi.

— Pourquoi donc ? Je suis trop près ?

— Ian !

— Lara ?

Je n'arrive plus à sortir un mot de ma bouche et il en profite pour déposer un baiser sur l'arête de ma mâchoire. Je frissonne. Je ne l'avais pas remarqué, mais il a posé ses mains sur mes reins, en bas de mon dos et me colle encore plus contre lui. Pourquoi je ne le repousse pas ? Je ne pouvais pas supporter sa présence il n'y a pas si longtemps et là, je suis attirée par lui comme je ne l'ai jamais été par quelqu'un d'autre et ça me fait mal de me l'avouer. Mon corps réagit à la moindre de ses caresses.

Son souffle chaud continue à me brûler la peau. Sentant que j'aime ça, il continue.

— Arrête !

— Je sais que c'est faux.

— Ton détecteur est en panne alors.

— Ah bon ? Tu crois ça ?

Il m'embrasse une nouvelle fois sur la mâchoire, de l'autre côté cette fois et les frissons reviennent.

— Alors pourquoi tu ne me repousses pas ? me demande-t-il taquineur.

Je ne sais pas, mais surtout…

— Je ne peux pas.

— Tu ne peux pas ou tu ne veux pas ?

— Les deux.

Ian fait courir ses lèvres contre mon cou et mon visage sans jamais décoller nos deux corps l'un de l'autre. Malgré ma fatigue, je peux sentir son envie et ça me rend toute drôle. Je ne me reconnais plus là ! Que m'arrive-t-il ? Je suis incapable de bouger ou de dire une phrase entière sans bégayer. Mon corps tout entier tremble sous son contact et j'aime ça ! Je n'y comprends plus rien. Il se passe quoi ? Pourquoi, tout à coup, je ne pense qu'à lui… Qu'à son corps… Qu'à ses lèvres sur moi ? Mais au fond, je le sais… Le virus ! Maintenant que nos virus « s'entendent », je me sens irrévocablement attiré par lui. Je vois des choses que je n'avais pas remarqué chez lui, comme sa mâchoire carrée, son nez fin et surtout, son regard si intense alors qu'il m'observe… Avant, j'étais tellement en colère que je ne le voyais pas et là… Je le vois très bien… Trop bien même !

# CHAPITRE 47

Soudain, ses mains se détachent de mon dos pour venir sur mes épaules. Il s'écarte légèrement de moi et me fixe dans les yeux. Malgré la pénombre de la pièce, je vois clairement l'envie au fond des siens et je le sens surtout au plus profond de lui. Je sais que dès la première fois, il avait mué son envie en colère, comme moi. Puis, mon virus m'a obligée à le détester à mon tour. C'est au moment où j'ai failli le perdre que tout a changé.

— Ça va ?

— Je ne sais pas, je ne peux plus bouger.

— Moi non plus.

— Ah bon ?

— Oui et… J'ai les veines en feu.

— Toi aussi ? Tu crois que c'est quoi ?

Un silence.

— Le virus ! disons-nous en même temps.

On rit, mais aucun de nous ne parle avant un moment.

— Je ressens cette brûlure depuis la première fois où je t'ai vue et c'est plus intense maintenant que je te tiens dans mes bras.

— Pour moi, c'est nouveau.

— Tu as enfin accepté mes sentiments pour toi !

— Je ne sais pas exactement ce qu'il se passe entre nous. Je ne sais pas s'il y a un « nous » ! Je ne vais pas le nier, ça ne sert à rien, tu le sais et tu le sens, mais je ne sais pas comment l'interpréter.

— Quand est-ce que ça a changé ?

— Quand je t'ai vu dans cette chambre forte recouvert de sang et même avant, quand je n'ai plus ressenti ta présence.

— Tu t'inquiétais !?

— Non !

— Menteuse… Même maintenant tu continues à te mentir. Pourquoi ?

Je n'ai pas envie de lui répondre, mais je le fais quand même.

— Parce que j'ai peur !

— Peur de quoi ?

— Je ne sais pas… Je ne sais pas.

— De moi ?

— Peut-être.

— Il ne faut pas, je ne mords pas… Moi !

— Ha ha !

Il me regarde toujours de ses magnifiques yeux et je ne les quitte pas un instant du regard. Je sais qu'il n'y a plus de contaminés à cet étage et même si j'en sens encore en-dessous, ils attendront encore un peu. Pour l'instant, je n'ai envie que d'une chose. Lui !

Et comme s'il m'avait entendue penser, ses lèvres viennent enfin contre les miennes et nous échangeons un long et délicieux baiser. Les siennes sont froides et douces alors que les miennes brûlent de mille feux. Le contraste entre nous deux est plus que formidable. Je retrouve comme par magie le contrôle de mes bras et mes mains viennent se figer dans le dos de Ian qui fait de même avec les siennes. Notre baiser s'accélère et devient plus intense, plus fort et j'aime ça.

Tout à coup, il me prend sous les fesses et me soulève jusqu'au mur, derrière moi et m'y plaque sans ménagement. Le cadre qui y était accroché se fracasse sur le sol et la vitre se brise en mille morceaux. Je sens sa main droite descendre le long de ma jambe en laissant une traînée de frissons brûlants. Toujours accrochée à ses hanches, je fais balader mes mains dans ses cheveux noirs, si doux même après des heures de combats contre ces monstres. Ses lèvres se détachent des miennes pour venir embrasser la cicatrice à mon cou. Je sens sa langue venir la lécher doucement. Mon Dieu… Mon dos se contracte et mon bassin vient encore plus se coller contre son érection apparente. N'y tenant plus, je me dégage de lui en l'entraînant jusqu'au canapé le plus propre possible.

Je m'assoie à califourchon sur lui, l'embrasse de nouveau et cette fois, nos lèvres s'ouvrent et nos langues se trouvent. À ce moment-là, je ne peux contrôler mon corps tellement j'ai envie de lui. Je m'empare de son haut et le déchire sur toute sa longueur. Mes doigts se baladent sur son torse musclé et doux comme de la soie en longeant ses abdos. Il se détache de nouveau de moi pour me faire face et me regarder dans les yeux. Son regard est intense, perçant et j'en rougis. Voyant ma réaction, il me caresse les joues de ses doigts longs et fins, ce qui m'empourpre encore plus. Il est tellement doux, délicat, mais fort en même temps. Je ne sais pas ce que j'aime le plus dans ses caresses !

Ses mains descendent doucement vers le bas de mon débardeur et au lieu de me le déchirer comme je le lui ai fait, il me le retire, toujours avec autant de délicatesse. Je me retrouve en soutien-gorge et leggings devant lui et je n'en suis pas du tout gênée, contrairement à ce que j'aurais cru. Je me sens bien en sa présence (maintenant) et je n'ai nullement honte de mon corps. Plus maintenant. Il sait qui je suis et ce que j'ai fait.

Toujours les yeux dans les miens, il me soulève légèrement pour me retirer mes rangers et mon leggings. Il m'allonge sur le canapé et je me retrouve en sous-vêtements sous lui. Je commence à déboutonner son jean ainsi que sa braguette qui descend sans problème. Ian se débarrasse tout seul de ses chaussures, ce qui me permet de faire glisser son pantalon sur ses longues jambes bien musclées elles aussi. Une fois débarrassés de nos vêtements respectifs, il s'allonge sur moi de tout son corps et approche ses lèvres de mon oreille.

— Je ne t'écrase pas ?

— Ian ! Tu oublies qui je suis ?

Il sourit, ses beaux yeux bleus dans les miens.

— C'est vrai, excuse-moi, mais tu as l'air tellement fragile sous mes mains, tellement douce.

— Mais je suis forte.

— Peut-être. Tu restes une femme, une jeune femme et je dois te traiter de la bonne façon.

— J'en ai vécu des choses Ian, ne fais pas le délicat avec moi.

— Tu n'aimes pas ça ?

— Si, j'aime beaucoup même, mais là, en cet instant, je n'en veux pas !

Je le sens sourire plus que je ne vois et il m'embrasse une nouvelle fois. Cette fois, c'est un baiser qui en dit long. Je ne veux pas qu'il se retienne. Avec Matt, j'y étais obligée, car il était humain et je risquais de lui faire mal. Et, avec David, c'était encore différent puisque je n'avais pas de sentiments pour lui. Alors que je ressens quelque chose pour Somer. C'est tout récent et surtout très brut, mais il y a bien un truc.

J'entoure ses hanches de mes jambes pour le plaquer contre moi. Dans cette position, je sens très bien son érection contre mon bas ventre, surtout avec si peu de tissus sur nous. Cette fois, au lieu que ses lèvres trouvent les miennes, il les dépose au-dessus de mon sein droit en y laissant sa brûlure sur son passage. Sa bouche descend vers mon ventre tout en y déposant toujours des baisers doux et humides. Mon corps se tend sous son contact et mes mains s'accrochent à l'accoudoir du canapé. Quand la langue de Ian lèche le dessus de ma culotte, l'accoudoir part en lambeau. Pendant qu'il m'embrasse par-dessus le tissu, il cherche le fermoir de mon soutien-gorge et avec ses mains expertes, il arrive à le détacher en deux secondes. J'enlève mes bras des bretelles et laisse ce dernier tomber au sol. Il fait glisser ma culotte le long de mes jambes en déposant un baiser sur chacune au passage.

C'est absurde… Complètement absurde ! Je suis en train de faire quoi la ? Mon esprit cherche encore des explications alors que mon corps semble les avoir trouvées depuis longtemps. Le virus… Il n'y a que ça ! Cette chose qui coule dans nos veines, cette brûlure étrange qui apparaît dès qu'il s'approche. Je relève les yeux vers lui. Il est là… Si proche ! Et malgré toutes les questions qui tournent dans ma tête, malgré la peur, malgré l'incompréhension, malgré le fait que rien de tout ça n'a de sens… Je me sens bien. Incroyablement bien ! C'est ce qui m'effraie le plus, parce qu'au fond de moi, une petite voix murmure que ce n'est pas seulement le virus, et je ne suis pas certaine d'avoir envie de découvrir jusqu'où cette voix dit la vérité.

Mais je suis vite ramenée au présent quand ma culotte va rejoindre mon soutif au pied du canapé. En deux temps trois mouvements, je lui retire son boxer et passe au-dessus de lui. Ian me couve du regard, et observe tout mon corps nu. J'aime la façon qu'il a de me regarder et ça m'excite encore plus.

Sous moi, sans pouvoir bouger, j'en profite pour l'embrasser sur tout le corps. Mis à part le goût salé de sa transpiration, sa peau a un goût extraordinaire, délicieux. Pendant que je l'embrasse, je cherche son sexe, l'empoigne à pleine main et fais des va et viens.

— Lara ! s'écrie-t-il.

Sa respiration se saccade et devient rapide au fur et à mesure que ma main joue et que ma langue goûte son corps. Je remonte doucement vers sa bouche et une fois à sa hauteur, je l'embrasse… Férocement avec envie et désir.

Pendant que je m'occupe de lui, sa main droite caresse délicatement la courbe de mon ventre et descend sur mes hanches pour ensuite trouver mon sexe à son tour. Quand son doigt touche ma partie intime, mon souffle se coupe et ma main s'accélère. Il joue avec mon clitoris, ce qui me rend folle. Notre baiser s'intensifie et je viens même jusqu'à lui mordre la lèvre. Il s'arrête net pour me regarder et j'aperçois une perle de sang qui commence à couler. Tout en le regardant, j'approche ma bouche de la sienne et avec ma langue, lèche le sang. Il me regarde étonné, mais se jette vite sur moi en nous faisant basculer au sol.

Profitant de notre chute, il repasse au-dessus de moi et me plaque les mains au-dessus de ma tête pour m'immobiliser, mais il n'a pas assez de force pour me retenir et je me libère et lui empoigne les cheveux.

— Tu n'aimes pas être dominée !

— Si, mais là, je veux pouvoir te toucher.

— Laisse-toi faire pour une fois. Tu n'es pas obligée de tout contrôler. Tu verras, tu vas aimer.

— Dit le connaisseur !

— C'est ça, laisse faire les adultes, dit-il en rigolant.

— Ferme-là le vieux et montre-moi.

Il ne se fait pas attendre et se colle de nouveau sur moi en m'écrasant de tout son poids.

# CHAPITRE 48

Sa bouche retrouve la mienne et ses mains se baladent sur mon corps en feu à cause du désir qui brûle en moi depuis un moment. Mes mains cherchent de nouveau son sexe, mais il m'en empêche en me les plaquant encore au-dessus de la tête. Il arrête de m'embrasser et plonge son regard dans le mien en décollant son bassin du mien. Sa main descend vers nos sexes, m'écarte les jambes et dans la seconde qui suit, je le sens entrer en moi avec une ferveur telle que mon souffle se coupe.

Sans me quitter des yeux, il commence son va et vient en moi avec lenteur au début. Il voit dans mon regard que j'en veux davantage alors il accélère de plus en plus fort. Des petits cris de joie s'échappent de ma gorge et je resserre encore plus mon étreinte sur lui, en l'accompagnant dans ses mouvements de bassin. Nos corps bougent à l'unisson dans un rythme effréné et sans discordance. J'ai l'impression de voler tellement c'est bon. Mon corps est parcouru par des millions de petits pics électriques presque douloureux, mais tellement plaisants en cet instant. Je n'avais jamais rien ressenti d'aussi bon et le virus réagit autant que mon corps. C'est comme si Ian le caressait à travers moi, et la jouissance est plus intense depuis que j'ai goûté son sang. À la faim que je ressentais jusqu'à présent s'est rajouté la faim de sexe. Je remplacerais volontiers toute la nourriture du monde contre ce moment dans les bras de Ian.

Revenant à la réalité, j'en veux plus, encore plus, alors je change de position et je passe au-dessus de lui, comme je l'étais au départ, sans me séparer de lui. J'accélère en bougeant mes hanches de plus en plus vite, jusqu'à m'en faire presque mal. Je l'observe pour savoir si je ne lui en fais pas et constate que non, alors je continue mon va et vient en lui caressant le torse du bout de mes doigts. Je le sens frissonner à chacun de mes contacts.

De ses deux mains, il m'empoigne les poignets et me les plaque dans mon dos et se soulève légèrement pour être face à moi. Son sexe va plus loin en moi et me procure de nouvelles sensations. Les mains toujours dans mon dos, il m'embrasse le cou et laisse une traînée de salive avec la langue qui me picote et me brûle en même temps.

À plusieurs reprises, de petits cris sortent de la bouche de Ian et c'est tellement mignon que je ne peux m'empêcher de sourire. Heureusement qu'il ne peut pas me voir ! Tout à coup, c'est un grognement qui sort de sa bouche et je ne comprends pas tout de suite ce qu'il m'arrive. Je me retrouve à moitié appuyée contre le canapé, retournée et lui derrière moi, à genoux. Il me fait me pencher en avant, ce qui met mes fesses en arrière et bien en vue. Sans avertissement, il replonge en moi d'un coup sec, ce qui me provoque un nouveau cri de plaisir. De ses deux mains, il attrape mes seins et les caressent du bout des doigts au début, mais petit à petit, il les malaxe plus fort. Ça fait mal et mélangé au plaisir que j'éprouve en ce moment, ça y rajoute plus de sensualité.

— Bordel… Ian !

Je ne sais pas combien de temps nous restons dans cette position. Je commence à avoir mal aux genoux alors je me retourne et je plaque Ian sur le sol, mais je n'ai pas le temps de me mettre sur lui qu'il s'y met et s'enfonce de nouveau en moi.

— Je veux te voir, me dit-il.

Il m'embrasse et m'empêche de lui répondre, je sais pourquoi. Je sens son orgasme arriver, ce qui réveille le mien aussitôt. Du coup, j'accélère encore plus sous lui et il m'accompagne dans mon élan. Rapidement, je sens des millions de frissons monter en moi, en même temps que des larmes inondent mes yeux. Dans un dernier coup de rein, j'explose en même temps que lui en libérant des torrents de frissons dans tout mon corps. Ian s'écroule sur moi et je sens son cœur battre la chamade contre le mien.

*************

Une fois nos rythmes cardiaques revenus à la normale, il se laisse glisser à côté de moi et nous restons en croix pendant plusieurs minutes. En cet instant, je suis sur un petit nuage et rien ne peut m'atteindre. Je suis invincible et impossible à briser. C'est un drôle de sentiment et je me sens bien, très bien même depuis des semaines.

— Ça va ? me demande-t-il.

— Oui et toi ?

— Très bien !

— Tu te rends compte que nous sommes entourés de cadavres de zombies et que nous venons de faire l'amour ? demandé-je.

— Oui, je m'en rends compte. Ça fait rien, on n'en a pas touché.

— C'est comme ça que tu vois les choses, toi ? Toujours optimiste !

— Pas toujours mais là, oui.

— Je t'ai fait attendre !

Il rit.

— Oui. Je ne pouvais pas t'y obliger, je m'y serais fait mal.

— Exactement.

— Tu ne t'y attendais pas ? me demande-t-il en se tournant vers moi.

Mon Dieu qu'il est beau ! Même transpirant, même couvert de je ne sais quoi…

— Pas du tout. Je suis venue ici pour décontaminer les lieux et même quand je t'ai vu, je n'y ai même pas pensé. Et toi, tu l'avais prévu ?

— Non, franchement, pas du tout. Tu m'en as fait voir des vertes et des pas mûres, Lara. J'ai cru que tu allais finir par me tuer à force.

Je ris en me souvenant. J'ai l'impression que c'était une autre vie, une autre Lara. Je me sens tellement… Différente là.

— J'ai failli, à plusieurs reprises ! Tu l'as cherché en même temps.

— C'est vrai, je t'ai cherché, mais c'était surtout pour savoir de quoi tu étais capable.

— Tu es fou ! J'aurais vraiment pu te tuer, Ian et je n'aurais rien pu y faire. Je ne savais pas pourquoi je me comportais comme ça avec toi. Maintenant je sais que c'est à cause du virus.

— Mais tu y fais face aujourd'hui. Tu arrives à prendre le dessus.

— Oui. Ça n'a pas été facile et ça ne l'est toujours pas. Même si je ne suis plus révulsée en ta présence et que je ne souhaite plus te tuer, le virus cherche toujours une excuse pour te faire du mal.

Je le ressens. Cette attirance n'est pas que physiquement…

— Pourtant, ce n'est pas comme ça avec ta sœur. Il devrait agir pareil avec moi qu'avec elle.

— Ce n'est pas pareil, Ian. Jade, je la connais depuis toujours et même s'il a fallu que je la perde presque pour l'aimer ensuite, ça fait des années que je la connais. Et puis, j'ai envie de la tuer quand elle m'énerve aussi.

— Toute relation entre sœurs est comme ça. Tu veux me faire mal ! reprend-t-il.

— Ne rigole pas avec ça, Ian, ce n'est pas marrant. Imagine qu'un jour, je ne puisse pas me retenir.

— Tu ne m'as rien fait là !

— Non. En même temps, mon autre partie le voulait aussi alors c'est normal et puis, je t'ai mordu.

— Ton autre partie ? C'est comme ça que t'appelle ta partie « zombie » ?

— C'est ça ! Tu sais, je suis à moitié humaine et à moitié contaminée et je ne peux pas être l'une sans l'autre, ça fait partie de moi et même si j'arrive à garder le contrôle sur la mauvaise partie, il y a des moments où je n'ai pas d'autre choix que d'y faire appel. J'en ai besoin lors des combats pour ne pas me perdre.

Je me mets face à lui en posant une jambe sur les siennes.

— Contrairement à ce que pensent les gens, ce n'est pas facile de tuer ces monstres. J'en bave tous les jours et quand je ferme les yeux, j'ai peur de faire des cauchemars. Je ne suis pas le monstre que les gens voient en moi, je suis une femme avant tout et j'ai une âme. Alors quand mon côté zombie est d'accord avec mon côté humain, il ne m'empêche pas de faire ce que je veux et il prend son pied lui aussi. Voilà pourquoi je ne t'ai pas fait de mal, mais un jour, ça pourrait arriver !

— Je sais et je vais faire gaffe dès à présent. Je ne veux pas te compliquer la vie, déjà que tu n'en as pas une simple ! Je ne sais pas comment tu as fait pour t'accepter aussi rapidement. Je sais que ce n'est rien comparé à toi, mais moi, j'ai encore du mal aujourd'hui.

— C'est vrai, ce n'est pas le même cas nous deux, mais pour toi c'est encore pire car tu as appris qui tu étais pendant que le monde allait bien, moi, je l'ai su quand il partait déjà en couille alors je me suis dit que si je voulais survivre et mettre ma famille en sécurité, il fallait que je fasse avec. Ce n'est pas une mauvaise chose d'être comme je suis aujourd'hui. Demain, quand le monde sera redevenu normal, qu'est-ce que je vais bien pouvoir faire de moi ? Quand il n'y aura plus de zombies ou de Master ou même de Vladimir, à quoi vais-je bien servir ? La population voudra oublier ce cauchemar. Quand ils me verront, ils ne pourront pas. Je leur rappellerais trop de mauvais souvenirs avec mes yeux et mes morsures.

— Nous trouverons un moyen de te faire redevenir humaine et si ce n'est pas possible, qu'ils aillent se faire foutre ! Ça sera grâce à toi et à David que tout sera redevenu comme avant.

— Peut-être, mais ça ne sera pas mon monde. Aujourd'hui, je n'ai pas envie de redevenir humaine, pas du tout, au contraire, je préfère être comme ça que vulnérable et incapable d'aider mes proches. Plutôt mourir !

— La question ne se pose pas pour l'instant, on verra au moment voulu. Pour l'instant, il y a toujours autant de zombies et de Masters qui rôdent autour de nous alors n'y pense plus.

— Tu as raison, pour le moment, le problème numéro un est de te trouver de nouveaux vêtements et de terminer le travail.

— Lara, tu es crevée et je suis sûr que tu ne tiendras pas debout. Va prendre une douche et dormir, ça peut attendre demain.

— Il ne reste plus que quelques étages à faire, ça ne prendra pas longtemps.

Sans rien dire, il se lève complètement nu face à moi et me tend la main. Même au repos, il est impressionnant. Je la lui prends et au lieu de me soutenir comme il l'avait fait juste avant, il m'attrape les bras et me mord au cou.

— Tu vois, tu n'es pas capable de combattre, tu ne m'as même pas arrêté.

— Tu rigoles ! Tu m'as prise au dépourvue. Vas-y recommence !

Sur ce, il me lâche pour mieux me ressauter dessus, mais cette fois, je ne me laisse pas surprendre et je me décale sur le côté pour lui donner un coup de pied dans le derrière.

— Tu vois, je peux !

Mais sans m'en apercevoir, alors que je me remets à peine sur mes deux pieds, il me soulève par les hanche et me jette sur le canapé. Ma tête cogne contre l'accoudoir, ce qui me fait voir des étoiles, mais je m'en remets vite. Quand il arrive sur moi, je le bloque en m'interposant avec mes pieds que je mets sur son torse et le propulse de l'autre côté de la pièce. Il retombe lourdement contre la table en bois, le souffle coupé. Je le rejoins en deux secondes, le prends par le cou et le relève.

— Alors ? Toujours aussi fatiguée ?

— Tu l'es, mais tu ne le montres pas. Tu as gagné… Ne viens pas m'appeler à l'aide, je ne viendrai pas.

Je le relâche en soufflant.

— Non, tu as raison, je vais aller me coucher, ça peut attendre quelques heures encore.

— Vas t'habiller avant, à moins que tu veuilles faire plaisir à tes hommes.

— Je peux dire la même chose pour toi !

— Il n'y a presque pas de femmes au Château et encore moins chez les militaires.

— Pas tort, mais tu sais, il n'y a pas que les femmes que ça plairait de te voir tout nu ! rigolé-je.

— Non ! Lara. Ne dis pas des choses comme ça.

— Quoi ? C'est la vérité !

— Peut-être, mais pour toi aussi alors. Et puis je n'ai pas envie d'imaginer mes collègues comme ça.

— C'est toi qui as commencé, le taquiné-je.

— C'était juste pour te prévenir de ne pas te balader à poil dehors. Tu fais ce que tu veux !

— Tu ne crois pas si bien dire, Somer.

Je me dirige vers l'une des fenêtres de la salle de jeu et l'ouvre.

— Tu ne vas pas sauter toute nue ?

— Si ! Pourquoi pas. Tu crois que je n'en suis pas capable ? Il fait encore nuit, le soleil ne se lève que dans une heure et ma maison est juste derrière, je peux y arriver sans que personne ne me voit.

— Tu crois ça ? Alors chiche ! Je veux voir ça.

— Au revoir Ian, à plus.

Sur ce, je saute et atterris quinze mètres plus bas, toute nue.

— Je fais comment moi pour descendre ? Les escaliers sont plein de contaminés !

— Saute, ce n'est pas haut. Je te rattrape.

— Mais bien sûr ! Je vais me briser la nuque.

— Oh pauvre petit. Débrouille-toi Ian, tu es grand.

Le laissant en plan, je me retourne et me dirige vers ma maison en prenant garde de ne croiser personne. De là où je suis, je sens la surprise de Ian, mais au bout d'un moment, il rit tout seul. Il ne pensait pas que j'en étais capable. Et ben, il ne me connaît pas bien encore.

Chez moi, tout le monde dort, alors j'en profite pour monter directement dans ma chambre prendre une délicieuse douche. Point positif, je n'ai pas à me déshabiller ! Sous l'eau brûlante, je suis la progression de Ian dans l'immeuble. Il est remonté sur le toit et il est en train de descendre le câble, habillé d'un simple jean et de ses rangers. Sur le chemin, il rencontre deux de ses collègues. Je n'entends pas leur conversation. J'imagine très bien sa tête et surtout celle de ses amis. Il repart en direction de chez lui, honteux de s'être fait surprendre. Il n'a pas les mêmes facultés que moi à sentir la présence des humains. J'ai un peu triché sur ce point. Tant pis pour lui, c'est lui qui a commencé.

Je ne prends même pas la peine de me sécher après être sortie de la douche tant je suis crevée. Je me laisse tomber sur mon lit, la tête la première. J'ai juste la force de me passer un petit drap sur les épaules avant de m'endormir.

# CHAPITRE 49

— Attend, elle n'est pas encore réveillée, reviens plus tard Ian.

— J'ai quelques mots à lui dire.

— Ça peut attendre qu'elle se lève, non ?

Je sais que je connais ces voix, mais je ne suis pas capable pour l'instant de les reconnaître et je ne me souviens plus où je suis. Je sais qu'hier je suis allée décontaminer les immeubles et... Oh Somer ! Mon cerveau se réveille juste à temps pour voir Ian débouler dans ma chambre alors que je suis entièrement nue sous le drap, qui ne cache presque rien en cet instant. Juste derrière, suit ma sœur qui lui interdit de venir me voir, sans succès.

Somer est au pied de mon lit et m'observe de la tête aux pieds avec un regard malicieux, pas celui auquel je m'attendais en l'entendant quelques secondes plus tôt. Quand à ma sœur, je la sens gênée. Elle reste tout de même digne d'elle.

— Je suis désolée, Lara, il n'a pas voulu attendre que tu te réveilles.

— Pas de soucis, sœurette, je le suis maintenant, tu peux nous laisser.

Elle nous regarde à tour de rôle, surprise.

— Vraiment ? Vous…

— Je ne vais pas le tuer, enfin, s'il ne me provoque pas trop. Tout va bien Jade, ne t'inquiète pas.

Je la retiens avant qu'elle ne ferme la porte

— Heu attends ! Où est Kiara, je ne la sens pas ?

— Elle est avec maman, j'allais la rejoindre, tu veux que je la fasse venir ?

— Non, non pas la peine, je voulais juste savoir où elle était, merci Jade. Je vous rejoins tout à l'heure.

— Oui d'accord, maman veut te voir de toute façon.

— Rien de grave ?

— Non rien de grave, elle veut juste te parler. À tout à l'heure Lara et ne fais pas de bêtises !

— Qui ? Moi ? Jamais !

Elle rigole encore quand elle descend les escaliers et même quand elle sort de la maison. Quoi ? Je suis capable de me contenir. J'en reviens à Ian qui me regarde toujours avec autant de malice dans les yeux et à vrai dire, ce n'est pas le petit bout de tissu qui me couvre les seins jusqu'aux mi-cuisses qui change quelque chose. Je remets en place mes cheveux et me passe la main sur le visage pour évacuer les dernières traces de fatigue.

— Que me vaut ta venue, Ian ? demandé-je tranquillement.

— Comme si tu ne le savais pas. Tu m'as laissé en plan hier !

— Déjà, ce n'était pas hier, mais ce matin… Tôt et je me suis assurée que tu allais bien. Je t'ai suivi.

— Je ne t'ai pas vue, ni sentie !

— Non, je n'ai pas besoin d'être là physiquement pour savoir.

— D'accord et si j'étais tombé dans une embuscade ou tout simplement du toit, tu n'aurais pas eu le temps de venir me secourir.

C'est vrai, j'aurais dû attendre qu'il soit descendu du toit avant de partir. Il a voulu jouer et j'ai joué ! Et puis, il est entier, non ?

— Tu es vivant, c'est le principal ! Et puis, c'est toi qui as cherché.

— Toujours le dernier mot, hein ! Ce n'est pas croyable, Lara.

— Quoi ? C'est toi qui m'as dit « chiche » et je suis joueuse. J'ai gagné, c'est tout, tu es un mauvais joueur, voilà.

Il secoue la tête en souriant.

— Je le saurai pour la prochaine fois et oui, tu as gagné. À charge de revanche.

— OK, mais tu vas encore perdre.

— Tu crois ça ! Nous les Américains, nous sommes plus forts que vous, petits français.

— Je n'y crois pas… Raciste vas !

— Je ne suis pas raciste, juste réaliste.

— On verra bien. Pour le moment, j'aimerais que tu me laisses, car je ne suis pas vraiment présentable, alors ouste !

Son regard s'attarde un peu trop sur mon corps.

— Ça ne me déplairait pas de te revoir nue, me dit-il.

Oh… Mais j'avoue que j'aime bien. J'aime comme il me désire.

— Ian !

— Quoi ? Ce n'est pas vrai ?!

— Si, mais ce n'est pas pareil. Hier, nous… Nous faisions, heu….

Je suis incapable de terminer ma phrase, d'une part, car je suis extrêmement gênée et d'autre part, car il n'arrête pas de me regarder avec ses yeux magnifiques comme si j'étais une friandise. Je rajuste mon drap blanc sur moi, même si ça ne change pas grand-chose. Je ne peux pas rester comme je suis. Je vais pour me mettre debout et échapper à son regard, mais je n'en ai pas le temps. Il s'assoit sur le bord du lit et passe une main devant moi pour m'empêcher de me lever. Il se penche légèrement sur moi, tout près de ma bouche, en plongeant encore plus profondément ses yeux dans les miens. Son souffle est chaud contre ma peau et son haleine sent magnifiquement bon la menthe fraîche.

— Tes yeux sont encore plus beaux quand on les regarde de plus près… Et ta peau est si douce et chaude.

Son ton est calme et très sensuel. Comme cette nuit, je suis incapable de bouger ou de dire quoi que ce soit. C'est comme s'il me charmait avec sa voix et son odeur. Je le regarde sans rien faire et à vrai dire, j'ai envie qu'il me fasse quelque chose.

— Tu es tellement belle et forte que ça paraît inimaginable. Une femme comme toi aussi puissante et si fragile en même temps, c'est si… Beau.

— Où tu veux en venir ? réussi-je à dire malgré la boule au ventre.

— Nulle part, je te dis simplement ce que je ressens.

— Je sais ce que tu ressens Ian, je le sens et ça me perturbe.

— Je le sais aussi. Même si je n'ai pas les mêmes facultés que toi, j'ai appris et j'en apprends encore en t'observant tous les jours.

— Je ne suis pas parfaite, Ian, au contraire. Si je ne me contrôlais pas, je ferais un massacre. Je ne suis pas humaine comme toi et je ne le serais jamais.

— N'essaie pas de me repousser, Lara. Tu n'es pas comme eux et tu le sais très bien. Tu as une âme et c'est ce qui fait toute la différence et même si tu as été créée, tu restes humaine. Ton cœur est pur, Lara.

— Oh non, Ian, tu te trompes ! J'ai des envies de meurtres et j'ai des pensées perverses. Je ne suis pas un exemple à suivre. J'ai déjà tué.

— Peut-être, mais tu ne les suis pas et c'est ce qui fait la différence entre toi et ces monstres dehors. Tu pourras dire ce que tu veux, je le sens, je sais que tu as un côté méchant et ce n'est pas celui-là qui mène la danse. Tu es forte et tu le seras toujours pour tout le monde au Château.

— Je suis un monstre, Ian.

— Non, Lara ! Tu n'en n'es pas un, tu es une femme incroyable, belle… Très belle et ce ne sont pas tes yeux cyans qui vont entacher à ta beauté, au contraire.

— Ce ne sont pas mes yeux !

— Je sais, mais ils sont tiens maintenant.

Au fur à mesure qu'il parle, il se rapproche de moi et de mes lèvres brûlantes qui ne demandent qu'une seule chose…

— Embrasse-moi, dis-je sans pouvoir m'en empêcher.

Je n'ai pas à le redire une deuxième fois et quand ses lèvres touchent enfin les miennes, mon corps se relâche et je peux enfin bouger. Je lâche le drap et l'entraîne sur le lit. Il s'allonge sur moi et fait balader ses mains sur mon corps nu. Des frissons me submergent de toutes parts et mon désir se réveille d'autant plus. Nos langues se touchent et se goûtent avec acharnement et plaisir mélangés. Il a tellement bon goût que je pourrais en perdre le contrôle et me jeter dessus pour lui arracher ses vêtements et le goûter en entier quand la sonnerie de la maison retentit.

— Je crois que c'est foutu, me dit-il en se levant légèrement de moi.

— Je le crois aussi malheureusement.

— Qui c'est ?

— Un soldat ! Et non, je ne le connais pas.

— Je n'ai rien dit !

— Mais tu l'as pensé. Je peux lire en toi, n'oublie pas. Rah, t'as pensé à Alex avec dédain et je sais que tu ne l'aimes pas trop, dis-je en me levant du lit sans me couvrir, exprès. Il n'y a rien entre lui et moi, c'est juste un bon ami et c'était le meilleur ami de Matt.

— Je ne peux rien te cacher, par contre, tu n'arrivais pas à lire en moi avant !

— Tu as raison. Là, tu ne fais rien pour m'en empêcher et puis je te connais mieux maintenant, je sais qui tu es.

— Je me protégerai mieux la prochaine fois. Bon, tu t'habilles là ou je te saute dessus ?

Comptant retourner dans le dernier bâtiment pour terminer la décontamination, je mets ma combinaison avec toute la panoplie qui va avec. Katana, tantō, couteau dans la botte et la nouvelle arme moderne que je me suis trouvée, un magnifique Magnum Desert Eagle gris, mon arme à feu préférée depuis peu. Je n'en trouvais pas l'utilité avant, mais pour abattre à distance un zombie, c'est toujours très utile.

Une fois bien équipée, je m'attache les cheveux en tresse haute et je suis prête.

— L'arme ultime est prête ! dit Ian en me regardant de haut en bas. La tresse te va très bien.

— Merci !

Je rigole et descends au plus vite, surtout à cause de Ian qui n'a pas arrêté de me zieuter tout du long.

— Où tu cours comme ça ? Tu me fuis ?

— Oui, voilà ! Quand tu arrêteras de me regarder comme tu le fais, je pourrais rester dans la même pièce que toi.

— Quoi ?! Je n'ai pas le droit de regarder une belle femme ?

— Arrête ton char !

— Mais…

— Chut ! Nous ne sommes pas seuls, dis-je en lui montrant la porte d'entrée que j'ouvre dans la volée. Oui ? demandé-je au soldat que j'ai déjà vu, mais dont je ne connais pas le nom.

— Le major Bel, heu votre mère et le commandant Charles vous attendent au QG, capitaine.

— Oui, je le sais, désolée, j'ai pris du retard. Je pars sur le champ. Merci de vous être déplacé.

— De rien, capitaine, dit-il en baissant des yeux.

— Vous pouvez y aller soldat, intervient Ian derrière moi.

Le second-maître le regarde avec des yeux ronds comme des billes, nous salue et fait demi-tour sans un mot.

— Tu étais obligé de te montrer ?

— Quoi ? David le sait déjà, il nous a entendu hier et comme c'est une pipelette, il va le dire à tout le monde, soit directement, soit indirectement.

— Il est venu te le dire ! dis-je en me dirigeant vers le QG.

Dehors le temps est pluvieux et malgré le fait que je sois résistante à la fraîcheur, je sens quand même qu'il doit faire bien froid quand je vois comment sont couverts mes hommes et les civils qui passent devant nous.

— Oui et il était surpris. Au début, il croyait qu'on se battait. Il s'est rapproché et a écouté, mais quand il s'est rendu compte que ce n'était pas le cas, il est reparti.

— Rho putain ! Je sens qu'il va me faire chier avec ça.

— Surveille ton langage, jeune femme. Ce n'est pas joli.

— Ha ha, rien à faire ! Il n'a pas intérêt de me dire quoi que ce soit ou d'en parler sinon…

— Sinon quoi ? me demande David, arrivé à l'instant.

— Je te fais ta fête. Ferme-là ! le menacé-je voyant son sourire. Je ne veux pas t'entendre ou faire une quelconque allusion… OK ?

— OK, je serai sage, mais juste avant que nous arrivions, c'était mieux qu'avec moi ou pas ? Je veux savoir !

Je suis choquée qu'il me pose cette question alors que Ian est là. Pour toute réponse, je lui colle mon poing dans la figure sans qu'il ne le voie venir et il s'écrase contre la porte du QG. Cette dernière s'ouvre avec fracas, surprenant toutes les personnes à l'intérieur. Tout le monde nous regarde avec surprise, de peur que ça dégénère, surtout quand deux hybrides se tapent dessus.

— Je ne vais pas demander pourquoi tu l'as frappé, il doit y avoir une bonne raison et je ne veux pas le savoir, dit ma mère en voyant ma tête.

Je suis rouge de colère contre David et j'ai le sang qui cogne contre mes tempes tellement il me met hors de moi.

— Oui, il y a bien une bonne raison et il le sait alors maintenant tu vas arrêter de faire le gamin, nous avons du boulot qui nous attend.

# CHAPITRE 50

D'après ce que je vois devant moi et surtout ce que je ressens dans la pièce, je crois ne pas me tromper en m'avançant. L'hydride se relève, cachant très mal son sourire. C'est vraiment un gamin celui-là !

— Bon, commence Gabriel. Je ne vais pas passer par quatre chemins… Il y a trois jours, un groupe de rescapés a pris contact avec nous via la radio.

— Encore ! dis-je surprise. Un groupe de civils ?

— Non, pas vraiment. C'est la présidente avec le vice-président et leurs gardes du corps. Le premier ministre y est aussi, dans un mauvais état. Ils se sont fait attaqués hier par un Master qui est passé à travers leur sécurité et qui a tué plusieurs d'entre eux.

— Je suppose que nous allons les chercher, dis-je.

— Oui, répond ma mère.

— Pourquoi ne pas nous l'avoir dit plus tôt ? demande David.

— Nos hommes et nos familles passaient avant tout. Et la situation de la présidente n'était pas préoccupante jusqu'à présent.

— Commandant ? s'étonne David.

— Non, il a raison, dis-je. Il n'y a plus de gouvernement depuis plus d'un mois. La seule structure militaire existante est la nôtre. Tout le monde est au même niveau, même Mme Patricia Henrygie.

Notre mission de sauvetage est terminée et tous nos proches sont à l'abri. Je peux aller m'occuper d'eux maintenant.

— Pas toute seule Lara, dit Gabriel. Ce que tu as dit est vrai et juste. Tant que l'épidémie n'aura pas été totalement éradiquée de la planète, ton avis sera le plus important ici et nous n'allons pas changer notre façon de faire parce que la présidente en a décidé ainsi.

— Elle a déjà donné ses ordres ? demandé-je.

— Oui et elle n'est pas contente que nous ne soyons pas partis plus tôt pour la secourir.

— Elle est culottée ! s'exclame Ian. Elle croit que nous allons mettre en danger le Château juste pour elle ? Des dizaines de personnes comptent sur nous et nous ne pouvons pas risquer leur vie pour une ou deux personnes, qui qu'elles soient !

— C'est pourquoi nous avons attendu que tu reviennes avec tout le monde pour partir, dit ma mère.

— Tu me laisseras partir sans rien dire ? C'est à Paris et tu ne m'en empêches pas ?

— À quoi bon ! Je sais très bien que quoi que je dise, tu le feras quand même.

— Bien dis, rigolé-je. Quand partons-nous ?

— Qui veux-tu prendre avec toi ? demande Gabriel.

— Je ne veux pas imposer à mes hommes une mission comme celle-là ! Paris n'est pas à côté et nous ne savons pas ce qui nous attend. Je préfère les laisser prendre leur propre décision.

— C'est bien de ta part, Lara et à vrai dire, plusieurs de nos hommes se sont déjà portés volontaires, m'explique Gabriel. Il y en avait beaucoup plus au départ, mais j'ai fait le tri.

Le commandant m'entraîne à l'extérieur où m'attend déjà le groupe qui va partir avec moi. Comme je l'aurais imaginé, Ian vient, ainsi que Bruno et Dany, malgré son bras en moins, Alex, Cox et Lopez.

— Clark ne peut pas venir, car il est malade depuis votre dernière mission. Il te fait savoir qu'il serait venu et il te souhaite bonne chance à toi et tes hommes, me dit ma mère.

— Merci à lui et qu'il se soigne bien.

Je me retourne vers mon groupe qui est déjà prêt pour partir une nouvelle fois à l'action et un sourire s'affiche sur mon visage.

— On ne change pas une équipe qui gagne ! leur dis-je.

— Non, capitaine, disent-ils en cœur.

— Merci de vous être proposés pour cette mission, je suis contente que vous vous soyez portés volontaires. J'espère qu'elle se passera mieux que notre première ensemble.

— Nous sommes l'équipe de l'élite, l'équipe de l'hybride, rien ni personne ne peut nous vaincre, s'exclame Cox avec son accent américain.

Je rigole, contente qu'il soit heureux de faire partie de cette équipe même si je suis préoccupée par ce sauvetage. Sa particularité tient du fait que les personnes que nous devons ramener pensent être beaucoup plus importantes qu'elles ne le sont en réalité. Il va être compliqué de faire comprendre à notre présidente et ses ministres qu'il n'y a plus de gouvernement et que nous sommes les seuls à pouvoir prendre les commandes.

— Je vois que tu es déjà prête, Lara, dit Enora.

— Oui, j'allais terminer de décontaminer la fin du dernier bâtiment, j'étais trop fatiguée pour le finir ce matin.

Je vois David rigoler dans sa barbe et je ne relève pas. Il va me le payer quand je rentrerai, là, je n'ai pas le temps. Tous mes hommes sont déjà prêts à partir et ils n'attendent que moi pour démarrer, comme toujours.

— David l'a fait tout à l'heure, me dit ma mère. Merci de t'en être occupée, je sais que ça n'a pas dû être facile. On t'a entendu crier cette nuit.

— Ah oui, ça ! dis-je gênée. Je n'avais pas pris de lampe et je les voyais qu'au dernier moment, ils m'ont foutu la trouille ces cons, mais tout va bien, je ne me suis pas faite mordre.

— Non, mais griffée oui, dit ma mère, en me montrant ma joue. On la voit encore un peu.

— Oui, je me suis trouvée dans une embuscade à un moment et j'ai bien failli y rester. Somer est arrivé à temps pour me sortir de là.

— Merci Ian, dit ma mère. Tu vois, tu n'es pas invincible Lara, alors demande plus souvent de l'aide, OK ?

— Oui, mère, je demanderai la prochaine fois et merci David d'avoir fini.

— Nous allons pouvoir nettoyer les lieux et dans quelques jours, les nouveaux arrivant vont pouvoir y habiter. Encore merci à vous trois, dit Gabriel.

— C'est Lara qui a tout fait. Il n'en restait qu'une petite dizaine, rien d'important et en plus tu as fait du bon boulot, copine ! Tous les cadavres sont en bas de la cage d'escalier, du coup, nous pourrons les sortir plus rapidement et les brûler.

— C'est normal, tu l'aurais fait aussi et merci d'avoir terminé pour moi.

— Je n'aurais pas tout fait, non ! dit-il en sous-entendant mon histoire avec Ian.

Je le regarde de travers et son sourire s'élargit encore plus. Je vais le tuer ! Je vais le tuer…

— Lara ? m'interpelle Ian avant que je ne fasse une bêtise. Tu viens, on va voir Kiara, elle ne va pas aimer que tu partes sans lui dire au revoir avant.

Mon Dieu, Kiara, j'allais l'oublier ! Mais où est-elle ? Je croyais qu'elle et Jade étaient venues voir maman. Je me concentre et je la repère en salle de repos qui sert aussi de salle de jeux pour nos braves militaires entre leurs gardes. Elle joue à la console de jeux avec un jeune homme en bas de treillis et débardeur kaki. Elle a l'air de bien s'amuser. Je suis contente qu'elle rigole malgré le chaos de dehors.

À mon arrivée, Kiara lâche la manette qui tombe sur le sol et vient me sauter dans les bras.

— Lara ! Ça va ?

— Oui choupinette, tu joues bien ?

— Oh oui, capitaine, me répond le jeune homme à sa place. Elle est forte et elle me bat même.

— Waouh ! C'est génial ça.

— Tu n'es pas venue me féliciter. Tu pars, c'est ça ?

— Je ne peux rien te cacher, ma chérie.

— En même temps, tu es en tenue, sœurette.

— Je dois partir tout de suite pour une mission très importante. Je reviendrai comme d'habitude, tu le sais, n'est-ce pas ?

— Oui. Mais qui t'aide toi ?

— Je n'en ai pas besoin, ma chérie.

— Si, tu en as besoin, regarde ta joue Lara, me dit Kiara en me touchant la cicatrice de la griffure.

— Ne t'inquiète pas Kiara, dit Ian, je suis là pour l'aider et Bruno et son frère aussi, même mes amis Cox et Lopez seront là, tu n'as pas à t'en faire.

— Ils sont humains, ils ne peuvent rien faire contre ces monstres et tu le sais Ian, s'énerve Kiara dans mes bras. Même toi tu ne pourras pas la protéger si Lara se fait attaquer et puis, tu ne l'aimes pas ! dit-elle sous la colère.

— Kiara, ma grande, je suis forte, je peux très bien m'en sortir toute seule, dis-je sans relever ce qu'elle vient de dire.

— Toi, tu serais prête à mourir pour eux, mais eux, le feront-ils ? demande Jade à côté de Kiara.

— Tu ne vas pas t'y mettre toi aussi, Jade ! Je sais me protéger et jusque-là, je m'en suis tout le temps sortie.

— Oui, dans quel état aussi ! s'énerve Jade. Tu es ma grande sœur et je t'aime, je ne veux pas que tu reviennes en morceaux comme à chaque fois ou presque.

— Je la protégerai à n'importe quel prix, dit Ian derrière moi.

— Tu la détestes ! s'énerve encore plus Jade.

— Non, c'est faux, se défend-il.

— Menteur ! continue Kiara.

— Non Kiara, il dit la vérité, le défendé-je.

— Mais…, commence ma petite têtue. Vous n'arrêtez pas de vous crier dessus !

— Tu sais que c'était pareil avec Jade quand elle est née, pourtant je l'aime maintenant, plus que tout au monde. C'est pareil avec Ian !

Un silence.

— Tu l'aimes ? s'étonne Kiara, le sourire aux lèvres.

— Ce n'est pas ce que tu crois, mais je m'entends beaucoup mieux avec lui maintenant.

— C'est tout ? demande ma sœur.

J'ai le malheur de faire une pause avant de lui répondre et il ne lui en faut pas plus pour me démasquer.

— Ah, je n'y crois pas ! s'exclame Jade.

— Jade, la ferme, je ne veux pas que tout le monde soit au courant, dis-je en regardant par la même occasion le jeune soldat dans la pièce. Kiara, tu es rassurée ? Ian sera là pour me protéger, ne t'inquiète pas.

— Je m'inquiéterai tout le temps, Lara, tu le sais, tu es ma deuxième maman, même si je sais que tu n'aimes pas que je t'appelle comme ça. Tu as intérêt à me la ramener en vie et entière Ian, le menace Kiara.

Même si Somer sait très bien qu'elle ne pourra rien lui faire physiquement, il sait à quel point sa menace est importante, alors il acquiesce de la tête.

— Oui, chef ! lui répond Ian. Bon, il faut y aller.

J'embrasse une dernière fois Kiara et Jade avant de tourner les talons sans un regard en arrière pour ne pas pleurer.

— Tout va bien se passer, Lara, tu verras.

— J'espère bien, Ian, j'espère bien.

Nous nous dirigeons en silence vers les garages, en passant devant le quartier des nouveaux arrivants. Ils sont presque tous dehors, à des tables et des chaises mises à leur disposition et ils sirotent une tasse de café bien chaude. À cause de ma tenue, ils ne me lâchent pas des yeux une seule seconde. Ils ne m'avaient jamais vue avec ma combinaison même s'ils savent maintenant qui je suis et ce que je peux faire. D'après ce que j'ai compris, ma mère leur a fait un topo sur les débuts du Château et moi bien sûr. Même si ça me dérange que l'on parle de moi constamment, je ne peux rien y faire, je suis l'hybride.

# CHAPITRE 51

À notre arrivée, mon équipe est à bord de l'un des bus que nous avons récupéré à Toulouse pour ramener les nouveaux au Château.

— Pourquoi le bus ? demandé-je.

— Autant ne pas abîmer nos véhicules, dit Bruno.

— Surtout pour ne pas les mobiliser plusieurs jours à la gare. Nous en aurons besoin en revenant avec tout le monde, continue Dany.

— OK. Tu es sûr de vouloir venir ?

— Pourquoi ça ? Tu penses qu'avec un bras bionique je ne peux pas faire l'affaire ?

Pour me le prouver, il s'empare de son fusil à pompe et le charge devant moi avec seulement sa prothèse.

— Tu vois, je peux très bien m'en servir et puis au moins, si l'un d'entre eux veux me mordre, je ne crains rien avec ce bras !

— Si tu le dis. Tu resteras en arrière quand même.

— Comme tu voudras capitaine, me répond-il mécontent.

— Ne m'en veux pas, Dany, je pense à toi en premier, je n'ai pas envie qu'un autre de mes amis meurent, OK ?

— Je sais Lara, je comprends même si ça me fait chier.

Je lui donne une petite tape dans le dos et je monte à mon tour dans le bus. À l'intérieur, c'est une armurerie mobile. Mes hommes sont chargés d'armes en tout genre et je vois même sur l'un des sièges l'arme sonique tant redoutable.

— Ils ne vont pas en avoir besoin ? demandé-je.

— Ils en ont d'autres. Un de moins ça ne change pas et maintenant ils ont le matériel pour en construire d'autres.

Sur ce, le bus démarre et se dirige vers le portail de sécurité. Dehors, toute ma famille, mes amis et mes hommes sont là pour nous dire au revoir et nous souhaiter bon courage. Quand j'aperçois Kiara, elle pleure dans les bras de Jade et je ne peux m'empêcher de verser quelques larmes à mon tour. Je me suis tellement attachée à cette petite. Je ne la vois pas beaucoup et quand je suis avec elle, je me sens tout de suite mieux, moins vide. Je comprends la réaction de Jade et de Kiara, mais il faut bien que quelqu'un s'occupe de « sauver le monde » si je puis dire. David préfère rester sur place et protéger le Château au cas où le russe reviendrait et de toute façon, nous n'allons pas attendre qu'il veuille bien se montrer ! Nous ne sommes pas sans défense alors à quoi bon rester tous sur place ?

Sur la route jusqu'à la gare, nous ne croisons pas énormément de contaminés, ni aucun Master, ce qui nous y fait arriver en quelques minutes seulement. Comme la dernière fois, je descends la première du bus et j'ouvre la route à mes hommes jusqu'au train déjà prêt pour son voyage. Malgré le nettoyage de la dernière fois, je dois en décapiter plus d'une vingtaine que mes hommes puissent monter. À croire qu'ils viennent par habitude ici, comme quand ils étaient humains. Je sais que ce n'est pas possible puisqu'il n'y a plus une once d'humanité en eux.

Dany prend directement les commandes du train pendant que les autres prennent place un peu partout dans le wagon pour avoir plus d'angles à sécuriser et quant à moi, je retourne à ma place habituelle, le toit. Enfin j'espère qu'il ne va pas se mettre à pleuvoir, car le temps devient de plus en plus mauvais au fil des heures. Quand le train démarre enfin, il est treize heures et nous n'arriverons pas avant vingt heures ce soir, si tout va bien et que les voies soient dégagées. En temps normal, les trajets en train sont très rapides depuis quelques années, mais à cause des contaminés et des débris sur les voies, nous sommes obligés de rouler doucement, comme pour Toulon.

Quoi qu'il en soit, je vais m'ennuyer pendant ce voyage et je sais dans quelle humeur je vais être en arrivant. Ça ne fait même pas dix minutes que nous sommes en route que je sens la présence de Dany, sur le ponton, entre le wagon de tête et la première voiture. Je me lève et je vais le rejoindre avant qu'il ne lui arrive un problème.

— Qu'est-ce que tu veux, Dany ? C'est dangereux ici.

— J'ai trouvé ça dans ma maison, j'ai pensé que ça te plairait.

Mon ami me tend un ancien baladeur de musique, appelé MP3 dans les années 2000. Un vieux de la vieille quoi !

— Oh, c'est gentil Dany. Comment t'as su que j'aimais la musique, je n'en ai jamais fait référence ?

— Ta sœur ! J'ai voulu le lui donner au début, mais elle m'a dit que tu adorais écouter de la musique, alors avec elle, on a cherché un peu partout tes morceaux préférés et on les a mis dessus.

— Dany, il ne fallait pas ! C'est vraiment trop gentil, je t'adore, dis-je émue.

— Ce n'est rien, Lara et puis il fallait que je m'occupe pendant ma convalescence.

— Merci quand même.

Il me le tend et je le prends aussitôt. Ça me touche énormément que ma sœur et lui aient pensé à moi de cette manière. Dany me laisse et retourne à l'intérieur du train, bien au chaud, quant à moi, je me remets tout devant et mets les écouteurs dans les oreilles. Au fur et à mesure que les titres passent, je me rends compte que ma sœur connaît vraiment mes goûts en chanson et elle ne s'est pas trompée. Il y a presque que des musiques d'anciens films, comme *Twilight, Divergente, Hunger games, Residente evil*, tous mes films préférés. Quand l'une de mes favorites passe, je me laisse bercer par sa douce mélodie et ces merveilleuses paroles. Je mets le mode « repet » et je me laisse entraîner dans mon monde parallèle où j'adorais aller quand j'étais plus jeune et que je m'imaginais être l'une de ces magnifiques créatures fantastiques, courant dans le vent, les cheveux lâchés avec le sourire aux lèvres. Les paroles me viennent tout à coup et j'en profite pour me lâcher et tant pis s'il pleut :

"… All of my doubt suddenly goes away somehow…"

Je chante le premier refrain de *A thousand years*, de *Christina Peri*, cette chanson est tellement belle que j'aimerais qu'elle soit vraie. Un amour comme celui-là est magnifique, mais impossible. Moi qui suis nulle en anglais, quand ça concerne les paroles de mes chansons préférées, je deviens la plus douée ! Je débloque le mode « repet » et je laisse défiler les chansons et quand je tombe sur la musique d'*Elie Goolding, Love me like you do*, je fonds et je me l'écoute en boucle. J'ai l'impression que toutes ces paroles sont faites pour moi et qu'elles décrivent ma vie, mes ressentis. Les musiques de ma jeunesse et des années suivantes sont tellement nulles que je préférais me télécharger les anciennes et bonnes musiques, rien à voir avec celle-là :

« … *Never knew that it could mean so much, so much…* »

Je m'arrête de chanter et me retourne, sentant une présence derrière moi. Ian me regarde, debout sur le wagon, avec un sourire aux lèvres et les bras croisés.

— Je ne savais pas que tu chantais !

— Tu ne me connais pas, Ian et je ne sais pas chanter.

— Tu rigoles ? Depuis tout à l'heure, on t'entend d'en bas et on t'écoute. Tout le monde adore et moi encore plus. C'est un hasard les paroles ou pas ?

— Non, j'aime juste ces chansons, c'est tout. Je vais arrêter, je ne vous dérangerai plus.

— Au contraire, continue, tu as une belle voix, Lara.

— Ne dis pas de conneries, Ian, je chante faux.

— Mais pourquoi tu fais toujours ça ?

— Faire quoi ?

— Toujours te dévaloriser ! Tu es énervante à la fin, tu sais ? Quand on te dit des choses, ce n'est pas pour rien, c'est la vérité.

— Peut-être, mais là, je ne te crois pas.

— Suis-moi et tu verras !

Il m'entraîne à l'intérieur de la voiture de tête et me fait faire face aux autres. Une fois avec eux, je me rends compte à quel point ils sont détendus et… Heureux ! Je ne comprends pas.

— Lara ne veut pas me croire quand je dis qu'elle chante bien.

— Quoi ? s'étonne Bruno. Au début, on ne savait pas d'où la voix venait. Quand on a bien cherché, on s'est rendu compte que c'était toi. Tu as une voix magnifique Lara et je ne plaisante pas.

— Les paroles nous ont complètement détendues, continue Alex. Pendant un instant, on a tout oublié et on t'a écouté.

Je ris sans me retenir.

— Ne dites pas de bêtises, les gars ! J'ai toujours chanté sous la douche ou dans ma chambre et ma sœur me gueulait toujours dessus pour que j'arrête.

— Et pourtant Lara, nous sommes cinq à te le dire.

— Oui, dit simplement Cox.

— Pfou ! Vous avez les oreilles bouchées ou c'est parce que ça fait longtemps que vous n'avez pas entendu une vraie chanteuse alors.

— Tu es têtue toi, hein ! s'exclame Dany. Quand on te dit que tu sais bien chanter c'est que c'est vrai ! OK ?

— Oui, chef, dis-je en rigolant.

Ils ont l'air tellement sûrs d'eux que je commence à douter moi-même. J'ai toujours chanté comme une casserole, ce n'est pas possible que ça ait changé du jour au lendemain. À moins que… Non, le virus ne serait pas la cause de ce changement ! Il a tout changé en moi, le moindre de mes défauts, il le fait disparaître aussitôt.

— Bon, je vous laisse délirer entre vous, moi, je retourne sur le toit.

— Je ne pense pas Lara, me dit Ian. Il pleut dehors.

— Tu vois, je ne chante pas si bien que ça, regarde le temps !

Je les laisse rigoler derrière moi et je me dirige vers le troisième et dernier wagon du train. Ce wagon est réservé aux personnes riches, ce qui explique ces grands fauteuils de luxe et son grand bar en marbre blanc. La classe en elle-même ! Tout est intact, même après notre voyage à Toulon. Dans le coin, tout au fond de la voiture, se trouve un immense canapé de la même couleur que le reste du mobilier. Je me jette dessus et je m'y enfonce comme dans de la mousse. J'enlève mes bottes ainsi que mes armes et m'étale de tout mon long dessus, dans l'intention de faire une petite sieste pour passer le temps.

— Tu t'isoles encore une fois ! dit Ian.

# CHAPITRE 52

Il s'avance dans le wagon en prenant son temps. Il ne me quitte pas des yeux, alors je l'observe, sans gêne. Dans son treillis militaire noir, il pourrait faire la première page d'un magazine pour femmes et il en joue ! Son visage est le plus parfait que je n'aie jamais vu de ma vie. Je ne sais pas comment j'ai fait pour ne pas le remarquer avant. Malgré ses cheveux qui tombent sur ses yeux, ça n'entache nullement son regard de braise et ses lèvres rouges, tellement douces et pleines ! Mmmh. J'ai envie de les mordre. Et son corps ! Pas besoin d'en parler, il est juste parfait. Bien sculpté. En fait, je craque pour lui et ça me rend folle.

— À quoi tu penses, Lara ? Je n'arrive pas à lire en toi, tu me bloques.

— Je sais, je ne veux plus que tu lises en moi, je te l'avais dit et je suis bien trop en forme pour me laisser avoir.

— Alors dis-moi pourquoi tu me regardes comme ça ?

— Tu ne le devines pas ?

— Si, mais je préfère te l'entendre dire.

— Prétentieux !

— Tu peux l'être toi aussi.

— Peut-être, mais je ne le suis pas.

Un silence alors qu'il me dévore du regard.

— Alors, qu'est-ce que tu vas faire ?

— Et toi ?

— Tu ne réponds pas à ma question.

— Toi non plus.

— Tu comptes rester allongée ?

— Oui, je suis bien là !

— Il n'y aurait pas de la place pour moi ?

— Je ne sais pas… Tu comptes faire quoi ? demandé-je en jouant avec ma main sur le long de mon corps.

— Tu me le demandes alors que je te vois faire ?

— Quoi ? Je ne fais rien de mal.

— Lara !

— Ian !

Il s'avance encore plus près de moi, sans me toucher, comme à chaque fois.

— Tu attends quoi ? lui demandé-je, mes lèvres à deux centimètres des siennes.

— Je ne te toucherai pas tant que tu ne me l'accorderas pas.

— Pourquoi autant de retenue ?

— Je tiens à mes dents !

— Tu crois que je te frapperais si tu me touchais sans mon accord ?

— Je te connais, Lara, et je sais que tu n'aimes pas que l'on décide pour toi.

— Oui, mais là, ce n'est pas la même chose ! Tu le sentirais si je n'en voulais pas alors pourquoi me faire attendre ?

— Le désir monte plus comme ça et c'est tellement bon de te voir rougir.

— Je ne rougis pas.

— Si !

— Non.

— I said yes !

— I don't speak English.

— Yet you sing in English.

— Shut up and kiss me !

— Oh, ça tu sais le dire.

Pour le faire taire une bonne fois pour toute, je l'attrape par les cheveux et le plaque contre moi. Sa bouche trouve aussitôt la mienne sans difficulté et un frisson glacé me brûle les lèvres. Il les a toujours aussi froides et c'est tellement bon contre les miennes. Ses mains se baladent sur mon corps et avec ma combinaison, je ne sens presque rien. Il doit le deviner, car il descend la fermeture de ma veste pour me l'enlever et la jeter au pied du canapé. Je fais de même avec ses vêtements et je ne m'arrête que lorsqu'il ne lui reste plus que son slip moulant.

— Rapide dis-donc !

— Arrête de parler et fais de même avec les miens.

Ça le fait rire, mais il s'exécute quand même et m'enlève la combinaison entière en me laissant mes sous-vêtements noirs en dentelles.

— Joli ! Très joli même.

— Merci.

— Oh ! Tu ne me réprimandes pas ?

— Chut ! Je ne veux plus t'entendre. Fais-moi l'amour.

— Oh ! fait-il pris au dépourvu.

Il ne se fait pas prier plus longtemps. Il me soulève dans ses bras pour me porter jusqu'à une table où il me fait asseoir. J'entoure sa taille de mes jambes pour le coller encore plus contre moi et le sentir encore mieux. Son érection est déjà bien en marche et appuie sur mon bas-ventre. Tout en m'embrassant dans le cou et sur le visage, il passe ses mains dans mon dos et en un tour de main, les agrafes de mon soutif sautent. Il me fait passer les bretelles de mes bras et je le laisse glisser au sol. Pendant ce temps-là, je fais courir mes mains dans son dos dur et doux en même temps et je descends petit à petit vers ses fesses si fermes que ça devient dur de ne pas les mordre. L'une de mes mains passe sous le tissu noir de son boxer et vient pincer sa fesse droite. Ian a un sursaut de surprise, mais il ne se laisse pas distraire longtemps et recommence à m'embrasser tout le corps. Pendant que ma main droite s'occupe de sa fesse droite, ma main gauche passe devant et se saisit de son érection. Malheureusement, mon bandage m'empêche de bien la saisir alors j'abandonne et la caresse quand même à travers le tissu. Un petit « hum » s'échappe de sa gorge et plus j'intensifie mes caresses, plus il a du mal à se retenir. À bout, il me plaque sans ménagement contre la table et me retire d'un coup mon tanga. Ses baisers sur mon corps se font plus intenses et sa langue ne manque aucune partie de mon corps. J'ai chaud et froid en même temps, c'est tellement bon.

Il descend en faisant courir sa langue sur ma peau en feu et m'embrasse le nombril, mais il ne s'arrête pas là et continue à descendre, encore plus bas et quand il pose sa bouche contre mon sexe, mon corps se cambre sous l'effet de la surprise. Il m'écarte les jambes pour avoir plus facilement accès à mon anatomie et commence à jouer avec sa langue. Mon souffle se coupe sous le plaisir qu'il me procure et à cause du désir qui monte de plus en plus en moi. Des milliers et des milliers de frissons traversent mon corps sans pouvoir les contrôler. Il le remarque et intensifie encore plus ses baisers sur ma partie intime. Je ne tiens plus en place. Je n'ai rien à quoi me retenir, sauf la table sous moi, alors je m'y agrippe tellement fort que le bois se fend en deux et m'entraîne dans sa chute. Je me retrouve par terre avec Ian sur moi. Je n'y reste pas longtemps, car il me soulève déjà et me plaque contre l'immense bar. Je m'accroche à lui avec mes jambes à ses hanches et mes bras autour de son cou. En un coup de mains rapide, il enlève son boxer et se retrouve nu contre moi. Il est tellement dur que je me demande si ça ne lui fait pas mal, mais quand, en un coup de rein, il la fait rentrer en moi et que je vois sur son visage le bonheur que ça lui procure, je comprends que non.

À chaque coup de reins, mon dos percute le bar et celui-ci bouge, à croire qu'il va tomber et se briser lui aussi. C'est tellement bon que je m'en fiche royalement. J'accompagne ses coups de hanches rapides et fortes entre mes cuisses si fragiles en cet instant, mais je n'ai pas le temps de m'y perdre qu'il me porte jusqu'à un des fauteuils et m'y met à genoux. Il se positionne derrière et replonge en moi. Je m'agrippe au dossier du fauteuil en espérant qu'il ne finisse pas comme la table. Des grognements de plaisir s'échappent de ma gorge en même temps que ses cris de joie. Au bout d'un moment, je sens que Ian commence à faiblir, mais j'en veux encore alors je décide de prendre les choses en mains. Je me sépare de lui en me retournant et le plaque au sol pour m'y asseoir à califourchon. Doucement, en le regardant dans les yeux, je le laisse me pénétrer une nouvelle fois et commence une danse rythmique en me déhanchant sur son bassin. Dans cette position, je le sens bien et même très bien !

Avec ses mains douces, il me caresse le ventre et la poitrine, d'abord doucement et plus j'intensifie mes va-et-vient sur lui, plus il ressert ses mains sur mes seins. Au bout de je ne sais combien de temps, je sens son orgasme venir et le mien aussi, alors, j'accélère mon rythme et à mon dernier coup de reins, nous explosons ensemble dans un tourbillon d'étoiles. C'est incroyable comme c'est bon et reposant en même temps, quoi qu'un peu fatiguant je dirais aussi !

À bout de force, mais tellement bien, je m'écroule sur son corps en sueur et je reprends mon souffle. Sous moi, Ian halète comme un fou et a du mal à reprendre sa respiration.

— Tu vas bien ? lui demandé-je au cas où.

— Oui… Très bien… Deux secondes !

Je me soulève de lui en rigolant et m'allonge sur sa droite, en passant mon bras droit sur son torse. Son ventre se soulève rapidement et son cœur bat la chamade dans sa poitrine.

— Tu es sûr ?

— Oui… Mais deux secondes !

— J'y suis allée trop fort ?

— Non… C'était super bon, mais… Je manque seulement d'un peu d'expérience je crois.

— Toi ?

— Oui, moi !

— Je ne te crois pas, Ian.

— Pourquoi ?

— Attends ! Tu t'es vu dans la glace ?! Tu as un corps d'Apollon et ne me dis pas que tu le vois pas !

— Je ne te contredirais pas, ce n'est pas parce que j'ai un corps d'athlète, que j'entretiens tous les jours, ou que j'ai une belle gueule, que je dois avoir une liste entière de femmes à mon compteur. Au contraire, je ne suis pas comme ça, je ne supporte pas les mecs comme ça.

— Tu es comment alors ?

— Je ne sors pas avec des femmes que pour le sexe. Je cherche avant tout une histoire et même si ça paraît bizarre, c'est la vérité. Je pourrais dire de même pour toi !

— Ah ça non ! Et j'ai raison cette fois. J'étais différente avant, c'est grâce au virus et à la morsure que je suis devenue comme ça. J'étais grosse, j'ai perdu plus de trente kilos depuis le début.

— Mais est-ce que tu étais grosse depuis ta naissance ?

— Non, j'ai pris tout ce poids pendant ma première année dans la marine nationale.

— Alors, ce n'était pas ton poids d'origine, du coup, c'est un juste retour des choses. Tu es redevenue comme tu étais avant de rentrer dans l'armée.

— Oui, c'est vrai !

— Ah, tu vois que j'ai raison.

— Ne fais pas ton malin.

— Tout ça pour te dire que tu es toi aussi très belle. Tu n'as pas remarqué comment les hommes du Château te regardent ?

— Je m'en fiche de ça, je ne veux pas tous les hommes.

— Je sais, tu…

— Lara ? crie Bruno de l'autre côté de la porte du wagon.

# CHAPITRE 53

— Mince ! dis-je doucement. Bruno ! Qu'est-ce qu'il y a ?

Je suis déjà debout en train de me rhabiller en vitesse et Ian fait de même.

— Il y a une voiture qui bloque les rails, tu peux venir ?

— Oui bien sûr, deux minutes, j'arrive !

— OK ! Tu sais où est Ian ?

Merde, merde, merde !

— Il est sur le toit, je vais le chercher.

— Ah bon ? Je suis allé voir et je ne l'ai pas vu.

La voix se rapproche dangereusement de la porte alors avant qu'il ne rentre, je me jette dessus et l'ouvre moi-même.

— Pourquoi tu es essoufflée ?

— Je faisais une petite sieste et j'avais enlevé ma combinaison, je n'avais pas envie que tu me voies sans.

— D'accord, dit-il sans conviction. Si tu pouvais aller chercher Ian pour l'enlever, ça serait gentil.

— Pas de soucis, j'y vais de ce pas.

Pourtant, il ne s'éloigne pas.

— Tu es sûr que ça

va Lara, tu me parais bizarre. Pourquoi tu n'ouvres pas la porte entièrement ?

— Non, ça va Bruno, ne t'inquiète pas, c'est juste que j'ai mis un peu le bazar dans le wagon, il faut que je nettoie. Rien de grave.

— Si tu le dis ! dit-il avant de partir, pas totalement rassuré.

Je le laisse s'éloigner avant de me retourner vers Ian, derrière la porte.

— Ils le sauront un jour, Lara !

— Oui, mais pas aujourd'hui. Alors tu as compris ? Tu étais sur le toit, mais allongé, c'est pour ça qu'il ne t'a pas vu ! OK ?

— Oui, chef !

Sans plus attendre, nous descendons du train qui est à l'arrêt alors que je ne m'en suis même pas aperçue. Je me dirige vers l'avant de la voiture rouge laissée sur les rails et Ian à l'arrière. Je pousse pendant que lui tire le véhicule sur le bas-côté des voies. À peine le travail terminé, je sens la présence d'un Master à six cents mètres de nous.

— Master ! crié-je pour que tout le monde m'entende.

— Tu n'as pas tes lames, m'avertit Ian.

— Je sais, je les ai oubliées dans le wagon. Ça ne fait rien, je vais m'en sortir. Rentre et prépare-toi au cas où !

Il ne discute pas pour une fois et monte dans le train sans attendre. Je sens mes hommes en stress alors qu'ils savent très bien que je peux abattre un Master les doigts dans le nez maintenant. Je me place en face du train, à dix mètres et attends qu'il vienne à moi. Il débouche de derrière un bâtiment sur la droite en courant à pleine vitesse, et ne s'arrête pas en arrivant à ma hauteur. Quand il est sur moi, je me décale légèrement sur la gauche et lui empoigne sa grosse gorge et le stoppe net sur place. Malgré sa vitesse et son poids, je ne recule que de deux mètres et je le plaque au sol en lui écrasant le crâne contre l'un des rails. Sa tête explose et du sang éclate de partout. Heureusement qu'il pleut dehors, ça va me permettre de me nettoyer rapidement.

Je secoue ma main droite à cause du choc pour faire repartir le sang dans mon bras.

— Et ben ! s'étonne Bruno sur les marches du train. C'est un jeu d'enfant pour toi maintenant Lara.

— Ça fait quand même un mal de chien. Tant qu'ils restent aussi cons les uns que les autres et que ce ne sont pas des Mécas, moi je suis contente.

Je secoue la main, toujours engourdie.

— J'imagine, oui. J'espère qu'on en reverra plus de ces monstres bioniques ! dit Alex.

— Ça, je n'en suis pas bien sûre ! m'exclamé-je. Le russe peut être con et fou, mais il est têtu et je sais qu'il reviendra terminer ce qu'il voulait me faire.

— Surtout maintenant qu'il sait que David est devenu comme toi. Deux pour le prix d'un, c'est merveilleux.

— Il voulait faire de moi sa femme, Alex ! Alors, je ne pense pas que David l'intéresse autant que moi.

— Oui, mais tu m'as compris.

— Bon, on repart Bruno ?

— Bien sûr, en route ! s'écrie mon ami joyeux.

— Pourquoi vous êtes tous joyeux comme ça ? demandé-je en sentant la bonne humeur de mon équipe.

— On en a un peu tous marre de rester au Château alors quand on peut sortir, ça ne nous déplaît pas, au contraire ! dit Dany.

— Oui, mais c'est dangereux dehors et il n'y a pas le confort que nous avons là-bas !

— Dangereux ? Tu es là et Ian aussi, même s'il n'a pas ta force ! rigole Rick avec son fort accent. Nous ne craignons rien.

— Rien du tout, continue son ami Cox.

— Ne vendez pas la peau de l'ours avant de l'avoir tué ! dis-je.

— What ? se demande Cox.

— C'est une expression française qui dit qu'il ne faut pas crier victoire avant tout. On ne sait jamais ce qu'il peut se passer, lui explique Bruno aux commandes du train.

— Ah, OK, je comprends ! dit Cox. Vous avez de ces expressions vous aussi les Français.

— Tu peux parler, l'américain ! rigolé-je. Je ne comprends pas la moitié de ce que vous dites en règle générale alors hein… On se tait !

— En même temps, si tu ne sais pas parler anglais, je n'y peux rien, rigole Cox.

— Ce n'est pas ma faute, je n'y arrivais pas à l'école.

— Pourtant, tu le chantes bien ! dit Alex.

— Ce n'est pas pareil. Les paroles rentrent toutes seules dans la tête, ce n'est pas un cours et puis la plupart du temps, je ne sais même pas ce que je chante, sauf quand je regarde la traduction, c'est tout.

— Tout à l'heure, j'avais l'impression que tu savais ce que tu disais, me dit Rick.

— Oui, parce que celles-là, je connais leur signification. Je les aime bien, c'est pour ça. Sinon, changeons de sujet, Bruno ! On arrive dans combien de temps ?

— Deux heures !

— Déjà ? m'exclamé-je surprise du peu de temps qui nous reste à voyager.

— Tu rigoles ? C'est long ouais, dit Alex. Toi, tu as fait une sieste, c'est normal que tu trouves que le temps passe vite.

Je regarde automatiquement Ian et il affiche un petit sourire en coin que je lui renvoie. C'est fou comment le temps passe vite quand on prend son pied ! Mauvais jeu de mot.

— Bon, je retourne sur le toit, s'il y a besoin, criez et j'arrive.

Une fois bien installée, j'écoute de nouveau ma musique et j'allonge mon dos contre le toit du train avec les pieds qui pendent dans le vide. Maintenant que je sais qu'ils m'entendent, je ne chante pas et fredonne les chansons, les unes après les autres. Au bout de la trentième musique, le train ralenti. Je me lève du toit et je regarde ce qui m'entoure. Ce que je vois ne peut pas être réel ! J'aurais préféré rester dans mon monde imaginaire avec mes belles musiques que de voir ce que j'ai sous les yeux. Après Toulon et Toulouse, Paris est la plus grande ville dans laquelle je me rends et en conséquence, la plus dévastée que j'ai pu voir. Tous les immeubles et je dis bien tous, sont brûlés et partiellement détruits. Les rues, si je peux appeler ça comme ça, sont totalement recouvertes par des débris de béton, des voitures, camions, motos et même cadavres qui empestent de là où je suis. La ville n'est plus que l'ombre d'elle-même, à cause de la poussière et du feu, tout n'est que noir et gris, sale et puant. L'horreur. Je plains toutes les personnes qui étaient ici lors de l'épidémie. Le chaos que ça a dû être ! Je suis bien contente d'être morte à ce moment-là. Pendant une semaine, les gens ont fui et se sont battus pour leur survie alors que moi j'étais bien à l'abri, derrière une grille de protection. Morte et inconsciente de l'horreur à l'extérieur. C'est vrai que j'ai rattrapé le temps depuis, mais ce n'est pas pareil. Je n'ai pas vu toutes ces personnes se faire attaquer dans les rues ou je n'ai pas ressenti la même peur qu'eux. Moi, le monde était déjà chaotique quand je me suis réveillée… Ça a été brutal, mais au moins, je n'ai pas eu à subir ça tous les jours en espérant que ça redevienne comme avant.

Le train s'arrête le long d'une voie, juste avant la gare Saint Lazare, qui se trouve à une quinzaine de minutes du Palais de L'Élysée.

— Tu as bien fait de t'arrêter là Bruno, il y en a beaucoup trop dans la gare, je n'aurais pas pu les avoir tous à temps.

— Je m'en suis douté, dit mon ami. Bon, les routes sont impraticables d'après les images satellites que le centre de contrôle a réussi à prendre hier alors nous allons devoir y aller à pied.

— Vous avez pu prendre le contrôle des satellites ? demandé-je surprise.

— Oui, avec l'aide de la présidente, elle nous a donné ses codes pour y avoir accès plus facilement, même si nos hommes auraient réussi à les avoir.

— Super ! Vous allez rester derrière moi et Ian, tu fermeras le groupe. Chacun garde un œil sur l'autre et vous m'écoutez quoi qu'il arrive et sans discuter, OK ?

— Oui, chef ! disent-ils tous ensemble.

Avant de descendre du train, mes hommes s'arment d'un silencieux, pour éviter de rameuter tout le quartier, d'un couteau à longue lame et d'une grosse arme pour les coups durs. C'est le mieux pour ne pas trop se charger, mais pour se protéger au mieux. Bruno referme la porte du train une fois tout le monde sorti et se met en place, au centre du groupe, derrière son jumeau au cas où.

Comme je le savais, il fait nuit noire et j'ai même du mal à y voir. J'avance doucement, mais sûrement. Tout du long de la rue de Rome, nous n'en croisons pas beaucoup, mais au bout de celle-ci, la population de contaminés grossit de plus en plus et j'ai plus de mal à avancer sans me faire toucher. Nous arrivons sur le grand Boulevard Malesherbes, au même moment que deux Masters d'une taille impressionnante.

— Que tout le monde se regroupe dos à dos et attendez, je reviens.

— Qu'est-ce qu'il y a ? demande Ian.

— Deux Masters assez imposants, je m'en charge.

Je ne lui laisse pas le temps de réagir et je m'élance déjà vers ces deux monstres. Je ne suis pas folle et je sais très bien que dans le noir et toute seule, je ne m'en sortirai pas alors, je sors mon Magnum de mon holster de cuisse et le pointe vers le premier qui arrive sur moi. Le premier coup de feu qui retentit me surprend et me fait louper ma cible. Je ne l'avais jamais testé et il fait un bruit monstre. Bonjour la discrétion ! Le deuxième coup de feu atteint sa cible entre les deux yeux en faisant exploser son crâne en mille morceaux. En temps normal, une balle n'aurait jamais pu faire autant de dégâts et grâce aux modifications de nos scientifiques, elles sont plus solides et n'explosent pas sur sa cible, mais la traverse. Nos munitions sont faites en laboratoire avec un peu de mon sang et celui de David, ce qui permet de tuer plus facilement ces monstres.

Le deuxième Master arrive juste derrière et me saute dessus. Je n'ai pas le temps de l'esquiver alors je me prépare à l'impact et écarte toutes dents et griffes sur le passage. Nous atterrissons dans une vitrine qui explose et je termine ma chute derrière le comptoir d'une bijouterie. Je mets dix secondes avant de reprendre mes esprits et quand je relève la tête, le Master est sur le comptoir à me regarder droit dans les yeux. Il m'envoie encore et toujours ses images de tortures, ce qui me distrait et qui m'empêche de voir sa queue venir par-derrière moi et m'entourer la gorge. Il me soulève comme si je ne pesais rien et m'emmène devant sa grosse gueule remplie de dents pointues. Sa queue serre de plus en plus mon cou et je commence à manquer d'air. Je m'empare de mon tantō et lui transperce le crâne en partant de sa mâchoire.

Sa prise se relâche et je tombe sur le carrelage recouvert de verre, sonnée, mais consciente.

— Lara ? Lara ! Ça va ? entendis-je Ian au-dessus de moi.

— Oui, je vais bien… Laisse-moi reprendre mon souffle.

— Putain, le vol que tu as fait ! s'écrie Alex. Tu n'as rien ?

— Non, à première vue, rien de grave, dis-je en me levant avec l'aide de Ian.

— J'ai eu la peur de ma vie, Lara, continue Alex. C'était impressionnant !

— Oui, je sais, j'étais en première ligne, il n'y a rien de stupéfiant, le virus me protège. Regarde, je n'ai que quelques coupures à cause de la vitre.

— Et un hématome sur le cou Lara, rajoute Bruno. Il t'a bien serré, cet enfoiré.

— Je ne l'ai pas vu venir, j'étais un peu sonnée à cause de la chute et je ne m'en suis pas remise assez vite, mais bon, je vais bien, reprenons la route, le bruit a attiré d'autres contaminés.

Nous ressortons tous de la bijouterie et nous nous remettons en route vers le Palais de L'Élysée qui n'est plus qu'à six cents mètres. Je mets deux minutes avant de ne plus voir des étoiles devant les yeux. D'habitude, ça ne prend que quelques secondes, mais là, je mets plus de temps que d'habitude à m'en remettre.

# CHAPITRE 54

Les têtes tombent au fur et à mesure que notre groupe avance au ralenti à cause de la surpopulation de contaminés et mon mal de tête augmente. Ça faisait longtemps que mon radar personnel ne m'avait pas fait autant mal. Je m'y suis habituée depuis le temps. Là, ça devient insupportable. Je serre les dents à cause de la douleur et je ne dis rien pour ne pas effrayer mes hommes. C'est sans compter sur les sens de Ian.

— Lara, pourquoi tu as mal ? me demande-t-il en chuchotant au fond du groupe.

— Ma tête, elle va exploser !

— Pourquoi ? demande Bruno inquiet.

— Il y en a trop et je n'arrive pas à me contrôler.

— Pourtant, tu as déjà vu pire que ça ! s'exclame Alex.

— Je ne parle pas d'eux, dis-je en montrant les contaminés juste en face de nous, mais d'eux.

Juste à l'angle de la rue de L'Élysée et de la rue de Duras, des centaines et des centaines de zombies s'amassent devant le grand portail du Palais qui ne va plus tenir bien longtemps. Toute la rue est bouchée devant, mais aussi sur les côtés. Impossible de passer. Sentant notre présence, un puis deux, puis plusieurs d'entre eux se mettent à venir vers nous en poussant des grognements horribles.

— Demi-tour ! crié-je. Vite, vite, vite ! Il y en a beaucoup trop.

— Par-là, crie à son tour Ian. La porte de l'immeuble.

— Je n'arrive pas à l'ouvrir, s'écrie Cox. Merde !

— Vite ! hurle Alex.

— Je ne vais pas pouvoir les retenir plus longtemps, hurlé-je à mon tour, en essayant de repousser une dizaine de zombies affamés.

— Lara ! Elle ne s'ouvre pas, crie Ian.

Je repousse le plus loin possible la horde qui arrive sur nous et je cours au plus vite vers cette foutue porte. Je ne m'arrête pas devant et saute dessus à toute vitesse. Elle s'ouvre avec fracas. Je laisse passer mes hommes dans l'escalier et referme comme je peux la porte que je viens d'exploser juste à temps.

— Il y en a à l'intérieur ? demande Alex.

— Oui, cinq ou six, je ne sais pas trop. Dépêchez-vous, je ne vais pas tenir longtemps.

— Et toi, Lara ? crie Ian pour couvrir les grognements.

— Je vous rejoindrai quand vous serez sur le toit. Go ! Pas le temps de parler.

J'arrive tant bien que mal à retenir la porte, mais au bout de deux minutes, je commence à perdre mon avantage et elle s'ouvre de plus en plus. J'entends mes hommes au dernier étage. Je lâche tout et cours dans les escaliers le plus vite possible. Au troisième étage, je saute les corps de trois contaminés et je rejoins rapidement mon groupe sur le toit.

— Où on va maintenant ? demande Rick.

— Je vais les attirer de l'autre côté. Avant, il faut demander par où on peut rentrer à L'Élysée !

— Je m'en occupe, dit Bruno.

— Tu vas faire comment pour rejoindre la route, demande Ian.

— Par les toits ! Tu as déjà vu une femme voler ?

— Vraiment ?

— Je ne vole pas, je saute, loin et vu que les immeubles ne sont pas très espacés, ça m'arrange.

— Alors, commence Bruno, toutes les portes latérales sont condamnées et par les jardins, ce n'est pas possible car c'est envahi de contaminés. Ils ne peuvent que par le grand portail de l'entrée, vu que la cour n'est pas envahie.

— Dehors, si ! s'exclame Cox. On ne peut pas passer par là.

— Si, je vais les attirer vers moi et tant qu'ils seront occupés, foncez vers le portail, moi je vous rejoindrai par les toits. Bruno, dis-leur de se tenir prêts à mon signal.

— C'est quoi ton signal ? me demande-t-il.

— Tu m'entendras hurler ! dis-je courant déjà vers le bord du toit.

En y arrivant, je ne m'arrête pas et saute directement cinq mètres plus loin. Je me retrouve pile en face du Palais, sur une rangée de plusieurs bâtiments de différentes tailles, tous avec le même toit. Déjà, mes hommes se préparent à redescendre par l'échelle de secours sur le côté de l'immeuble. Je continue à courir en évitant les divers obstacles sur ma route, comme des cheminées ou des velux et en sautant au-dessus de plusieurs petits murets qui séparent les bâtiments entre eux.

Une fois au bout de la rue, je me positionne au-dessus du vide et m'entaille le poignet pour faire couler mon sang et attirer le plus possible de contaminés à moi. Comme d'habitude, j'obtiens l'effet escompté et en quelques secondes, des centaines de zombies se regroupent à mes pieds en essayant de goûter à mon sang. En seulement trois minutes, le portail de L'Élysée se vide et laisse accès à mes hommes.

— Allez-y ! hurlé-je bien fort pour qu'ils m'entendent.

Aussitôt, je les vois descendre rapidement l'échelle de secours et courir en éliminant les derniers zombies qui traînent. Déjà, au loin, des grosses lumières s'allument et une porte s'ouvre. Après quelques secondes, quatre hommes en noir des pieds à la tête et bien armés, traversent en courant et rejoignent rapidement le portail. L'un d'eux sort une carte magnétique et il s'ouvre dans la seconde. Apparemment, ils ont encore l'électricité, peut-être un générateur de secours et en même temps, c'est L'Élysée ! Malgré les hurlements et les grognements de ces monstres, j'arrive à entendre leur conversation.

— Comment vous avez fait pour les faire partir de devant le portail ? demande le plus grand d'entre eux.

— Vous voyez la silhouette là-bas, sur le toit, dit Ian. C'est grâce à elle !

— Comment ça, elle ?

— Vous vous rappelez de ce que nous vous avions dit à propos de l'arme ultime ?

Alors comme ça, ils ne leur ont pas dit qui j'étais ! J'en ai marre de l'expliquer à chaque fois. Une fois le portail refermé derrière eux, je me remets à courir sur le toit et viens me mettre juste devant lui. La rue est plus large que tout à l'heure, mais si je prends un peu d'élan, ça devrait passer.

— Non ! s'écrie l'homme de tout à l'heure. Elle ne va pas sauter, c'est trop loin !

— Putain ! Pas maintenant, dis-je pour moi. Attention, crié-je cette fois, Master !

Je ne l'ai pas senti à temps. Il est déjà sur le toit principal du Palais. Sans perdre de temps, je me recule de plusieurs mètres et m'élance vers le bord. Quand je l'atteins, je me propulse vers le Palais en poussant un cri, façon Tarzan. J'arrive à l'atteindre juste sur le rebord en m'accrochant à la balustrade. Je n'ai pas le temps de m'en remettre que le Master s'apprête à leur sauter dessus. Je m'élance une nouvelle fois dans les airs avec mon katana en main et en plein vol, je percute le Master de plein fouet. Nous nous écrasons sur le sol, juste à côté de mes hommes et des quatre autres. J'en ai le souffle coupé après tant d'efforts, mais heureusement pour moi, le combat est déjà fini. Ma lame lui a transpercé le crâne de part en part. J'appuie mon pied droit sur sa tête afin d'y retirer ma lame et de la ranger à sa place.

— Tu arrives toujours à temps, rigole Alex.

— Non, pas toujours, dis-je en regardant Dany et son bras bionique.

— Lara, tout va bien ? me demande Ian.

— Oui, juste un peu crevée, mais ça va.

— Tiens, prends ça pour ton poignet, me dit Dany en me donnant une bande.

— Tu sais que je n'en ai pas besoin.

— Tu saignes encore, Lara et tu vas mettre du sang partout.

— OK. Rentrons, ils reviennent tous par là et je ne pense pas que le portail tienne longtemps.

Je m'avance sans attendre vers les gardes du corps, qui me regardent comme si j'étais une extraterrestre. Ça me fait rire de les voir réagir comme ça. Sans même leur demander où se trouvent la présidente et toute la clique, je prends les escaliers et je descends au sous-sol, en suivant mon radar personnel. Je sens la surprise des autres, derrière moi. Je n'en tiens pas compte et je continue à me diriger vers tout ce beau monde. Quand j'arrive devant une énorme porte blindée avec tout un tas de trucs électroniques, je m'arrête et attends que l'un d'eux l'ouvre. Mes hommes sourient de voir la réaction de ces messieurs. Un « bip » retenti et la porte s'ouvre en grand et laisse découvrir la présidente, debout, bien droite, devant nous, qui nous attend.

— Enfin, vous êtes là !

Quel culot ! On risque notre vie pour elle et elle ose nous parler comme ça.

— Nous avons fait aussi vite que possible, dit courtoisement Bruno, même si je sens qu'il n'en pense pas moins.

Je les laisse passer en premier et je reste derrière la porte de façon que personne ne me voit. J'écoute comment elle parle à mes hommes. Je ne vais pas me faire marcher sur les pieds par une bonne femme qui ne sait pas ce que c'est que d'être dehors.

— Vous êtes là maintenant alors je ne dirais rien ! Comment êtes-vous venus ?

— En train, jusqu'à la gare et à pied ensuite, répond Bruno.

— Ce n'est pas possible ! Vous n'auriez pas pu arriver ici, à pied, avec ces monstres dehors.

— Heu, Madame la présidente, intervient l'un de ses gardes. Ils ne sont pas seuls, une fille les accompagnait et elle est très forte, elle a abattu un de ces gros monstres avec la grande queue.

— Hum ! rigole-t-elle. Elle est où cette fille ? dit-elle hautaine.

Je sors de derrière la porte et je me dirige vers elle en la regardant droit dans les yeux. Je ne supporte pas la manière dont elle nous parle et je vais vite la faire redescendre de son piédestal. Madame la présidente à un mouvement de recul et le reste de ses hommes viennent se mettre devant elle.

— N'avancez plus ! me menace l'un d'eux avec son arme. Faites un pas de plus et je tire.

— Vos balles ne me feront rien et si j'avais eu envie de vous tuer, vous seriez déjà mort.

— Qui êtes-vous ? demande la présidente.

— Je m'appelle Lara, je ne suis pas une menace pour vous tant que vous ne faites rien contre moi ou mes amis.

— Qu'êtes-vous ? rectifie-t-elle.

— Je suis une hybride, mi-humaine et mi-zombie. J'ai été créée au niveau cellulaire et j'ai grandi comme une humaine normale jusqu'à que je me fasse mordre, il y a plus d'un mois maintenant. Depuis, je fais tout mon possible pour nous permettre de vivre plus confortablement dans ce monde.

— Lara est la solution à tous nos problèmes depuis plusieurs semaines. Elle est notre chef comme notre amie. Si vous lui faites du mal, mes hommes et moi ne répondrons pas de nos actes, dit Bruno. Alors si vous n'êtes pas d'accord, nous ne vous obligeons pas à venir avec nous.

— Je n'ai jamais dit ça ! s'exclame la présidente.

— Elle a peur et elle serait prête à faire n'importe quoi pour filer d'ici, dis-je en sentant sa terrible peur des lieux.

— C'est faux ! s'énerve-t-elle.

— Sauf votre respect, Madame la présidente, ne me mentez pas. Je ne suis pas qu'une simple hybride, je suis dotée d'une force surhumaine et de sens ultra développés. Je peux sentir le moindre de vos sentiments et je sais si vous êtes une menace pour moi ou pas. Je ne vais pas vous mentir, je n'aime pas le ton que vous employez avec mes hommes. Vous êtes la présidente d'une République qui n'existe plus. Pour nous, vous êtes des citoyens lambdas que nous devons secourir comme les autres. Je ne vais pas faire un discours, ce n'est ni le lieu ni le moment, mais soit vous nous suivez en vous comportant respectueusement envers nous, soit je vous laisse ici et je retourne voir ma famille. Je n'ai pas envie de perdre mon temps avec des personnes qui vont mettre le souk chez nous. Vous avez bien compris ?

# CHAPITRE 55

Elle me regarde comme si je venais de lui mettre une claque, la bouche grande ouverte, sans un son qui sorte.

— Nous ne voulons pas vous causer de tort, dit le vice-président, dont je ne connais même pas le nom. Vous m'avez l'air d'une personne qui sait ce qu'elle veut et je vous respecte, vous et votre équipe. Ce sera un grand plaisir de vous suivre et je vous promets, en parlant pour tous ici présents, que nous suivrons vos ordres sans vous causer aucun problème.

— Je vous en remercie, dis-je. Maintenant, je vous prie de rassembler vos affaires, il faut que nous partions au plus vite.

— Mais il fait noir dehors ! Nous ne pouvons pas partir maintenant, dit la présidente.

— Lara, tu dois te reposer, intervient Ian. Regarde, tu n'arrives même plus à cicatriser, tu saignes toujours au poignet.

Il a raison et je suis surprise.

— D'accord, nous partirons au lever du soleil, pas plus tard.

— Venez, je vais vous montrer la salle d'eau pour vous nettoyer et vous soigner, me dit l'un des gardes du corps.

— Je vous en remercie, dis-je en le suivant.

Il me balade dans le bâtiment. Au détour d'un couloir, nous rentrons dans ce qui doit être les quartiers de la Présidente vu le luxe des lieux, même la salle de bain est plus grande que ma chambre. Le garde du corps me laisse seule et je commence à me débarbouiller. Je suis toute en sueur et toute noire à cause de mon combat avec le Master et les contaminés. Ces monstres deviennent de plus en plus hideux, à cause de la putréfaction de leurs corps, et leur odeur, que je porte sur moi après chaque combat, est maintenant insupportable. Je m'empresse donc de me déshabiller et de filer sous la douche. Comme à mon habitude, je tourne le robinet d'eau chaude à fond, mais au moment où je passe dessous, je me brûle et hurle de douleur. Je referme vite le robinet et j'ouvre celui de l'eau froide.

— Lara ? arrive en courant Ian qui m'a entendue. Ça va ? Pourquoi tu as crié ?

— Je ne comprends pas ! dis-je surprise. J'ai toujours pris des douches bouillantes depuis que je suis une hybride et ça me faisait du bien, mais là, ça m'a brûlée !

— Tu es sûre que tout va bien, Lara ?

Un silence.

— Oui, je vais bien. Je ne sais pas… J'ai peut-être besoin de repos.

— Tu crois ? me demande-t-il inquiet.

— Oui, je me sens bien, juste un peu épuisée. Qu'est-ce que tu fais ? lui demandé-je en le voyant se déshabiller.

— Je vais prendre une douche avec toi !

— Tu ne me demandes pas mon avis avant ?

Il sourit… Ce sourire que font les mecs quand ils savent qu'ils sont irrésistibles.

— Pourquoi ? Je sais que tu ne vas pas refuser.

— Tu crois ça ? Et si j'ai envie de prendre une douche toute seule ?

— Lara ! Je sens ton envie.

— C'n'est pas vrai, je me protège !

— Alors, tu te protèges mal, je le sens vraiment.

Ian ne perd pas de temps et rentre déjà dans la grande douche italienne luxueuse et vient se coller à moi. Son corps est chaud et ça me fait du bien de le sentir auprès de moi. Il commence par m'embrasser dans le cou, au niveau de ma morsure et remonte doucement sur l'arête de ma mâchoire, en y laissant une traînée de frisson sur son passage.

— Pourquoi tu m'embrasses toujours sur ma cicatrice ?

— Ta peau est plus douce à cet endroit et ça m'intrigue.

— Pourquoi ça ?

Il se recule légèrement.

— Tu as dû avoir peur lors de ta première morsure. Tu as dû te poser énormément de questions.

— Tu sais, je n'ai pas vraiment pensé au futur à ce moment-là, je devais récupérer mon chargeur de téléphone pour contacter ma mère et savoir ce qu'il allait se passer. C'est quand je me suis retrouvée seule dans une chambre de l'internat que j'ai commencé à avoir peur de mon avenir.

Pendant qu'on se lave, il me pose des questions sur les débuts de la contamination et de comment ça s'est passé pour moi. Je le lui demande aussi. Jusqu'à maintenant, on n'en avait jamais eu l'occasion et vu que nous sommes coincés ici pour la nuit, autant en profiter.

— Tu es très courageuse Lara… Et forte.

— Non, je ne le suis pas, je me suis faite mordre dès la première heure de la contamination. Si je suis forte aujourd'hui, c'est grâce au virus, sans lui, je ne suis rien.

— Tu n'en es pas sûre, Lara ! Il fait partie de toi, tu es le virus alors tu es spéciale depuis ta création, depuis que tu es dans le ventre de ta mère.

Je ris jaune.

— Je suis un monstre de foire.

— Mais tu t'assumes.

— Oui, je suis contente de celle que je suis aujourd'hui. Je ne sais pas ce que je pourrais faire en tant qu'humaine. Je ne servirais à rien et ça m'énerverait.

— Ta mère m'a dit que tu étais déjà bien active avant, que tu n'aimais pas rien faire. Il fallait toujours que tu sois occupée.

— Elle parle trop ma mère et à trop de personnes.

— Elle t'aime énormément, elle est fière de toi !

— Arrête de dire des bêtises et embrasse-moi.

Ian me regarde, mais il ne m'embrasse pas. Je le plaque contre l'une des parois de la douche et l'embrasse moi. Je le sens sourire sous mes lèvres, ce qui me fait sourire à mon tour.

************

L'eau continue de nous couler dessus mais, personnellement, je n'ai plus la force de bouger.

— Oh… My… God ! réussit à dire Ian.

— Oui, comme tu dis.

— J'n'ai jamais ressenti ça de toute ma vie !

— Moi non plus, c'était…

— Exceptionnel !

— Exactement, rigolé-je.

— Je ne peux plus bouger.

— Moi non plus.

— On fait quoi ?

— On attend !

Il rigole à son tour et réussit à se tourner vers moi.

— Ton poignet n'est toujours pas refermé. J'ai remarqué que tu ne guérissais plus aussi rapidement qu'avant.

— Juste du surmenage, j'en suis sûre. Ce n'est rien, ça va passer.

— Tu n'as pas senti un changement en toi ?

C'est vrai que ces dernières heures ont été assez bizarres. Je ne vois plus aussi bien qu'avant dans le noir, j'ai plus mal quand je reçois des coups par les Masters et je suis plus fatiguée que d'habitude. Ce n'est peut-être rien.

— Je suis sûre que ce n'est rien, j'irai voir le Dr Antone en rentrant. En attendant, ne dis rien à ma mère et aux autres ! OK ? Je ne veux pas qu'ils s'inquiètent pour rien.

— Ce n'est peut-être pas rien. Regarde-toi, tu es pleine de bleus et de coupures !

— Ian ! S'il te plaît. Laisse, OK ? Je vais bien, je t'assure.

— OK, mais je ne te laisse plus seule, pas question que tu sois blessée inutilement.

— Si tu veux. Debout ! dis-je en me levant tant bien que mal. Il ne reste plus que cinq heures avant le lever du soleil, il faut que tu te reposes.

— Pas toi ?

— Non, je n'ai pas envie de dormir.

— Si et tu viens avec moi, c'est un ordre !

— Ahah, je n'ai pas d'ordre à recevoir de toi, je suis plus gradée.

— Mouais ! Mais je te l'ordonne quand même, tu en as besoin.

— Ian ! dis-je exaspérée.

— Ne discutes pas.

Dix minutes plus tard, je suis dans un lit extrêmement moelleux en compagnie d'un beau gosse. Je croyais ne pas être fatiguée, et pourtant, seulement deux minutes après, je m'endors comme un bébé dans les bras de Ian, qui me regarde comme si j'étais la prunelle de ses yeux.

************

— Lara ! entendis-je une voix familière. Lara… Réveille-toi ma belle.

Je mets du temps avant de me replacer dans le temps et de reconnaître la voix.

— Bruno ? Mais qu'est-ce que tu fais là ?

— Ian a essayé de te réveiller, mais il n'y est pas arrivé, dit-il inquiet.

— Ah bon ! Je suis réveillée maintenant, j'aimerais me rhabiller si possible. Je suis à poil dessous, dis-je en reprenant totalement conscience.

Je sens la gêne de mon ami. Il me laisse et referme la porte derrière lui. Pourquoi je ne me suis pas réveillée avant ? J'ai vraiment besoin de vacances… Sans attendre, je me rhabille en vitesse et replace mes armes à leurs places respectives avant de sortir et de rejoindre tout le monde dans le hall de L'Élysée. Ils sont réunis et m'attendent.

— Il est quelle heure ? demandé-je.

— Neuf heures, me répond Dany.

— Si tard ! Pourquoi ne pas m'avoir réveillée plus tôt ?

— J'ai essayé, me dit Ian, mais tu dormais trop profondément alors je suis parti réunir tout le monde, tu avais besoin de sommeil.

— Et je suis venu te réveiller une fois que tout le monde était prêt, dit Bruno. Tu es sûre que ça va Lara ?

— Oui, pourquoi ? Je n'ai pas le droit de dormir ?

— Si ! J'ai juste mis du temps avant de te faire émerger, continue Bruno.

— Je vais bien, j'ai besoin de repos, je n'arrête pas ces derniers jours.

— Semaines tu veux dire, me corrige Alex.

— Peut-être, mais ce n'est pas grave, il faut qu'on rentre au Château. Par où on sort ? demandé-je aux gardes du corps.

— Le mieux, c'est le grand portail, par là où vous êtes passés, mais il y en a trop alors il faut passer par l'une des portes que nous avons condamnées à l'arrière.

— Si vous les avez condamnées, comment voulez-vous qu'on passe par-là ? demande Ian.

Le garde du corps ne répond pas et me regarde.

— Je vois, je fais office de bélier ! OK, où est cette porte ?

L'homme prend la tête du groupe et nous dirige dans les grands couloirs de L'Élysée. Nous nous arrêtons devant une grande porte blanche à deux battants avec d'énormes chaînes partout accrochées à la porte.

— Ah oui ! Vous n'avez pas fait le travail à moitié, dis-je.

— Les portes sont soudées entre elles aussi, intervient son collègue.

Je commence à essayer de briser les chaînes qui, étonnamment, me résistent... J'ai besoin de toutes mes forces pour cet exercice qui, en temps normal, devrait être anodin. J'essaie de cacher ma faiblesse à mes amis, mais à la dixième, je suis en sueur, et ne sens plus mes bras.

— Lara ? Tu sens s'il y en a de l'autre côté ? me demande Bruno.

— Je ne sens rien, ils doivent être encore devant ces idiots.

Mais au moment où je donne un énorme coup de pied contre la porte pour la dessouder et qu'elle s'ouvre en éclat, des dizaines de contaminés se bousculent pour rentrer. Derrière moi, j'entends des cris de stupeurs, mais aussi des ordres venant de Bruno et Ian pour rassembler tout le monde en sécurité. Je fonce derrière tout le monde, sans prendre le temps de me demander pourquoi je n'ai rien ressenti. Dans la cohue, le Premier Ministre tombe par-dessus la balustrade et se fait dévorer vivant par une demi-douzaine de contaminés.

# CHAPITRE 56

Je reste interdite, choquée par ses hurlements de douleur. Cox, qui est resté à l'arrière du groupe est obligé de me tirer par le bras pour me faire réagir et m'éviter de me faire bouffer moi aussi. Je suis le groupe jusqu'au toit et je m'avance mécaniquement vers le bord, sans savoir quoi faire.

— Bordel de merde, s'écrie la présidente. Qu'est-ce qu'il vient de se passer ? Je croyais être en sécurité avec elle dans le groupe et elle n'est pas capable de faire sa part du boulot ! s'énerve-t-elle.

— Nous avons failli y rester, hurle une femme que je ne connais pas. Tom est mort à cause d'elle.

Je les entends me hurler dessus et me critiquer, mais je suis incapable de réagir. Je ne sais pas ce qu'il m'arrive et à cause de moi, un homme est mort, sauvagement dévoré par ces monstres. Pourquoi je n'ai pas senti leur présence derrière cette porte ? Je me concentre, mais je n'arrive plus à sentir la présence des contaminés. Mon radar a arrêté de fonctionner sans que je ne m'en rende compte. Je réessaie, le regard rivé sur la masse de monstres au pied du bâtiment, mais rien. Je me tourne vers mes amis, pour constater que je ne ressens plus leurs sentiments. Eux aussi m'observent, stupéfaits par ce qui vient de se passer.

— Lara ? Que t'arrive-t-il ? demande Bruno en posant ses mains sur chacune de mes épaules.

— Je ne sais pas, Bruno, dis-je. Je ne ressens plus rien. Je n'ai plus mon radar ! Il est mort à cause de moi… Il est mort par ma faute, Bruno !

— Lara, tu n'y es pour rien.

— Si. Si j'avais senti la présence des

contaminés derrière cette porte, je ne l'aurais jamais ouverte. Je ne sais pas ce qu'il m'arrive, Bruno et ça me fait peur.

C'est bien la première fois que je me confie de la sorte. Je gardais tout pour moi, mais j'en suis incapable, j'ai vraiment peur.

— Depuis combien de temps tu sens un changement ?

Je réfléchis.

— Pas longtemps… Depuis hier seulement. Au début, ce n'était rien, juste une baisse insignifiante de mes facultés, rien de grave et je guéris moins vite. Je ne savais pas que je n'étais plus capable de les ressentir. Hier encore, pendant le trajet jusqu'ici, j'y arrivais. Je ne comprends pas !

— Il faut en parler avec Roger, il saura peut-être.

— Non, je ne veux pas les inquiéter pour cette mission, attends s'il te plaît.

— Lara !

— C'est un ordre Bruno, dis-je pas fière de moi.

— Comme tu veux, mais je ne suis pas d'accord avec toi.

— Je sais, c'est comme ça. Il faut avancer.

— Et comment on va faire maintenant que votre arme ultime n'est plus ? s'énerve la présidente.

— Je ne suis peut-être plus capable de les sentir, mais j'ai toujours ma force alors dépêchons-nous avant que je ne perde ça aussi.

J'avais remarqué une échelle sur le côté de L'Élysée, hier quand j'étais sur les toits. Pour pouvoir y descendre, il va falloir que j'occupe les contaminés de l'autre côté. Je fais part de ce que je veux faire et je pars de mon côté attirer ces monstres encore une fois. Ian me regarde, interdit. Je réutilise ma plaie qui se referme à peine pour faire couler du sang et comme à chaque fois, en quelques minutes, ils se regroupent tous sous moi en grognant. Ça fait vraiment bizarre de les regarder et de ne rien ressentir en eux. C'est le calme complet et ça me fait comme un vide en fait.

J'attends encore quelques secondes, le temps que la dernière personne soit descendue par l'échelle et je cours le plus vite possible vers mes hommes. Je ne sais pas si je suis en parfaite possession de mes facultés alors au lieu de sauter directement du toit, je m'agrippe à un lampadaire et me laisse glisser jusqu'en bas. Ça au moins, j'en suis encore capable et je ne préfère pas tenter le diable en sautant de plus haut.

Sans attendre, je prends la tête du groupe et nous courons tous en direction du train, moins d'un kilomètre plus loin, mais avec beaucoup de contaminés sur le chemin. L'apercevant au loin, je redouble de vitesse avec impatience. À même pas cent mètres de celui-ci, je me fais surprendre par un Master et j'arrive quand même à éviter sa queue de justesse. Je hurle à mes hommes de mettre la présidente et toute sa clique à l'abri dans le train pendant que je m'occupe du monstre. Encore une fois, je suis surprise par le fait de ne pas ressentir la moindre chose chez lui ou elle, car je suis incapable de faire la différence maintenant. Je prends garde au moindre de mes mouvements pour ne pas me laisser surprendre une nouvelle fois. J'essaie de l'occuper le plus possible le temps que mes hommes arrivent jusqu'au train, mais c'est une nouvelle erreur. Ce monstre me saute dessus, toutes dents et griffes dehors. Il me rentre dedans de plein fouet et je m'écrase avec lui contre les rails qui me mordent le dos. Heureusement que ma combinaison m'empêche de me couper plus, car il est de nouveau sur moi et me plaque au sol avec ses grosses pattes. À la force de mes jambes, j'arrive à le dégager avant qu'il ne me plante ses crocs dans la gorge et je me relève aussitôt pour l'accueillir de nouveau. Il est très réactif contrairement à moi, qui ne vois presque plus rien malgré le beau temps de cette matinée. J'essaye tant bien que mal de rester debout tellement la tête me tourne. Putain ! Pourquoi mon corps réagit comme ça ? Que fait le virus ?

Et alors qu'il se rejette sur moi, je n'ai pas la force de bouger et je fais un vol plané de plusieurs mètres avant de retomber lourdement contre les rails, inerte et inconsciente. C'est le noir total pour moi. Je n'entends et ne ressens plus rien. Je me laisse envahir par les ténèbres pour ne plus avoir mal et tant pis pour ce qu'il peut m'arriver, je suis trop fatiguée.

************

J'entends des gens qui parlent autour de moi. Où suis-je ? Je suis encore vivante ? Ian est-il arrivé à temps pour me sauver ? Je suis allongée sur un canapé… Au Château ? Non, je n'entends ni ma mère ni Kiara. Je perçois peu à peu le bruit du train, mais je ne ressens rien des personnes qui sont proches de moi. Pourquoi ? Le virus s'est-il éteint ? J'ai perdu toutes mes facultés ! Je n'ai rien fait pour que cela arrive. Vais-je redevenir humaine ?

Je reste calmement allongée sur le canapé et j'écoute ce qui se dit autour de moi, en gardant les yeux fermés pour qu'ils n'arrêtent pas de parler.

— Tu crois qu'elle va s'en remettre ? entendis-je Ian demander.

— Elle est forte, elle va guérir, lui répond Bruno.

— C'est la première fois que ça lui arrive depuis que je la connais, entendis-je dire Alex.

— Tu crois que c'est un coup de Vladimir ça ? demande Dany. Il aurait pu lui implanter un truc qui la prive de ses pouvoirs !

— Non, je ne crois pas, ça fait trop longtemps qu'elle s'en est échappée, ça doit être autre chose, la fatigue peut-être, continue Bruno.

— Elle n'arrête pas ces derniers temps, mais je trouve ça bizarre, dit Ian.

— On verra quand elle se réveillera, dit Cox avec son accent américain si craquant.

Moi aussi j'ai envie de savoir ce qui va m'arriver par la suite alors je commence à bouger un peu tous mes membres avant d'ouvrir les yeux. La première chose que je vois au-dessus de moi, c'est Ian et ce que je lis sur son visage me fait peur. Il a reculé d'un mètre et me regarde avec d'énormes yeux. Je n'arrive pas à savoir ce qu'il ressent et pas besoin de cette faculté pour savoir que quelque chose cloche chez moi. Quand je tourne le regard vers mes hommes, tous ont la même tête que Ian. Des « oh » et des « mon Dieu » s'échappent même de certaines bouches avant que le silence ne revienne. Que se passe-t-il encore ?

— Quoi ? dis-je un peu sur les nerfs.

— Heu… Lara, dit maladroitement Bruno. Tu…

— Bon, qu'est-ce qu'il y a ? demandé-je en essayant de me lever, sans résultats.

— Tes yeux ! poursuit Ian.

— Ben quoi ? m'énervé-je encore plus.

Pour toute réponse, Ian m'aide à me lever et m'emmène devant la glace du grand bar. Une fois devant, je suis stupéfaite. Mes yeux bleus cyans sont redevenus marrons, ma couleur d'avant ma transformation en hybride. Le marron caramel de mes anciens yeux me fait face et je n'en reviens pas !

— Pourquoi ? dis-je interdite.

— Je ne sais pas non plus, me dit Ian derrière moi.

Il me soutient toujours, car je suis incapable de me tenir toute seule debout, surtout maintenant que je me vois dans la glace.

— Pourquoi je redeviens humaine ?

— Tu n'as plus tes pouvoirs ? me demande Bruno surpris.

— Non, je ne ressens plus rien.

— On arrive bientôt, dit Ian. Le Dr Antone saura peut-être ce qu'il t'arrive.

— Vous les avez prévenus ?

— Non, comme tu me l'as ordonné, je n'ai rien dit.

— Bien, je ne veux pas mettre la panique au Château.

— Pourtant, ils le sauront tôt ou tard ! dit Bruno.

— Oui, mais je préfère tard ! Ce n'est peut-être que passager et je retrouverai mes pouvoirs bientôt. Où sommes-nous ?

— On est à cinquante kilomètres de Castres, me dit Rick.

Avec l'aide de Ian, je me rassois sur le canapé. Je sens que je n'ai plus mes lames avec moi.

— Où sont mes lames ?

— Là ! me dit Bruno. Je te les ai enlevées pour ne pas que tu te blesses plus.

Il me les tend et je les prends rapidement. Elles sont tout pour moi et je n'aime pas en être séparée. Mon Magnum est toujours à ma cuisse, ainsi que mon petit couteau à la botte.

— Il n'y a pas eu d'autres incidents pendant mon malaise ?

— Non, nous avons pu tous rejoindre le train sans dommage, enfin, presque, dit Ian.

— Qui ? demandé-je.

— Ben toi ! Tu es couverte d'hématomes et de coupures. Tu ne guéris pas, Lara !

— En même temps, si j'ai perdu mes pouvoirs, ma faculté de régénération aussi.

— Tu n'as pas mal ? me demande Bruno.

— En fait, je ne sentais pas vraiment, mais maintenant que vous en parlez, je commence à douiller !

Je n'arrive pas à comprendre… Que m'arrive-t-il ? Puis, je relève les yeux et les vois tous me regarder.

— Qu'est-ce que vous avez à me regarder comme ça ?

— Ça fait bizarre de te voir avec ces yeux, dit Cox.

— Ils ne sont pas de la même couleur que quand tu portais les lentilles, ils sont vachement plus clair, limite gris, dit Alex.

— Pourtant, ce sont mes yeux d'avant ma transformation. J'espère que je ne les garderais pas longtemps.

— Pourquoi ça ? demande Ian.

— Tu me poses la question ? Je ne veux pas redevenir humaine, Ian ! Je me suis acceptée comme hybride et je ne peux pas revenir en arrière. À quoi vais-je servir sinon ?

— Tu restes Lara, notre capitaine.

Je ris jaune.

— Ne dis pas n'importe quoi, Alex. J'étais votre capitaine juste parce que j'étais capable de comprendre les contaminés et les Masters alors que maintenant, je ne peux plus le faire. Je vais vous servir à quoi ?

— Si ça se trouve, ce n'est que passager, comme tu l'as dit, Lara, me rassure Ian. Nous verrons quand nous serons rentrés.

Un silence.

— Et les autres ? dis-je en parlant de la présidente et de sa clique.

— Elle a peur et est en colère, me répond Bruno.

— Elle se fout de ma gueule ou quoi celle-là ? Nous avons risqué notre vie pour son cul et celui de son personnel et Madame est en colère ! Moi aussi je le suis et si elle ne veut pas en pâtir, elle a intérêt à se calmer, m'énervé-je.

— En tout cas, tu n'as pas perdu ton répondant, Lara, rigole Alex.

— J'ai toujours été comme ça et ça ne changera pas !

— Ça ne m'étonne pas de toi, dit Ian.

— Tu en sais quelque chose toi, rigole Alex.

— Pourquoi ? demande Cox.

— Tu ne te souviens pas des engueulades entre eux avant ? continue Alex. Ça n'arrêtait pas… Et maintenant, ils sont meilleurs amis.

— Je n'irai pas jusqu'à là, dis-je.

— Ah bon ? rigole Ian. Je croyais que…

Tout à coup, le train freine d'un coup sec, renversant mes hommes à terre. Moi, sur le canapé, j'échappe à une nouvelle chute, mais je suis quand même propulsée contre le fond du canapé avec une telle violence que des étoiles volent devant mes yeux. Au bout d'un moment, le train se stabilise et je vois Dany arriver en courant dans notre compartiment.

# CHAPITRE 57

— Il y a trois Masters sur les rails, juste devant ! dit-il apeuré.

Je me lève aussi rapidement que je le peux et me dirige avec difficulté vers la sortie quand Ian me rattrape.

— Lara, tu ne peux plus les affronter, je vais m'en occuper.

Il termine à peine sa phrase que je le vois déjà sauter par la porte du compartiment et se diriger vers les trois Masters.

— Il est fou ou quoi ? m'énervé-je. Même moi, en pleine possession de mes capacités, je serais incapable de les tuer sans dommage et lui, il fonce comme un imbécile !

Voilà ce que je redoutais le plus ! Je n'ai peut-être plus assez de force pour les battre à mains nues, mais je suis capable de faire ça…

Je me décale un peu du train pour avoir une vue d'ensemble et je me campe sur mes pieds, un fusil sniper en main. Je positionne l'arme sur mon épaule et place mon œil dans la lunette. Ian est déjà en train de s'attaquer à l'un d'eux, mais je vois bien qu'il ne va pas tenir bien longtemps. Alors qu'il s'écroule à terre, sonné par un coup de queue, je profite d'avoir le champ libre pour passer à l'action. J'inspire une grande bouffée d'air que j'expire lentement en appuyant sur la gâchette et la première balle atteint sa cible en pleine tête. Je m'empresse de recharger pour abattre les suivants. Quand je retire, encore une fois, la balle atteint sa cible, mais les deux Masters tombent en même temps alors que je n'ai tiré qu'une balle. Je relève mon œil de la lunette et je vois Alex avec un second fusil sniper, juste à côté de moi.

— Tu n'es pas la seule à savoir bien viser !

— Je n'ai jamais dit ça.

— C'est vrai.

Je lui tire la langue et lui passe mon fusil pour me diriger vers Ian, qui est toujours à terre, conscient.

— Qu'est-ce que je t'avais dit Ian, tu veux mourir ou quoi ?

— Je n'allais pas te laisser les attaquer alors que tu ne peux pas les affronter.

— Alors que toi oui ?

— Je les ai retenus le temps que vous les éliminiez !

— Tu ne savais pas que j'allais faire ça, m'énervé-je à cause de sa stupidité.

— Mais le résultat est le même !

— Rah, tu me gonfles Ian…

Je ne l'aide même pas à se lever et je retourne dans le train, sous les regards de mes hommes et de la présidente aux fenêtres. Je le vois peu après débarquer dans le wagon bar, seul. Incapable de sentir les autres, j'imagine qu'ils sont devant, avec Dany aux commandes du train. Ce dernier redémarre et file en vitesse.

Ian s'installe en face de moi, sur un fauteuil, l'air énervé. Je ne dis rien et je le fixe avec autant de rage dans mon regard.

— Pourquoi tu es en colère contre moi, Lara ? Et ne me dis pas que c'est pas vrai, moi, je suis encore capable de ressentir les gens.

— Vas-y, remue le couteau dans la plaie, je t'en prie ! Tu sais très bien que c'est la pire chose qui pouvait m'arriver.

— Tu ne réponds pas à ma question !

— Tu n'arrives pas à le savoir ? Moi, je l'aurais deviné !

— Ne dis pas des âneries, Lara ! Si tu peux ressentir les émotions, c'est juste que tu as beaucoup de sensibilité et un énorme sens de la déduction. Et ça, ce n'est pas le virus qui te permettait de la sentir, mais simplement toi. Alors encore une fois, pourquoi es-tu en colère contre moi ?

— Parce-que tu t'es mis en danger bêtement ! crié-je. Tu aurais pu y rester, mais non… Tu fais le macho et tu fonces.

— Tu crois que tu faisais quoi toi ? Tu partais tête baissée dans le combat sans te préoccuper des autres ! Tu t'es toujours mise en danger sans penser aux conséquences.

— Ce n'est pas la même chose, Ian ! Moi, j'ai le virus pour m'aider… Tu n'es pas comme moi. Le coup que tu as reçu tout à l'heure ne m'aurait presque rien fait alors que toi, tu as été incapable de te relever. Tu n'aurais pas dû partir comme ça, sans aide pour t'épauler alors que nous avons des armes très puissantes.

Un silence. Il s'est mis en danger et ça aurait pu lui être fatale !

— Je voulais le faire seul, dit-il finalement. La situation que tu vis là est exactement celle que je vis tous les jours à tes côtés, Lara ! Je me sens presque inutile moi aussi à côté de toi. Avant que tes hommes et toi ne débarquiez pour nous sortir du pétrin, j'étais le premier qu'on venait voir, le premier qu'on appelait quand c'était trop dur pour un simple humain ! J'étais utile, important dans mon unité et maintenant, je suis comme toi, inutile !

— Tu ne me l'as jamais dit ! dis-je peinée.

— Je ne voulais pas te faire culpabiliser plus que tu ne le faisais déjà, alors je sais que c'est dégueulasse de ma part, mais quand j'ai compris que tu ne pourrais plus nous aider comme tu le faisais avant, j'en ai profité et j'ai foncé. Je suis idiot d'avoir réagi comme ça. Je voulais me sentir utile.

— C'est débile ton comportement ! Tu n'es plus un gamin de quinze ans qui veut faire ses preuves, mais un soldat Marines qui combat pour la planète maintenant. Il n'y a pas de concours pour savoir qui est le plus fort, merde ! Et si tu crois que c'est ce que j'ai recherché pendant ces semaines, tu me connais très mal, Ian. Moi, on m'a créée pour faire ce que je fais et ça n'a pas été un choix même si pour toi, c'est presque la même chose. Ian, ce que je veux dire, c'est que tu es une personne déjà à part alors, ne cherche pas à t'identifier aux autres. Tu fais beaucoup de choses déjà pour le Château et pour moi ! Prends en conscience.

Après un moment, il relève la tête et me regarde, peiné.

— Je te demande pardon, Lara, je me suis conduit comme un gamin, je ne sais pas pourquoi j'ai agi comme ça. J'ai mis en danger la vie de mes collègues pour rien et la tienne au passage.

— Tu as eu un moment de faiblesse. C'est vrai que je te comprends, je comprends ta réaction. Je me sens tellement inutile que je serais prête à tout pour retrouver mes pouvoirs.

— En espérant que ça ne soit que passager.

— Oui, moi aussi. Peut-être qu'un bon gros dodo arrangera les choses.

— Je l'espère aussi pour toi, je sais à quel point tu ne voulais pas redevenir humaine.

Je ne sais pas si c'est la fatigue ou la peur que j'ai eu de le perdre encore une fois, mais des larmes s'échappent de mes yeux et une crise de sanglots me surprend. Ian se lève et vient s'asseoir à côté de moi, en me prenant dans ses bras. Je me laisse aller et je pleure toutes les larmes de mon corps. L'engueulade derrière nous, je le serre fort dans mes bras et je ne pense plus à rien d'autre que son contact contre moi. Quand je me détache enfin de lui, je sens le train ralentir, ce qui annonce notre arrivée.

Lorsque nous rejoignons les autres, dans l'autre wagon, tout le monde est déjà prêt à partir.

— Lara, prend ça, tu pourras passer devant, me dit Bruno en me tendant l'arme sonique.

— C'est gentil. Je pense pouvoir utiliser mes lames. Garde-la au cas où et reste derrière moi, je veux savoir si j'en suis encore bien capable.

— Comme tu veux.

Sur ce, je sors la première, suivie de très près par Bruno et Ian. À l'extérieur, une vingtaine de contaminés nous attendent alors que j'avais fait le ménage hier avant de partir. Pour en avoir le cœur net, je m'approche du premier zombie qui est assez éloigné des autres et abat ma lame sur son cou. Je dois m'y reprendre à deux fois avant de la lui couper complètement. Je m'attaque au suivant, puis encore et encore, jusqu'à qu'il n'en reste plus un seul. À la fin, j'ai mal au bras, mais je suis encore debout !

— Voyez ! Je ne suis pas totalement inutile.

— Oui, mais tu es en sueur et je sens que tu as mal ! me dit Ian.

— Tu aurais pu te taire, Ian.

— Il fait bien de le dire, ne te voile pas la face, Lara, me dit Bruno, tu peux avoir un moment de faiblesse, ça ne changera rien pour nous, tu resteras notre capitaine, quoi qu'il advienne !

— C'est gentil, Bruno. Je préférerais quand même redevenir une hybride.

— Nous aussi, on fera avec, dit Alex.

Je lui souris et je continue à avancer vers le bus, sur le parking. Dehors aussi, les contaminés se sont rassemblés en masse alors, je me décale et laisse la place à Bruno. Ce dernier comprend et charge son arme. Quand le coup part, un énorme faisceau bleu s'échappe de l'arme et vient s'éclater contre la première dizaine de zombies juste devant nous, ce qui réduit considérablement le nombre de ces monstres. Bruno recharge son arme une deuxième fois et le coup part aussitôt. Le reste des contaminés sont abattus par ma lame le temps que tout le monde monte à bord. Je cours les rejoindre une fois le travail fini. Je m'écroule sur le siège avant, hors d'haleine. Au fond, j'entends Bruno prendre contact avec le QG pour les prévenir que nous arrivons tous sains et saufs en omettant ma nouvelle condition. Je préfère le leur dire face à face et puis, ils s'en rendront rapidement compte en voyant mes yeux.

Pendant le trajet de la gare jusqu'au Château, je regarde par la fenêtre sans dire un mot et en réfléchissant à ce que je pourrais dire à ma mère. Juste avant d'arriver, un Master débarque sur la droite du bus et court à côté. Malgré l'absence de mes pouvoirs, mon sang les attire toujours autant, ce qui explique qu'il reste juste à ma hauteur et qu'il essaie de casser ma vitre. Dany accélère et j'entends Bruno prévenir le Château que nous sommes attaqués par un Master. La personne qui parle avec Bruno ne doit pas comprendre pourquoi il demande de l'aide alors que je suis là, car je l'entends lui crier dessus et lui ordonner de se mettre en place le plus vite possible. À peine avons-nous passé le pont, qu'une lumière bleue passe au-dessus du bus et vient s'écraser contre le Master qui tombe, inerte sur le sol. Il roule sur plusieurs mètres avant de s'immobiliser, mort.

J'ai un énorme coup de stress quand nous passons les barrières de sécurité du Château et je suis clouée sur mon siège. Ian doit le sentir, car je sens une main sur mon épaule puis je le vois s'asseoir à côté de moi.

— Tu n'as pas à avoir peur ! Ce n'est pas de ta faute ce qu'il t'arrive et ce n'est pas la mort. Ils comprendront.

— Je ne suis pas aussi sûre que toi.

— Ça va aller Lara, je suis avec toi, je ne te lâche pas d'une semelle.

Dehors, il y a déjà ma mère avec tous les généraux réunis et en haut-uniforme pour accueillir la présidente de la République et sa clique. Même si je n'ai plus les mêmes facultés qu'avant, je vois que ma mère est inquiète et ça se comprend. En temps normal, je serais sortie tuer ce Master et au contraire, je suis prostrée dans mon siège. Je laisse tout le monde descendre du bus et je les laisse s'éloigner un peu avant de bouger. J'entends déjà ma mère demander pourquoi je ne sors pas et comment ça se fait que la présidente soit furieuse. Je vais la tuer celle-là, elle n'est jamais contente de rien ! Avant que ma mère ne pète un câble, je prends mon courage à deux mains et sors du bus.

# CHAPITRE 58

Kiara me saute déjà dans les bras et cale sa tête dans mon cou.

— Maman, calme-toi, dis-je en descendant du bus tout en gardant le regard baissé.

— Pourquoi tu n'as pas tué ce Master et pourquoi tu es restée dans le bus ? Je ne comprends pas Lara. Regarde-moi !

— Il y a un petit problème, maman et je ne sais pas comment tu vas réagir… Comment vous allez réagir !

— Mais regarde-moi à la fin, Lara, tu me fais peur.

Une nouvelle fois, je prends mon courage à deux mains et lève les yeux vers ma mère. Comme je m'y attendais, elle écarquille les yeux comme des billes. De même pour tous les généraux.

— Oui, votre chère arme ultime n'est plus rien ! s'exclame la présidente, outragée.

À non ! Là, s'en est trop ! J'ai supporté ses remarques depuis le début, mais là, je n'en peux plus. Le fait que je sois redevenue humaine me met encore plus les nerfs.

— Vous commencez à me faire chier, Madame la présidente !

Autour de moi, presque tout le monde est choqué par mes paroles, sauf ma mère et le commandant Charles.

— Depuis que nous vous avons rejoint, vous n'avez pas arrêté de vous plaindre pour un oui ou pour un non ! Vous êtes vivante, non ? Et même si je suis redevenue humaine ça ne change pas grand-chose, je ne suis pas la seule à avoir ces pouvoirs, dis-je en regardant mon ami David sur ma gauche.

Jusqu'à là, la présidente ne l'avait pas remarqué. Elle a un mouvement de recul en voyant ce grand gaillard aux yeux bleu cyan.

— Si vous croyez pouvoir tout vous permettre ici, vous vous fourrez les doigts dans l'œil ! Le gouvernement n'existe plus aujourd'hui et c'est l'armée qui commande maintenant. Vous n'êtes pas qualifiée pour gérer une telle crise. C'est le commandant Charles qui prend toutes les décisions ici et personne d'autre ! Vous allez être bien logée et vous serez dispensée de travaux, mais vous n'aurez aucun droit de décision ici. Nous nous en sortons très bien comme ça et vous n'allez pas foutre la merde chez nous. Je vous l'avais dit à L'Élysée.

— Vous n'avez aucun droit sur moi, s'énerve-t-elle.

— Non, mais Lara est la personne la plus écoutée ici et je l'appuie dans toutes ses décisions, dit Gabriel en se plaçant à côté de moi. Le voyage a été long, Madame la présidente, je vais vous faire conduire dans vos quartiers et nous organiserons une réunion, demain, mais pour l'instant, allez-vous reposer.

Il coupe court à la conversation et fait conduire toute la clique vers leur nouveau quartier. Je les regarde s'éloigner. Je n'espère pas la recroiser de sitôt, je m'en porterais mieux comme ça.

Quand je reviens aux gens autour de moi, ils me regardent tous avec insistance.

— Depuis quand tu es comme ça ? demande ma mère.

— J'ai commencé à ressentir une différence hier avant de partir en mission. Je croyais que c'était de la fatigue. Après, je voyais moins dans le noir et j'avais plus mal que d'habitude quand je me prenais des coups. Et c'est ce matin que je me suis vraiment posée des questions. Je n'ai pas senti la présence des contaminés derrière une porte et ça a coûté la vie au premier ministre. Après, quand je me suis battue avec le Master, juste avant de remonter dans le train, j'ai senti une grande baisse de ma force et je me suis évanouie quand j'ai reçu un coup. Lorsque je me suis réveillée, j'avais les yeux marrons, sans plus aucun pouvoir !

— Tu n'as rien ressenti avant hier matin ? demande le Dr Antone.

— Non, rien du tout.

— Qu'est-ce que tu as fait de différent avant que ça commence ?

— Rien, c'est ça que je ne comprends pas. Je nettoyais les bâtiments avant de partir en mission et je ne me suis pas faite mordre ni rien.

Un silence.

— Je pense savoir ce que ça peut être ! intervient David.

Il me regarde avec insistance, puis Ian.

— Tu n'as pas fait que le nettoyage des bâtiments.

De quoi parle-t-il ? Non ! Ça ne peut pas être ça ? J'ai déjà eu plusieurs rapports sexuels avec Matt et David et jamais je n'ai eu de réaction comme celle-ci.

— Je ne comprends pas ! s'exclame ma mère.

Je ne dis rien et je crois que je n'en ai même pas la force alors Ian répond à ma place, après m'avoir regardée pour avoir mon accord.

— Lara et moi avons eu des rapports intimes hier matin.

Kiara me regarde dans les yeux avec un grand sourire, ce qui me déstresse un peu. Elle a toujours autant d'effets positifs sur moi.

— Et c'est depuis ce moment-là que les changements ont commencé ? demande Roger.

— Oui, c'est ça. Je ne vois pas le rapport ?

— Suis-moi Lara, je veux faire un test sur toi pour comprendre.

Pour une fois, je ne discute pas. Ma mère, Gabriel, David et Alex me suivent à l'intérieur de l'infirmerie. Je m'assois sur l'un des lits et j'attends sans rien dire. Tout ce qui m'arrive ces dernières heures me dépasse. Pour ne pas penser à tout et à rien, je suis attentivement les faits et gestes du Dr Antone sans me préoccuper des regards curieux de ma famille et de mes amis dans la pièce. Kiara est toujours sur mes genoux et attend attentivement elle aussi. Quand Roger revient vers moi muni d'une sorte de stylo avec à la place de la mine, une courte et fine aiguille, mon cœur s'accélère. David et Ian le remarquent et viennent se placer autour de moi. Je suis contente qu'ils soient là pour me soutenir.

— Donne-moi un doigt Lara, je vais te piquer avec cette petite aiguille et te prélever une goutte de sang, ça ne fera pas mal.

— Vous croyez que l'aiguille va traverser ma peau ?

— Je ne sais pas, on verra bien !

Je lui tends mon index de la main droite et j'attends qu'il me pique. Contre toute attente, une petite goutte de sang vient perler sur le bout de mon doigt. Roger appuie sur un bouton au-dessus du stylo et l'aiguille rentre dans le tube. Il retourne à son bureau et même s'il est dos à moi, je le vois se contracter et devenir stoïque.

— Roger ? demande David. Qu'est-ce qu'il y a ? Vous savez ce qu'à Lara ?

Le Dr Antone se retourne vers moi et me fixe droit dans les yeux avant de dire la chose qui va totalement changer ma vie à jamais.

— Lara, tu es enceinte !

\*\*\*\*\*\*\*\*\*\*\*\*

Le soleil se couche déjà derrière les montagnes et un vent glacial s'est levé. Je grelotte tant j'ai froid. Je n'y suis pas habituée, rien n'empêche le vent de soulever mes cheveux et de rentrer sous ma combinaison. Malgré le froid, le coucher de soleil est magnifique avec des nuances de rouge, jaune et violet. Magnifique et tellement reposant après ce que je viens d'apprendre.

ENCEINTE ! Moi ? Je dois être en train de faire un mauvais rêve et je vais bientôt me réveiller ! Ça ne peut pas être possible. Je ne me suis jamais protégée avec Matt et pareil avec David et je ne suis pas tombée enceinte pour autant ! Si mes calculs sont corrects, ce serait arrivé dès la première fois où j'ai couché avec Ian, c'est à dire, dans l'immeuble derrière moi. En une seule fois... Et je perds mes pouvoirs. À cause de la chose qui pousse en moi, je mets ma famille et mes amis en danger. Je ne sers plus à rien.

Quand Roger m'a démontrée que c'était vrai, je n'ai pas pu me retenir. J'ai tout détruit sous le coup de la colère. Mes amis ont essayé de me retenir, mais je me suis débattue de toutes mes forces et j'ai réussi à sortir. Ian et David, à l'inverse de moi, sont restés bouche bée à l'annonce du docteur. Une fois dehors, je me suis mise à courir le plus vite possible pour m'éloigner de ce cauchemar. Je voulais être seule pour réfléchir sur ce qu'il venait de m'apprendre et surtout, être loin des regards de ma mère. Je ne sais pas vraiment ce qu'elle en pensait, mais elle a été choquée comme tout le monde dans la pièce. J'ai encore leurs visages en tête et ça me fait mal, j'ai mal au plus profond de moi et mon souffle se fait irrégulier. Je peine à respirer et le vent n'arrange rien. Je tombe à genou au bord du toit et me prends la tête entre les mains. Ça ne peut pas être la réalité, pas après tout ce que je viens de faire ces deux derniers mois ! Tout ne peut pas s'arrêter comme ça, du jour au lendemain à cause de cette chose qui pousse en moi... NON !

Mon souffle se fait de plus en plus court et je sens que je ne vais pas pouvoir tenir longtemps. Les sanglots qui me submergent n'arrangent pas la situation, au contraire. Mes oreilles se mettent à siffler et ma vue se brouille par manque d'oxygène. J'essaie de me calmer, mais rien n'y fait. Je n'entends pas Ian arriver derrière moi et me prendre par les épaules pour que je le regarde.

— Lara ! Respire. Allez !

Je n'y arrive pas et ça me fait peur. Je fais une crise d'angoisse comme je n'en ai jamais fait.

— Lara ! me hurle Ian. Reprends-toi.

Mais je n'y parviens toujours pas. Je ne peux pas ou peut-être que je ne veux pas. Je refuse de vivre ainsi, sans pouvoirs et avec cette chose en moi. Je ne suis pas humaine et cette chose ne l'est pas non plus.

— Ne te laisse pas abattre par la situation Lara, tu es plus forte !

Je ne veux pas vivre, plus maintenant.

— Lara, je t'en supplie, ne me laisse pas ! Lara... Je t'aime.

Quoi ? Comment... Comment peut-il m'aimer alors que je porte en moi un monstre ? Je connaissais ses sentiments envers moi depuis bien longtemps, il me les avait dits, mais comment peut-il encore les ressentir ?

— Putain, Lara, respire ! me hurle dessus Ian.

Je suis à deux doigts de m'effondrer, mais quand je reçois l'énorme claque de Ian en pleine figure, mes poumons se remplissent de nouveau d'air bruyamment et je peux enfin respirer correctement.

— Lara, pourquoi tu réagis comme ça ?

— Tu te fous de moi ? Je suis enceinte ! Je porte en moi un monstre qui va grandir et à cause de lui, j'ai perdu tous mes pouvoirs.

— Pourquoi tu dis que c'est un monstre, Lara ? Regarde Kiara comme elle est belle et gentille.

— Sa mère était encore humaine quand elle est née, elle ne s'était pas fait mordre à plusieurs reprises et elle vivait une vie normale. Moi, je suis une hybride, même si je n'en ai plus la force, mais mon corps, lui, l'est ! Je ne suis pas humaine alors cette chose en moi ne le sera pas non plus. Et puis, tu aurais envie d'un « enfant » dans un monde comme celui-là ? Tu as pensé à moi ? Je vais faire quoi ? Qui vais-je devenir maintenant que je ne sais plus rien faire ? Je n'en veux pas et je préfère mourir plutôt que de vivre comme ça. On ne sait même pas si je vais retrouver mes pouvoirs quand cette chose sera sortie de moi ! Rien que de savoir que ça grandit en moi, ça me rend malade.

— Ne dis pas ça, Lara ! J'en ai parlé avec Roger et il va te faire plus de tests pour comprendre et savoir si oui ou non, le fœtus sera humain. Je suis sûr qu'il sera comme Kiara, j'en suis persuadé.

Je le regarde bien en face et sans pouvoir me retenir, je lui envoie un coup de poing en pleine face.

— Kiara n'a rien à voir avec cette chose en moi. Ne redis plus jamais ça !

# CHAPITRE 59

Je ne sais pas si je lui ai fait mal, mais il se tient la mâchoire. Je le regarde une dernière fois avant de le pousser et de me diriger vers les escaliers pour descendre. Maintenant que je ne peux plus sauter des toits, tout est plus compliqué qu'avant. Je perds énormément de temps à faire les choses et ça m'énerve. Je le sens qui me suit, mais je ne m'arrête pas et me dirige chez moi, en passant devant plusieurs de mes hommes qui me saluent par politesse en essayant de ne pas trop s'attarder sur mes yeux. La nouvelle a dû faire le tour du Château en dix minutes et ça me met hors de moi. À plusieurs reprises, j'entends qu'on m'appelle, mais je fais comme si je n'avais rien entendu et je rentre chez moi, sans me retourner. Je monte directement dans ma chambre que je ferme à clef avant que quelqu'un ne me dérange. Je me jette sur mon lit et je me fourre dans les oreillers pour ne plus rien entendre. Je ne veux voir personne ni entendre quoi que ce soit. Le monde s'écroule de nouveau, mais cette fois, je suis impuissante face à ce qui m'arrive.

Cela fait exactement quarante-cinq jours que tout ça a commencé et j'ai l'impression que les jours durent des mois et que les secondes sont des jours. Depuis le 23 novembre 2042, ma vie est un enfer et elle vient de prendre un nouveau tournant que je n'aime pas du tout. Je m'étais acceptée comme je suis et il a fallu que je tombe enceinte de je ne sais quoi !

J'ai honte, honte de ce que je suis devenue. Que vont penser les gens ? Que je suis une fille facile qui couche avec tout le monde et qui tombe en cloque rapidement ? J'ai tué un homme, car il avait tué Matt, l'homme de ma vie, mais juste après j'ai couché avec David et Ian ! Qu'est-ce que je suis devenue ?

************

Je n'arrive pas à dormir et quand le soleil se lève, de l'autre côté de ma fenêtre, je ne bouge pas de mon lit et ne réponds même pas aux personnes qui viennent toquer à ma porte. À chaque fois, je m'enroule encore plus dans ma couette comme si elle pouvait me protéger des gens autour de moi. Les heures passent et quand vient l'heure du dîner, j'entends de nouveau quelqu'un à ma porte. Je ne bouge toujours pas. De toute façon, je n'en ai pas la force. Ce qui m'étonne, c'est qu'ils ne défoncent pas la porte pour venir me voir et m'obliger à bouger.

De nouveau, le jour se lève, mais aujourd'hui, il pleut avec beaucoup de vent. Je n'ai toujours pas bougé de mon lit. Quand j'ai soif, je vais dans ma salle de bain et je bois, mais je n'ai pas faim. Cette fois, c'est Kiara qui vient à ma porte et qui me demande d'ouvrir. Ils ne sont pas si bêtes que ça, ils savent très bien que je ne peux rien lui refuser et pourtant, je ne vais pas craquer et puis, de toute façon, je n'en ai pas la force.

Alors, au troisième jour à rester dans ma chambre, je les entends tous en bas, dans le salon, à essayer de trouver une solution pour me faire sortir de là. Ils n'auront pas besoin de réfléchir trop. Épuisée de n'avoir que très peu bougé ces trois derniers jours et surtout, morte de faim malgré moi, je m'évanouis en allant dans la salle de bain pour aller boire et me cogne la tête contre la commode de ma chambre. Je ne sens même pas le sol sous moi quand je tombe. Le coup à la tête m'a assommée et je perds connaissance.

************

Je me réveille à l'infirmerie avec des perfusions dans chaque bras et un moniteur qui fait « bip bip » à côté de moi. Sur le calendrier électronique en face de moi, il est indiqué que nous sommes le dimanche 11 janvier 2043, 06H03. Je suis restée plus de deux jours évanouie ! Pourquoi ne m'ont-ils pas laissée dépérir tranquillement dans mon coin ? Je vais bientôt avoir ma réponse. Ma mère, Ian et le Dr Antone rentrent dans l'infirmerie.
— Espèce de conne ! s'énerve ma mère. Tu cherchais à faire quoi Lara ? Mourir ?
— Oui, lui répondis-je sur le même ton.
    Un silence.
— Mais pourquoi ? demande ma mère cette fois choquée.
— Pourquoi ? Pourquoi ? Merde maman, je ne suis plus rien, je n'ai plus aucun pouvoir et je suis enceinte d'un monstre ! Et tu demandes encore pourquoi ?
— Tu as pensée à nous, à Kiara, à ta sœur ? Que crois-tu que nous allons faire sans toi ?
— Je ne suis plus rien, maman ! Je ne peux pas vous protéger, j'en suis

incapable…

— Mais on s'en fiche de ça, Lara, on s'en fiche complètement. C'est toi qu'on veut, pas ta force ou ta rapidité, mais toi !

— Je ne suis plus personne, dis-je effondrée.

— Ne dis pas de conneries, Lara ! Mais qu'est-ce qu'il t'arrive à la fin ? s'énerve encore plus ma mère.

— Ce qu'il m'arrive ? Ça fait près de deux mois que je me bats jour et nuit pour essayer de sauver les personnes que j'aime et du jour au lendemain, je me retrouve démunie, comme une simple humaine et en plus, enceinte. Qu'est-ce que je vais faire de mes journées maintenant ? Hein ? Encore, si j'avais juste perdu mes pouvoirs, j'aurais pu encore combattre avec vous à l'arrière. Là, je ne peux même pas faire ça ! Vous allez tout le temps être sur mon dos et me demander comment je vais, si je n'ai pas mal, mais j'en ai rien à foutre de ce truc en moi ! Je n'en veux pas. Voilà ce que j'ai.

— Lara, intervient Roger. Nous t'avons fait des tests pour savoir comment le fœtus évolue dans ton ventre, mais nous n'arrivons pas à voir à travers ta peau. Ton organisme est toujours hybride et tes organes ainsi que tes muscles et os sont toujours recouverts par cette membrane qui te protège. Nous ne sommes pas capables de définir l'état du fœtus, pourtant, il n'y a pas lieu de s'inquiéter.

Je suis choquée par ce que je viens d'entendre…

— Vous me dites que je ne saurais pas ce qui pousse en moi avant qu'il ne sorte par voie naturelle ? Et vous croyez vraiment que je vais le laisser grandir en moi sans réagir ?

— Tu comptes faire quoi, Lara ? Tu ne peux pas le tuer, il est hors d'atteinte et même les jours que tu as passé à ne pas manger ne l'ont pas affecté. La seule manière de t'en débarrasser, c'est…

— De mourir maman et je compte bien m'en débarrasser.

— Tu n'y penses même pas, Lara, je te le déconseille ! me menace ma mère. Tu ne vas pas laisser tomber maintenant ?

— Oh si j'y pense et si, je laisse tomber ! Je n'ai pas été créée pour mettre au monde cette chose ! Je suis une hybride, je suis née pour combattre et non rester chez moi. Et si on se fait attaquer et qu'il y a des morts, comment croyez-vous que je vais réagir ?

— David et moi sommes là, Lara ! Tu ne peux pas tout porter sur tes épaules. Tu as même dit que tu voulais des vacances, tu les as !

Depuis le début, il écoute simplement, mais l'entendre m'énerve encore plus.

— Ian, arrête ! Tu ne comprends pas.

— Ce n'est peut-être pas moi qui le porte, mais j'ai mon mot à dire aussi.

— Quoi ? dis-je stupéfaite. Tu ne comptes pas vraiment le garder ? Tu veux de ce monstre ?

— Ce n'est pas un monstre, Lara, tu ne peux pas le sentir, mais je suis sûr que ce n'est pas un monstre. Je le ressens, le fœtus sera comme…

— Ah non ! le menacé-je. Je t'ai dit de ne pas comparer cette chose avec Kiara. Elle n'est pas comme ça. Kiara est merveilleuse, gentille, belle, aimante, pleine de joie en elle !

— Si tu penses ça, alors pourquoi tu veux lui faire du mal ? dit ma mère. Tu crois qu'elle va réagir comment si tu meurs, réfléchis Lara !

Un silence. La colère monte en moi et je ne peux plus rester là à les écouter…

— Vous jouez avec mes sentiments pour elle et je n'aime pas ça, dis-je en arrachant les perfusions dans mes bras.

— Non, ne fait pas ça ! Tu n'es pas remise encore. On a failli te perdre il y a trois jours, il faut que tu te reposes, dit le Dr Antone.

— Pourquoi m'avoir sauvée ? Pourquoi ? hurlé-je. Je ne veux pas être sauvée, j'en peux plus !

Ma mère et Ian essaient de me rallonger sur le lit et je me débats comme une folle pour m'enfuir loin, mais Ian est trop fort pour moi. Par surprise, Roger me plante une aiguille dans le bras et l'effet du produit ne se fait pas attendre. Tous mes muscles se relâchent d'un coup. Je retombe sur le lit, mollement sans pouvoir rien faire, juste les regarder avec toute la haine qui est en moi.

Au bout de quelques secondes, mes yeux se font lourds et je ne peux les retenir. Avant que je ne sombre dans un sommeil lourd, j'arrive à prononcer ces derniers mots.

— Je ne vous le pardonnerai jamais.

*************

Lorsque j'ouvre les yeux, je suis encore à l'infirmerie et cette fois mes poignets et mes chevilles sont retenus par des sangles bien solides. Je n'en reviens pas ! Ils ont osé me ligoter au lit. Déjà en colère contre eux, là, c'est la cerise sur le gâteau. Je force comme une folle sur les liens et la seule chose que je réussisse à faire, c'est de m'entailler les poignets jusqu'au sang. À ce moment-là, Roger rentre dans la pièce et m'immobilise tant bien que mal.

— Ne fais pas ça Lara, s'il te plaît !

— Détachez-moi tout de suite, Roger… Maintenant ! hurlé-je.

— Je ne peux pas, je ne veux pas que tu te fasses du mal.

— Vous en avez rien à foutre de moi, depuis le début, je suis juste votre création, un jouet entre vos mains, c'est tout.

— C'est faux, Lara !

— Menteur !

— Au début, quand je t'ai vu dans ce bus, peut-être. Au fil des jours, j'ai appris à te connaître et j'ai cessé de te voir comme ma création. Tu es une fille formidable, Lara, une femme belle et forte et je ne veux pas te perdre. Nous ne voulons pas te perdre. Tes hommes sont inquiets pour toi et demandent tous les jours de tes nouvelles. Tu n'es pas simplement notre hybride, tu es Lara, notre chef, notre capitaine et on te respecte pour ça. Même si tu n'as plus tes pouvoirs, tu es toujours notre capitaine. Si ça se trouve, tu vas les retrouver.

Ses paroles ne servent à rien.

— Oui, à quel prix ? Combien de personnes vont devoir mourir avant ? David et Ian sont là, mais j'ai toujours été là moi aussi. Les choses ne seront plus comme avant maintenant et je ne veux pas être à l'écart. Je ne veux pas qu'on s'inquiète pour moi tous les jours, car cette chose pousse en moi.

— Là, on s'inquiète pour ta vie ! Pour le reste, ce n'est pas si important. Ta mère en mourrait si tu disparaissais. Tu ne l'as pas vu quand elle a cru te perdre à plusieurs reprises et quand tu es morte pendant trois jours et qu'elle ne faisait plus rien de ses journées. Elle était dévastée et je ne parle pas de ta sœur et de tes amis ! Maintenant tu as Kiara, tu ne peux pas la laisser seule, elle a déjà perdu ses parents et elle t'aime, énormément. Tu ne te rends pas compte à quel point les gens tiennent à toi ici, Lara. Rien ne sera plus jamais comme avant sans toi. Réfléchis-y.

Je ne sais pas quoi lui répondre. Je sais qu'il a raison, mais je ne peux pas vivre comme ça ! Je sais que beaucoup de gens m'aiment, mais serait-ce assez pour que je continue à vivre ? Si je continue à réagir comme je le fais, ils vont m'attacher jusqu'à ce que j'accouche. J'en suis persuadée. Comment faire ? D'un côté, Roger a raison, je ne peux pas laisser ma famille seule et surtout pas Kiara, pas maintenant. Le seul moyen que je vois est de faire semblant que tout va bien. Il faut que je prenne sur moi. J'essaierai de trouver un moyen de m'en débarrasser toute seule et peut-être que je retrouverai mes pouvoirs.

Juste avant que le Dr Antone ne passe le pas de la porte, je l'interromps.

— D'accord, vous avez raison, je ne devrais pas réagir comme ça, je ne pense qu'à moi et pas à ma famille. Je suis désolée, vraiment, mentis-je à moitié.

— Tu ne me dis pas ça juste pour que je te détache, Lara ?

— Non, Roger. Vous m'avez ouvert les yeux, je n'aurais pas dû réagir comme ça, je le comprends maintenant.

— Sûre ?

— Oui.

Je dois être une bonne menteuse, car il revient vers moi et me détache.

— Tu as des affaires à toi dans cette armoire, tu ne peux pas sortir comme ça.

Une fois libérée, je me lève avec difficulté et me dirige vers l'armoire en question. Je suis vidée de toute force, psychologiquement aussi. Roger me laisse seule dans la pièce pour que je me change, ce qui prouve à quel point il me fait confiance.

# CHAPITRE 60

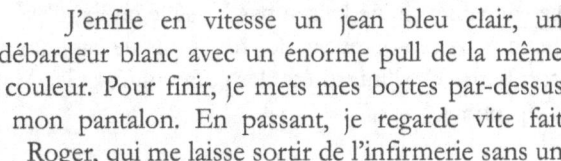

J'enfile en vitesse un jean bleu clair, un débardeur blanc avec un énorme pull de la même couleur. Pour finir, je mets mes bottes par-dessus mon pantalon. En passant, je regarde vite fait Roger, qui me laisse sortir de l'infirmerie sans un mot. Dehors, il fait beau temps, mais très froid. Il doit être quatorze heures, car tout le monde est réuni sur la place principale, sauf les nouveaux de Toulouse. Je ne sais pas où et comment ils ont été relogés, mais j'imagine que c'est dans les immeubles que j'ai désinfectés. Dire que je ne pourrai plus faire ça !

Silencieusement, je me dirige vers mes hommes et je me mets sur le côté pour ne déranger personne et écouter ce qu'il se dit. Apparemment, je ne suis pas si discrète que ça, car le commandant Charles s'adresse à moi.

— Lara ! Ne reste pas derrière, vient prendre ta place.

Tous les yeux convergent sur moi et je me sens extrêmement gênée. Pour ne pas faire d'histoire, je m'avance et me place entre Gabriel et ma mère. Cette dernière me sourit timidement et ne me lâche pas des yeux.

— Lara, j'avais fini de parler, si tu veux dire quelque chose, je t'en prie.

— À quoi bon ? Je ne pense pas être capable de vous aider en quoi que ce soit.

— C'est faux ! intervient l'un de mes hommes dans l'assemblée. Vous avez toujours été là pour nous et nous le serons pour vous aussi, capitaine.

— Je vous remercie de croire encore en moi, mais je n'ai rien à dire... Enfin si ! Je me destitue de mes fonctions et nomme David pour me remplacer. Je ne vous suis plus d'aucune utilité maintenant contrairement à lui qui est en possession de toutes ses facultés.

J'aimerais que vous respectiez mon choix et que vous lui obéissiez comme vous le faisiez avec moi. Encore une fois, je vous remercie de votre loyauté et ça a été un plaisir de combattre auprès de vous.

Sur ce, je quitte l'assemblée et je me dirige vers le seul immeuble assez haut pour m'isoler tranquillement. Derrière moi, je sens la stupéfaction même si je n'ai plus ce pouvoir. Ça discute entre eux et Gabriel a du mal à faire taire ses hommes. Je ne leur ai pas laissé le choix, c'est comme ça et pas autrement. Je ne peux plus exercer mes fonctions de capitaine si je ne suis plus capable de combattre ou d'interpréter les contaminés et les Masters. David saura comment s'y prendre.

************

Les journées se suivent et se ressemblent toutes. Je reste avec Kiara à la maison quand je ne monte pas sur mon immeuble à cause du mauvais temps. Je m'occupe d'elle et de l'entretien de la maison. Je n'assiste plus aux rassemblements du Château et c'est après les demandes insistantes de ma mère, Gabriel, David et Ian que je fais acte de présence aux réunions privées où je reste dans le fond sans rien dire.

Une semaine est passée depuis que j'ai parlé à mes hommes et je ne me suis jamais autant emmerdée de toute ma vie. À part quelques Masters qui ont essayé de rentrer dans le Château, sans aucune chance bien sûr, c'est le calme total ! Aucun appel radio, ni apparition de Vladimir, à croire qu'il a pris peur et qu'il ne reviendra pas. La vie au Château n'a jamais été aussi calme depuis que j'y suis. La seule chose croustillante que j'ai apprise pendant mes longues heures à ne rien faire, c'est le rapprochement entre Jade et David. Ces deux-là se cherchent depuis un moment et je sens qu'ils ne vont pas tarder à conclure. D'ordinaire, j'aurais pété un câble, mais c'est leur vie et ils en font ce qu'ils veulent. En même temps, je connais bien David et je sais qu'il sera bien pour ma petite sœur. D'un côté, ça me fait plaisir qu'elle pense à autre chose qu'à moi et la chose en moi. Quand elle me voit, je remarque son regard sur mon ventre et ça m'énerve, c'est pourquoi je passe tout mon temps sur ce toit, à observer les contaminés en-dessous de moi.

Lors de cette semaine, j'ai essayé de croiser le moins de monde possible pour ne pas avoir à parler. Je ne veux pas m'expliquer et surtout voir la compassion dans leurs regards.

Dans cinq jours, ça fera exactement deux mois que je me suis faite mordre. Je compte les jours, sans trouver une solution à mon problème et je me demande si un vol plané du haut de l'immeuble ne serait pas la solution. Je vois bien que ma famille et mes amis ne sont pas heureux. Ils me voient tous les jours aller et venir entre ma maison et le toit sans pouvoir y faire grand-chose. Ils sont impuissants face à ma douleur et je m'en veux pour ça aussi. Avant, j'avais une raison de vivre, une raison de me battre, je le pouvais. Maintenant, je n'arrive plus à voir mon avenir, pas avec ce que je sens grandir en moi. Même si mon ventre ne grossit pas encore, je sens un changement et je déteste ça ! J'ai envie de m'ouvrir le ventre et de l'arracher de l'intérieur.

Je me lève, m'approche du bord et ferme les yeux. Je laisse le vent me pousser vers le vide, mais au lieu de faire un vol plané de plusieurs mètres et de m'écraser au sol, une chose énorme me percute de plein fouet en me coupant le souffle. Je m'écrase contre le toit et glisse sur plusieurs mètres avant d'ouvrir les yeux. Un Master est à dix centimètres de ma tête et ses crocs sont prêts à me dévorer. Malgré ce que je m'apprêtais à faire, je donne tout ce qui est en mon pouvoir pour me dégager et la seule chose que je trouve à faire est de me glisser sous lui à quatre pattes le plus rapidement possible. Je sais qu'il y a quelques secondes, j'étais prête à sauter dans le vide pour mourir, mais se faire dévorer les entrailles par un monstre, ce n'est pas la même chose.

J'arrive tant bien que mal à m'extraire de sous lui et à me relever, mais il est de nouveau sur moi. Je saute sur le côté pour éviter son coup de patte, seulement, je n'avais pas vu sa queue, qui m'envoie valser de l'autre bout de l'immeuble. Je retombe lourdement sur le toit, glisse sans pouvoir m'arrêter et atteins rapidement le bord. Je me retiens juste à temps pour ne pas faire un vol plané. À ce moment-là, je ne pense plus à ma tentative de suicide et je rassemble toutes mes forces pour remonter. Le Master est déjà sur moi. Mais que font les autres ? Pourquoi David ou Ian ne viennent pas à ma rescousse ?

Pour me remonter, le monstre plante ses griffes dans mon épaule gauche et me soulève au niveau de sa tête. Je hurle de tous mes poumons en essayant de me dégager, mais ça fait encore plus mal. Au dernier moment, je me rappelle avoir mon couteau à ma botte, et me tortille comme je peux pour le récupérer avant qu'il ne me croque. Sous mes hurlements de douleur, j'atteins mon couteau et dans un dernier effort, je le lui plante dans l'œil droit. Le Master se plie de douleur sans pour autant me lâcher alors j'en profite pour frapper, encore et encore au niveau de sa tête, jusqu'à ce que je n'en puisse plus.

À bout de force, je m'effondre sur le toit, les griffes du Master toujours dans mon épaule, sans me rendre compte qu'il ne bouge déjà plus. Allongée sur le côté, j'essaie de reprendre mon souffle, mais la douleur est si intense que je ne peux me retenir de hurler. Du sang recouvre tout mon pull blanc et coule sur le sol, en abondance. Au loin, j'entends des coups de feu que je n'avais pas entendus jusque-là. Voilà la raison pour laquelle ils ne sont pas venus me secourir. Ils sont occupés par d'autres Masters eux aussi. Combien y en a-t-il exactement ? Depuis une semaine, c'est calme et là, d'un seul coup, plusieurs monstres décident d'attaquer le Château.

Les coups de feu s'arrêtent en même temps que mes plaintes. Je n'ai plus de souffle. Je dois perdre beaucoup de sang. Je commence vraiment à avoir très, très froid et ma vue se brouille, mais avant que je ne sombre, David saute sur le toit et court dans ma direction.

— Non, Lara. Non, non, reste avec moi… Lara ! crie-t-il.

— J'ai mal, réussis-je à dire malgré la douleur.

— Je sais, je suis désolé, j'aurais dû venir tout de suite, dit-il en me prenant dans ses bras.

Je sens un grand courant d'air et j'imagine qu'il vient de sauter de l'immeuble. Il court maintenant à toute vitesse, ce qui me fait encore plus souffrir. Comment a-t-il pu me prendre dans ses bras alors que j'avais les griffes du Master dans l'épaule ? Je n'ai pas le temps d'y répondre que je suis déjà dans une pièce chaude et très lumineuse. L'infirmerie !

— Oh mon Dieu, entendis-je Roger. Que lui est-il arrivé ?

— Je n'ai pas eu le temps de la rejoindre, j'en avais trop sur le dos et Ian aussi. Je n'ai pas réalisé qu'elle était attaquée. Je m'en veux.

— Lara ? Tu m'entends ? Lara ?

— Oui, je vous entends, n'hurlez pas comme ça, Doc !

— Je n'ai pas le temps de t'anesthésier, il va falloir que je les enlève rapidement.

— De quoi vous parlez ? demandé-je dans les vapes.

— Les griffes ! Tu as encore les griffes dans ton épaule.

Maintenant je sais comment il a fait pour me porter ! Il a arraché la main du Master pour me soulever et m'emmener rapidement ici.

— Je commence Lara, je suis désolé !

Pourquoi s'excuse-t-il ? Il n'a rien fait, mais quand il enlève la première griffe de mon épaule, je comprends mieux. Je ne peux m'empêcher de crier tellement ça fait mal. Quand j'étais encore une hybride, je ressentais la douleur, mais elle passait vite alors je pouvais prendre sur moi. Là, la douleur ne passe pas et j'en peux plus. Pour ne pas trop y penser, je me concentre sur ce qu'il y a autour de moi. Je vois la porte de l'infirmerie s'ouvrir et se fermer des dizaines de fois, en voyant passer des blessés et des infirmiers en vitesse. Quand une nouvelle fois la porte s'ouvre, c'est pour y voir ma mère et Ian rentrer à toute vitesse. Je les vois me chercher des yeux et quand ils m'entendent hurler une seconde fois, ils me voient et courent aussitôt dans ma direction.

— Lara, ma chérie, oh non ! dit ma mère les larmes aux yeux. Je t'ai entendue hurler sur ce toit, mais je ne pouvais pas venir, je suis tellement désolée.

— Ce n'est rien maman, réussis-je à dire entre deux cris de douleur. Je m'en suis sortie !

— Elle a tué un Master seule, dit David avec fierté. Il était déjà mort quand je suis monté.

— Comment tu as fait ? me demande Ian.

— Mon couteau, dis-je.

— Il n'avait plus de tête, elle était totalement détruite.

Un silence.

— Même humaine tu arrives à me surprendre, ma fille. Tu as tué un Master à mains nues... Aucun humain n'a réussi à le faire.

— Parce que personne n'a essayé, dis-je. Je ne suis pas une exception maman, j'ai juste tout fait pour ne pas mourir.

— Qu'est-ce que tu ressens à part la douleur des griffes ?

— Si tu veux savoir si je vais me transformer, la réponse est non.

— Comment tu peux en être si sûre ? me demande Roger qui m'enlève toujours les griffes de mon épaule.

— Je ressens la même chose que quand j'étais une hybride ! dis-je après un hurlement de douleur. Je ne ressens aucun changement en moi.

— Nous allons quand même te surveiller au cas où, mais je pense comme toi Lara, me dit Roger. Tu n'as plus tes pouvoirs, mais tu restes une hybride au fond de toi et le virus est toujours dans tes veines, alors je suis optimiste aussi. Voilà, c'est la dernière, je vais te faire un pansement pour que tu arrêtes de saigner.

Mais le temps qu'il aille chercher le matériel pour me faire un pansement et qu'il revienne, les plaies commencent déjà à se refermer.

— Comment c'est possible ? s'étonne ma mère.

— Je cicatrise déjà ? Mais… Je ne comprends pas.

— Tu as toujours mal ? me demande Ian.

Sa voix… Des jours que je l'évite et l'entendre à nouveau me fait tellement de mal.

— Un peu moins depuis que Roger a enlevé la dernière griffe, ça a commencé à se calmer.

— C'est vraiment incroyable ! dit Roger. J'ai prélevé un morceau de ton tissu cellulaire pour faire mes petites expériences et c'est fabuleux, s'écrie-t-il l'œil dans un microscope.

— Qu'est-ce qu'il y a ? demande ma mère.

— Le virus dans le sang de Lara combat celui du Master et il gagne. Le virus du Master disparaît rapidement alors que celui de Lara se multiplie énormément, ce qui peut expliquer la rapidité de ta guérison. Le prélèvement que j'ai fait il y a quelques jours était totalement différent, comme en veille alors que là…

— Il s'est réveillé pour soigner les blessures de Lara, en conclut Ian.

— Oui, c'est bien ce que je crois aussi. Je vais approfondir mes recherches, mais je crois que c'est ça. Est-ce que tes autres blessures se referment ?

Je me redresse et soulève le bandage que j'ai au poignet. Plus rien, juste une toute petite cicatrice à la place.

— Merveilleux ! s'exclame Roger.

— Je vais pouvoir rentrer chez moi, dis-je en commençant à me lever.

— Non, non, non Lara, tu restes ici le temps que ça guérisse entièrement.

— Dis plutôt que tu ne veux pas que je voie le carnage de dehors ! Qu'est-ce qu'il s'est passé ?

Un silence.

— Quatre Masters ont fait leur apparition en même temps par l'arrière du Château pendant l'assemblée et ils nous ont surpris, dit ma mère.

— Pourquoi tu ne les as pas sentis venir, David ?

— Je n'étais pas concentré et je ne les ai sentis que trop tard.

— Tu n'as pas à être concentré, David, tu les sens venir de loin, m'énervé-je. Qu'est-ce que tu faisais pour être tant distrait ?

— Tu veux le savoir ? s'énerve mon ami tout à coup.

— Oui, dis-le-moi, pour qu'on sache pourquoi tu as mis tant de temps à réagir !

— Je me préparais à venir te rattraper si tu décidais à sauter, Lara ! Voilà ce que je faisais, dit-il en venant face à moi. Tu voulais vraiment le faire ? Hein ? Si le Master ne t'avait pas percuté de plein fouet, tu serais tombée et je ne pense pas que j'aurais pu venir te sauver à temps. T'es tarée ou quoi ? Pourquoi vouloir te suicider ? me crie-t-il dessus.

# CHAPITRE 61

Merde ! Je ne pensais pas que quelqu'un me voyait et surtout pas David. Je n'ai pas envie de m'expliquer, mais quand je vois la tête de ma mère ou de Ian, je m'en sens obligée.

— J'en ai marre, c'est tout, j'en peux plus de cette vie ! Alors oui, j'ai voulu me suicider. Ça n'a pas marché comme tu vois.

— Pourquoi tu n'as pas laissé le Master te tuer alors ? s'énerve encore plus David.

— Ce n'est pas pareil, David et tu n'as rien à me dire, merde ! Tu ne sais pas ce que c'est que de vivre tous les jours avec ce truc dans le ventre. Je le sens grandir en moi même si ça ne se voit pas encore ! J'ai tout perdu à cause de cette chose.

Je regarde Ian, que je ne vois plus ces derniers temps et il me manque énormément.

— Je suis trop jeune, putain ! Je n'ai même pas encore vingt et un ans. Je m'étais enfin acceptée comme j'étais et il a fallu que ça change. Ça fait plus d'une semaine que je passe mes journées à rien faire et je m'emmerde ! Regarde ce qu'il vient de se passer. Si j'avais été en possession de mes pouvoirs, jamais ça ne serait arrivé.

— Tu ne peux pas en être sûre, Lara, intervient ma mère.

— Si, j'en suis sûre. Ça fait des jours que je monte sur ce toit et ça a suffi aux Masters pour comprendre que je n'avais plus de pouvoirs. Ils ne sont pas totalement imbéciles, ils réfléchissent quand même et ils ont vite compris la situation, alors ils en ont profité.

— Je sais où tu veux en venir, Lara, mais ce n'est pas de ta faute ! dit ma mère. Tu es une victime toi aussi et tout le monde l'a vu et entendu.

— Rien à foutre d'être une victime, maman ! Je ne veux plus être, point final.

Sur ce, je me lève du lit, remet mon pull tout taché et sors en vitesse de l'infirmerie. Dehors, c'est le carnage. Les quatre carcasses des Masters sont encore par terre et il y a du sang partout. Contrairement à ce que je croyais, il n'y a pas de morts chez les humains, juste quelques blessés qui sont déjà en train de se faire soigner grâce à mon sang et celui de David pour leurs éviter de se transformer. Malgré ça, ils vont devoir être au repos, car les plaies ne se refermeront pas aussi vite que moi.

— Capitaine ! Capitaine ! entendis-je hurler au loin.

Machinalement je me retourne et je vois mes anciens hommes courir vers moi.

— Je ne suis plus votre capitaine, soldats.

— Pour nous, vous le resterez toujours, dit l'un d'eux. Nous voulions juste savoir comment vous alliez ? Nous vous avons entendu hurler sur le toit et on a vu le Master se jeter sur vous. Vous allez bien ? me demande-t-il en voyant mon pull taché de sang.

— Oui ça va mieux, merci. Je suis en vie et lui, il est mort, c'est l'essentiel.

— Vous l'avez tué toute seule ? s'étonne le soldat.

— Ce n'est pas parce que je suis de nouveau humaine que je ne suis pas capable de me défendre, dis-je en mentant.

— Et ce sang, c'est le vôtre ?

— Oui, il m'a plantée ses griffes dans l'épaule. Je guéris toujours vite.

— Nous sommes contents que vous alliez bien, capitaine !

— Merci, dis-je sans insister sur le fait que je ne sois plus leur capitaine. J'ai besoin de me reposer, mentis-je pour être seule.

— Oui, bien sûr, nous ne vous dérangeons plus.

— Désolée de ne pas vous aider à nettoyer tout ça.

Cette fois, je le pense vraiment. Je n'aime pas les abandonner. Je veux me retrouver seule et surtout prendre une bonne douche. Jade et Kiara sont dans le salon, mais je ne veux pas qu'elles me voient dans cet état, alors je monte en vitesse dans ma chambre et je ferme à clef. Elles doivent avoir compris, car je ne les entends pas dans les escaliers. Je n'ai même plus la force de me déshabiller et je rentre sous la douche avec mes vêtements. L'eau tiède me réconforte et je tombe à genou, plus épuisée physiquement que mentalement. J'ai bien failli me faire dévorer vivante, je m'en suis sortie, mais pourquoi ? J'étais prête à sauter du toit et là, je me suis acharnée pour rester en vie ! Je ne sais plus ce que je veux, je suis perdue.

Je pleure à chaudes larmes quand j'entends quelqu'un rentrer dans la salle de bain. Je lève les yeux et je vois Ian qui enlève ses chaussures et son pull pour venir me rejoindre sous la douche. Je n'ai pas la force de bouger alors il se baisse et me prend dans ses bras. Il me berce légèrement pour calmer mes sanglots, mais je n'arrive pas à m'arrêter tellement j'ai mal au fond de moi.

— Chut ! Chut Lara, calme-toi, me chuchote-t-il.

Je commence à grelotter à cause de mes vêtements mouillés alors je me décale de lui pour les enlever, sans y arriver. Ian s'empare de mon pull et le déchire sur toute sa longueur. Il me laisse mon débardeur et s'attaque à mon jean qui subit le même sort que le pull, mais une fois enlevé, j'ai toujours aussi froid. Du coup, il arrête le robinet et me prend dans ses bras pour me faire asseoir sur le meuble de la salle de bain. Il m'entoure les épaules d'une grande serviette qu'il frotte doucement sur moi pour me réchauffer en évitant mes blessures. Je n'ose pas le regarder et garde les yeux baissés. Je ne sais pas pourquoi je réagis comme ça et la seule chose que je sais, c'est que je ne supporte pas cette chose qui pousse en moi.

Une fois à peu près sèche, Ian me reprend dans ses bras, toujours sans aucun mot et m'allonge sur le lit. Je me tortille sur les draps pour récupérer la couverture et me recouvrir avec. Mon débardeur me gêne alors je l'enlève en faisant une grimace de douleur et le jette de l'autre côté de la chambre. Je m'enroule dans les draps et couvertures et me mets en boule. Ian vient s'allonger à côté de moi et me serre dans ses bras en continuant à me bercer. Je ne me suis toujours pas arrêtée de pleurer. C'est incontrôlable et c'est plus fort que moi. Au bout d'un moment, mes pleurs se calment et je commence à m'endormir dans ses bras bien chauds.

************

Je crois que je suis en train de rêver. Je n'en suis pas sûre, ça m'a l'air vraiment réel. J'ai mal partout, sans exception et si je ne vois aucune blessure sur moi, je sens bien mon corps se tordre dans tous les sens. Je suis dans une pièce totalement blanche, comme dans mes rêves précédents. Pourtant, cette fois, pas de sang ni d'amis ou de famille, mais juste un petit garçon aux yeux bleus qui me regarde fixement avec la bouche en sang. Son regard est mauvais et cruel. Quand il ouvre la bouche, il y a deux rangées de dents pointues comme les Masters et il se met à courir vers moi. Juste au moment où il se jette sur moi, je pousse un hurlement qui me réveille sur le champ.

— Chut Lara, je suis là, ça va passer, respire.

Pourquoi Ian me dit ça ? C'était dans mon rêve que j'avais mal et pourtant, je suis bien réveillée et je ressens encore cette horrible douleur dans tout mon corps.

— Pourquoi j'ai autant mal ? réussis-je à dire.

— Je ne sais pas, j'ai envoyé David chercher Roger. Tu dormais paisiblement et d'un coup, tu t'es mise en boule et tu as commencé à crier.

— Que se passe-t-il ? demande Roger en entrant dans la chambre avec David.

— Elle se tord de douleur depuis dix minutes.

— Lara, tu m'entends ?

— Oui, Doc.

— Où as-tu mal ?

— Partout !

— Tu as déjà ressenti une telle douleur ?

— Oui, lors de mes transformations.

Ce n'est pas exactement la même douleur, mais ça s'en rapproche beaucoup. J'ai l'impression que l'on me piétine tous les os et les muscles en même temps. Mon médecin préféré me regarde avec un air grave sans parler et je sais à quoi il pense. Il a peur que mon corps redevienne totalement humain, sans aucune protection. Je ne pense pas que ça soit le cas, je suis hybride et non humaine, je suis le virus et je le resterai même si je perds mes pouvoirs, j'en suis convaincue.

— Ce n'est pas ce que vous pensez. Je ne redeviens pas totalement humaine, je pense plus que c'est à cause des griffures à mon épaule, dis-je entre deux crises.

— Comme si le virus dans tes veines se battait contre celui du Master ? demande David.

— Peut-être, mais pourquoi maintenant ? demande Roger.

— Tu n'as plus de plaies, juste des cicatrices, le virus a dû s'occuper de tes blessures avant de faire le reste, en conclut Ian.

— Je vais faire un nouveau test, dit-il en me prélevant un peu de sang. Ta peau est moins dure comme à chacune de tes morsures, se rend compte Roger en enfonçant l'aiguille dans mon bras. Je reviens !

— Tu as parlé pendant ton sommeil, Lara, dit Ian pour m'occuper l'esprit. Tu parlais d'un garçon.

— Oui, j'ai fait un cauchemar avec un petit garçon aux dents de Master avec les yeux bleu cyan.

— Tu crois qu'il va ressembler à ça ? demande Ian.

— C'est un monstre Ian, pas « il ».

— Il est de nous ! Il ne peut pas être un monstre, Lara.

— Si, dis-je en serrant les dents de douleur. Tu ne me feras pas changer d'avis Ian, tout ça arrive à cause de cette chose, alors n'en parle…

Je me tais, car la douleur devient insupportable et le moindre mouvement que je fais contracte mes muscles endoloris. Je sens les mains de Ian sur moi, qui me frotte le dos et celles de David à mes jambes. J'en peux plus ! J'essaie de me calmer le plus possible et de bien respirer. Une fois que ma respiration est à peu près calme et que mon cœur bat normalement, je me concentre sur le virus qui coule dans mes veines, dans mes muscles, dans mes os, dans la moindre parcelle de mon corps. J'essaie de le visualiser, de le rendre matériel pour avoir plus d'emprise sur lui, car même s'il a son propre fonctionnement, sa propre volonté, il fait partie de moi et c'est moi qui commande. Comme pendant mes combats, je prends le dessus sur lui et je lui ordonne de ne plus me torturer. Mes muscles se décontractent petit à petit. Je me rallonge sur le dos et regarde le plafond le temps que la douleur disparaisse entièrement.

— Mais… Comment ?! entendis-je Ian étonné.

Je n'y prête pas attention de peur de perdre le contrôle sur moi. J'ai vaincu en prenant le dessus sur le virus ! En le contrôlant. Je ne pensais pas y arriver aussi facilement.

— Lara, tu vas mieux ? demande David.

— Oui, beaucoup mieux, dis-je en m'asseyant sur le lit.

— Comment tu as fait ? demande Ian.

— J'ai pris le contrôle du virus en moi, comme je le faisais souvent lors de mes combats et je lui ai ordonné d'arrêter de me torturer, c'est tout, je n'ai pas de meilleure explication.

Un silence.

— D'accord, c'est super, mais tes yeux ! Ils sont redevenus bleus pendant quelques secondes, s'étonne mon ami.

— Ah bon ?

— Oui, confirme Ian. Pendant quelques secondes, ils étaient de nouveau bleus et ton regard était… Dur !

— Sans doute parce que j'essayais de prendre son contrôle et il n'a pas aimé.

Mon hybride préféré ricane.

— Tu parles du virus comme si c'était un être à part ! s'étonne David.

— Ce n'est pas comme ça que tu le ressens ? Moi, oui ! Je le sens très bien en moi et je sais qu'il interagit avec moi. C'est une entité à part.

— Je le sens moi aussi, mais jamais je ne l'ai vu comme ça.

— Cela s'apparente plutôt à une conscience, le virus a ses propres volontés, comme la nourriture et les envies de meurtres ! Si je l'écoutais, j'aurais déjà mangé de la chair humaine, mais c'est inconcevable pour moi.

— Je vois ce que tu veux dire. Je ne savais pas que nous pouvions prendre le contrôle sur lui.

— Pas à ce stade, pas de cette manière, mais j'ai réussi et je ne souffre plus.

— Qu'est-ce qu'il s'est passé ici ? demande Roger en me voyant assise sur le lit.

— Je n'ai plus mal ! C'est compliqué. J'ai réussi à calmer le virus et la douleur a disparu. Vous avez découvert quoi ?

— Heu… Je… Tu avais raison Lara, c'est le virus qui se battait contre celui du Master, à nouveau, mais il y a aussi autre chose que je ne comprends pas trop.

— Quoi donc ?

— Ton sang n'est plus exactement le même qu'avant. Pour t'expliquer, tu étais A positive, maintenant, je n'arrive plus à déterminer ton groupe sanguin !

— Et ça change quoi ?

— Heu rien, ce n'est pas normal, ça doit être le fœtus qui fait ça. Je suis perdu, tu es tellement complexe Lara que je ne sais plus où donner de la tête.

— Merci pour le compliment ! rigolé-je.

— Bon, ben tu n'as plus besoin de moi alors je vais vous laisser, s'il y a un changement, viens me chercher David.

— Comme d'hab. !

— Je suis épuisée, dis-je quand Roger sort de la chambre. J'aimerais me reposer.

— Je vais rester avec toi au cas où ! dit Ian.

— Non, ça va aller maintenant et puis de toute façon, s'il y a quelque chose, vous le sentirez. Ouste !

Ils n'insistent pas et sortent de la chambre. Quand la porte se referme, je comprends enfin comment Ian a pu rentrer dans la chambre tout à l'heure. Il n'y a plus du tout de poignée ni de serrure. Il va falloir que je répare ça, sinon, ça va être un hall de gare ici.

Je me rallonge et je ferme les yeux en espérant ne pas revoir le petit garçon de mon cauchemar. Demain, il faut absolument que je trouve un moyen de m'en débarrasser au plus vite, je ne veux pas qu'il grandisse en moi et rester une seconde de plus sans pouvoirs. Encore une fois, cet après-midi, j'aurais pu empêcher le carnage si je n'avais pas eu cette chose dans mon ventre.

D'un côté, je suis sûre que la douleur de tout à l'heure est en partie sa faute. Je ne peux pas le prouver. C'est sur cette pensée que je m'endors profondément et que je ne me réveille qu'une fois le soleil bien haut dans le ciel.

# CHAPITRE 62

Mes yeux sont lourds et tous mes membres refusent de bouger tellement ils sont engourdis, et j'ai passé la nuit entière roulée en boule de peur que la douleur ne revienne. Je les allonge lentement sur le lit en prenant soin de bien respirer pour ne pas me bloquer à nouveau. Quand tout mon corps est enfin détendu, je fais une rapide analyse de mes facultés. D'après ce que je ressens, je n'ai toujours pas récupéré mes pouvoirs, que ce soit mon radar personnel ou bien même, la capacité à détecter une personne en approche, car quand Ian passe le pas de la porte de ma chambre, il me surprend et mon travail est réduit à néant.

— Tu pourrais t'annoncer avant de rentrer comme ça, Ian !

— Désolé de t'avoir fait peur, je ne pensais pas que je te surprendrais.

— Avant non ! Maintenant, je suis qu'une simple petite humaine sans défense.

— Arrête de dire n'importe quoi, Lara, tu sais que je serai toujours là pour toi et je ne suis pas le seul, dit-il en s'asseyant à mes côtés.

— Si tu le dis. Des fois, j'aimerais que l'on me laisse un peu tranquille.

— Pour que tu fasses une bêtise ? N'y compte pas !

— Vous m'énervez tous ! m'exaspéré-je. Laissez-moi décider de ma vie, OK ? J'aimerais m'habiller si tu le veux bien, Ian, dis-je en me levant avec le drap drapé autour de moi.

— Pourquoi tu réagis comme ça, Lara ? demande-t-il lui aussi exaspéré.

— Tu…, commencé-je par m'énerver. Non, je ne dirai rien. Je ne veux pas me retrouver de nouveau attachée comme une sénile à l'infirmerie.

— C'était pour ton bien, Lara ! Tu voulais te suicider, dit-il hors de lui. Tu ne réalises pas à quel point tu comptes pour beaucoup de personnes au Château… Et surtout pour moi. Je t'aime, Lara et je ne veux pas te perdre. Même si tu penses que ce bébé est un monstre, tu te trompes, il ne l'est pas, continue-t-il alors que je proteste en face de lui.

Il n'en a rien à faire de ce que MOI je peux ressentir. Il ne sait pas à quel point ça me fait mal de laisser cette chose pousser dans mon ventre, car je le sens bien, ça grandit vite. Il ne peut pas comprendre que je ne puisse pas rester sans rien faire toute la journée et les regarder partir en mission avec la boule au ventre de peur qu'ils ne reviennent pas. Encore, si j'avais perdu mes pouvoirs pour une autre raison que celle-là, je suis sûre qu'ils m'auraient laissée partir en mission avec eux, sous bonne garde tout de même. Là, ils ont peur pour la chose dans mon ventre ! Et ça me met hors de moi. J'ai beau le leur dire à tous, ils ne comprennent rien et quoi que je dise, ils ne m'écouteront pas. C'est pourquoi je me dirige vers la salle de bain sans répondre et m'y enferme sans un mot.

Je le sens soupirer dans la chambre, sans bouger. S'il croit que je vais attendre là, bien sagement, il se met le doigt dans l'œil. J'attrape un jean bleu clair avec un débardeur noir et un pull en laine blanc sur l'étendoir ainsi que des sous-vêtements et une fois habillée, je sors sans le regarder et je descends à la cuisine me faire à manger.

— Tu comptes m'ignorer ? me demande Ian dans la cuisine.

Je ne lui réponds pas. Je me fais cuire un steak dans une poêle avec un peu de beurre. Je le sens bouillir derrière moi, mais je n'ai pas envie de faire attention à lui. Après mon repas, puisqu'il fait beau, je monte dans ma chambre, récupère mon MP3 et sors au soleil, toujours suivie par Ian qui est sur le point d'exploser. Comme d'habitude, je monte sur le toit, m'allonge au bord et ferme les yeux pour apprécier le doux son de mes musiques. Au bout de quelques chansons, je rouvre les yeux et Ian n'est plus là. Il a dû en avoir marre que je ne lui réponde plus et le connaissant, ça a dû être dur pour lui de me laisser seule sur ce toit. Quand la sixième musique s'enclenche, je ne peux retenir mes larmes tellement la mélodie est triste.

Depuis deux semaines maintenant que je n'ai plus de pouvoirs, je passe mes journées à réfléchir à comment faire pour me débarrasser de ce monstre qui pousse en moi. Mais ces dernières vingt-quatre heures m'ont fait changer d'avis sur une chose : je ne peux pas mettre fin à ma vie pour cette chose ! Je vaux mieux qu'elle et elle n'arrivera pas à me faire mettre fin à mes jours. Même si j'en veux à Ian, il a raison sur un point : je compte pour beaucoup de personnes ici et je serais hypocrite de me suicider. Kiara serait dévastée ainsi que ma mère et ma sœur. Et beaucoup d'autres aussi.

Les jours passent sans que les choses ne changent, enfin pour moi bien sûr ! Nous subissons cinq attaques en quatre semaines, mais grâce aux armes soniques et à David, aucun blessé n'est à déplorer. Ian ne m'adresse plus la parole. En même temps, je ne parle plus à personne, sauf à Kiara qui vient en cachette dans mon lit le soir pour que je lui lise une histoire. Elle comprend ma douleur même si je sens qu'elle n'est pas d'accord avec moi. Personne ne l'est ! Du coup, les jours passent et se ressemblent tous. Le fait que je me sois pas jetée du haut d'un immeuble leurs prouvent que je ne pense plus à me débarrasser de ce monstre, mais ils ne me connaissent pas vraiment apparemment. J'ai eu largement le temps de penser à la façon de le tuer sans trop risquer ma vie, en sachant très bien que le virus me privilégiera moi, plutôt que la chose dans mon ventre.

Ça fait maintenant près d'un mois que je suis enceinte et malgré ce peu de temps, je la sens déjà bouger ! La première fois où je l'ai senti, c'était sous la douche alors que j'attrapais le savon par terre. Je me suis baissée trop vite et j'ai ressenti une douleur à l'intérieur. C'est en me relevant que j'ai reçu un coup dans le ventre. Je n'y croyais pas, ce n'était pas possible et surtout beaucoup trop tôt ! Un mois seulement et la chose était déjà assez grande pour que je la sente. Si ce n'est pas un monstre après ça, je suis folle !

***************

En ce matin du 2 février 2043, je suis de nouveau sur le toit à apprécier le soleil éclatant tout en écoutant mes musique, et je n'ai pas entendu l'alarme qui prévient d'une attaque de Master. Il est dans la cour alors que David est déjà en mission, mais heureusement pour le Château, nos soldats sont munis d'armes soniques. Manque de pot, le monstre est trop proche des civils pour qu'ils l'utilisent. Les soldats tirent des balles sur l'énorme bête, mais il est tellement rapide qu'ils n'arrivent pas à l'atteindre à la tête. Même Ian ne peut rien faire contre lui et quand il essaie de lui barrer le chemin, il le propulse à plusieurs mètres de là, contre une Jeep. Mon cœur se serre et j'ai peur pour lui. Ça fait des jours qu'on ne se parle plus, mais je tiens à Ian, même beaucoup et ça me brise le cœur qu'il soit loin de moi, pour autant, je ne ferais pas le premier pas.

En temps normal, j'aurais sauté du toit et je lui aurais arraché la tête, mais je n'en suis plus capable. Je ne peux que rester là, à les regarder se faire blesser ou pire encore. Malgré le fait que je ne puisse plus me battre, je sais que je peux encore faire une chose que rien ni personne ne m'enlèvera. Je me place bien en face du Master, au bord de l'immeuble et à l'aide de ma lame, je m'entaille le poignet. Je laisse couler le sang à mes pieds. À peine la première goutte touche le sol je le vois tourner la tête vers moi. Il hume l'air et s'élance à toute vitesse dans ma direction. Je reste là, à le regarder foncer sur moi, sans bouger un cil. Grâce à cela, il se retrouve sur la grande place où se situait l'immeuble de ma grand-mère. Là où il n'y a plus rien ni personne. Bruno prend position et vise. Un faisceau de lumière bleu sort de l'arme à toute vitesse et vient percuter le Master avant qu'il ne m'atteigne. Il tombe raide mort sur les pavés et glisse sur plus de quinze mètres.

Je suis déjà en bas quand Ian, Dany et Bruno me rejoignent aux pieds du cadavre. Je regarde ce monstre et je réalise que je ne pourrais peut-être plus jamais me défendre toute seule et que malgré le fait que je sois redevenue humaine, je les attirerais toujours autant à cause du sang et du virus qui coule

326

dans mes veines. Je suis un appât ambulant. Je ne suis plus rien, juste de la bouffe bien savoureuse et juteuse. Un boulet !

— Lara, commence Ian. Il faut que tu te fasses recoudre. Ta plaie est profonde.

Il me parle maintenant ? Il ne me fait plus la tête ? Il est froid avec moi et je l'entends très bien à son ton, même si je n'ai plus de pouvoirs.

— Lara ? répète Bruno à sa place, voyant que je ne réagis pas.

Je n'ai tout simplement pas envie de leur répondre. En un mois, aucun n'est venu me voir pour savoir comment j'allais ou même me dire un petit coucou et là, ils s'en font pour ma blessure ? Sans leur répondre ou même les regarder, je me dirige toute seule vers l'infirmerie et je claque la porte derrière moi pour ne pas qu'ils me suivent. À l'intérieur, il y a deux civils et un militaire qui se sont fait blesser par le Master. D'après ce que je peux voir, rien de grave. Tous les infirmiers présents sont déjà occupés par les blessés alors je me dirige vers le placard où se trouve les bandages et je me sers.

— Capitaine, me dit l'un des infirmiers. Je peux vous aider si cela ne vous dérange pas ?

— Non merci, je vais le faire toute seule, dis-je simplement.

Ce sont les premiers mots que je dis depuis plusieurs semaines qui ne soient pas des insultes ou des reproches. L'infirmier n'insiste pas et va retrouver son patient. Il doit me connaître assez bien pour savoir qu'il ne faut pas insister avec moi. Une fois le pansement de fortune fait, je ressors de l'infirmerie et je me redirige vers le toit.

Je ne fais pas deux pas dehors avant que l'on ne vienne me déranger.

— Lara, il faut vraiment que je te parle, que nous te parlons, dit le commandant Charles, accompagné par tous les généraux. Tu ne peux pas rester dans ton coin et attendre que le temps passe, continue-t-il, voyant que je ne réponds pas. Ton aide est toujours précieuse pour le Château et tu manques à tes hommes.

Je garde le regard fixé sur les barrières et les contaminés qui essaient toujours de passer. C'est fou comment mon radar personnel me manque en cet instant. Moi qui me plaignais tout le temps de mon mal de crâne, jamais je n'aurais imaginé que cela me manque un jour.

— Bon Lara, tu commences à m'énerver là, crie ma mère. Tu vas réagir et faire quelque chose de tes journées.

Ça faisait longtemps que je n'avais pas entendu ma mère crier comme ça. Elle est vraiment en colère et tout le monde nous regarde maintenant. Ce n'est pas pour autant que je réagis.

— Lara…, commence le capitaine Snow.

— La ferme, m'écrié-je. Fermez-là tous ! J'en ai ras le bol de vos « Lara, bouge-toi le derrière », « Lara, fait quelque chose ». Est-ce que je vous dis quoi faire moi ? Est-ce que je vous emmerde ? Non, alors foutez-moi la paix ! J'en ai marre d'entendre vos reproches concernant mes décisions et la chose qui grandit en moi. Vous n'avez rien à me dire sur ce que je dois faire avec ma vie et Ça ! Je vous fous la paix alors faites de même avec moi ! OK ?

— Lara…, commence Henry, le chef des Américains.

Je n'ai pas envie d'entendre quoi que ce soit d'autre. Je me retourne et pars en direction de ma chambre. Je passe à côté des civils curieux sans leur prêter attention et une fois à l'intérieur, je ferme à clefs et me jette sur mon lit. Pourquoi ils ne me laissent pas tranquille pour une fois ? Je ne les emmerde pas à vouloir aller avec eux en mission ni à les importuner pendant les réunions, alors pourquoi ils se mêlent de ce qui ne les regarde pas ? C'est ma vie et pas la leur, merde !

Cela fait une heure que je suis dans mon lit à regarder le plafond quand j'entends au loin les moteurs des VLRA. Un groupe de soldats doit partir en mission pour le ravitaillement, j'avais oublié. J'en avais entendu parler ce matin, lors du regroupement lorsque j'étais sur le toit. David était parti en avance préparer les lieux et donner le feu vert pour qu'une autre équipe parte le rejoindre. Apparemment, mon ami les a contactés et ils s'apprêtent à partir. C'est l'occasion que j'attendais depuis plusieurs semaines maintenant. Sans perdre une seconde, j'enfile deux couches de pull avec un imperméable, prends mon tantō et mon magnum et je saute par la fenêtre de ma chambre, qui n'est pas bien haute. Je cours en vitesse sans me faire voir par quiconque et quand j'arrive dans le hangar à véhicule, j'ai de la chance, car le VLRA est toujours là et personne n'est à son bord pour l'instant. Je vérifie qu'on ne me voit pas et je m'agrippe sous le véhicule en m'accrochant à des barres sous le camion.

# CHAPITRE 63

Par chance, David n'est pas là. Il aurait senti que je préparais quelque chose et il serait venu m'en empêcher. Je sais que Ian n'est pas capable de ressentir ça de là où il est alors toutes les chances sont de mon côté. Au bout d'un moment, les soldats montent dans le véhicule sans me voir et démarrent. On n'a pas fait un kilomètre que les muscles de mes bras me font déjà mal. À un moment, le camion percute un contaminé qui passe sous les roues et manque de peu de me toucher. Juste avant que mes forces ne m'abandonnent, le véhicule fait une halte pour déplacer un arbre qui est tombé sur la route. J'en profite donc pour me lâcher et me réfugier derrière une voiture en attendant qu'ils repartent. Une fois qu'ils ne peuvent plus me voir, je me relève et je regarde où je me situe. Je suis en plein dans la zone de *Mélou*, la grande zone industrielle de *Castres* avant celle du *Siala*, là où se situe le *Géant*.

Depuis mon arrivée ici, je ne suis jamais venue dans ce coin. Il est trop reculé par rapport au Château malgré son abondance de commerces en tout genre. Et quand un endroit est aussi grand, sa fréquentation est énorme, très touristique, mais en cet instant ce ne sont pas des gens qui cherchent à dépenser leur argent que j'ai en face de moi, mais une horde de zombies affamés par mon odeur. Malgré mon absence de pouvoirs, j'ai comme l'impression que mon virus me hurle de m'enfuir à toute vitesse sans attendre et de m'éloigner le plus possible de ces monstres, mais où ? Je suis cernée par des contaminés de toute part, enfin presque. Je me remémore en vitesse les lieux et je prends une décision. Je sais qu'en face de moi, à côté d'un garage se trouve un laboratoire médical. Ça fera l'affaire ! C'est quand même à plus de cinq-cents mètres, sans aucuns pouvoirs et une centaine de zombies qui me regardent. Heureusement pour moi, j'ai toujours avec moi une de ces grenades vaporisantes qui tuent tout contaminé dans un rayon de cinquante mètres.

Sans attendre, je monte sur la voiture, appuie sur le petit bouton au-dessus et la lance à cinquante mètres de moi, pour avoir plus d'effet. En seulement dix secondes, la grenade explose en propulsant au sol une bonne soixantaine de zombies. À cause du souffle, je me retrouve moi aussi par terre. Ma tête cogne sur le bitume avec une telle violence que je ne réagis pas de suite quand un contaminé grimpe sur moi. Il rampe à l'aide de ses bras, car il n'a plus de jambes et grogne comme un chien enragé. J'ai du mal à me relever alors je rampe moi aussi en arrière. C'est une erreur, car un autre, sans bras celui-là, me surprend. À l'aide de mes pieds, j'arrive à ralentir le premier pendant que j'attrape mon poignard pour tuer le deuxième. La lame rentre assez facilement dans le cou de la femme zombie pour ressortir par le haut de son crâne. Je n'ai pas le temps de la retirer avant que le premier revienne à la charge. J'attrape sa tête à deux mains et la tourne d'un coup sec. Un crac se fait entendre et le corps du contaminé retombe lourdement sur moi, en m'immobilisant encore plus. Malgré ma grenade, il en reste encore un sacré nombre.

Je suis toujours allongée sur le sol, incapable de me relever tellement je suis à bout de force. Je me hais en cet instant. Je me hais de ne pouvoir rien faire face à de simples zombies. Je suis sans force, molle comme une vieille mamie de quatre-vingt-dix ans. Non ! En fait, ce n'est pas de ma faute, mais celle de cette chose en moi. Il faut vraiment que je m'en débarrasse et au plus vite avant que je ne me fasse dévorer.

Je prends mon courage à deux mains et je pousse le cadavre de dessus moi. Me relevant, c'est le carnage. Des dizaines de corps jonchent le sol, même si certains bougent encore. La grenade ne doit pas faire effet sur tout le monde ou peut-être qu'elle doit prendre plus de temps pour certains. Je ne m'attarde pas trop, car je vois que d'autres se rapprochent de plus en plus de moi et je n'ai pas la force de les affronter. Je récupère ma lame et cours aussi vite que je peux vers le laboratoire. Pour éviter de me faire mordre par certains d'entre eux, j'utilise mon tantō. En temps normal, je ne me serais pas arrêtée devant le laboratoire, mais là, j'y suis bien obligée. Il faut que je sache s'il y en a dans le bâtiment. Sur le parking, il n'y a que trois contaminés. Je les élimine avant de me poster à une fenêtre afin d'y voir à l'intérieur. J'attends une minute, mais je n'en vois rien. Je tape sur la vitre pour les attirer, toujours rien. Derrière moi, ils se rapprochent de plus en plus alors je ne tarde pas et casse une fenêtre un peu en hauteur afin qu'ils ne me suivent pas.

À l'intérieur, tout est sombre et avec mes yeux d'humaine, je n'y vois presque rien malgré le beau soleil dehors. D'après ce que je vois, je suis dans un bureau. Je sors en faisant très attention au moindre bruit et je me dirige à tâtons vers les autres pièces. Je suis à présent dans une salle avec toutes sortes de machines et récipients, et une odeur insupportable me monte au nez. Sur l'un des bureaux, je trouve une lampe qui fonctionne à batterie et, croisant les doigts, j'appuie sur le bouton. Elle s'allume du premier coup.

La pièce s'éclaire petit à petit et me fait découvrir l'origine de la mauvaise odeur : une dizaine de cadavres au fond de la pièce ! Mon cœur fait un bon dans ma poitrine, mais quand je m'en approche, je remarque qu'ils sont bel et bien morts depuis un moment déjà. Un suicide collectif ! Ils n'ont pas voulu affronter le chaos dehors. Quelles mauviettes ! Contrairement à eux, dès le début de la contamination, je suis sortie les affronter pour récupérer mon fichu chargeur de téléphone et j'en suis morte ! Enfin presque. J'avais pris mon courage à deux mains et je les avais affrontés. Et voilà où tout cela m'a menée : je ne veux plus me suicider, certes, mais je veux mettre à mort la chose qui bouge en moi.

Je me détourne de ces cadavres et commence à chercher dans le placard un truc qui me permettrait de l'éliminer sans que ça ne me tue moi-même. Je ne m'y connais pas trop en produits ou même en médicaments. Il doit bien y avoir quelque chose qui puisse être nocif pour cette chose !

Je commence à m'énerver quand j'entends une voix derrière moi.
— C'est ça que tu cherches ?!

Je me retourne en poussant un petit cri de surprise. Qui je vois en face de moi ? Ian ! Comment a-t-il fait pour savoir où j'étais et comment a-t-il su que j'étais partie ? Merde ! Je n'ai pas envie de me justifier une nouvelle fois et surtout pas en face de lui.

Il tient dans sa main un produit avec une tête de mort dessus qui doit indiquer que c'est très dangereux. Pile ce qu'il me faut ! Alors, j'y vais au culot et je le prends des mains, par surprise, car il ne s'y attendait pas.
— Qu'est-ce que tu comptes faire avec ça maintenant ? demande-t-il énervé.
— Je ne sais pas ? D'après toi ? Tu crois que je suis venue ici pour faire quoi ? Hein ? dis-je hors de moi. Pourquoi tu ne veux pas comprendre à la fin ?
— Parce que c'est mon enfant aussi, Lara ! me crie-t-il dessus. Ne me dis pas que je n'ai aucun droit dessus, merde ! Ce n'est pas un monstre, pourquoi tu t'entêtes à penser ça ?
— Si ce n'est pas un monstre comme tu le dis, pourquoi, à à peine un mois je reçois des coups déjà ? Hein ? Dis-moi !
— Ça ne veut rien dire, Lara, tu n'en sais rien ! Tu ne veux pas passer des examens pour en savoir plus. Tu restes toutes les journées seule dans ton coin et tu refuses de parler à quiconque. Tu t'es isolée.
— Et pourquoi d'après toi ? Pourquoi je reste seule ? Vous vous en fichez de moi, royalement ! Vous voulez juste avoir cette chose en moi et vous ne pensez pas à mon bien-être. Je n'en peux plus de cet état… J'en ai marre ! Je veux en finir, craqué-je en larme.

Je le vois faire un pas dans ma direction et j'en fais un en arrière. Je ne veux pas qu'il me touche, je ne veux pas de sa pitié. Je veux qu'on me laisse seule. Je veux boire cette fiole !

— Lara, je t'en supplie ! Ne fais pas ça, dit-il en me voyant porter la fiole à ma bouche. Tu ne sais pas comment tu vas réagir à ce produit, tu risques d'y rester. Je ne veux pas te perdre… Je t'aime trop, dit-il les larmes aux yeux.

— La ferme ! Ferme-la, répété-je. Je ne veux pas entendre ça. Comment tu fais pour m'aimer alors que cette…

— À toi maintenant de la fermer, Lara ! dit-il en venant rapidement vers moi. Tu es plus forte que ça ! Je ne comprends pas… Je ne te comprends plus, Lara !

— Depuis le temps que je me répète, tu n'as toujours rien compris ! Je… Ne… Veux… Pas… De… Cette… Chose ! articulé-je chaque mot.

— Ce n'est pas ça ! crie-t-il en me prenant par les épaules, ce qui me fait lâcher la fiole. Imagine une seconde que la chose que tu as dans le ventre soit bien un bébé… Notre enfant ! Voudrais-tu vraiment le tuer ?

Je ne peux pas répondre à sa question. Il m'a prise au dépourvu. J'ai toujours pensé que la chose que j'avais dans le ventre n'était pas humaine, mais une monstruosité. Comment pourrait-il en être autrement ? Comment un bébé normal peut bouger en seulement un mois ? Enora m'a accouchée à dix mois ! Plus longtemps que la normale et jamais elle ne m'a dit qu'elle m'avait sentie aussi tôt. Et puis comment un bébé peut être normal alors que je me suis faite mordre à plusieurs reprises, griffée par un Master et je ne sais quoi encore ? C'est juste impossible !

— Tu n'en sais rien, dis-je simplement.

— Toi non plus, Lara !

— Si, c'est moi qui ai cette chose en moi, pas toi.

Un silence.

— Ça ne prouve rien, dit-il exténué. Viens, rentrons, tu as besoin de repos.

— Tu n'as pas à me dire ce que je dois faire, merde ! m'énervé-je en me détachant de lui.

Je vais pour m'enfuir par la porte, mais il me rattrape et me plaque contre un des placards.

— Arrête de fuir, Lara ! Ne comprends-tu donc pas que tu comptes pour beaucoup au Château ?

— Ils sauront se débrouiller sans moi ! La preuve, ils y arrivent très bien.

J'essaie de nouveau de sortir, et il m'en empêche en me maintenant sur place. Il profite de sa force contre moi maintenant que je suis une simple humaine.

— C'est bon ? Tu jubiles maintenant. Tu es plus fort que moi, hein ? Tu as ce que tu voulais non ?

— Ne dis pas de bêtise, Lara, tu deviens folle !

— Ah ! Alors maintenant je suis folle ! C'est nouveau ? En plus d'être humaine, je suis folle.

— Ce n'est pas ce que je voulais dire et tu le sais. Tu ne sais plus quoi faire et tu t'en prends aux gens que tu aimes.

— Quoi ? Là, c'est toi qui délires, Ian. Je n'arrive pas à y croire. Tout se passait bien, j'avais enfin réussi à trouver un équilibre à ma nouvelle vie et voilà que tout part en vrille parce que j'ai couché avec toi ! Super la récompense. Je m'en serais passée.

Son regard est si sombre. Je sais que je le fais souffrir, mais je ne peux pas m'en empêcher… Il ne comprend pas !

— Lara, s'il-te-plaît, rentre avec moi et discutons tranquillement.

— De toute façon, est-ce que j'ai le choix ? Tu es plus fort que moi et je ne peux rien faire.

Il secoue la tête.

— Arrête de dire ça, merde ! s'énerve-t-il encore plus. Et s'il t'était arrivé quelque chose pendant que tu venais ici, comment tu aurais fait pour t'en sortir ?

— Je suis bien en vie non ? Je me débrouille très bien toute seule.

— Explique-moi d'où vient ce sang derrière ta tête ?

— Rien de grave et puis qu'est-ce que tu en as à faire ?

— Mais tu ne comprends pas que je t'aime et que je m'en fais pour toi ? Tu me manques. C'est une horreur d'être loin de toi, de ne pas pouvoir te toucher ou t'embrasser. Je ne le supporte plus.

Ça me fait mal… Très mal, car moi aussi. Ça me manque, mais…

— C'est pour ça que tu ne me parles plus depuis un mois ? Pas une fois vous n'êtes venus me voir, pas une !

— Tu ne voulais pas et puis Kiara nous parlait de toi, tous les jours. Elle nous tenait au courant de ton état.

— Et tu crois que je n'aurais pas eu envie d'autres choses ? Tu crois que c'est simple pour moi. Tu me manques aussi… Énormément ! Tu penses que je ne ressens rien non plus envers toi ? dis-je finalement en le regardant.

Je hausse les épaules.

— Je ne sais pas, Lara ! Je n'en suis plus sûr avec toi.

Ça me brise le cœur… Mais peut-être que je l'ai cherché.

— Comment tu peux dire ça ?

— Tu ne m'as pas dit une seule fois que tu m'aimais !

— Je… Tu…, bafouillé-je.

Je n'ai pas dit je t'aime depuis Matt. En tout cas, pas à un homme.

— Que c'est beau un couple qui se dispute, entendis-je derrière nous.

Ian et moi regardons dans la direction de la voix, mais je ne vois pas la personne qui vient de parler. Par contre, je la reconnais. Cinq silhouettes se dessinent au fond de la pièce dont une en avant par rapport aux autres. L'homme est bien droit avec en bandoulière sur lui, une kalachnikov qu'il pointe dans notre direction comme les quatre autres.

— Je crois que j'ai bien fait de venir vous voir il y a quelques jours et devinez ce que j'ai découvert en arrivant à votre Château ? Une Lara sans pouvoir, sans aucune force pour se défendre et le plus merveilleux, c'est qu'elle est sortie de cette forteresse alors que je commençais à perdre patience. Je ne savais pas comment rentrer sans me faire prendre et tu nous as facilité les choses, ma belle !

Bordel… Mais ils font quoi ici ?

— Je n'arrive pas à y croire, l'arme ultime est en face de moi et je peux faire ce que je veux d'elle. On va pouvoir se venger mes amis, dit-il à ses hommes.

— Ça, je ne pense pas Rémy, intervient Ian. Tu m'oublies ?

— On t'a déjà maîtrisé une fois, on peut le refaire une seconde.

— La première fois, vous nous aviez pris au dépourvu.

— Peut-être, mais nous sommes armés et vous êtes deux, un et demi même, dit-il en me regardant.

J'avance d'un pas, mais Ian me retient.

— Ce n'est pas parce que je suis humaine que je ne sais pas me défendre.

— Oh ça, je sais ! Je t'ai vue à l'œuvre dehors avec ces zombies et pour une humaine, tu te défends bien. Bon, assez discuté, passons aux choses sérieuses ! dit-il le sourire aux lèvres.

— Que crois-tu faire ? lui demande Ian.

— Toi, te tuer… Mais je réserve beaucoup mieux à ta chère et tendre.

— Si tu crois que je vais te laisser faire, dis-je.

Sans lui laisser le temps de comprendre, je sors en vitesse mon Magnum de son holster et tire dans sa direction. Ian fait de même tout en me poussant derrière un gros bureau pour nous protéger. Les coups partent dans tous les sens et j'en ai mal aux oreilles tellement ça résonne. De là où je suis, je n'arrive pas à voir mes adversaires. Je me penche sur le côté droit du bureau et je recommence à tirer. J'atteins l'un de ses hommes à la poitrine et un deuxième à la jambe. Le premier s'effondre lourdement sur le sol et le deuxième hurle de douleur.

— Stop, stop, stop, crie Rémy. Nous ne voulons pas nous entretuer, pas vrai ?

— Tu plaisantes, non ? dis-je. Tu viens de dire que tu voulais tuer Ian et je n'aime pas qu'on s'en prenne aux miens.

— Oh ça, je sais !

— Putain, la connasse, elle m'a bousillé la cuisse ! se plaint un de ses hommes. Bernard est mort… Je vais la tuer cette pute ! crie-t-il.

Il se lève d'un coup et tire toutes les balles de son chargeur. Malgré notre cachette, une balle vient se loger dans mon bras et le traverse. Je laisse un cri m'échapper tellement la douleur est intense et Ian me tire vers lui pour m'éviter d'autres balles. À cause de ça, Rémy et deux de ses hommes se retrouvent face à nous, en nous mettant en joue.

— Lâchez vos armes ! nous ordonne leur chef.

La mienne est déjà tombée quand je me suis prise la balle, du coup, Ian fait glisser la sienne vers eux. Je vois sur son visage que s'il pouvait, il les tuerait sans hésiter, mais il reste avec moi en appuyant sur ma plaie pour m'éviter de me vider de mon sang.

— Vous avez fait le bon choix. Debout ! nous ordonne Rémy.

Ian se lève en premier et m'aide par la suite. J'ai déjà la tête qui tourne. Qu'est-ce que j'aimerais retrouver mes pouvoirs, juste deux minutes pour leur faire la fête. Encore une fois, j'ai fait le mauvais choix en les laissant en vie et voilà que ça nous retombe dessus. Merde !

Rémy se rapproche de nous tout en me fixant.

— Hum ! Je sens que je vais bien m'amuser avec toi, dit-il.

— Tu la touches et je te…

Il n'a pas le temps de finir sa phrase qu'il se prend un coup de crosse dans la tête et tombe au sol, toujours conscient. Rémy en profite pour me tirer vers lui et me plaquer dos contre son torse, en m'entourant avec son bras. Il approche sa bouche de mon oreille et me chuchote.

— Ma jolie Lara sans défense. Tu ne fais plus la maligne ! Ne crois pas que parce que je te trouve belle et attirante je ne vais pas te tuer. Je vais juste prendre un peu plus de temps avec toi, c'est tout.

Après ça, il dépose un baiser sur ma tempe et je ne me souviens plus de rien.

# CHAPITRE 64

Quand je reprends conscience, j'ai les bras au-dessus de la tête, attachés par une chaîne froide, suspendue au plafond. Mes pieds, eux aussi ligotés, touchent à peine le sol et j'ai froid. En même temps, avec ce que j'ai sur le dos, ça se comprend. Cet enfoiré ne m'a laissée que mon jean et mon soutien-gorge. Je regarde autour de moi pour voir où je suis. Je ne vois que des vieux murs cassés un peu partout. La plupart des fenêtres n'ont plus de vitres et le plafond a même des trous qui laissent passer la pluie battante. Ce qui retient le plus mon attention est Ian en face de moi, attaché à une chaise. Ses pieds, mains et même sa taille, sont maintenus par des chaînes bien épaisses. Il est inconscient, mais vivant. Je vois sa poitrine se soulever à rythme régulier. Du sang coule de son nez et à la commissure de ses lèvres. Non…

Au loin, j'entends qu'on parle et les voix se rapprochent de plus en plus. J'essaie de me libérer de mes chaînes. Rien n'y fait, elles sont trop solides et je suis trop bien attachée. Je me secoue dans tous les sens, mais je n'arrive qu'à me faire encore plus mal à ma blessure par balle. C'est à ce moment-là qu'ils rentrent bruyamment, sans se soucier des zombies à l'extérieur, car il y en a bien, ils ne sont pas très discrets.

— Ah ! dit Rémy joyeusement. Tu es enfin réveillée. On va pouvoir commencer.

— Tu comptes faire quoi ?

— Oh, je ne sais pas par quoi

337

commencer ! dit-il en se mettant juste en face de moi. Tu as foutu ma vie en l'air, tu as détruit tout ce que j'avais créé et pourquoi ? Pour cet homme qui n'en a rien à foutre de toi. Et puis, regarde-le. Il n'est rien.

Je le regarde et mon cœur se serre. Bordel que je déteste le voir dans cet état…

— Il est beaucoup plus que toi tu n'as jamais été ! dis-je entre les dents. Tu ne lui arrives pas à la cheville.

— Tu crois ça ? Que crois-tu qu'il va faire pour te sauver ? Hein ?

— Je vais te tuer, dit subitement Ian, enfin réveillé. Tu lui touches un cheveu, et je t'étripe.

— Tu crois ça ? Alors dis-moi, que vas-tu me faire pour ça ? lui demande-t-il en me frappant au visage.

Le goût du sang rempli ma bouche. Il n'y est pas allé de main morte !

— Alors ? dit Rémy. J'attends ! Rien ?

Il se replace devant moi et cette fois-ci, il me frappe au ventre avec une telle force que mon souffle se coupe. Je crache du sang en m'étouffant presque.

— Arrête ! hurle Ian. Bordel, qu'est-ce que tu cherches à la fin ?

— À me venger ! Ton hybride a ruiné ce que j'ai fait pour les miens et maintenant, je vais le lui faire payer.

— Tu te venges sur la mauvaise personne. Attends qu'elle retrouve ses pouvoirs… Tu n'es qu'un lâche !

— Je ne suis pas si idiot quand-même. Je ne vais pas me jeter dans la gueule du loup alors qu'elle est démunie, devant moi, à ma portée, dit-il en faisant glisser sa main sur mon ventre. Oh, j'avais oublié ! Tu es enceinte, ma chère Lara. Que c'est beau… Mais alors pourquoi tu voulais prendre ça, dit-il en montrant la fiole du laboratoire.

Il tourne autour de moi, faisant glisser ses doigts sur la peau nue de mon ventre.

— Ne la touche pas, enfoiré, crie Ian.

— Ah oui, continue-t-il, sans relever la menace de Ian. Tu voulais t'en débarrasser, car tu penses que c'est un monstre ! Allez, je vais être gentil avec toi pour une fois.

— Non, hurle Ian comprenant ce qu'il va faire.

Il débouchonne la fiole et avec l'aide de ses hommes, il me la fait boire de force. J'essaie de recracher le liquide, mais il me maintient la bouche fermée. Je manque de m'étouffer une nouvelle fois et avale finalement. Au début, le liquide ne me fait rien. Après quelques secondes, une forte douleur à l'estomac me fait serrer les dents et les larmes me montent aux yeux. J'ai l'impression que l'on me tord les boyaux de l'intérieur.

— Alors ? Ça fait mal ? rigole l'un de ses hommes. Tu souffres, hein ?

— On ne rigole pas sur la douleur d'une jeune femme, Marc ! le réprimande son chef, sans grande conviction.

La souffrance est insupportable ! J'ai du mal à respirer et malgré ça, je n'arrive plus à retenir mes cris. À bout de souffle, je commence à voir tout noir et à ne plus entendre. Je vois juste Ian qui hurle et se secoue pour se détacher, en vain. Rémy prend un malin plaisir à ma douleur.

Incapable de reprendre ma respiration, je m'évanouis.

************

Je suis réveillée par un seau d'eau gelée. Au début, je ne me souviens plus où je suis et quand je vois cet enfoiré en face de moi, tout me revient. Je fais un rapide état de ma santé et à part un mal de ventre et de tête, tout à l'air normal. Même ma blessure par balle ne me fait presque plus mal. En même temps, je suis transie de froid de la tête aux pieds.

— Tu te réveilles vite, ma belle ! me dit Rémy. Je vois que même si tu es redevenue humaine, le virus t'aide quoi qu'il arrive. Ça ne va pas me faciliter les choses, et surtout pas à toi, car je vais devoir y aller plus fort.

Il ne dit plus rien et se déplace sur ma droite en soulevant un drap de dessus une table. Dessous, il y a toutes sortes d'instruments de torture comme des pinces, des lames et une barre en fer qu'il prend en premier. Il joue avec en la faisant tourner dans ses mains tout en me regardant avec un petit sourire. Il fait signe à un de ses hommes que je ne comprends pas tout de suite, mais quand je le vois allumer un feu dans un ancien baril d'essence, je comprends où il veut en venir.

— Tu crois que c'est nécessaire de faire ça, Rémy, dis-je. Tu crois que le fait de me torturer changera quoi que ce soit ? Quand tu réfléchis, si tu y arrives, c'est toi qui m'as fait le plus de torts ! Tu as assassiné mon ami, Jérémy et tu as torturé mes hommes et amis pour rien. C'est toi qui as commencé. J'aurais très bien pu te tuer sur place au lieu de te donner une seconde chance, tu ne crois pas ?

— Tu as tué trois des miens en quelques secondes et tu nous as laissés pour morts dans ce stade.

— Ils avaient exécuté Jérémy ! crié-je. Ils le méritaient. Mes hommes ne t'avaient rien fait.

— Peut-être, mais c'est la jungle de nos jours et les plus faibles perdent la vie, c'est tout !

— Tu t'entends, Rémy ? lui demandé-je. Tu réalises ce que tu dis ? Tu es aussi taré que le russe.

Il relève la tête vers moi.

— Qui est ce russe ?

— C'est le fou furieux qui a créé le virus et qui raconte les mêmes conneries que toi.

— Alors le créateur des zombies est ici ! s'exclame-t-il joyeux. Il faut que je le rencontre.

— Je ne pense pas qu'il sera content de te voir, il me veut en vie et puisque tu veux me tuer, il te tuera aussi.

— Comment un simple homme peut m'avoir alors qu'un demi-hybride n'y arrive pas.

Je ris.

— Tu vois les Masters, ces gros monstres qui tuent tout sur leur passage et ben, il en commande et ils font tout ce que leur chef leur dit. Je sais que tu vas mourir si tu le rencontres… Vas-y Rémy, je ne t'en empêche pas, au contraire.

— On verra ça, dit-il simplement en se plaçant devant moi avec sa barre en fer brûlante.

Au moment où il s'apprête à frapper, Ian hurle à travers le tissu qui lui barre maintenant la bouche. Il se débat dans tous les sens pour sortir de sa chaise, mais rien n'y fait. Rémy n'y fait pas attention et frappe une première fois sur mes côtes droites. J'ai aussitôt le souffle coupé. La douleur est telle que je ne saurais l'expliquer. Entre la morsure du feu et de la barre, j'en ai les larmes aux yeux. J'ai tout de même réussi à retenir le hurlement qui voulait s'échapper, seulement, au deuxième coup, au même endroit, je ne peux me retenir. Ian est comme un fou sur sa chaise. Bientôt, je n'arrive plus à le voir tellement mes yeux sont remplis de larmes. Je hurle de tous mes poumons pour essayer de soulager la douleur, mais rien n'y fait. Rémy recommence et cette fois, c'est de l'autre côté. De toutes ses forces et un crac sourd se fait entendre.

— Oups ! Je crois que j'ai cassé une côte.

— Plutôt plusieurs, dit l'un de ses hommes.

— Oui, je crois que tu as raison.

Mais ce n'est pas pour autant qu'il s'arrête. Encore une fois, il change d'endroit et me frappe aux jambes. Je suis à bout de souffle tellement j'ai crié. Je sens que je ne vais pas tenir encore longtemps sous ses coups. Je viens même jusqu'à le supplier d'arrêter tellement j'ai mal. Il n'en a rien à foutre et frappe de plus belle.

Au énième coup, je perds connaissance, mais je me réveille presque aussitôt quand cette fois, il me fouette dans le dos.

— En règle générale, commence à dire Rémy, le fouet est utilisé pour les préliminaires. Je trouve ça tellement… Artistique ! Tu ne trouves pas, Lara ?

Je suis incapable de lui répondre. Ma bouche est sèche ainsi que ma gorge et la moindre de mes respirations me fait souffrir le martyr. Cet enfoiré reprend les coups de fouets, de plus en plus fort et de plus en plus vite. Ian est fou sur la chaise. Ses yeux sont rouges à force de hurler à travers son bâillon. Même si je n'ai plus de pouvoirs, je peux sentir à quel point il souffre à cause de moi. Ça lui fait mal de me voir dans cet état. Pour essayer d'oublier la douleur, je le regarde dans les yeux et nous nous fixons pendant un moment avant que je ne tourne de l'œil encore une fois.

Quand je les rouvre, ça ne fait pas longtemps que je les ai fermés, car Rémy a toujours le fouet en mains, mais cette fois il frappe Ian qui est au sol. Il encaisse les coups sans rien dire. Je peux voir et surtout savoir à quel point ça fait mal. Je ne peux pas rester là à rien faire. Je profite que Rémy soit de dos pour rassembler mes dernières forces et attraper les chaînes de mes poignets afin de m'y suspendre et d'attraper le cou de cet enfoiré entre mes jambes. Je serre de toutes mes forces, mais ses hommes interviennent presque aussitôt et me frappent avec leur barre de fer. Je tiens bon. Je veux le tuer plus que tout au monde et toutes les douleurs les plus atroces sur terre ne me feront pas lâcher prise. J'aurais enduré toutes souffrances, mais je ne supporte pas celle de Ian.

Marc, le premier homme de mains de Rémy, s'empare d'une lame, remet Ian correctement sur sa chaise et lui place le couteau sous la gorge. Un filet de sang commence à couler. Non… Je lâche prise et Rémy reprend son souffle.

Il est furax. Il regarde partout autour de lui et s'arrête sur un grand piquet en cuivre qui traîne sur le sol. Il s'en empare et revient devant moi.

— Tu croyais pouvoir me tuer ? Tu y es presque arrivée, mais tu vas me le payer, ma très belle Lara.

Il ordonne à ses hommes de me maintenir bien en place et l'un deux se saisis de mes pieds et les mets à la hauteur de leur chef.

— Tu vas souffrir, Lara. À tel point que tu me supplieras de t'achever.

Le sourire aux lèvres, il prend de l'élan et me transperce les deux pieds avec le piquet de cuivre. Je hurle. J'en peux plus, je suis à bout de force. Je ne pense pas pouvoir en subir davantage. Je me sens partir, doucement, mais sûrement.

# CHAPITRE 65

Un énorme fracas détourne leur attention. Je suis incapable de retenir ma tête et ne vois pas ce qui vient de rentrer par le toit, mais je m'en doute en entendant les cris de Rémy et ses hommes. Ils tirent avec leur Kalachnikov sur les Masters qui viennent de rentrer. Sur quoi d'autres tireraient-ils ?

À ce moment-là, je me dis que tout est fini et que Ian et moi allons terminer en repas pour ces monstres. Je relève tant bien que mal la tête pour voir le carnage qu'ils sont en train de faire. D'un côté, je m'en réjouis. Ils sont en train de mettre en pièces ces enfoirés et j'entends Rémy hurler de tous ses poumons. En quelques secondes seulement, le silence revient. À ce moment-là, je sais que notre heure est arrivée. Je n'y crois pas ! Voilà comment je vais mourir… Dévorée et mise en pièce par des Masters. Peut-être pas dans cet ordre, mais le résultat sera le même.

Si mon heure est arrivée, je veux avoir la plus belle des images en tête : Ian. Je le regarde dans les yeux et il ne me lâche pas en retour.

— Je suis désolée, Ian, réussi-je à dire malgré la douleur. Je t'aime !

Malgré son bâillon, je comprends ce qu'il me dit et mon cœur se réchauffe. Je regarde toujours Ian dans les yeux, mais je le perds de vu quand l'un des Masters se place en face de moi, bien droit sur ses pattes arrière. Les autres sont tranquillement positionnés de chaque côté de nous, en nous encerclant. Le Master approche ses crocs de ma tête en grognant. Je ferme les yeux et attend qu'il m'attaque. Rien ne vient.

Quand je les rouvre, il est en train de me renifler. Je vois dans son regard que quelque chose se passe, puis d'un coup, il se baisse au niveau de mon ventre et le sent. Il reste un moment dans cette position sans que les autres ne bougent. C'est lui le chef et mon impression se confirme quand celui-ci grogne sur ses congénères et qu'ils se retournent subitement tous vers Ian. Au moment où ils s'apprêtent à lui sauter dessus, je hurle.

— NON ! Ne le touchez pas.

Ils s'arrêtent net et le chef se retourne vers moi en lâchant un énorme grognement. Je le vois hésiter pendant quelques secondes. Il me regarde dans les yeux puis au niveau du ventre et pour finir, Ian. Le chef du groupe lâche un énorme râle, comme le font les loups et je les vois, tous les quatre, disparaître par le toit.

Quoi ? Mais que vient-il de se passer ? Pourquoi ne nous ont-ils pas dévorés ? Pas que je ne sois pas contente. Je ne comprends tout simplement pas, enfin, pas tout de suite. Avec tous les coups que je me suis pris, je n'avais pas ressenti ce qu'il se passait dans mon ventre. Comment cela peut-il être possible ? Avec toutes les souffrances et la fiole qu'il m'a fait boire, comment cette chose peut-elle être encore en vie ? Je n'ai pas le temps de répondre à mes questions, car le trou que les Masters ont fait dans le toit est en train de s'agrandir. Chance pour moi, car la poutre où les chaînes étaient attachés cède et je m'écroule à mon tour sur le sol.

Je suis incapable de bouger et pour cause, j'ai les pieds transpercés par cette putain de cuivre qui me fait un mal de chien et je suis toujours attachée même si je ne suis plus suspendue. Quand le toit s'est effondré, une partie est tombé sur Ian, sans lui faire trop de mal. Grâce à cela, sa chaise s'est brisée et il peut enfin se détacher. Je l'observe comme je peux, car j'ai la vue qui se trouble et je suis concentrée sur ma respiration pour ne pas m'étouffer. Je vois sa silhouette venir vers moi.

— Oh, Lara, pardonne-moi ! dit-il la voix cassée. Je suis désolé, vraiment désolé. Je ne pouvais rien faire, je les regardais te faire tout ça et je ne pouvais pas…

— Chut ! réussi-je à dire. Chut.

Je vois qu'il me regarde tout le corps et je comprends qu'il n'arrive pas à savoir quoi faire en premier pour me soulager. Il est perdu et je sens qu'il s'en veut vraiment, mais ce n'est pas de sa faute… C'est la mienne. C'est moi qui suis venue jusqu'ici et par ma faute, il s'est fait prendre. Il a souffert aussi et je m'en veux.

À force de me regarder, il descend jusqu'à mes pieds et sans même un mot, il en retire la barre. Encore une fois, mon souffle se coupe et j'ai du mal à respirer. Je sens Ian me secouer, mais rien n'y fait, alors il m'allonge, ouvre ma bouche et expire à l'intérieur, ce qui déclenche d'un coup ma respiration bruyamment.

— Lara, reste avec moi, ne t'endors pas, garde les yeux ouverts, je t'en supplie, crie Ian au-dessus de moi.

Je n'y arrive pas. Je suis trop fatiguée et je veux dormir. Dormir pour oublier cette douleur. Oublier cette souffrance qui ne veut pas partir. Mon corps entier est meurtri autant que mon âme et malgré tout ce que j'ai enduré, la chose en moi est toujours en vie. Elle a ordonné aux Masters de partir ! Je ne vois que ça pour expliquer leur départ. Lorsque leur chef était au niveau de mon ventre, j'ai senti la chose bouger. Je deviens peut-être folle, mais qui a une autre explication ? Moi, je n'en vois pas.

Je suis sortie de mes rêveries quand j'entends Ian hurler. Mais à qui parle-t-il ?

— On est ici, l'entendis-je dire. Viens vite !

Je ne comprends pas du tout à qui il peut s'adresser et quand je le vois au-dessus de moi, un sourire s'affiche sur mes lèvres meurtries.

— Oh mon Dieu ! dit David. Lara…

Encore une fois, je suis incapable de parler alors je l'observe simplement.

— A-t-elle des blessures graves, demande mon ami à Ian.

— Grave ? Elle a tout le corps ravagé, ils l'ont torturée sous mes yeux. Je ne peux pas te dire laquelle de ses blessures est la pire. Prends-la et apporte-la à l'infirmerie. Je suis à bout de force, je n'y arriverai pas.

— D'accord, suis-moi et reste à côté. Dehors, c'est le chaos.

— Comment tu nous as retrouvés ?

— On a fouillé partout, sauf ici, sous notre nez. Vous êtes à la gare SNCF, dans les vieux entrepôts désaffectés. Nous avons cherché partout sauf de ce côté de la ville, dit-il en me portant.

Je gémis. Bordel que j'ai mal !

— Je suis désolé, Lara, dit mon ami, sentant ma douleur. Je vais faire vite, je te promets.

Pour toute réponse, je lui souris et ça le fait rire.

— Dans toutes les circonstances, tu restes la même, princesse !

Et encore ce surnom… Mais j'aime bien. J'ai dû mal à replacer les événements. Je dois perdre plusieurs fois connaissance car un instant je suis dehors et celui d'après, dans une voiture puis la suivante, à nouveau dehors, mais cette fois-ci, il fait jour et il y a ma mère.

— Vous l'avez retrouvée, l'entendis-je au loin. Merci mon Dieu, merci ! fini-t-elle en s'étranglant. Mais… Mais que s'est-il passé ? Oh mon Dieu, ma chérie.

Je sens que l'on me pose sur un lit et j'ouvre les yeux en lâchant un cri de douleur tellement mon dos est meurtri. Au-dessus de moi, je vois Roger qui m'examine de la tête aux pieds avec le visage triste. Je sens une aiguille rentrer dans mon bras et quelques secondes plus tard, un bien être me remplit dans tout le corps, sans faire disparaître toute la douleur pour autant. Je fais signe que j'ai soif et dix secondes après, on me verse de l'eau par petite gorgée dans la bouche.

— Plus, réussis-je à dire. J'en veux plus.

Je suis totalement déshydratée et le peu d'eau que l'on me donne ne me suffit pas.

— Doucement Lara, bois doucement, me dit ma mère.

Une fois qu'on me retire le verre, je sens qu'on touche mes blessures. J'ai un sursaut à chacun de leur contact.

— Stop, stop, leur dis-je.

— Il faut que l'on te soigne, Lara, tu pourrais avoir une hémorragie interne ou pire, me dit Roger.

— Je n'ai rien de grave, le virus… Le virus va s'en charger, dis-je avec difficulté.

À ce moment-là, je sais qu'il cherche à savoir autre chose.

— La chose est toujours en vie.

Ian leur raconte ce qu'il s'est passé depuis le début. En attendant, je ferme les yeux et me retiens de hurler à chaque fois qu'il me soigne. Je dois finir par m'évanouir car je ne sens plus rien, mais bizarrement, j'entends toujours les gens parler autour de moi. Du coup, j'écoute Ian parler de ma fuite et de sa prise dans le laboratoire ainsi que l'attaque des cinq rebelles et puis bien sûr, de notre captivité et de notre torture. J'entends les réactions de ma famille et de mes amis qui se sont réunis autour de moi et ça me gêne. J'aimerais, que pour une fois, les choses qui m'arrivent ne soient pas dites à tout le monde. J'aimerais avoir une vie privée.

Au moment où il leur parle des Masters, toutes les respirations s'arrêtent et plus personne ne dit mot. Est-ce qu'ils comprennent enfin que la chose dans mon ventre est un monstre ? Est-ce qu'ils vont être de mon côté pour une fois ou vont-ils encore me dire que c'est un bébé ? Car moi j'en suis persuadée… Ce n'est pas humain !

Tout à coup, je n'entends plus personne et ça fait du bien.

# CHAPITRE 66

À mon réveil, je me trouve dans ma chambre et dehors, le temps est magnifique. Les rideaux sont tirés et je peux contempler le magnifique ciel bleu, sans aucun nuage. Le soleil est haut. Je n'ai pas remarqué la présence de David dans la pièce. Il est sagement assis dans un fauteuil au coin de ma chambre, à m'observer sans dire un mot. Quand il se rend compte que je l'ai remarqué, il se lève et vient se positionner devant moi, me cachant de ce beau soleil. Dans cette position et du haut de ses presque deux mètres, il est très intimidant. On dirait un dieu avec toute cette lumière derrière lui, mais je ne me laisse pas avoir. Je m'assois autant que possible contre la tête de mon lit et le regarde. J'ai au passage retenu mon cri de douleur pour ne pas que David sache que j'ai mal, mais j'oubliais qu'il était un hybride.

Mon ami croise les bras sur son torse et me toise de haut.

— Tu peux arrêter de me regarder comme ça, David ? lui demandé-je.

— Pourquoi ça ? me demande-t-il en retour, dénué de sentiments.

— Ça me dérange.

— Tu vas devoir t'y habituer, Lara, car je ne vais plus te lâcher d'une semelle à partir de ce jour.

— Il en est hors de question, David, dis-je énervée.

Sans que je ne le voie venir, il me prend par les épaules, me soulève et me plaque contre le mur de ma chambre. Ça me fait affreusement mal et il n'en a rien à faire.

— Tu te fous de ma gueule, Lara ou quoi ? dit-il hors de lui.

Je connais ce regard et cette intonation. Je la connais que trop bien. J'étais dans cet état là quand Ian me mettait hors de moi. Je sais qu'à ce moment-là, on a dû mal à se retenir et que toutes les veines de notre corps bouillonnent. Il est énervé et me serre beaucoup trop fort les épaules et malgré mes grimaces de douleur, il ne me lâche pas et me hurle dessus.

— Tu me fais mal, David.

— Je n'en ai rien à foutre ! Tu l'as voulu non ? Tu l'as cherché et tu as eu ce que tu méritais !

— Tu ne penses pas ce que tu dis, dis-je les larmes aux yeux, tant à cause de la douleur que pour ce qu'il vient de dire.

— Tu es partie seule, dehors, sans protection pour faire quoi ? Te suicider ?

— Non, David, ce n'est pas ce que je voulais faire, je te le jure, dis-je incapable d'être en colère.

— Ne me mens pas, Lara !

— Je te dis la vérité et tu peux le sentir en moi, David, je ne voulais pas me suicider.

— Dis-moi alors, me hurle-t-il dessus.

— David, arrête, tu me fais mal !

— Dis-moi ! dit-il dans un souffle.

— Je voulais tuer la chose dans mon ventre, pas me suicider.

— Ça revient au même ! Ian nous a tout raconté. La fiole aurait très bien pu être mortelle pour toi. Mais tu ne réfléchis jamais Lara ou quoi ?

— Oh si, j'ai réfléchi. J'ai passé plus d'un mois à réfléchir.

— À quoi ? À trouver un moyen de tuer ton bébé ?

— Ce n'est pas un bébé, merde ! crié-je à mon tour.

— Tu m'énerves, Lara, je ne sais plus quoi faire.

— Laisse-moi alors. Fous le camp ! Dégage, hurlé-je.

Il me regarde droit dans les yeux et après m'avoir plaquée une nouvelle fois contre le mur avec force, il me lâche et sort de ma chambre. À bout de force, mes jambes ne me retiennent pas et je tombe au sol, en pleurs. Il claque la porte et dévale les escaliers. En bas, je l'entends parler méchamment à quelqu'un et de nouveau, j'entends une porte claquer, celle de l'entrée. Par contre, je n'entends pas que l'on monte les escaliers tellement mes sanglots sont forts. Je pleure toutes les larmes de mon corps. Comment mon meilleur ami peut-il réagir comme ça avec moi ? Si lui le fait, qu'est-ce que ça va être avec les autres ?

Après tout ce que j'ai vécu ces dernières semaines, en cet instant je pense vraiment à mettre fin à mes jours. J'en peux plus de subir tout ça. J'en peux plus de voir toutes les personnes que j'aime me fuir.

Je suis prostrée contre le mur, la tête entre les jambes quand une paire de bras me prend et me dépose sur le lit. Encore une fois, je retiens un râle.

— Désolé, me dit Ian. Chut Lara, chut. Calme-toi, je suis là.

Il vient s'asseoir à côté de moi en me disant des mots doux. Je suis trop crevée pour dire quoi que ce soit, mais j'aimerais qu'il me laisse. Je n'ai pas envie de sa pitié. Je veux être seule et comme s'il m'avait entendue, il se lève et sort de ma chambre en refermant la porte. Moi, je reste sur mon lit, à verser mes larmes.

Une fois que ma crise est passée, le soleil commence déjà à descendre dans le ciel. Tout est calme dehors. Ça fait encore bizarre de ne rien entendre, de ne pas les entendre eux et de ne rien ressentir. C'est vrai que ça fait du bien, mais si j'avais eu mes pouvoirs en cet instant, j'aurais pu prévenir le Château qu'un voire plusieurs Mécas étaient en train de nous attaquer… Pour preuve, celui qui est en train de me regarder dans les yeux par la fenêtre, suspendu par le toit…

Je ne sais pas où je trouve la force de me traîner hors de ma chambre, car mes jambes ont dû mal à me suivre, surtout mes pieds. Dehors, les sirènes ont retenti et quand je sors de ma maison, la place principale est en émoi. Les civils courent dans tous les sens et les militaires ont dégainé leurs armes soniques pour abattre les Mécas. J'en compte six, avec celui qui me court après. C'est alors que je trébuche et avant que je ne puisse faire quoique ce soit, le monstre m'attrape de son bras bionique. Il appelle ses congénères et il se rassemblent au centre de la place. Que comptent-ils faire de moi ? Les tirs ont cessé, je suis leur bouclier humain. Je refuse qu'ils me ramènent au russe, pour encore subir ses tortures et me débats violemment pour me dégager. Quand je tombe au sol, face aux Mécas, j'en profite pour m'adresser à Vladimir, à travers eux.

— Il est hors de question que tu remettes la main sur moi, espèce d'enfoiré. J'en ai marre que l'on décide à ma place ! Alors vas te faire foutre.

Sur le visage des Mécas se dessinent un sourire, preuve qu'il me voit et m'entend très bien. Cette réaction me met hors de moi. Je suis tellement en colère qu'en cet instant, je vois rouge, littéralement, comme lors de mes précédents combats. Alors j'essaie une chose que je n'ai plus fait depuis un moment déjà. Je me focalise sur le virus dans mes veines. J'ai dû mal à le ressentir. Il est là, mais c'est comme s'il était en sommeil.

« *J'ai vraiment besoin de toi* », pensé-je en lui parlant. Il résiste et ne veut toujours pas alors je le provoque. Je sais très bien qu'il est un être presque à part entière et je sais très bien qu'il ne me laissera pas mourir.

Tout le monde autour de moi doit croire que je suis devenue folle. Je provoque le Méca, à mains nues, en le frappant de mes poings au niveau du thorax. Il réagit au quart de tour et me frappe au visage, ce qui me fait faire un vol plané. J'atterris en catastrophe une nouvelle fois sur le bitume. Je roule et m'arrête après quelques mètres. Bordel que ça fait mal…

Ce monstre me rejoint et me prend par la gorge. J'essaie une nouvelle fois de faire appel au virus et malgré la douleur dans tout mon corps, je le sens enfin pointer le bout de son nez. À ce moment-là, je recouvre assez de force pour le faire lâcher, mais apparemment pas suffisamment pour me battre contre lui. En essayant de bloquer l'énorme gifle qu'il allait me donner, mon bras se brise en deux. Je hurle de douleur et le Méca en profite pour me reprendre par la gorge.

Les soldats autour de moi ne peuvent rien faire tant que je suis au milieu des monstres. Ils sont impuissants, tout comme David et Ian, à dix mètres de moi. Et puis de toute façon, qu'est-ce qu'ils feraient ? Il n'y a pas quelques heures, c'était David qui me martyrisait alors pourquoi il est là, sur le point d'exploser. Ça me rend encore plus furieuse et grâce à cela, je sens de plus en plus le virus en moi. Malgré mon bras cassé, j'arrive à me défaire de son emprise et avec mon bras valide, j'attrape le sien et le balance à plus de quinze mètres. Je sens la stupéfaction autour de moi, mais je n'y fais pas attention. Un autre Méca vient sur moi. Je n'attends pas qu'il m'attrape et fonce jusqu'à un homme qui est à terre et lui prend son arme ainsi que son couteau. Je fais une roulade sur le côté pour l'éviter et me retourne à temps pour lui loger une balle entre les deux yeux.

Pendant ce temps et puisque je me suis assez éloignée des deux autres, j'entends les détonations des armes soniques ainsi que des armes à balles. Le Méca que j'avais envoyé valser juste avant revient vers moi en courant et au moment de l'impact, je lui saute dessus et lui plante la lame de mon couteau entre les deux yeux. Même sans mes pouvoirs, je garde mes réflexes et tant mieux. Nous terminons notre folle chute sur le bitume, lui mort et moi de nouveau humaine. Comment je le sais ? J'ai de nouveau du mal à respirer et je suis incapable de me remettre sur pieds.

Je suis déçue que le virus soit aussi vite reparti qu'il me soit revenu, mais au moins, je suis en vie et la population du Château aussi. Allongée sur le sol froid, j'essaie de reprendre mon souffle tout en m'efforçant à ne pas trop bouger à cause de mes blessures et de mon bras cassé. C'est peine perdue.

La première personne que je vois, c'est David. Il se baisse et s'apprête à me soulever avant que je ne l'en empêche.

— Ne me touche pas ! lui crié-je dessus.

Il s'arrête net dans son geste et me fixe droit dans les yeux. Tout le monde nous regarde. Ma mère, le commandant Charles, Ian, Kiara et tous mes amis, enfin, s'ils le sont encore. Je vois Kiara venir vers moi pour me soulever. Je proteste.

— Laissez-moi tranquille ! Je peux me débrouiller toute seule.

Je me lève, je ne sais comment, en me tenant mon bras cassé et les fixe tous les uns après les autres.

— Je suis désolée pour les blessés et les dégâts. Ils sont venus pour moi. Je ne vais plus vous causer d'ennuis.

Sur ce, je me dirige vers ma maison, avec difficulté. Trébuchante, j'arrive dans ma chambre et pleure sur mon oreiller. J'entends ma mère entrer et alors que je vais lui demander de sortir, une douleur fulgurante me transperce le cœur. La respiration coupée, je m'effondre, évanouie sur le sol.

************

Je ne sais pas où je suis, mais je flotte. Je flotte au-dessus de mon corps ! Suis-je morte ? Ça expliquerait pourquoi je vois ma mère en train de me faire un massage cardiaque et Kiara partir en courant je ne sais où. Je n'arrive pas à y croire !

Au bout de quelques minutes, je vois débarquer Roger avec un infirmier dans ma chambre ainsi que David et Ian. Toujours les mêmes !

— Qu'est-ce qu'il s'est passé ? entendis-je demander le docteur à ma mère.

— Je ne sais pas trop, dit-elle en continuant le massage cardiaque. J'allais lui parler quand je suis rentrée dans sa chambre, elle était en pleurs sur son lit. Elle a voulu me parler et c'est là qu'elle a fait sa crise.

— Une crise cardiaque ? demande étonner Ian. Mais comment cela se peut-il ?

— Son corps a trop enduré, lui répond mon médecin préféré.

Je vois ma mère laisser le massage au médecin qui n'y va pas de main morte. Puis vient le tour de Ian. Des larmes coulent sur ses joues. Il me crie dessus en m'ordonnant de revenir.

— LARA ! Non… S'il te plaît… Reviens !! LARA ! Bordel, non…

Ça me déchire le cœur de le voir dans cet état. Il me manque tellement. Pourtant, là, à cet instant, je réalise une chose : je vais enfin être en paix même si j'ai mal pour ma famille et Kiara qui pleure dans les bras de ma mère. Ils vont me manquer, car je sens que l'on me tire. Qu'on tire mon âme, mais il doit y avoir un problème ? Au lieu de monter, je suis aspirée dans mon corps et puis plus rien. Le noir total.

# CHAPITRE 67

La première chose que j'entends est un bip…Bip…Bip bien distinct et simplement ça. C'est le silence total. J'essaie de voir où je me situe, mais tous mes membres sont engourdis. La tête me tourne et j'ai dû mal à ouvrir les yeux. J'ai l'impression que tout mon corps est passé sous un train. Malgré ma fatigue, j'ouvre les yeux, petit à petit et je me rends compte que je suis à l'infirmerie. Les lumières sont baissées au maximum ce qui me permet de bien voir que je suis toute seule dans la pièce. Au moment où je vais pour me lever, Ian rentre et me regarde sans rien dire. Je n'y fais pas attention et me lève quand-même, avec difficulté. Quand je pose un pied par terre, celui-ci ne me soutient pas et je manque de m'étaler sur le sol, mais Ian me rattrape sans mal.

— Tu ne devrais pas te lever, Lara. Ce n'est pas un ordre, mais je te le conseille, dit-il en voyant que j'allais parler. Tu as fait un arrêt cardiaque et ton corps est mal en point.

— Je le savais déjà, merci. Je le sens assez comme ça, dis-je en m'asseyant sur le lit.

Que fais-tu ici ?

— Je suis venu voir comment tu allais bien sûr ! Ne fais pas ta têtue, Lara, j'en ai marre de cette situation.

— Moi aussi ! Pourquoi vous ne m'avez pas laissée dans ma chambre ? Pourquoi tu t'es acharné ?

Un silence.

— Qui te l'as dit ? me demande-t-il.

— Je l'ai vu, tout simplement.

— Comment ça ?

— Tu sais ce que c'est qu'une EMI ? Une expérience de mort imminente, dis-je en voyant qu'il ne comprend pas.

— Wouah ! intervient Roger en arrivant par la porte de derrière. Tu étais au-dessus de ton corps pendant qu'on essayait de te réanimer ? C'est fabuleux ! Comment tu as ressenti cette expérience ? me demande Doc tout excité.

— Une expérience de trop, dis-je en me levant tout en m'appuyant sur le lit pour ne pas tomber.

— Tu ne devrais pas te lever, Lara, me conseille-t-il.

Pour toute réponse, je le fixe bien droit dans les yeux. Il comprend tout de suite et me laisse passer, mais Ian me rattrape alors que je n'ai pas encore atteint la porte.

— Je te raccompagne seulement, se dépêche-t-il de me dire.

— Je suis assez grande.

— Non, tu ne l'es pas, Lara ! s'énerve-t-il d'un coup alors que nous sommes dehors. Regarde dans quel état tu es ! Tu crois que c'est normal ?

— Tu ne vas pas t'y mettre toi non plus ! Vous vous êtes passés le mot avec David ? Tu vas me brutaliser toi aussi ? Vous avez créé une ligue contre moi ou quoi ? Laissez-moi vivre ma putain de vie et je vous laisserais tranquille.

Je me détache de lui et j'avance seule sur la place principale, mais malheureusement, c'est l'heure du rassemblement et tout le monde s'y trouve. J'ai mal choisi mon moment pour sortir. À cause de l'engueulade avec Ian, ils ont tous les yeux sur nous et me regardent bizarrement. Je sais que je ne porte qu'un simple pyjama et je dois vraiment avoir une gueule horrible. Dans le groupe en face de moi, une toute petite silhouette se détache et avance vers moi. Contrairement à d'habitude, elle ne me court pas dans les bras. Elle vient doucement en me regardant dans les yeux et n'affiche aucun sourire. Cette image me fait mal. Elle qui est toujours souriante, n'affiche que de la tristesse et même de la frayeur. Pourquoi de la peur ? Je ne comprends pas.

Ma belle Kiara s'arrête à cinq mètres de moi, la tête baissée cette fois. Pourquoi ne vient-elle pas ? J'ai besoin d'elle, j'ai besoin de ses bras et de son amour. J'ai l'impression qu'elle n'est plus la même. Elle a changé ! Ou bien je me trompe. C'est moi qui ai changé en fait… Ça fait des jours qu'elle ne vient plus dans ma chambre le soir pour que je lui lise une histoire. Je lui avais promis que je serais toujours là pour elle et je n'ai pas tenu ma parole. Qu'est-ce que je suis devenue ? Que m'arrive-t-il ? Je n'ai jamais été dans un tel état alors pourquoi je me ferme à tout le monde et surtout à ma Kiara ?

Le fait de la voir comme ça me déchire le cœur et ça me fait encore plus mal qu'une crise cardiaque.

— Kiara ? dis-je pour qu'elle me regarde, mais elle ne lève pas la tête.

S'en est trop pour moi. Je m'effondre à genoux sur le sol, les larmes aux yeux. Je n'en ai rien à faire que tout le monde me voit comme ça. Je suis déchirée de l'intérieur, car la personne qui m'aime le plus ne me regarde pas.

— Kiara, dis-je cette fois en pleurant. Je suis désolée, continué-je voyant qu'elle ne réagit pas. Vraiment désolée. Pardonne-moi ! Viens avec moi.

— Je ne peux pas, me dit-elle le regard toujours au sol.

— Pourquoi ?

— Car tu vas me faire mal encore une fois.

— Je ne t'ai jamais touchée, lui dis-je, ne comprenant pas.

— Pas physiquement ! Tu n'es plus la même, tu as changé et tu me fais peur.

J'avais raison. Je suis vraiment devenue un monstre cette fois. Je fais du mal à toutes les personnes que j'aime alors que je ne pensais qu'à moi, même si j'avais mes raisons. Je regarde ma Kiara qui me fuit toujours du regard et je ne peux retenir de nouveau mes larmes. Je me prends la tête entre mes mains et je pleure d'autant plus. Je suis incapable de me retenir tellement mon cœur a mal. J'ai gâché tout ce que j'avais pour cette chose en moi. Non, non, je ne vais pas penser à ça et regarder en face de moi.

Tout à coup, je sens une petite paire de bras m'entourer.

— Tu me promets que tu vas redevenir comme avant ? Je sais que ça ne va pas être facile, mais je te le demande.

C'est fou à quel point elle parle bien. Je ferais tout pour elle. Je relève la tête et la prends dans mes bras.

— Je te le promets, Kiara, je te le promets. Laisse-moi un peu de temps, d'accord ?

— Pas trop alors !

— Oui, je te le jure.

Nous restons un moment sur le sol, mais je commence à avoir très froid et mal. Ian doit le sentir, car il vient vers moi et me tend la main. J'ai un premier réflexe de recul et Kiara me fait la grimace.

— Désolée, dis-je simplement en lui prenant la main.

Il me soulève en me prenant par la taille pour ne pas que je perde l'équilibre. Kiara reste à côté de moi et me sourit. Au moment où je passe devant le rassemblement, Bruno et Dany viennent à ma rencontre.

— On comprend très bien ta douleur, Lara et on est de tout cœur avec toi, mais il faut que tu nous reviennes. Tu nous manques et même humaine, on a besoin de toi, me dit Bruno.

— Oui, mon frère a raison, Lara, tu nous manques. Tu me manques à moi ! Je préférais tes crises de folie que te voir dans cet état.

Je ne peux retenir un rire tellement c'est vrai. Je passais mes journées à crier sur tout le monde et malgré ça, ils tiennent toujours à moi.

— Je suis désolée, répété-je encore une fois, mais pour que tout le monde m'entende. Je sais que je ne suis plus présente ces dernières semaines. Il fallait que je sois seule pour réfléchir à mon état. Vous savez tous à quel point cela peut m'être difficile de vivre comme ça et j'ai du mal à y faire face. Je suis sur les nerfs sans arrêt.

— Ce sont les hormones ! crie un homme dans l'assemblée.

Tout le monde se met à rire et ça détend l'assemblée. Même moi je rigole, mais ça me fait mal. J'ai mal partout.

— Ramène-moi dans ma chambre, Ian, dis-je tout bas.

— Oui, dit-il en sentant très bien ma douleur.

Une fois dans mon lit, Kiara vient s'allonger à côté de moi et s'enroule dans les draps. Je n'avais pas remarqué qu'elle était si fatiguée, la pauvre. Je suis vraiment une mère adoptive indigne. Je m'en veux énormément et je ne peux rien y changer.

— Tu es avec moi maintenant, ne t'en veux pas, me dit ma petite Kiara à moitié endormie.

— Oui, je suis avec toi. Tu peux dormir, je ne partirai pas.

— Tu me le promets ?

— Même si je le voulais, je ne pourrais pas me lever, mais je te le jure. Endors-toi, tu en as besoin.

— Bonne nuit, Lara, je t'aime.

— Moi aussi je t'aime, plus que tout au monde.

— Même avant Ian ? me demande-t-elle le sourire aux lèvres.

— Même avant Ian, lui dis-je en lui tirant la langue.

Je la regarde s'endormir petit à petit en compagnie de Ian qui n'a pas bougé de l'entrée depuis le début. Je ne sais plus trop comment réagir avec lui maintenant. Je l'ai tant fait souffrir que je ne sais pas comment faire pour me faire pardonner.

Voyant que je ne lui parle pas, il se retourne et s'apprête à sortir. Je le retiens.

— Non, Ian, reste avec moi… S'il te plaît ! Ne pars pas.

Je le vois hésiter deux secondes… Puis, il vient se mettre à côté de moi, sur le lit, sans s'allonger.

— Tu sais le lit est assez grand pour nous trois.

Il s'allonge à côté de moi, face à face et ne me lâche pas des yeux. On se regarde pendant un moment, comme deux être qui se cherchent. Il me manque… Beaucoup même. Ses bras me manquent, sa bouche me manque, ses caresses me manquent, en fait, tout me manque chez lui. Je m'étais fermée à tout autour de moi et je ne m'étais pas rendu compte à quel point cela me manquait. J'ai gâché tant de chose pour ça…

Une larme s'échappe et coule le long de mon visage. Elle n'a pas le temps de terminer sa course qu'il vient me l'embrasser. Il s'écarte légèrement de moi et me regarde. Qu'est-ce qu'il est beau !

— Je t'aime, lui dis-je pour la seconde fois.

Il sourit, un petit, mais il me sourit. Je l'ai fait tant souffrir avec mes crises…

— Je t'aime aussi.

Alors je l'embrasse sur les lèvres, doucement et légèrement. Un baiser d'amour, un baiser tendre. Ça fait du bien… Après ce doux baiser, il me prend dans ses bras et c'est comme ça que je m'endors.

***********

Quand j'ouvre les yeux, Ian est toujours dans mon lit et dort profondément. Kiara n'est plus là alors que je l'entends dans la cuisine avec ma sœur. Je reste là, à le regarder en réfléchissant à tout ce qui s'est passé ces dernières heures et surtout ces derniers jours. Je ne sais pas ce qui m'a pris de mettre ma vie en danger comme ça pour cette chose qui grandit en moi. Même si je ne supporte pas de le sentir dans mon ventre, je n'aurais pas dû réagir ainsi ! Trop de gens tiennent à moi et je tiens aussi énormément à eux, mais ce n'est pas facile tous les jours non plus. Quand je réalise que j'ai failli perdre les personnes que j'aime pour un caprice, mon cœur se serre. Enora… Jade… Kiara… mes amis et sans compter Ian ! Il est tellement beau quand il dort. Sa lèvre supérieure est légèrement relevée comme s'il n'était pas content et ses yeux bougent sous ses paupières. Il doit être en train de rêver.

Je reste un moment à le regarder sans bouger et à réfléchir à mon avenir. Que vais-je faire ? Dois-je rester comme ça et attendre de sortir cette chose en espérant retrouver mes pouvoirs ? Dois-je faire comme si cela ne m'affectait pas ? Mais maintenant que j'ai réalisé que je ne pouvais tout simplement pas me suicider, il va bien falloir que je patiente et ça ne me fait pas du tout plaisir.

Machinalement, je pose ma main sur mon ventre qui grossit déjà, jour après jour et à peine l'ai-je posée, que je sens un coup venir contre ma main. Je la retire rapidement, dégoûtée de sentir ce monstre à à peine un mois. Mon geste brusque réveille Ian qui me regarde avec interrogation.

— Il a bougé ? me demande-t-il.
— Tu m'observes ?
— Pas depuis longtemps. Assez pour voir le coup par moi-même.
— Alors comment tu peux croire que cette chose est normale ?

Un silence alors que son regard s'assombrit.
— Tu n'as pas changé d'avis à ce que je vois.
— Non.
— Lara, je sais que tu crois que ce n'est pas humain, mais je pense le contraire. Il bouge peut-être déjà, car tu es une femme extraordinaire et entre tes gènes et les miens, il ne peut pas être normal, c'est sûr. Ce n'est pas un monstre pour autant.
— Crois ce que tu veux, Ian, mais tu ne me feras pas changer d'avis.
— Tu ne t'énerves plus ?
— À quoi bon ? Je suis seule contre vous tous et si je ne veux pas me faire interner, vaut mieux que je me taise, non ?
— Ce n'est pas ça, Lara. Tu voulais mettre fin à tes jours et nous voulions t'en empêcher, c'est tout !
— Oui, oui, je sais. Je n'aurais pas dû et j'en suis désolée. Je ne sais pas ce qui m'a pris de vouloir faire ça. Tu peux comprendre que je suis à bout de nerfs ces temps-ci ! J'essaie de comprendre et j'ai du mal à y arriver.

Il me prend la main et la serre dans les siennes.
— Je suis désolé que tu subisses tout ça, Lara.

— Ce n'est pas de ta faute, Ian.

— Un peu si ! On a couché ensemble quand-même.

— Qui aurait pu croire que cela pouvait m'arriver ? Mais bon, n'en parlons plus, je n'ai pas envie d'y penser plus.

Un silence pendant qu'il ne me lâche pas des yeux.

— Que veux-tu faire aujourd'hui ? me demande-t-il.

— Je ne sais pas. Là, tout de suite, je suis incapable de bouger et en plus, j'ai mal partout.

— C'est compréhensible après tout ce que tu as subi ces dernières heures ! Au fait, ton cœur va mieux ?

— Je ne comprends pas pourquoi j'ai fait un arrêt cardiaque. Surtout à mon âge !

— Je ne sais pas non plus, mais avoue que tu t'es surpassée dernièrement. Comment tu as fait pour mettre KO les Mécas ?

— Comme la fois où j'ai contrôlé le virus en moi pour arrêter la douleur. Je savais pertinemment que si ces Mécas m'emmenaient, c'en était fini de moi et je savais que si je mettais ma vie en danger en les provoquant, le virus réagirait. Il ne peut tout simplement pas me laisser mourir alors je l'ai obligé à reprendre ses fonctions le temps du combat et ça a marché.

— C'est fascinant ! Je ne pensais pas qu'il pouvait avoir une pensée propre à lui-même.

— Si, même si sans moi, le virus ne serait rien. On est deux dans un même corps, mais c'est moi qui ai le plus de pouvoir sur lui, même s'il me dicte beaucoup de choses.

— Et c'est toi qui as le dernier mot.

— Oui, mais il est fort et ce n'est pas facile tous les jours, surtout quand il a faim.

— J'imagine, dit-il pensif.

— Qu'est-ce qu'il y a ?

— Ils m'appellent dans l'oreillette. Je dois y aller.

— Vas et fais gaffe à toi !

— Comme toujours, Lara, tu le sais.

— Mouais !

Il m'embrasse sur le front et se lève. Il me jette un dernier coup d'œil avant de fermer la porte et de descendre les escaliers. Du coup, je me retrouve seule dans mon lit, incapable de bouger à cause de toutes mes nombreuses blessures. Mon bras est dans un énorme plâtre, mon dos me lance à chaque fois qu'il touche le matelas, mes jambes sont recouvertes d'hématomes et mes pieds, malgré la blessure de la barre de cuivre, vont plutôt bien ! Le virus a dû s'en occuper puisque la plaie était assez grave. Il ne pourrait pas tout simplement me guérir entièrement non ?

Du coup, je me mets sur le côté et je ferme les yeux en espérant m'endormir rapidement pour ne plus avoir mal. Le temps passe, mais mon esprit est toujours aussi actif. Je suis incapable de me reposer tellement je réfléchis au futur et pourtant, je ne peux rien y faire. De toute façon, à l'allure où cette chose grandit en moi, il sera sorti dans quelques semaines, voire un mois tout au plus. À peine je pense à la chose que je le sens bouger. Il doit déjà être bien gros pour faire des bosses aussi grosses sur mon ventre. Je suis malade ! J'en ai même des haut-le-cœur et pourtant, il va bien falloir que je vive avec pendant quelque temps encore.

# CHAPITRE 68

Je passe la semaine suivante dans ma chambre, à ne pas pouvoir me lever de mon lit tellement mon corps est meurtri. Mes hommes viennent me voir tous les jours, par groupe de trois. Ils me tiennent au courant de ce qu'il se passe à l'extérieur et apparemment, tout va bien. L'alarme a retenti trois fois dans la semaine et à chaque fois, mes amis sont intervenus à temps et personne n'a été blessé. Je suis contente que tout se passe bien, mais je rage à l'intérieur de moi. Je ne supporte plus de rester dans ma chambre à rien faire même si je reçois du monde et que ma petite Kiara est presque tout le temps avec moi.

Un matin, je me réveille assez en forme pour sortir de ma chambre, mais au moment où je m'apprête à partir de chez moi, on toque à la porte d'entrée. Il n'y a personne à la maison alors je vais ouvrir moi-même. Sur le pas de la porte, je découvre Gabriel et Henry, le chef des Américains.

— Tu es déjà debout, Lara ! s'étonne le commandant Charles.

— Déjà ? Ça fait une semaine que je suis clouée au lit.

— Tu en avais besoin, me dit Henry. Tu es sûre que ça va ?

Depuis que j'ai ramené le

chef des Américains à la vie, un lien étrange nous unit. C'est comme si ça faisait des années que je le connaissais et que j'étais incapable d'être en colère contre lui. C'est pour ça que je lui réponds sans faire d'histoire.

— Henry… Gabriel, je vais bien, ne vous inquiétez pas pour moi. Je suis capable de prendre soin de moi.

Je les sens hésiter et ils n'insistent pas.

— D'accord ! continue Gabriel. Nous étions venus pour te faire part d'une chose très importante. Tu nous accompagnes ?

— Je vous suis, dis-je en refermant la porte derrière moi.

Je marche derrière eux sans dire un mot tout en réfléchissant sur ce qu'ils veulent me dire ou me montrer. Dehors, le temps est clément et tout est calme. À part les grognements des zombies qui essaient de rentrer dans le Château, il n'y a presque aucun civil à l'extérieur. Les grandes tentes où logeaient les nouveaux venus de Toulouse ne sont plus sur le terrain et quand je demande au commandant la raison, il me répond qu'ils ont tous été relogés dans les bâtiments que j'ai décontaminés il y a quelques semaines.

En arrivant à l'ancien emplacement de l'immeuble de ma grand-mère, je reste choquée. À la place du grand vide qu'a laissé l'immeuble, se trouve une petite bâtisse carrée sans fenêtres de deux étages qui ne doit pas faire plus de quarante mètres carrés au sol. Les murs sont blancs, mais je ne reconnais pas les matériaux qui ont été utilisés pour sa construction. Je passe ma main à sa surface pour me faire une idée et à part son extrême lisseur, je n'arrive pas à trouver. Le commandant Charles doit se douter de ce que je cherche, car il vient à côté de moi et touche le mur lui aussi.

— Alors ? Tu ne trouves pas ?

— Non ! En quoi ces murs sont faits ?

— C'est une création de nos chers scientifiques. Ça fait des années qu'ils sont dessus et là, ils ont eu tout le temps pour terminer la formule. C'est un mélange assez complexe dont je serais incapable de te dire la composition. En gros, ils sont presque indestructibles et très souples.

— Vous voulez éviter qu'une bombe ne refasse autant de dégâts que pour l'immeuble ? demandé-je.

— Exactement ! Autant partir sur de nouvelles bases. Mieux reconstruire pour mieux repartir.

— Tu crois vraiment que nous allons réussir à sauver la Terre ? demandé-je à Gabriel.

— Viens, suis-moi à l'intérieur.

Il affiche un grand sourire en rentrant dans l'immense ascenseur. Qu'est-ce qu'ils ont trouvé d'autre pour qu'il soit aussi content ? Je sais que ça fait un moment que je ne m'occupe plus des affaires du Château, mais en deux mois que peuvent-ils avoir fait ?

À l'intérieur, tout est blanc et high-Tech, pour ce que je peux voir du rez-de-chaussée en tout cas. Au centre, il y a une grande table qui fait fonction de tablette géante avec trois scientifiques autour. Aux murs, flottent des milliers de données affichées en transparence. Malgré l'absence de fenêtres, la pièce est très claire et spacieuse.

Dans la cabine d'ascenseur, personne ne parle et je commence vraiment par me poser des questions. L'ascenseur s'arrête au niveau moins deux et les portes s'ouvrent sur un long couloir blanc avec des grandes vitres de chaque côté du couloir. En passant devant, Henry m'explique que chaque pièce a un but, un objectif précis et que deux scientifiques y sont affectés en permanence à résoudre le ou les problèmes. On avance un peu plus loin et au fur et à mesure que je redécouvre le laboratoire, je ne reconnais plus rien. Tout a été modifié, réorganisé ! C'est incroyable comment en si peu de temps ils ont pu tout reconstruire.

Au bout du long couloir, Henry ouvre la dernière porte sur une immense pièce au haut plafond. Au centre, se trouve, il me semble, une sorte de bombe. Oui, une bombe ! J'ai tellement regardé de films d'action que j'en suis sûre.

— Pourquoi y a-t-il une bombe dans les sous-sols du laboratoire, demandé-je.

— Elle n'est pas ordinaire, me répond le nouveau chef des scientifiques, Paul.

— En quoi est-elle différente ? Et ne passez pas par quatre chemins !

Même si je n'ai plus la puissance d'une hybride, je sens bien qu'il est sur ses gardes.

— Tu sais que depuis le début de la contamination et même bien avant, nous faisions tout notre possible pour éradiquer ces monstres, commence Paul, mais que malheureusement, jusque-là, nous n'avancions pas.

— Oui, dis-je simplement.

— Et bien, cela a changé quand tu es arrivée. Grâce à ton sang et celui de David, nous pouvons empêcher la transformation chez les nouveaux malades.

— Oui.

— Même sur ceux qui ont été mordus récemment.

— Oui, dis-je en commençant par perdre patience.

— Depuis maintenant presque trois mois, nous travaillons sur cette bombe révolutionnaire. Comme tu nous l'as fait remarquer, les zombies qui te mordent et qui ne meurent pas sous tes coups, meurent dévorés par leurs congénères.

— Oui, car le virus dans mes veines les change et même s'ils ne redeviennent pas humains, mon ADN est en eux. Ils meurent tout simplement ! Et ?

— Dans cette bombe, se trouvent des mini capsules aérosol contenant un gaz complexe composé de ton sang et celui de David, s'excite Paul.

— D'accord, je vois à quoi cette bombe va bien pouvoir servir, mais quelle est sa zone d'action ?

— Toute la planète ! s'écrie Paul.

Heu... Quoi ? Il me perd là !

— Comment une seule bombe peut avoir un tel rayon ?

— Parce-que les milliers aérosols à l'intérieur vont se disperser lors de l'explosion de la bombe qui aura lieu à environ dix mille mètres d'altitude. Le vent va les pousser un peu partout autour du globe et au fur et à mesure que les aérosols vont redescendre sur terre, elles vont s'ouvrir et relâcher le gaz à l'extérieur.

Wouah...

— Ce qui va soit tuer les contaminés et les Masters, par chance, soit retransformer en humain les nouveaux contaminés ! dis-je. Est-ce bien ça ?

— Oui, exactement. Tu suis bien, Lara, me dit Paul.

Je n'arrive pas à y croire ! Alors tout ce cauchemar est bientôt fini ? Seulement grâce à une bombe ? J'ai dû mal à réaliser…

— Il y a un hic, non ? demandé-je. C'est trop beau pour que tout soit parfait.

— Non. Tout fonctionne très bien, me répond Gabriel. Nous avons fait un essai avec une plus petite bombe la nuit dernière et ils sont tous morts. En fait, c'est un peu le même fonctionnement que les grenades que nous avons déjà et que tu as utilisées.

— Alors si tout va bien, pourquoi vous attendez pour la faire exploser ?

— Un avion ! me répond Henry. Nous n'avons plus de pilote. Il a été tué la semaine dernière quand une équipe est partie à l'aéroport.

Merde !

— Je suis désolée. Pourquoi vous ne me l'avez pas dit ? Ce sont mes hommes même si je ne suis pas avec eux, non ?

— Oui, mais tu étais très mal en point et nous ne voulions pas te déranger. Tu ne le connaissais pas personnellement, Lara, me dit Gabriel.

— Ça ne fait rien, dis-je calmement. J'aurais aimé savoir, tout simplement. Au moins pour lui rendre hommage.

— Désolé, répond-il tout simplement.

Je sais que je n'étais pas vivable ces dernières semaines, mais bon…

— Bon, du coup, comment fait-on ?

— Nous sommes actuellement en train de modifier les commandes de l'appareil pour qu'il soit en automatique. Et puis, c'est plus prudent comme ça, car nous ne savons pas trop quelles auraient été les conséquences de l'explosion sur l'appareil et son pilote.

— Il va être tout simplement détruit ! m'exclamé-je. Vous allez faire exploser une bombe d'une énorme puissance. Vous vous attendiez à quoi ?

— Plusieurs de nos hommes étaient prêts au sacrifice pour sauver la planète, dit Gabriel.

— Et tu allais les laisser faire ? demandé-je stupéfaite.

— Je n'aimais pas trop l'idée, mais nous n'avions aucune autre option.

— Maintenant, oui !

— Oui, me répond mon commandant.

# CHAPITRE 69

Tout va enfin être terminé ? Ou est-ce encore une illusion ? Une simple bombe peut-elle vraiment nous sauver tous ? Je n'en suis pas si sûre ! Depuis un petit moment, les zombies changent. Ils deviennent plus forts et ce n'est pas dû au fait que je n'ai plus de pouvoir. Je l'avais déjà remarqué avant. Ils deviennent plus rapides et je ne suis pas sûre que le gaz les tue tous. Lors de ma petite escapade à l'extérieur du Château, j'ai utilisé ce même gaz, en plus petite quantité et tous les contaminés ne sont pas morts.

En fait, je crois que j'ai peur que tout soit fini… Non, pas moi… Le virus dans mes veines. Une part de moi a hâte de retrouver une vie à peu près normale, même s'il va y avoir énormément de boulot après la décontamination et une autre part de moi, celle du virus, ne veut pas que ça s'arrête.

— Même si je reste sceptique sur la décontamination totale de la planète, je me demande comment vous allez sortir cette énorme bombe de cette pièce ?

— Par cette trappe, me dit Paul.

Je lève les yeux au plafond, mais je ne vois rien. J'allais pour demander plus d'information quand Henry me devance.

— Ce n'est pas un plafond ordinaire, Lara ! En fait, nous sommes sur un monte-charge. Le plafond est faux, c'est une trappe et au-dessus, il n'y a rien.

— Mais où se trouve la sortie ?

— Juste à côté de la place de rassemblement. La trappe existe depuis plusieurs dizaines d'années. Elle avait été abandonnée, reprend Paul en voyant que je ne comprenais pas. Quand nous avons repris la reconstruction du laboratoire, nous l'avons réaménagée.

— D'accord, mais vous êtes allés vite pour tout reconstruire.

— Tout le monde s'y est mis, dit Gabriel. Jour et nuit, sans interruption et puis ça fait longtemps que tu ne t'étais pas intéressée à tout ça.

C'est vrai ! Je ne me suis pas occupée du Château depuis un bon moment maintenant et je m'en veux toujours. Voyant que je ne dis rien, ils me regardent tous les trois et attendent une réponse.

— Que voulez-vous que je vous dise ? Je suis désolée. J'étais un peu préoccupée et je le suis toujours, mais ne parlons plus de ça, d'accord ?

— Oui, oui bien sûr, répond mon commandant. Paul, il est temps de sortir cette merveille d'ici non ?

— À vos ordres commandant, répond l'intéressé en souriant.

Je l'observe s'affairer dans la pièce. Il est très minutieux et rapide en même temps. Il sait parfaitement ce qu'il fait alors que je ne comprends rien à rien. Je le vois débrancher des dizaines de câbles, appuyer sur des dizaines de boutons qui déclenchent des petites alarmes un peu partout dans la pièce et au bout de quelques secondes, je sens le sol bouger sous mes pieds. Surprise, je m'accroche au bras de Gabriel. Il me sourit et je m'empresse de le relâcher. Je me décale d'un bon mètre de lui et lève la tête. Au-dessus de moi, le plafond s'ouvre et une grande quantité de lumière m'éblouit. Je mets ma main devant les yeux et attends que le monte-charge arrive tout en haut. Une fois que je suis bien habituée à la luminosité, nous sommes déjà arrivés sur la grande place publique.

— Il est temps de l'annoncer à tout le monde, non ? me demande Gabriel.

— Tu crois que c'est une bonne idée ? Ne faut-il pas attendre qu'elle ait bien explosé avant ? Pour être sûrs !

— Non, je ne pense pas. Il faut redonner un peu d'espoir à la population et puis, il ne faut pas que les humains soient à l'extérieur une fois que la bombe aura exploser.

— Pourquoi cela ?

— Le gaz va tuer les zombies et Masters, mais nous ne savons pas exactement qu'elles seront les conséquences sur les hommes surtout avec une aussi grande quantité de gaz, me répond Paul. Les grenades que vos hommes utilisent ne contiennent pas assez de gaz pour affecter les humains, mais assez pour tuer une quinzaine de zombies. Ne t'inquiète pas Lara, ce n'est pas nocif non plus. Au long terme, nous ne savons pas.

— Alors comment allez-vous faire pour les humains qui vivent encore dans le monde entier ? Ils ne sont pas au courant ?

— Si ! me dit Gabriel. Depuis plusieurs semaines, nous envoyons, par radio… Télé… Tout ce que ne pouvons contrôler à distance, un message disant qu'il faudra se mettre à l'abri dans une pièce sans fenêtre et y rester quelques jours. Nous leur expliquons tout pour que nous puissions retrouver le plus d'humains une fois la décontamination finie.

Super… C'est ingénieux !

— Quand est-ce que la bombe sera lancée ?

— Demain, me dit Henry.

— Déjà ? demandé-je surprise.

— Tout est en place et l'avion est prêt.

— Mais Gabriel…

Je n'arrive pas à terminer ma phrase tellement je suis surprise. Tout va si vite que mon cerveau ne suit pas. Ça ne fait que trois mois que le virus a été relâché dans la nature et nous voilà déjà prêt à l'éradiquer.

— Qu'est-ce qu'il y a Lara ? me demande mon commandant.

— Comment cela a-t-il pût aller aussi vite ?

— Vite ? intervient Paul. Non, je ne dirais pas ça. Comme tu le sais Lara, ça fait des années que nous sommes au courant que le virus existe et qu'il allait être lâché dans la nature. De ce fait, ça fait des années qu'on se prépare et malheureusement jusqu'à il y a trois mois, nous n'avancions plus.

— C'est notre arrivée, à David et à moi qui vous a permis de finaliser votre bombe !

— Exactement ! On s'arrachait les cheveux à force de ne plus avancer, mais c'est fini maintenant.

Il doit être 14 heures, car tout le monde commence à se rassembler autour de nous. L'énorme bombe au centre de la place attire tous les regards et des chuchotements fusent dans tous les sens. Voyant que je n'ai plus de question, Gabriel se retourne vers ses hommes et intime le silence. En quelques secondes, le calme revient et le commandant Charles prend la parole. Je l'écoute seulement d'une oreille car en fait, je me pose toujours autant de questions, mais je n'ai pas envie de les déranger. La seule chose qui est importante dans tout ça, c'est que tout est bientôt fini et que le calme va revenir. Enfin, je l'espère !

J'observe les visages de la population presque au complet en face de moi et j'y vois des grands sourires, des larmes de joies et de l'étonnement. Il va leur falloir un moment avant de digérer la situation. Tout ce qu'ils avaient espéré est enfin en train de se réaliser. Ils vont être débarrassés de ces monstres qu'ils haïssent le plus au monde, mais quand j'arrive au visage de David, ce n'est pas de la joie que je vois, mais de la frayeur. Alors lui aussi à peur que tout cela soit fini ! Le virus en nous nous empêche de profiter pleinement de la bonne nouvelle. Contrairement aux humains, nous, nous resterons comme nous sommes, des hybrides, des demi-zombies… Des monstres aux yeux de la population, car je sais très bien au plus profond de moi qu'une fois cette chose hors de moi, je redeviendrai une hybride avec mes yeux bleu cyan. Nous rappellerons tous les jours l'horreur qui a frappé notre planète et nous serons fuis comme la peste. Nos regards se croisent et malgré la colère que j'ai toujours contre lui, je ne le lâche pas. Il comprend rapidement que j'ai les mêmes craintes que lui et une grimace apparaît sur son visage. Malheureusement, nous n'y pourrons rien. Ce nouveau monde ne nous appartiendra plus et nous ne serons que des mauvais souvenirs pour tout le monde.

Gabriel doit en avoir fini, car le silence revient et la foule se disperse. Je reste là, à observer cette bombe qui va tout changer dans quelques heures.

— Tout va bien, Lara ? me demande Ian qui est resté avec presque tous les militaires qui ne sont pas de garde.

— Oui, oui, ça va.

— Il y a quelque chose qui te tracasse ? me demande ma mère.

— Rien d'important, dis-je en regardant David qui me comprend.

— Elle a peur, intervient Kiara dans les bras de ma sœur.

— Pourquoi cela ? demande Ian.

— Tu ne peux pas comprendre et personne parmi vous ne le peut, à part David.

— Vous avez peur que la population ne vous accepte plus après la décontamination ! comprend Bruno.

— C'est ça ! dit David.

— Mais ça n'a pas d'importance. Le principal, c'est d'éradiquer ces monstres une bonne fois pour toute, pour le reste on s'adaptera.

— Non ! coupé-je ma mère qui allait intervenir. Ne parlons plus de ça et préparons la bombe et tout le reste.

— Exactement, dit le commandant Charles. Il ne faut pas perdre de temps.

Il donne des ordres à plusieurs personnes et la place se vide rapidement. Pour ma part, je n'ai rien à faire, du coup, je me dirige vers le self.

# CHAPITRE 70

Je commence à avoir une grosse faim. À l'intérieur se trouve plusieurs civils et surtout ceux de Toulouse. Comme de coutume, tous les regards sont dirigés vers moi. Je n'y fais pas attention et me dirige vers le buffet. Je prends une assiette et la remplis de pâtes à la carbonara avec une grosse poignée de fromage sur le dessus. Quand je me retourne pour aller m'asseoir à une table, quatre hommes me barrent le passage.

— Vous pouvez vous pousser ? demandé-je en restant calme.

— Non, me répond l'un d'eux.

Je le fixe droit dans les yeux, mais il ne bouge toujours pas alors j'essaie de forcer le passage et c'est là qu'il me pousse contre le comptoir derrière moi. Le choc me fait lâcher mon assiette qui s'écrase à mes pieds.

— Qu'est-ce que tu fous, merde ! m'énervé-je.

— Tu n'as rien à faire ici, monstre. Dégage.

— Tu plaisantes j'espère là ? Je suis chez moi ici et tu y es l'invité alors ne me cherche pas trop.

— Tu crois que tu me fais peur ? Tu n'es plus rien ici.

— Tu vas trop loin là, intervient un autre homme dans la pièce. Lara a eu la gentillesse de vous ramener ici alors que vous aviez fait du mal à nos hommes. Tu devrais être reconnaissant.

— Nous étions bien là-bas avant qu'elle ne vienne foutre la merde.

— Tu te fous de moi ? Vous viviez dans

un stade sans presque aucune protection et les seules armes qui pouvaient vous aider étaient les nôtres !

L'homme se rapproche un peu trop près de moi sans me laisser un centimètre pour bouger.

— Si tu ne dégages pas de ma vue, tu vas le regretter.

— Tu comptes me faire quoi ?

— Nous faire quoi ? reprend l'un des quatre mecs.

— Tu crois que parce que je ne suis plus une hybride, je ne sais pas me défendre ?

— Peut-être, mais je suis plus fort que toi dans tous les cas, me dit-il en me prenant par le col de mon pull.

Je vois rouge. Comment ose-t-il me traiter de cette manière ?

— Lâche-moi ! lui ordonné-je.

Mais il ne me laisse toujours pas. Je réagis et lui donne un coup de genou dans ses parties sensibles. Il me lâche d'un seul coup et pousse un juron, mais il est incapable de riposter. L'un de ses amis se jette sur moi et me fait tomber au sol d'un coup de pied dans le dos. Je glisse jusqu'à une table, au centre de la pièce, le souffle coupé. J'arrive tout de même à me relever avec difficulté avant qu'il ne revienne sur moi, tous poings levés. Il me donne plusieurs coups que j'arrive facilement à contrer, mais quand le troisième homme vient derrière moi et me bloque les bras derrière mon dos, je ne peux empêcher les coups de m'atteindre. Je les reçois en pleine face sans pouvoir rien y faire. Le premier homme que j'ai mis KO revient devant moi et sors un couteau. Les autres personnes dans la pièce essaient de les empêcher de me faire du mal, mais ils les repoussent avec facilité.

Le mec au couteau se met devant moi et met sa lame à la base de mon cou.

— Tu n'es rien seul, lui dis-je. Tu as besoin de tes copains pour te battre avec moi !

— Je pourrais te battre les yeux fermés, poufiasse, s'énerve-t-il. Lâche-là ! ordonne-t-il à son ami.

Je ne lui laisse pas le temps de réagir et lui lance une droite en direction de sa mâchoire. Il part en arrière sous le coup de la douleur et se tient la mâchoire. Ses copains n'écoutent pas leur ami et se jettent tous sur moi. Le premier m'attrape par le pull, mais je me contorsionne et arrive à l'enlever pour me libérer. Le deuxième lance un coup de pied au niveau de mes jambes. Je l'esquive au dernier moment. J'arrive pendant quelques secondes à les tenir à distance, mais je commence à m'épuiser seule contre les quatre. Ils arrivent à me faire reculer au fond de la pièce et je me retrouve de nouveau coincée contre le mur, sans aucune possibilité de fuite.

— Tu te défends bien pour une fille, dis leur chef. Mais c'est fini pour toi !

Au moment où il s'apprête à me frapper de nouveau, l'un des hommes de la pièce l'en empêche, mais il le frappe à son tour et atterrit par terre. Un deuxième intervient et se retrouve lui aussi à terre.

— Arrête ! hurlé-je. Laisse les tranquille. C'est moi que tu veux, pas eux.

Je ne veux pas que des civils se fassent blesser à cause de moi. Je regarde les deux hommes par terre et leur fait comprendre d'un seul regard que ça va aller. Du coup, ils reculent en rampant en arrière et se dirigent vers la porte de sortie, mais un des enfoirés garde l'entrée pour que personne ne prévienne mes amis à l'extérieur.

— Bien, revenons à toi, dit leur chef. Où en étais-je ? Ah oui !

Il ressort son couteau et vient me le mettre de nouveau sous la gorge. Cette fois, il appuie légèrement sur la lame et du sang commence à couler. La douleur est vive. Il me donne en même temps un énorme coup de poing dans l'estomac qui me coupe net le souffle. Je m'effondre sur le sol, mais il me soulève par les cheveux et me porte à sa hauteur. Même si on voit bien que je suis enceinte, il s'en fiche… Tout comme moi, en fait.

— Non, non, non ! Je n'ai pas fini avec toi, ce n'est que le début, ma petite Lara.

— Tu comptes faire quoi ? Tu crois que me frapper me fera quelque chose ? Tu veux me briser ? Tu n'y arriveras pas, mon gros ! Je ne suis pas comme tout le monde enfoiré et tout ce que tu pourras me faire n'y changera rien.

Je profite de sa stupeur pour lui prendre le couteau des mains, quitte à me couper au passage. Avec le manche, je le frappe à la tempe et repousse ses hommes comme je le peux. Il s'en suit un combat enragé contre ces enfoirés et j'arrive tant bien que mal à les garder à distance. Je suis tellement concentrée à éviter les coups de mes assaillants que je n'ai pas vu la porte exploser en envoyant valser l'homme qui la gardait. En dix secondes chronos, mes assaillants se retrouvent sur le sol, inconscients. David me fait face et m'observe sans rien dire. Derrière lui arrivent Ian et quelques-uns de mes hommes.

— Oh, Lara, ça va ? me demande mon petit ami en me prenant dans ses bras.

Lui et David regardent mon ventre, inquiets. En débardeur, on le voit parfaitement.

— Oui, je vais bien, rien de grave.

— Que s'est-il passé ici ?

— Ces hommes ont essayé de faire du mal à Lara, intervient l'un de ceux qui ont voulu me secourir.

— Ils viennent de Toulouse et ils m'en veulent, dis-je.

— Putain ! s'énerve Ian. Ils ne comprennent toujours pas. Emmenez-les en cellule, ordonne-t-il à ses collègues. T'es sûre que ça va ?

— Oui, ce n'est rien, ça va, dis-je en portant ma main à mon cou.

— Ton visage ! intervient David. Ils ne t'ont pas loupée.

Je ne lui réponds pas, toujours en colère pour ce qu'il m'a fait dans ma chambre l'autre jour. Il doit le comprendre, car il part avec ses collègues en direction de la prison.

— Tu lui en veux ? me demande Ian.

— Oui, toujours. C'est mon ami et il m'a brutalisée.

— Il était énervé, Lara et tu peux comprendre que ça n'a pas été facile pour lui de se retenir après ce que tu avais fait.

— Je sais très bien à quel point ça peut être dur, mais je me suis toujours retenue moi ! Il m'a fait mal autant physiquement que mentalement. Je ne sais pas si j'arriverais à lui pardonner.

Un silence.

— Viens, me dit-il en sachant très bien qu'il ne pourra rien y faire. Il faut te soigner.

Je le suis sans dire un mot et avant de sortir, je me retourne vers les deux hommes qui m'ont aidée.

— Merci beaucoup, dis-je avec un sourire.

Ils me retournent mon sourire avec sincérité et repartent à leurs occupations. Ça me fait plaisir de voir que certains me soutiennent encore malgré mon état. Ça me réchauffe le cœur.

Une fois dans l'infirmerie, je m'assoie sur un des lits et attends. Il n'y a presque personne à l'intérieur à part deux infirmiers qui font leur inventaire au fond de la pièce, alors je suis seule avec Ian. Quand il revient vers moi avec des compresses et un bandage, il me demande si je n'ai pas d'autres blessures sous mes vêtements.

— Non, j'aurai quelques hématomes, rien qui ne peut être soigné.

— Où t'ont-ils frappé ? me demande-t-il énervé contre ces mecs.

— Dans le dos… Et le ventre.

Je le vois devenir rouge de colère. Il s'empresse de soulever mon tee-shirt et m'examine. Quand il pose sa main sur mon ventre légèrement rond, je sens un coup à l'intérieur de moi et Ian le sent lui aussi. Il est surpris et me fixe droit dans les yeux. Pour lui, c'est la première fois qu'il a un contact avec cette chose en moi alors que je le sens tous les jours depuis plusieurs semaines.

— C'est incroyable ! s'étonne Ian. Depuis combien de temps ton ventre s'est arrondi ?

— Deux semaines, répondis-je sans aucune joie.

— Tu le sens souvent bouger ?

— Ian ! Ne me parle pas de…

— Non Lara, ne recommence pas, s'il te plaît. Je veux juste savoir.

Il a l'air tellement heureux que je prends sur moi et réponds :

— Oui, je sens cette chose bouger depuis longtemps.

Je n'arrive pas à définir « Ça » autrement. Je fais déjà un effort d'en parler sans envoyer chier tout le monde. Il ne faut pas m'en demander trop.

— Dommage que nous ne puissions pas voir où ça en est.

— Ne t'inquiète pas, ça ne va pas trop tarder, dis-je sachant très bien que cette chose ne va pas rester longtemps dans mon ventre. Vu à la vitesse à laquelle ça grandit, on verra ce monstre dans pas longtemps.

Je vois Ian secouer la tête, mais il ne dit rien. Il ne supporte pas que je parle de son « bébé » de cette manière. Du coup, il s'empresse de faire mon bandage sans rien dire et ça m'énerve.

— Ça va être ça notre relation maintenant ? dis-je énervé.

— Comment ça ?

— Tu sais très bien de quoi je parle Ian, arrête !

— À toi d'arrêter, Lara.

— Non ! Tu ne me forceras pas à aimer cette chose, Ian. Je fais assez d'efforts comme ça. Ne m'en demande pas trop. Je ne vais pas tuer ce monstre alors laisse-moi dire ce que je veux.

— Tu m'énerves, Lara…, dit-il tristement.

—Je sais et toi aussi.

On se défit du regard, mais je craque…

—Je t'aime, Ian, repris-je. Je ne veux pas que notre relation, s'il y en a bien une, soit tous les jours comme ça.

—Nous sommes ensemble et je t'aime aussi, Lara, et comme tu le vois, ce n'est pas facile en ce moment entre nous et je n'y peux rien.

—Tout est de ma faute alors ?

—Je ne dis pas ça. Tu ne fais rien pour arranger les choses.

—J'en suis incapable, Ian. Ce n'est pas toi qui le sens bouger dans ton ventre alors que ça ne fait pas plus de deux mois. Ça ne devrait pas bouger.

—Je n'ai pas dit que c'était normal ! Attends juste de voir avant de dire n'importe quoi.

J'allais riposter quand ma mère rentre dans l'infirmerie et vient directement vers moi. Elle a remarqué mon ventre rond, mais n'en dit rien.

—J'ai appris ce qu'il s'est passé, tu vas bien ?

—Oui, ça va, dis-je en me levant. Je vais me changer, j'ai froid, dis-je en sortant.

Ils ne me suivent pas et je préfère, car je ne suis pas d'humeur. J'arrive à la maison et monte directement dans ma chambre. J'enlève mon tee-shirt et le jette dans le panier à linge sale sans ménagement. Il m'a foutue en rogne. Je n'arrive pas à me calmer et l'arrivé de David ne va pas arranger les choses.

—Qu'est-ce que tu fous là ? lui demandé-je en cherchant un débardeur. Tu es dans ma chambre et je ne suis pas habillée.

—Je t'ai déjà vu nue alors en soutien-gorge…

—Tu es avec ma sœur maintenant.

—Je sais et je l'apprécie beaucoup. Elle est beaucoup moins chiante que toi.

—Quoi ? m'énervé-je en me retournant vers lui.

Il remarque mon ventre rond.

—Pourquoi tu me fais encore la gueule ? me demande-t-il.

—Comme si tu ne le savais pas ! Arrête de faire l'innocent.

—Tu m'en veux pour la dernière fois dans ta chambre ? s'étonne-t-il.

—Tu m'as brutalisée alors que je n'allais pas bien. J'avais besoin de mon ami et toi tu m'as fait mal physiquement. Tu m'as blessée, David !

—JE t'ai blessée ? s'énerve-t-il. C'est plutôt toi qui m'as fait mal, Lara ! Tu as voulu foutre ta vie en l'air, hurle-t-il. Tu allais me laisser seul… Qu'est-ce que j'aurais fait sans toi ?

—On n'est pas ensemble, David et puis je ne suis pas Dieu, bordel !

—Tu es une pauvre idiote.

Oh… Je suis choquée !

—Quoi ? dis-je stupéfaite.

—Tu crois que parce-que nous ne sommes plus ensemble, je ne t'aime plus ? Tu te fourres le doigt dans l'œil, Lara. Tu as été là pour moi dès le début, tu m'as soutenu alors que j'étais un Master. Tu ne m'as jamais lâché même quand j'ai essayé de te tuer. Tu crois que ça m'aurait fait quoi ta mort ? Tu crois que j'aurais tourné la page et que je t'aurais oublié ? Je t'aime, Lara et même si ce n'est pas un amour avec le grand A, je t'aime quand même, putain ! Alors oui, tu m'as blessé à vouloir te foutre en l'air. Voilà pourquoi j'étais dans une colère monstre quand je suis venu dans ta chambre. Tu sais mieux que quiconque que dans cet état, il est difficile de se retenir. J'avais beau essayer, mais à peine je posais les yeux sur toi que je te voyais inanimé. Je t'ai bien cru morte quand je t'ai retrouvé avec Ian. J'ai cru que tu n'allais pas t'en remettre.

Je ne sais pas quoi dire. Je ne pensais pas que ça l'avait autant touché. En fait, j'ai eu tort sur tout depuis le début de ma grossesse. Je me suis renfermée et je n'ai pas fait attention aux personnes qui m'entouraient. J'avais mal et je ne voulais écouter personne.

— Je ne savais pas, dis-je simplement. Je ne sais plus rien ! Je n'arrive pas à savoir ce que les gens pensent de moi et si je compte encore pour eux ou pas. J'ai tout perdu.

— Tu n'as rien perdu, Lara. Tes pouvoirs vont revenir, j'en suis sûr et tes amis seront toujours là pour toi. Tu en as eu encore la preuve tout à l'heure avec ces hommes qui t'ont aidée alors qu'ils ne te connaissaient pas personnellement. Je ne supporte pas que l'on te fasse du mal, Lara. Tu es mon amie et je veux te protéger alors quand tu as voulu te suicider, je ne savais pas à qui en vouloir. Je ne voulais pas te faire de mal. Je n'ai pas pu m'en empêcher.

— Je suis désolée, David, vraiment, dis-je les larmes aux yeux.

Il vient me prendre dans ses bras et je fonds en larmes. Il me porte jusqu'à mon lit et m'y allonge. David se met à côté de moi et me berce pour que je me calme. Je m'endors rapidement. Après l'adrénaline que j'ai eue, ça peut se comprendre.

# CHAPITRE 71

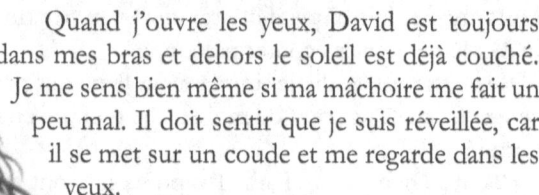

Quand j'ouvre les yeux, David est toujours dans mes bras et dehors le soleil est déjà couché. Je me sens bien même si ma mâchoire me fait un peu mal. Il doit sentir que je suis réveillée, car il se met sur un coude et me regarde dans les yeux.

— C'est toujours bizarre de te voir avec ces yeux là !

— Pourtant, ce sont les miens.

— Oui je le sais, mais il n'y a pas que ça qui me fait bizarre. Le fait de ne plus t'entendre dans ma tête ou bien même nos petites bagarres. La seule chose qui est bien, c'est que je peux te surprendre maintenant, à n'importe quel moment.

— Non, ça, ce n'est vraiment pas marrant, lui dis-je en lui tirant la langue.

C'est vrai que nos moments de chamailleries me manquent aussi. Nos dialogues muets également. Je n'aime vraiment pas être humaine.

Nous rigolons quand Ian apparaît dans mon champ de vision.

— Je ne vous dérange pas vous deux ? demande Ian avec un ton bizarre.

— Lara a fait la sieste et elle vient de se réveiller.

— Et toi, tu fais quoi là ?

Il fusille du regard David.

— Tu es jaloux, Ian ? m'étonné-je. Tu sais très bien qu'il n'y a rien entre David et moi.

— Je sais aussi que tu lui plais toujours ! me fait remarquer mon petit ami jaloux.

— Comment ne pas l'être avec ta chérie ? se moque mon ami.

— Oh ! Stop. Il n'y a rien entre nous, OK ? On a mis les choses au point et j'avais besoin de réconfort. David n'est qu'un ami et toi… Eh bien, c'est compliqué.

— Houlà ! Je crois que je vais y aller. La tension monte dans cette pièce.

— En fait, nous sommes attendus sur la place publique.

— Aussi tard ? demandé-je. Il est bientôt minuit !

— C'est l'heure, dit simplement Ian.

Ah… La bombe ! Je me lève doucement, car la tête me tourne et me dirige vers la salle de bain.

— Et en plus tu es en sous-vêtements !

— Pas totalement, j'ai mon pantalon, le taquiné-je.

Je ne fais pas attention à ses râles et disparais dans la salle de bain. Je me passe un coup d'eau sur le visage, les bras, me passe un coup de brosse à cheveux et me lave les dents. Quand je ressors de la salle de bain, Ian et David m'attendent sur le pas de la porte. Je ne fais pas attention et m'habille d'un débardeur noir ainsi qu'un gros pull beige en laine. Une fois apprêtée, je passe devant les deux hommes que j'aime sans un mot.

Nous nous dirigeons vers le centre de la place, là où se trouve déjà la bombe ainsi qu'une poignée de militaires avec tous les généraux. Même ma sœur et Kiara sont sur les lieux. Tout le monde s'est réuni pour le départ de cette bombe qui va nous sauver la vie. Avant d'atteindre le groupe, je sens David se crisper à côté de moi.

— Mécas en approche, hurle mon ami.

À partir de ce moment-là, tout le monde se prépare et les mettent en joue. Ian et David se positionnent autour de moi et les militaires autour de ma sœur, de Kiara et des généraux. Pour ma part, je prends mon Magnum et attends leur arrivée. Je n'ai pas le temps de m'ennuyer que j'en vois déjà trois sauter la clôture du Château en esquivant les tirs des armes soniques. Ils sont bien plus intelligents que les Masters et pour cause, je sais très bien que c'est Vladimir qui les contrôle à distance. Trois autres viennent par derrière et nous encerclent tous. Mes hommes tirent toutes leurs balles sur ces monstres, mais rien n'y fait, ils sont toujours debout. Tout à coup, un des Mécas sort une sorte de grenades et nous menace avec. Pour ne pas mettre la vie de tout le monde en danger, les soldats arrêtent de tirer et attendent. Au bout de quelques secondes, un hologramme apparaît devant nous et prend la parole.

— *Bonsoir à tous !* dit Vladimir avec une drôle de voix. *Je vois que vous êtes tous réunis pour m'accueillir. Que c'est gentil de votre part, même toi tu es là, ma chérie.*

L'hologramme s'avance pour n'être qu'à deux pas de moi.

— *Tu es toujours aussi belle, Lara et avec ton petit ventre rond, tu me vends du rêve.*

— Que veux-tu, Vladimir ? dis-je en m'approchant de lui.

Ian et David essaient de me retenir, mais j'avance quand même.

— *Mais toi bien sûr !*

— Tu n'arriveras pas à m'avoir, même avec tes six Mécas.

— *Comment comptes-tu t'en sortir cette fois ? Tes armes soniques ne servent pas à grand-chose si des humains se trouvent si proches et les balles ne font presque rien à mes bébés.*

— Tes bébés ? Tu deviens de plus en plus fou ! Je ne me laisserais jamais me faire prendre vivante. Je préfère mourir.

— *Je le sais très bien, Lara et c'est pour ça que je ne suis pas venu ce soir pour te prendre toi.*

Je n'ai pas le temps de comprendre ses paroles que quatre Mécas se jettent sur le groupe des généraux et massacrent tout ce qui les empêche de passer. Mes hommes tombent au sol, la plupart en sang. Je ne sais pas s'ils sont morts. Je suis incapable de bouger, car Ian me retient pendant que David s'est jeté sur eux. Il arrive à en mettre deux KO, mais pas assez vite pour empêcher les autres d'agir. Je suis tétanisée sur place. Je vois les Mécas encore en vie partir en courant avec Jade et ma mère entre leurs énormes pattes. David part derrière eux, mais je sais pertinemment qu'il ne pourra pas les rattraper.

— Chut Lara, calme-toi, chut ! dit Ian à mon oreille.

Je ne m'étais même pas rendu compte que je hurlais de toute mes forces et que je me débattais pour pouvoir les suivre. Sur la place, c'est la folie furieuse. Je vois des infirmiers et des médecins courir dans tous les sens et surtout, je vois des corps partir sur des brancards, recouverts de sang. Sont-ils morts ? C'est un cauchemar ! Je viens de voir ma mère et ma sœur partir sous les bras de ces monstres sans pouvoir rien faire et devant moi, mes amis gisent couverts de sang. Pourquoi a-t-il fait ça ? Pourquoi avoir enlevé les deux personnes que j'aime le plus au monde ? Mais je trouve réponse à mes questions sans même y réfléchir. Vladimir sait très bien que je ne me livrerais jamais à lui de mon plein gré alors il les a enlevées pour que je le fasse de moi-même. Je ne peux rien faire pour elles pour le moment. Je vais devoir attendre qu'il me joigne et à ce moment-là, j'irai le rejoindre et je les libérerai.

— Lâche-moi, il faut que je les aide.

Ian ne comprend pas pourquoi je ne continue plus de hurler et pourquoi je me suis entièrement calmée. J'en profite pour me sortir de ses bras et je me dirige vers les blessés. Je ne sais pas par quoi commencer tellement il y a du sang. Je m'arrête donc au premier corps qui est à ma portée et je l'ausculte rapidement. Je le connais vaguement. Il a participé à quelques missions avec moi, mais je ne sais plus son prénom. Il doit avoir dans la trentaine et souffre d'une grosse griffure à l'abdomen qui saigne en abondance. Si je ne fais rien, il va mourir soit d'une hémorragie soit transformé en Master, car bien qu'ils soient mécanisés, ils restent des Masters. Je me saisis de ma lame dans ma botte et me coupe la paume de ma main. Je mets la tête du soldat en arrière et lui demande de boire. L'homme obéit et avale mon sang qui coule à flot. J'en mets aussi sur ses blessures pour que mon virus fasse plus effet. J'ai déjà utilisé mon sang pour soigner une grosse blessure et empêcher la transformation. Je sais que ça marche. J'espère que cela fait toujours effet maintenant que je suis humaine.

— Reste calme, soldat. Laisse le virus faire effet. Qu'il ne bouge surtout pas, dis-je à un autre soldat.

— Oui, capitaine, me répond-il.

Je ne relève pas le fait qu'il m'ait appelée capitaine et je pars vers le blessé suivant. Les minutes passent sans que je ne les voie défiler et ils sont maintenant tous pris en charge. Le soleil se lève à l'horizon quand je ressors de l'infirmerie, épuisée d'avoir autant utilisé mon sang, mais grâce à cela, la plupart des blessés s'en sont sortis sauf cinq soldats qui ont eu la nuque brisée ou le cœur arraché. Parmi les morts se trouvent le lieutenant Rosky et un supérieur américain. Je ne le portais pas vraiment dans mon cœur, mais chaque mort est une horreur. Les autres généraux sont assez gravement blessés. Je pense qu'ils vont s'en sortir. Nous avons de bons médecins et grâce au sang hybride, personne ne se transformera, mais ça a été un carnage…

Dehors, le calme est revenu. Le sol est jonché de sang, et les deux corps des Mécas sont en plein milieu. Je m'en approche et les observe. Ils ont la colonne vertébrale arrachée et la tête de l'autre côté du corps. Sur le torse de l'un d'eux se trouve un petit boîtier qui a dû servir à la projection de l'hologramme de Vladimir.

Cet enfoiré a enlevé ma sœur et ma mère ! Des larmes coulent sur mon visage quand j'y repense. Des larmes de douleur et de colère, car je ne peux rien faire pour le moment. David n'est toujours pas revenu et j'ai peur qu'il lui soit arrivé quelque chose. Je ne veux pas le perdre, pas encore une fois. Je ne le supporterais pas. Ian me rejoint près des corps de ces monstres et m'enlace.

— On va les retrouver, je te le promets.

— Je ne m'inquiète pas. Je sais très bien ce qu'il va se passer.

— Ah bon ?

— Il les a enlevés pour que je me livre de moi-même et en vie. Il sait qu'il ne peut pas m'avoir sans chantage alors il les a prises en otages.

— Tu en es sûre ?

— Oh oui. Tu verras, dans quelques heures nous aurons de ses nouvelles et je me livrerai.

— Tu ne…

— Non ! le menacé-je. Ne me dit pas ce que je dois faire. Je ne peux pas laisser ma famille entre ses mains. J'en mourrais de toute façon.

— Je sais, mais nous ne pouvons pas te laisser y aller sans un plan. Je ne peux pas.

Je m'écarte un peu de lui, mais pose une main sur son visage.

— Il ne me fera rien temps que j'aurais cette chose en moi et une fois qu'il sera sorti, c'est tout ce qu'il a toujours voulu alors il ne lui fera pas de mal. Il aura besoin de moi en vie pour que je m'en occupe. Ne t'en fais pas ! Ça va aller.

— Tu as tout prévu à ce que je vois !

— Oui et puis je ne vois que ça.

— À part qu'il veut faire de toi sa femme, s'énerve mon chéri.

— Je ferai tout mon possible pour m'enfuir. Je ferai appel au virus en moi et il m'aidera.

Un silence.

— Si tu le dis.

J'allais retourner à l'infirmerie pour m'occuper des blessés quand David saute la clôture et vient vers nous. Je l'enlace, heureuse de le revoir en vie.

— Ils m'ont distancé, je suis désolé Lara…

— Ce n'est pas de ta faute, David. Merci à toi.

— Mais je n'ai rien fait !

— Tu en as fait plus que moi en tout cas. Je sais très bien qu'il est presque impossible de rattraper un Master alors un Méca, c'est encore pire.

Il me regarde comme si j'étais devenue folle.

— Je ne comprends pas. Comment tu peux être aussi calme ?

— Lara a déjà tout prévu.

Nous passons l'heure suivante à planifier la plausible mission de sauvetage. Au fond de moi, je sais très bien que tout ne va pas se passer comme prévu. David et moi avions eu beaucoup de chance de nous en sortir la dernière fois. Cette fois, ce monstre a dû prendre encore plus de précautions.

Quand je retourne à l'infirmerie, le soleil est presque haut dans le ciel. Tous les blessés ont été pris en charge. Le bilan de cette attaque est lourd. Aux cinq soldats morts sur le coup, se rajoute deux autres qui n'ont pas survécu à leurs blessures. Encore et toujours des morts parmi nos rangs. Ça ne peut plus durer ! Il faut que ça cesse. En plus des morts, se rajoute douze blessés dont Henry et Gabriel.

— Vous allez bien ? demandé-je aux deux généraux.

— Pour ma part, je guéris assez vite, me répond Henry. Grâce à toi, Lara.

— Tu crois que le fait que je t'ai ramené à la vie avec mon sang te permet de guérir plus rapidement qu'un simple humain ? demandé-je.

— Je ne vois que ça pour expliquer son évolution, me dit Roger.

— Depuis que tu m'as ramené, on a un lien particulier, Lara et tu le sais.

— Oui, mais depuis que je ne suis plus une hybride, je le ressens moins. Et toi, Gabriel ?

— J'ai eu des jours meilleurs, je m'en sors bien. Tu as été d'une grande aide, Lara.

— Je n'ai fait que ce dont j'étais capable de faire, c'est à dire pas grand-chose. C'est le virus dans mon sang qui a fait le boulot.

— Mais tu n'as pas chômé ! intervient Bruno. Ian et David viennent de m'informer de ton plan quand Vladimir nous recontactera.

— Comment ça ? demande le commandant.

Je laisse mon ami lui expliquer pendant que je change mon bandage à la main. Toutes les personnes dans la pièce pensent comme moi. La seule chose que j'espère, c'est qu'il me les rendra en vie et en un seul morceau. Je ne préfère pas imaginer ce qu'il va me faire subir, j'ai autre chose à penser et quand deux soldats rentrent en furie dans l'infirmerie, je perds le fil de mes pensées.

— Commandant, capitaine… Enfin tout le monde, il faut que vous voyiez ça ! dit l'un d'eux à bout de nerf.

Après un échange de regard, nous nous levons tous et nous sortons de l'infirmerie. Au départ, je ne vois rien de particulier, mais quand je lève légèrement la tête, je vois un drone qui flotte au-dessus de notre tête. Au début, rien ne se passe puis une fois que nous sommes tous sur la place centrale, un hologramme apparaît comme cette nuit.

# CHAPITRE 72

— *Bonjour Lara, comment te sens-tu en cette belle matinée de soleil ? Pas trop de nausée ?* me demande Vladimir tout content.

— Viens en au fait, enfoiré !

— *Tu es si directe, ma belle. J'aime prendre mon temps avec toi.*

— Arrête tes simagrées, le menacé-je. Que veux-tu ?

— *Toi, bien sûr... David et Kiara !*

— Quoi ? s'étonne mon ami.

— Il est hors de question, hurlé-je.

— *Si ! Maintenant que j'ai un bon moyen de pression, je sais que tu feras ce que je veux.*

— Tu n'auras jamais ma petite Kiara, enfoiré ! Que veux-tu faire d'elle ?

— *L'étudier bien sûr... Et puis le bébé que tu portes auras besoin d'une sœur.*

— Comment une personne aussi folle que toi peut-elle exister ? intervient Ian. Nous te trouverons et te tuerons.

— *Ah ah ah ah ah !* explose de rire cet enfoiré. *Vous n'avez pas intérêt à envoyer des militaires à notre recherche. Si je vois un soldat s'approcher de mon campement, je tue l'un de mes otages.*

Une autre image apparaît à la place de l'hologramme de Vladimir. On peut bien voir ma mère et ma sœur chacune dans une cage individuelle. Je n'arrive pas à bien distinguer où elles sont, mais je peux voir qu'elles n'ont rien. J'entends même ma mère parler à Jade, sans comprendre ce qu'elle lui dit.

— *Ta famille ne craint rien pour l'instant, mais dans une heure si tu ne viens pas à moi, je tuerai l'une d'entre elle. Enfin, pas moi, eux.*

Au moment où il dit ça, des dizaines et des dizaines de zombies viennent cogner contre les barreaux de leur prison. J'entends ma sœur hurler et une colère monstre s'empare de moi.

— Tu n'es pas obligé d'en arriver là, Vladimir ! hurlé-je. Laisse ma famille tranquille et je viendrai.

— *Avec Kiara et David !* me rappelle-t-il.

— Je… Je…

Non, je ne peux pas faire ça ! J'étais prête à y aller moi, pas avec eux. En plus, je n'ai pas le temps de trouver un autre plan. Putain ! Si nous avions lancé cette bombe quelque heures plus tôt, ça aurait été réglé… Mais oui ! La bombe ! Je reprends une once d'espoir et un sourire s'affiche sur mon visage. Je remarque les regards interrogatifs de mes amis quant à mon changement d'humeur, mais je n'y fais pas attention.

— D'accord ! dis-je sur un ton de vaincu. Où dois-je venir ?

— *Tu capitules vite je trouve,* me dit Vladimir.

— Ai-je d'autres choix ? Non ! Alors la seule chose que je te demande c'est de ne pas faire de mal à ma Kiara. Je t'en supplie !

— *Je ne veux pas lui faire de mal, juste quelques tests et elle fera une très belle grande sœur.*

— Et David ? demandé-je.

— *Il ne vaut mieux pas que tu saches ce que je vais lui faire Lara, mais je te promets de ne pas le tuer. J'aurai besoin de lui dans quelques mois pour te faire un autre enfant, et cette fois, ton bébé sera la perfection même.*

Ça me dégoûte, mais il ne faut pas que je me laisse emporter si je veux que mon plan fonctionne.

— J'ai ta parole ? demandé-je.

— *Oui, tu peux me faire confiance. Je suis content que l'on s'entende enfin ma belle. Ah…,* fait-il heureux. *J'ai hâte de t'avoir dans mes bras !*

— Où dois-je venir ? répété-je.

— *Un de mes bébés Mécas t'attend à Toulouse. Va à la Mairie et tu le suivras, il ne te fera rien.*

— D'accord. Puis-je te demander une faveur Vladimir ?

— *Dis-moi !*

— Peux-tu me laisser une ou deux heures de plus pour que je puisse prendre une douche et dire au revoir à tout le monde. Je te promets d'être toute à toi après.

Si je veux obtenir ces quelques heures de plus, il faut que je joue son jeu et que je l'amadoue et ça marche.

— *Sois là à quinze heures pile sinon j'ouvre l'une des cages.*

— Oui, oui je te le promets. Je serais là !

— *Profite de tes derniers moments avec tes amis, tu ne les reverras plus jamais.*

L'hologramme disparaît et je ne perds pas de temps.

— Qu'est-ce que…, commence à me demander Ian.

— Je n'ai pas le temps de vous expliquer. Je me suis trompée sur son plan. Je ne pensais pas qu'il allait me demander d'emmener Kiara et David avec moi et il est hors de question que je le fasse.

Je vois du soulagement dans leurs regards, mais ils se posent tout de même des tas de questions.

— Gabriel ! Est-ce que l'avion est prêt au décollage ?

— Heu… Oui. Notre ingénieur est toujours sur place avec quelques hommes pour sa sécurité. Mais pourquoi ?

— Quel est ton plan ? me demande David.

Je le regarde, le cœur serré. Que veut-il lui faire ? Je vois qu'il a la mâchoire serrée, mais je ne peux pas savoir exactement dans quel état il se trouve. À sa place, j'aurais peur, car ce mec est un fou !

— On va lancer la bombe, tout de suite et le temps que j'aille jusqu'à Toulouse, est-ce qu'elle aura le temps d'exploser ?

— Heu, oui. Il faut une demi-heure pour que l'avion atteigne la bonne hauteur et une heure en gros pour que le gaz retombe sur terre, me répond Roger.

— Il faut quinze minutes pour aller jusqu'à l'aéroport et quinze pour la charger, dit Gabriel.

— Nous avons donc deux heures devant nous et il faut que je sois à Toulouse dans trois heures. Ça nous laisse le temps, mais faut faire au plus vite ! dis-je.

— Commandant… Commandant, hurle un soldat qui arrive en courant. J'ai écouté votre plan et je suis allé ordonner que l'on mette la bombe dans un camion, mais nous avons un problème.

— Quoi encore ? demande Gabriel.

Nous le suivons tous au hangar, là où se trouve la bombe et une fois devant, je comprends l'horreur du soldat. Le minuteur de la bombe est complètement explosé.

— Non… Non… Non…, crie Ian. Ce n'est pas possible, merde !

— Le plan ne peut pas fonctionner, dit notre commandant.

C'est l'enfer ! J'écoute tout le monde dire que tout est fini, mais je ne peux pas y croire. Je ne peux pas nous livrer comme ça alors que j'avais un super plan ! Il est hors de question.

— Je vais y aller, dis-je.

Tout le monde arrête de parler et le silence revient.

— Non, tu en mourrais, me prévient Paul, le chef du laboratoire. La bombe fonctionne toujours, mais il n'y a plus de minuteur et donc il faut la déclencher à la main. Cela revient à un suicide.

— Peut-être, mais si je ne le fais pas, ma mère et ma sœur vont mourir. Malgré la promesse de ce fou, je sais qu'il ne les laissera jamais partir.

— Tu n'es pas la seule à pouvoir y aller, dit Ian. Je vais le faire.

— Il est hors de question que tu y ailles, le menacé-je. Ça fait des semaines que tu m'interdis de me foutre en l'air pour le soi-disant bébé que je porte et toi, tu veux te sacrifier ? Il est hors de question que tu me laisses seule avec cette chose. Autant que j'y aille, ça revient au même. C'est à cause de moi qu'il les a enlevées, c'est à moi d'y aller.

— Non ! dit sévèrement Gabriel. Je suis votre commandant et nous n'avons pas le temps de nous disputer pour savoir qui va se sacrifier ou non ! J'y vais et c'est un ordre.

— Tu ne peux pas y aller, Gabriel, dis-je. Qui va commander le Château ? Tout le monde t'écoute et t'apprécie.

— Le capitaine Snow et toi-même. Lara, tu es aimée par la plus grande majorité du Château et tu as tellement fait pour nous que je ne peux pas te laisser faire. Tu as souffert énormément depuis le début de la contamination, je ne veux pas que tu en subisses encore plus alors j'y vais, un point c'est tout.

— Mais commandant…, commence Bruno.

— Non, c'est un ordre, maître-principale !

— Oui, commandant, dit-il tristement.

        Je ne peux pas le laisser faire, il en mourrait !

— Puis-je au moins vous accompagner, Gabriel, c'est sur mon chemin et il faut que j'y aille au cas où il me surveillerait.

— Je veux bien, Lara. Va chercher Kiara et prenez une Jeep. Je vous attends.

— Vous ne voulez pas faire vos adieux ? demande David.

— Non, nous n'avons pas le temps. Sur la route, j'enregistrerai un message pour ma passation de pouvoir à Lara et Pierre. Je n'ai plus de famille depuis longtemps alors ça n'est pas utile et toutes les personnes qui me sont proches sont dans ce hangar. Pour Enora, je lui laisserai un message.

        En moins de temps qu'il ne faut pour le dire, la bombe est dans un VLAR et nous sommes tous prêts à partir. Ian m'embrasse sur les lèvres. Il aurait aimé venir, mais il faut absolument que quelqu'un surveille le Château. Je lui rends son baiser avec un goût amer. C'est un adieu… Et il ne le sait pas. Mon cœur se serre si fort que j'ai l'impression qu'il va se briser dans ma poitrine. J'ai envie de pleurer, de m'accrocher à lui, de lui dire que je l'aime plus que tout… Mais je n'en ai pas le droit. Depuis des semaines, nous nous sommes éloignés l'un de l'autre. Les rares instants passés ensemble n'ont jamais suffi à combler ce vide qui me ronge, et aujourd'hui, alors que je vais le quitter pour toujours, je réalise à quel point chaque seconde perdue me brûle. Je donnerais tout pour rester encore quelques minutes dans ses bras… Mais c'est impossible.

        Je ravale mes larmes, me force à respirer et m'éloigne de l'homme que j'aime. Avant de sortir du hangar avec la bombe, je me retourne une dernière fois vers Ian. Je grave son visage dans ma mémoire, comme si je voulais l'emporter avec moi jusqu'à mon dernier souffle. Il me regarde partir, le visage triste, persuadé que je reviendrai. Il ne se doute pas une seule seconde de ce que j'ai réellement l'intention de faire… ni que ce regard sera le dernier que nous échangerons.

# CHAPITRE 73

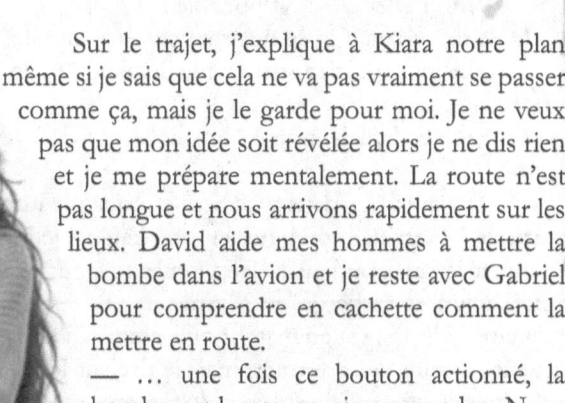

Sur le trajet, j'explique à Kiara notre plan même si je sais que cela ne va pas vraiment se passer comme ça, mais je le garde pour moi. Je ne veux pas que mon idée soit révélée alors je ne dis rien et je me prépare mentalement. La route n'est pas longue et nous arrivons rapidement sur les lieux. David aide mes hommes à mettre la bombe dans l'avion et je reste avec Gabriel pour comprendre en cachette comment la mettre en route.

— ... une fois ce bouton actionné, la bombe explosera en cinq secondes. Nous vous avons mis un parachute. Je ne pense pas que vous ayez une chance de vous en sortir, commandant, dit l'ingénieur, penaud.

— Qui ne tente rien n'a rien ! cite Gabriel.

— On contera votre bravoure dans les livres. Vous êtes notre héros, commandant.

— Je ne suis rien de cela ! N'importe qui le ferait à ma place, dit-il en me regardant.

Les derniers préparatifs sont enfin finis, mais pas pour moi. Je retourne à la Jeep où se trouvent David et Kiara pour mettre en place mon plan.

— C'est bon ? Tout est prêt ? me demande mon ami.

— Oui, enfin presque, dis-je en sortant mon arme paralysante.

Je ne lui laisse pas le temps de comprendre et lui tire dessus. Il reçoit la première fléchette dans l'estomac, mais il résiste alors je lui en tire une autre au niveau du cœur pour plus d'efficacité. Je vois dans son regard qu'il ne comprend pas tout de suite et quand je lui dis ces mots, il comprend.

— Je suis désolée, David, je dois le faire. Je t'aime, mon ami. Prends soin de Kiara et de ma famille.

Je l'embrasse sur le front avant qu'il ne s'endorme. Kiara à côté de moi me regarde, les yeux en larmes.

— Je ne peux rien te dire pour que tu restes ? me demande-t-elle.

— Non, ma chérie, il faut que je le fasse. Je ne peux pas laisser quelqu'un le faire à ma place, je ne le supporterais pas.

— Tu vas me manquer, Lara, dit-elle en pleurant.

Mon Dieu… C'est horrible !

— Je t'aime, Kiara. On se reverra peut-être un jour, qui sait ?

— Tu crois pouvoir t'en sortir ? me demande-t-elle, une once d'espoir dans son regard.

— On ne sait jamais, non ? Ne suis-je pas déjà revenue ? Il faut que j'y aille Kiara.

Je la prends dans mes bras et nous pleurons toutes les deux. Avant de partir, je lui remets mon tantō et mon katana. Je lui dis une dernière fois que je l'aime et je la laisse dans la Jeep, seule, le cœur brisé. J'avance d'un pas rapide vers l'avion et recharge mon arme. Il me reste six fléchettes et il y a onze militaires. L'avion est en marche et le commandant est déjà à son bord. La porte est sur le point de se fermer, mais je tire sur le soldat et il tombe sonné sur le sol. Trois autres soldats essaient de s'interposer et je leur tire dessus. Alertés par les cris de leurs collègues, ils se rassemblent tous devant l'avion et m'empêchent d'avancer.

— Capitaine, restez où vous êtes, vous ne pouvez pas monter dans l'avion ! m'ordonne un soldat.

— Je dois y aller. Laissez-moi passer tout de suite, nous n'avons pas le temps !

— Lara, commence Gabriel. C'est moi qui dois le faire, pas toi ! Tu es enceinte et de la famille t'attend au Château.

— Non, Gabriel.

— Je suis ton commandant, tu dois m'obéir.

— Tu te trompes. Tu viens d'annoncer à tout le monde que j'étais votre supérieur désormais avec le capitaine Snow. Je n'ai pas le temps alors laissez-moi passer.

— Non…, commence à dire Gabriel, mais il tombe sonné quand je lui tire dessus.

— Capitaine ! dit l'un des soldats.

— C'est un ordre soldats !

Je les vois hésiter. Petit à petit, ils me laissent monter à bord.

— Je suis désolée de vous obliger, mais je dois le faire. Prenez soin du Château, je compte sur vous.

— Oui, capitaine, disent-ils en même temps.

La porte se referme et je m'installe dans l'habitacle, les larmes aux yeux. L'avion décolle automatiquement peu de temps après. J'ai peur. Je suis effrayée. Cependant, je sais que je fais le bon choix. C'est peut-être un sacrifice, mais il en vaut la peine.

Trente petites minutes. C'est le temps qui m'est imparti. Il me reste une dernière chose à faire avant que la bombe n'explose. Une dernière chose et tout sera fini. Sortant de ma poche la mini caméra, je l'installe sur le tableau de bord. Avec une grande inspiration pour que ma voix ne tressaille pas, je connecte l'objet aux ondes du Château afin que chacun de ses occupants me voit et m'entende.

— Habitants du Château… Ceci est mon dernier message. Mon message d'adieu. J'ai pris la place du commandant Charles. Je trouvais cela plus juste que ce soit moi. C'est mon rôle de vous protéger depuis que toute cette apocalypse a commencé. Je suis également fautive de tant d'événements. À moi de réparer mes erreurs… Je tenais à vous dire, malgré le peu de minutes restantes, à quel point faire partie des vôtres a été un honneur. Ces derniers mois ont été rudes et chacun d'entre vous… Chacun d'entre vous fait partie de moi, de ma mémoire et de ma vie. Vous avez votre force qui vous rend admirables.

Ma voix se coupe. Je prends une nouvelle inspiration et la relâche bruyamment en essuyant les larmes qui ruissellent sur mon visage.

— À votre manière, vous avez su faire jaillir le meilleur des autres. Le meilleur de moi. Je pense à vous, mes hommes qui avez été un soutien pour moi. Votre énergie et votre bravoure sont des piliers auxquels j'ai pu m'accrocher. Mes amis… Mes précieux amis… Alex… Je ne t'ai pas vu dernièrement, mais je te remercie de m'avoir acceptée comme tu l'as fait. Bruno et Dany, ne changez rien, vous êtes géniaux. J'espère que tu sauras m'excuser David pour t'avoir tiré dessus afin de t'endormir. Je ne voulais pas que tu m'empêches de faire ceci. À tous les militaires américains, merci pour toute l'aide apportée ainsi que pour votre amitié. Cela semble peu, une amitié. Pour moi, cela vaut tout l'or du monde. Navrée pour ceux que j'ai tenté ou pensé à tuer. Vous savez que ce n'était pas volontaire, enfin, pas toujours.

Je fais une petite pause. Mes adieux me pèsent. Une boule au ventre menace d'exploser en une nouvelle avalanche de pleurs.

— Ian, mon amour… Ta rencontre fut pour moi une chose extraordinaire. Une bénédiction. Tu es mon souffle dans cette vie et tu le seras toujours. Je t'aime si fort qu'il m'est difficile de te quitter de cette manière. Pardonne-moi… Je sais que c'est dur pour toi et pour tous ceux que j'aime.

Bordel que c'est dur… J'aurais tant de choses à dire encore à ce merveilleux soldat, mais je n'ai pas le temps et puis, c'est si difficile.

— Audrey et Gabriel, mes meilleurs amis… Vous qui avez toujours été là pour moi... Si vous saviez à quel point je vous suis reconnaissante pour tout ce que vous avez fait. Jamais vous n'avez douté de moi et c'est un cadeau merveilleux. Une amitié si puissante ne peut être qu'éternelle.

Ces derniers jours, je ne les ai que rarement vus, mais ils étaient toujours là, dans mon cœur.

— Doc… Je vous ai haï si férocement par le passé. À présent, je regrette de ne pas vous avoir mieux connu. Continuez à être aussi chiant que vous l'êtes. Un homme qui fait un aussi bon travail est précieux même s'il est fou. À vous les généraux, à vous je vous demande de faire de ce monde un lieu plus paisible qu'il ne l'est et qu'il ne l'a était. Ne refaisons pas les erreurs du passé et créons un futur meilleur. Faites-le pour moi.

Je regarde l'heure sur le tableau de bord et c'est avec affolement que je remarque qu'il ne me reste que dix minutes. Dix ridicules minutes qui me séparent de la vie et de la mort.

— Maman, Jade, Kiara… Mes chéries… Si vous saviez combien me séparer de vous me tue ! Vous avez tant subi, tant éprouvé… Je vous prie de ne pas m'en vouloir pour ce choix, ce choix qui va m'éloigner de vous tous.

Mon Dieu… Je ne vais pas faire ça ?

— Vous, hommes et femmes qui m'entouraient, vous tous tenez une place dans mon cœur. Le commandant Charles ne se pardonnera jamais de n'avoir pas su m'empêcher de prendre sa place et je ne peux que lui dire de ne pas s'en vouloir. J'ai pris une décision. La dernière sans doute et peut-être le virus me protégera malgré mon humanité. L'espoir est parfois cruel, car déçu, mais j'espère. J'espère vous revoir. J'espère pouvoir vous prendre dans mes bras une nouvelle fois. J'espère pouvoir vous dire à quel point je vous aime. J'espère pouvoir…

*Ne craque pas… Ne craque pas…*

— N'oubliez jamais qui vous êtes. N'oubliez jamais ce que vous avez vécu. Et plus important encore : n'oubliez jamais que vous êtes vivants.

J'éteins la mini caméra et je m'effondre sur mon siège. Ça y est, c'est l'heure. Il est temps que je prenne mon courage à deux mains alors je me lève et me place devant la bombe. Je sens l'avion se stabiliser et prendre position. Sans grand espoir, je prends le parachute et le mets. J'ouvre la porte de l'avion et un énorme courant d'air me projette au fond de l'habitacle. Merde ! Je suis sonnée, mais je me relève quand même et avance avec difficulté vers la bombe. Une fois devant, je me concentre un maximum. Il faut que je fasse appel au virus dans mes veines si je veux avoir une chance de m'en sortir.

Au départ, le virus ne veut rien entendre de ce que je lui demande, mais une fois que j'ai appuyé sur le bouton, je le sens réagir dans tout mon corps. Sans réfléchir, je saute de l'avion. Je sais que si je ne le fais pas de suite, j'en serai incapable. À peine le vent me gifle le visage que la bombe explose et l'avion avec. La déflagration est telle que je suis propulsée à une vitesse hallucinante avec autour de moi, des dizaines de morceaux d'avion qui me frôlent. Le vent me fouette le visage et j'ai du mal à respirer. Je suis presque sur le point de m'évanouir quand enfin, le virus se réveille et prend place. Je sens une puissante énergie m'envahir.

Malgré le virus, je suis gelée. L'air à cette altitude est tellement froid que mes membres ont du mal à me répondre. Je viens à peine de sauter de l'avion que le sol se rapproche déjà de moi. J'ouvre alors mon parachute en tirant sur la manette rouge. Quand le voile s'ouvre, je suis comme tirée vers le haut et mon estomac se retourne. Je sens la chose bouger en moi comme si elle essayait de s'enfuir. Ça m'horripile ! Ma descente ralentit, mais malheureusement pour moi, les débris en feu de l'avion me rattrapent et brûlent mon parachute qui ne résiste pas longtemps. Les flammes commencent à se propager tout au long des cordes et viennent lécher mon dos. Maintenant que mon parachute a été détruit, je tombe à pic vers le sol et je ne peux compter sur le parachute de secours, en feu dans mon dos.

La douleur commence à être insupportable. Je me débarrasse du sac et le lance au loin, mais les flammes continuent à me manger tout le corps et je suis incapable de l'éteindre. La laine de mon pull fond sur ma peau. Je hurle de douleur malgré le virus en moi. J'ai l'impression que le feu me lèche les os et je ne pense pas si bien dire. Encore une fois, le sort est contre moi, car après le feu, les gros débris me tombent dessus à plusieurs reprises. J'essaie tant bien que mal d'en éviter, mais ce n'est pas facile de se déplacer dans les airs. J'en reçois plusieurs dans le dos qui me font un mal de chien et celui que je reçois dans la tête me fait perdre connaissance pendant quelques secondes. Quand j'ouvre les yeux, je suis sur le point de toucher terre, enfin l'eau, si je puis dire.

Ça y est, c'en est fini de moi. L'heure de ma mort est enfin arrivée. Je me surprends même à être désolée pour la chose dans mon ventre que je sens toujours bouger malgré les flammes qui lèchent mon corps. Avant que je ne touche l'eau, mes dernières pensées vont vers ma famille et Ian, que j'aime plus que tout au monde. Je suis triste de les laisser seuls, mais il fallait que je le fasse.

Nous sommes le 10 février 2043 et il doit être 14 heures. Cela fait exactement 80 jours que la contamination a commencée et que je me suis faite mordre.

La dernière chose que je sens avant de mourir est l'odeur de l'eau salée. Tant de choses sont arrivées depuis et tellement de chemins ont été parcourus. Et celui que je prends aujourd'hui, sera le dernier que j'emprunterai.

Il y a moins de trois mois, j'étais encore une humaine, hier l'arme ultime et aujourd'hui, je suis morte.


FIN

Vous pensez tout savoir ?
Détrompez-vous…

Le destin de nos héros
est loin d'être scellé.

Rendez-vous dans le tome 3.

# BONUS
## CHAP 15/16
### Ian

Je n'aurais jamais dû regarder… Pourtant, depuis trois jours, je suis là, debout dans cette salle plongée dans une pénombre oppressante, les yeux rivés sur les écrans de surveillance qui occupent tout un mur. Quatre caméras ! Quatre angles différents, et au centre de chacun d'eux… Lara. La pièce blanche semble irréelle. Trop propre et trop lumineuse : une cage. Une putain de cage !

Je serre les mâchoires jusqu'à sentir mes dents grincer. À ma droite, Alex est assis devant une console. Son visage est fermé, ses poings sont crispés sur ses genoux. Je le connais depuis très peu, mais je ne peux que voir la rage qui l'habite. Derrière nous, le commandant Charles fait les cent pas. Quant à sa mère…

Je tourne légèrement la tête. Elle est assise dans un coin de la pièce, les mains tremblantes serrées autour d'une tasse de café devenue froide depuis des heures. Son regard est fixé sur l'écran principal… Sur sa fille ! Chaque fois que Lara gémit de douleur, je vois ses épaules tressaillir. Chaque fois que ce salopard lui fait subir quelque chose de nouveau, son visage se décompose un peu plus.

— Je ne peux pas regarder ça…

Sa voix se brise. Elle se lève

brusquement, comme plusieurs fois déjà, puis quitte la salle presque en courant. La porte se referme derrière elle, et le silence retombe. Un silence uniquement troublé par le grésillement des haut-parleurs... Et par la voix de cet enfoiré.

Je reporte mon attention sur l'écran. Lara est attachée au centre de la table métallique, ses cheveux roux sont collés à son visage par la sueur. Même épuisée... Même blessée... Même après tout ce qu'elle a subi... Elle est magnifique !

Je ferme les yeux une seconde. Juste une seconde, parce que cette pensée me donne envie de me foutre une balle. Depuis la première fois où je l'ai vue, quelque chose en moi réagit différemment. Je l'ai toujours trouvée belle... Trop belle ! Depuis Toulon, depuis l'instant où mes yeux se sont posés sur elle, mais notre relation n'a rien d'idyllique. Elle me déteste.

Je me suis toujours demandé ce qui se passerait si elle arrêtait un jour de me regarder comme si j'étais l'ennemi, mais chaque fois que j'approche d'elle... Le virus s'agite. Le sien ! Et elle devient agressive, méfiante et hostile, comme si son instinct lui hurlait de me fuir.

Alors j'ai gardé mes distances, mais au Château, c'est assez difficile. Maintenant... Je la regarde souffrir, et je suis incapable de faire quoi que ce soit. La première décharge traverse son corps. Son dos se cambre brutalement et ma gorge se noue. Je connais cette expression. Je connais cette douleur. J'ai vu des soldats torturés. J'ai vu des choses qui feraient vomir la plupart des humains... Mais ça ! Ça me donne envie de pulvériser quelqu'un.

— Bordel...

Alex frappe la console du poing, et personne ne lui répond. Les décharges continuent. Encore. Encore. Encore... Je perds le compte, comme elle. Je la vois essayer de tenir, essayer de ne pas crier, essayer de ne pas lui donner cette satisfaction, mais même Lara a ses limites.

Lorsqu'un hurlement finit par lui échapper, ma main se referme tellement fort sur le bord du bureau que le métal se déforme légèrement sous mes doigts. Le commandant Charles s'arrête de marcher. Personne ne parle. Personne n'ose. Nous assistons tous à la même chose, et nous sommes impuissants. Le pire sentiment qui existe.

Puis les heures passent. Encore, et encore. Je ne quitte pas l'écran. Je pourrais... Je devrais probablement. Sa mère l'a fait, plusieurs fois, mais moi non, parce que si Lara est obligée de subir ça... Alors moi, je peux au moins regarder. Elle a fait ça pour nous sauver et même si je la connais que très peu, je me sens lié à elle alors, je peux au moins partager une infime partie de ce qu'elle endure. Même si elle ne le saura jamais.

Après des jours de tortures insoutenables, David apparaît, et je comprends immédiatement que quelque chose ne va pas. Très mal... Très, très mal ! Le boîtier greffé dans sa poitrine attire mon regard.

Alex se redresse aussitôt.

— Non...

Je vois l'horreur envahir son visage.

— Ils ne peuvent pas avoir fait ça...

Mais ils l'ont fait ! Nous le voyons tous, et Lara aussi. La colère explose dans ses yeux. Elle tire sur ses liens et le métal résiste. Sa peau non ! Le sang apparaît, et pourtant elle continue, parce qu'elle a compris ce qu'ils ont fait à son ami.

Puis l'humain annonce le combat. Je sens immédiatement mon cœur accélérer. Non ! Pas ça. Pas eux. Pas Lara contre David. Je sais qu'ils sont amis et qu'ils s'entendent comme deux frère et sœur… Les liens s'ouvrent. Lara tombe, David avance, et tout bascule. Je regarde le combat sans respirer. Chaque coup reçu me donne envie d'exploser l'écran. Chaque fois qu'elle se relève, je comprends un peu mieux pourquoi tous ceux qui la connaissent finissent par l'admirer.

Elle refuse d'abandonner. Même quand elle sait qu'elle va perdre. Même quand elle est terrorisée. Même quand elle est seule… Elle continue. Toujours ! Quand David la projette contre le mur, sa mère revient dans la pièce. Elle n'a le temps de voir qu'une seconde de l'affrontement. Une seconde, puis elle porte les mains à sa bouche.

— Mon Dieu…

Elle recule et ses larmes coulent déjà. Je détourne les yeux d'elle, parce que je ne supporte pas cette douleur-là non plus, alors je retourne vers les écrans. Vers Lara. Vers cette femme qui refuse de mourir, et d'un coup, ça change. Elle projette David à travers la vitre blindée et un silence absolu envahit la salle de surveillance. Même Charles cesse de respirer. Même Alex reste figé. Et moi… Moi je la regarde au milieu des flammes, couverte de sang, brûlée et blessée, mais debout malgré tout.

Et pour la première fois depuis le début de ce cauchemar… Je me surprends à sourire, parce qu'ils viennent enfin de comprendre ce que moi je sais depuis longtemps : Lara n'est pas une victime. Ils ont enfermé un monstre dans une cage, et maintenant… La cage vient de s'ouvrir.